独角兽书系

羊毛战记

Hugh Howey

[美]休·豪伊———著
李镭———译

WOOL

Copyright © 2012 by Hugh Howey

Published by arrangement with Nelson Literary Agency,LLC

through The Grayhawk Agency Ltd.

Simplified Chinese translation copyright © 2023 by Chongqing Publishing House Co., Ltd.

All rights reserved.

版贸核渝字(2022)第032号

图书在版编目(CIP)数据

羊毛战记/(美)休·豪伊著;李镭译. —重庆:重庆出版社,2023.9

书名原文:Wool

ISBN 978-7-229-16975-6

Ⅰ.①羊… Ⅱ.①休… ②李… Ⅲ.①幻想小说—美国—现代 Ⅳ.①I712.45

中国版本图书馆CIP数据核字(2022)第130638号

羊毛战记

YANGMAO ZHANJI

[美]休·豪伊 著

李镭 译

责任编辑:魏雯 魏映雪
装帧设计:文子
插图:罗烜
责任校对:郑葱

重庆出版集团 出版
重庆出版社

重庆市南岸区南滨路162号1幢 邮政编码:400061 http://www.cqph.com
重庆出版社艺术设计有限公司 制版
重庆市国丰印务有限责任公司 印刷
重庆出版集团图书发行有限公司 发行
E-MAIL:fxchu@cqph.com 邮购电话:023-61520646
全国新华书店经销

开本:890mm×1230mm 1/32 印张:19.625 字数:456千
2023年9月第1版 2023年9月第1次印刷
ISBN 978-7-229-16975-6
定价:98.00元

如有印装质量问题,请向本集团图书发行有限公司调换:023-61520678

版权所有 侵权必究

为了那些有勇气保持希望的人

目录 / Contents

001　　休·豪伊的成功，不仅来自自出版

001　　**第一部　霍斯顿**
002　　第一章
008　　第二章
015　　第三章
021　　第四章
025　　第五章
034　　第六章
041　　第七章

045　　**第二部　精准的口径**
046　　第八章
056　　第九章
070　　第十章
080　　第十一章
089　　第十二章
102　　第十三章
110　　第十四章
119　　第十五章

128	第十六章
134	第十七章

139	**第三部**	**放逐**

140	第十八章
141	第十九章
155	第二十章
162	第二十一章
170	第二十二章
176	第二十三章
187	第二十四章
196	第二十五章
202	第二十六章
212	第二十七章
219	第二十八章
225	第二十九章
234	第三十章

241	**第四部**	**崩坏**

242	第三十一章
249	第三十二章
256	第三十三章
260	第三十四章
268	第三十五章
273	第三十六章
280	第三十七章
286	第三十八章
293	第三十九章
299	第四十章

309	第四十一章
313	第四十二章
321	第四十三章
329	第四十四章
334	第四十五章
338	第四十六章
345	第四十七章
350	第四十八章
359	第四十九章
365	第五十章
372	第五十一章
379	第五十二章
385	**第五部　困境**
386	第五十三章
391	第五十四章
398	第五十五章
404	第五十六章
410	第五十七章
418	第五十八章
426	第五十九章
432	第六十章
440	第六十一章
445	第六十二章
452	第六十三章
457	第六十四章
468	第六十五章
475	第六十六章
479	第六十七章

488	第六十八章
495	第六十九章
504	第七十章
511	第七十一章
515	第七十二章
521	第七十三章
528	第七十四章
545	第七十五章
550	第七十六章
558	第七十七章
569	第七十八章
573	第七十九章
579	第八十章
587	第八十一章
592	第八十二章
601	最黑暗的一缕历史脉络
614	作者问答

休·豪伊的成功，不仅来自自出版

2011年，亚马逊自出版栏目下悄然出现一本短篇小说，售价很便宜，只要0.99美元，不过故事本身非常精彩，所以短短几个月里就卖出了几千份，当然也给本职是书店员工的作者休·豪伊（Hugh Howey）带去了几千美元的额外收入。这个小小的成功鼓励了作者，在随后的几个月间，作者又用同样的自出版方式发表了几篇故事，和第一篇共同组成了系列作品，并且最终成为一本长篇小说，这就是《羊毛战记》①的诞生。

实际上《羊毛战记》并不是休·豪伊的第一部小说。在此之前，他曾经在一家小出版社出版过小说集，并且拿到了第二本书的出版合同。但是豪伊认为可以自己完成出版工作——时代和技术都已经做好了准备，于是他没有签署那份合同，而是选择了亚马逊的自出版系统来实现自己的目标。在他成名之后，类似的一幕又上演了一次。2012年，豪伊拒绝了西蒙·舒斯特（Simon & Schuster）出版公司提供的7位数报价，宁肯选择6位数报价的合同，以便保留自己发行电子书的权利。

---

① 曾译作《羊毛记》，为与电视剧《羊毛战记》（英文名为SILO）中文译名保持一致，此处译作《羊毛战记》。

也许是因为休·豪伊在自出版上的成功太过耀眼,虽然很多媒体对他做了采访,但大部分访谈并没有太关注小说本身的内容,而都集中在自出版的话题上。很难统计休·豪伊的成功给了后来者多少启示和激励,但确实可以举出一些受到激励的例子,比如弗雷德里克·谢尔诺夫(Fredric Shernoff)出版了《大西洋岛》(*Atlantic Island*),杰森·葛尔莱(Jason Gurley)出版了《埃莉诺》(*Eleanor*),迈克尔·邦克(Michael Bunker)出版了《宾夕法尼亚》,等等。不过这些后继者都没有达到休·豪伊那样的高度,再没有人能够像他一样凭借着自出版,在科幻小说创作领域大放异彩。

这其实揭示了一个事实:休·豪伊的成功不仅仅在于自出版这种新颖的出版方式,也与《羊毛战记》的精彩密不可分。就像休·豪伊拒绝西蒙·舒斯特,坚持使用自由度更高的权力分配形式一样,《羊毛战记》和他接下来的作品中都贯穿了休·豪伊式的对权力系统的反抗。

《羊毛战记》是反乌托邦题材的小说。"乌托邦"(utopia)一词来源于英国的空想社会主义者托马斯·莫尔(Thomas More)在1516年的创造,取自希腊语"ou-"(οὐ)和topos(τόπος)的组合,意思是不存在的地方。More的本意是想创造一个完美的理想国度,远离社会上的一切贫穷和苦难,生活于其中的人们自发自觉地为社会做出各种贡献,人人拥有富足的生活和积极的精神。然而随着各种空想社会主义试验的失败,人们开始倾向于认为这样的完美国度不可能存在,理想主义的初衷将会不可避免地走向反人类的极权主义,大多数人都在高压下挣扎求生……这便是反乌托邦概念的由来。

反乌托邦题材中诞生过许多著名作品。早期有《1984》《美丽新世界》,晚近的有《华氏451》《使女的故事》,甚至还有很多跨界的作品，比如动漫《进击的巨人》、游戏《辐射》等等。休·豪伊就曾在(少数几个提及了作品内容的)访谈中坦承，《羊毛战记》中的筒仓设定受到了《辐射》系列游戏中避难所的启发。不过同样很显然的是，如果只是单纯借鉴已有的设定，《羊毛战记》不可能取得那么大的成功。反乌托邦题材的核心，是对权力结构的反思。休·豪伊会选择这样的题材框架进行创作，既是他创作来源、他的思考的反映，也是他为自己的故事找到了一个绝好的容器。

在《羊毛战记》的世界中，地面环境已经不再适合人类生存，人类只能生活在名为"筒仓"的庇护所里。筒仓是位于地下的竖状结构，中间有一个巨大的螺旋楼梯，居住在不同地层的人们之间有着地位的差异，大体与所住的楼层挂钩。人们安于这种地位的差异，就像《美丽新世界》中"阿尔法(α)""贝塔(β)""伽马(γ)""德尔塔(δ)""爱普西隆(ε)"之类的标签。你生在第几层，就有第几层的地位。它既是命运，也是不容抗拒的指令，更是超越个人和自我的庞然大物。

这样的设定，就像是《1984》中的纸条，以及《使女的故事》中的日记一样，让读者除了追求真相的原始冲动，也期望循着真相释放压抑的自我。当主角勇敢打破层级的桎梏，爬出筒仓时，读者也随之冲出故事的海面，发现权力的虚妄与全新的自我。

这种个人对抗系统、个体意志凌驾于利维坦之上的叙事，不仅是在讲述反叛精神，更是可以上溯至卢梭与柏克的天赋人权思想在文学叙事上的体现。可以说，所谓的反乌托邦，在其科幻性的外表之下，凝练的终究是对近现代道德观念的致敬。

当然，反乌托邦终究只是一个容器和框架，至于故事是不是好看，更在于作者的叙事能力。这就像是做饭烧菜一样，同样的食材，有人做的味同嚼蜡，有人做的色香味俱佳。而说到故事情节，休·豪伊毫无疑问就是悬念设计的大师了。

《羊毛战记》问世时，作者还没有多少创作经验，但彼时的叙事技巧已经隐隐有了类型文学大家的风范。他非常了解读者的心理，也非常善于设置悬念，所以一旦拿起书本就很难放下。

在《羊毛战记》的世界里，由于地面上充满了有毒的空气，所以筒仓与外界毫无连通，唯一能查看外界情况的只有竖在地表的摄像头，但这个摄像头很容易被地表肆虐的沙尘暴弄脏，需要不时派人出去擦拭，而每个出去的人又都必死无疑，所以出去擦镜头便成了筒仓世界的极刑，唯有犯下弥天大罪才会被赶出去擦镜头。但是，只有犯人一个人出去，没有人看押他们，怎么保证他们一定会乖乖去擦镜头？然而最令人诧异的就在这里：每个被放逐的犯人真的都会把镜头擦得干干净净，然后迎来自己的死亡……

源自俄国形式主义的故事论将故事与情节做了严格的区分。前者是按时间顺序把发生的事情按部就班讲述出来，但后者则是以更具戏剧性效果的方式对发生的事情进行重组。休·豪伊显然是个中好手，他将故事切成无数碎片，紧紧攥住读者的好奇心，让读者不得不追随情节的发展，就像《1984》中的纸条与《使女的故事》中的日记所起的作用一样。

在《羊毛战记》之后，豪伊又写了前传《星移记》和后传《尘土记》，分别讲述了筒仓世界的由来和最终的结局。在写完"羊毛记"系列的大故事之后，休·豪伊继续丰富着自己的幻想宇宙，陆续写作了《异星记》《信标记》《潜沙记》《离沙记》。故事发生在空渺宇宙中航行的飞船里、发生在完全陌生的异星世界中、发生在熟悉又疏离的未来地球上……这些故事各有各的精彩，不过总的来说，对权力的反思和反抗始终是所有故事的思想基调，悬念设置和细节塑造也显示出叙事技巧的高妙。

休·豪伊受惠于亚马逊，但在这个科技与权力密不可分的时代，他并没有停止对权力的反思。他的个人博客最后一篇更新是在2022年4月，对于伊隆·马斯克收购推特一事的评论。他在文章里说"通过掌控话语而获得权力，历史中充斥着这样的例子""所有人都在试图向世界广播，操控众人的注意力，为自己聚集更多的追随者，获取，获取，获取，布道，布道，布道。这是无度的时代，而我们是其中的居民"。从出版至今，11年过去，他仍旧在用自己的方式反思，他的博客中，仍然有着如第一本《羊毛战记》般蓬勃的愤怒和挣扎。这点是很不容易的事情，或许也是他的创作动力所在。

这次，重庆出版社的独角兽书系一次性出版七部作品，基本上算是将他的代表作一网打尽了。

2021年Apple TV宣布启动《羊毛战记》的改编计划，并且已经于2022年5月拍摄完毕，这意味着我们有望在2022年底或2023年初在屏幕上看到筒仓世界的故事——在此之前，就让我们先通过文字领略作者讲述故事的神奇能力吧。

——丁丁虫

霍斯顿

第一部
PART 1

HOLSTON

第一章

　　当霍斯顿爬上楼梯，一步步接近他的死亡时，恰好看到一群正在玩耍的孩子。他能听到他们的一阵阵尖叫——只有无忧无虑、兴高采烈的小孩子才会这样叫喊。孩子们惊天动地的喧闹声不断传来，霍斯顿只是慢条斯理地走着，每一步都有条不紊、沉重而缓慢。他在螺旋楼梯上绕了一圈又一圈，旧靴子落在金属阶梯上，发出沉重的脚步声。

　　这些阶梯就和父亲留给他的靴子一样，到处都是磨损的痕迹，上面所剩不多的油漆也都开裂、翘起，而且大多只残存在角落里和阶梯踏板的底部——那些不会被鞋子碰到的地方。现在应该还有其他人走在这道楼梯上，所以不断有小股的灰尘随着那些人的脚步被震落；霍斯顿握住栏杆的手也能感到一次次震动。这根栏杆更是被磨损得只剩下了闪闪发亮的金属。这经常让霍斯顿感到惊讶：几个世纪的手掌抚摸和鞋子踩踏竟然能将牢固的钢铁磨蚀到这种程度。他知道，一次磨损可能只会掉落一个分子，但每一段人生都会带走表面的一层，就像他们居住的这个筒仓磨损掉了一段又一段人生。

　　这里的每一块踏板都因为许多代人的踩踏而稍稍有些弯曲，让圆润光亮的踏板边缘看上去倒有些像是噘起的嘴唇。踏板中间几乎都被磨得平滑光亮，只有两端能看见一些钻石形的防滑小颗粒，像小金字塔一样凸起在阶梯踏板上，保留着清晰的边缘和一点残存的油漆。

霍斯顿再次抬起穿着旧靴子的脚，踏上一级老阶梯，踩下去，重复这个动作。他沉浸在这无数个年头的蹉跎中，无论金属分子，还是鲜活的生命，都在缓慢地消逝，一层又一层，被磨成细碎的尘埃。他不止一次这样想过：生命和这楼梯都不应该以这样的方式存在。这道楼梯——这个长长的、螺旋形的狭窄空间，穿过埋在地下的筒仓，就像一根插在杯子里的吸管。建造它的初衷本来不是为了接受这样长时间的磨损。他们的这个圆柱形家园也是一样。这里原先应该是有别的用途，但那时候的事情早已经被忘记了。现在这条螺旋阶梯成为了成千上万人每日出行的主要通道。在不断重复的日常生活中，他们每天从这里上上下下。在霍斯顿看来，这应该只是一道应急楼梯，也许只是准备给几十人使用的。

又爬过一层楼——这些楼层像一片片圆饼，叠摞成为这座筒仓，现在这片圆饼是住宅区。只要再向上爬几层，他一生中的最后一次攀爬就结束了。孩子们欢乐的声音变得更加响亮，如同大雨一般倾泻下来。那是少不更事的笑声。笑声的主人还没有理解自己住在什么地方，没有感受到来自四面八方的大地的重压。他们从没想过自己被埋在地下，只是在单纯地活着，拥有未曾被磨损的人生。那些沿着楼梯不断流淌的幸福欢笑，和霍斯顿的行动、计划以及决心没有半点协调之处。这全都是因为霍斯顿要走出这里。

当他接近更上一层时，一个年轻的声音盖过了其他所有声音。霍斯顿回忆起自己在筒仓中的童年——所有那些学校生活和游戏。那时，这个沉闷的水泥圆柱体也带给了他无限的新奇。这里一层又一层的公寓、车间、水培农场、净化室，还有无数错综复杂的管道，就像一个没有尽头的宇宙，一个永远也探索不完的广阔世界，一座巨大的迷宫，他和他的朋友们一不小心就有可能永远迷失在其中。

但那已经是三十年以前的事情了。霍斯顿觉得，自己的童年和此时此刻之间，仿佛隔了两三个人生，儿时的那段岁月是属于另外一个人的幸福，不是他的。他这一辈子只是在当警长。生活沉重地压在他身上，封锁了一切关于过去的遐想。最近，他进入了自己一生中的第三阶段——不再是孩子，也不再是警长，过着一种秘密的生活。在这段时间，他最后的生命力也被消磨成尘埃。三年时间里，他默默地等待着永远不会到来的东西，每一天都要比他那些快乐人生中的一个月更漫长。

走到螺旋楼梯的顶端，陈旧的弧形栏杆离开了霍斯顿的手掌，就此终结。楼梯井变成了整个筒仓中最宽阔的一片空间：自助餐厅和与之毗邻的休息室。嬉闹的尖叫声来到了他身边。分散摆放的椅子之间穿梭着一些色彩鲜艳的身影。孩子们在相互追逐。有几位成年人正在努力约束住这一团混乱。霍斯顿看到艾玛正从满是污渍的地砖上捡起散落的粉笔和蜡笔。她的丈夫克拉克坐在一张桌子后面，桌子上摆着几杯果汁和几碗玉米淀粉曲奇。他向霍斯顿挥了挥手。

霍斯顿却没有想过要挥手致意，他既没有力气，也没有这个愿望。他的目光越过大人和玩耍的孩子，看到自助餐厅墙壁上模糊的风景。在他们这个荒凉单调的世界里，这是最大的一块无隔断屏幕，现在它显示的正是外面的清晨。黎明时熹微的光线笼罩着毫无生气的山丘，从霍斯顿小时候到现在，这些山丘几乎没有什么变化，像以往任何时候一样显示在墙壁的屏幕上。霍斯顿却早已过了在饭桌间追逐嬉戏的年纪,变成现在这样一副空空如也的躯壳。在那些庄重的、连绵起伏的山丘对面,是一道霍斯顿再熟悉不过的天际线,形成那道天际线的是一些古老衰朽的玻璃和钢铁建筑,高高矗立在远方,被微弱的晨光照亮。可以猜想,人们在地面上生活的时候就居住在那些建筑里。

一个孩子像彗星一样冲过来,撞在霍斯顿的膝盖上。霍斯顿伸手想要摸摸这个孩子——他是苏珊的儿子。但他立刻又像彗星一样飞走了,仿佛被拽回到了其他孩子组成的运行轨道中。

霍斯顿突然想起和艾莉森在她去世那年中的彩票。彩票还在他身上,他到哪儿都会带着它。这些孩子中的一个,本来有可能是他们的孩子,那可能是男孩或者女孩,现在应该两岁了,虽然脚步还不太稳当,却也会跟在大孩子后面跑来跑去。就像所有父母一样,他们曾梦想有一对双胞胎,那会是双倍的幸运。当然,他们努力过。在艾莉森的避孕器被除去之后,他们花了一个又一个美好的夜晚,努力要兑现那张彩票,其他父母都在祝他们好运,而其他希望中奖的人则暗中祈祷他们在这一年里不要结出果实。

他们知道自己只有一年的时间,甚至因此变得迷信起来,无论什么办法,他们都试了——在床上挂大蒜,据说可以增强生育力;在床垫下面放两枚十分硬币,据说能够得到双胞胎;艾莉森在头发上系了粉红色的丝带;霍斯顿眼睛下面涂上了蓝色染料——所有这一切都是那么荒谬、不顾一切,却又趣味盎然。他们的确很疯狂,但更疯的是,他们竟然没有尝试遍所有的方法,比如去参加那种愚蠢的降灵会,或是尝试一些完全未曾验证过的传说。

但他们没有继续下去。在他们那一年结束之前,彩票的机会就被转给了另一对夫妻。不是因为他们不想,而是因为时间不够,因为霍斯顿突然没有妻子了。

霍斯顿将视线从儿童的游戏和模糊的风景上转开,走向他的办公室——那间办公室位于自助餐厅和筒仓气闸舱之间。走过餐厅,他想到了曾经发生的那场争斗。那一幕就像幽灵一样,在过去三年里的每一天都会在他的脑海中浮现。他知道,墙壁上那幅昂贵的风景画面比三年前更加模糊,因为外面的摄像头上积累了越来越多的沙尘,但如果他回过头,在那片画面中仔细寻找,如果他眯起眼睛,细看那道一直向山丘上延伸的黑色纹路,就可能看见她一动不动的躯体。黑色纹路是一条沟壑,越过泥泞的沙化丘陵,一直通向远方城市。在那里,就在那座山丘上,他的妻子依然可以被看到。艾莉森躺在那条沟壑中,手臂蜷曲在头下,仿佛一块正在沉睡的石头。空气和毒素在腐蚀她的身体。

只是也许而已。

实际上,墙上的画面已经很难看清,在屏幕中的影像刚刚变模糊的时候,很多细节就无法再分辨了。而且,这种画面也没有那么值得信任。它实际上存在很多疑点。所以霍斯顿只是选择不去看。他妻子的幽灵还停留在她拼命挣扎的地方,那时突然发疯的艾莉森,将痛苦的回忆永远留在了这里。他只能就这样走过去,进入他的办公室。

"天哪,看看是谁起得这么早。"马恩斯微笑着说道。

霍斯顿的副警长关上文件柜的一只金属抽屉。古老的铰链发出一种毫无生气的悲鸣。他又拿起一只热气腾腾的杯子,然后才注意到霍斯顿严肃的表情。"头儿,你感觉还好吗?"

霍斯顿点点头,朝桌子后面的一排钥匙指了一下。"拘留室。"

本来面带微笑的副警长困惑地皱了皱眉。他放下杯子,转身取下钥匙。当他转过身去的时候,霍斯顿最后一次用他的掌心擦了擦那枚锋利冰冷的钢铁星星,然后把它平放在桌面上。马恩斯转回来,递出拘留室的钥匙。霍斯顿伸手接住。

"需要我去把拖把拿过来吗?"马恩斯用拇指戳了一下自助餐厅。除非有人带着手铐过来,否则他们进拘留室只会是为了打扫卫生。

"不。"霍斯顿回答。他向拘留室摆了一下头,示意副警长跟他过去。

随后他转身就走。办公桌后面的椅子"嘎吱"响了一下,马恩斯站起身跟上他。霍斯顿这时已经来到拘留室门前,钥匙轻松地插进锁眼。随着"咔哒"一声脆响,这道结构坚固、保养良好的门被打开。铰链发出微不可闻的摩擦声。霍斯顿坚定地迈出一步,将身后的门一推,一记沉闷的撞击声随之响起,磨难就要结束了。

"头儿?"

霍斯顿将钥匙从栅栏间递过去。马恩斯低头看着钥匙,眼神中尽是狐疑,但他还是伸手接下了钥匙。

"出什么事了,头儿?"

"去找市长。"霍斯顿长叹一声,这沉重的一口气,他已经足足憋了三年。

"告诉她,我要出去。"

第二章

从拘留室看到的景象不像在自助餐厅时那么模糊——霍斯顿在筒仓里的最后一天一直在思考这个问题。会不会是这边的摄像头有防护罩,所以不曾被毒气腐蚀?还是每一个接受死刑的人,在走出去清洁摄像头的时候,都会更用心地维护他们在最后一天欣赏到的画面?或者前一位死刑犯愿意把更清晰的景色留给后一个人?毕竟他们都会在同样的牢房里度过自己的最后一天。

霍斯顿更愿意相信最后一个解释。这让他格外思念自己的妻子,也更清楚自己为什么会心甘情愿地待在栅栏的这一边。

他的心绪再一次飘向艾莉森。坐在牢房里,他凝视着那个古代人类留下的死亡世界。这里的景色算不上他们筒仓中最好的,也不是最差的。远处能看见连绵起伏的山丘,呈现出一种漂亮的棕色,像掺了适量猪奶的咖啡糊。山丘上的天空在他的童年、他父亲的童年和他祖父的童年时就是这样灰暗了。影像中唯一移动的景物只有云。饱满的黑色云团挂在山丘上方。自由自在地游荡,就像图画书里被放牧的畜群。

死亡世界的景色铺满了牢房的一整面墙,就像筒仓上层的所有那些墙壁屏幕一样。每一幅画面都是一片各不相同的荒原,共同点就是它们都在变得越来越模糊。霍斯顿眼前的这片景色从角落里的单人床延伸到天花板,一直抵到连着厕所的另一面墙才结束。尽管画面略有模糊——就像镜头上被擦了油——但看上去很像一个可以走进去的真实场景,仿佛在阻挡住人们的监狱栅栏对面打开了一个奇异的、充满诱惑力的洞口。

不过这种错觉只存在于一定距离以外。如果靠近观察,霍斯顿就能在这一大片画面上发现几个像素坏点。在褐色和灰色的背景中,这些亮白色的点显得格外醒目,闪着刺眼的光,每一个坏点(艾莉森说这种是"卡住的"像素点)都像是一扇方形的窗户。窗对面是一个更加明亮的地方;一个有头发丝那么宽的洞口,指向了某种更加真实的情况。再仔细看一看,这样的坏点其实有几十处。霍斯顿怀疑筒仓里没有人知道该如何修复它们,甚至也没有干这种精细活的工具。这些像素点会永远死去吗?就像艾莉森一样?所有这些像素点最终都会死亡吗?霍斯顿想象有一天,一半的像素点都变成了亮白色。也许再过几代人,这里只会剩下为数不多的灰色和棕色,然后只有十几个像素点是好的。到时候,外面的世界会变成一种新的样子。筒仓里的人会认为外面燃起了大火,那些正常的像素点反而会被认为是故障。

或者霍斯顿和他的同胞们现在看到的就是这种情形?

有人在他身后清了清嗓子。霍斯顿转过身,看见扬斯市长正站在栅栏门的另一边,双手交握在身前,按在连体工作服的腹部位置上。和霍斯顿对上目光之后,她严肃地向单人床点点头。

"这间牢房没有人的时候,晚上你和马恩斯副警长下班以后,我偶尔会坐在那里,看一看风景。"

霍斯顿转回头,又将那片了无生机的泥泞土地端详了一番。与儿童书上的那些画面相比,它看上去只会让人感到抑郁——那是暴

WOOL / 009

动之后唯一存留下来的一批书了。大多数人都怀疑那些风景画上的色彩是不是真的,就像他们怀疑紫色的大象和粉色的鸟并不存在一样。但霍斯顿却觉得那些画要比现在他面前的景色更加真实。当他看到那些破旧书页上涂绘的绿色和蓝色,心底深处总会涌起一种原始的冲动——有这种心情的人不止他一个。即便如此,与令人窒息的筒仓相比,外面泥泞的灰色风景看上去仍然像是某种救赎,就像是人们生来就该呼吸的户外空气。

"在这里总能看得清楚一点。"扬斯说,"我是说,这里的风景。"

霍斯顿保持着沉默。他看到一片卷曲的云在空中散开,朝另一个方向飘去,黑色和灰色的云丝盘绕在一起。

"晚餐由你挑。"市长说,"这是传统……"

"你不需要告诉我具体的程序。"霍斯顿打断了市长的话,"三年前,是我给艾莉森送了最后一顿饭。"他习惯性地想要转动手指上的黄铜戒指,却忘记自己已经在几个小时以前把它放在梳妆台的抽屉里了。

"真无法相信,已经过去那么久了。"扬斯喃喃自语。霍斯顿转回身,发现市长正眯起眼睛,看着显示在墙上的乌云。

"你想念她吗?"霍斯顿有些忿恨地问道,"还是说,你觉得使画面变模糊的时间太漫长了,这让你不爽?"

扬斯看向他的目光闪动了一下,随后垂向地面。"你知道,我不想这样,这不是因为什么画面。但规则就是规则……"

"没有谁要被指责。"霍斯顿试着放下愤怒,"我比大多数人都更懂得规则。"他的手向胸口稍稍挪动了一下,但他的警徽已经不在那里了,就像他的戒指一样,"该死,我一生大部分时间都在执行这些规则,哪怕是在我意识到这一切都是屁话之后。"

扬斯清了清嗓子。"嗯,我不会问你为什么做这种选择。我猜是因为你在这里不开心吧。"

霍斯顿与她四目相对,看到了她眼中的那一点湿润。但扬斯很快就眨眨眼,神情恢复如常。市长看上去更瘦了。宽大的工作服穿在她身上甚至显得有些滑稽。她的脖子和眼角的皱纹比霍斯顿记忆中更深、更多,也显得更加阴暗。霍斯顿感觉她是真的觉得遗憾,所以声音才变得沙哑了,而不光是因为上了年纪和吸了太多烟。

突然间,霍斯顿在扬斯的眼睛里看到了自己,一个落魄的男人,坐在一把旧椅子上。外面死亡世界的反光落在他身上,让他的皮肤变成灰色——看到自己的样子,他不由得感到一阵晕眩。他的大脑在拼命转动,想要抓住一些合理的东西,一些有意义的东西。这一切仿佛是一个梦,一个他的人生无法摆脱的困境。这三年没有半点真实感,现在的一切都没有任何真实感。

他又转头看向那些棕色的山丘。在眼角的余光中,他觉得自己又看到一个像素点死去,变成刺眼的白色。又一个小窗口被打开,也许那真的是一片清晰的视野,穿透了他已经开始产生怀疑的幻象。

明天就是我得到救赎的日子。霍斯顿有些疯狂地想,哪怕我会死在外面。

"我做市长已经太久了。"扬斯说。

霍斯顿回头瞥了一眼,看到市长那双满是皱纹的手握住了冰冷的钢栅。

"你知道,我们的历史记录无法追溯到最开始的情况。一个半世纪以前的那场暴动没有留下任何记载,但从那时起,没有任何市长像我一样派出了那么多进行清理的人。"

WOOL / 011

"很抱歉给你带来了负担。"霍斯顿没有任何表情地说道。

"我不喜欢这种事。我要说的只有这个，一点也不喜欢。"

霍斯顿伸手指了一下墙上的大幅画面。"但你明天晚上会是第一个看见清晰落日的人，对不对？"他厌恶自己现在的语气。霍斯顿并不为自己的死亡感到愤怒，他也不会为自己的生活和明天将要发生的任何事感到愤怒。但因为艾莉森的命运而产生的怨恨一直盘踞在他的心里。哪怕事情已经过去那么久，他仍觉得那些看似不可避免的事情其实本可以挽回。"你一定会喜欢明天的景色。"他这句话仿佛是对自己说的，而不是对市长。

"你这样说完全不公平。"扬斯说，"法律就是法律。你违犯了它，而且是明知故犯。"

霍斯顿看着自己的脚。他们两个沉默地僵持着。最终，扬斯市长开了口。

"你还没有说过你不会履行义务。其他一些人会因此感到紧张，害怕你也许真的不会清理摄像头，因为你没有说过你不会。"

霍斯顿笑了。"如果我说了我不会清理摄像头，他们反而会更安心吗？"这疯狂的逻辑让他禁不住摇了摇头。

"每一个坐在这里的人都说过，他们不会履行义务。"扬斯对他说，"但到最后，他们都做了。所以我们全都相信……"

"艾莉森也从没有说过不会那样做。"霍斯顿提醒市长。但他明白扬斯的意思。他自己当时也相信艾莉森不会去擦那些摄像头。而现在，他觉得自己明白了妻子坐在这把椅子上的时候都经历了什么。有许多事情要比擦干净镜头更重要，更值得考虑。大多数被送出去的人都是罪有应得。被关进这间牢房，第二天被送出去——这些都不在那些罪犯的计划之内。当他们说，他们不会履行义务的时候,脑海里都充满了报复的欲望。但艾莉森和霍斯顿只是在担心更关键的问题。是否应该擦拭摄像头对他们来说没有那么重要。他们是自愿到这里来的,或者也可以说他们都发疯了。他们的脑海中只剩下了对这一切的好奇。除了墙壁上的这些图像之外,外面的世界到底是什么样子?

"所以,你打算履行义务吗?"扬斯直白地问道。她的忧虑已经相当明显了。

"你自己刚刚说过,"霍斯顿耸耸肩,"所有人都那么做了。这一定是有原因的,对吧?"

他装作毫不在意的样子,仿佛对为什么要清洁摄像头没有任何兴趣。但实际上,在一生中的大部分时间里,尤其是过去这三年,他都非常想知道其中的原因。这个问题简直要把他逼疯了。所以他现在拒绝回答扬斯,如果这样能够让那些杀害他妻子的人感到痛苦,他当然不会有什么不安。

扬斯用双手上下揉搓着钢栅,焦虑地问:"我能告诉他们,你会履行义务吗?"

"或者告诉他们我不会。我不在乎。听起来,这两个答案对他们都一样。"

扬斯没有再说话。霍斯顿抬起头看向她,市长点点头。

"晚饭的事,如果你改变主意,就告诉马恩斯副警长。他今晚都会值班,这是传统……"

她用不着这样说。霍斯顿想起过去自己执行这个任务时的情景,泪水涌入了眼眶。十二年前,唐娜·帕金斯被判决去进行清洁工作,他就守在办公室的桌子后面;还有八年前,杰克·布伦特要被送出去的时候。三年前,轮到了他的妻子。那时他抓着栅栏,躺在地板上一动不动,就像死了一样。

扬斯市长转身离开。

"警长。"霍斯顿在她走远之前喃喃地说道。

"什么?"刚转过身的扬斯停下脚步,浓密的灰色眉毛稍稍抬起。

"现在是马恩斯警长了。"霍斯顿提醒她,"不是副警长。"

扬斯用指关节敲了一下钢栅。"吃点东西吧。"她说,"我不会建议你好好睡觉,这是对你的侮辱。"

第三章

三年前

"开玩笑吧!"艾莉森说,"亲爱的,听听这个。你肯定不会相信的。你知不知道,暴动发生过不止一次?"

霍斯顿从摊开在腿上的文件夹里抬起头。他的周围散落着一堆堆纸张,就像被子一样盖在床上——一摞又一摞的旧文件需要整理,还有许多新的投诉要处置。艾莉森坐在床脚处她的小桌子旁。他们两个住在筒仓的一间独立公寓里。这几十年中,这间公寓只被分隔过两次,所以他们甚至有空间放下像桌子和单层大床这样的奢侈品,而不是只能放一张双层床。

"我怎么会知道这种事?"霍斯顿问。他的妻子转过身,将一缕头发挽到耳后。霍斯顿用文件夹指了指她的电脑屏幕,"你整天都在解开几百年前的秘密,难道我应该比你更早知道?"

艾莉森一吐舌头。"这只是一种表达,说明我有事情要告诉你。为什么你不显得更好奇一点?你听到我刚才的话了吗?"

霍斯顿耸耸肩。"我从来都不认为我们知道的那次暴动会是第一次,那只不过是距离我们最近的一次。如果我从我的工作里学到了一件事,那就是一切记录在案的犯罪或者疯狂的群体暴力都不会是第一次。"他又把一个文件夹放在膝盖上。"你觉得这个偷水的案子会是筒仓里的第一次吗？还是会成为最后一次？"

艾莉森的椅子在瓷砖地面上发出一阵尖利的摩擦声，她一下子转过来，面朝霍斯顿。在她身后的桌子上，显示器还闪烁着她刚刚从筒仓的旧服务器中拽出来的一段段数据残片。那是经过无数次删除和覆写之后残存下来的信息。霍斯顿到现在也还是不明白这些数据是怎么被找回来的，也不明白为什么一个那么聪明的姑娘会傻到爱上他，不过对这两个事实，他都欣然接受。

"我正在将一系列旧报告拼凑起来，"艾莉森告诉他，"如果这些内容是真的，那就意味着我们知道的那场暴动其实会规律性地发生。很可能每一代人都会有一次。"

"关于古代的事情，我们真是还有很多不知道。"霍斯顿揉了揉眼睛，又想到自己还没有处理完的那些文件，"知道吗？也许是因为他们那时候没有建立起清洁摄像头的制度。我打赌，在那个时候，筒仓里的画面会越来越模糊，直到人们都发了疯，于是就发生了叛乱或者之类的事情。然后他们才终于驱逐出几个人，把问题解决掉。或者暴动可能只是一种控制人口的自然方式，你知道的，后来他们发明了彩票制度，才解决这个问题。"

艾莉森摇摇头。"我不这么想。我开始觉得……"她停顿一下，低头看了一眼在霍斯顿周围摊开的纸张。看到这么多关于罪行的记录，她似乎又仔细考虑了一下，才继续说下去，"我不是在做出评判，也不是要说谁对谁错。我只是觉得，服务器可能不是被发动暴乱的反叛军抹除的，不管怎样，不是我们一直以来听到的那种样子。"

这番话引起了霍斯顿的注意。被格式化的服务器，一片空白的过去和筒仓的祖先们,这些谜团一直萦绕在他们周围。自从那些硬盘被抹除内容之后,留给他们的就只剩下了一些模糊的传说。霍斯顿合上手中的文件夹,把它放到一旁。"你觉得真正的原因是什么?"他问自己的妻子,"会是一场意外吗?火灾?或者电力故障?"他逐一列出人们公认的理论。

艾莉森一皱眉,"不是。"她压低声音,有些担忧地看了一眼周围,"我觉得是我们自己删除了硬盘的内容。是我们的祖先干的,不是反叛者。"她又转向桌子,俯身向显示器,手指扫过一连串按键。坐在床上的霍斯顿还看不太明白那些都是什么,"二十年,"艾莉森说,"十八,二十四,"她用手指点着屏幕,一直滑下去,带出一点"吱吱"的声音,"二十八,十六,十五。"

霍斯顿把手里的文件摞好,在脚边的纸堆里刨出一条路,来到床脚坐下,将一只手搁在妻子的脖子上,越过妻子的肩膀看向屏幕。

"这些都是日期?"他问。

艾莉森点点头。"差不多每隔二十年左右,就会有一次大叛乱。这份报告把它们都列出来了。这是在最近那次暴动中被删除的文件之一。也就是我们的那场暴动。"

她说"我们"这个词的时候,就好像她和霍斯顿,或者是他们的朋友曾经在那个时代生活过一样。不过霍斯顿明白她的意思。他们就是在那场暴动的阴影中长大的。感觉上,就像是那场暴动塑造了他们——那场一直萦绕在他们童年生活中的大规模冲突。同样,它也影响了他们的父母和祖父母。直到现在,人们依然会在暗中悄悄议论关于它的传言。

"那么,你为什么会认为是我们,也就是好人删掉了服务器的内容?"

WOOL / 017

艾莉森半转过身,露出一个冷酷的微笑。"谁说我们是好人?"

霍斯顿身子一僵。他的手离开了艾莉森脖颈。"别这样,不要说这种……"

"我开玩笑呢。"艾莉森说,但这不是一件可以开玩笑的事。这种话距离叛逆只有一步之遥,而对叛徒的处罚就是出去清理摄像头。"我的理论是这样,"艾莉森又迅速说道,特意在"理论"这个词上加重了语气,"每一代人都会发生一次暴动,对吧?至少一百多年时间里都是这样,甚至更久,简直就像一只定点报时的时钟。"她指着那些日期说,"但现在,关于这些大规模暴动,我们知道的只有服务器的存储被什么人抹掉了。我要告诉你,这可不是按几个按钮或者点一场火那么简单的事。这些数据有多个备份,要删光它们必须靠很多人通力协作,不可能是意外,或者工作疏忽,甚至不会是蓄意破坏……"

"这也无法确定要由谁来负责。"霍斯顿向妻子指出。毫无疑问,他的妻子是一位电脑女巫,但侦探工作并不在她的魔法袋里,这是霍斯顿的专长。

"让我格外注意的,"艾莉森继续说道,"是那么长时间里,每一代人都会有暴动。但自从上一场暴动之后,直到现在也没有发生过新的暴动。"说到这里,她咬住了嘴唇。

霍斯顿坐直身子,环顾房间,仔细消化艾莉森的话。他突然有一种感觉,他的妻子把他的侦探工具袋子抢走了,而且把那些工具用得非常顺手。

"所以,你是说……"他揉搓着下巴,喃喃地说道,"你是说,有人抹去了我们的历史,是为了防止我们重复历史?"

"或者更糟。"艾莉森伸出双手,握住丈夫的手,她的表情已经从认真变成了严肃,"会不会叛乱的原因就在那些硬盘里?有可能是我们的历史,有可能是和外面有关的信息,也有可能是很久很久以前,让我们住进这儿的原因——会不会是这些信息造成了某种不断积累的压力,让人们失去理智,变得疯狂?或者就是想要出去?"

霍斯顿摇摇头,警告艾莉森:"我不希望你这样想。"

"我不是说人们变疯就是对的,"妻子的语气重新变得谨慎起来,"但根据我到现在为止拼凑出的信息,这就是我的理论。"

霍斯顿带着怀疑的神情瞥了一眼显示器,"也许你不应该这样,我甚至不明白你是怎么做到的,但也许你不应该这样做。"

"亲爱的,信息就在那里。就算我没有把它们拼凑起来,也会有别人这样做。你没办法把鬼怪塞回到瓶子里去。"

"你是什么意思?"

"我已经发布了一份如何恢复被删除和覆写文件的白皮书。IT部门其余的人正在四处传播它,好帮助一些不小心进行了误操作的人。"

"我还是觉得你应该停下来。"霍斯顿说,"这不是个好主意。我看不出它会有什么好结果……"

"追求真相不会有好结果?知道真相永远都是好的。而且由我们发现事实总好过被其他人发现,对吧?"

霍斯顿看着自己的文件。自从最后一个人被送出去清洁摄像头,到现在已经过去五年了。作为警长,他能感觉到寻找合适人选的压力。这种压力一直在增加,就像一股蒸汽在筒仓中累积,随时有可能把什么东西喷射出去。当人们都在想着时候快到了,就会开始紧张。就像那些自证真实的预言一样,紧张的气氛最终会让某些人失去理智,做出违法的事,或者说出让自己后悔的话,然后他们就会发现自己进了牢房,最后一次看着模糊的落日。

霍斯顿开始继续翻检周围的档案,希望能从里面找到一些东西。明天他会让一个人被判处死刑,哪怕只是为了让筒仓中的蒸汽得到释放。他的妻子正在用针去戳一只膨胀过度的巨大气球。霍斯顿想要在妻子戳得太狠以前把气球里面的气放掉。

第四章

现在

霍斯顿坐在气闸舱唯一的钢制椅子上。缺乏睡眠和出现在眼前的一切让他的大脑感到麻木。纳尔逊是清洁实验室的主管。他正跪在霍斯顿面前,将白色防护服的一条腿套在霍斯顿的脚上。

"我们改进了关节处的密封,还在防护服外面增加了第二道喷涂防护层。"纳尔逊说道,"这应该能让你比之前的人坚持得更久。"

这让霍斯顿想起自己看着妻子去做清洁的时候。每当有人要去清洁摄像头,筒仓顶层那些能显示外部世界的房间往往都会空无一人。筒仓里的人都不忍心看到出去的那些人——他们喜欢看到清晰的风景,但不想看到那些风景是怎么来的。只有霍斯顿看到过。所以他很清楚自己要做什么。因为头盔银色的面罩,他当时看不见艾莉森的脸,也看不见肥大防护服里妻子纤细的手臂,只能看见她用羊毛软毡擦了又擦。妻子的一举一动,每迈出一步的样子,他都无比熟悉。他看着妻子完成工作,从容而认真。最后,艾莉森后退一步,仔细看着摄像头,向他挥手,然后就转身向远处走去,和她之前的那些人一样,迈着蹒跚的步子走向附近一座山丘,开始向上攀爬,一步步朝着远方地平线上那座由许多摇摇欲坠的高楼组成的破败城市走去。自始至终，霍斯顿没有动一下。甚至当妻子倒在山坡上，双手紧抱住头盔，他仍然在目不转睛地看着。毒气首先侵蚀了喷涂防护层，然后是防护服，最终是他的妻子。他就只能这样看着。

"另一只脚。"

纳尔逊拍拍他的脚踝。霍斯顿抬起脚，让这名技师把防护服在他的小腿上绑好。他看着自己的双手，还有贴身穿的黑色碳素紧身衣，想象这身衣服在他的身体上融解，像发电机管道上干掉的油泥一样一片片剥落，鲜血从他的毛孔中涌出来，积聚在防护服里，染红他已经没有了生命的身躯。

"现在能不能抓住吊杆站起来……"

这套程序，霍斯顿从头到尾亲眼见过两遍。第一次是杰克·布伦特，他一直都极度好斗、充满敌意，迫使作为警长的霍斯顿不得不在椅子旁边看守。第二次就是他的妻子。他只能站在气闸舱外，透过小舷窗来看。所以霍斯顿知道该做什么。但他还是需要技师的指示，因为他的心思早已飘到了别的地方。他伸手抓住悬挂在头顶上方的横杆，把自己拽起来。纳尔逊抓住防护服侧面，把它拽到霍斯顿的腰间。两只还空着的袖筒挂在霍斯顿身体两侧。

"先穿左手。"

霍斯顿麻木地服从了命令。他将以机械的步伐走完这段死刑犯的道路，这种感觉非常不真实。霍斯顿常常会想，为什么人们会服从筒仓的命令，为什么没有人一走了之？就连杰克·布伦特也履行了义务，尽管他一直在骂着各种不堪入耳的脏话。艾莉森只是静静地做完了一切，就像霍斯顿一样。霍斯顿一边想着，一边将一只手插进袖筒，然后是另一只手。防护服被拉拢。霍斯顿想到，也许人们会遵循这一套流程,只是因为他们无法相信会发生这样的事情。这一切都是那么不真实,让人们无从反抗。他的意识中兽性的那一部分不是为此而生的,无法理解他怎么会平静地走向一个完全已知的死亡。

"转身。"

他照做了。

他的后腰被拽了一下,然后是拉链被拉到颈后的声音。接着又是一拽,一阵拉链声。两道无用的防护层。工业尼龙搭扣的黏合声。接着是一阵拍打和检查。霍斯顿听到空心头盔从架子上滑落。当纳尔逊检查头盔内部的时候,他在厚实的手套里活动了一下手指。

"我们把程序再重复一遍。"

"没有必要。"霍斯顿平静地说。

纳尔逊朝返回筒仓的气闸舱门看了一眼。霍斯顿不需要去看,就知道那里很可能有人在看着他。"耐心点。"纳尔逊说,"我必须按照手册上的来。"

霍斯顿点点头,但他知道,其实并不存在什么"手册"。在筒仓世代延续的神秘口授传统中,没有什么能比防护服制作和清洁技术更具有宗教热情了。其他一切都要让位于这些技艺。擦干净摄像头的是履行清洁义务的人,但技师们才是让这件事成为可能的人。是他们让生活在筒仓压抑空间里的人能看到外面更广阔的世界。

纳尔逊把头盔放到椅子上。"你的清洁工具在这里。"他拍了拍粘在防护服前面的羊毛软毡。

"呲啦"一声,霍斯顿撕下一块羊毛布,仔细研究了一下这种粗糙材料的卷曲纤维,然后又把它粘了回去。

WOOL / 023

"先用清洁瓶朝镜头喷两下,用羊毛擦干净,再用这条毛巾擦干,最后贴上防护膜。"他依次拍了拍防护服上的口袋。这些口袋上都清楚地写明了里面装的物品和序号,还涂了不同的颜色。字都是倒着写的,这样霍斯顿就能方便地看到它们。

霍斯顿点点头。直到这时,他才第一次看到技师的眼睛。让他惊讶的是,那双眼睛里流露出了恐惧——因为自己的职业,霍斯顿对恐惧非常熟悉。他差一点就要问纳尔逊出了什么问题。不过他很快就想到:这个人在担忧这些说明都白做了,霍斯顿出去以后根本不会履行任何义务。筒仓里的每一个人都对清洁者有着同样的担心,担心他不会服从他们的规则,进行清洁。正是那些规则阻止人们去梦想一种更美好的生活,让怀揣梦想的人走向死亡。或者纳尔逊只是在担心他的技师团队费尽心力制造的昂贵装备?害怕这套利用暴动之前流传下来的秘密和技术打造的精美作品从筒仓里被带走,却只是毫无意义地烂在外面?

"你还好吗?"纳尔逊问,"有没有什么部位压力太大?"

霍斯顿扫了一眼气闸舱。我的生命压力太大,他想说,我的皮肤压力太大。这些墙壁给我的压力太大。

他只是摇摇头。

"我准备好了。"他悄声说。

他说的是实话。无论感觉是多么不真实,但他的确已经完全准备好了。

然后他忽然想起,他的妻子同样准备得多么妥当。

第五章

三年前

"我要出去。我要出去。我要出去!"

霍斯顿全速飞奔到自助餐厅。他的步话机还在不停地响着,里面能听见马恩斯副警长在向艾莉森喊叫着什么。霍斯顿根本没有时间回应,他像箭一样飞过三层楼梯,直接冲到了现场。

"出什么事了?"他一边问,一边挤过门口的人群,看见他的妻子正在地上扭动着,被康纳和两名餐厅雇员用力按住,"放开她!"他将他们的手从妻子的小腿上打落,却差一点被艾莉森一脚踹在下巴上。"别闹了,"他又向妻子的手腕伸出手。艾莉森的两只手腕全都被那些男人狠狠拧到了背后,"宝贝,到底出什么事了?"

"她要去气闸舱。"康纳吃力地咕哝着。培西又去按艾莉森不断踢蹬的双脚。霍斯顿没有阻拦他。现在他才看出来,为什么需要三个男人来按住他的妻子。他向艾莉森俯过身,确保妻子能看见他。艾莉森瞪大的眼睛前面全是落下来的乱发。

"艾莉森,宝贝,你必须安静下来。"

"我要出去。我要出去。"艾莉森的声音低了下来,但语气还是异常激动。

"不要这样说。"霍斯顿对她说。妻子严肃的口气让他全身战栗。他用双手捧住妻子的脸,"宝贝,不要这样说!"

但在这个令人惊骇的瞬间,他心中的一个角落里已经明白了这意味着什么。他知道,一切都太晚了。其他人都听到了。所有人都听到了。他的妻子已经确认了自己的死亡。

整个房间在霍斯顿周围旋转。他哀求艾莉森安静下来。他仿佛来到了某个可怕事故的现场,就像机械车间里发生了意外,他发现自己深爱的人受伤了。尽管她还活着,还在挣扎,但他一看就知道,她受了致命伤。

霍斯顿感觉到温热的泪水沿着面颊流淌下来。他努力拨开妻子脸上的头发。艾莉森的眼睛终于盯住了他的眼睛,不再疯狂地转动,只是死死盯住他,眼神也逐渐恢复了清澈。片刻间,可能只是一秒钟里,不等霍斯顿怀疑妻子是否被下了药,或者遭受了虐待,一点平静和清醒的火花在那双眼眸中闪过。在那道理智的光彩后面隐藏着冷静的计算。然后,只是一眨眼,她的眼神再次变得狂野,她又开始一遍遍地乞求让她出去。

"把她抬起来。"霍斯顿说。作为丈夫的感情被淹没在泪水下面,让位于作为警长的职责。现在没有别的办法,只能把妻子关起来,虽然他只想给自己找一个地方,让自己能放声哭喊。"这边,"他口中对康纳说着,朝他的办公室和拘留室点点头。康纳的两只手正紧紧抓住艾莉森扭动的肩膀。过了拘留室,在走廊尽头,就是被油漆漆成亮黄色的气闸舱大门,寂静而险恶,永远在沉默中等待着下一位死者。

进了拘留室以后,艾莉森立刻平静下来。她坐在椅子上,不再挣扎,也不再叫嚷。仿佛只是停下脚来休息,欣赏一下风景。现在纠结不安的变成了霍斯顿。他在钢栅外面不断转着圈子,大声问出各种得不到回答的问题。而副警长马恩斯和市长已经开始走死刑流程。他们两个就像是照顾病人一样对待霍斯顿和他的妻子。尽管霍斯顿的脑子已经因为过去半个小时的恐怖经历陷入了一片迷茫,但作为警长,他潜意识里一直都在警惕着筒仓中越来越紧绷的情绪,能模糊地感觉到在那些钢筋混凝土之间颤抖和飘散的恐慌与谣言。这个幽闭的空间承受着巨大的压力,现在正从各种缝隙中渗透出丝丝缕缕的耳语。

"亲爱的,你一定要和我说说话。"他一遍又一遍地恳求,又突然停下脚步,双手用力拧着钢栅栏。艾莉森只是背对着他,看着墙上棕色的山丘、灰色的天空和黑色的云层,不时会抬手拂去落在脸上的头发,除此之外,她既不动一下,也不说话。他们把不停挣扎的她推进拘留室,锁上钢栅门之后不久,霍斯顿曾经想要进去,但他刚把钥匙插进锁孔,他的妻子就说了一声:"不要。"于是他只好又抽出了钥匙。

就在他不停地恳求,而艾莉森毫无回应的时候,清洁摄像头的机制已经在筒仓中运转起来。技师们在走廊中奔忙,取得艾莉森的身体尺寸之后就开始准备防护服。清洁工具已经被送到了气闸舱。随着储气罐的"嘧嘧"声,氩气被注入冲洗舱。各种噪声不时会传到拘留室。而霍斯顿只是站在栅栏门前,凝视自己的妻子。一边走路一边说话的技师从他背后经过时,全部用力闭住了嘴,甚至可能连呼吸都屏住了。

几个小时过去了,艾莉森仍然拒绝说话。她的这种行为又在筒仓里引起一阵骚动。霍斯顿一整天都在栅栏门外又哭又闹,他的大脑落在了困惑和苦痛的火焰中。只是片刻之间,他所熟悉的一切就都被摧毁了。他想要让自己的大脑理解这一切,而艾莉森却只是坐在牢房里,目不转睛地望着外面的荒原,仿佛作为清洁者的可怕处境反倒让她很是高兴。

天黑以后,她终于说话了。那时她最后一次默默地拒绝了自己的临终晚餐,技师在气闸舱里也完成了准备工作,将黄色舱门关闭,各自去准备度过这个不眠之夜。他的副警长拍了两下他的肩膀,去值夜班了。霍斯顿的声音早已变得沙哑,长时间的哭泣让他几乎要陷入昏厥。自助餐厅和休息室的屏幕上,昏暗的太阳早已落到山丘后面,随之一同隐去的还有远方那座城市的废墟。拘留室里差不多已经全黑了。艾莉森以几乎微不可闻的声音说:"那不是真的。"

霍斯顿急忙抬起头,他觉得自己听到了。

"宝贝?"他抓住栅栏,拽着自己跪起来,"亲爱的。"他一边悄声说着,一边抹去脸颊上干掉的液体。

艾莉森转过身。霍斯顿觉得太阳仿佛改变主意,重新升起在山丘上。妻子的回应给了他希望。他的心口塞得满满的,他相信这只是一种病,一种热症。只要医生写下一份诊断书,就能把她所说所做的一切解释清楚。她从来都不打算这样做。她会得救的,因为她从困境中走出来了;霍斯顿也会得救,因为妻子向他转过了身。

"你看到的一切都不是真的。"艾莉森低声说。她还在发疯,还在用禁忌的话把自己逼上绝路,但她看上去却是那样平静。

"和我说说话。"霍斯顿招手想让她过来。

艾莉森摇摇头,拍了拍身边单人床薄薄的床垫。

霍斯顿看了一下时间。探视时间早就过了。他要做的事情将足以让他也被判处去做清洁。

钥匙被他毫不犹豫地插进了锁眼。

紧接着是一阵响亮得不可思议的金属撞击声。

霍斯顿走进牢房坐到妻子身边。如果不能碰到妻子,不能将妻子抱进自己的怀中,不能把她拖到安全的地方去,回到他们的床上去,不能装作这一切都是一个噩梦,他还不如死了。

但他一动也不敢动。他坐下来,两只手相互绞拧着,听着妻子悄声讲述:"这不是真的。这里的一切,都不是真的。"她看着屏幕说。

霍斯顿靠近妻子。她白天的时候拼命挣扎,流了很多汗,他闻到了汗水的气味。"宝贝,到底是怎么了?"

妻子的头发被他说话时的气息吹动。她伸出手,抚摸渐渐变黑的显示屏,感受着那上面的像素点。

"现在可能是清晨,我们却完全不知道。外面可能有人。"她转过身,看着霍斯顿,"他们可能正在看着我们。"她的脸上露出一丝不祥的笑容。

霍斯顿盯住妻子的眼睛。她看上去一点也没有疯,和白天的时候完全不一样。但她说的全是疯话。"你怎么会这么想?"他问道。他觉得自己知道答案,但他还是问道:"你是不是在硬盘上找到了什么东西?"他听说妻子是从实验室直接跑到气闸舱来的,那时候她就已经在不停地喊着疯话了。她一定是在工作的时候遇到了什么。"你找到了什么?"

"在暴动以后,还有更多东西被删除了。"艾莉森对他耳语道,"当然会是这样。一切都被删除了。所有最近的内容也都被删了。"她笑了。她的声音突然变大,双眼失去了焦点,"有一些电子邮件,我打赌,肯定不是你发给我的!"

"亲爱的,"霍斯顿大着胆子握住她的双手。她没有把手抽走,霍斯顿就一直握着它们,"你找到了什么?是一封邮件吗?是从哪里发出来的?"

她摇摇头。"不,我找到了他们使用的程序。让这些屏幕上的画面如此真实的程序。"她回头看向那片迅速黑下去的黄昏,"程序员,"她说道,"程、序、员。就是他们。他们知道。这个秘密只有他们知道。"说到这里,她摇了摇头。

"什么秘密?"霍斯顿无法判断妻子是在胡言乱语,还是在说一件很重要的事。他只知道妻子在说话。

"但现在,我也知道了。而你也将会知道。我会回来找你,我发誓。一切都会不同。我们会打破这个循环,你和我。我会回来,我们会一起翻越那座山丘。"她笑了,"如果那里真有山丘的话。"她说话的声音也一下子大了起来,"如果那里有山丘,它会是绿色的。我们会一起翻过它。"

她转过头看着霍斯顿。

"没有暴动,那也是假的,只是有人在不断离开。那些知道真相的人,那些想要出去的人。"她微笑着说,"他们都出去了。他们得到了他们想要的。我知道他们为什么会把镜头擦得干干净净,为什么他们明明说不会,但最后却都做了。我知道,我知道。他们绝不会回来,只会不停地等待。但我会。我立刻就会回来。到时候就不一样了。"

霍斯顿用力握住妻子的手。泪水从他的面颊上滚落。"宝贝,你为什么要这样做?"他觉得妻子现在会向他解释,毕竟筒仓已经全黑了,而这里只有他们两个人。

"我知道暴动是怎么回事了。"她说。

霍斯顿点点头。"我知道,你告诉过我,以前也有过其他……"

"不是。"艾莉森将手从他的手中抽走,不过她这样只是为了能方便转身面对丈夫,看着他的眼睛。她的眼睛里完全没有了白天时的疯狂。

"霍斯顿,我知道暴动为什么会发生了。我知道是为什么了。"

艾莉森咬住下嘴唇。霍斯顿等待着,连身体都绷紧了。

"总是会有人怀疑,怀疑事情没有看上去那么糟。你也有这种感觉,对吗?我们可能是被困在了这里,生活在一个谎言中?"

霍斯顿知道这个问题最好不要回答,甚至听也不应该听。讨论这种话题只会被送出去做清洁。他僵直地坐在床上,等待着。

"也许是因为年轻的一代成长起来了。"艾莉森继续说道,"所以差不多每二十年会有一次。我估计,他们是想要摆脱现状,去探索。难道你没有过这种冲动吗?难道你年轻的时候没有过吗?"她的眼睛再一次失焦,"或者,也许是那些新婚夫妇,当他们被告知在这个该死的、狭小的空间里不能有孩子的时候,他们就被逼疯了。也许他们宁可冒险去争取一个机会⋯⋯"

她的目光重新聚焦在某个遥远的地方。也许她在看着那张他们还没有兑现,并且永远无法兑现的彩票。她又转回视线,看着霍斯顿。霍斯顿有些怀疑自己哪怕只是这样保持沉默,也要被判罚去做清洁了。他应该大声喝止妻子,不要让妻子再说出这些被严令禁止的话。

"甚至有可能是那些老年居民,"艾莉森还在说着,"他们已经活得够久,不再害怕无法度过自己最后的岁月。也许他们是想要为其他人让出生活空间,为了他们为数不多的、宝贵的孙辈。无论是怎样一种情况,无论是谁,每次暴动的发生都是因为他们有所怀疑,因为他们感觉到我们这里是一个糟糕的地方。"她将牢房扫视了一圈。

WOOL / 031

"你不能这样说。"霍斯顿悄声说道,"这是严重的罪行……"

艾莉森点点头。"不能表达任何离开的愿望。是的,严重的罪行。难道你没看出制定这种法律的原因?为什么这是被禁止的?因为所有暴动都是从这个愿望开始的,这就是原因。"

"你想要什么,就会得到什么。"霍斯顿重复着这句话。这句话在他小时候就钻进了他的脑子。他的父母那时就警告他们宝贵的、唯一的孩子,绝对不要想离开筒仓。想一下也不可以。不要让这个念头出现在自己的意识里。这只会立刻导致他的死亡,会毁掉他们唯一的孩子。

他又看向妻子。直到现在,他还是不明白妻子的疯狂,还有她做出的决定。可以确定的是,艾莉森发现了被删除的程序,那种程序能够让电脑屏幕上的世界像真的一样。这是什么意思?为什么要这样做?

"为什么?"他问妻子,"为什么要这样做?为什么不来找我?一定有更好的办法查清楚真相。我们可以先把你在硬盘上找到的东西告诉其他人……"

"然后变成引发下一场大规模暴动的人?"艾莉森笑了。她的眼睛里仍然残留着那种疯狂,或者那只是强烈的懊恼和愤怒。也许是瞒了几代人的惊人骗局把她逼到了疯狂的边缘。"不必了,谢谢。"她的笑声低沉下去,"如果他们还留在这里,就让他们在这里烂掉吧。我回来只是为了你。"

"你离开以后,就不会回来了。"霍斯顿气愤地说,"你以为那些被放逐的人还活着吗?你以为他们不回来是因为他们感觉被我们欺骗了?"

"那你觉得他们为什么要去擦摄像头?"艾莉森问,"为什么他们会毫不犹豫地拿起羊毛去工作?"

霍斯顿叹了口气。他感觉到自己的怒意消退了。"没有人知道为什么。"他说。

"但你觉得是为什么?"

"我们已经谈过这件事了。"霍斯顿回答,"这件事我们已经讨论过多少次了?"他相信,所有夫妻在单独相处的时候都会悄声议论这些事。他回想着那些时刻,目光不由得越过了艾莉森,看到墙壁上的月亮,根据月亮的位置判断现在的时刻。他们的时间非常有限。他的妻子明天就要走了。这个念头不断出现在他的脑海中,就像雷暴云里射出的闪电。

"每个人都有自己的想法。"他说,"我们已经交流过无数次。但我们还是先……"

"但现在,你得到了新的信息。"艾莉森对他说。她放开丈夫的手,梳理了一下落在脸上的头发,"你和我都知道了更多事情,所以很多问题就都有了解释,很合理的解释。明天,我就能知道真相。"艾莉森微笑着拍拍丈夫的手,仿佛他还是一个孩子,"而总有一天,亲爱的,你也会知道。"

第六章

现在

没有了艾莉森的第一年,霍斯顿一直在等待着,相信妻子的疯狂,将她倒在山坡上的尸体当成假象,希望她会回来。在妻子的第一个忌日,他用了一整天将拘留室打扫得干干净净,又洗净了那道黄色的大门,同时一直在努力倾听,想听到某种声音,一点敲门声,那将意味着妻子的幽灵回来解救他了。

这样的事没有发生,于是他开始考虑另一种行动:出去找妻子。他用了许多天、许多个星期、许多个月查找电脑资料,阅读被妻子拼合起来的内容,对它们感到一知半解,也让自己变成了半个疯子。他开始相信,他的世界是一个谎言。没有了艾莉森,就算这个世界是真的,他也没有必要活下去了。

艾莉森离开的第二个周年忌日,他变成了一个懦夫。他步行去上班,嘴里含着那句危险的话——他想要出去。但他在最后一秒钟把这句话咽了回去。他差一点就选择了死亡。那一天,这个秘密在他和马恩斯副警长在巡逻的时候一直烧灼着他的心。随后是漫长而懦弱的一年,他丢弃了艾莉森。第一年是艾莉森的错,但最后这一年是他的错。他不会再错下去了。

现在，又过了一年，他一个人待在气闸舱里，穿着清洁者防护服，心中充满了疑虑和信念。筒仓已经在他身后关闭。黄色大门的粗大门闩被紧紧锁死。霍斯顿觉得，这不是他曾经想象过的死法，也不是他希望发生在自己身上的事情。他本以为自己会永远留在筒仓里。他的身体会像父母的身体一样：进入第八层泥土农场的土壤中。他曾经梦想拥有一个家庭，有他自己的孩子，如果不能幸运地拥有双胞胎，能赢得第二张生育彩票也可以，以及一位能和他白头偕老的妻子……

对面的黄色大门传来一阵电喇叭的声音，警告除他以外的所有人离开。他要留下来，他已经无处可去了。

氩气室发出"咝咝"的声音，让这个房间充满了惰性气体。这样充气一分钟之后，霍斯顿感觉到了气压。他的防护服关节部位也随之出现了褶皱。他呼吸着头盔里的循环氧气，站在另一道门前，那道禁止进入的门，通向可怕的外部世界的门，就这样等待着。

墙壁伸出的活塞发出一阵金属的呻吟声。盖在空气闸门内部的可替换塑料幕布因为增强的氩气压力紧贴在闸门上。等到霍斯顿清洁摄像头的时候，这些塑料幕布会被烧成灰烬。这个舱室在天黑之前就会被彻底清洗，为下一次清洁行动做好准备。

他面前的金属大门颤抖了一下，一道细线状的奇异空间出现在两扇门的接合处，随着大门向左右滑开而逐渐变宽。它们不会像原先设计的那样完全打开——必须将毒气渗入的危险减到最低。

氩气在"咝咝"声中涌过门缝，随着缝隙变宽，气流声也逐渐变得低沉。霍斯顿向前走去，没有丝毫抗拒——这让他对自己感到惊愕，实际上，之前那些清洁者的行动也都让他困惑不已。也许能够走出去，亲眼看一次这个世界，这总要好过和那些塑料幕布一起被

WOOL / 035

活活烧死。哪怕能多活片刻也是好的。

门开到足够宽的时候,霍斯顿就挤了出去。他的防护服在闸门上狠狠擦了一下。因为氩气一下子涌进气压较低的环境,他的周围全是一片雾霭。他摸索着向前蹒跚而行,慢慢向迷雾以外走去。

还没等他走出雾气,身后的闸门便在金属的呻吟声中开始关闭。电喇叭的嚎叫声被沉重的钢铁摩擦声所淹没。他和毒气一起被锁在了筒仓外面。气闸舱里一定已经被净化的火焰充满,一切渗进去的污染都会被彻底清除。

霍斯顿的脚踩到了一条向上延伸的混凝土坡道。他感觉到自己时间的有限,仿佛有一只闹钟正在他的颅骨深处不停地"滴答"作响,对他喊着"快一点!快一点"!他的生命进入了倒计时。他笨拙地走上坡道,心中困惑自己是不是到了地面上。他早已习惯了从餐厅和休息室看外面的世界和地平线,就以为它们应该和气闸舱在同一个高度。

他沿着狭窄的坡道一步一步向上攀爬。伸出手,他摸到自己两侧都是布满裂纹的混凝土墙壁。而他的面罩上只有一片刺眼的光芒。一直爬到坡道顶端,霍斯顿终于看到了天空——他因为抱有希望而被判处有罪,被驱逐到外面的世界,一个拥有真正天空的世界。他转了一圈,眺望地平线,这么多绿色让他感到头晕目眩!

绿色的山丘,绿色的草地,绿色像地毯一样铺展在他的脚下。霍斯顿在他的头盔里高声呐喊。他的意识因为眼前的景象而一阵阵恍惚。在绿色的大地之上,是和儿童图画书里一模一样的蓝色天空,纯净的白云,还有在空中飞舞的生物。

霍斯顿转了一圈又一圈,消化这一切。他突然想起,自己的妻子也这样做过。他那时看到艾莉森笨拙地、缓慢地转着圈,几乎就像是迷路了,或者满头雾水,又或者是在考虑要不要清洁摄像头。

对,清洁摄像头!

霍斯顿从胸前拽下一片羊毛软毡。清洁!在持续不断的眩晕感中,他一下子明白了这是为什么,为什么,为什么!

他看了看筒仓所在的位置。他知道那里有一圈高耸的环形围墙。当然,那圈围墙里面已经堆满了泥土,所以他身后只是一个水泥土墩,约有八九英尺①高。一架金属梯子被安装在围墙上,连接到竖在围墙顶上的天线。在正对他的这一面,能看到一部带弧面鱼眼镜头的大型摄像机。再走近一些,就能发现四部这种摄像机环绕着整座土墩。

霍斯顿举起羊毛毡,向第一个镜头走去。他能想象如果餐厅里有人的话,会看到自己是什么样子——穿着肥大笨重的防护服,吃力地向前挪动。三年前,他就是看着妻子这样朝摄像头走过来。他还记得妻子向自己挥手。那时他还以为妻子是在摆手保持身体平衡。艾莉森是不是还要告诉他什么?她是不是笑得像个傻瓜?就像他现在这样抑制不住地想笑?只是她的脸被那副银色的面罩遮住了。当时霍斯顿什么都看不见。那么,当他的妻子在喷洒清洁剂、涂抹、擦拭,最后把镜头用毛巾擦得干干净净时,是不是心脏也像他一样激动地跳着,充满了傻乎乎的希望?霍斯顿知道,现在自助餐厅里一定没有人。筒仓里没有人会那样爱他,但他还是挥了挥手。当他开始擦拭镜头的时候,他的心情和自己当初想象的完全不同,没有焦灼的愤怒,不再痛恨筒仓里的人对他的惩罚,不再感到被出卖。他手中的羊毛在镜头上画着小圈,心中只有对那些人的怜

---

① 1英尺约为0.3米。

WOOL / 037

悯，还有控制不住的喜悦。

世界变得模糊了，但这是一种美好的模糊，因为眼泪涌入了霍斯顿的眼眶。他的妻子是对的。在筒仓中看到的都是谎言。就是那些山丘——看了那么多年，他一眼就能认出它们。但筒仓中看到的颜色都是假的。筒仓中的那些屏幕，他的妻子发现的程序，他们将鲜活的绿色变成了灰色，他们除去了所有生命的迹象。神奇的生命！

霍斯顿擦干净了镜头上的污垢，心中却在猜测，会不会屏幕上那些画面逐渐模糊的过程也是程序制作出的假象。镜头上的污渍是真的。他亲眼看到自己将这些污渍一点点擦掉。但那也许只是尘土，不是剧毒。空气中根本没有腐蚀性的物质？艾莉森发现的程序也许只能用来修饰已经被看到的东西，画面的模糊还是因为镜头上的灰尘越来越多？霍斯顿的脑海中旋转着那么多新的事实和念头。他就像一个几十岁的孩子，刚刚在一个广阔的新世界中出生，同一时间涌向他的信息实在太多，让他的太阳穴阵阵抽痛。

镜头的模糊不是程序做出的效果，他清理掉第二个镜头上的最后一点污渍时确定了这一点。灰尘覆盖了镜头，就像那些程序用虚假的灰色和棕色覆盖了绿色的大地和点缀着朵朵白云的蓝色天空。他们隐藏了一个如此美丽的世界。霍斯顿必须集中全部精神，才能控制住自己，不至于转过身去盯着那片美丽的风景出神。

他一边清理四部摄像机中的第二部，一边还在想着脚下那些墙壁屏幕上被修饰过的画面。筒仓里有多少人知道真相？难道真的一个知道真相的都没有？得疯狂忠诚到什么程度，人才会维持这样绝望的幻景？或者在最后一次暴动之后，就再没有人知道这个秘密了？连续这么多代人，难道真的再没有人知道这个谎言了？一组欺骗性的程序一直在筒仓的电脑中运转着,却完全无人察觉?难道有人知道了真相,如果他们能创造其他景象,为什么不创造些好看的东西呢?

那些暴动!也许这只是为了防止暴动一次又一次发生。霍斯顿给第二个镜头贴上保护膜,心中越发觉得这个丑化外面世界的恶毒谎言就是为了误导人们,让人们不想离开筒仓。是不是有人认为真相会让他们失去权力、无法控制别人?还是有着某种更加隐秘、更加险恶的阴谋?害怕有越来越多无所畏惧的、渴望自由的孩子?令人胆寒的可能性太多了。

那么艾莉森呢?她去了哪里?霍斯顿绕过水泥墩,朝第三个镜头走去,远方城市熟悉却又陌生的摩天大楼出现在他的视野中。现在他能看到更多的建筑物,它们矗立在两侧更加偏远的地方,其中有一座陌生的建筑位置最靠前。他早已熟记于心的那些大楼,它们全都完整无缺,闪闪发光,没有任何变形和破损。霍斯顿的目光转向那些葱翠的山丘,觉得艾莉森随时都有可能越过它们,向他走来。不过这太荒谬了。艾莉森怎么可能会知道他会在今天被流放?她会记得这个周年纪念日吗?过去两个周年纪念日,她为什么不见踪影?霍斯顿只能咒骂自己之前的懦弱。整整三年被浪费了。他一定要去找他的妻子,这就是他的决心。

他突然有一种冲动,要扯掉头盔,脱掉这套笨重的防护服,只穿着碳素紧身衣爬上山丘,深深呼吸清新的空气,大笑着跑向那座巨大的城市,那里一定住满了人,有许多尖叫的孩子。他的妻子一定在那里等他。

但还不行,他还需要保持这种外表,假象还要维持下去。他不确定是为什么,但他的妻子就是这样做的。在他之前的所有清洁者都是这样做的。霍斯顿现在已经是他们中的一员,是自由人的一员。在传统和前辈们的压力下,他也得这么做才行。他们一定知道为什么要这样。他会完成他的任务,这样才能与他刚刚加入的团体保持一致。虽然不确定为什么要这样做,但在他之前的每一个人都这样做了,他们看到了共同的秘密。这个秘密如同一剂强力的麻醉药,让他只知道完成自己得到的命令,就像之前的所有人一样,机械地进行清理,但他还是禁不住要感叹,一个如此广阔的世界,一个人终其一生也看不完它的全部,无法呼吸到它的每一个地方的空气、喝到它每一处的水、品尝到它的每一种食物。

当霍斯顿尽职尽责地擦拭第三个镜头时,他满脑子都是这些想法。喷洒、擦拭、贴膜,然后去第四部摄像机那里。他耳朵里的血管在跳。他的心脏在撞击束缚他的防护服。就快了,就快了,他告诉自己。他使用了第二块羊毛毡,向最后一个镜头喷上清洁剂,然后擦拭,贴上防护膜。最后,他把一切物品都按照序号收回到各自的口袋里。他不想把东西乱扔,破坏脚下美丽健康的土地。做好了。霍斯顿向后退去,最后看了一眼没有人关注他的自助餐厅和休息室,然后将后背转向那些早已背弃艾莉森和之前所有自由人的人。没人回来找筒仓里的人是有原因的,正是出于同样的原因,每一个出来的人才都会装模作样地清洁好这些镜头,哪怕他们说自己不会这么做;同时还不会脱下笨重的防护服。他自由了,他要去找其他人,于是他缓步向那道黑色的纹路走去,跟随着他妻子的脚步。山坡上应该有一块他熟悉的石头正在长眠,但现在,那块石头不见了。霍斯顿知道,那只不过是另一个糟糕的像素谎言。

第七章

霍斯顿已经向山丘上爬了十几步,他还在为自己脚下青翠的草地和头顶灿烂的天空而惊叹。就在这时,第一阵剧痛开始在他的胃里翻滚。胃绞了起来,像是极度的饥饿。一开始,他担心是自己太着急了,无论是进行清洁的时候,还是现在顶着这身沉重的衣服爬山的时候,步子都迈得太急。他打算翻过山丘再脱下防护服。那时筒仓里就不会有人能看到他。就让自助餐厅墙壁上的画面维持好一直以来的假象吧。他将注意力集中在那些摩天大楼的顶部,让自己放慢脚步,平静下来。一次一步。他曾经年复一年地沿着三十层楼梯上上下下,爬上这样一座小山应该不算什么。

又是一阵痉挛,这次更强烈了。霍斯顿瑟缩了一下,停止前进,等待痉挛过去。他上次吃东西是在什么时候?昨天完全没吃过饭。真是愚蠢。他最后一次上厕所呢?他也记不起来了。他也许只能早些脱掉防护服了。等到恶心的感觉过去,他又开始向上攀登,希望在下一次疼痛发作之前到达山顶。刚刚走出十几步,剧痛又击中了他,这一次更加强烈,他从没有这样痛过。霍斯顿开始干呕,幸好他的胃里没有东西。他用双手捂住肚子,膝盖无力地颤抖着,跪倒下去。他趴在地上,发出一阵呻吟。他的胃仿佛在燃烧,火焰一直喷到他的胸部。他又向前爬了几英尺,汗水从额头上滴落下来,砸在他的头盔里面。他的视野中出现了一些火花,随后整个世界变成一片惨白。他的视野就这样闪动了几次,就像被闪电击中一样。他在困惑和茫然中继续向前爬,吃力地挪动身体,他惊慌的意识依然坚持着最后那个清晰的目标:爬到山顶上。

他的视野还在一次又一次地闪烁,面罩在闪过一片亮光之后,又突然暗下来,让他很难看清东西。他撞上了什么东西,手肘一弯,肩膀磕在地上。他用力眨眼,向山顶处凝神观望,希望能看得清楚一些,但他能看到的只有偶尔一闪而过的绿草。

然后,他的视觉就完全消失了,眼前只剩下了黑暗。霍斯顿伸手抓自己的脸,他的胃也仿佛绞拧成一团。他的视野中出现了一点闪光,这让他知道自己没有失明。但这些许光亮仿佛来自他的头盔内部。是他的面罩突然变黑了,并不是他瞎了。

霍斯顿又伸手去摸头盔后面的栓扣。他怀疑自己把空气都用光了。他是不是窒息了?因为自己呼出的二氧化碳而中毒了?当然!他们为他提供的氧气只要足够支持他擦干净摄像头就行了,为什么还要准备多余的氧气?他用裹在厚连指手套中的手去摸索头盔栓扣。他们当然想不到他会遭遇这种情况。手套是防护服的一部分,这件防护服是一体式的,只在背后有两道拉链,又用尼龙搭扣固定住。没人帮忙,他一个人应该没办法把防护服脱下来。他要死在这里了,被自己毒死,因为自己呼出的气体而窒息。现在霍斯顿真正体会到了幽闭的恐惧,这是一种真正被完全封闭的感觉。他在这个为他量身定制的棺材里痛苦地扭动,拼命挣扎着想要冲出去。与此相比,筒仓根本就算不上什么。他一边在防护服中蠕动,一边用力拍打头盔栓扣。但他的手套太大了,而且眼前一片漆黑让情况变得更加糟糕,让窒息和被束缚的感觉更加强烈。霍斯顿又在剧痛中一阵干呕。他弯下腰,双手按在泥土里,隔着手套感觉到了一块尖利的东西。

他摸索着寻找那东西——找到了,一块棱角锋锐的石头,一件工具。霍斯顿努力让自己平静下来。多年以来,他都在强迫自己保持平静、有能力安抚他人、稳定混乱的状况,现在这些能力又回到了他身上。他小心翼翼地抓起那块石头,生怕自己因为看不见再失手将它掉落。就这样,霍斯顿把石头举到头盔上方。他的脑子里闪过一个念头,也许能用石头把手套割下来,但他不确定自己的理智和防护服里的氧气能不能维持那么久。他把岩石的尖端刺向防护服颈部,正好砸在头盔栓扣所在的地方。随着石头击中物体的感觉,他也听到了"咯"的一声响。咯、咯。霍斯顿停下来,用包裹在手套中的手指摸索了一下,仔细把位置确定精准,又用力一敲。这次响起的是不再是"咯、咯"声,而是清脆的一声"咔哒"。一道银色的光线从头盔的一侧照射进来。这时霍斯顿几乎要被自己呼出的废气憋死,头盔里空气早已污浊不堪。他把石头移到另一只手上,瞄准了第二个栓扣。又是两次敲错了位置,第三次,头盔一下子弹开了。

霍斯顿能看见了。刚才的努力和窒息让他的眼睛感到灼痛,但他终于能看见了。他眨了眨充满泪水的眼睛,试着吸一口清新的、让人恢复活力的、蓝天下的空气。

他看到的景象却仿佛在他的胸口上狠狠砸了一拳。恶心的感觉噎住他的喉咙,迫使他吐出唾沫和胃酸,甚至几乎吐出了胃膜。他周围的世界都变成了棕褐色。棕色的草和灰色的天空。没有绿色,没有蓝色,没有生命。

他身子一歪,瘫倒下去,肩膀撞在地上。他的头盔就在他面前,开口朝天,面罩完全是黑色的,没有一丝生气。透过这副面罩,当然什么都看不见。霍斯顿困惑地伸手拿过头盔。原来头盔面罩的外侧镀了一层银,内侧则什么都没有。没有玻璃,只有一个粗糙的表面,旁边有导线连接。是一块黑掉的屏幕,上面全是坏掉的像素。

他又吐了一阵,然后虚弱地擦擦嘴,低头向山丘下望去。他用自己一双裸眼看到了这个世界真正的样子——他一直以来都无比熟悉的样子。荒芜而凄凉。他放下头盔,放下了从筒仓里带出来的谎言。他就要死了。毒素正在从内部啃噬他。他眨眨眼睛,望向头顶的乌云,那些黑色的云团正在像野兽一样四处游荡。他转回头,想看看自己走了多远,离山顶还有多远。这让他看到了自己上山时被绊了一下的那个东西。一块石头——正在沉睡的石头。它没有显示在霍斯顿的面罩上,不曾存在于那块小屏幕上的谎言中——或者说,不曾存在于艾莉森发现的那些程序里。

霍斯顿伸手摸了摸面前这块沉睡的石头,白色的防护服像风化的岩石一样纷纷剥落。这时,他连自己的头都撑不住了。他在剧痛中蜷起身体,等待缓慢的死亡将他带走。他的手握住了妻子的残骸。在最后痛苦的呼吸中,他想到自己死亡的样子,一定就像筒仓里那些人看到的一样,蜷缩在一座死寂的褐色山丘上,一条黑色的沟壑里,一座正在腐烂的城市无声而绝望地矗立在远方,而他只能在这里慢慢死去。

如果真的有人在看,他们会看到什么?

精准的口径

第二部 PART 2

PROPER GAUGE

第八章

　　她的毛衣棒针被一双一双地收在皮套中,每一双都是两根完全一样的细木棍。它们并排放在一起,如同两根纤细的腕骨被包裹在鞣干的古老皮肉中。木头和皮革。像这样的工艺品,还有在暴动和清洗中幸存下来的儿童书和木雕,就像一个又一个线索,从一代人传给下一代人,是祖先向他们使的眼色,没有丝毫恶意。每一条线索都是一个小小的暗示,告诉人们,曾经存在过一个远非现在所能比拟的世界。在那个世界里,建筑物耸立在地面上,就像那些灰败枯槁的山丘后面摇摇欲坠的废墟。

　　扬斯市长考虑再三,终于选出一对棒针。她总是挑选得很仔细,做出正确的判断至关重要。针太小,编织就会很困难,织出的毛衣也又紧又勒。而如果针太大,毛衣上就全都是过大的洞眼,经纬线都很松散,甚至可以透过毛衣直接看到对面。

　　做出选择以后,扬斯从这段鞣干的"小臂"中取出两根木制的"骨头",又拿过那个大棉线球。很难相信,她要仅凭双手,从那一大团纠缠在一起的纤维中整理出某种秩序,让它们能够被使用。她找到线头,想要厘清毛线是怎么绞成现在这样的。现在,她的毛衣仍然只不过是一团乱麻和一个构想。再向前追溯,它则是一团团白亮的棉花纤维,种植在农场的泥土里,生长,被摘下来,清洗干净,拧成细长的线绳。更早以前,这些棉花的本质还可以追溯到那些安息在农场土壤中的灵魂。他们用自己的血肉喂养作物的根茎。作物地面以上的部分则一直被明亮的生长灯炙烤着。

扬斯为自己的病态想法摇了摇头。她的年纪越大,就越容易想到死亡。现在她的每一次思考到最后,总是死亡。

她小心翼翼地把棉线一端绕在一根棒针的针尖上,用手指搭出一张三角形的网。针尖穿过这个三角形,把棉线带过去。这是她最喜欢的部分——穿线。她喜欢开始,织出第一行,无中生有。她的手知道该做什么,所以她可以从容地抬起头,看一看晨风吹过山坡,带走一团团尘土。今天乌云密布,给人一种不祥的感觉。许多黑沉沉的云团压向地面,就像忧心忡忡的父母,看着地上那些被风吹起的沙尘旋涡。而这些小旋涡则像大笑的孩子一样翻滚着、旋转着,向山下奔去,沿着洼地和山谷,冲向一道巨大的沟壑。在那里,两座山丘挤在一起,合为一体。在那里,扬斯看到一团团灰尘洒落在一对死尸上,来自于尘土的两个人在风沙的嬉闹中化为幽灵,原本真实而活泼的孩子们又变成梦境和流散的薄雾。

扬斯市长将脊背靠回在她那把褪色的塑料椅子上,看着变幻无常的风在筒仓外令人生畏的世界中肆意飞舞。她的手把棉线编织成一排又一排经纬交错的图样,只需偶尔瞥一眼就能确保这些图样不出差错。那些沙尘成片地扑向筒仓的摄像头,每一次对摄像头的冲击都会让她心生畏惧,仿佛那是一种实实在在的打击。实际上,这种模糊的尘埃造成的伤害是很难被观察到的,尤其是在镜头刚刚被清洁之后的这一天。镜片上的每一点灰尘都是一种亵渎,如同一个肮脏的人碰了纯洁的东西。扬斯还记得那种感觉。经过了六十年,她有时也会想——这些镜片上的尘垢和为了清洁它们而必须让人们牺牲生命——这两者到底是哪一样更加让她痛苦?

"长官?"

扬斯市长转过身,视线离开那些死气沉沉的山丘,还有山坡上她刚去世的警长,看到副警长马恩斯正站在自己身边。

"什么事,马恩斯?"

"这是你要的。"

马恩斯在自助餐厅的桌子上放下三个马尼拉文件夹①,沿着桌面推给市长。文件夹从昨晚清洁庆祝活动留下的食物碎屑和果汁污渍中间滑过来。扬斯把编织工作放到身旁,不情愿地伸手去拿文件夹。现在她只希望能多一点独处的时间,安静地看着成排的棉线结变成一件有模有样的东西。干干净净的日出画面让她感到平静与安宁,她只想要享受一下这种感觉,在经年累月的污垢重新将它覆盖之前,在筒仓上层的其他人醒来之前。很快,那些人就会将良心上的污渍和眼睛里的睡意一同抹掉,走上来,聚集在她周围,坐进自己的塑料椅子里,观赏这些镜头中的风景。

但无论她有多么不希望被打扰,职责还是在召唤她:她是自愿当上市长的,而筒仓需要一位警长。于是,扬斯把自己的需求和欲望推在一边,拿起放在腿上的文件夹,掂了掂,抬手抚摸着第一个文件夹的封面,带着一种介于痛苦和认命之间的感觉低头看向自己的手。手背看上去又干又皱,就像文件夹中露出来的玉米浆纸一样。她瞥了一眼马恩斯副警长,副警长的胡子几乎全白了,只夹杂着不多的几根黑胡子。她还记得马恩斯胡子全黑时的样子,那时这位副警长又高又瘦的身子充满了年轻人的旺盛精力,远远不是今天这样

---

① 此种文件夹用原产于菲律宾的一种麻纤维纸制成,故得名。——译注

憔悴无力的样子。今天,他看上去还是很英俊,但这只是因为扬斯很久以前就认识他,只是因为扬斯这双老眼睛还记得他很久以前的样子。

"你知道,"她对马恩斯说,"我们这次可以做些不一样的事情。你可以让我提升你为警长,然后雇个副手,好好处理这件事。"

马恩斯笑了。"我当副警长的时间几乎和你当市长的时间一样长,长官。现在我对其他事情都没有兴趣,只是在等死罢了。"

扬斯点了点头。她喜欢马恩斯在自己身边的原因之一就是这家伙脑子里的想法比她还黑暗,相形之下,她的思想里似乎还有一点灰色的闪光点。"恐怕那一天对我们两个都不算远了。"她说道。

"千真万确。我从没想过会有那么多人死在我前面。不过我觉得自己没有那么大的罪过,不应该比你活得更久。"马恩斯揉了揉胡子,审视着外面的景象。扬斯对他笑了一下,打开最上面的文件夹,研究起第一份简历。

"这三个候选人都不错,"马恩斯说,"都符合你的要求。我也很高兴和他们中的任何一个合作。如果是我,就选中间那个。她叫朱丽叶,在机械部工作。不经常上来,但我和霍斯顿……"马恩斯顿了一下,清了清嗓子。

扬斯瞥了一眼,发现她的副警长将目光悄悄移向了山丘中那道黑色的沟壑。感觉到市长的目光,马恩斯急忙用一只拳头抵在嘴上,假装咳嗽了一下。

"抱歉,"他说,"我和你说过,几年前警长和我在下面处理过一起凶杀案。这个朱丽叶——对了,我想她更喜欢人们叫她朱莉——正经是一个厉害角色,锋芒犀利得就像一根钉子,很善于发现细节,懂得如何与人打交道,既有外交手腕,又知道该在什么地方坚持。

她在那件案子上给了我们很大帮助。我觉得她从没有到过八十层以上的地方。她显然很喜欢待在很深的地方,这种人很少见。"

扬斯翻看了一下朱丽叶的文件,逐一查阅了她的家谱、财务记录、目前的工资点券水平。她以优异成绩被任命为工长,从没有抽过彩票。

"从来没有结过婚?"扬斯问。

"没有。个性有点像个男孩子。知道吗?她是用大扳钳的。我们在那里待了一周,看到了那里的男人们对她的态度。她完全可以从那些男孩子里面挑一个,但她没有。她给别人的印象就是总喜欢一个人单干。"

"看起来,她确实给你留下了很深的印象。"扬斯说。她立刻就开始为自己的这句话感到后悔。她讨厌自己说话时那种嫉妒的语气。

马恩斯把身体的重心移到另一只脚上。"好了,市长,你是了解我的。我总是在寻找候选人。以防我会被提拔。"

扬斯微微一笑。"另外两个呢?"她看了一下另外两份简历上的名字,一边思忖着一个底层人会不会是好选择。也有可能,她是在担心马恩斯对这个女孩有着过分的迷恋。她认识第一个文件夹里的名字——彼得·比林斯,在下面几层的司法部工作,现在的职务是书记员或法官学徒。

"长官?老实说,之所以加上这两个人,只是为了让这次遴选看起来更公平。我说过,我会和他们合作,但我觉得朱莉才是你的女孩。我们很久没有姑娘当警长了。如果进行选举,她也会成为一个受欢迎的人选。"

"但这不是我们选择警长的理由,"扬斯说,"不管我们选谁,他很可能在我们都离世以后还会在这个位置上做很长时间——"说到这里,她停住了,因为她回忆起自己曾经说过同样的话——在霍斯顿被选中的时候。

扬斯合上文件夹,把注意力重新转到墙壁屏幕上。这时山丘脚下形成了一股小型的龙卷风,聚集起的灰尘在气流的抽打中形成了一种有组织的狂乱形态,逐渐从一小股风沙的卷须胀大成为一个圆锥形,势头越来越强。圆锥形的尖端立在地面上,一边摇摆,一边旋转,就像小孩子玩的陀螺,逐渐向摄像机这边靠过来。虽然清晨的阳光还很暗淡,但照在刚刚擦干净的摄像机镜头上,却也泛起了一片闪耀的光泽。

"我想,我们应该去看看她。"扬斯最后说道。她把文件夹放在膝盖上,羊皮纸卷一样的手指拨弄着玉米浆纸的粗糙边缘。

"我倒是觉得,我们应该让她到这里来。像以前一样在你的办公室接受面试。下去找她要走很远,回到上面来的路就更远了。"

"真的很感谢你的关心,副警长。但我已经很长时间没到过四十层以下了。我不能用膝盖当借口就不去看我的人民——"市长停住话头。那股沙尘龙卷风摇晃着转了个弯,径直向他们扑来,变得越来越大——摄像机的广角镜头将它扭曲成一种诡异的样子,看上去要比实际上更加巨大和凶猛。这时,它吞噬了摄像机阵列,让整个餐厅暂时陷入一片昏暗。等到它离开摄像机,重新出现在休息室的屏幕上,镜头中的世界蒙上了薄薄的一层脏污。

"真是该死。"马恩斯副警长咬牙切齿地说道。他把手按在手枪上,旧皮革枪套发出"咯咯吱吱"的响声。扬斯不由得开始想象这位年迈的副警长在那片灰暗的风景中,迈着两条瘦腿追逐那阵风,同时不断将子弹打进一团渐渐消散的沙尘里。

他们两个沉默地坐了一会儿,端详着遭到污损的风景。终于,扬斯又说道:"这次下去和选择警长无关,马恩斯,也不是为了去拉票。就我所知,我在下次选举中也不会有对手。所以我们下去不是为了造势,轻装简行就好,不要搞出什么动静。我想要看看我的人民,而不是被他们看到。"她转头看向马恩斯,发现马恩斯也在看着她,"只是为了我自己,马恩斯,算是一种逃离现实吧。"

说完,她又转回视线,继续去看风景。

"有时候……有时候我只是觉得,我在上面的时间太长了。我们两个都是。我觉得我们在任何地方待的时间都太长了……"

清晨的脚步声在螺旋楼梯上响起,让市长闭住了嘴。餐厅中的两个人同时转向那个代表生命、代表一天醒来的声音。扬斯知道,现在应该把那些关于死亡的画面从脑海中赶出去了。或者至少要暂时把它们埋起来。

"我们下去,好好看看这个朱丽叶,你和我。因为有时候,坐在这里,看着这个世界强迫我们所做的一切——这只会深深地刺痛我,马恩斯。它一直刺穿了我的心。"

早餐后,他们在霍斯顿的旧办公室见面。一天前霍斯顿就走了,但扬斯仍然认为这里是属于他的。现在改变对这个房间的看法对于这位市长来说还太早。她站在两张桌子和旧文件柜前面,凝视着空荡荡的牢房。马恩斯副警长正在给特里下达最后的命令。特里是技术部一名魁梧的保安,马恩斯和霍斯顿去办案的时候,经常就由他守在这里。在特里身后,还站着一个看上去只有十几岁,神情认真的女孩。她的名字叫玛尔夏,有着一头黑发和一双明亮的眼睛,是技术部的一名学徒。她可以算是特里的学徒。筒仓里大约一半的工人都有这样一个学徒跟班。他们的年龄从12岁到20岁不等,就像海绵一样吸收前辈的经验教训和技术知识,让筒仓能至少再维持一代人的运转。

马恩斯副警长提醒特里,人们在摄像镜头被擦干净以后会变得多么吵闹。紧张的气氛一旦放松,人们就都会想放纵一下。至少在随后几个月的时间里,他们会以为什么都能干。

其实副警长用不着这样叮嘱,隔壁房间里的狂欢声透过紧闭的屋门也能听得见。上面四十层的大多数居民都挤进了餐厅和休息室。今天会有几百人从中层和下层上来请假,递交休假单,只为了好好看一看重新变清晰的外部世界。这对许多人来说都是一次朝圣之旅。有些人每隔几年才能上来一次,在屏幕前站一个小时,嘟嚷着说外面看起来还是自己记忆中的样子,然后就把他们的孩子赶下楼梯,和涌上来的人群不停地发生冲撞。

特里得到了钥匙和一枚临时徽章。马恩斯又检查了一下步话机的电池,确定办公室设备的音量已经调高;然后检查一遍配枪;最后和特里握手,祝他好运。扬斯感觉到他们差不多该走了,便转身离开空牢房,向特里说了声再见,又向玛尔夏点点头,跟随马恩斯走出办公室门。

"你觉得在摄像机刚刚清洁完的时候离开没问题吗?"他们走出餐厅时,扬斯问道。她知道今天晚上的顶层会有多么混乱,人群会有多暴躁。现在把副警长拉去做一件几乎算得上自私的事情,似乎不太合时宜。

"你在开玩笑吗?这正是我需要的。我需要离开一下。"马恩斯向墙上的屏幕瞥了一眼,不过人群已经将屏幕挡住了,"我到现在都

WOOL / 053

搞不清楚霍斯顿是怎么想的，不明白他为什么从没有和我提过他脑子里的那些事情。也许等我们回来的时候，我就不会在办公室里感觉到他了。而现在，我在那个房间里几乎要无法呼吸了。"

扬斯一边思考副警长的话，一边挤过人潮汹涌的自助餐厅。人们举着塑料杯，杯中的混合果汁泼洒得到处都是。她闻到空气中弥漫着私酿酒精的味道，但她没有理会。人们都祝她一切顺利，请她多加保重，承诺下次选举一定会投她一票。他们几乎没有告诉任何人要下去的事情，但关于这次出行的消息泄露出去的速度比掺了烈酒的果汁上头的速度还快。大多数人都认为这是一次充满善意的访问，一场竞选拉票活动。那些年轻的筒仓居民的记忆中，警长一直是霍斯顿。不过现在他们已经在向马恩斯敬礼，称呼他为"警长"了。只有那些眼角有鱼尾纹的人知道事情没有那么简单。他们向这两个穿过餐厅的人点头致意，祝这两个人能够有另一种说不出口的好运。让我们能维持下去，他们在用眼神说话，让我们的孩子活得像我们一样久。不要让这里崩溃，至少现在还不要。

扬斯一直在这种压力下生活着，这要比她的膝盖更让她感到吃力和难熬。她一声不吭地向中央楼梯井走去。有几个人呼喊着要她发表演讲，不过这些零星的声音没有得到多数人的响应，没有形成人群共同的呼声，这让她感到宽慰。她现在能说些什么呢？不知道为什么这一切都还存在？甚至她连自己是怎么编织的也搞不清楚？为什么只要一个一个地打结，只要结打对了，毛衣或者其他东西就会出现？那么她要不要告诉他们，只要剪一下，一切就都会分崩离析？只要剪一下，你就可以不停地揪扯，把一件好好的衣服弄成一团乱麻。他们真的指望她清楚这一切？她清楚的是，她所做的一切都是在循规蹈矩，而且年复一年，这种办法一直都还算有效。

因为她不明白是什么维系了这一切,不明白他们有什么心情进行庆祝。他们是因为感到安全了,才会喝酒,才会大喊大叫的吗?因为他们暂时被命运饶过了,没有出去清洁镜头?她的人民在欢呼,因为一个好人、她的朋友和工作搭档离开了,不再和她一同努力确保所有这些人活下来,而是躺倒在山丘上他的妻子身边,死去了。如果扬斯要发表演讲,如果不是有很多话都不能说,那么她会告诉这些人:两个最好的人自愿出去清理了摄像头,而对于剩下的这许多人,这又意味着什么?

现在不是发表演讲的时候。也不是喝酒和寻欢作乐的时候。现在应该做的是安静地沉思。这也是扬斯知道自己需要离开的原因之一。很多事都改变了。不是因为这一天改变的,而是经历了多年的积累。对此,她比绝大多数人都更清楚。也许下面物资部的麦克莱恩老太太能看清楚这一切。只有活得很久的人才能明白这件事,现在扬斯也做到了。随着时间的推移,她双脚已经无法跟上这个快速变动的世界。扬斯市长知道,时间很快就会把她完全甩在后面。她最大的恐惧,虽然无法宣之于口,却是她每天都能感觉到的——没有了她,他们这个蹒跚前行的世界可能也走不了多远了。

第九章

扬斯的手杖落在一个又一个金属台阶上,发出一串清晰的金属撞击声,仿佛在为他们下楼的旅程打拍子,为沿着楼梯井传播的音乐加上节奏。现在楼梯井里挤满了人,刚刚完成的摄像头清洁让所有人都欢欣鼓舞。扬斯能够清楚地感觉到脚下的台阶在震动。仿佛所有人都在向上走,只有他们两个除外。他们在人流中挤来挤去,不断被别人的手肘碰到,不断有人喊:"你好,市长!"再向马恩斯点点头。扬斯从他们的表情中看得出,他们很想称马恩斯为"警长",但他们也知道马恩斯是多么不愿意升职,并且尊重他的选择。

"你打算下去多少层?"马恩斯问她。

"怎么,你已经累了?"扬斯转过头瞥了一他眼,朝他笑了一下,同时看到他那浓密的胡子随着微笑的动作向上翘了翘。

"下去对我来说不是问题。问题是,我可能受不了再爬上来。"

他们的手在弧形的楼梯扶手上碰了一下——扬斯的手拖在身后,马恩斯的手伸在前面。她很想告诉马恩斯,她一点也不累,但她的确突然感到一种疲惫,不是身体上的,而是精神上的。她忽然有了一种非常孩子气的幻想——他们又变得年轻了,马恩斯把她抱起来,让她躺在他的臂弯里。他们就这样走下楼梯。她可以从权力和责任中解放出来,沉浸在另一个人的力量里,不需要再伪装坚强。

这不是对过去的缅怀——这是一个从未发生过的未来。扬斯甚至连想一想都会觉得愧疚。她感到自己的丈夫就在身边，丈夫的灵魂正在因为她的思绪而不安……

"市长，你想下多少层？"

这时他们俩停下脚步，紧靠在栏杆上，为一名吃力地爬上楼梯的搬运工让开道路。扬斯认出了这个男孩——康纳，他才十几岁，但已经有了强壮的背部和稳健的步伐。他的肩上扛着一大堆捆在一起的包裹，脸上带着一丝冷笑。那不是因为疲惫或痛苦，而是恼怒。这些突然出现在他这段楼梯上的人都是谁？游客吗？扬斯想要说一些能鼓舞人心的话，一些小小的口头奖励，给予这样辛劳的人。她的膝盖让她绝对无法完成这样的工作。但康纳已经用他强壮又年轻的双脚走过了他们身边。他从下层带上来食物和补给，却因为拥挤的人群而不得不减慢速度。那些人全都来自筒仓下层，想要看一眼清澈辽阔的外部世界。

她和马恩斯在两段楼梯中间喘了口气。马恩斯把水壶递给她，她礼貌地抿了一小口，然后递了回去。

"我今天打算下一半，"她终于回答道，"但我想在路上停几站。"

马恩斯喝了一大口水，拧上盖子。"家庭访问吗？"

"类似。我要在第二十层的育婴所停一下。"

马恩斯笑了。"亲吻一下婴儿？市长，就算你不摆出这种姿态，也没有人会不投你的票。毕竟你已经这么大年纪了。"

扬斯没有笑。"谢谢，"她装出一副苦不堪言的样子，"不，我可不要吻婴儿。"她转过身去，继续往下走去，马恩斯紧随其后。"关于那位朱莉女士，我并非不信任你的专业观点。自从我当市长以来，你挑选的人都很合适。"

WOOL / 057

"甚至是……?"马恩斯插口问道。

"尤其是他。"扬斯知道他想的是谁,"他是一个好人,但他的心碎了。就算是最优秀的人,也会因为心碎而垮掉。"

马恩斯"嗯"了一声表示同意。"那么,我们到育婴所去是为了看什么?这位朱丽叶并不是出生在第二十层,我记得……"

"不是因为这个,是因为她父亲眼下在那里工作。我想,既然我们要经过那里,自然应该去看看那个人,这样也能从另一个方面对他的女儿多一些了解。"

"请父亲做品德证人?"马恩斯笑了,"你可没办法指望能在他那里得到什么公正的观点。"

"我想你会大吃一惊的。"扬斯说,"我收拾东西的时候,已经让爱丽丝做过一些调查了。她发现了一些有趣的事情。"

"是吗?"

"这位朱丽叶没用过任何一点休假点券。"

"这在机械部并不罕见。"马恩斯说,"那里的人经常加班。"

"她不仅不出来,也没有访客。"

"我还是不明白你想说什么。"

扬斯给一家上楼的人让开路。一个大约六七岁的小男孩骑在父亲的肩膀上,低着头,以免撞到上面的台阶底部。母亲走在最后,肩上挎着过夜用的行李包,怀里抱着一个襁褓中的婴儿。一个完美的家庭——扬斯想。新人可以代替旧人。两个换两个,正是彩票机制想要达成的目标,只不过并非次次都能如愿。

"好吧,让我和你说清楚一些。"她对马恩斯说道,"我想要找到那个女孩的父亲,盯着他的眼睛,问问他,她的女儿搬到机械部已经将近二十年了,为什么他从没有去看过女儿,一次都没有。"

她转回头看向马恩斯,发现副警长正向她皱起眉头。

"还有,为什么朱丽叶一次都没有上来看望过她的父亲?"市长又说道。

....

走过最上面的十几层之后,人流开始变得稀疏。每向下一步,扬斯都在为了要爬回来的这几寸高度而担心。现在还算是容易的——她提醒自己。下楼的过程,类似一根压紧的钢弹簧弹开,她是被推着向下的。扬斯想到了她那些溺水的噩梦。愚蠢的噩梦。她从没有见过能把躺倒的自己完全淹没的水。有足够多的水,让她在站立的时候都无法呼吸?这更是无稽之谈。不过就像她偶尔也会梦到从很高的地方掉落下来。这些全都是另一个时代的遗物,是一些残缺不全的碎片,会在每一个沉睡的脑子里时不时地冒出来,让人们知道:我们不应该这样活着。

就是这种不断向下,螺旋形的下坠,非常像深夜里将她吞没的溺水感觉。这种感觉不可阻挡、无法摆脱。就像一种重量在把她往下拉,同时还让她知道,自己再也爬不上来了。

随后,他们经过了服装区。各种颜色的工作服和她的毛线团都来自这里。染料和其他化学物质的气味飘过楼梯过道。弧形的煤渣砖墙上开了一个窗口,窗口里面是这个区边缘位置的一家小食品店。它已经被上行的人流洗劫一空。为了从刚刚得到清洁的镜头中看看外面的世界,疲惫的行人们拿光了货架上的所有东西。几名搬运工正扛着沉重的货物挤上楼梯,竭力满足这里的需求。扬斯意识到,昨天的摄像机清理还意味着一个可怕的事实:这种牺牲人命的野蛮行径不仅给活着的人带来了心理上的解脱,不仅让他们能够

WOOL / 059

更清楚地看到外面的世界——它甚至还刺激了筒仓中的经济。人们突然有了旅行和贸易的理由。而且随着流言四起,几个月甚至几年不见的家人和老朋友也都纷纷相互探望,整个筒仓都被注入了活力,就像一个年迈的身体在伸展和放松关节,让血液流向肢体末端。一个老朽的东西又活过来了。

"市长!"

她转过身,发现马恩斯已经落后了很长一段路,几乎看不见了。她停下脚步,看着副警长匆忙追过来。

"放轻松。"马恩斯说,"你这么飞快地向下走,我要跟不上了。"

扬斯道了歉。她完全没有意识到自己的步伐发生了变化。

他们来到第十七层以下,也是住宅区的第二层。这时扬斯意识到她已经有将近一年没来过这里。这里能听到年轻的双腿在楼梯上快速奔跑的"当当"声,也有动作迟缓的脚步声。为上层三分之一居民设立的小学就在育婴所的上方。从喧哗热闹的人流来看,学校一定已经停课了。扬斯能够想象,现在不会有多少孩子去上课(家长都急着带他们上去看风景);而且很多老师也根本没有心思上课。他们走过通往学校的楼梯平台。这里的地面上用粉笔画着跳格子游戏的图案,不过已经被来来往往的人踩得模糊了。有好几个小孩子正坐在楼梯平台的栏杆后面,手抱着栏杆,腿荡在栏杆外面,两只脚一前一后地晃着,能看到有的膝盖蹭破了皮。他们原先都在兴奋地高声喊嚷尖叫,一看到有大人从身边走过,他们便压低声音,变成窃窃私语。

"真高兴我们就快到了,我需要休息一下。"马恩斯说,再下一段螺旋楼梯,他们就能到育婴所了,"我只希望能见到那家伙。"

"会见到的。"扬斯说,"爱丽丝已经从我的办公室联系了他,告诉他我们要来。"

他们穿过育婴所楼梯口的人流,喘了口气。马恩斯把水壶递过来,扬斯喝了一大口,又借着水壶弯曲又有凹痕的表面查看了一下自己的头发。

"你看起来很好。"马恩斯说。

"像个市长的样子?"

他笑了。"不只是那样。"

马恩斯这样说的时候,扬斯觉得他那双苍老的棕色眼睛里闪过了一丝光亮,不过那可能只是水壶的反光——这时马恩斯正把水壶端到嘴唇边上。

"两个小时多一点就下了二十层楼。我可不推荐我们用这种速度赶路,不过我们竟然走了这么远,还是很让人高兴的。"他擦了擦胡子,抬手想把水壶塞回背包里。

"给我。"扬斯从他手里接过水壶,塞进他背包后面的网兜里,"见面的时候由我来说话。"她提醒副警长。

马恩斯举起双手,摊开手掌,仿佛是在说,他从没有过别的念头。他从扬斯身边走过,拉开一扇沉重的金属门,生锈的铰链却没有发出预料中的尖利声响。这种沉默反而吓了扬斯一跳。毕竟她早已习惯了楼梯上这些陈旧的门在开关时发出的刺耳声音。这些门就是楼梯间里的野生动物,就像书上写的那些农场里的野物一样,永远存在,不停地发出叫声。但这里的铰链被涂上了一层油,保养得当。候客室墙上的告示牌进一步加强了扬斯的这种印象。牌子上用粗体字写着"保持安静",还配以手指挡在嘴唇前面的图案,以及张开的嘴上压着一个中间带斜杠的红圆圈。很明显,育婴所对待噪声问题是非常认真的。

"我不记得上次来这里的时候有这么多警告。"马恩斯悄声说。

"也许你太忙了,没有注意到。"扬斯对他说。

一名护士透过玻璃窗盯住了他们。扬斯用胳膊肘杵了马恩斯一下。

"市长扬斯来见彼得·尼科尔斯。"扬斯对那个女人说道。

窗后的护士连眼睛都没眨一下。"我知道你是谁。我投了你的票。"

"哦,是啊。那么,谢谢你。"

"你们可以过来说话。"护士按了一下她办公桌上的按钮,她身旁的屋门发出一阵微弱的"嗡嗡"声。马恩斯推开门,扬斯跟着他走进另一个房间。

"请穿上这个。"

这位护士衣领上别着一枚手写名牌,上面的名字是"玛格丽特"。她将两套折叠整齐的白色长袍递给走进来的两个人。扬斯接过两件袍子,又将其中一件递给马恩斯。

"你们可以把背包放在我这里。"

扬斯无法拒绝玛格丽特的命令。她一走过那扇"嗡嗡"作响的门,就立刻感觉自己身处在这名女子的世界里。虽然玛格丽特要比她年轻许多,却还是在气势上压过了她。她把手杖靠在墙边,卸下背包,放到地上,然后一耸肩,套上长袍。马恩斯在穿长袍的时候却很费了一番力气,直到玛格丽特帮他把袖子摆在合适的位置上,他才顺利把袍子穿好。他把长袍罩在牛仔衬衫外面整理好,两只手抓住长袍腰间垂下来的布腰带,却仿佛不知道该怎样打结,直到看见扬斯把两根腰带系在一起,他才学着打了个乱七八糟的结,总算是把长袍系住了。

"怎么了?"他注意到扬斯看他的眼神,"所以我的裤子都是系扣的。我从来就没学会过打结,怎么了?"

"六十年了。"扬斯说。

玛格丽特又按下桌上的一个按钮,朝走廊指了一下。"尼科尔斯医生在育婴室。我会告诉他,你们到了。"

扬斯走在前面。马恩斯跟在她身后,向她问道:"有那么难以置信吗?"

"实际上,我觉得这很可爱。"

马恩斯哼了一声。"用这个词来形容我这个年纪的人太不合适了。"

扬斯在心里笑了一下。来到走廊尽头,她在一道双扇门前停下脚步,把门推开一道缝隙。门里的灯光很暗。她打开门,带领马恩斯走进去。这里是等候间,没什么家具,很干净。她记得在中层也有一个类似这样的育婴室。她曾经在那里陪一位朋友等待接那位朋友的孩子。这个房间有一面玻璃隔断,对面是观察间。透过玻璃能看到那里摆放着一些婴儿床和摇篮。扬斯的手垂到腰间,揉了揉那里的一个硬块。那是在她出生时就植入的避孕器,从来没有被取出过,一次也没有。到现在,它已经没用了。站在这间育婴室里,她想起了自己失去的一切,她为工作放弃的一切,为了她的那些幽灵们。

育婴室里太暗了,甚至小床上的那些新生儿是否有动静都看不出来。当然,每一个孩子出生,她都会得到报告。作为市长,她给这里的每个孩子都签署过一封祝贺信和出生证明。但那些信和文件上的名字早已随着岁月一同流走了。她几乎不记得这些孩子的父母住在哪一层,这些是他们的第一胎还是第二胎。承认这一点让她

WOOL / 063

感到难过,但那些证书的确早就变成了文书工作的一部分,一种既定的流程任务。

在观察间的灯光下,能看见一个成年人的影子正在小床间移动,一个写字板的夹子和一支金属笔映着灯光,微微闪烁。那个黑影很高,步态和体型都像个上了年纪的人。他不紧不慢地走到一张小床旁边,停下脚步,似乎是在做记录,两道金属的微光结合在一起,写下一份报告。完成记录之后,那个人穿过房间,从一扇宽大的门中走出来,站到马恩斯和扬斯面前。

扬斯觉得彼得·尼科尔斯令人印象深刻。他又高又瘦,却和马恩斯不太一样。副警长一举一动都好像在不断收起又打开他那不太稳当的四肢。尼科尔斯的身材则是精瘦结实,看上去应该属于那种经常锻炼的人,就像扬斯认识的几个搬运工一样,可以一步踏上两级楼梯,而且还能让人觉得他们这样上楼梯真是再自然不过了。他的身高让他很自信。扬斯握住他伸出来的手,立刻就从他有力的动作中体会到了这一点。

"你们来了。"尼科尔斯医生只是这样简单地说道。这句陈述事实的话显得相当冷静,只流露出非常微弱的一点惊讶。他又和马恩斯握了手,但目光还是在扬斯身上,"我和你的秘书解释过,我帮不上什么忙。朱莉成为学徒已经有二十年了,那以后,我一直都没有见过她。"

"嗯,这正是我想和你谈的。"扬斯瞥了一眼铺着软垫的长凳,想象着爷爷奶奶、叔叔阿姨是如何焦急地在这里等待父母和新生儿团聚的那一刻。"我们可以坐下说吗?"

尼科尔斯医生点点头,挥手表示可以。

"我对任命官员这件事,是非常严肃的。"扬斯在医生对面坐下,开始解释,"在我这个年纪,我会认为我任命的大多数法官和法律工作者都会比我活得更久,所以我必须谨慎选择。"

"但也并非总是如此,不是吗?"尼科尔斯医生稍稍侧过头看着扬斯,他那瘦削的、精心刮过胡须的脸上没有任何表情。"我是说——活得比你久。"

扬斯咽了一口唾沫。马恩斯在她旁边的长凳上动了动。

"你一定是个重视家庭的人。"扬斯改变了话题。她知道医生的这句话没有恶意,只不过又是在陈述事实,"所以你才会在做了那么久的学徒之后,选择了这样一个要求严苛的岗位。"

尼科尔斯点点头。

"那你和朱丽叶为什么没有来往?我是说,这二十年里你们没有见过一面。她可是你唯一的孩子。"

尼科尔斯略一转头,目光飘向玻璃隔断。扬斯的注意力也随着转向那里。她看到玻璃墙后面有一个人影在走动,是一名正在巡视的护士。观察间对面还有一扇门,应该是通向产房。现在可能正有一位康复中的新妈妈等待着得到她最珍贵的东西。

"我还有一个儿子。"尼科尔斯医生说。

扬斯下意识地伸手去拿包里的文件夹,但包不在她身边。她竟然忽略了这样一个细节,朱丽叶有一个兄弟。

"你不可能知道。"尼科尔斯说,他准确地察觉到了扬斯市长震惊的表情,"他没有能活下来。严格来说,他还没有出生。所以他的名额也被让给下一个了。"

"很遗憾……"

她抑制住了自己的冲动,没有伸手去握住马恩斯的手。他们两个已经几十年没有碰过彼此了,即使是无意中的也没有,但此刻突然袭来的悲伤气氛差一点就戳破了这一层隔膜。

"他的名字本应该是尼古拉斯,是我爷爷的名字。他早产了,只有一磅八盎司①。"

医生的语气冷静而精准,却要比悲情流露更让人伤感。

"他们给他插管,把他放进恒温箱,但他还是出现了……并发症。"尼科尔斯医生低头看着自己的手背,"朱丽叶当时十三岁。她和我们一样激动,也许你能想象,她就要有一个小弟弟了。她的母亲是一名接生护士。再过一年,她就可以离开母亲独立生活。"尼科尔斯抬起头,"对了,那不是在这个育婴所,是在我们两个都工作过的中层旧育婴所。那时我还是个实习生。"

"那朱丽叶怎么样了?"扬斯市长还是不太明白其中的关系。

"恒温箱当时出了故障。所以尼古拉斯……"医生把头转向一边,抬起手,似乎是想要遮住眼睛,不过他还是让自己镇定了下来。"很抱歉。我现在还是这么叫他。"

"没关系。"

扬斯市长握住了马恩斯副警长的手。她不知道自己是什么时候这样做的。医生却仿佛没有注意到她的动作,或者有可能是并不在意。

"可怜的朱丽叶。"彼得摇摇头,"当时她的心完全乱了。一开始,她认为这是罗达的错。罗达是一个经验丰富的接生护士,是她创造了奇迹,给了我们的孩子一个渺茫的机会。我向朱丽叶解释了这一点,不过我想她是明白的。她只是需要一个可以发泄恨意的对象。"他向扬斯点点头,"那个年龄的女孩,你知道吧?"

---

① 约为 680 克。——译注

"虽然我自己也觉得有点难以置信,但我的确记得那个年龄的心境。"扬斯勉强笑了笑。尼科尔斯医生也向她回以微笑。扬斯又感觉到马恩斯在捏她的手。

"等到她母亲去世,她又开始认为问题出在恒温箱上。当然,恒温箱也不是全部问题所在,主要是那种糟糕的条件,所有地方都在逐渐磨损、失灵,让整体环境不断恶化。"

"你妻子也死于并发症?"扬斯觉得,她一定是漏掉了档案中的这个细节。

"我妻子一周后自杀了。"

尼科尔斯医生恢复了那种冷漠而平静的语气。扬斯有些想弄明白——医生的疏离态度是一种应对灾难性事件的生存机制,还是一种早已形成的性格特征。

"我好像记得那件事。"马恩斯副警长说,这是他向医生做过自我介绍后说的第一句话。

"嗯,死亡证明是我自己写的。这样我就可以按照我的想法写……"

"你是说你篡改过死亡证明?"马恩斯似乎要从长凳上跳起来。扬斯几乎猜不出他要做什么,只能用力抓住他的胳膊,不让他动弹。

"违法吗?当然。我承认做过。但无论如何,这是一个毫无价值的谎言。朱丽叶小时候就很聪明。她知道。正因为如此,她才……"说到这里,他突然停住了。

"她才什么?"扬斯市长问,"做了不理智的事?"

"不是。"尼科尔斯医生摇摇头,"我不是这个意思。她因此才选择离开,申请改变自己的所属工种,要求到下面的机械部去,作为学徒进入那里的车间。那时她还差一年才够岁数做这样的调迁申请,但我还是同意了。为她签了字。我本以为她只要下去吸两口深处的空气就会回来。我太天真了。我本以为得到一些自由会对她有好处。"

"从那以后,你就再也没有见过她?"

"见过一次。在她母亲的葬礼上。就在她母亲去世几天之后。她自己一个人上来,参加了葬礼,给了我一个拥抱,然后又下去了。我听说,她下去就开始工作,完全没有休息。我想要和她保持联系。我在底层的育婴所有一位同事,他不时会给我一点消息。所有那些消息全都是关于她的。"

尼科尔斯停下来,笑了笑。

"知道吗,她小时候,我在她身上看到的都是她妈妈的影子。但她长大以后,却变得越来越像我了。"

"据你所知,有什么因素可能阻碍她成为筒仓的警长?或者让她不适合这个岗位?你知道这份工作都有什么要求,对吧?"

"我知道。"尼科尔斯的眼睛转向马恩斯,视线扫过马恩斯随意扎起的长袍缝隙中露出的黄铜警徽,又落在副警长凸出在腰间的手枪上。"整个筒仓里为数不多的执法人员需要一个顶头上司给他们下达命令,是这样吗?"

"差不多吧。"扬斯说。

"为什么是她?"

马恩斯清了清喉咙。"她曾经在一次案件调查中帮助过我们……"

"朱莉?她上来过?"

"不。是我们下去了。"

"她没有接受过训练。"

"我们都没有。"马恩斯说,"这更像是一种……政治岗位,一种代表公民的责任。"

"她不会同意的。"

"为什么不会?"扬斯问。

尼科尔斯耸耸肩。"我建议你们自己去看看吧。"他站起身,"希望我能给你们多一些时间,但我真的要回去了。"说到这里,他瞥了一眼那道双扇门,"很快就会有一家人过来……"

"我明白。"扬斯也站起身,和他握了手,"非常感谢你愿意见我们。"

医生笑了。"我有得选吗?"

"当然。"

"那么,我希望能够早一点得到通知。"

他笑了,扬斯看得出他是在开玩笑,或者是尝试要开一个玩笑。和医生告别之后,他们沿着走廊回候客室去收拾东西、归还长袍。扬斯发现自己对马恩斯的提名越来越感兴趣了。一个来自底层的女人——这不应该是能让马恩斯中意的类型。一个有既往问题的人。扬斯的确在怀疑,副警长的判断是否受到了其他因素的影响。当马恩斯为她拉开候客室的外门时,扬斯市长已经开始怀疑——自己愿意和他一起下去,是不是因为自己的判断力也受到了影响。

第十章

到了午餐时间，他们两个却都不是很饿。扬斯边走边啃着一根玉米谷物棒，为自己像搬运工那样"在爬上爬下时吃东西"而感到自豪。这些搬运工还在不断从他们身边经过，扬斯对他们的工作越发敬重。她有一种奇怪的负罪感，因为她背着这么轻的东西往下走，这些男男女女却背着那么沉重东西吃力地向上走。而且他们的速度是那么快。她和马恩斯又紧靠在栏杆旁，为一名向下走的搬运工让开路。那个人带着抱歉的表情，匆匆跑了过去。他的学徒是一个十五六岁的女孩，跟在他身后，手里似乎是提着几袋要送到回收中心去的垃圾。扬斯看着年轻的女孩沿着楼梯盘旋向下，最终从自己的视野中消失，心中想着女孩短裤下面那双强健光滑的长腿，突然觉得自己很老、很疲惫。

他们两个人下楼的节奏已经变得完全一样了——每一次抬脚，都要在下一级台阶上方悬停一会儿，好像没有骨头似的，全赖重力起作用。落下那只脚，让扶住栏杆的手随之向下滑，再向前伸出手杖，重复这一过程。到了三十层左右，扬斯心中生出了疑虑。早晨的时候，这看起来还是一次美妙的冒险，现在却变成了一项颇有些艰难的事业。她每迈出一步都会感到有些不情愿，尤其是当她想到重新返回这个高度要花费多少力气。

他们经过了三十二层的上层水处理厂,扬斯意识到,现在她看到的筒仓这一部分,对她来说可以算是全新的。她如此深入筒仓已经是很久以前的事情了。不得不承认,这让她感到惭愧。这段时间里发生了不少变化。各种施工和维修一直在进行。墙壁的颜色和她记忆中的不一样了。不过,人们很难相信自己的记忆。

当他们接近技术部那几层时,楼梯上的人流终于开始变得稀疏了。这里是筒仓中人口最稀少的几层,只有不到二十人——而且大多数是男人——他们在运作着自己的小王国。筒仓服务器几乎占据了一整个楼层。这些机器慢慢地更新着存储,装载上最近的历史,暴动期间发生的事情早已被清除干净。现在访问这些服务器受到了严格限制,当扬斯经过三十三层的楼梯平台时,她可以发誓,她能听到那些机器在吞噬大量电力的同时发出了强劲的"嗡嗡"声。不管这个筒仓曾经被用来做什么,或者最初建造它的目的是什么,扬斯不用问,也不必有人告诉她,她完全清楚这些奇怪的机器是这里最重要的器官。在预算会议时,这些机器的耗能一直是争论的焦点。但是,清洁摄像头的必要性,人们对外界不敢诉诸言语的恐惧,以及随之而来的所有危险禁忌,给了IT部难以置信的操作空间。这里还有制作防护服的实验室,每一件防护服都是为了拘留室里的人量身定做的,仅是这一点就让这里变得与众不同。

不,扬斯告诉自己,支撑这里的不仅仅是清洁摄像头的禁忌和对外界的恐惧,还有希望。筒仓里的每一个成员都有一种说不出口,却又格外迫切的希望。一个荒谬的、不切实际的希望。也许不是为他们,而是为他们的孩子,或者他们孩子的孩子,那就是在外面的生活将再次成为可能。正是技术部的工作和他们实验室中造出来的笨重防护服让这个希望成为可能。

WOOL / 071

一想到这件事,扬斯就感到不寒而栗。住在外面。童年形成的条件反射是如此强烈。那时候大人就在告诫她,外面有多么危险,还对她说,也许上帝会听到她的想法,真的把她送出去。她想象自己穿着一套清洁摄像头的防护服。这种想象对她来说已经变得十分平常——把自己放进了一个可以活动的棺材里,她曾让那么多的人死在那种棺材里。

在第三十四层,她坐在楼梯平台上。马恩斯坐到她身边,手里拿着水壶。扬斯意识到自己一整天都在喝他的水,扬斯自己的水壶一直被绑在背包上,没有动过。这里面有一种孩子气和浪漫的意味,但也是一种符合实际的办法。比起从自己的背包上拿水壶,从另一个人的背包上拿水壶要方便得多。

"要休息一下吗?"马恩斯把水壶递过来。壶里大约只剩下两口水了。扬斯喝了一口。

"我们要在这里停一下。"扬斯说。

马恩斯抬起头,看向印在楼梯口的褪色数字。他当然知道他们在几层,但他似乎还是想要确认一下。

扬斯把水壶递还给他。"过去,我在任命职务的时候总是只给相关的人发信息过去,征询他们的同意。以前汉弗莱斯市长和更以前的杰弗斯市长都是这么做的。"她耸耸肩,"这个世界一直都是如此。"

"我一直都不知道任命还需要相关人士的同意。"马恩斯喝下壶里的最后一口水,拍了拍扬斯的后背,举起一根手指画了个圈,示意扬斯转过来。

"确实,从来没有人否决过我的任命。"扬斯感觉到自己的水壶从背包上被拽出来,马恩斯的水壶被塞到她的背包上。她的背包感觉轻了一些。她明白,马恩斯是要把他们两个的水壶换过来,好方便他们随后一起喝她的那一壶水。"我认为这个不成文的规定会让我们仔细考虑每一位法官和执法人员,好察觉到一些看似无关紧要的疏失。"

"所以这一次,你打算亲自考察。"

扬斯转回身,面对自己的副警长。"我只是想,既然我们会路过……"她忽然停住话头。这时,一对年轻夫妇正快步走上马恩斯身后的楼梯。他们手牵着手,一步就踏上两个台阶,"如果这样都不顺便和相关人员见个面,那就显得太过不正常了。"

"就跟点卯似的。"马恩斯说道。扬斯有些觉得她的副警长想要朝这一层吐口水——至少用这个动作配合他现在的语调应该很合适。扬斯知道,她的副警长对这个地方有多反感。突然间,扬斯市长感觉到自己的另一个软弱之处被暴露了。

"就当这是一次善意的拜访吧。"她转向楼梯口。

"我只会把它看作是突击检查。"马恩斯嘟囔着,跟在市长身后。

扬斯看得出来,这里不像育婴所。不会是只要有人按一下按钮,他们穿过一道"嗡嗡"作响的门,就能走进神秘的技术部深处。他们在楼梯口等待有人来招呼他们。在这段时间里,扬斯就看到一名身穿银色连体工作服的技术部成员只是因为离开自己的部门,要进入楼梯间,就被搜查拍打了全身。一个人手里拿着一根短杖,显然是技术部的内部安全人员,每一个通过金属大门的人都会受到他的检查。不过,大门外的接待员却很不一样。她似乎对市长的来访很高兴,并对最近这次清洁摄像头的牺牲者表示了哀悼——这种致哀和整个筒仓的气氛显得有些格格不入,不过扬斯很希望能多听到一些这样的话语。他们被带到了一间与主门厅相连的小会议室。扬斯推测设置这样一间会议室是为了让其他各部门能够和技术部的人方便地会面,不必经过安检的麻烦。

"看看这个地方。"等到这小房间里只剩下他们两个,马恩斯立刻小声说道,"你看见那个入口大厅有多大了吗？想想筒仓里的其他地方都有多挤。"

扬斯点点头,又环顾天花板和墙壁,寻找窥视孔——她想确认一下,那种让自己寒毛倒竖的、被监视的感觉是不是真的。随后,她放下背包和手杖,无力地瘫倒在一张软椅上。椅子随之动了一下,她才察觉到椅子脚是有轮子的。被妥善上过油的轮子。

"我一直都想要好好查看一下这个地方。"马恩斯一边说,一边朝玻璃窗外那个宽阔的门厅望去。"我从这里经过只有十来次,不过每次我都很想看看那里到底有些什么。"

扬斯几乎要请他不要再说下去,却又担心这会伤害他的感情。

"来了个男孩,跑得很快,一定是要来见你吧。"

扬斯转过头,也向窗外望去。果然,伯纳德·霍兰德正在朝他们这边跑过来。他到达屋门口时,身影暂时被门遮住。随着门把手转动一下,这个负责技术部平稳运转的小个子男人大步走了进来。

"市长。"

伯纳德满口牙齿一颗都没有缺,只不过门牙有些七扭八歪。几根稀疏的小胡子挂在嘴唇上,仿佛是在徒劳地掩饰这一缺陷。他身材矮小圆胖,小鼻子上顶着一副眼镜,看上去是个标准的技术专家。最重要的是,至少在扬斯看来,他应该很聪明。

当扬斯从椅子中站起来时,伯纳德急忙伸手要和她握手。扬斯下意识地用一只手按住椅子扶手,结果这把该死的椅子差一点从她的身子下面溜出去。

"小心。"伯纳德抓住她的胳膊肘,帮她稳住身子,又向马恩斯点点头。"副警长。你们的到来是我的荣幸。我知道你们不会经常进行这种旅行。"

"感谢你这么快就赶过来。"扬斯说。

"当然。在这里一切都请随意。"他的手在上了光面漆的会议桌上扫了一下。这张桌子比市长办公室里的桌子还要好。扬斯告诉自己——这张桌子这样闪闪发亮,只是因为磨损比较少而已。她小心地坐进椅子里,伸手拿过背包,从里面取出文件。

"一如既往,总是直奔主题。"伯纳德在她旁边坐下,把小圆眼镜朝鼻梁上推了推,将屁股下面的椅子朝前挪了挪,直到他的大肚子顶在桌边上。"我一直都很欣赏您的这一点。您一定能想到,昨天的不幸事件使我们一如既往地忙碌。有很多数据需要处理。"

"情况如何?"扬斯一边整理面前的材料一边问。

"一如既往,有积极的一面,也有消极的一面。气闸舱中一些传感器的读数显示出环境状况发生了改善。大气中八种已知毒素的含量有所下降,但降幅不大,而且有两种还上升了。大多数都没有改变。"他挥挥手,"有很多无聊的技术内容,不过都会写在我的报告里。我应该可以在你回办公室之前把报告准备好。"

"那样很好。"扬斯说。她还想说点别的,比如感谢伯纳德和他的同事们的辛勤工作,或者是告诉伯纳德,这次清洁摄像头的工作很成功,天晓得她到底该说些什么。死在外面的霍斯顿本来是最有可能成为她的学徒的人。她一直希望,当她失去生命,被送去滋养果树根的时候,霍斯顿能够接下她的这份责任。现在她还没有准备好提起这件事,更不要说为此而鼓掌喝彩了。

"对于这种事,通常我都只会给你发消息。"扬斯又说道,"但既然我们刚好路过,而你要到……多久之后,三个月?才会上去参加下一次委员会会议……"

"岁月如梭啊。"伯纳德说。

"我只是觉得,我们不必拘泥于形式,只要达成一致就好,这样我就能把工作分配给我们的最佳人选了。"她抬头瞥了马恩斯一眼,"只要她接受任命,我们可以在上去的路上完成书面工作。如果你不介意的话。"她说着把文件夹递给伯纳德。让她惊讶的是,伯纳德没有接文件夹,反而拿出了另一只文件夹。

"好吧,我们来确认一下。"伯纳德打开自己那只文件夹,舔舔大拇指,翻开几张质量上乘的文件纸,"我们收到了您要来访的通知,但是您的候选人名单直到今天早上才出现在我的办公桌上。如果不是这样,我会尽力让您省去这段旅程,继续留在上面。"他拿出一张没有半点皱纹的纸。这张纸看上去甚至不需要进行漂白。扬斯有些好奇,当她的办公室只能使用玉米浆造的纸,技术部又是从哪里弄来的这些好东西?"我一直觉得,在这三个候选人里,比林斯就是我们要找的人。"

"他可能是我们下一个会考虑的……"马恩斯副警长开口说道。

"我想我们现在就应该考虑他。"他把那张纸递给扬斯。这是一份任命合同。底部有签名。有一行空着,下面整齐地印着市长的名字。

扬斯不得不压抑下惊呼的冲动。

"你已经就这件事联系过彼得·比林斯了?"

"他接受了。法官的袍子对他来说有点憋闷,因为他还那么年轻,精力充沛。我认为他是法官的优秀人选,但我认为他现在更适合警长的工作。"

扬斯记得彼得·比林斯得到司法职务提名的过程。她曾经多次听从伯纳德的建议,那只是其中的一次。那是一种交易,让她在下一次任命时可以选择自己想要的人。她仔细看了看签名,比林斯的笔迹很眼熟,因为他代表威尔逊法官签过不少名——现在他是威尔逊法官身边的见习。她想到今天在楼梯上从他们身边飞奔而过的一名搬运工。那个人一边往下跑一边向自己碰到的人道歉,手里拿着的正是这张纸。

"恐怕彼得现在只是我们名单上的第三候选人。"扬斯市长终于开了口。她突然感觉自己的声音中充满了疲惫。在这个缺乏使用,完全被浪费掉的空旷房间里,它听起来是那么脆弱、毫无力量。她抬起头看向马恩斯。副警长瞪着那份合同,腮边的肌肉一下一下地紧绷着。

"嗯,我想我们都知道,墨菲的名字出现在这张名单上只是一种礼节性的表扬。对于这份工作,他的年龄实在是太大了……"

"他比我要年轻。"马恩斯插嘴道,"我现在干得挺好。"

伯纳德一歪头。"是的,嗯,但恐怕你们的第一人选是不可能的。"

"为什么?"扬斯问。

"我不知道该怎么……你们的背景调查应该是很彻底,不过她很有问题,我认识这个名字,尽管她是维修组的。"

伯纳德说出"维修组"的时候,就好像这个词里全都是钉子,他必须把它从肚子里吐出来。

"什么样的问题?"马恩斯质问道。

WOOL / 077

扬斯向副警长抛去一个警告的眼神。

"请注意,这不是我们想要报告的。"伯纳德转向马恩斯。这名小个子男人的眼睛里充满了怨恨,一种对副警长,或者也许是对他胸前的那颗星星的恨意。"这不值得诉诸法律。但的确是有一些……来自她办公室的非正规申请,一些物品的既定处置流程被改变,让我们无法使用,还有一些不正当的索取,等等。"伯纳德深吸一口气,将双手交握在面前的文件夹上。"就其本身而论,我不会说那是偷窃,但我们已经向机械部门的负责人戴甘·诺克斯提出书面投诉,将那些……违规行为告知了他。"

"就是这样?"马恩斯有些怒气冲冲地问,"一些申请?"

伯纳德皱起眉头,将双手摊开在文件夹上。"就是这样?你没有听我说话吗?那个女人实际上是在偷窃。她让一些物品没有被送到我的部门。现在那些物品是不是还在供筒仓使用都不知道了。她可能会利用它们牟取私利。老天在上,那个女人的用电量超过了她的规定额度。也许她是用电去换点券了……"

"这是正式控告吗?"马恩斯一边问,一边以略带夸张的动作从衣兜里掏出小本子,又摁出了弹簧笔的笔尖。

"啊,不是。就像我说的,我们不想为你们的工作增加麻烦。但你们一定都能明白,她不是那种能够胜任高级执法岗位的人。说实话,在我看来机械师都差不多。恐怕这个人选只能搁置了。"他伸手一拍文件夹,仿佛是在说,这个问题就此终结。

"这是你的建议。"扬斯市长说道。

"这么说也对。我觉得,既然我们已经有了一位上佳的人选,愿意为我们服务,并且已经居住在顶层……"

"我会考虑你的建议。"扬斯伸手从桌上拿起那张平整洁净的纸,故意把它一折两半,用指甲掐住中间的折痕,一撸到底,然后在伯纳德惊恐的目光中把这张纸塞进她的一个文件夹里。

"既然你对我们的第一人选没有正式提出投诉,我会把这看作是默许我可以和她谈谈这份工作。"扬斯站起来,抓起自己的包,把文件夹塞进包外层的袋子里,固定好包盖,又拿起靠在会议桌上的手杖。"谢谢你愿意见我们。"

"是,但是——"看到扬斯向门口走去,伯纳德急忙从桌子旁站起,追上市长,为她打开门。马恩斯微笑着跟在市长身后。

"我该怎么对彼得说?他还以为他随时都可以开始新工作了!"

"你本来就什么都不应该告诉他。"扬斯说道。她在门厅里停下来,瞪视伯纳德,"我私下把名单交给你。你却把它泄露了出去。我很感激你为筒仓所做的一切。你和我有一段漫长而且和平的合作关系。我们共同见证了我们的人民经历过的繁荣时代,那可能是我们所知最繁荣的一个时代——"

"这也就是为什么——"伯纳德说道。

"这也就是为什么我可以原谅你的这次违规。"扬斯市长说,"这是我的工作。他们是我的人民。他们选我来做这些决定。我和我的副警长正要去履行我们的责任。我们会给我们的首要人选一个公平的面试机会。我上去的时候一定会顺道再来看看,以防有什么要签名的东西。"

伯纳德防御一般地张开双手。"好吧,我道歉。我只是希望能加快工作流程。现在还请休息一下,你们是我们的客人。我给你拿点吃的,水果怎么样?"

"我们还有事要做。"扬斯说。

WOOL / 079

"那么。"伯纳德点点头,"至少喝点水吧?给你们把水壶加满?"

扬斯想起他们的一只水壶已经空了,而他们还有很长一段路要走。

"那就感谢你的好意了。"扬斯向马恩斯打了个手势。副警长转过身,让她从背包里拿出水壶。然后扬斯也转过身,好让马恩斯拿出她背包上的水壶。伯纳德向他的一个工人招招手,让他过来取走水壶去灌满,但在整个过程中,他的眼睛一直盯着市长和副警长之间奇怪而亲密的交流。

第十一章

一直快要到五十层的时候，扬斯才渐渐把思路理清。她仿佛能感觉到，背包里彼得·比林斯的那份合同正沉重地压在她的背上。马恩斯在她身后几步远的地方不停地嘟囔着，一边抱怨伯纳德，一边努力跟上她的脚步。扬斯意识到自己过于专注了，她的大腿和小腿早就疲惫不堪，更严重的是，她越来越觉得这次旅行也许不只是一个简单的错误：他们可能得不到任何结果。一位父亲已经警告过她——他的女儿不会接受任命；技术部在向她施压，让她选择另一个人。现在他们向下走的每一步都充满了恐惧。但伴随着恐惧，扬斯反而更加确信，朱丽叶就是这个工作的合适人选。他们必须说服那个机械部的女人来担任这个职位，哪怕只是为了让伯纳德看看，哪怕只是为了让这段艰辛的旅程不变成一场彻底的白费力气。

扬斯年纪大了，在市长这个位子上也坐了很长一段时间。其中部分原因是她能够解决问题，部分原因是她阻止了更糟糕的事情发生，但最主要的原因还是她很少会做出什么引发争议的事。她觉得现在是时候了——趁她已经老到可以不计后果的时候。她回头瞥了马恩斯一眼，知道自己的副警长也是一样。他们的时代就要结束了。现在他们能为筒仓做的最好、最重要的事情，就是确保现在的生活能够在他们死后得以延续，不会发生暴动，不会有权力的滥用。

WOOL / 081

正是因为能做到这些,她在连续几次的选举中才没有任何竞争对手。但现在她能感觉到自己正在滑向终点,而更强壮、更年轻的选手正准备超越她。在伯纳德的要求下,她签字确认了多少法官的名字?现在伯纳德还要把警长也拿到手?伯纳德再过多久就能当上市长了?或者更糟:他是一个操纵傀儡的人,他手中的丝线将贯穿筒仓的每一个角落。

"别那么紧张。"马恩斯喘息着说道。

扬斯知道自己走得太快了。于是她放慢了脚步。

"那个杂种把你气得不轻。"他又说道。

"你最好别气我。"扬斯咬着牙回了他一句。

"你正在走过水培园圃。"

扬斯看了一下楼梯平台的号码,发现他是对的。如果她留意一下周围,一定会注意到这里的气味。下一个楼梯口的门被打开,一名搬运工的两侧肩膀上分别扛着几袋水果,大步走出来,潮湿繁茂的草木散发出的香味伴随着他,一时间将扬斯完全浸没于其中。

已经过了晚饭时间,这股香味实在是令人陶醉。搬运工虽然身负重担,在看到他们要走进这一层的时候,还是用一只脚撑住门,两条胳膊撑着沉重的大袋子,上面的肌肉都隆了起来。

"市长。"他向扬斯点头致意,也向马恩斯点了点头。

扬斯对他表示了感谢。大多数搬运工都让她觉得很熟悉:她看着他们一次又一次地将货物搬运到筒仓上层。但他们从不会在一个地方停留足够长的时间。所以她总是来不及记住他们的名字——她非常善于记忆别人的名字。她和马恩斯走进水培园圃,一边想着搬运工是否每天晚上都能回家,与亲人团聚。或者,他们有家人吗?他们会不会就像是一群孤身的牧师?她太好奇,年纪又太老,开始变得迫不及待想要知道这些事。不过也可能是因为她一整天都待在楼梯井里,注意力全都在这些搬运工的身上,心中充满了对他们的感激。搬运工就像她呼吸的空气,永远在她周围,永远为她服务,正因为如此必不可少,才会无所不在,被认为理所当然。但是现在,下楼的疲劳让扬斯能够感同身受,理解他们。这就像氧气的浓度突然下降,才让她知道氧气有多么宝贵。

"闻闻这些橙子。"马恩斯一边说,一边打了个响指,让扬斯离开自己的思绪。他们走过低矮的园圃大门。副警长吸鼻子的声音显得格外响亮。一名身穿绿色工作服的员工挥手让他们通过。"背包请放在这里,市长。"他说着指了指墙上的一些小格子,其中一些格子已经放进了背包和包裹。

扬斯依言照做,把她的背包留在了一只小格子中。马恩斯把她的背包朝里面推了推,把自己的背包放进同一只格子里。无论是为了节省空间,还是仅仅出于习惯性的保护心理,扬斯觉得这一幕情景像园圃中的空气一样甜美。

"我们预订在这里过夜。"扬斯告诉这名员工。

员工点点头。"你们的房间在下一层楼。我想他们还在帮你准备。你来这里只是为了拜访,还是要吃饭?"

"都要做。"

那个年轻人微微一笑。"嗯,等你们吃过东西,你们的两个房间应该就准备好了。"

两个房间,扬斯心中想。她谢过年轻人,跟随马恩斯走进了形成网状结构的水培园圃。

"你上一次来是什么时候?"她问副警长。

"喔。有一段时间了。四年左右?"

"没错。"扬斯笑了,"我怎么会忘记呢?本世纪最大的劫案。"

"很高兴你觉得这很有趣。"马恩斯说。

从走廊的起点处就能看到,螺旋状的水培苗床朝上下两个方向一直伸展出去。这条主隧道蜿蜒穿过两层筒仓,就弧形迷宫一样,一直延伸到远处混凝土墙壁的边缘。从管子里落下的水滴发出持续不断的轻微敲击声,阵阵回音伴随着水花萦绕在低矮的屋顶下面,以一种奇异的方式让人感到身心放松。隧道两边都是敞开的,露出里面茂盛的绿色植物、蔬菜和小树,它们都生长在白色塑料管围成的格架中,上面还遍布细绳,让攀援的藤蔓和茎干有所依附。这里的男男女女都穿着绿色连体工作服,带领年轻的学徒,照料这些植物。挂在他们的脖子上的口袋里鼓鼓囊囊地装着今天的收获,手中的切割器就像小爪子一样不断地一开一合——仿佛切割器已经成了他们身体的一部分。他们的剪枝动作轻盈灵巧,看上去简直令人着迷,这种能力是从日复一日,年复一年的练习和重复工作中得来的。

"第一个提出窃贼是内部人员的不就是你吗?"扬斯一边问,一边还在暗自窃笑。她和马恩斯眼前出现了标明品酒厅和餐厅位置的指示牌。

"我们真的要讨论这个吗?"

"我不知道这有什么好尴尬的。你一定也觉得这很可笑吧。"

"如果事情过去得够久的话。"他停下脚步,透过防护格栅盯住了一片番茄园。那些红色浆果成熟时的浓郁气味让扬斯的肚子"咕咕"直响。

"我们当时真的都很激动,一心想要立刻有所突破。"马恩斯平静地说,"霍斯顿完全乱成了一团。他每天晚上都给我发消息,要我汇报最新情况。知道吗,我从没见过他这么想抓到一个人。就好像他的人生全都在指望这件事。"他用手指攥住那些格栅,目光越过蔬菜,仿佛在遥望过去的岁月。"现在回想起来,他似乎是察觉到了艾莉森身上有什么事情。就好像他看到了即将到来的疯狂。"马恩斯转向扬斯,"你还记得艾莉森清洁镜头之前,筒仓里是什么样子吗?已经很久没人出去了。每个人都很紧张。"

扬斯的脸上早就没有了微笑。她站在马恩斯身边,视线转回到那些植物上,看着一名工人剪下一颗熟透的红润番茄,放进她的篮子里。

"知道吗?我觉得霍斯顿是想要释放掉筒仓里的压力。他想亲自下来找到那个贼。他每天和我通消息,要报告,仿佛没有了报告他就活不下去。"

"很抱歉提起这件事。"扬斯将一只手放在副警长的肩膀上。

马恩斯转过身,看着扬斯的手背,下嘴唇从胡子下面露出来。扬斯完全能想象他亲吻自己手背的情景,便把手收了回去。

"没事,"马恩斯说,"不提那些,我想这件事情本身还是很有趣。"他转过身,继续沿着走廊向前走去。

"他们有没有搞清楚它是怎么进来的?"

"如果是在楼上。"马恩斯说,"那就必须搞清楚。不过我听到有人说,可能有个孩子偷了一只作为宠物,后来又把它放到了这里。"

扬斯笑出了声。她实在是控制不住自己。"一只兔子,"她说,"把我们这个时代最强的执法者耍得团团转,还偷走了相当于一名员工一年薪水的蔬菜。"

马恩斯摇摇头,也轻声笑起来。"被它耍的不是最强的执法者,"他说道,"那个人肯定不是我。"他向走廊深处望去,同时清了清嗓子。扬斯非常清楚现在副警长心中想的是谁。

……………………

吃过一顿丰盛而令人满足的晚餐之后,他们去了楼下的客房。扬斯有些怀疑这里的人为了招待他们两个,付出了相当大的努力。现在这里每个房间都住满了,有的房间接受了两倍甚至三倍于正常人数的预订。清洁摄像头是早就计划好的事情,肯定有不少人提前在这里订下了房间,而他们下楼去面试则属于临时起意。扬斯怀疑,他们两个的房间一定是已经预约好的客人为他们腾出来的。实际情况就是,他们两个不仅分别得到一个房间,而且市长的房间里还有两张床,这让扬斯的感觉更加糟糕。问题不是浪费了一张床,而是这种安排本身。扬斯本来希望自己不必受到这样……特殊的接待。

马恩斯肯定也是这么想的。现在离就寝还有几个小时,他们刚刚美餐一顿,又喝了些劲很大的葡萄酒,精神都还不错。于是马恩斯请她到他的小房间里去聊聊天。反正现在园圃里还很热闹,等安静下来再睡也不迟。

他的房间舒适而且雅致,只有一张双人床,不过布置得很好。上层园圃是一家大型私营企业。筒仓里这样的私营企业只有十来家。他们在此住宿的所有费用都将由她办公室的旅行预算支付,这笔钱以及其他旅客的花费将帮助这家酒店提供更好的食宿条件,比如漂亮的机织床单和不会发出"吱吱"声的床垫。

扬斯坐在床脚上。马恩斯取下枪套,放在梳妆台上,然后一屁股坐到几英尺外的换衣凳上。扬斯踢掉靴子,揉搓酸痛的双脚。马恩斯手捋胡子,没完没了地说着食物,还有分房住宿是多么浪费。

扬斯用拇指揉捏酸痛的脚后跟,趁着副警长稍作停顿的时候说道:"我觉得在开始往上爬之前,我需要在底部休息一周。"

"没那么糟,"马恩斯告诉她,"你看着吧,明天早上起床时,你会感到酸痛难忍,但只要你开始运动,就会发现自己要比今天更强壮。往上走也是一样。你只需要向前俯下身,一步一步迈出去,不知不觉就回家了。"

"希望你是对的。"

"而且我们会用四天时间完成这趟旅程,而不是两天。就把它当做是一场冒险吧。"

"相信我,"扬斯说,"我已经在这样想了。"

他们静静地坐了一会儿。扬斯背靠在枕头上,马恩斯凝视着前方,似乎并没有去看什么具体的目标。扬斯心中感到平静又自然,和他单独在一个房间里——这种心境让扬斯不禁有些吃惊。他们没有必要开口说话,只要这样在一起就好。没有警徽,没有办公室,只有两个人。

"你没有去找过牧师,是吧?"马恩斯终于问道。

"没有。"扬斯摇摇头,"你呢?"

"我也没有。不过我已经在想这件事了。"

"因为霍斯顿?"

"部分是因为他。"马恩斯身体前倾,用手揉搓大腿,好像要把酸痛挤出去,"我倒想听牧师说说,他的灵魂去哪儿了。"

"还在我们身边。"扬斯说,"不管怎样,他们就是这么说的。"

"你相信什么?"

"我?"她从枕头上抬起头,用一只胳膊肘撑着身子,和马恩斯四目对视。"我不知道,真的。我太忙了,没时间考虑这件事。"

"你认为唐纳德的灵魂还在我们身边吗？"

扬斯打了个寒颤。她不记得最后一次有人说出这个名字是在什么时候了。

"他离开我的时间比他做我丈夫的时间还长。"她说，"我嫁的与其说是他，还不如说是他的鬼魂。"

"这么说似乎不太对。"

扬斯低头看着床，眼前的世界变得有些模糊。"我想他不会介意我这么说。是的，他还和我在一起。他每天都在鼓励我做一个好人。我觉得他一直在看着我。"

"我也这么觉得。"马恩斯说。

扬斯抬起头，发现他正凝视着自己。

"你觉得他会希望你幸福吗？我的意思是，在所有事情上？"马恩斯停止了揉腿的动作，只是坐在那里，双手放在膝盖上，许久之后才把目光移开。

"你是他最好的朋友，"扬斯说，"你觉得他是怎么想的？"

他揉了揉脸，朝关着的门瞥了一眼。听门外传来的声音，应该是有一个孩子正大笑着从走廊中跑过。"我想他只希望你幸福。这就是为什么他是适合你的人。"

扬斯趁他不注意的时候擦了擦眼睛，又好奇地看着自己湿漉漉的手指。

"时间不早了。"她滑到小床边上，伸手去拿靴子。她的包和手杖都在门边等着她，"我认为你是对的。明天早上，我会有点酸痛，但我想我最终会感觉更强壮。"

第十二章

在他们向下走的第二天,也就是最后一天的下行路上,这种旅行的新奇感觉渐渐成为了习惯。巨大的螺旋楼梯中不断响起的"叮当"声和"噔噔"声也变得有了节奏。扬斯完全沉浸在自己的思绪中,平静地做着白日梦,以至于当她抬眼去看楼层号码时,在七十二层之后紧接着就是八十四层,她不禁有些好奇,想知道中间那十几个楼梯平台都跑到哪里去了。她左侧膝盖里面那个不得劲的地方甚至消失了,她不知道这是由于疲劳产生的麻木,还是真正恢复了健康。她用手杖的频率也降低了,因为手杖经常会滑到台阶之间的缝隙中,并卡在那里,反而会阻碍她的步伐。她把手杖夹在腋下,这样感觉似乎更有用——就好像她骨架里多了一根骨头,在支撑着她的身体。

他们到了九十层,一股粪肥的气味裹挟着猪和其他牲畜的臊臭气扑面而来。扬斯急忙继续向下走去。她本打算在这里吃午餐,顺便游览一下。现在她取消了这个计划。不过她还是想起了那只小兔子。它从上面的另一个畜牧农场跑出来,神不知鬼不觉地向上爬了二十层,连续三个星期在园圃层大吃特吃,让半个筒仓都不得安生。

从理论上来说,他们在到达九十七层的时候就已经进入筒仓底部了。从这里开始,就属于筒仓最下面的三分之一。这座筒仓从数学上被分成三个区。每个区四十八层。但扬斯不是这样看的。一百层是一个更好的分界线。这是一个里程碑。她数着楼层,直到第一个三位数的楼梯平台,然后停下来休息。

她注意到,马恩斯在深呼吸。而她感觉却很好。她希望这次旅行能让她恢复活力,找到焕然一新的感觉。前一天的无力、恐惧和疲惫果然已经一扫而光,只剩下一点小小的忧虑——害怕那些阴沉的情绪会卷土重来,害怕现在这种高昂的情绪只是暂时现象,如果她停下来,如果她思考时间稍长一点,这种情绪就会消散无踪,使她再次陷入忧郁的阴影中。

他们坐在楼梯平台宽阔的金属格栅上,手肘撑着栏杆,双脚在空中荡来荡去,就像两个逃课的孩子,分着吃了一小条面包当作午餐。第一百层挤满了来来往往的人。因为这一整层楼就是一座集市。人们在这里交换物品,用工资点券换取生活所需,或者单纯买点儿他们想要的东西。工人们带着他们的学徒来来往往;亲人们在熙熙攘攘的人群中相互呼唤;商人们大声吆喝着招揽生意。这里楼梯口的大门一直敞开着,让气味和声音飘到双倍宽的楼梯平台上,无数人抬腿落足造成的震动也一直传递到平台的金属格栅上,让它随之一起兴奋地颤抖。

扬斯享受着隐身于人群中的快乐,咬了一口自己那半条面包,静静品尝早上刚出炉的面包新鲜的酵母香味,感觉就像变了一个人,一个更年轻的人。马恩斯切了一片奶酪和一片苹果,把它们叠在一起,递给扬斯。他们的手碰在一起。甚至他胡子里的面包屑也是这完美时刻的一部分。

"我们比计划提前了很多。"马恩斯说着咬了一口苹果。他的语气很愉快,仿佛是轻轻拍了拍他们年迈的脊背以示祝贺,"我想我们在晚饭时能到一百四十层。"

"现在,我甚至不再害怕爬上去了。"扬斯说。她吃完奶酪和苹果,心满意足地咀嚼着。她觉得,爬楼让一切食物都变得更好吃了。或者这是因为他们身处在欢快的人群中,听着集市里传出的音乐——一名乞丐正在人群的喧闹声中弹着他的小吉他。

"我们为什么不经常到这里来呢?"她问道。

马恩斯哼了一声。"因为要下一百层楼?另外,我们那里有外面的风景,有休息室,还有基珀的酒吧。这些人中的绝大多数不也是几年都不一定上去一次?"

扬斯咀嚼着最后一口面包和马恩斯的这句话。

"你认为这是自然的吗?我是说,只固守在我们居住的地方,不去远处看看?"

"不太明白你的意思。"马恩斯嚼着一小口食物说道。

"假设——请注意,只是假设,那些耸立在山丘后面的古代高楼,曾经居住在那里的人们,你不会认为他们永远只待在家里吧?难道他们也只是留在同一幢楼里?甚至从没有沿着一百层楼梯上下走动过?"

"我不去想那些事情。"马恩斯说。扬斯认为自己也不应该想这些。但关于外面的事情,有时想要搞清楚什么可以说、什么不可以说似乎是不可能的。实际上,这些都是夫妻之间才会讨论的事情。也许是散步和昨天在一起的经历打动了她。又或许她和其他人一样沉浸在摄像头得到清洁的兴奋中:觉得可以放宽一些规定,追求一些诱惑。筒仓里压力得到了释放,随后一个月里,人们都有借口放纵自己心猿意马。

等马恩斯吃完面包以后,扬斯问他:"我们是不是该走了?"

马恩斯点点头。他们站起身,收拾好行李。一个女人从他们身边走过,忽然转过头盯住他们。看表情,她应该是认出了他们。不过她很快就跑去追赶她的孩子了。

这里就像另一个世界,扬斯心想。她远离这里太久了,忘记了要来看看。她向自己保证,不会让这种情况继续下去,但她心中却有一个声音告诉她,这将是她的最后一次旅行,就好像她是一台能感觉到自己年龄的、生锈的机器。

··''''''_{'''}··''''''_{'''}··'''''''_{''}

一个又一个楼层在她的视野中出现又消失。先是下层园圃,然后是位于一百三十几层的大规模农场,再向下是气味刺鼻的水处理厂。扬斯发现自己又陷入了沉思,她想起前一天晚上她和马恩斯的谈话,想到唐纳德和她的生活更多只是记忆,而不是现实。这时,她来到了第一百四十层的大门口。

陷入沉思的她一开始还没有注意到这里人流的变化。这里大多是穿蓝色牛仔工作服的工人;搬运工的背包里装的零件和工具要比衣服、食物和私人物品更多。不过聚集在门口的人群还是让她意识到,她已经到达了机械部的高层区域。这些工人全都穿着宽松的蓝色连体工作服,上面布满了年代久远的污渍。扬斯几乎可以通过他们携带的工具来确定他们的职业。现在时间已经很晚了,她估计大多数人都已经完成维修筒仓的工作,正赶回来与家人团聚。一想到这些工人要爬那么多层楼梯,随后还要工作,她就有些于心不忍。然后她才想起自己要做的事情。

他们没有滥用她的地位和马恩斯的权力,只是在大门前排队等待接受检查。当这些疲惫的男男女女在大门前进行签录,写下他们的行程和到达时间时,扬斯想起了自己漫长的向下旅途——这段时间都被她浪费在反思自己生活上了,她本应该利用这段时间来考虑如何与朱丽叶对话,好让朱丽叶能够接受她的提议。随着队伍缓慢地向前移动,她却罕见地紧张起来。这时,排在他们前面的工人亮出自己的身份卡——代表机械部的蓝色卡片——同时把自己的信息潦草地写在一块布满灰尘的石板上。然后就轮到他们了。他们走进大门,拿出他们的金色身份卡。登记站的警卫扬起眉毛,显然是认出了市长。

"市长大人。"他说道。扬斯没有纠正他。"没想到您会在此时光临。"他摆摆手,示意他们不必交出身份卡,随后伸手拿起一根粉笔。"让我来吧。"

扬斯看着他把板子转过去,用整齐的字体写下他们的名字,又用手掌边缘抹掉石板下半部的旧粉笔灰,再写下他们的职务。对于马恩斯,他只是写了"警长",扬斯也没有纠正他。

"我知道,朱丽叶·尼科尔斯一定以为我们要再晚一些才会到。"扬斯说,"不过我还是想问一下,她是否能现在和我们见面。"

警卫转过身,看了看身后显示标准时间的数字钟。"她还在发电机那边值班,可能要过一个小时才能下班。就我所知,有可能要过两个小时。你们可以去食堂等。"

扬斯看向马恩斯。马恩斯耸耸肩说:"我还不是很饿。"

"直接去看看她的工作怎么样?能知道她在做什么应该是件好事。我们尽量不妨碍她就是。"

警卫也是双肩一耸。"您是市长。我不能拒绝。"他用粉笔朝门厅里指了指。这时门外排队的人们都在不耐烦地挪动着脚步。"去找诺克斯吧。他会找人给你们带路。"

诺克斯从外形上看就是一个不容忽视的人。他穿着扬斯所见过的最大号的连体工作服。扬斯有些好奇他是不是要为自己的衣服花费更多的点券，还有，他要吃多少东西才能把那么大的一个肚子填满？浓密的胡须让他的体形更显庞大。因为胡子的遮挡，扬斯甚至看不出他在看见他们的时候是微笑还是生气。总体而言，这个机械部的负责人就像是一堵不可撼动的混凝土墙。

扬斯向他解释了他们现在的打算。马恩斯只是和他打了个招呼。扬斯意识到，马恩斯上一次来到底层的时候，一定和诺克斯见过面。诺克斯一边听，一边点头，然后用粗重的嗓音喊了一声。扬斯完全没听懂他在喊什么，不过肯定有人听得懂。因为马上就有一个年轻男孩出现在诺克斯身后，身材瘦小，有着色泽明亮的橙色头发。

"带他们去见朱莉。"诺克斯又吼了一声。他说话没有断句，每一个字之间的空隙就像他胡子里面的那道缝隙一样难以察觉。扬斯觉得那道缝应该是他的嘴。

那个年轻的男孩应该是一名学徒。他向市长和副警长招招手，就飞快地跑开了。马恩斯谢了诺克斯，诺克斯依然没有动弹，市长和副警长便急忙追上了男孩。

扬斯发现，机械部的走廊要比筒仓中其他区域更狭窄。他们从下班的人流中挤过，两边的墙壁的混凝土块只是粗粗上了一层漆，没有进一步粉刷。扬斯的肩膀蹭在上面，感觉很粗糙。在扬斯头顶上方差不多半英尺就有许多平行和交叉的管道，还有暴露的线管挂在上面。让扬斯总是想要低头闪避。她注意到许多高个子工人走路时都低着头。这里头顶上的灯光很暗，灯也不多，一种越来越深入地下的压迫感随之油然而生。

橙色头发的年轻学徒领着他们转了几个弯。他对领路的任务显然很有自信,应该是早已习惯于在这个地方跑来跑去。他们来到一段楼梯前——是那种拐弯时总需要右转的直角楼梯——沿着这道楼梯下了两层。越往下走,扬斯就听到越来越大的"隆隆"声。他们在一百四十二层离开楼梯井,进入走廊,在经过一个大房间时看到了一台奇怪的装置——一根长度达到普通人身高数倍的钢臂正在上下移动,不断推动一个穿过混凝土地板的活塞。扬斯放慢脚步,仔细观察这台机器有节奏的往复运转。空气中有一股带着腐烂感觉的化学气味。她一时还想不明白这会是什么气味。

"这就是发电机?"

马恩斯发出一种男人才有的得意笑声。

"这是抽油泵。"他说道,"下面是油井。你睡觉前能看书全靠从这里抽出来的东西。"

他捏了一下扬斯的肩膀,就继续向前走去。扬斯马上就原谅了他的嘲笑,和他一起快步跟上诺克斯的年轻学徒。

"你听到的'隆隆'声才是发电机。"马恩斯说。"泵把石油抽上来,他们在几层楼下的工厂里对石油进行处理,就能提炼出可以燃烧的轻油。"

扬斯对这些事有一点了解,大概是从一次委员会议上听说了一些。她再一次惊讶地发现,这座筒仓对她而言是多么陌生。而她应该管理这里的一切事务——至少在名义上是这样。

他们接近走廊尽头时,持续不断的"隆隆"声透过墙壁,越来越响。橙色头发的男孩拉开两扇门,声音更是变得震耳欲聋。扬斯谨慎地站在门外。就连马恩斯也停下了脚步。男孩却用力招手,示意他们进来。扬斯发觉自己两只脚忽然变得不听使唤,不愿意朝噪声发出的地方走去,仿佛他们现在是要被领到筒仓外面去。这种联想不合逻辑,也毫无意义,只不过因为她能想象到的最危险的地方就是筒仓以外。

她躲在马恩斯身后,终于畏畏缩缩地穿过了那道门形成的界线。男孩"砰"的一声把门关上,他们被困在了门内。然后他从墙边的架子上取下耳机——耳机上没有连接电线。扬斯也学他的样子,给自己戴上一副耳机。噪声减弱了,只是依然在震撼她的胸口和神经末梢。她有些奇怪,为什么放置耳罩的架子在房间里,而不是在外面。

男孩又挥挥手,说了些什么,但扬斯只看见他的嘴唇在动。他们继续跟着男孩,沿一条狭窄的通道向前走。这条通道的地板就像筒仓中的楼梯平台一样,是钢制格栅。随着通道拐了个弯,一侧墙壁变成了三根横杠的栏杆。栏杆外是一台大得惊人的机器。扬斯的整个居所和办公室加在一起才能和它的体积相比。乍看上去,这台机器似乎完全静止不动,没有什么东西可以证明她胸口和皮肤感受到的震动是真实的。直到他们绕到机器背后,她才看到一根钢棒从机器后面伸出来,猛烈地旋转,另一端消失在第二台巨大的金属机器里,那台机器上延伸出的电缆有一个男人的腰那么粗,一直伸向天花板。

很明显,强大的能量正在从这个房间里被源源不断地输送出去。他们走到第二台机器的头部,扬斯终于看到一个孤独的身影正在机器旁工作。那是一个看起来很年轻的女人,身穿连体工作服,戴着安全帽,棕色的发辫垂在背后,身体靠在一把几乎和她的身高一样的大扳钳上。与她的纤细身躯相比,这台机器更加显得巨大而恐怖,但她却似乎完全不害怕它们。她正用力把扳钳向下压,她的身体离那台咆哮的机器非常近。这让扬斯想起了一个古老的童话故事,故事中一只老鼠为一头名为"大象"的虚构生物拔出了一根倒刺。要一个这么小的女人来修理如此令人瑟缩的机器,这种事想一想就觉得很荒谬。但扬斯清清楚楚地看到了那个女人正在工作。那名年轻学徒穿过一扇门,从格栅步道上跑到机器旁边,拽了拽那个女人的工作服。

那个女人转过身,斜睨着扬斯和马恩斯,丝毫没有吃惊的样子。她用一只手背擦了擦额头,另一只手把扳钳扛到肩膀上,又拍了拍年轻学徒的头,就向扬斯走过来。扬斯这时看到这个女人的胳膊很瘦,有漂亮的肌肉线条。她只穿着连体工作服,里面没有穿汗衫,领口很高,露出一点橄榄色的皮肤,挂着闪闪发光的汗珠。她的肤色和在种植灯下工作的农民一样黑,但从她的牛仔布工作服来看,那可能是油泥和污垢造成的。

她来到扬斯和马恩斯面前,朝他们点点头,微微一笑,似乎认出了马恩斯。看来她没有要和他们握手的意思,扬斯对此很感激。这时她朝一道玻璃隔板旁的门指了一下,随后就朝那个方向走去。

马恩斯像只小狗一样跟在她后面,扬斯也急忙跟上去。同时她又回头看了一眼,想确认那名学徒不会来干扰他们的谈话,却看见年轻男孩已经沿着来时的路飞快地跑掉了,他的头发在发电机房暗淡的灯光下闪闪发亮。他一定是认为自己的任务已经完成了。

他们走进一间小控制室。这里噪声明显减弱了。随着厚实的屋门被关紧,房间里更是变得几乎鸦雀无声。朱丽叶脱下她的安全帽和耳罩,把它们扔在架子上。扬斯试探着把耳罩从耳边拿开,只听到了仿佛从远处传来的"嗡嗡"声,这才把耳罩摘下来。这个房间相当窄小,还堆满了各种金属物件和不住闪烁的小灯——这些都是扬斯从未见过的。但作为市长的她是这个房间的最高领导者,这一点更是着实奇怪,她几乎不知道这个房间的存在,当然也无从谈及什么领导。

在扬斯的耳鸣渐渐平息时,朱丽叶调整了一些旋钮,同时看着一些玻璃罩后面的小指针来回摆动。"我以为我们明天早上才会进行面试。"她说话的时候还在聚精会神地工作。

"我们下来的时间比预想中要短。"

扬斯看了马恩斯一眼。副警长正双手握着耳罩,不安地挪动着脚步。

"很高兴我们又见面了,朱莉。"他说道。

朱丽叶点点头,透过厚玻璃窗朝外面的大型机器望去,两只手飞快地在操作台上转动一些黑色的大仪表盘。那些仪表盘上的白色字迹都被磨掉了许多,不过朱丽叶似乎完全不必去看它们。

"你搭档的事,很遗憾。"她低头看了一眼仪器上的读数,才转过头看向马恩斯。扬斯这时才能端详这个女人。虽然她脸上全都是汗水和油泥,但她很美丽。清瘦的面容中带着刚劲的线条,一双眼睛格外明亮。从远处就能看出,她是一个绝顶聪明的人。在她凝视马恩斯的目光中,还有她额头上的皱纹里都流露出强烈的同情。"真的。"她说,"我很难过。他看起来是个好人。"

"是最好的人。"马恩斯有些语无伦次,嗓音也变得嘶哑。

朱丽叶点点头,好像要对马恩斯说的只有这些。然后她转向扬斯。

"市长,有没有感觉到地板的震动?这是因为发电机传动轴的连接位置出现了只有两毫米的缝隙。如果你觉得这里的感觉已经很糟了,你应该出去,把手放在发电机外壳上试试。那会让你的手指立刻麻木。如果你按住发电机外壳的时间足够长,你的骨头就会嘎吱作响,就好像你要散架一样。"

她转身走过扬斯和马恩斯之间,拨开一个大开关,又回到控制台前面。"现在,想象一下发电机正在经历什么,它正在把自己震成碎片。传动齿轮不停地相互咬合,形成细小的金属刨花,像沙砾一样在润滑油中循环。下次你得到这里的消息时,很可能是整台机器都爆炸了,我们将只剩下备用发电机能够吐出的那点能量。"

扬斯一下子屏住了呼吸。

"需要派人来帮忙吗?"马恩斯问。

朱丽叶笑了。"这早就不是新闻了,换谁来都不会有什么不同。现在备用发电机已经被拆开,要更换密封垫。等到它重新装好之后,我们可以单独用它提供一半电能,维持一个星期。这样我就能把传动轴拆下来,调整机器位置,让它像陀螺一样重新欢快地转起来。"说到这里,她看了扬斯一眼,"但现在,我们受命必须满负荷供电,而且不能停歇,想要这样做也不可能。所以我只能不断拧紧想要松开的螺栓,并在这里找到合适的转速,让它还能唱得正常一些。"

"我不知道有这种问题,当我签署指令的时候……"

"我还以为我已经把我的报告简化得足以让人们看懂了。"朱丽叶说。

"发电机还能坚持多久?"

扬斯突然意识到,自己要解决的问题已经不是面试这名工人了。可以说,现实情况正朝着相反的方向发展。

"多久?"朱丽叶笑着摇了摇头。她完成操作台上的调节工作,转过身,双臂抱在胸前看着他们。"现在就有可能爆炸。也可能在一百年以后爆炸。重点是:它迟早会炸,但这场灾难是可以预防的。我们的目标不应该是让这个地方在我们这一代人的时间里一直这样'嗡嗡'响。"她直视着扬斯的眼睛,"或者是在某个人当值的时间里。如果我们的目标不是让它能够永远平稳地运转下去,我们就应该马上收拾收拾,逃出这里。"

扬斯看到了马恩斯僵硬的表情,同时感觉到一股寒意掠过自己的皮肤。朱丽叶最后的这句话几乎可以让她背上叛徒的罪名。就算只是一个比喻,也不可能完全让她免于惩罚。

"我可以设立一个'节电假',"扬斯建议,"可以用它来纪念那些清洁摄像头的人。"她又想了想,"用这个借口,除了能让你修理好发电机。我们还可以……"

"要是能让技术部把耗电量降下来,那才是走了狗屎运了。"朱丽叶说道。她用手背擦了擦下巴,又在工作服上抹了抹,随后低头看着被抹在牛仔布上的机油,"请原谅我说了粗口,市长。"

扬斯想告诉她没关系,但是这个女人的态度,还有她展现出的力量,这些让扬斯想起了过去的自己,一个不计较细节,只是一心要实现目标的人——她几乎要把那个人给忘记了。她意识到自己在偷偷看马恩斯,便将视线转回到朱丽叶身上,"你为什么专门要提到那个部门?我是说,在用电这件事上。"

朱丽叶笑着张开双臂,双手向天花板一指。"为什么?因为技术部在一百四十四层中占了三层,但他们消耗了超过四分之一的电量。我可以给你计算……"

"没关系,我相信你。"

"而我不记得有哪台服务器能为人们提供食物,或者拯救了什么人的生命。它们甚至连裤子上的破洞都缝不了。"

扬斯微微一笑。她一下子明白了马恩斯为什么会喜欢这个女人。她也在朱丽叶身上看到了年轻的自己,那时她还没有和马恩斯最好的朋友结婚。

"如果我们让技术部也进行一周的停机维护呢?这样行不行?"

"我觉得,这就是我们下来招募她的原因。"马恩斯嘟囔道。

朱丽叶看了他一眼。"我觉得我告诉过你——或者是你的秘书,用不着费力气下来。不是我要和你作对,但我需要留在这里。"她抬起胳膊,看了看手腕上挂着的一样小东西。那只是一个计时器。朱丽叶却在端详它,好像那东西还能工作似的。

"听着,我很想多和你们聊聊。"她抬起头看着扬斯,"特别是如果你能保证有一个假期,能让整个筒仓不用电,那就太感谢了。但我还有一些调节工作,而且我已经在加班了。如果我加班太多,诺克斯会生气的。"

"我们不打扰你了。"扬斯说,"我们还没有吃饭,也许稍后我们还能见面?等你打卡下班,收拾干净以后?"

朱丽叶低头看看自己,好像在确认自己是否需要梳洗一下。"是的,当然。"她说,"他们给你们安排好宿舍了?"

马恩斯点点头。

"那好吧。我一会儿去找你们。别忘了你的耳罩。"她指了一下自己的耳朵,看着马恩斯的眼睛点了点头,就又开始埋头工作,让他们知道谈话暂时结束了。

WOOL / 101

第十三章

马恩斯和扬斯在机械师马克的带领下来到食堂。马克刚从一天中的第二班轮岗上下来。马恩斯似乎不是很喜欢为他们安排导游这件事。这位副警长具有明显的男性特质——即使迷了路,他也会假装知道自己在哪里。为了证明这一点,他总是稍稍走在前面一点。有时他会在某个十字路口停下来,探询地朝一个方向指指,而马克总是会笑着指出正确的方向。

"这里真是到处都一模一样。"马恩斯只能嘟囔着继续前进。

扬斯看着这种男子气概的展示,也不由得笑了起来。她有意落在后面,和这名年轻的机械师悄声聊了几句,因为她知道马克是和朱丽叶上同一班的。他的身上散发着一股属于深层筒仓的气味,每当机修工去扬斯的办公室修理东西时,那种气味就会被带进来。它来自于工作给他们留下的混合物——汗水、机油和成分不明的化学物质。扬斯正在学着忽略这股味道。她看得出,马克是一个善良温柔的人。当一辆装满了各种零件的小车飞快驶过时,他拽住她的胳膊,把她拉到一旁。在那些昏暗走廊里,有弯弯曲曲的管道和低垂着的电线。他能认出每一个经过的人。虽然他只是一名底层工人,但扬斯觉得他的举手投足都流露出高贵的气质,全身散发着自信。就算是在黑暗中,他的微笑依旧能照亮面前的阴影。

"你是怎么认识朱丽叶的?"等到那辆吵闹的小推车"吱吱嘎嘎"地跑远之后,她问马克。

"朱莉?她就像我的姐妹。我们在这里就是一家人。"

他仿佛是在说,筒仓的其余部分和这里完全不同。走在前面的马恩斯在下一个十字路口挠了挠头。不过这次副警长猜对了。两个机械师笑着从另一个方向拐过来,和马克说了几句话。在扬斯听来,他们就像是在说外语。扬斯觉得马克也许是对的,筒仓最深处的生活确实可能和上面不一样。这里的人似乎都不会掩饰他们的思想和感情,似乎真的是怎么想就会怎么说,就像这个地方裸露的管道和电线一样。

"就是这里了。"马克指着一条宽阔的走廊说道。走廊的另一端传来许多人的说话声和刀叉碰到金属盘子的"叮当"声。

"那么,关于朱莉,你有什么可以告诉我们的?"扬斯又问道。马克为他拉开食堂门,她则向这位机械师报以微笑,"你觉得有什么事情是我们应该知道的?"他们两个跟着马恩斯来到几个空位子前。餐桌旁有一些厨房的工作人员在忙碌,为工人们端来饭菜,让他们不必去排队取餐。还没等扬斯他们坐到有凹痕的铝制长凳上,几碗汤和几杯水就已经为他们摆好了,水杯里还漂着柠檬片。随后是切好的面包。

"你是要我为她担保吗?"马克坐下来,又向那个给他们拿来食物和勺子的大个子表示了感谢。扬斯环顾四周寻找餐巾,发现大多数人都从挂在背后或胸前的口袋里拿出一块油腻的抹布当作餐巾。

"我们只是想知道所有应该知道的事情。"扬斯说。

马恩斯仔细端详了一下他的面包,嗅了嗅,然后把面包一角浸在汤里。邻桌的人们忽然爆发出一阵笑声,大概是有人讲了个故事或者笑话。

"我知道她能胜任交给她的任何工作。她一直都能做得很好。但既然你们已经走了这么远,我相信你们不需要再听我说这种话,你们一定早就下定了决心。"

他舀了一勺汤,放进嘴里。扬斯拿起自己的餐具,看到上面的裂痕和变形。从勺柄上的划痕来看,似乎它曾经被用来凿过什么东西。

"你认识她多久了?"马恩斯问。这位副警长开始英勇地咀嚼起他浸满汤汁的面包,看来是打算与这里打成一片了。

"我就是在这下面出生的。"马克对他们说,为了压过食堂里的喧嚣,他提高了声音,"朱莉来的时候,我正在电气组当学徒。她比我小一岁。那时我以为她顶多熬上两个星期,就会拳打脚踢、大喊大叫地离开这里。我们这里来过不止一个离家出走和转换工种的孩子。而那些中层的孩子们如果犯了什么事,都会以为只要跑到这里,他们的问题就不敢追过来……"

他的话还没有说完,忽然眼睛一亮——一位看上去很文静的女子坐到了马恩斯旁边。这位新来的姑娘用她的抹布擦了擦手,把抹布塞进胸前的口袋,然后俯身到桌对面,吻了一下马克的脸颊。

"亲爱的,你还记得马恩斯警官吧。"马克向马恩斯抬了一下手。这时马恩斯正用手掌擦抹胡子,"这是我妻子,雪莉。"他们握了握手。雪莉的指关节上能看到一些黑斑,那似乎是永久性的,是工作留给她的纹身。

"这位是市长扬斯。"两位女士也握了手。扬斯为自己能坦然握住那只坚实有力的手、毫不在意上面的油渍而感到自豪。

"见到你们很高兴。"雪莉说着坐了下来。还在大家相互认识的时候,她的食物就出现在了桌上,汤还在碗中微微晃动,表面散发着热气。

"这里发生犯罪事件了吗,警官?"雪莉扯下一片面包,同时朝马恩斯笑了笑,让他知道这是个玩笑。

"他们来劝朱莉,要她跟他们一起搬到顶层去。"马克说。扬斯发现他朝妻子扬了一下眉毛。

"祝你们好运,"她说,"那个女孩如果真的要搬,大概就要到下面的矿井里去了。"

扬斯想问她是什么意思,但马克又捡起了刚才的话头。

"我刚才说,她来的时候,我正在电气组……"

"你是在用你当学徒的日子让他们感到无聊吗?"雪莉问。

"我正在告诉他们朱莉刚来这里时是什么样子。"

他的妻子微微一笑。

"那时我正跟着老沃克进行实习。当时老沃克还会四处走一走,不时出来一下……"

"是的,沃克尔。"马恩斯用勺子向扬斯指了一下,"一个很有技术的老家伙。从不离开他的车间。"

扬斯点点头,试图跟上他们的思路。邻桌那几个刚刚放声大笑的人这时正起身离开。雪莉和马克与他们挥手告别,顺便和他们聊了几句,然后才把注意力转回到自己这张桌子上。

"我说到哪里了?"马克问,"哦,我第一次见到朱莉是她拖着那台泵机来到沃克的车间,"马克喝了一口水,"那是他们让她做的第一件事。别忘了,她当时还只是一个孤零零的小女孩,对吧?才十三岁,瘦得像根管子,刚从中层或者是别的什么地方下来。"他一挥手,就好像无论来自什么地方都一样,"他们让她把那些笨重的泵机拖上来,送到沃克那里去,让沃克给里面的马达重新绕线——那可是要先拆下一英里长的导线,再把它们一圈圈重新绕好。"马克顿了一下,忽然笑起来,"实际上,干所有那些活的都是我。总之,一个人职业生涯一开始就是这样,你们一定都清楚,你们全都会让你们的学徒干这种事,对不对?把他们整得惨一点?"

看到扬斯和马恩斯都没什么反应,马克耸耸肩,继续说道:"不管怎样,那些泵真的很沉,好吗?它们比朱莉自己还要重,也许重量是她的两倍。而朱莉要自己一个人把它们搬到拖车上,再把它们拽上四层楼梯……"

"等等,她是怎么做到的?"扬斯试着去想象一个十几岁的女孩挪动两倍于自己体重的一块金属是什么样子。

"还能怎么样,滑轮、绳子、找人帮忙,她能采用的任何办法。她能想到什么办法,这才是重要的,对吧?他们给她准备了十个那样的东西,让她搬运……"

"十个。"扬斯重复了一遍。

"是的,也许其中只有两个真的需要重新绕线。"雪莉补充道。

"哦,也许有两个吧。"马克笑着说,"所以沃克和我立刻就开始打赌,看她再过多久就会丢下这份工作,跑回去找她的家长。"

"我赌的是一个星期。"雪莉说。

马克用勺子搅着汤,摇了摇头。"实际上,直到她成功在这里留下来,我们也想不通她到底是怎么做到的。直到多年以后,她才终于告诉了我们。"

"我们那时就坐在那张桌子旁。"雪莉伸手一指,"我一辈子都没有笑得那么厉害。"

"她说了什么?"扬斯问。她已经忘记了自己的汤。她的汤碗里也早就不再有热气冒出来了。

"嗯,我记得很清楚,那一整个星期,我都在给十台泵机马达绕线,同时一直等着她崩溃,或者说,是希望看到那一幕。那时我的手指头已经痛得受不了了。她不可能把那十个铁坨子全部拉过来。"马克摇摇头,"绝对不可能。但我还是只能一直不停地绕线,而她真的把那些大家伙全都拉上来了。每隔一段时间就拉上来一台。只用了六天时间,她就把活儿干完了。然后那个小女孩就去找了诺克斯。那时诺克斯才只是一个值班经理。她问诺克斯,能不能请一天假。"

雪莉低头看着汤,还是止不住自己的笑声。

"她一定是找到了愿意帮助她的人。"马恩斯说,"也许有人在可怜她。"

马克擦抹着眼睛,摇摇头。"天哪,肯定不会有。那样就一定会有人看到,然后马上会有闲话传出来,尤其是诺克斯当时非常想知道她是怎么做的。那个老家伙问她是怎么做到的时候,又吹胡子又瞪眼的。朱莉站在他面前,沉默得就像一节没电的电池,只是偶尔会耸耸肩。"

"她是怎么做到的?"扬斯问。现在她已经好奇得要死了。

马克微微一笑。"她只搬了一台泵机。把那东西搬上来差点折断了她的脊背。不过她只搬了一台。"

"是的,而你在那东西上重新绕了十次线。"雪莉说。

"嘿,用不着你告诉我。"

"等等。"扬斯抬起一只手,"但其他那些泵机呢?"

"一直是她自己一个人在搬运。这都要怪沃克,第一天晚上,朱莉打扫车间的时候,那个老家伙就滔滔不绝地说个不停。她还问了好多问题,缠着我,看我给第一台泵机绕线。我完成以后,她就把泵机推进了走廊,但她根本没有把泵机推到楼梯去,而是把泵机连拖车一起放到了喷漆车间。然后她下楼去拿下一台泵机,再把它拖到拐角处的工具间里。整晚都在里面练习给马达重新绕线。"

"啊,"扬斯明白了,"第二天早上,她就把昨天那台泵机交给你,只需要从喷漆车间拖出来就行了。"

"是的。然后她在四层楼下绕铜线,而我在上面做着同样的事。"

马恩斯大笑起来,用手掌不停地拍打桌面,让汤碗和面包都跳了起来。

"那个星期,我平均每天给两部马达绕线,速度真是非常快。"

"从技术上来说,那只是一部马达。"雪莉笑着指出。

"是的。而她的速度也不比我慢。她把所有泵机都交回去的时候,还空出了一天,于是她还请了一天假。"

"如果我记得不错,她真的得到了一天假。"雪莉摇摇头,"学徒得到了一天假期,真是想不到。"

"而且根本没人想到她能够完成这份工作。"

"聪明的姑娘。"扬斯微笑着说。

"太聪明了。"马克说道。

"那么,她是如何使用那一天假期的?"马恩斯问。

马克用手指把杯子里的柠檬片按进水里,一时间什么都没有说。

"那一天,她一直跟着我和沃克,打扫车间,询问各种东西是怎么工作的,那些导线都连到哪里,如何拧松螺栓,在各种东西内部进行挖凿,诸如此类。"他喝了一口水,"我觉得,我应该对你们说的是,如果你们想要给朱莉一份工作,一定要非常谨慎。"

"为什么要谨慎?"马恩斯问。

马克抬头看着屋顶上乱七八糟的管道和电线。

"因为她一定会做得很好。哪怕你们根本不相信她能做好。"

第十四章

吃过饭以后,雪莉和马克给他们指了宿舍的方向。扬斯看着这对年轻夫妇连着吻了好几下。虽然马克下班了,雪莉却正要上班。他们共享的那一餐是一个人的早餐、另一个人的晚餐。扬斯感谢了他们的招待,还赞美了他们的食物,然后她和马恩斯就离开几乎和发电机房一样声音嘈杂的食堂,沿着蜿蜒的走廊走向他们的宿舍。

马恩斯会住在初级第一班机械师宿舍。他们为他在那里准备了一张小床。扬斯看了一眼就说,这张床还短了半英尺。沿走廊再向前走一段,是一间为扬斯准备的小公寓。他们俩决定在那里等待朱丽叶,也趁这段时间单独相处一阵子,按摩一下酸痛的腿,聊一聊底层筒仓是多么不同,直到敲门声响起。朱丽叶推开门,走了进来。

"他们把你们两个安排在一个房间里?"朱丽叶吃惊地问道。

扬斯笑了。"不,他们把副警长安排在公共宿舍。是我不想一个人待在房间里。"

"别介意。"朱丽叶说,"这个房间是为新人和来访的家属准备的。没什么别的意思。"

扬斯看着朱丽叶将一根细绳放在牙齿间叼住,又把刚洗过还没干的头发拢起来,扎成一条马尾。她换了一件工作服,扬斯猜那上面的污渍已经洗不掉了,这其实是一件洗干净的衣服,是为下一班准备的。

"那么,我们最快什么时候能宣布那个节电假期?"朱丽叶问。她扎好头发,又将双臂抱在胸前,靠在门边的墙上,"我估计你们一定会利用人们对牺牲的清洁者的哀悼情绪吧,是吗?"

"你最快什么时候可以开始?"扬斯问道。她突然意识到,自己想要让朱丽叶成为她的警长,原因之一是她在潜意识里觉得自己其实得不到这个女人。扬斯瞥了马恩斯一眼,忽然有些好奇,许多年以前,当她还很年轻,和唐纳德在一起的时候,马恩斯对她的吸引力有多少是因为单纯的好感,又有多少是因为她觉得自己无法得到他?

"明天就可以。"朱丽叶说,"我们早上就能启动备用发电机。今晚我可以再轮一班,确保那些垫圈和密封……"

"不。"扬斯抬起手,"我是问,你最快什么时候可以接任警长?"她伸手到自己的包里,拿出文件夹放在床上,开始寻找那份合同。

"我……我还以为我们已经讨论过这件事了。我没有兴趣……"

"没有兴趣的人,才是最合适的人。"马恩斯说。他就站在朱丽叶对面,大拇指插在工作服里,身子靠在这个小房间的另一堵墙上。

"很抱歉,但这里没有人能顶替我。"朱丽叶摇着头说,"我认为你们两个不了解我们所做的一切……"

"我觉得你不明白我们在上面做什么。"扬斯说,"或者我们为什么需要你。"

朱丽叶仰头大笑。"听着,我在这里要对付许多机器,你们不可能……"

"它们都有什么用?"扬斯问,"这些机器都是做什么的?"

"是它们让这一整个该死的地方能运转起来!"朱丽叶说,"你们呼吸的氧气,要在我们这里进行循环。你们呼出的毒素,我们把它们抽出来,注入地下。你想让我列一张石油制成品的清单吗?每一片塑料,每一盎司橡胶,所有的溶剂和清洁剂,我说的不只是石油产生的能量,还有其他一切!"

"但这些在你出生以前就已经是这样了。"扬斯指出。

"但我要告诉你,这些不一定能延续到我死后。它们不会永远如此。"她再次将双臂抱在胸前,向后靠在墙上,"我估计你不知道,如果真的没有了这些机器,我们的境况会变得有多糟糕。"

"我认为你不明白,如果没有了这些人,这些机器又会是多么没有意义。"

朱丽叶转开了目光。这是扬斯第一次看到她退缩。

"为什么你从不去见你父亲?"

朱丽叶猛地转回头,盯住对面的墙壁,将散落在额头上的发丝拨到脑后。"去看看我的工作日志吧,"她说,"然后告诉我,我什么时候能有时间去看他。"

扬斯想要说,那毕竟是家人,时间总能挤出来,但还没等她开口,朱丽叶已经盯住了她。"你觉得我不在乎别人?是这样吗?那么你就错了。我在乎这个筒仓里的每一个人。还有这里的每一个人,属于被遗忘的机械部的八层楼,这才是我的家庭。我每天都和他们在一起,和他们一天几次分吃面包。我们工作、生活、死亡都在一起。"她又看向马恩斯,"不是这样吗?你早就看见了。"

马恩斯什么都没有说。扬斯隐约觉得朱丽叶在说"死亡"这个词的时候,加重了语气。

"你问过他为什么从来不来看我吗?他可有的是时间。他在上面根本没什么事可以做。"

"我们去找过他。你父亲看起来很忙。也和你一样心性坚定。"朱丽叶又看向了别处。

"和你一样固执。"扬斯把文件留在床上,站起身来到门边,离朱丽叶只有一步之遥。她能闻到这个年轻女人头发里的肥皂味。可以看到她的鼻孔张开,呼吸急促而沉重。

"日子就这样一天一天过去,一些看似轻而易举的小事就这样被忽略了,不是吗?回去看看的打算被一再拖延。最初的日子很快就溜走了。愤怒和年轻人的意气用事也在阻止你。所有这些堆积起来,就像无法回收的垃圾一样,让你越来越难以踏上回去的台阶。不是这样吗?"

朱丽叶挥挥手。"我不知道你在说什么。"

"我说的是几天变成几周,几个月变成几年。"扬斯差点就说出,她也有过同样的经历,而且这种负面的惯性至今还在她心中不断堆积,但马恩斯就在她身边,听着她说话,"一段时间以后,你还会继续生气,但这只是在为过去的错误辩护。于是这变成了一场游戏。两个人只是盯着远方,拒绝回头去看一眼,害怕成为第一个冒险的人——"

"不是那样的,"朱丽叶说,"我不想要你的工作。我相信你还有很多人选。"

"如果你不愿意接下这份责任,那么接下它的人可能让我无法信任。我没有别的选择。"

"那就把它交给另外那个女孩。"朱丽叶笑着说。

"如果不是你,就会是一个男人。我相信那个人比起听我的,更会听三十几层的话,甚至会因此而轻视《法案》。"

这句话似乎让朱丽叶有了反应,紧抱在胸前的手臂也松开了。她转过身,看着扬斯的眼睛。马恩斯则站在房间对面,注视着她们的一举一动。

"上一任警长,霍斯顿,他出了什么事?"

"他去清洁了摄像机。"扬斯说。

"他是自愿出去的。"马恩斯生硬地说道。

"我知道,但为什么?"朱丽叶皱起眉头,"我听说是因为他的妻子。"

"有各种各样的推测……"

"我还记得他是怎样谈起自己妻子的。那时你们两个下来调查乔治的死亡。一开始我还觉得他想要撩我,但他一开口就会提到他的妻子。"

"我们下来的时候,他们刚好中了彩票。"马恩斯提醒她。

"是的,没错。"朱丽叶的目光转到了床上。市长的文件在那里摊成了一片。

"我不知道该怎么当警长。我只知道修理东西。"

"其实是一样的。"马恩斯对她说,"上次我们下来的时候,你就帮了我们很大的忙。你能看出事情的来龙去脉,还有它们的相互关系。许多会被别人忽略的小线索都逃不过你的眼睛。"

"你说的是机器。"朱丽叶说。

"人和机器没有什么不同。"马恩斯对她说。

"我觉得其实你明白这一点。"扬斯说,"实际上,我觉得你有正确的心态,正确的性格。上面和这里没有多少不同,只是多了一点政治斗争。像你这样刻意和别人保持距离是件好事。"

朱丽叶摇摇头,回头看向马恩斯。"所以你提名了我,是吗?我想知道这到底是怎么发生的。现在这一切简直就像突然从地里冒出来的一样。"

"你会做得很好，"马恩斯对她说，"我认为，只要你下定决心，就能出色地完成任务。而我们要交给你的工作，比你想象的更重要。"

"我要住在上面吗？"

"你的办公室在一层。靠近气闸舱。"

朱丽叶似乎开始认真考虑了。她的问题让扬斯感到一阵兴奋。

"工资会比你现在的工资高，就算你加再多的班也不可能挣到那么多。"

"你查过我的工资？"

扬斯点点头。"在下来以前，我做了一些功课。"

"就像找我父亲谈话一样。"

"没有错。他见到你一定会很高兴。如果你和我们一起上去的话。"

朱丽叶低头看着自己的靴子。"我不确定。"

"还有一件事。"马恩斯的话引起了扬斯的注意。副警长瞥了一眼床上的文件。最上面那张光滑平整、被折起来的纸是彼得·比林斯的合同。"技术部。"他提醒她。

扬斯明白了他的意思。

"在你接受这份工作之前，有一件事要弄清楚。"

"我不确定自己是否会接受。我想多听听关于那个节电假期的事，还有，如何安排这里的工作班次……"

"按照传统，所有提名职位都要有技术部的签字……"

朱丽叶眼睛一抬，冲口说道："技术部。"

"是的，我们在下来的路上也去见了他们，只是为了让流程能顺利一些。"

"我明白。"朱丽叶说。

"于是我们听到了他们的一些抱怨。"马恩斯插口道。

朱丽叶转向他。

"我们知道,这也许没什么,但事情既然已经被提出……"

"等等,是不是关于那些热固胶带的事?"

"热固胶带?"

"是的。"朱丽叶皱起眉,摇了摇头,"那些混蛋。"

扬斯用两根手指比了大约五厘米的厚度。"他们有一份这么厚的文件夹,全都是关于你的问题。他们说,你偷了他们的物资。"

"他们怎么能这样说。你是在开玩笑吗?"朱丽叶抬手指着门外,"就因为他们,我们根本得不到需要的物资。几个月前,我们的一个热交换器出现了泄漏,我急需热固胶带,但就是得不到。物资部告诉我们,胶带的衬底材料已经全用完了。我们很早以前就发出了订单,但我从我们的一个搬运工那里得知,胶带都要送到技术部去。他们用了不知道多少英里长的胶带去做他们的防护服样品。"

朱丽叶深吸了一口气。

"所以我拦截了一些胶带。"她看着马恩斯,承认了自己的违规行为,"你们都看得到,因为我让发电机运转,他们才能在上面做他们想做的所有事情,而我却得不到最基本的供应。而且就算我得到了那些东西,质量也差得跟垃圾似的,也许是因为所需产量超过实际产能,整条加工线只能赶工……"

"如果你真的需要这些东西。"扬斯打断了她,"我可以理解。"

她看向马恩斯,马恩斯微微一笑,下巴点了一下,好像在说——他早就说过,这个女孩是这份工作的最佳人选。

扬斯没有理他。"很高兴能听到你的解释。"她对朱丽叶说,"真希望我能经常这样旅行,虽然我的腿的确疼得厉害。有很多事,我们在上面都认为是理所当然的。主要就是因为它们没有被很好地理解。我现在明白了,我们的工作人员需要更好地沟通,与技术部保持更多的日常联系。"

"这话我说了差不多二十年了,"朱丽叶说,"在这里,我们经常开玩笑说,我们被塞到最底下,就是为了不要挡别人的路。有时候,我们真的会有这种感觉。"

"那好,如果你到了顶层,接受这份工作,人们就会听到你的声音。你可以成为这个指挥链的第一个环节。"

"技术部那边要怎么办?"

"肯定会有阻力,但他们搞事情也不是一次两次了。我以前就对付过他们。我首先要给我的办公室发个消息,申请紧急豁免。我们会让你拦截的物资变得可追溯,并且具有合法性。"扬斯审视着这名年轻女性,"但你必须向我保证,那些物资里面的每一样都是你必需的。"

朱丽叶在市长的目光中没有丝毫退缩。"是的,它们都是。"她说道,"但无论它们多么必不可少,我们也只能得到垃圾。那些东西随随便便就会坏掉,好像设计它们的目的就不是为了让它们能用。后来我们终于从供应处拿到了货,还有了多余的胶带。我很乐意在上去的时候送一份和平礼物给他们——我们的设计要好得多……"

"我们上去的时候?"扬斯立刻问道。她要确保自己理解了朱丽叶的意思,还有她同意了什么。

朱丽叶认真看着市长和副警长,点了点头。"你们还必须给我一个星期的时间处理好发电机。我会答应你们,是因为你们能够遵守诺言，给我一个节电假期。而且你们要明白，我会一直认为我是属于机械部的。我答应你们的原因之一就是我看到很多问题都被忽略了，而这会导致严重的后果。我在这里的最大的责任就是维护这个系统，预防灾难发生。我们不应该等到东西坏了再去修理它们，而是应该在它们工作的时候让它们保持良好的状态。有太多的问题被忽视，事态越来越严重了。我认为，如果筒仓可以被认为是一个大引擎，我们就是下面堆积油泥的底盘，必须得到注意。"她向扬斯伸出手，"为我布置好节电假期，我就是你的人了。"

扬斯微笑着握住她的手，感受到她的手温暖、有力、充满自信。

"这是我明天早晨要做的第一件事。"她说道，"谢谢，欢迎加入。"

马恩斯走过来，也和朱丽叶握了手。"很高兴你来任职，头儿。"

朱丽叶笑着和副警长握手。"好了，先别着急。在你这么叫我之前，我觉得我还有很多需要学习的东西。"

第十五章

在节电假期中爬回顶层感觉上倒是很应景。扬斯感觉在这条新规之下,自己也电量不足。现在她迈出的每一步都异常吃力,所剩无几的电量在继续流失。下楼的酸痛与此相比,完全变成了一个笑话,那只是不断运动产生的不适感,伪装成运动疲劳而已。现在她脆弱的肌肉才真正在发挥作用。每一步都是一次需要努力征服的困难。她必须把靴子抬到下一个台阶上,再用一只手按住膝盖,把自己往上推二十五厘米,而这道螺旋楼梯仿佛有一百万米高。

她右手边的楼梯平台上显示的数字是58。现在每一个楼梯平台的号码仿佛都被钉死在了她的视野中,迟迟不肯离去。下楼的时候,她尽可以做着白日梦,一下子就越过了好几个楼层。而现在,那些号码只会一点点出现在外侧护栏后面,然后就一直停在那里,在应急灯昏暗的绿光下嘲讽她。她吃力地向上攀爬,一次一次地抬起沉重的双腿,迈着摇摇晃晃的步子。

马恩斯走在她身边,他的手按在内侧护栏上。扬斯的手拽着外侧护栏,手杖在他们之间,一下下杵在台阶中间凹陷下去的地方,发出"当当"的响声。他们的手臂偶尔会碰在一起。这种感觉就好像他们已经离开了好几个月,离开他们的办公室、他们的职责,还有他们早已熟悉的那种冷漠感觉。这次前往底层招募新警长的冒险给扬斯带来了完全出乎预料的体验。她一直都梦想回到年轻时光里,现在却发现自己只是被旧日的幽灵缠住了。她曾经希望找到新的活力,却只是更加真切地感觉到漫长岁月中膝盖和背部的磨损。她的筒仓之旅本来是一场目标宏大的旅行,最终却是这样默默的艰难跋涉。现在她不由得在怀疑,筒仓的运营和维护是否真的需要她。

不过她看得更清楚了。她周围的世界是分层的。顶层的人只是关心一片模糊的景色,理所当然地喝着早餐果汁。住在下面的人在农场工作、清理牲畜笼子,他们的世界中心是土壤、绿色植物和肥料。对他们来说,外面的景色没有那么重要,可以被忽略,只有等摄像机得到清洁之后才值得上去看看。而他们脚下还有人——机械车间和化学实验室,不断被抽取的石油和不断磨损的齿轮,指甲缝里塞满油泥,一身都是臭汗的劳动世界。对于这些底层人来说,外面的世界只是传闻,从上面一点点送下去的食物才是实实在在能够支撑他们的东西。筒仓是为了下面这些人存在的,他们才能保持机器正常运转。而扬斯在自己漫长的一生中,一直都以为顶层的人才是最重要的。

五十七层的楼梯平台迷雾一般的黑影里。一个小女孩正坐在钢格栅上,双腿蜷起,手臂抱着膝盖,一本塑料封面的儿童读物摊开在屋顶灯泡的微弱光线中。扬斯看着这个女孩。她一动不动,只有两只眼睛随着翻动的彩色书页不停转来转去。女孩一直都没有抬头看一眼是谁正经过这个公寓层的楼梯口。他们也没有打扰她。女孩渐渐隐没在黑暗里。扬斯和马恩斯只是在挣扎着向上攀登。这已经是他们上行的第三天了,疲惫不堪的他们完全听不到上方和下方有其他人的脚步声,台阶也没有丝毫震动。筒仓陷入了一种怪诞的寂静和虚无之中。这两个老朋友和同志有着足够的空间并肩前行,走在油漆剥落的台阶上。他们的手臂不住地摆动着,只是在非常偶尔的时候会碰在一起。

·''''''ll!,,,····''''ll!,,,····''''ll!,,,,

那天晚上他们在中层的分警署过夜。中层警官坚持要他们接受他的款待。扬斯则急切地想要为又一个从非职业领域选拔的警长寻求支持。于是他们在近乎黑暗的环境中吃了一顿冷餐,并和主人夫妇开了一些无聊的玩笑,让他们感到满意。然后扬斯回到了主办公室,那里的两用沙发床已经被布置得尽可能舒适,被褥显然是从一个更好的地方借来的,闻起来有"两点券肥皂"的味道。马恩斯被安置在拘留室的一张帆布床上,那里的被褥虽然经过了清洗,但还是留有杜松子酒和一个酒鬼的味道。

熄灯很难被注意到,因为灯光实在是太暗了。扬斯躺在黑暗中的小床上,一边感受全身肌肉的抽搐,一边享受着静止的美好。她的脚抽筋了,感觉就像骨头一样硬,她的背部一碰就疼,急需拉伸。但她的脑子还在不停地转动着。今天爬楼时那些为了打发时间和缓解疲劳而进行的谈话又回到了她的脑海中。

她和马恩斯似乎一直在彼此的身边打转,不断测试对方还记得多少昔日的魅力,摸索陈旧伤疤中的柔情,在脆弱残破的身体里,在褶皱枯萎的皮肤上,在被法律和政治磨成老茧的心灵深处,寻找着某个柔软的角落。

唐纳德的名字也常常会探一下头,就像一个孩子偷偷溜到成人的床上,强迫谨慎的情侣让出床中间的位置。扬斯为她去世已久的丈夫感受到一种新的悲伤。有生以来,她第一次因为自己这几十年的孤独而伤心不已。她一直认为这是自己的使命——没有家人,只为大众服务——现在她却觉得这更像是一种诅咒。她的生活被夺走,被碾碎,最终面目全非。她多年的努力和牺牲所产生的精华却只能滴落到筒仓最顶部的四十层。而人们几乎不知道她在做什么,更不会有多少关心。

这段旅程中最令人悲伤的部分是她终于明白过来,霍斯顿的幽灵一路都与她同在。她现在可以承认了:这是她进行这次徒步远行的一个重要原因,甚至可能是她想让朱丽叶成为警长的原因。她想要躲到地底深处,不再看见那对爱人相互依偎着,躺在山丘的沟壑中,被风吹走他们白白被毁掉的青春。她想要逃避霍斯顿,却反而找到了霍斯顿。所有被送出去清洁摄像头的人都履行了自己的责任,这其中一定有什么神秘的原因。不管怎样,她现在至少理解了为什么少数几个伤心的人会自愿去做这种牺牲。和幽灵在一起,也要比被幽灵纠缠更好。没有生命也好过空虚的生命……

分警署办公室的门"吱呀"一声被推开——这扇门的铰链已经磨损到就算上油也无济于事了。扬斯想要坐起来,在黑暗中看清是谁进来了。但她的肌肉太痛,老眼昏花。她想要喊一声,让这里的人知道她没有事,并不需要什么,但她没有开口,只是安静地听着。

脚步声来到她身旁。因为地面上铺着旧地毯,这一点声音也几乎无法听到。没有人说话,只有陈旧的关节在轻轻摩擦。散发着肥皂香气的昂贵被单被掀开,两个活着的灵魂之间达成了某种默契。

扬斯将呼吸屏在胸中。她伸出手去摸索那只抓住她被单的手,身体向旁边挪了挪,让出空间,把他拽到自己身旁。

马恩斯的手搂住她的脊背,在她身下扭动了一阵,终于在她身边躺好。她一条腿搭在他的腿上,手搭在他的脖子上,感觉到他的胡子拂过自己的脸颊,听到他的嘴唇噘起,轻啄她的嘴角。

扬斯捧住他的双颊,把脸埋进他的肩窝,哭了起来,就像一个女学生,一个新学徒,面对陌生又可怕的工作,感到失落和恐慌。畏惧让她哭泣,但畏惧的心情很快就消失了,就像她的后背随着他的按摩,一切痛楚都消失了,取而代之的是一种麻木。经过了不知多长时间的战栗和啜泣,一种敏锐的感知占据了她的全身。

扬斯感觉自己的内心又活了过来,感觉到肉体接触的刺激,她的前臂靠在他坚硬的肋骨上,双手抓住了他的肩膀,他的手放在她的腰上。眼泪是一种喜悦的释放,是对逝去时光的哀悼,是为了岁月蹉跎而生出的哀伤,但她愿意接受这种哀伤,于是她最终伸出双臂,紧紧抱住了自己的命运。

她就这样睡着了,带着一种沉重的疲惫感——那远远不是爬几层楼能够造成的。他们不过是有了几个颤抖的亲吻,双手交握在一起,再加上一句温柔而感激的耳语。然后,深深的睡眠就将她压倒。关节和骨髓中的疲倦屈服于她不想接受,却又迫切需要的安睡。几十年里,她第一次拥抱着一个男人入梦,醒来的时候,床上只剩下她早已熟悉的空旷,但她的心却感到莫名的充实。

••••••••••••••••••••

第四天是他们向上爬的最后一天。到了这一天中午,他们到达了三十几层的技术部。一路上,扬斯发现自己总是需要休息一会儿,喝点水,揉搓一下肌肉,不是因为疲惫——那是她装出来的,而是因为她害怕来到这一站,害怕见到伯纳德,害怕他们的旅程会结束。

节电假期造成的黑暗和深深的阴影一直笼罩着他们。现在楼梯上人流稀疏,大部分商业都因为全筒仓的灯火管制而关闭了。朱丽叶还留在下面,监督维修工作。她早就警告过扬斯,备用电源无法维持稳定的照明,现在筒仓里的灯光发生闪烁是正常现象。尽管如此,在漫长的攀登过程中,昏暗灯光的影响已经使她的神经紧张起来。这种持续不断的明暗变幻让她想起自己在第一个任期的大部分时间里不得不忍受的一个坏灯泡,那真是一段令人不快的经历。当时电气组的两名技术人员来检查那个灯泡。两个人都认为它还可以使用,不需要更换。她不得不向物资部的主管麦克莱恩提出申诉,才把那个灯泡换掉。

扬斯还记得,那时成为物资部主管还不算太久的麦克莱恩亲自爬了许多层楼梯,给扬斯带来了那枚灯泡。那时扬斯就已经很尊敬她了,这个女人在手握大权的同时也有着过人的责任感。她记得麦克莱恩当面问她,为什么不像其他人那样直接把灯泡打碎?

扬斯从来没有想到过这个问题,这让她颇为烦恼了一阵子。最后,她只是为自己没有想到这种办法而感到自豪,那时她对麦克莱恩也有了足够的了解,因此才明白物资部主管的这个问题其实是对她的一种赞扬,而亲手送来灯泡更是一种奖励。

当他们到达三十四层的时候,扬斯觉得,在某种意义上,他们又回到家了:回到了熟悉的地方——技术部的主平台。她拄着手杖靠在栏杆上,等待马恩斯去开门。门刚打开一道缝,里面明亮的灯光就把楼梯井里的昏暗一扫而光。这件事从没有被公开宣布过——但在其他楼层严格限电的原因主要是技术部拥有豁免权。伯纳德在得知节电假期的事情之后,立刻就引用《法案》中的各项条款来支持他们的这项权利。朱丽叶一直在抱怨服务器用电不应该优先于种植光源,但最终她还是放弃了,尽其所能重新配置了主发电机。扬斯要朱丽叶将这件事看作学习政治妥协的第一课。朱丽叶则说,她认为这是软弱的表现。

走进大门,扬斯发现伯纳德正在等着他们。现在这个技术部主管的表情就像吞下了一大口酸果汁。站在他旁边的几名技师本来正在和他说话,市长一进大门,他们立刻就闭住了嘴。这让扬斯更加相信,自己在上来的时候就已经被监视了。

"伯纳德。"扬斯努力保持呼吸稳定。她不想让伯纳德知道自己有多累,要让他以为自己只是在上来的半路上顺道拜访一下,不是什么大事。

"玛丽。"

这样称呼市长肯定是有意怠慢。他甚至没有朝马恩斯看上一眼,仿佛副警长根本不在这里。

"你愿意在这儿签个名吗?还是要去会议室?"扬斯从包里掏出写有朱丽叶名字的合同。

"你在玩什么游戏,玛丽?"

扬斯感到自己的体温在上升。一群穿着银色技术部工作服的技师聚拢了过来。"玩游戏?"她问道。

"你以为你的这个'节电假日'很聪明?这就是你报复我的方式?"

"报复……?"

"我必须让那些服务器维持运行,玛丽——"

"你的服务器得到了充分的电力供应。"扬斯提醒他,她的声音提高了。

"但是它们的冷却是由机械装置提供的,如果温度再升高,我们就只能让它们减速运行,这是我们从来没有做过的!"

马恩斯站在他们两人中间,抬起双手,盯住伯纳德冷冷地说道:

"冷静。"

"让你的小跟班躲开。"伯纳德说。

扬斯把手放在马恩斯的胳膊上。

"协议很明确,伯纳德。这是我的人选,我的提名。你和我在签署彼此人选的事情上有过很好的合作——"

"我告诉过你,那个深坑里的女孩不可能——"

"她会得到这份工作。"马恩斯打断了技术部主管。扬斯注意到,副警长的手已经按在了手枪柄上。她不确定伯纳德是否注意到了这一点。伯纳德没有说话,但他的目光也没有离开扬斯。

"我不会签名的。"

"那下一次,我就不会征询你的意见了。"

伯纳德微微一笑。"你以为你能活过下一个警长任期?"他转向角落里的工人们,招手示意其中的一个人过来,"为什么我对此有所怀疑呢?"

一名技师从窃窃私语的人群中走出来。扬斯在自助餐厅里见过这个年轻人——那次扬斯工作到很晚。如果扬斯没记错的话,他的名字是卢卡斯。他和扬斯握了握手,尴尬地笑着打了个招呼。

伯纳德不耐烦地挥挥手,带起一阵风。"她要你签什么,你就签什么。我不会签的。做好备份。剩下的事情就都交给你了。"然后他又挥了一下手,看样子是要离开了。最后,他转过头,对着马恩斯和扬斯上下打量了几眼,眼神中充满厌恶,也许是讨厌他们的样子、年龄、地位,或者所有这些。"哦,还有,让西姆斯给他们把水壶灌满,让他们带上足够的食物,好能爬回他们自己的家里去。他们要什么就给他们什么,只要能让他们摇晃着那两双老腿离开这里,回到他们自己的地方去就好。"

说完这些,伯纳德就大步走向了通往技术部核心区的大门。那道门对外人永远都是关闭的,门内永远都是灯火通明。服务器在那里快活地哼哼着。只是现在,那里停滞的空气正不断升温,就像愤怒的身体因为毛细血管被挤压而产生热量,直到血液升至沸点。

第十六章

他们快到家时,一层又一层楼梯平台在扬斯视野中下降的速度变快了。在一个个层区之间,楼梯井最黑暗的地方,在每一层的居民们安静地等待一切恢复正常的时候,两只年老的手正牵在一起,在两个攀登者之间来回摆动。他们肆无忌惮地牵住彼此,不再有任何掩饰。他们的另一只手则按在冰凉的钢制扶手上。

扬斯偶尔会松开手,只是为了确认她的手杖是否还固定在背包上,或者从马恩斯的背包上拿起水壶来喝一口。他们已经习惯了喝彼此的水,那要比从自己背后的背包上拿水壶更容易。这样做也有一种甜蜜的感觉——背负着别人需要的食物,能够在一种完全平等的关系中给予和回报。这是一件值得大胆去做的事情。至少暂时是这样。

扬斯喝了一小口水,拧上被链子挂在水壶上的金属水壶盖,把它放回到背包外袋里。她非常想知道,他们回去之后一切会有什么不同。只要再爬二十层楼就到了。昨天她还觉得自己也许再也回不去了,现在看样子,她甚至可能在不经意间就把这段路走完了。等他们回到家,熟悉的环境会不会让他们回归自己早已熟悉的角色?昨晚会不会越来越像一场梦?旧日的幽灵会不会继续回来纠缠他们?

她一直都想问出这些问题,最终却只是在谈论另一些琐事。朱莉——她坚持要他们这样叫她——什么时候能准备好来上班?他和霍斯顿有哪些文件需要先处理?该做哪些让步才能让技术部高兴起来,让伯纳德恢复冷静?他们又要怎样对付失望的彼得·比林斯?当他有朝一日担任法官,主持听证会的时候,这件事会不会影响到他?

他们讨论这些事情时,扬斯的心里却在不停地翻腾。或许是那些她想说却说不出口的事情在让她紧张。那些话多得就像外面世界空气中的灰尘一样,也很可能像那些灰尘一样让她嘴巴发干、舌头发硬。她发现自己越来越频繁地拿下水壶来喝水。她自己的水壶在她背后不断发出声响,每上一层楼,她的胃都感到一阵拧痛。楼梯口的每一个数字都像是在倒计时,他们的旅程即将结束。必须承认,这次冒险在许多方面都取得了圆满的成功。

首先,他们得到了警长:一个来自底层的厉害女孩,就像马恩斯所说的那样充满自信、鼓舞人心。扬斯认为这样的人才是筒仓的未来。朱丽叶属于那种考虑长远、有计划、能把事情做好的人。警长竞选市长是有先例的。她认为朱丽叶最终会做出正确的选择。

说到市长竞选,这次旅行激发了她自己的目标和抱负。她对即将到来的选举感到兴奋,尽管她可能没有对手。她甚至在爬楼的白日梦中就想好了几十个简短的演讲。她看到了能够如何将一切做得更好,如何能更谨慎地履行自己的职责,以及如何给筒仓的老骨头注入新的生命。

但最大的变化是她和马恩斯的关系。就在几小时前,她已经开始怀疑,马恩斯从来不接受晋升都是因为她。如果只是副警长,他们之间还有足够的空间可以容纳他的希望,容纳他不可能的梦想

——将她抱在怀中。如果当了警长,这就真的是绝不可能了:他们会有太多利益冲突,他不能对自己的直接上司有非分之想。这种怀疑让扬斯产生出一种强烈的悲伤和一种心荡神驰的甜蜜。她一边这样猜想着,一边紧紧握住他的手,但这也让她心中充满了一种深深的无力感,一种痛彻心扉的感觉——他一直在默默地为她牺牲,无论今后会发生什么,她都欠他太多了。

他们到了育婴所的楼梯平台。扬斯本来不打算再去看望朱丽叶的父亲,请他半路上见一下女儿。但她又改变了主意,因为她觉得自己的膀胱在恳求释放一下压力。

"我必须在这里停一下。"她对马恩斯说。现在的她尴尬得就像个承认自己忍不住尿意的孩子。她的嘴干得厉害,但她的胃却因为盛了太多液体而不住地翻腾——或者也许是因为她有些害怕回家。"另外,我也不介意去见见朱丽叶的父亲。"她又补了一句。

听到扬斯还要找借口,马恩斯的胡子向上一翘。"那么我们确实应该停一下。"

候客室是空的,只有提醒他们保持安静的牌子。扬斯透过玻璃隔断看过去,见到一位护士正经过黑暗的走廊朝她走来。一看见是他们两个,护士皱成一团的眉毛立刻舒展开来,露出了微笑。

"市长。"她低声说。

"很抱歉没有事先告知,不过我希望能见一下尼科尔斯医生,还有,能不能用一下你们的洗手间?"

"当然。"她立刻按下按钮,在开门的"嗡嗡"声中招手让他们进来,并说道,"自从您上次来过之后,我们又迎接了两个宝贝。只是因为这次发电机的问题,我们的情况有些混乱——"

"节电假期。"马恩斯纠正了她。副警长的声音生硬而且响亮。

护士看了他一眼,但还是点了点头,仿佛是在告诉马恩斯——她明白。然后她从架子上拿下两件长袍,递给他们,并请他们将物品留在桌上。

在等候间,护士抬手示意他们先在椅子上坐一下,对他们说她会去找医生。"洗手间就在那边。"她向一道门指了一下。刷在门上的陈旧标识几乎要被磨光了。

"我马上就回来。"扬斯对马恩斯说。她努力克制住自己的冲动,才没有伸手去捏一下他的手——最近一直在昏暗的环境里待着,这已经成了她一个秘密的小习惯。

厕所里几乎完全没有光。扬斯摸索到隔间门板上有一个结构陌生的门闩。这时她的胃也开始响亮地翻腾起来。她低声咒骂着,终于推开门板,匆匆坐了下去。这时她的胃已经开始翻江倒海了。她终于高兴地放松下来,再加上憋得太久所产生的灼烧感,她一时几乎无法呼吸。她就这样一直坐着,仿佛过了很长很长时间,直到她的两条腿开始不受控制地颤抖。这让她意识到,她在爬楼的时候消耗得太狠了。一想到还要再上二十层楼,她就感到痛苦不堪,心里因为恐惧而变得空空的。上过厕所之后,她去旁边的盥洗室把手和脸都洗了一下,然后用一条毛巾擦干。隔间和盥洗室的废水都已经被她冲进了循环系统。这一切都只能在黑暗中摸索着进行,尽管她不熟悉这里的环境,但这已经是她在公寓和办公室培养出来的第二本能了。

她步履蹒跚地走出厕所,双腿一点力气都没有。她开始思忖,自己是否还需要在这里住上一晚,睡在分娩床上,等到第二天早上再爬回办公室。当她推开门回到等候间,她的腿几乎已经没有了知觉。

"好点了吗?"马恩斯问道。副警长坐在一张家庭长椅上,身边留出了一个再明显不过的空位。扬斯点点头,重重地坐了下去。她现在还有些喘不过气来,又有点担心如果自己承认再也爬不动了,他会发现自己是多么软弱。

"扬斯?你还好吗?"

马恩斯向前探出身子。他没有看扬斯,而是在看扬斯脚下的地面。"扬斯,刚刚到底发生了什么?"

"小点声。"她悄声说。

马恩斯直接喊了起来。

"医生!"他的声音越来越大,"护士!"

一个人影出现在昏暗的玻璃后面。扬斯将头靠在椅垫上,努力思考要说些什么,该如何让马恩斯平静下来。

"扬斯,亲爱的,你做了什么?"

他握着她的手,轻拍她的手背,摇晃她的胳膊。扬斯却只是想睡觉。有脚步声在向他们跑来。灯光亮得有些吓人。一名护士在叫喊着什么。随后是朱丽叶父亲的声音。扬斯认识他的声音。他是医生,会给她一张床,他能理解这种疲惫……

有人提到了流血。有人在检查她的腿。马恩斯在哭泣,眼泪落在他零星点缀着一些黑色的白胡子上。他摇晃她的肩膀,看着她的眼睛。

"我没事。"扬斯努力说道。

她舔了舔嘴唇。好干啊,她的嘴真是干坏了。她要水喝。马恩斯摸索着自己的水壶,把它递到扬斯唇边,将一点水倒进扬斯的嘴里。

扬斯想要把水咽下去,却做不到。他们让她躺到长椅上,医生触摸她的肋骨,用灯照她的眼睛。但周围的一切却越来越暗了。

马恩斯一只手攥住水壶,用另一只手将她的头发梳理整齐,嘴里含混不清地说着什么。不知为什么,他是如此哀伤,显得比她还要软弱无力。扬斯微笑着看向他,想要握住他的手。只是这样一个动作也变得如此吃力。她握住他的手腕,告诉他,她爱他。在她的记忆里,她一直都爱着他。她的意识也变得如此疲惫,甚至随意就放开了她的秘密,将这一切都告诉了泪眼滂沱的他。

她看着他的眼睛,那双被皱纹环绕却依然明亮的眼睛也正在看着她。然后扬斯又看到了他手中的水壶。

马恩斯的水壶。

她明白了,那壶里的水,本来是给马恩斯准备的毒药。

第十七章

发电室异常拥挤，又寂静得出奇。身穿连体工作服的机械师里三层外三层地站在栏杆后面，看着第一班人工作。对朱丽叶来说，他们的存在感不是很强，给她带来更强烈感觉的是周围的沉默。

她正站在一个由她自己制作的装置上，向外探出身子。这是一个焊接在金属地板上的高台，上面排列着镜子和细小的缝隙，能够把光线引过来，作为标尺。发电机和让它转动的大型马达上面也安装了一些镜子。利用它们反射的光线，就可以对这两台庞大的机器进行校准，使它们完美地对齐。朱丽叶现在只关心两台机器之间的那根传动轴，那根足有男人腰那么粗的长钢棒，燃料燃烧产生的力量就是通过这根杆子转化成电火花的。她希望把这根杆子两端的机器对准，误差必须在千分之一厘米以内。但他们此刻所做的事情没有先例。备用发电机上线以后，现在的工作步骤都是在通宵会议中匆忙制定的。现在她只能集中精力，希望这十八个小时的连续加班能够有一个好结果，相信自己之前制订的计划——那时她还能够好好休息、认真思考，状态要比现在好得多。

她开始指挥最终的布置。在她周围，整个房间陷入了死一般的寂静。她发出信号。马克和他的团队立刻拧紧了新铺设的橡胶地垫上的几个大螺栓。这已经是节电假期的第四天。发电机需要在上午启动并运行,在明天晚上开始全速运转。做了这么多工作——垫圈和密封全部更新过,传动轴都进行了抛光——为此,年轻的学徒们要一直爬进这台机械巨兽的心脏。而朱丽叶现在很担心它甚至无法启动。在她的一生中,这台发电机从没有完全熄过火。老诺克斯还记得它有一次在紧急状况下自动停机了,那时诺克斯自己还只是一名学徒。但对其他人来说,这台发电机的"隆隆"声就像他们自己的心跳一样从不会停止,永远伴随着他们。是朱丽叶首先提出了大修计划,所以现在的情况对她来说压力格外大。她努力安慰自己,告诉自己这样做是对的,现在最糟糕的情况很可能也只是需要延长假期,直到他们解决所有问题。这要比多年后发生灾难性的停机要好得多。

马克示意螺栓已经拧紧,锁扣螺母都固定好了。朱丽叶从她自制的台子上跳下来,大步走到发电机旁和他会合。有这么多人在盯着她,想要走路的时候随意一些都很困难。她完全无法相信,她的这个吵吵闹闹、不循正轨的大家庭,现在居然会如此安静。就好像所有人都屏住了呼吸,要见证过去几天的紧张赶工最终会不会是一场空。

"准备好了吗?"她问马克。

他点点头,用一块似乎总是搭在肩头的肮脏抹布擦了擦手。朱丽叶看了一下手表。秒针持续不断的走动让她感到安慰。每当她怀疑某件事是否能成功时,她就会看看自己的手腕。不是看时间,而是看她修好的东西。修好这块表是一个异常复杂的过程,一个几乎不可能完成的任务——她曾用好几年时间来清理和安装几乎小得看不见的部件——她现在的工作,不管是什么,与之相比都变得轻松了许多。

"一切都在按计划进行?"马克笑着问。

"我们做得很好。"朱丽叶向控制室点点头。人群中出现了窃窃私语的声音,大家都意识到,重启即将开始。几十个人从脖子上拿起耳罩,戴在耳朵上。朱丽叶、马克和雪莉一起来到控制室。

"情况如何?"朱丽叶问雪莉,这位身材矮小、精神饱满的年轻女性是第二班的工头。

"很棒。"雪莉一边说,一边继续做调整,将所有数值全部归零。多年来,这些数值经过了反复修正。这套系统将从头开始,不再有任何旧的补丁和修改来掩盖不断出现的问题。一个新的开始。"我们准备好了。"她说。

她从控制台上退开,站在丈夫旁边。这个姿态要表达的意思非常明显:这是朱丽叶的项目,也许是她在底层机械部的最后一个项目。开启发电机是她的荣耀,也完全是她的责任。

朱丽叶站在控制台前,低头注视这些旋钮和仪表盘。就算是在绝对的黑暗中,她也能毫无差错地使用它们。很难相信,她人生的这个阶段已经结束,新的阶段即将开始。一想到要去顶层,她就比面对这个项目更加害怕。对她来说,离开朋友和家人、处理政治事务并不像唇上的汗水和机油那么甜蜜。但至少她在那里有盟友。如果像扬斯和马恩斯这样的人能够生存下去,她想她也能坚持住。

她的手在颤抖,与其说是紧张,不如说是因为疲惫。她按下了起动马达的按钮。一台小型电机开始努力带动巨大的柴油发电系统,发出了一阵响亮的"呜呜"声。仿佛过去了一段极为漫长的时间。其实朱丽叶并不知道现在机器正常运转时应该发出怎样的声音。马克站在控制室的门边,把门撑开,如果发电机旁边有人发出要求中止的喊声,他们就更容易听到。他瞥了朱丽叶一眼。朱丽叶还在按着点火按钮。但隔壁起动马达的"呜呜"声却越来越像是一种无力的呻吟，这让马克皱起了眉头。

外面有人在挥舞双臂，想要透过玻璃墙向朱丽叶发出信号。

"关机，关机。"马克说道。雪莉急忙向控制台跑过来，想要帮忙。

朱丽叶松开点火按钮，向断路阀伸出手。但她没有把那个阀门按下去。门外又传来另一种声音——一阵强有力的嗡鸣声。朱丽叶觉得地板上传来一种震动，但和之前的震颤完全不同。

"它开始运转了！"有人喊道。

"它运转了。"马克笑了起来。

外面的机械师都在欢呼。有人扯下耳罩，扔上半空。朱丽叶这才听出来，启动马达的声音甚至都要比经过大修的发电机更响亮。其实在她一直按住点火按钮的时候，发电机就已经启动并持续运转了。

雪莉和马克拥抱在一起。所有仪表的初始值都已归零，朱丽叶又检查了一下与这些仪表相关的温度和压力，发现几乎没有什么可以调整的。是否真的能顺利运转，还要等温度升上去以后才能确定。不过她已经激动得喉咙发紧，心中放下了一块大石头。工人们纷纷跳过栏杆，聚集在焕然一新的发电巨兽周围。一些很少会来发电室的人都伸手轻轻抚摸它，脸上几乎显现出一种虔诚的感情。

朱丽叶走出控制室，看着这些同伴，倾听着齿轮排列整齐之后机器运转良好的声音。她站在栏杆后面，双手按住钢制栏杆。以前发电机工作时，这些栏杆也会发出"嘎嘎"的响声，不住地颤抖。在这道栏杆里面，这个平时人们唯恐避之不及的工作场地上，人们正在举行一场不那么正式的庆祝。现在这种"嗡嗡"声简直是棒极了。

巨兽在释放强大的能量，却又不再令人害怕。他们日以继夜制订的计划和付出的巨大艰辛终于得到了最好的结果。

这次成功让朱丽叶对未来的顶层生活有了新的信心。她的心情好极了，全部注意力都在那些恢复了最佳状态的强大机器上，没有注意到那个匆匆走进来的年轻搬运工。他脸色苍白，由于慌乱地跑了很长一段路，现在只能大口喘着粗气，胸口不住地剧烈起伏。她也几乎没有注意到房间里的人在交头接耳地传递着什么消息，直到每一名机械师的眼睛里都充满了恐惧和悲伤。庆祝完全停止了，房间陷入一片非同寻常的寂静。仔细倾听，却能察觉到许多人在低声啜泣，或者发出难以置信的微弱惊呼，成年的人们一个接一个开始痛哭。朱丽叶这才知道出了问题。

有什么事情发生了。伟大而有力的存在陨落了。

而这与她的发电机没有任何关系。

放逐

第三部 PART 3

CASTING OFF

第十八章

　　每个口袋上都有数字。朱丽叶可以低头看到自己的胸部，轻松地识别出这些数字。这让她想到，这些数字一定是颠倒过来的，专门为了让她方便地看到，而不是给别人看的。当身后的门关上时，她只是麻木地透过头盔面罩盯着这些数字。这个房间里还有一道门，一扇被封禁的门，静静地矗立在她面前，等待被打开。

　　朱丽叶觉得自己迷失在了两道门之间的空隙里，被困在这个气闸舱中。这里的墙壁和天花板上到处都有色彩鲜艳的管子伸出来。所有东西都在保护性的塑料膜后面闪闪发光。

　　氩气被泵进房间时发出的嘶嘶声穿透进她的头盔，听起来很遥远，让她知道末日即将来临。随着气压升高，长凳和墙壁上的塑料膜上出现了一片片褶皱。管道也被塑料膜裹紧。朱丽叶能感觉到防护服上的压力，就像一只无形的手在轻轻将她攥紧。

　　她知道接下来要发生什么，只是她仍然难免有些好奇，自己怎么会来到这里。一个机械部的女孩，从来对外界都没有兴趣，只有过一些微不足道的违法行为，只想着一辈子住在地底最深处就已心满意足，常常满身满脸都是油泥，不停地修理各种损坏的东西，对包围她的那个更加广阔的死亡世界更是毫不关心……

第十九章

几天以前

朱丽叶坐在拘留室的地板上,背靠一排高高的钢栅。她面前的墙壁屏幕上显示出一个可怕的世界。在过去的三天里,她一直试图自学如何成为筒仓警长,因此也对这片外部世界的景观认真研究了一番,想知道那些人为什么会对这些画面如此大惊小怪。

她看到的只有灰暗的山坡,还有飘浮在灰色丘陵上方、更加灰暗的云层。穿透云层的斑驳阳光勉强照亮了大地。可怕的风横扫过这一切,那些狂暴的气流卷起小块泥土,形成一个个旋涡,在一片只属于它们的土地上互相追逐。

对朱丽叶来说,这样的景色根本没有什么可以令人欣喜的地方,也无法激起她的好奇心。这是一片不适宜居住的废土,不存在任何有用的东西。除了山丘后面那些摇摇欲坠的塔楼上似乎有一些被污染的钢铁,看不到其他任何资源。毫无疑问,回收、运输、冶炼和净化那些钢铁的成本,要比从筒仓下的矿井中开采新矿石的成本更高。

她看得出来,前往外部世界的禁忌梦想,不仅悲怆,而且虚无。住在顶层的人们崇拜这些风景,但他们其实把一切都搞反了——未来在下面,在于提供能量的石油,制造器物的矿产,令农场的土壤肥沃的氮肥。所有从事化学和冶金工作的人都明白这一点。只有那些捧着儿童读物的人,那些试图将被遗忘的、不可能再知道的过去拼凑出来的人,仍然待在上面执迷不悟。

这些人为何还会对外面如此痴迷?朱丽叶对此唯一的解释就是那个开放空间本身。但那片荒原的样子只会让她感到恐惧。她喜欢筒仓的墙壁,喜欢地底深处黑暗狭小的空间——也许是她自己有问题。难道其他人都有着要逃出去的疯狂想法?还是她自己才是个疯子?

朱丽叶的视线从干燥的山丘和漫天尘土转向散落在自己周围的文件夹。这是她的前任未完成的工作。一颗闪亮的星形警徽稳稳地放在她的一只膝盖上,上面还没有任何磨损的痕迹。一只水壶压在一个文件夹上,被封在一只可重复使用的塑料证物袋里。它就躺在那里,看上去很无辜,但它的确已经完成了那个致命的勾当。用黑墨水写在文件夹上的几个数字已经被画掉,它们代表着早已解决或者被放弃的案件。一个新的号码被写在证物袋的侧面。那个号码和一个不在这里的文件夹编号相同。那只文件夹里装满了一页又一页的证词和笔记,都是关于一位市长的死亡,每个人都爱她,但她还是被人杀害了。

朱丽叶看过其中一些记录,但只是站在远处瞥到的。那些记录都是马恩斯副警长写的,他的手始终不肯放下那只文件夹,一直发疯般地抓着它。她只能从副警长的桌子对面偷偷看着那只文件夹,看到溅落在上面的眼泪。那些眼泪把一些文字弄得模糊了,让纸张起了皱褶。干涸泪痕周围的字迹很潦草,不像副警长在其他文件夹里留下的记录那样清晰整洁。她看到的那些文字似乎正在愤怒地爬过书页。一些字被狠狠画掉,被另一些字所代替。马恩斯副警长现在也像他的字迹一样变得狂躁不安。他那种暴烈的怒火迫使朱丽叶不得不离开她的办公桌,在拘留室工作。朱丽叶发现,坐在那样一个破碎的灵魂面前,她根本不可能进行思考。外面的世界若隐若现地呈现在她面前,不管它多么令人悲伤,它所投下的阴影却远没有副警长那样令人抑郁。

如果没有从她的步话机中收听充满静电杂音的呼叫,没有到下面去做短途旅行,她就会在拘留室里消磨时间,坐在这里,根据她认为的严重程度对这些文件夹进行一遍又一遍的阅读和分类。她是整个筒仓的警长,她没有当过这份工作的学徒,不过她已经开始慢慢对这份工作有所了解。扬斯市长告诉她的最后一件事比她想象的更真实:人就像机器。他们会坏掉,会发出各种杂音。如果你不小心,他们可能会把你烧伤或让你残废。她的工作不仅是弄清楚为什么会发生这种事,谁该为罪行负责,而且还要倾听罪行即将到来时出现的杂音。做一名警长,就像当机械师一样,既是一门进行日常维护、预防灾难的艺术,也是一门在问题发生之后维修故障的艺术。

这些散落在地板上的文件夹里面记录的都是后一种情况,也都令人感到悲伤:邻里之间失控的争执;上报的失窃案;有毒的私酿杜松子酒;还有这批杜松子酒引发的另外几起案件。每个文件夹都需要更多侦查,更多行动,更多次走下扭曲的楼梯,进行扭曲的对话,从真相中分辨谎言。

为了做好这项工作,朱丽叶把《法案》的法律部分读了两遍。那时她躺在地底深处自己的床上,她的身体正因为校准主发电机的工作而疲惫不堪。她已经研究过对案件文件夹进行归档的正确方法,以及干扰证据的危险。这些工作都很强调逻辑性,和她在机械部的工作很相似。走进犯罪现场或纠纷现场,就像走进一个有东西坏了的泵房一样。一定是某个人或某件事出现了问题。她需要倾听、观察、向一切可能有关的人提出问题,尤其是那些使用过故障设备或工具的人,沿着一系列事件组成的链条,一直追溯到最底层的真相。这个过程中总有一些令人困惑的变量——只要调整其中一个表盘,就会让其他数值也都偏离平衡——但朱丽叶有一种技能,或者说一种天赋,她知道什么是重要的,什么可以忽略。

她猜想,马恩斯副警长最初在她身上看到的就是这种才能,正是依靠这种兼具耐心和怀疑精神的态度,她总是会比别人多问一个愚蠢的问题,最后却在出其不意的地方找到答案。她以前曾经为案件的侦破出过力,这也提升了她的信心。当时她还不知道这将如何改变她的人生,她只是单纯地关心正义和自己的悲伤。而实际上,那个案子是她的一次面试,甚至可以说是对她的职业培训。

她拿起那个多年前的文件夹。文件夹表面有一枚淡红色的印章,是粗体字的"结案"。她撕开封条,飞快地翻阅其中的笔记——其中许多都是霍斯顿整洁的字迹,这是一种前倾的斜体字,她在自己书桌上和抽屉里的几乎所有文件中都能看到同样的字体。她的书桌曾经是霍斯顿的。她在这张桌子上读了霍斯顿关于她的笔记。通过一件看似简单,实际上却由一系列匪夷所思的事件组成的谋杀案,她再一次认识了自己。她一直都不愿意回顾这件事,这只能让她重温痛苦的过去。但她清楚地记得,当她埋头分析那些纷乱线索时,那种感觉是多么令人欣慰。她也忘不了解决问题时的急迫感、找到答案时的满足感,那种满足感甚至能够填补她所爱的人死后留下的巨大空虚。这个过程就像在加班时修理好了一台机器。拼尽全力的工作在她体内留下了疲惫和疼痛,但总还是得到了一点补偿,因为她听到那种错误的"咔咔"声从机器里完全消失了。

她将文件夹放到一旁。现在她还没有准备好将那个过程完完整整地再体验一遍。她拿起另一份文件夹,放在自己的大腿上,一只手无意间按住了膝头的黄铜警徽。

一个影子在墙壁屏幕上跳动,吸引了她的注意力。朱丽叶抬起头,看见厚重的尘埃仿佛形成了一道低矮的墙壁,正从山丘上奔涌而下。一层层扬沙在风中抖动着,朝摄像机扑过来。她从小就被不断告知,这些摄像机非常重要,只有通过它们,筒仓里的人才能看到外面的世界。她小时候对那个世界只感到害怕,但她也逐渐相信了大人们的话,认为这片风景不管怎样都值得一看。

但她现在对于这一点不那么肯定了,因为她已经长大,可以自己思考,现在更是住到了顶层,可以随心所欲地观察这些景色。上层人对清理摄像头的痴迷并没有怎么渗透到底层。在那里,真正的清理工作是要保持筒仓顺畅运转,让每个人都能活下来。但可能也正是因为如此,她在机械部的朋友们都是从出生时起就被告诫,不要谈论外面的世界。如果你从没有看见过这番景色,不去想它可能还是件容易的事情,但现在,她工作的时候这幅景色就在她身边,那种宽广辽阔,根本不是一个人脑子里的想象能够与之相比的。这让她明白了,为什么很多问题会不可避免地浮现出来,为什么要压制一些想法。因为那些想法可能让人们冲向筒仓的出口,可能让人们问出更加疯狂的问题,最终导致所有人的毁灭。

她翻开霍斯顿的文件夹。简历页后面是许多关于他作为警长的最后一段时光的笔记。与他实际罪行有关的那部分只有半页纸——那张纸的其余部分是空白的,真是浪费。整张纸上只有很简单的一段文字,说明他已自愿进入顶层拘留室,并表达了要出去的兴趣。仅此而已。几行字就讲述了一个人的毁灭。朱丽叶把这些字读了好几遍,才翻开下一页。

下面是扬斯市长的笔记,她要求人们记住霍斯顿对筒仓的贡献,而不只是将他看作又一个清洁摄像头的人。朱丽叶认真读了这篇文字,这也是由一个刚去世的人写的。想到那些她明明认识,却再也见不到的人,这种感觉很奇怪。她这么多年没有和父亲见过面,有一部分原因就是她知道,父亲一直都会在。她早些或晚些改变主意都没有关系。但霍斯顿和扬斯的情况不同:他们永远离开了。朱丽叶早已习惯于重建那些被认为无法修复的设备。她一直都觉得,只要自己足够努力,按照正确的顺序完成一系列正确的任务,她就应该能够让坏掉的机器复活,能够重新创造它们毁掉的躯壳。但她知道,这里的情况不一样。

她一边翻看霍斯顿的文件夹,一边问了自己一些禁忌的问题,有些问题还是她第一次想到。当她住在底层的时候,废气泄漏会使她窒息,抽水泵破裂会淹没她认识的每一个人。与之相比,很多事都变得微不足道,而现在这些事情都逼近到了她的眼前,显得格外巨大沉重——到底发生过什么事,他们才会生活在这个狭小的地下空间里?在筒仓外面,在那些山丘的对面,又有些什么?为什么他们会在这里,这有什么目的?远方那些正在坍塌的高楼,也是和她一样的人建造的吗?建造那些又是为了什么?而最让她感到百思不得其解的是,霍斯顿明明是一个很理性的人,他的妻子也和他一样,但他们为什么又想要出去?

这两只文件夹一直被她带在身边,两只文件夹上都印着"结案"的字样。它们都来自市长的办公室,早就应该被归档封存。但朱丽叶总是会不由自主地把它们重新拿出来,甚至为此挤占了研究当前案件的时间。其中一份文件夹里是她爱的男人。她曾经在底层帮助执法官们侦破了他死亡的谜团。另一份档案中的死者是她很尊敬的一个人。现在她更是接手了这个人的工作。她不知道自己为什么会如此放不下这两份档案。马恩斯也总是在看着另一份档案。每次看到副警长那种孤苦无依的样子,她自己都会心痛得难以忍受。但扬斯市长的死毕竟还没有确定的答案,还值得去研究细节、审视证词,副警长还完全可以让自己相信,存在一个杀害市长的凶手,只是他一时找不到证据让那个人接受制裁。而朱丽叶拿着她的两份档案,除了感到同样的心痛之外,似乎什么都得不到了。

有人敲了一下朱丽叶头顶上方的栏杆。她抬起头,以为会看到马恩斯副警长告诉她,收工的时候到了,却发现是一个陌生的男人在低头看着她。

"警长?"那个人说道。

朱丽叶把文件夹放在一旁,拿起膝盖上的警徽,站起,转身,面对着一个身材矮小、肚子凸出的男人。这个男人鼻尖上架着一副眼镜,身上代表技术部的银色连体工作服剪裁合身,而且显然刚刚熨烫过。

"有什么事?"朱丽叶问。

那人把手伸过栅栏。朱丽叶将警徽移到另一只手里,和那人握了握手。

"对不起,我来晚了。"他说,"发生了很多事,比如那些追悼仪式,还有那个无聊的节电假日,以及各种法律纠纷。我叫伯纳德,伯纳德·霍兰德。"

朱丽叶觉得自己的血都凉了。那人的手非常小,就像少了一根手指。尽管如此,他的抓握却非常有力。朱丽叶想把手拽回来,但伯纳德不肯放手。

"作为警长,我相信你对《法案》已经了如指掌,所以你一定知道,我将代行市长职责,至少在我们举行选举之前。"

"我听说了。"朱丽叶冷冷地说。她倒是有些好奇,这个人是怎么走过马恩斯的办公桌,又没有引发暴力冲突的。伯纳德·霍兰德是扬斯遇害案的首要嫌疑人——他现在本应该待在铁栅栏的这一边。

"在处理文案工作?"伯纳德松开了手。朱丽叶急忙把手抽回来。这时伯纳德低头看向散落在地板上的文件,他的目光似乎落在了塑料袋里的水壶上,不过朱丽叶不太能确定。

"只是熟悉一下眼前的案子。"朱丽叶说,"这里的空间大一点……嗯,比较适合思考。"

"哦,我相信这个房间里发生过很多深刻的思考。"伯纳德笑着说。朱丽叶注意到他的门牙是歪的,一颗压着另一颗。这让这个男人看起来像是她以前在泵房里用陷阱捉住的老鼠。

"是的,我的确找到了一个有助于我整理思路的空间,待在这里并不是没有收获。而且——"她冷冷地看着面前的男人"——我想它不会空很久。等有人被扔进这里,等着被送出去清洗镜头,我就可以有个一两天的时间不用想那么深……"

"我倒不这么认为。"伯纳德又呲了一下他歪曲的门牙,"下面的人都说,那位可怜的市长——愿她的灵魂安息——疯狂的攀登把她累坏了。我想她下去是要见你,对吗?"

朱丽叶感到手掌心一阵刺痛。她松开攥住星形警徽的手。现在她两只手的指关节都因为用力攥拳而变白了。

伯纳德扶了扶眼镜。"可现在我听说你在调查谋杀案?"

朱丽叶继续瞪着伯纳德的眼睛,尽量不被他的眼镜上映出的昏暗山丘的倒影分散注意力。"我想你作为代理市长应该知道,我们严重怀疑这是一起谋杀案。"

"哦,天啊!"伯纳德睁大眼睛,嘴角露出一丝笑意,"所以谣言是真的。那又有谁会做这种事?"他的笑容越发灿烂。朱丽叶意识到,这个技术部的主管认为自己是不可战胜的。这不是朱丽叶第一次遇到这种肮脏又自以为是的家伙。她在底层做学徒的时候,周围就有不少这种人。

"我相信,我们会发现,干这件事的人就是从中获益最多的人。"朱丽叶的声音中没有半点情绪,停顿一下之后,她又说了一声,"市长。"

伯纳德脸上扭曲的微笑消失了。他放开铁栅,向后退去,双手收进了工作服里。"不管怎样,很高兴终于能见到你。我知道你离开底层的时间还不长——说实话,我也一直待在自己的办公室里,可以算是与世隔绝——不过这里的情况正在发生变化。作为市长和警长,我们会经常一起工作,你和我。"他低头看了看朱丽叶脚边的文件。"所以我希望你随时向我汇报情况,全部情况。"

说完,伯纳德就转身离开了。朱丽叶必须集中精神克制住自己的情绪,才松开了拳头。当她终于将手指一根根地从警徽上掰开,才发现警徽锋利的边缘已经割破她的手掌,让她的掌心全都是血。灯光下,能看到黄铜警徽的边缘也有几滴血,看上去就像是锈。朱丽叶把警徽在自己的新工作服上擦干净,这是她以前在满是油泥污渍的工作环境中养成的习惯。看到自己的新衣服上留下的深色血迹,她不由得骂了自己一句。然后,她将这枚黄铜星星翻过来,凝视铭刻在它表面的图案——那是三个三角形，代表这座筒仓。"警长"两个字呈弧形刻在它的正上方。她又把警徽翻到另一面，用手指摸了摸固定别针的扣环。她打开扣环，让别针松开。这根坚硬的别针显然已经在很多年里被多次掰弯和拉直过，这给它留下了不少岁月的痕迹。松开的别针在连接铰链上晃动着，有些像她的心情——她一直在犹豫是不是要戴上这枚徽章。

伯纳德的脚步声渐渐远去。这时朱丽叶听见他在对马恩斯副警长说话。虽然没有听清楚他到底说了些什么，但朱丽叶感觉到一种新的决心，让她的意志坚定下来——这就像碰到了一颗生锈的螺栓，虽然很难拧动，但正是那种僵死的感觉格外让人难以忍受，让朱丽叶恨得牙齿发痒。她一直都认为，没有什么塞死的零件是她不能松开的，她早就学会了用油脂和火，结合润滑油的渗透性和强大的力量来制伏那些失灵的组件。只要有足够的计划和坚持，再顽固的问题也会被解决，一切都只是时间问题。

她将别针穿过工作服胸前的布料，重新在扣环中别好。低头看着这枚警徽，她还是有一点不真实的感觉。她的脚边有十几份档案需要她看。来到顶层之后，她第一次感觉到，这是她的工作。机械部的工作真的已经只属于过去了。她离开那里的时候，那里的情况要比她刚去的时候好了很多。她最后在发电机房逗留了很长时间，倾听被修复的发电机发出几乎可以说是完全安静的"嗡嗡"声，看着传动轴在两台经过完美校准的巨型机器之间转动——如果不仔细观察，你甚至可能无法确认那根轴是不是在动。而现在，她来到顶层，发现这里有着完全不同的一套机械齿轮，而且它们也在因为错位而不断发出刺耳的噪声。这种错位正在侵蚀这座筒仓真正的引擎，就像扬斯警告过她的那样。

她没有再去碰其他大部分文件夹,只是拣了霍斯顿的那一个——她本来不应该看的一个文件夹,但她不能不看。她拉开牢房门,却没有去她的办公室,而是朝另一个方向走过去。她的目标是气闸舱黄色钢闸门。几天以来,她透过那道门上的三层玻璃窗向里观望已经有十几次了。她想象着那个被她取代的男人站在里面,穿上那种笨重得可笑的衣服,等待对面的闸门打开。当一个人独自等待被丢进外面的死亡世界时,他在想什么?不可能只是恐惧,因为朱丽叶已经尝到过恐惧的滋味。那一定是一种独特的感觉,是超越痛苦的平静、超越恐惧的麻木。她相信,单纯凭借想象力不可能理解那种独特而陌生的感觉。想象力只能在一个人已经知道的东西上增增减减。这就像做爱和高潮的感觉是没办法向别人讲述的。完全不可能。但只要你自己感受到了,你就可以想象出这种感觉的不同程度。

这样像颜色一样。你只能用以前见过的色调来描述一种新颜色。你可以把已知的颜色混合在一起,但你不能凭空创造出不同的颜色。所以,也许只有清洁者能够明白站在那里、等待死亡是什么感觉——战栗不止,还是无所畏惧?

还活在筒仓里的人们都在暗中议论,想知道他们为什么要这么做,为什么要给那些判处他们死刑的人留下一份礼物,让这些人能够再次清楚地看到外面的世界——但朱丽叶对此一点也不感兴趣。她觉得那些要被赶出去的人是看到了一种新的颜色,遭遇了一种无法形容的感受,也许他们是获得了一种只有来到死神面前才会产生的宗教体验。难道就算是清楚地知道所有这些事情,如果不亲身穿上防护服,也还不够?也许的确是不够。那么把这一点当作基础,就可以转移到真正的问题上,比如经历过这一切的人到底有过什么

WOOL / 151

样的感觉。这才是这一禁忌真正令人不齿的地方：不是人们不能渴望外面的世界，而是在一名清洁者离开以后的几个星期里，他们甚至不能对那个人表示同情，不能讨论那个人到底承受了什么，也不能郑重地表达对他的感谢和遗憾。

朱丽叶用霍斯顿文件夹的一角敲了敲黄色的闸门，回想起这个男人美好的时光，那时他拥有爱情，还刚刚中了彩票。朱丽叶听他讲述过不少关于他妻子的事情。她向霍斯顿的鬼魂点了点头，从那扇镶着小块厚玻璃的、充满压迫感的金属门前走开。在霍斯顿的岗位上工作、戴着他的警徽，甚至坐在他的牢房里，朱丽叶仿佛都能体会到霍斯顿的心情。她曾经爱过一个男人，知道爱是什么感觉。她的爱是秘密的，没有将筒仓牵扯到他们的关系中，也没有理会《法案》。所以她也知道失去如此珍贵的感情意味着什么。她可以想象，如果她的爱人就在那座山丘上——在她的眼前日渐销蚀，甚至不能够滋养植物的根茎——她可能也会想要去清洁摄像头，去亲眼看看那些新的颜色。

她一边走向自己的办公桌，一边再次打开霍斯顿的文件夹。那也是他的办公桌。那个人知道她秘密的恋情。发生在底层的那桩案子结束时，她曾经告诉过他——案件中的那位死者，那个在她的帮助下才被调查清楚真正死因男人，就是她爱的人。也许是因为霍斯顿谈起妻子时的样子，也许是他那值得信赖的微笑——正是看到了那种微笑，她才觉得他是一位好警长，甚至可能也是因此才冲动地说出了心中的秘密，那时的冲动至今都让她感到困惑。但无论是出于什么原因，她对一名执法者做了一些会令她陷入麻烦的事情，一次对《法案》的肆意无视。这件事并没有被记录在案，而那个有责任维护法律的人只对她说了一句："很遗憾。"

他为她的悲伤感到遗憾,并且拥抱了她,就好像他早就知道她心中藏着什么。现在那处隐藏爱意的地方只剩下了哀痛,而这悄悄的哀痛也已经变得坚硬。

正因为如此,她尊敬霍斯顿。

现在,她坐在他的书桌后面,坐在他的椅子上,对面是他的老副手,后者正用双手捧着头,一动不动地凝视着一个打开的文件夹,上面布满了泪水。只看了一眼,朱丽叶就知道这位老警长和文件夹中的那个人之间同样存在着禁忌之爱。

"五点了。"朱丽叶用尽可能轻柔的声音说。

马恩斯从手掌上抬起头。他的额头因为被手掌压了太久而泛起一片红色,眼睛里全是血丝,灰白色的胡须上闪烁着刚刚流出的泪水。他看上去比一周前在底层招募朱丽叶时要老得多。他在那把旧木椅里转了转身,椅子腿发出"吱吱"的响声,仿佛那把椅子被他突然的动作吓了一跳。他转头瞥向身后墙上的时钟,审视着被封锁在陈旧泛黄的塑料球壳后面的时间。然后,他在秒针的"滴答"声中默默地点点头,站起身。又用了一点时间,努力挺直弓起的脊背,在工作服上擦了擦双手,拿起文件夹,把它轻轻地合上,夹在腋下。

"明天见。"他向朱丽叶点点头,悄声说道。

"早上见。"朱丽叶也说道。而马恩斯已经蹒跚着向自助餐厅走去。

朱丽叶看着他离开,由衷地为他感到难过。她能看到悲痛欲绝的马恩斯心底藏着怎样的深爱,也能想象那位老人回到自己的小公寓,坐在对一个人来说有些宽的床上,捧着那份档案啜泣不止,最终瘫倒在断断续续的噩梦里。

只剩下自己一个人之后,朱丽叶将霍斯顿的档案放在桌上,把键盘拉近一些。这个键盘的按键早就被磨光了,不过有人用黑墨水在按键上写了一套整齐的印刷体字母,应该就是最近几年做的。现在即使是这些手写的字母也在褪色,很快就需要重写了。朱丽叶还要把这件事做好——她还做不到像其他办公室人员那样盲打键盘。

她迟缓地在键盘上点出和机械部通信的请求。又过去了一天,她依然没能做什么事情。她的心思全都在霍斯顿那个神秘的决定上。她早就知道了:如果无法搞清楚那位警长为什么背弃了自己的工作和整座筒仓,她就不可能接下他的工作。这让她完全没有心思去解决其他问题。所以,她不是在自欺欺人,而是要认真迎接这个挑战。也就是说,她需要知道比这份档案更多的信息。

她不知道该如何得到自己需要的东西,甚至不知道如何寻找它们,但她知道有人可以做到。那就是她最想念的底层。他们在那里是一家人,大家都有各自擅长的技能,可以相互帮助,解决彼此的问题。她愿意为他们做任何事。她知道他们也会这样,甚至会成为她的军队。这是她非常想念的一种安慰,一张已经离她太远的安全网。

发出请求后,她拿着霍斯顿的文件夹靠在椅子里。一个人,一个好人,了解她最深的秘密,是唯一知道这个秘密的人。上帝保佑,朱丽叶希望自己很快也能知道他的秘密。

第二十章

朱丽叶离开办公桌的时候已经是夜里十点多了。她的眼睛酸涩不堪,无法再盯住显示器。她太累了,想要再多看一个案例记录也不可能了。于是她关掉电脑,整理好文件夹,又关掉头顶上的灯,准备从外面锁上办公室门。

当她将钥匙放进衣兜里的时候,才听到自己的胃在"咕咕"作响。炖兔子的香气正从走廊中消散,提醒她又错过了一顿晚餐。已经是第三个晚上了。整整三个晚上,她都专注在一份几乎不知道如何完成的工作上,一份没有人指导的工作,连晚饭都忘了。如果她的办公室不是毗邻一个香气四溢、喧嚣不断的自助餐厅,她可能还会原谅自己。

她从兜里重新拿出自己作为警长配发的万能钥匙,穿过灯光昏暗的房间,绕过一张张餐桌和散落在阴影中、几乎无法看见的椅子。一对十几岁的小情侣正要离开。很快就要宵禁了,他们还想要借着墙上屏幕最后的一点光亮独处一会儿。朱丽叶冲他们背后喊了两声,提醒他们下楼时注意安全。毕竟这是警长的职责。他们消失在楼梯井里,还对她发出了一阵"咯咯"的笑声。朱丽叶想象着他们手牵着手,在回到公寓之前还会偷吻几下。大人们都知道这些不正当的事情,不过没有人会干涉他们,这种宽容是每一代人都会送给下一代的礼物。但朱丽叶又和其他人不一样。作为成年人,她却犯了和这些年轻人一样的错误——未经批准就去爱了,由于她的切身感受,她对这两个年轻人的纵容更加真挚。

她向餐厅厨房走过去,同时注意到餐厅里还有别人。一个孤独的人影正坐在墙壁屏幕附近的阴影里,盯着午夜时分黑色山丘上方的浓黑云层。

朱丽叶昨天晚上就看到过这个人影。当时朱丽叶还在办公室,那个人则是看着阳光一点点消退。朱丽叶没有径直走向厨房,稍微绕了绕路,从那人背后走了过去。她已经看了一整天记录各种罪行的档案,现在多少产生了一点偏执狂的心理。平时,她一直都很欣赏与众不同的人,但现在,她发现自己对这种人多了一份警惕。

她来到最靠近墙壁屏幕的桌子后面,停下来,把那里散乱的椅子推回原位。金属椅腿摩擦地砖,发出响声。她的注意力一直在那个坐着的男人身上,但那个人却根本没有朝发出噪声的地方瞥上一眼,依然只是盯着屏幕上的乌云。他用一只手托着下巴,腿上放着什么东西。

朱丽叶直接走到他身后,就站在餐桌和他的椅子之间——他的椅子并不在餐桌旁,而是放在了更靠近屏幕的地方。朱丽叶很想先清清嗓子,然后问问这个人是干什么的。但她压抑下了这种冲动,只是继续向厨房走去,一边晃动着手里挂着万能钥匙和其他许多钥匙的铁环,发出"叮当"的响声。

在走到厨房门口之前,她又两次回头去看那个人。那个人还是纹丝未动。

朱丽叶进了厨房,拍了一下电灯开关。在一阵温和的闪烁之后,头顶上的灯泡一下子亮了起来,把她已经习惯黑暗的眼睛晃得有些难受。她从冰箱里拿出一桶果汁,从干燥架上拿下一只干净的玻璃杯,又在步入式冷柜里找到炖菜——炖菜锅上盖着盖子,菜已经凉了。她把炖菜锅端出来,向一只碗里盛了两大勺炖菜,又从抽屉里翻出一把汤勺。她想了一下是不是要把炖菜加热,但还是把大锅放回到结霜的冰箱架子上,然后就端着盛满冷炖菜的碗和果汁,用胳膊肘关上厨房灯,再用脚把门带上,回到了餐厅。

在餐厅中,她坐到一张长桌尽头的阴影里,大嚼特嚼碗里的炖肉,同时一直留意着那个奇怪的男人。看上去,那个人正在向黑暗中窥视,仿佛能从黑暗中看出什么东西来。

终于,她的勺子刮到了空碗底。她把最后一点菜汤都喝光了。在她吃饭的时候,那个人一直盯着墙壁屏幕,没有转过一次头。她把碟子推开,心中越发感到好奇。这时,那个人向前探出身子,朝屏幕伸出手。朱丽叶依稀能看见他的手中握着一根短杖或者棍子——不过餐厅里光线太暗,她没办法看得太清楚。片刻之后,那个人又低头看向自己的大腿。朱丽叶听见木炭条摩擦昂贵纸张发出的"窸窣"声。她站起身,将这个变化作为契机,朝那个人走过去。

"我们要突击搜查食品柜吗?"那人问道。

他的声音吓了朱丽叶一跳。

"只是……只是一直在加班,忘了吃晚饭。"朱丽叶有些结巴地说,仿佛需要向这个人解释自己在做什么。

"有那些钥匙真是方便。"

他仍然没有从屏幕前转回头。朱丽叶提醒自己,在离开前要把厨房门锁上。

"你在做什么?"朱丽叶问。

那个人伸手到背后,拉过旁边的一把椅子,放在同样面对屏幕的位置上。"想看看么？"

朱丽叶警惕地走过去，抓住椅背，又将那把椅子朝远离那个人的地方拽了几厘米。房间里太黑了，朱丽叶看不清那个人的五官，不过他的声音听起来很年轻。朱丽叶不由得责备自己没有趁这里灯光还比较亮的时候记住这个人。如果她要做好本职工作，就必须更加用心观察身边的情况。

"我们要看什么？"朱丽叶问。她偷偷瞥了一眼那人的大腿——那上面放着一张很大的白纸，映着从楼梯间透进来的微弱灯光，平展地铺在那人的腿上，仿佛一块板子，或者就是下面垫着什么硬东西。

"我觉得那两个要分开了。看那里。"

那个人指着屏幕说道。顺着他的指尖，朱丽叶只看到一片融合在一起的黑色，那样浓重深沉，就像是完整的一体。朱丽叶能辨认出一些轮廓和影子，但她又觉得仿佛自己是受到了眼睛的欺骗——那些影子根本就像是一些虚幻的幽灵。她继续顺着那人的手指看过去，心中怀疑他是不是疯了，还是喝醉了？而忍受这种令人精疲力竭的沉默也让她感到越来越吃力。

"那边。"那人悄声说道。气息中却流露出一点兴奋。

朱丽叶看到一点闪亮——一个光点，仿佛有人在漆黑的发电机房里打开了手电筒，然后那点光又消失了。

她猛地从椅子里站起身，站到墙壁屏幕近前，只想知道那到底是什么。

那人手里的炭条又开始摩擦纸张，发出"窸窸窣窣"的声音。

"那到底是什么？"朱丽叶问。

那人笑了。"一颗星星。"他说，"如果你等下去，也许能再看见它。今晚的云层很薄,风很大。你看,那朵云要飞走了。"

朱丽叶回身去找自己的椅子,看见那人伸直手臂,竖起手中的炭条,闭起一只眼睛,用一只眼睛盯住了刚才光亮一闪而过的地方。

"你怎么看到的?"朱丽叶坐回到塑料椅子里。

"做这件事越久,你就能看得越清楚。"他又俯身到纸上写了些什么,"我做这个已经有很长时间了。"

"到底是做什么?只是盯着那些云吗?"

那人笑了。"大部分时候,是的。也许应该算是一种不幸。我实际上是要看到那些云后面的东西。仔细看,也许我们能再瞥到一次。"

朱丽叶朝刚才有一点闪亮的地方凝神细看。突然间,那点光又出现在屏幕上。针尖一样的光芒在远高过山丘的地方亮起,如同一个信号。

"你看见了多少?"那人问。

"一个。"朱丽叶回答。那种从未见过的光亮几乎让她无法呼吸。她知道那是星星——她学过这个单词,但她真的从没有见过一颗星星。

"它旁边还有一颗不那么亮的。我指给你看。"

轻微的"咔哒"一声,一片红光洒在那个人的大腿上。朱丽叶看见他的脖子上挂着一支手电筒。电筒头上蒙着一层红色的塑料膜,让电筒打开时好像着了火一样,不过这也让电筒的光亮柔和了许多,不像厨房里的灯光那样晃她的眼睛。

借助那团红光,朱丽叶看到那人的大腿上铺开的纸张被画了许多黑点。它们的位置毫无规律可言,有一些绝对水平和垂直的线形成一片网格,罩住了那些黑点。那张纸上还到处都能看见不少零散的文字。

"问题是,它们会移动。"那人对朱丽叶说,"如果我今晚在这里看到这颗星——"他用手指敲了敲一个黑点,那颗黑点旁边还有一个小一些的黑点,"——等到明天的同一时刻,它就会朝这边挪一点。"他转向朱丽叶。朱丽叶这时看清了这个年轻人的脸。他差不多二十八九岁的样子,穿着干净的办公室服装,看上去相当英俊。他微微一笑,又说道:"我用了很长时间才把这件事搞清楚。"

朱丽叶想要告诉他,他活到现在也还没有多长时间,但她想起了自己还是学徒时,人们也经常用这种话来否定她的意见。

"这有什么意义?"朱丽叶刚一问出口,就看到那人的笑容消失了。

"什么有什么意义?"那人关掉手电,将目光转回到墙壁上。朱丽叶意识到自己问了错误的问题,让这个人不高兴了。随后朱丽叶又有些狐疑,这个人的这种行为是否有什么不正当的地方?会不会违犯禁忌?收集外部世界的数据和盯着那些山丘会有什么不同?她刚提醒自己,要问问马恩斯这件事,那个人就在黑暗中又转向了她。

"我的名字是卢卡斯。"那人说道。朱丽叶的眼睛已经适应了黑暗环境,能看到他向自己伸出的手。

"朱丽叶。"朱丽叶握住他的手。

"新警长。"

这不是一个问题。他当然知道朱丽叶是谁。顶层的所有人似乎都知道了。

"你不坐在这里的时候会做什么?"朱丽叶问。她相信,看星星不会是这个人的工作。没有人可以只凭着看乌云就得到工资。

"我住在上中层。"卢卡斯说,"白天做计算机工作。我只有在天气好的时候才会上来。"他又打开手电筒,转向了朱丽叶,仿佛在说,观星已经不是他眼下最看重的事情了。"我那一层有一个人,在这里的晚餐班次工作。他回家的时候,会告诉我今天的云层情况。如果他向我竖起大拇指,我就会来试试看。"

"所以你是要给它们画一张图?"朱丽叶朝他腿上的那张大纸比画了一下。

"我在做这种尝试。不过也许一辈子时间会不够用。"他将炭条别到耳朵后面,从连体工作服中掏出一块布,擦干净手指上的炭黑。

"那你打算怎么办?"朱丽叶问。

"嗯,希望我能够把自己的这个癖好传染给一个学徒,让他继续做下去。"

"所以你真的是打算用几辈子做完这件事,不是夸张。"

卢卡斯笑了。朱丽叶知道他是感到高兴。"至少要这么久。"他说道。

"好吧,我不打扰你了。"朱丽叶突然感到有些内疚,觉得自己的多嘴多舌占用了卢卡斯的时间。她站起身,又向卢卡斯伸出手,卢卡斯热情地和她握手,还将另一只手按在她的手背上,就这样停留了不算很短的一段时间——比朱丽叶预料中要长。

"很高兴见到你,警长。"

他抬起头,微笑着看向朱丽叶。朱丽叶嘟囔着回应了几句,但她完全没听懂自己说了些什么。

第二十一章

第二天早晨,朱丽叶很早就到了办公室。昨晚她只睡了四个小时多一点。她看见自己的电脑旁边有一只包裹正在等她拆开:一只再生纸小包,用白色电线系住。看到电线,她不禁露出了微笑,随后便伸手到工作服里,拿出她的多功能小刀,从里面拉出最小的一根尖锥,插进电线结里,慢慢地把电线完好无损地撬开,以便再次使用。她还记得自己做机械师学徒时遇到的麻烦,那天她被抓到从一块电路板上剪下了一根导线。沃克在几十年前就已经是个老怪物了,他对她大吼大叫,骂她太浪费,然后又教给她如何松开电线结,好保存电线,以备下次使用。

转眼已经过去了许多年,她也长大了许多,自然而然地将这个经验传给了名叫斯科蒂的学徒。那时斯科蒂还是个毛头小子,当他像朱丽叶一样因为粗心而犯了同样的错误,朱丽叶也对他进行了严厉的批评。她还记得那可怜的孩子被吓得脸色苍白。随后几个月里,他在朱丽叶身边一直都显得忐忑不安。也许是因为那次发火,朱丽叶在他随后的训练中也给予了他更多关注。最终,两人变得越来越亲密。斯科蒂很快就成长为一个很有能力的年轻人,一个电子学奇才。他为泵机的计时芯片编程的时间要比朱丽叶拆解一台泵机再组装起来的时间还短。

朱丽叶解开包裹上的另一根电线。她知道这包裹是斯科蒂寄来的。几年前，斯科蒂被技术部录用，搬去了三十四层。就像诺克斯说的那样，他已经"太聪明，没法留在机械部了"。朱丽叶把两根电线放在一旁，心中想象着这个年轻人为她准备包裹的样子。昨晚她发给机械部的请求一定被转给了斯科蒂，于是斯科蒂就在昨天晚上不辞辛劳地帮了她这个忙。

她小心地将纸包打开——这张纸和电线都应该还给斯科蒂。它们太贵重了，她不应该私自留下来。而且它们很轻，请搬运工送下去也不会花多少钱。打开包裹时，她注意到斯科蒂将包装纸边缘相互折叠交叉在一起——这个技巧在他们小时候就要学会，这样打包物品就不需要使用昂贵的胶水和胶带了。她一点点把斯科蒂精心制作的包装拆解开，看到里面的塑料盒，是那种在机械部用来分装螺钉和螺母之类小物件的盒子。

打开盒盖，她才看出这只包裹不只是有斯科蒂的辛苦——是机械部的人们按照她的要求把它准备好，又用最快的速度送到斯科蒂那里。闻到琴妈妈的燕麦玉米饼干的香味，她不禁热泪盈眶。她拈起一块饼干，举到鼻子前，深深地吸了一口气。也许是出于想象，但她可以发誓，她注意到从这只旧盒子里还散发出一丝机油的气息——家的味道。

朱丽叶小心地折好包装纸，把饼干放在上面。她必须将这份礼物和一些人分享。其中当然有马恩斯，还有自助餐厅的帕梅，她在自己的新公寓里安顿下来时，帕梅帮了她很多忙，对她一直都很好。还有爱丽丝——扬斯市长的年轻秘书。这一个多星期以来，她的眼睛一直是红的。等到朱丽叶拿出最后一块饼干，终于发现了藏在盒子底部的小数据盘。那是斯科蒂为她特意做好，藏在饼干盒里的。

朱丽叶把塑料盒放到一旁，拿起数据盘，朝金属插口吹了吹，清理掉上面的饼干屑，把它插进自己的电脑。她不怎么会用电脑，不过至少懂得一些基本操作。在机械部工作也必须能够使用指令、提交报告和请求，还有一些其他操作，这样才能在系统中远程开启或者关闭泵机和继电器，对它们的问题进行诊断，以及完成诸如此类的工作。

数据盘上的小灯亮起之后，她读取了其中的内容，找到一堆文件夹和文件。这个小数据盘一定被塞满了。朱丽叶有些担心，斯科蒂是不是忙了一整个通宵。

在根目录列表的顶端是一个名为"朱莉"的文件。她点击这个文件，随之弹出了一个简短的文本，显然是斯科蒂写的，不过文本末尾没有署名：

J——

别被抓到，好吗？这是执法先生电脑里的所有东西，包括过去五年中他的全部工作和家庭状况。内容很多，但不确定你需要什么，我就全部下载了，这样比较快。

电线你留着吧，我还有很多。

（我拿了一块饼干。你不会介意吧？）

朱丽叶微微一笑。她很想伸出手，摸摸这些字。但那不是一张纸，不会给她读信的感觉。她关闭了这张便条，又将它删除，还清理了垃圾箱。就算是这封信的开头只是她名字的第一个字母，感觉也会透露太多信息。

她转过身，朝自助餐厅里看了一眼。那里还很黑，看不到人影。现在还不到早上五点。顶层的这片区域暂时还只是属于她一个人。她首先用了一段时间浏览了整个目录树，确认一下自己都要处理什么样的数据。每一个文件夹都有明确的标签。看样子,她得到了霍斯顿两台电脑的全部操作历史,每一天、每一次按键,一直可以追溯到五年前多一点。全部信息都按照日期和时间进行排列。但这么大量的数据还是让朱丽叶感到有些绝望——她可能一辈子都理不清这么多信息。

但至少她拿到了它们。她需要的答案就在所有这些文件之中。霍斯顿决定去清洁摄像头的原因落在了她的手里,她有了解开谜题的钥匙,知道这一点,她感觉好多了。

······

她花了几个小时筛选数据。这时自助餐厅的工作人员已经陆陆续续地来上班,收拾昨晚留下的碗盘、准备早餐。顶层最让人难以适应的事情之一是每个人都在严格遵守工作时间表,没有第三班,甚至几乎没有第二班,只有餐厅有晚班员工负责晚餐。在底层,机器不会睡觉,所以工人们也几乎不会闲下来。加班是经常的事。朱丽叶早就习惯了一个晚上只睡四五个小时。在那里的生存技巧就是在累坏了的时候偶尔小睡一下——靠在墙上,闭上眼休息十五分钟,这样就能让自己不被疲倦压倒。

曾经必不可少的生存技能现在却不再需要了。不管怎样,放弃睡眠的能力还是让她在早晨和深夜有了不少属于自己的时间,能够在完成本职工作、处理好手头的案子之余还可以对只有她关心的一些事情进行调查。这也让她有机会研究该如何做好这份该死的工作。马恩斯现在变得极度消沉,根本帮不了她。

马恩斯······

她看了一眼副警长办公桌上方的钟。已经八点过十分了。大桶的热燕麦粥和玉米粥让整个餐厅充满了早餐的香气。马恩斯迟到了。朱丽叶和他共事还不到一个星期,但她从没有见这位副警长迟到过。这种有违常规的事情就像同步传送带发生了变形、活塞有了不同寻常的响声。朱丽叶关掉显示器,从桌子后面站起身。外面,第一班吃早餐的人正排队走进餐厅,食物代币落进旧旋转门旁边的大桶里,"叮当"作响。她离开办公室,穿过从楼梯间涌上来的人流。在人群里,一个小女孩揪扯妈妈的工作服,指着从身边经过的朱丽叶。朱丽叶听到那位母亲在责备她的孩子没礼貌。

在过去的几天里,关于她的任命引起了相当多的讨论——一个少年时消失在机械部的女人突然重新出现,还接替了一位受欢迎的警长。朱丽叶只能躲开众人的目光,匆匆跑进楼梯井。她沿着螺旋楼梯,像一名轻载搬运工一样快步向下跑去,双脚轻快地越过一级级台阶,速度越来越快,甚至已经有些不顾及安全了。跑下了四层楼梯,从一对脚步缓慢的夫妇旁边挤过去,又从上来吃早餐的一家人中间穿过,一直跑到她眼下居住的那一层又下面一层,冲进那里楼梯口的双扇大门。

眼前的走廊里到处都是清晨的景象和声音:茶壶在"滋滋"作响;孩子们发出尖叫;头顶上是雷鸣般的脚步声;学徒们跑去找他们的导师,准备跟随导师去工作;孩子们正拖着不情愿的脚步去上学;丈夫和妻子在门口吻别,小娃娃们拽着他们的工作服,丢掉了手里的玩具和塑料杯。

朱丽叶拐了几个弯,沿走廊绕过中央楼梯,来到另一边。副警长的公寓在走廊深处很靠后的地方。她估计马恩斯多年来应该多次有资格升级住房,但这些机会都被他放弃了。她曾经向扬斯市长的秘书爱丽丝询问过马恩斯的事。爱丽丝耸耸肩,告诉朱丽叶,马恩斯只想当个副警长，除此之外对其他事情都毫无兴趣。朱丽叶觉得爱丽丝的意思是马恩斯不想成为警长，不过现在她觉得马恩斯大概真是个清心寡欲的人。

来到马恩斯的家门口，两个上学迟到的孩子牵着手从她面前跑过去，在拐角处留下一阵"咯咯"的笑声和尖叫声。随后走廊里就只剩下了朱丽叶一个人。她不知道该对马恩斯说些什么，才能解释她下来的原因，还有她的忧虑。也许现在是时候向他索要那份他从不会离手的文件夹了。她可以让马恩斯请一天假，休息一下，说办公室有她一个人就够了；或者撒个小谎，说她来这里是为了办一个案子。

她站在马恩斯的家门外，抬手想要敲门，心中希望那位长辈不会认为自己是要以权势压人。她只是关心他，就是这样。

她用指节敲击铁皮门，等待屋主人叫她进去——也许他叫了。在过去的几天里，马恩斯的声音变得越来越含混无力。她又敲了一次门，这次更加用力。

"副警长？"她叫道，"你还好吗？"

一个女人从旁边的一扇门中探出头来。朱丽叶记得学校课间休息的时候，曾经在自助餐厅见到过她，还记得她的名字是格洛丽亚。

"嗨，警长。"

"嗨，格洛丽亚，你今天早上没见到马恩斯警官？"

格洛丽亚摇摇头，嘴里叼着一根金属细棍，双手把她的长发绾成发髻。"没有。"她咕哝着说道，耸了耸肩，把细棍戳进她的发髻，固定好头发。"昨晚他还在楼梯口，一副被皮鞭抽过的样子。"说到这里，她皱起眉头，"他没去上班？"

WOOL / 167

朱丽叶又转向那道门,握住门把手转了一下。门一下子开了,感觉门锁保养得很好。她推门走进房间。"副警长?我是朱莉,只是来看看你。"

门后是一片黑暗,只有走廊中的一点灯光倾泻进来,不过已经足够让朱丽叶看清楚了。

朱丽叶回头向格洛丽亚说:"去叫希克斯医生来——不,该死……"她想到的还是底层的医生,"距离这里最近的医生是谁?把他叫来!"

然后她不等格洛丽亚回话就跑进了房间里。这间小公寓没有多少空间可以让人上吊,但马恩斯还是做到了。他的腰带勒住了脖子,腰带扣插在关紧的浴室门顶上。他的双脚架在床上,让身体弯成一个直角,不足以支撑他的体重。他的屁股坠得比双脚还要低,脸上没有了血色,腰带深深地咬进了脖子里。

朱丽叶抱住马恩斯的腰,把他举起来。他要比看上去更沉重。朱丽叶将他的双脚从床上踢下来,这样抱着他还比较容易。这时门口传来一声惊叫,格洛丽亚的丈夫跑进来,帮朱丽叶抱起副警长。他们两个一起用力,才将腰带扣从门缝里拔出来。朱丽叶终于拉开浴室门,让副警长躺在了地上。

"放到床上去。"朱丽叶喘着粗气说道。

他们将副警长抬起来,平放在床上。

格洛丽亚的丈夫双手按在膝头,深吸了一口气。"格洛丽亚去找奥尼尔医生了。"

朱丽叶点点头,松开马恩斯脖子上的腰带。被腰带勒住的皮肉已经变成紫色。朱丽叶摸索马恩斯的脖子,寻找脉搏,同时回想起自己在机械部找到乔治的时候,他也变成了这种样子,一动不动,不会做出任何反应。这让朱丽叶用了好长一段时间才能确定,躺在她眼前的的确是她这辈子见到的第二具尸体。

她坐在地上,浑身是汗,等待着医生赶来,同时在心中思忖,她现在的这份工作也许还会让她看到更多的尸体。

第二十二章

写好报告之后,朱丽叶才发现马恩斯没有近亲。与泥土农场的验尸官进行过谈话,回答了好管闲事的邻居们提出的各种问题,朱丽叶终于独自爬上漫长的八层楼梯,回到了她空无一人的办公室。

在这一天剩下的时间里,她几乎没做什么工作。自助餐厅的门开着。狭小的办公室里挤满了幽灵。她多次试图让自己专注于霍斯顿的电脑文件,不去想其他事情。但马恩斯的缺席给她带来了难以置信的悲伤——比那位副警长待在这里时更令人沮丧。朱丽叶不敢相信马恩斯已经走了。是他把朱丽叶带到这里,却又突然弃她而去。朱丽叶几乎觉得自己是被马恩斯欺负了。她知道这种感觉很可怕、很自私,而承认这种感觉只会让她的心情变得更糟。

伴随着各种胡思乱想,她偶尔会瞥一眼门外,看到云朵在远处的墙壁上滑过。她又开始思考——这些乌云是变轻了一些?还是更浓厚了?今晚是不是看星星的好时机?这种想法又让她充满了负罪感,但她实在是太孤独了。她本来是一个不需要任何人的女人,甚至还曾经为此感到骄傲。

她又在那些文件的迷宫中晃荡了一段时间。看不见源头的阳光在自助餐厅里渐渐消失,两轮午餐和两轮晚餐让她听到一阵阵喧器和人来人往,随后又平静下去。她一直都只是看着乌云翻滚的天空,毫无逻辑地希望能够再次遇到昨晚那个陌生的观星者。

然而就算枯坐在那儿,听着上面四十八层所有人吃东西的声音,闻到食物的香气,朱丽叶还是忘了给自己弄点吃的东西。直到餐厅的晚班工作人员离开,灯光被削减到四分之一,帕梅带着一碗汤和饼干来看她,她才想起自己的肚子。朱丽叶谢过帕梅,伸手到工作服里去掏钱,但被帕梅拒绝了。这个年轻姑娘用一双哭红的眼睛看向马恩斯的空椅子。朱丽叶知道,在餐厅工作的人和这里的其他人一样,都很喜欢这位副警长。

帕梅一句话也没说就走了,朱丽叶虽然没什么胃口,但还是努力吃了一些。她忽然想到,可以对霍斯顿的数据再进行一次搜索——一次全域的拼写搜索,寻找可能提供线索的名字。然后她又用了一些时间才搞清楚该如何进行这种检索。这时她的汤已经变冷了。当她的电脑开始在那些堆积如山的数据中全力检索时,她拿起汤碗和几个文件夹,离开办公室,坐到自助餐厅里靠近墙壁屏幕的一张桌子旁。

卢卡斯静静地出现在她身旁。这时她正在自己寻找星星。卢卡斯什么都没有说,只是拉过一把椅子,坐下来,把垫板和那张大纸摆在腿上,抬起头望向黑暗辽阔的外部世界。

朱丽叶不知道这个男人是出于礼貌而不打扰她的宁静,还是因为粗鲁根本不懂得和她打个招呼。最终,她认为应该是前者,而这种宁静也让她感到了轻松自然。他们在分享此刻。经过了恐怖的一天,至少这一刻是让人安心的。

又过了几分钟,十几分钟。屏幕上没有出现星星。他们也没有说话。朱丽叶的腿上摆着一只文件夹。这样她的手指至少还有些事可做。楼梯井中传来一些声音。是一群人笑着在各层公寓之间

WOOL / 171

移动。然后,一切又恢复了宁静。

"你搭档的事,我很难过。"卢卡斯终于开了口。他正在用两只手抚平垫板上的星图。今天他还没有在上面做任何记号。

"谢谢。"朱丽叶回应道。她不确定自己应该说些什么,这种回应也许是最不会出错的,随后她又加了一句,"我一直在找星星,但什么都没找到。"

"你找不到的,今晚不可能了。"卢卡斯向墙壁屏幕挥挥手,"今天的云层是最不好的。"

朱丽叶再次审视那些云。在落日最后的余晖中,她还能勉强分辨出那些云的样子。它们看上去和以前没什么不同。

卢卡斯用几乎无法察觉的动作在椅子上转过身,"既然你代表法律,我有一件事要坦白。"

朱丽叶的手伸向胸口的警徽。她经常忘记自己的角色——这种疏失多少会有些危险。

"什么事?"

"我知道今晚的云会很不好,但我还是上来了。"

朱丽叶相信黑暗能够掩饰住自己的微笑。

"《法案》中是否有针对这种不诚实的行为的规定,我表示怀疑。"她对卢卡斯说。

卢卡斯笑出了声。朱丽叶有一种很奇怪的感觉——她对卢卡斯的声音已经有了熟悉的感觉,并且她非常需要听到这声音。朱丽叶突然很想和这个人抱在一起,将自己的下巴枕在他的颈窝里,好好哭一场。她几乎能够感觉到自己的身体开始有了动作,尽管她在表面上还是纹丝未动。这不可能。她明白,即使她的心在悸动。这只是因为她很孤独,将马恩斯抱在怀里让她感到恐惧——那是一具失去了生命的躯体,就连重量也变得毫无生气。她渴望与人接触,却又没办法在熟人面前表现出自己的软弱。只有这个陌生人,她所知甚少,却又愿意和她说话,所以才让她有了这样的冲动。

"现在该做些什么?"他止住笑声,忽然问道。

朱丽叶的疯话几乎脱口而出——我们之间?不过卢卡斯救了她。

"你知道葬礼是什么时候吗?还有,在哪里举行?"他问道。

朱丽叶在黑暗中点点头。

"明天。没有家人会上来,也不需要进行调查。"朱丽叶强忍住眼泪,"他没有留下遗嘱,所以他们让我来安排。我决定把他安葬在市长身边。"

卢卡斯看着墙上的屏幕。天很黑。他们看不见筒仓外清洁者的尸体,这好歹能让人感到轻松一些。"应该的。"卢卡斯说。

朱丽叶冲动地说道:"我觉得他们在暗中彼此相爱。即使不是恋人,也差不多。"

"这种传闻早就有了。"卢卡斯表示同意,"我不明白的是,为什么他们要保密,又没有人会反对。"

不知怎的,和一个完全陌生的人坐在黑暗中,总会比和底层的朋友们在一起的时候更容易把这样的事情说出来。

"也许他们介意别人知道。"她自言自语地说道,"扬斯结过婚。我觉得他们是在对她的婚姻表示尊重。"

"是吗?"卢卡斯在纸上写了些东西。朱丽叶抬头看了一眼。屏幕上的确没有一颗星星。"我无法想象那种秘密的爱。他们认为爱只是属于他们两个人的事情?"卢卡斯说。

"我无法想象坠入爱河还需要得到其他人的许可,比如《法案》

或女孩的父亲。"朱丽叶回应道。

"不需要吗？那又会怎样呢？随便两个人，只要他们愿意，什么时候都行？"

朱丽叶没有说话。

"那样的话，他们该怎样参加抽签，该怎么中彩票？"卢卡斯坚持着自己的思路，"我无法想象他们怎么能不将自己的恋情公之于众。这实际上是一种庆祝，你不觉得吗？应该有一场仪式，男人应该向女孩的父亲求得许可……"

"那么，你有没有爱什么人？"朱丽叶打断了他，"我是说……我这样问只是因为，感觉上你对这件事有很明确的观点，但也许你没有……"

"还没有。"卢卡斯再一次救了她，"我剩下的那点力气只够忍受我妈妈的责备了。她每年都喜欢提醒我错过了多少次抽签，以及从总体上看，这又拉低了多少让她拥有一大群孙子的概率。好像我不懂统计学似的。但是，嘿，我才二十五岁。"

"就这样？"朱丽叶问。

"那么，你呢？"

朱丽叶差一点毫无顾忌地说出她的秘密。仿佛这个男人——这个男孩，一个陌生人，是她完全可以信任的。

"我还没找到对的人。"朱丽叶回答道。

卢卡斯又发出他年轻的笑声。"没有？我想问问，你多大了？还是说这样问不礼貌？"

朱丽叶感到一阵轻松。她还以为卢卡斯会继续追问她有没有真的和什么人在一起过。

"三十四岁。"她回答，"我听说这样问年龄是不太礼貌的，好在我也不太在乎这种规矩。"

"我们的警长说了算。"卢卡斯被自己的笑话逗笑了。

朱丽叶也微微一笑。"我猜,我还要习惯一下这份工作。"

她又向墙上的屏幕看去。他们两个继续享受这个平静的时刻。和这个人坐在一起,这种感觉真的很奇怪。有卢卡斯在,朱丽叶感到自己也变年轻了,而且内心更加安定。至少她不再那样孤独。她觉得卢卡斯一定也很孤独,像一只不适合所有标准螺栓的、尺寸独特的垫圈。他一直都在这里,在筒仓的另一个尽头,寻找星星;同时她却在筒仓最深处的矿井中,利用空闲时间寻找美丽的岩石。

"看来,对我们俩来说,这一夜都不会有什么收获。"她终于结束了沉默,揉搓着膝上未打开的文件夹说。

"哦,难说啊!"卢卡斯回应道,"这要看你来这儿是要做什么。"

朱丽叶笑了。在宽阔的餐厅对面,响起了一点几乎微不可闻的声音——她桌上的电脑在"嘟嘟"地轻声叫着。一次常规性的搜索,终于把霍斯顿的数据彻底检索一遍,最终给出了结果。

第二十三章

第二天早上，朱丽叶没有上楼去办公室，而是下了五层楼，去上层的泥土农场参加马恩斯的葬礼。她的副警长不会有专门的文件夹，也不会有对他的死因进行的调查。人们只是把他苍老疲惫的身体深深埋进泥土里，让它逐渐腐烂，滋养根系。站在人群中，考虑马恩斯会不会成为一只文件夹——这种想法本身才非常奇怪。在这里工作还不到一周，她已经将那些马尼拉文件夹看作是灵魂居住的地方了。姓名和案件编号。二十多张回收纸浆做的纸上浓缩了死者的生命，黑墨水写下了他们悲伤的故事，而那些墨水下面还有许多嵌在纸张里、色彩各异的条纹和斑点。

葬礼的时间很长，但感觉上这段时间却仿佛很快就过去了。下葬位置旁边的土堆就是扬斯长眠的地方。很快，他们两个就会在植物中重新聚在一起，而这些植物会为筒仓的居民们提供生存的养料。

朱丽叶接过一个熟番茄，牧师和他的学徒在拥挤的人群中走来走去。他们两个身上披着红布，一边走一边唱诵圣歌，声音洪亮，相互应和。朱丽叶咬了一口番茄，让适量的果汁溅到自己的工作服上，咀嚼，吞咽。她能感觉到番茄很好吃，但也只是一种机械的味觉，丝毫没有享受可言。

到了把土铲回坑里的时候，朱丽叶看着这群人，心中想，不到一周的时间里，顶层就死了两个人，筒仓别的地方还死了另外两个人，这真是非常糟糕的一周。

或者也有些人认为这周很不错。她注意到一些没有孩子的夫妻兴奋地咬着手中的水果。他们的手指来回拨弄，默默地做着计算。彩票中标的机会总是紧跟在死亡后面。朱丽叶不喜欢这样。她一直都觉得，应该在一年中同一个日期宣布中标结果，哪怕只是让它们看上去像是一种注定会发生的事情，无论是否有人死亡。

但现在的情况是，尸体被埋进泥土，坟墓上方的成熟果实被采摘下来，这种仪式就是在将这样的理念敲进每一个人的意识里：生命的循环不可避免，只能接受，甚至还要珍惜和欣赏。一个人离开了，留下了维持生命的礼物，为下一代腾出空间。我们出生，我们成为别人的学徒，后来我们又有了自己的学徒，然后我们去世。所有人能够希望的至多只是被他以后的两代学徒记得。

在坟墓被填满之前，参加葬礼的人走到墓坑边缘，把手中剩余的水果扔进墓坑里。朱丽叶也向前一步，将自己的番茄抛入颜色各异的果皮和果肉中。一名侍祭靠在一把大得出奇的铲子上，最后一批果实被扔进墓坑。有一些水果掉在坑外，他就将它们连同一些深色的肥沃土壤一起铲进坑里，最后堆成一个土堆，再过一段时间，浇上几次水，这里就和别的地方没什么区别了。

葬礼之后，朱丽叶开始爬楼返回她的办公室。她一直都为自己健壮的身体感到自豪，但她还是能感觉到自己的体力被消耗在脚下的一级级台阶上。爬楼梯和走路真的是不一样，也完全不同于拧扳手和松开顽固的螺栓。爬楼梯所需要的耐力，和熬大夜、多上一轮

WOOL / 177

班需要的那种完全不一样。爬楼梯是一种非自然的行为——这就是她的看法。人类不是为了爬楼而生的。她怀疑这座筒仓最初的设计很可能只需要住在这里的人上下一层楼。这时,又有一名搬运工从她身边飞奔而下,同时给了朱丽叶一个问候的微笑。朱丽叶还不太认识他,但看到他的双脚在钢制台阶上跃动,朱丽叶又有些觉得,也许只要多练习一段时间,她也能在这些楼梯上健步如飞。

等她终于回到自助餐厅,已经是午餐时间了,餐厅里充满了聊天说话和金属叉子盘子相互碰撞的声音。她的办公室门外堆起了许多折叠起来的纸条,还有一株种在塑料桶中的植物,一双鞋,一个用彩色铁丝做成的小雕塑。朱丽叶在这些礼物前停下脚步。马恩斯没有家人,朱丽叶认为自己有责任收好这些礼物,并将它们送到合适的人手中。她弯下腰,捡起礼物堆中的一张卡片。上面的字是用蜡笔写的,笔迹不算很稳。她能想象出上层学校的学生们在手工课上为马恩斯警官制作纪念卡片的样子。这比那场仪式更让朱丽叶伤心。她擦干眼里的泪水,暗中咒骂那些想让孩子们卷入死亡这种糟糕事情里的老师。

"放过孩子们吧。"她悄声说道。

她把卡片放回原位,让自己镇定了一下。她觉得马恩斯副警长会喜欢这些卡片。他是一个很容易被看透的人,虽然全身各处都已经老化,但他的心中仍然保持着一份纯真。那颗心没有受到岁月的消磨,因为他一直都为了另一个人好好保留着它。

走进办公室,朱丽叶惊讶地发现自己有了同事。一个陌生人正坐在马恩斯副警长的桌子后面。这时那个人从电脑后面抬起头,向朱丽叶露出一个微笑。朱丽叶正要问他是谁,伯纳德从拘留室中走了出来,手中拿着一份文件夹,向朱丽叶露出同样的微笑。朱丽叶一直都不愿意把他看作是市长,哪怕是暂代的。

"工作情况如何?"他问道。

朱丽叶走过办公室,把文件夹从伯纳德手中揪过来。"请不要搞乱这里的东西。"

"搞乱?"伯纳德笑着扶了扶眼镜,"这已经结案了。我正要把它拿回到我的办公室,将它重新归档。"

朱丽叶看了一眼手中的文件夹,发现是霍斯顿的。

"你知道,你要向我汇报工作,是吧?在扬斯让你立下工作誓言之前,你至少应该看一眼《法案》。"

"这个我来保管,谢谢。"朱丽叶把伯纳德留在敞开的拘留室门前,回到了自己的办公桌后面,把那只文件夹塞进最上面的抽屉里,又确认过那个数据盘还插在她的电脑前面,然后抬起头,看向坐在房间对面另一张办公桌后面的人。

"你是谁?"

那个人站起身,马恩斯副警长的椅子像平时一样发出一阵尖叫。朱丽叶努力不让自己再去想那位副警长。

"彼得·比林斯,女士。"那人伸出手。朱丽叶和他握了一下手。"我刚刚宣誓接受这份工作。"他捏住星形警徽的一角,把它从自己的工作服上抬起来,让朱丽叶看清楚。

"实际上,彼得本来是要接手你现在的工作。"伯纳德说。

朱丽叶有些好奇他是什么意思,或者他这样说有什么用意。"你有什么需要吗?"她问伯纳德,同时朝自己的桌子挥挥手。昨天她大部分时间都在处理马恩斯的事情,所以各种文件已经在那里堆了很多,"如果你需要做什么,我可以把它添加到这些下面。"

"我分配给你的任何工作都要优先完成。"伯纳德把手拍在写着扬斯名字的文件夹上,"而我亲自上来和你在这里开会,不是让你下去,到我的办公室,已经很给你面子了。"

"开什么会?"朱丽叶头也不抬地问道。她忙着整理自己桌上的纸张,希望伯纳德能够看出她有多忙,识趣地离开,然后她就能差遣彼得去解决那些她几乎还没怎么动过的档案。

"你很清楚,过去这几个星期里,筒仓中出现了一点……人员变动。这种情况的确前所未有,至少在暴动之后从未有过。我担心,如果我们不能同心协力,恐怕会有危险发生。"他用一根手指按住了朱丽叶正要拿走的文件夹。朱丽叶抬起头,瞥了他一眼。

"人们想要安定。他们想要相信,明天会和昨天一样。他们想要得到安全的保证。我们刚刚清洁过摄像头,又蒙受了一些损失,所以现在大家的情绪自然会有一点混乱。"他朝朱丽叶和马恩斯桌子上的那些回收纸档案摆摆手。名叫彼得的年轻人用警惕的眼神看着那些档案堆,仿佛唯恐会有更多档案被推到他那一边,让他必须完成更多工作。"所以我要宣布大赦。不仅是为了振奋整个筒仓的士气,也是为了帮助你们清理掉积累的旧案子,让你们能够让自己的工作步入正轨,履行你们的职责。"

"清掉旧案?"朱丽叶问。

"是的。就像那些喝酒闹事的小案子。这又是什么?"他拿起一份文件夹,看了看上面的名字,"哦,皮肯斯这次又干了什么?"

"他吃了邻居家的老鼠。"朱丽叶说,"是家庭宠物。"

彼得·比林斯轻声笑了起来。朱丽叶觑了他一眼,心中感到奇怪——为什么这个名字听起来有些熟悉?然后她想起在一份文件夹中看到过这个人写的备忘录。他应该还只能算是一个男孩,原先是一名筒仓法官的学徒。看着这个年轻人,朱丽叶很难想象他如何能成为一名执法者——他看上去其实更像是技术部的人。

"我记得养老鼠作为宠物是违法的。"伯纳德说。

"是的。皮肯斯是原告。作为回击,这是他的反诉——"朱丽叶继续整理文件夹,"——就在这里。"

"让我看看。"伯纳德拿过另一份文件夹,将两份文件夹一起丢进朱丽叶脚边的垃圾桶里。所有那些曾被认真排列的纸张和便笺都撒落出来,和其他准备回收的废纸混杂在一起。

"原谅和放下。"他将两只手握在一起,揉搓了一下手心,"这将成为我的竞选口号。人民需要这个。这将是一个新的开始,在这个动荡的时期,我们要忘记过去,展望未来!"他重重地在朱丽叶背上拍了一下,向彼得点了点头,然后朝门口走去。

"竞选口号?"朱丽叶朝伯纳德的背影问道。她忽然想到,在伯纳德提议要放下的一份档案里,伯纳德本人正是主要嫌疑犯。

"正是。"伯纳德回头说道。他抓住门框,看着朱丽叶。"经过深思熟虑,我认为没有人比我更适合这份工作。而且我不认为在兼任市长的同时继续我在技术部的工作有什么问题。事实上,我已经在这样做了!"他眨了眨眼。"安定,你一定明白。"然后他就出去了。

⸻

那天下午,朱丽叶一直在向彼得·比林斯交代各种事情。这让他们工作到很晚,早已超过了那个年轻人认为的"合理工作时间"。现在朱丽叶的确非常需要有人处理投诉和负责无线步话机的联络。这些曾经是霍斯顿的工作——负责最上面四十八层的治安,有情况就要出警。马恩斯曾希望朱丽叶能承担起这个角色,因为她更年轻,腿脚更灵活。他还说过,一位漂亮的女性可能"在处理问题时更容易让民众感到满意"。朱丽叶却对他的意图另有看法。她怀疑马恩斯是想把她支开,这样他就可以单独应对他的文件夹和那里面的幽灵。她很理解这样的心情。于是她塞给彼得·比林斯一份清单之后就让他回家去了。那份清单上有几处公寓和商店地址,彼得明天要把那些地方都去走访一遍。现在,她终于有时间坐在电脑前,查看前一天晚上的搜索结果。

全域拼写搜索给出了有趣的结果——那里面并没有多少她希望看到的名字,而是出现了一些看上去很像密码的文字段落,其中夹杂着奇怪的标点符号、空格和一些突兀的单词,那些词不算生僻,但放在这里都很不合适。这些大段大段的文字分散在霍斯顿的家用电脑中,在三年前首次出现——这能够与当时发生的事情相吻合。但真正引起朱丽叶注意的是这些数据往往出现在深度嵌套的文件夹中,有时会套叠十几个甚至更多文件夹。就好像有人在煞费苦心地把它们藏起来,同时又把它们进行了多次备份,生怕丢失它们。

朱丽叶只能认为这些是密码,而且不管它们是什么,都很重要。她一边将手边的面包撕成小块,蘸上玉米酱再塞进嘴里,一边将这些看似胡言乱语的文本收集制作了一个完整的副本,寄给机械部。那里有几个人也许足够聪明,能破解这些密码。首先,老沃克尔就很有希望。她咀嚼着食物,在接下来的几个小时里沿着她找到的霍斯顿最后几年的工作痕迹一直往回追溯。要从霍斯顿的全部活动中甄别出真正重要的线索非常困难,她只能像处理其他机械故障一样,依照逻辑一步步进行分析。她相信这就是正确的办法——故障分析,无论步骤多么琐碎和漫长,几乎都是不可避免的。失去妻子对于那位前警长就像密封或垫圈发生破裂,他人生中的一切失控,几乎都可以合乎逻辑地追溯到他夫人死亡的时刻。

朱丽叶首先意识到的是,霍斯顿的工作电脑上没有任何保密内容。而且能看出来,霍斯顿像她一样是个夜猫子,常常在他的公寓里连续多个小时使用电脑。这是他们之间的另一个共同点,她也因此对这个人更感兴趣了。家中的电脑才是霍斯顿真正在意的,意味着她可以忽略掉工作电脑中的内容,也就是超过一半的数据。同时这也能表明,霍斯顿将自己的大部分时间都用来调查他的妻子,就像朱丽叶现在调查他一样。这是他们之间最深层的共同点。现在她正在深入探索最后一名志愿清洁者的秘密,就像霍斯顿探索他的妻子,希望能够发现是什么痛苦的原因导致一个人选择走向致命的外部世界。

正是在这里,朱丽叶发现了将他们联系在一起的线索——几乎可以被认为是诡异的线索。艾莉森,霍斯顿的妻子,她似乎解开了关于旧服务器的谜团。从某种角度来讲,艾莉森获取那些秘密内容的方法和朱丽叶分析霍斯顿数据的方法是一样的。后来霍斯顿也知道了这些秘密。朱丽叶的注意力集中到这对夫妇之间被删除的电子邮件上。艾莉森曾经提供过一份文件,里面详细说明了某种恢复删除的方法。而就在这份文件出现前后的那段时间里,他们的交流出现了爆炸式的增长。朱丽叶偶然发现了这一点,并立刻认定这是一个有效的线索。她越来越肯定,艾莉森在服务器上发现了什么。现在的难点是确定艾莉森到底找到了什么——朱丽叶怀疑自己就算是已经找到了,也不一定能认得出来。

她也有过一些设想,甚至猜测过是不是艾莉森因为霍斯顿有过不忠的行为而失去了理智,但朱丽叶对霍斯顿有足够的了解,知道不会发生这种事。然后她注意到,霍斯顿的每一个活动轨迹似乎都会指向一段那种语焉不详的文字,朱丽叶一直在找各种借口拒绝这种可能性,因为她觉得这完全不合理。为什么霍斯顿会用那么多时间去关注这些毫无意义的文字?艾莉森就更不可能了。但日志明确显示艾莉森每次都会将它们打开几个小时,仿佛这些乱七八糟的文字和符号真的可以阅读一样。在朱丽叶眼中,这些根本就是一种她从没见过的语言。

那究竟又是什么使霍斯顿和他的妻子决定去外面清洁摄像头?筒仓中普遍认同的说法是,艾莉森心神错乱,疯狂地想要出去;而霍斯顿则是被过度的哀伤压垮了。但朱丽叶不接受这些说法。她不喜欢这种巧合。如果她刚刚对一台机器进行过大修,几天之后那台机器又出现了新毛病,她通常都会重新检查上次修理过程中的每一个步骤,她要找的答案往往也会就此浮出水面。她也在以同样的态度看待眼前这个谜题:如果驱动他们两个的是同一个原因,那么诊断就简单多了。

她只是还看不到那个原因到底是什么。同时她也有些害怕,如果找到了那个原因,她说不定会陷入同样的疯狂。

朱丽叶揉了揉眼睛。当她再次看向自己的办公桌,扬斯的文件夹引起了她的注意。在那份文件夹上面还放着医生给马恩斯做的尸检报告。朱丽叶把马恩斯的报告放到一旁,伸手拿起下面一张纸条。那是马恩斯写下,并留在他的小床头柜上的:

本来应该是我。

只有这么几个字——朱丽叶想。但说实话,筒仓里还有谁能和他说说话呢?她审视着这几个字,但这里面实在是榨不出什么信息了。被投毒的是马恩斯的水壶,不是扬斯的。这实际上把市长的死变成了"过失杀人",这是朱丽叶最近才知道的一种说法。马恩斯还向她解释了关于这条法律的另外一些问题：如果他们抓住了真凶，那么指控的罪行必须是"蓄意谋杀马恩斯未遂"，那样罪犯才会被判处去清洁摄像头。如果只是认定罪犯意外害死了市长，那就只能判处罪犯五年缓刑和公共服务。朱丽叶觉得，应该是这种莫名其妙的法理正义连同这场悲剧压垮了可怜的马恩斯。杀人偿命才是真正的正义，但这个地方根本没有希望实现这种正义。那些诡异的法律，再加上毒水一直就在自己背后的事实沉重地打击了马恩斯。他只要活着，就不会忘记是他携带了杀死爱人的剧毒，是他们那段美好的携手同行夺走了爱人的生命。

朱丽叶拿着这张留有自杀遗言的纸条，咒骂自己没能察觉到搭档的寻死之心。这应该是一个可以预见到的故障，只要进行一点预防性的维护，就能解决问题。她本应该和马恩斯多有一些交谈和沟通。但她在来到顶层的最初几天里只是忙着让自己不会被各种各样陌生的事情淹没，却没能看到将自己带上来的那个人就在她的眼前慢慢崩溃。

她的收件箱图标忽然开始闪烁，打断了她杂乱的思绪。她又骂了自己一句，伸手握住鼠标。几个小时以前她传到机械部的那一大堆数据一定是有了反馈。而且反馈数据可能也会很多，一次还传不完。但她看到发信人是斯科蒂，那位给她数据盘的技术部的朋友。

"马上过来。"信中只有这样几个字。

这是个奇怪的要求。模糊却又异常迫切，更何况现在时间已经很晚了。朱丽叶关掉显示器，从电脑上拔下那个储存器，以防再有人进来。这时她想到，也许应该把马恩斯那把古老的手枪挎在腰上。她站起身，走到钥匙柜前，伸手按住放在那里的手枪腰带。那根皮带感觉很柔软,几十年来,扣环一直压在旧皮革的同一个地方,已经磨出了凹痕。她又想起马恩斯那封简短的信,望着他那张空椅子。最后,她决定把枪留在原处。她向马恩斯的办公桌点点头,确定自己带了钥匙,随后就匆匆走出办公室。

第二十四章

去技术部要向下走三十三层。朱丽叶飞快地掠过一串串台阶。她必须用一只手抓住螺旋楼梯内侧的扶手,以免自己因为离心力飞出去,撞上偶尔会在外侧出现的上楼的人。她在接近六层的时候超过了一名搬运工。那个人被她吓了一跳。到了第十层,她已经开始因为不停地绕圈而感到有些头晕了。她有些好奇霍斯顿和马恩斯在遇到紧急情况时是如何行动的。另外两个分别在中层和下层的分警署都位于它们各自分管的四十八层楼的正中间的位置,那种安排显然要好得多。她在经过二十几层的时候想明白了:她的办公室位置安排没有考虑如何对辖区内的所有地方做出及时反应,而是要扼守气闸舱和拘留室——筒仓的最高惩罚手段。想到回去还要爬那么远,她又骂了一句这种安排。

在刚到二十多层的时候,她差一点把一个没有仔细看路的人撞翻在地。她急忙伸出一只胳膊搂住那个人,同时抓紧栏杆,免得他们俩狠狠摔在台阶上。那人连声向她道歉,而她只是急忙把一句骂人的话咽回到肚子里。然后,她才看清那是卢卡斯——他将那块大垫板绑在背上,工作服里还伸出了几根炭条。

"哦。"卢卡斯说,"你好。"

看到是朱丽叶,他露出了微笑,但当他意识到朱丽叶是在朝楼下跑去的时候,又皱起了眉头。

"抱歉。"朱丽叶说,"我得走了。"

"没关系。"

他让到一边,朱丽叶也终于把手从他的肋骨上拿开,又点点头,不知道该说些什么。现在她脑子里想的只有斯科蒂。很快,她就继续向下跑去,比以前更快,好让自己没机会回头去看一眼。

她终于跑到了三十四层,在楼梯平台上喘了几口气,等待不断转圈产生的晕眩感慢慢消失。她检查了一下自己的工作服——警徽牢牢地别在胸前,存储盘还在口袋里,然后她打开了技术部的大门,想要装出一副从容自若的样子,就像她属于这里一样。

她飞快地打量了一下门里的大厅。在她的右手边,透过一扇玻璃窗能看见一间会议室。现在已经是半夜,但那里的灯还亮着。可以看到那里有几个人正在开会。她好像听到了伯纳德的声音从门缝中传出来,非常响亮,带着沉重的鼻音。

在她前面是一道齐腰高的安全闸门,门后是技术部错综复杂的公寓、办公室和工厂车间。朱丽叶可以想象这里是什么样子。她早就听说过,这三层与机械部有很多相似之处,只是没有底层那么多乐趣。

"需要帮忙吗?"一个穿银色工作服的年轻人在安全闸后面问。

她朝那个年轻人走过去。

"我是尼科尔斯警长。"她向那个人挥了挥自己的身份卡,然后把卡片放在安全闸的激光扫描下面。扫描灯变红,闸门发出一阵愤怒的警笛声,并没有开启。"我是来找斯科蒂的,你们的一名技师。"她又试了一下卡片,结果还是一样。

"你有预约吗?"那个人问。

朱丽叶向那个人眯起眼睛。

"我是警长,我什么时候需要预约了?"她又试了一次卡片,仍然只是警笛声。年轻人也没有过来帮忙。

"请不要这样。"他说道。

"听着,小子,我正要来这里进行调查。你妨碍了我的工作。"

年轻人只是面带微笑地看着她。"我相信,你很了解我们的独特地位,以及你的权力……"

朱丽叶收起身份卡,双手伸过安全闸,抓住了那个年轻人的工作服,几乎把他从安全闸上拽了过来。无数次拧螺栓的经历让她的手臂上的肌肉格外坚实。

"听着,你这个该死的小崽子,我要过去,否则我就跨过这道闸门,再从你的身上跨过去。我告诉你,我是直接向代市长伯纳德·霍兰德汇报的,就是你们那个该死的老板。我说得够清楚吗?"

那个男孩瞪大了眼睛,瞳孔都散开了,下巴止不住地上下摆动着。

"那就把门打开。"朱丽叶松开手,又推了他一把。

男孩摸索出自己的身份卡,伸到扫描仪下面。

朱丽叶推开安全闸的旋转栅栏,从男孩面前走过去,又停住了脚步。

"呃,我要往哪边走?"

那个男孩还在把自己的身份卡往胸前的兜里放。他的手一直在打哆嗦。"那……那边,女士。"他朝右边指了一下,"第二条走廊,进去以后左转,最后一间办公室。"

"好孩子。"朱丽叶转过身,暗自露出一个微笑。看样子,吵架在这里就像在底层一样有用。你的老板也是我的老板,所以别和我打官腔——这就是她的手段。她禁不住要给自己一个笑容。不过看那个小伙子瞪大眼睛,满脸畏惧的样子,朱丽叶觉得自己就算是用同样的语调对着他把琴妈妈的食谱念上一遍,他大概也会立刻把门打开。

她走进第二条走廊,从身穿技术部银色工作服的一男一女身边迎面走过。那两个人转过身,从背后看着她。走到走廊尽头,她发现两边都有办公室,一时不知道斯科蒂在哪一间。她先是朝屋门敞开的一间里面看了看,但那里没有开灯。于是她转向另一间,敲了敲门。

一开始,门里没人应声。不过下面门缝透出的灯光变暗了,仿佛有人走了过来。

"是谁?"一个熟悉的声音低声从门里透过来。

"把这该死的东西打开。"朱丽叶说,"你知道是谁。"

门把手向下倾斜,门"咔哒"一声被打开了。朱丽叶立刻挤进门里。斯科蒂在她身后关好门,还上了锁。

"有人看见你进来吗?"他问道。

朱丽叶难以置信地看着他。"有没有人看见我?当然有人看见我。否则你觉得我是怎么进来的?这里到处都是人。"

"但他们有没有看见你进到这里?"斯科蒂悄声问。

"斯科蒂,到底出什么事了?"朱丽叶开始怀疑自己急匆匆地跑过来,但最终只会一无所获,"你给我发了一句话,让我马上下来,看上去应该是有很着急的事。我就来了。"

"你从哪里弄到这东西的?"斯科蒂从桌上抓起一卷打印纸。他的手一直在打颤。

朱丽叶来到他身旁,伸手稳住他的胳膊,嘴里说着"镇定",一边细看那些纸。只看到上面的一两行字,她立刻就意识到,这是她今天发给机械部的那些语焉不详的话。"你怎么拿到的?"她问道,"几个小时以前,我刚刚把这个发给诺克斯。"

斯科蒂点点头。"他给我发了一份。但他不应该这样做。我可能会惹上大麻烦。"

朱丽叶笑了。"你在开玩笑,是吧?"

她看得出,斯科蒂没有开玩笑。

"斯科蒂,是你帮我把这些东西找出来的。"朱丽叶向后退开一些,认真地看着这位朋友,"等等,你知道这些乱七八糟的字符串是什么意思,对不对?你能读懂它?"

斯科蒂点了一下头。"朱莉,我当时根本不知道为你找到的是什么。那些看上去只是一些垃圾,我也没仔细多看一眼,就整体打包传给了……"

"这东西为什么这么危险?"她问道。

"我甚至不能提起它。"斯科蒂说,"朱莉,我可不想被送出去清洁摄像头。"他把手中的纸卷递给朱丽叶,"给,我甚至不应该把它打印出来,但我想删掉那个文件。你已经拿到你想要的了,带着它离开这里,我不能让人发现和它有关系。"

朱丽叶接过纸卷,但她这样做只是为了让斯科蒂平静下来。"斯科蒂,坐下,求你听我说,我知道你很害怕,但我需要你坐下来,和我谈谈这件事。这非常重要。"

斯科蒂摇了摇头。

"斯科蒂,你现在给我坐下来。"朱丽叶指着椅子说道。曾经的机械部学徒木讷地服从了命令。朱丽叶坐到桌角上,忽然注意到后屋中的单人床还有刚刚被睡过的痕迹,不由得觉得这个年轻人有些

WOOL / 191

可怜。

"无论这是什么——"她挥了挥手中的纸卷,"——它都导致了两个人被送出去清洁摄像头。"

她的语气很笃定,就好像这对她来说是早就知道的事情。但实际上,她也才刚刚把这些线索拼合在一起。也许是斯科蒂眼神中的恐惧激发了她的灵感,或者是因为她知道自己需要表现出强势和信心,好帮助斯科蒂冷静下来。"斯科蒂,我需要知道这到底是什么。看着我。"

斯科蒂听话照做。

"你看到这颗星星了吗?"她用手指弹了一下警徽,发出一声钝响。

斯科蒂点点头。

"我不再是你的工长了,小伙子。我是执法者,而这东西非常重要。现在,我不知道你是否明白,但你不会因为回答我的任何问题而遇到麻烦。实际上,你必须回答我的问题。"

斯科蒂认真地看着她,目光中闪出一丝希望。他显然不知道她现在的气势是装出来的。她不会欺骗斯科蒂,更绝对不会出卖他,但她相信,没有人能逍遥法外,任何人都不行。

"我手里的到底是什么?"她挥舞着那卷打印纸,再一次问道。

"一个程序。"斯科蒂悄声说。

"你是说,就像一个计时电路?或者是……?"

"不,是电脑用的。那是一种编程语言。是……"他转开视线,"我不想说。哦,朱莉,我只想回机械部去。真希望这种事完全没有发生过。"

这些话就像一盆冷水泼在朱丽叶的头上。斯科蒂完全被吓坏了。他害怕自己的生命会有危险。朱丽叶跳下桌子,蹲到他面前,伸手按住他的手背——斯科蒂的这只手正放在他不断抖动的膝盖上。

"这个程序到底是干什么的?"她问道。

斯科蒂咬住嘴唇,摇了摇头。

"没事的,我们在这里很安全,告诉我它是干什么的。"

"是显示画面用的。"斯科蒂终于回答道,"但不是为了显示可读取信息,不是显示在液晶屏上的,也不是点阵图。我能认出这种算法,任何人都会……"

他停顿了一下。

"六十四位色,"他盯着朱丽叶,悄声说道,"六十四位色,谁会需要这么多颜色?"

"用最傻瓜的方式告诉我。"朱丽叶说。斯科蒂看上去像是快要发疯了。

"你看见过,顶层的那些风景,对吧?"

朱丽叶点了一下头。"你知道我在哪里工作。"

"是的,我也看见过,那时候我会上去吃饭,而不是像现在这样每顿饭都在这里吃,干活干到手指头都要断掉。"他用双手揉搓着自己蓬松的沙褐色头发。"这个程序,朱莉,你手里的这个,它能让墙壁屏幕中的那种画面看上去像真的一样。"

朱丽叶用一点时间想明白了这句话,然后笑了。"等一下,它不就是在做这种事吗?斯科蒂,筒仓外面有摄像机。它们拍摄了外面的样子,屏幕显示出它们拍摄的画面,对吧?我是说,你把我弄糊涂了。"她挥舞着那张印着奇怪语言的纸卷,"那它不就是在做我所想的那种事吗?把拍摄的图像投放到显示屏上?"

斯科蒂的两只手握在一起,不停地相互绞拧着。"但它其实根本是不需要的。你说的只是图像传输。我只要写上十几行代码就能完成这个任务。不,这个,这个是生成图像。它要更加复杂。"

他抓住了朱丽叶的手臂。

"朱莉,这个程序能凭空生成画面。它能让你看到你想看的一切东西。"

斯科蒂猛地吸了一口气。片刻间,他们两个之间的空气仿佛凝滞了,两个人眼睛眨也不眨地盯着对方,就连心跳都好像停住了。

朱丽叶直起身子,用旧靴子里的脚趾撑住体重。然后,她慢慢坐到地上,背靠在这个房间的金属墙板上。

"看来,你应该是明白了……"斯科蒂再次开口说道。但朱丽叶抬起手,示意他不要说话。她从没有想过屏幕上的画面可能是伪造的。但为什么不会呢?那么,伪造它们的目的又是什么?

她想象霍斯顿的妻子发现这件事的情形。艾莉森至少会像斯科蒂一样聪明——正是她创造的技术搜索到了这个秘密,而斯科蒂也只是利用她的技术重新找到了它,是这样吧?那么艾莉森发现这个秘密以后做了什么?她有没有公开说什么,有没有引发暴动?还是只告诉了她的丈夫,霍斯顿警长?她告诉了他什么?

朱丽叶只知道,如果自己是艾莉森会怎样做——如果她真的相信这个秘密。她天生就是个好奇心很重的人,所以肯定不可能放下这件事。它会像是密封机器中异常的噪声,或者是一个从未被她拆解过的神秘装置。她必须拿起螺丝刀和扳手,看看里面到底有些什么……

"朱莉……"

朱丽叶一摆手,示意斯科蒂不要说话。霍斯顿文件夹中的各种细节如同洪水一般涌入她的脑海。艾莉森的记录,她如何突然发疯,却始终找不到任何原因。在背后驱动艾莉森的一定是她的好奇心。除非——除非霍斯顿完全不知道,除非她的疯狂只是一种伪装,除非艾莉森在用疯狂的面具阻止霍斯顿知道某个恐怖的真相。

但艾莉森用一个星期就摸索出的事情,难道霍斯顿用了三年时间才搞清楚?还是他早就知道,只不过用了三年时间才鼓起勇气去追随妻子?或者朱丽叶具有某种前任警长所没有的优势?比如她有斯科蒂。是斯科蒂在路上撒下面包屑,引领她找到真相。当然,斯科蒂也在追寻前人留下的面包屑,但她得到的线索更清晰,探查也显然容易得多。

她抬头看向自己的年轻朋友,后者也正在忧心忡忡地看着她。

"你必须把它们带走。"斯科蒂瞥了一眼那些打印纸。

朱丽叶点点头,从地上站起来,把纸卷塞进胸前的口袋里。这些纸必须被销毁,只是她一时还不知道该怎样毁掉它们。

"我已经删除了从你那里得到的所有拷贝。"斯科蒂继续说道,"我看够它们了。你也应该这样做。"

朱丽叶拍了拍胸前的口袋,感觉到放在那里的存储盘。

"还有,朱莉,你能帮我一个忙吗?"

"帮什么都行。"

"能不能想办法让我回机械部去?我不想继续待在这里了。"

朱丽叶点点头,捏了一下他的肩膀。"我会尽力的。"一想到让这个可怜的孩子卷进这种事里,她就觉得自己的肠子仿佛打了个结。

第二十五章

第二天早晨,疲惫不堪的朱丽叶上班迟到了。她的腿和背都痛得厉害,因为从技术部爬回来,也因为一晚上都没有睡觉。昨晚她一直在床上辗转反侧,不知道自己是不是发现了一只不应该打开的盒子,忧心自己提出的问题带来的并非希望,而是可怕的答案。如果她走进自助餐厅,朝那个她通常都会避开的方向望一眼,她就会看见最后死去的两名清洁者躺在一座山丘上的沟壑里。两个人仿佛拥抱在一起。这两个相爱的人不惜投身于毁灭一切的毒风中。难道真的是朱丽叶现在寻找的真相驱使他们离开了筒仓?斯科蒂眼中的恐惧让她怀疑自己是不是缺乏谨慎。她看向桌子对面自己的新副手。对于执法者的工作,他比朱丽叶更缺乏经验。现在他正将一个文件夹里的内容录入到电脑里。

"嘿,彼得?"

副警长从键盘上抬起头。"什么事?"

"来这里之前,你是司法部的,对吧?是一名法官的学徒?"

他把头歪向一边。"不,我是法庭助理。几年前,我其实是在中层分警署当学徒。我想得到那份工作,但事与愿违。"

"你是在那里长大的?还是上面?"

"我是中层人。"他将双手从键盘挪到膝盖上,微微一笑,"我爸爸是水培厂的水管工,几年前去世了。我妈妈在育婴所工作。"

"真的?她叫什么名字?"

"丽贝卡。她是一位……"

"我认识她。我还是孩子的时候,她是育婴所的学徒。我的父亲……"

"他在上层育婴所工作,我知道。我只是一直都不想说太多……"

"不想和我说话吗?嘿,如果你害怕我对你有戒心,那是我的错。现在你是我的副警长,我会支持你的。"

"不,不是那样。我只是不希望因为我说了些什么,让你和我之间产生芥蒂。我知道你和你父亲不太……"

朱丽叶向他摆摆手。"他是我的父亲。我们只是不在一起生活而已。替我向你的妈妈问好。"

"我会的。"彼得微笑着,又去俯身打键盘了。

"嘿,我还有一个问题要问你。一个我怎么也想不明白的问题。"

"好啊,"彼得抬起头,"问吧。"

"你知不知道,为什么请搬运工送纸条要比从电脑上发送信息更便宜?"

"哦,当然。"彼得点点头,"发送信息的价格是一个字符四分之一点券,按量累计!"

朱丽叶笑了。"不,我知道价格。但纸张和人工费用都不便宜。而沿着导线送出一些符号感觉上应该是免费的,你明白吗?那只是信息,连一点重量都没有。"

彼得耸耸肩。"我从记事起就只知道一个字符四分之一点券,其他的就不知道了。而且我们这里每天有五十点券的补贴,紧急情况下还没有限制,所以实际上对我没什么压力。"

"我不是感觉有压力。只是我觉得很困惑。我是说,我明白为什么不是所有人都带着我们这样的步话机,因为一次只有一个人能用它传输信号,我们需要为紧急情况保留信号通路。但我们利用网络,发出和接收多少信息都可以。"

彼得支起胳膊肘,把下巴撑在拳头上。"那么,服务器和电力也是有成本的。这意味着要烧掉石油,还要维护电线和冷却装置等等。尤其是在信息流通已经非常拥挤的时候。而把纸浆在架子上压平、晾干,在上面抹上一些墨水,让一个人顺路帮你跑一趟,这样更便宜也不奇怪!"

朱丽叶点点头,但这主要是因为对彼得的尊重。她其实不太肯定彼得的说法。本来她不想说出自己的推测,但她实在是有些忍不住。

"但如果是出于别的原因呢?会不会是有人故意让它变得很昂贵?"

"为什么?为了赚钱吗?"彼得打了个响指,"对了,是为了让搬运工有更多的工作机会!"

朱丽叶摇摇头。"不,会不会是为了让人们的交流变得更困难?或者至少是代价高昂?你知道,这样可以把我们分开,让我们难以把自己的想法和别人分享。"

彼得皱起眉头。"为什么会有人想要这样做?"

朱丽叶耸耸肩,回头继续去看她的电脑屏幕,同时一只手悄悄伸向了藏在裤兜里的那卷打印纸。她提醒自己,她已经不是生活在那些可以无限信任的人中间了。"我不知道。"她说,"别去想这种事了,这只是我的胡思乱想。"

她把面前的键盘拽向自己,刚刚抬头去看屏幕,彼得已经先一步看到了代表紧急状况的图标。

"喔,又有警报了。"他说道。

朱丽叶要去点击那个闪烁的图标,却在这时听到彼得喘粗气的声音。

"这里到底发生了什么事?"他问道。

朱丽叶打开警报信息,迅速看了一遍。眼前的内容让她完全不敢相信。这肯定不应该是他们正常的工作状况。这么短的时间里,不应该有这么多人死去。她以前也从没有听说过这种事,难道都是因为她只是埋头在曲柄箱里或者油罐下面,对外界的事情知道太少了吗?

报警信息上方闪烁的数字代码,她甚至不用查备忘清单就认得出来。她已经太过熟悉这个悲伤的标记了——又一起自杀。信息中还没有死者的名字,但有一个办公室号码。她知道那个楼层和地址。她的两条腿还在因为不久之前去过那里而感到酸痛。

"不……"她用双手抓住了自己的桌子边缘。

"你想要我……?"彼得伸手去拿自己的步话机。

"不,该死,不。"朱丽叶不停地摇着头,把自己从桌边推开,结果一下子撞到了垃圾桶。那些在大赦之后被扔进垃圾桶的文件夹散落了一地。她裤兜里的纸卷也掉落下来,混入其中。

"我可以……"彼得又说道。

"我没事。"朱丽叶向彼得摆摆手,"该死的。"她不停地摇着头。整个办公室都在她的头顶上旋转。世界在她的眼前变得模糊。她跟跄着向门口走去,伸开手臂寻找平衡。彼得忽然跑到自己的电脑

WOOL / 199

屏幕前,拖动鼠标,点击着什么。

"唔,朱丽叶……?"

但朱丽叶已经摇晃着出了门,努力支撑住自己的身体,准备走下那段漫长而痛苦的阶梯。

"朱丽叶!"

朱丽叶转过身,发现彼得正从后面跑过来,一只手按住腰间的步话机。

"什么事?"她问道。

"很抱歉……是……我不知道该怎么做……"

"快说。"朱丽叶不耐烦地说道。现在她能想到的只有小斯科蒂,想到他被吊住脖子的样子。她猜想勒死斯科蒂的应该是电线。她仿佛是在清醒时做着噩梦,一些可怕的念头在她的脑海中清晰地勾勒出他死亡的样子。

"我刚刚收到一条私人消息……"

"要说就快说,我现在要下楼去。"朱丽叶又转向楼梯间。

彼得抓住她的手臂,有些粗暴,非常用力气。

"很抱歉,女士,但我现在要将你拘留……"

朱丽叶猛地转过身看着他,发现了他神情中的极度不安。

"你说什么?"

"我只是在履行我的职责,警长,我发誓。"彼得已经拿出了他的手铐。朱丽叶难以置信地盯着他。他铐住朱丽叶的一只手腕,正伸手要去捉住她的另一只手腕。

"彼得,出什么事了? 我现在要去看我的一个朋友……"

彼得摇摇头。"电脑信息说你是嫌疑犯,女士。我只是在执行系统的命令……"

随着这句话,手铐锁扣第二次发出清脆的撞击声。朱丽叶低头看向自己被铐起来的双手,却吃惊地发现,她的脑子里仍然只有她那位年轻朋友被紧紧勒住脖子的画面。

第二十六章

她可以得到一次探监的机会。但她愿意让谁看到自己现在的样子呢？不，她不愿意让任何人看到。所以她只是背靠在钢栅栏上，看着墙面上荒凉的外部世界逐渐被乌云后的朝阳照亮。她周围的地面上已经没有了文件夹和藏在文件夹中的幽灵。她孤身一人，被剥夺了职位。她现在非常不确定自己是否想要那个职位——伴随这个职位的是许多人的死亡，还有她简单明了的生活完全被毁掉了。

"我相信，这一切都会过去的。"一个声音在她身后响起。朱丽叶离开钢栅，回头看到伯纳德正用两只手握住这些钢栅栏。

朱丽叶从他身边挪开，背朝那片灰色的风景，坐到单人床上。

"你知道，这不是我干的。"她说，"他是我的朋友。"

伯纳德皱起眉头。"你以为你为什么会被关起来？那个男孩被判定是自杀。他似乎被最近发生的一系列悲剧弄得心烦意乱。这样的事情以前也出现过。一个人搬迁到筒仓中新的地方，远离朋友和亲人，承担起他们并不完全胜任的工作……"

"那么，为什么我要被关在这里？"朱丽叶问。她突然意识到，外面的摄像头刚刚被清洁过，现在并不急需有人去重复这个工作。望向走廊远处，她能看见彼得正来回踱着步子，就好像有一道屏障拦住了他,让他无法向这里靠近。

"未经授权就进入第三十四层。"伯纳德说,"威胁筒仓居民,干扰技术部事务,从禁止区域偷窃技术部财产……"

"全都是些老鼠屎一样的废话。"朱丽叶说,"是你们的一名员工叫我去的。而且我完全有权力去那里!"

"我们会认真调查。"伯纳德说,"是的,彼得会进行调查的。不过恐怕他必须拿走你的电脑作为证据。我在下面的人最有能力确认其中……"

"你的人?那么你现在的身份是市长还是技术部的头?我必须确定这件事。根据《法案》中的明确规定,你不能兼任两者……"

"这件事很快就会由投票来决定了。《法案》以前就进行过修改。它最初的设计就是要适应情况变化,及时做出改进。"

"所以你才想要除掉我。"朱丽叶靠近钢栅,希望能把彼得·比林斯的样子看清楚一些,也让彼得看到她。"我估计,你一直都打算登上市长的位子,对不对?"

彼得偷偷地从她的视野中消失了。

"朱丽叶啊,朱莉。"伯纳德摇摇头,向她喷舌,"我并不想除掉你。我不想让筒仓失去任何成员。我希望人们能各安其位,做自己胜任的工作。斯科蒂本来就不应该进入技术部。这一点我现在才明白。我也不认为你应该来到顶层。"

"那又该怎样?我被安上几条老鼠屎一样的罪名?驱逐回机械部去?这就是最终的结果?"

"驱逐真是一个可怕的词。我相信你并没有那样的意思。而且你不想回到你原先的工作中去吗?你在那里不是更高兴吗?这里的工作有太多要学习的内容,而你甚至没有在这里当过学徒。那些以为你适合这个岗位的人,我相信他们也都会希望你能够摆脱这个负担……"

伯纳德没有把话继续说下去,而他的沉默只是让两个人之间的气氛变得更加可怕。他在强迫朱丽叶自己去想象。朱丽叶的脑海中出现了两座刚刚在泥土花园中出现的土堆,上面还散落着吊唁者留下的几片果皮。

"我会让你收拾好你的物品。当然,需要留作证据的物品不能带走。然后你就能回到下面去了。只要你去我的副警长那里报到,上报你的行踪。我们就会撤销对你的指控。你可以将此当作是我的一点心意……让你也享受到大赦的好处。"

伯纳德微笑着扶了扶眼镜。

朱丽叶咬紧牙关。她忽然想到,自己这辈子还没有过一拳打在人脸上的体验。

但她有些担心自己会打偏,万一拳头撞在钢栅栏上,把指节撞坏一定会很痛。只是出于这个原因,她才没有把拳头挥出去。

''''''ııı..''''ıı..''''ıı...

她在顶层住了只有差不多一个星期,而且她离开时带的东西比来的时候还要少。一套蓝色的连体工作服已经被配发给她。这件衣服对她来说实在是有些太大了。彼得甚至没有和她说一声"再见"。朱丽叶觉得这不是因为彼得对她感到愤怒,认为她有错,反而是因为彼得自己心中有愧。当时彼得陪她走过自助餐厅,来到楼梯口。她转过身要和彼得握手,却看见那个年轻人只是盯着自己的脚趾,大拇指插在工作服里,曾经属于朱丽叶的警徽被歪歪斜斜地别在他的左胸前。

朱丽叶开始穿过整个筒仓的漫长旅程。这不像上来的时候那样费力,却在另一些方面更加令人疲惫。筒仓里到底发生了什么?到底是为什么?她不由自主地感觉到,在所有这些悲剧中,她也要承担一定的责任。如果他们让她一直留在机械部,从来没有去见过她,这些也就不会发生了。她肯定还在抱怨发电机的错位问题,因为必然降临的灾难而夜不能寐——到时候,筒仓将不可避免地陷入混乱。他们必须学会如何只依靠备用电源生存下去,因为重建整个发电系统将需要数十年的时间。但现在,她见证了另一种类型的灾难:被摧毁的不是机器,而是生命。她感觉最对不起的就是可怜的斯科蒂,一个本来有着远大前程的男孩,一个难得的天才,却还没等到生命之花完全绽放就匆匆离开了人世。

她作为警长的时间很短。警徽别在她胸前的时光转眼就过去了。但她还是有一种无法抑制的冲动,要把斯科蒂的死调查清楚。这个男孩不应该就这样自杀。朱丽叶已经清楚地看到了一些反常的迹象——斯科蒂害怕离开自己的办公室。不过他是沃克尔亲自带出来的学徒,可能也沾染了那个老家伙不愿意和人打交道的习惯。斯科蒂还是太年轻了,心里装不下秘密,甚至害怕得发信息要立刻和她见面。但朱丽叶了解这个男孩。那时斯科蒂几乎也可以算是她的学徒。她知道斯科蒂不是那种会寻短见的人。想到这里,她突然开始怀疑马恩斯的自杀会不会也有问题?如果扬斯站在她面前,那位老市长会不会向她高声疾呼,要她把那两个人的死调查清楚?告诉她真相并非表面上的样子?

"我做不到。"朱丽叶悄声对那个幽灵说。结果只有一个正在上楼的搬运工转头看了她一眼。

她继续想着这件事。当她快要下到父亲的育婴所时,她在楼梯平台上停下脚步,思考是否应该进去看父亲一眼——这一次,她比上来的时候想得更久,更用力。那时骄傲阻止了她走进这一层。而现在,羞耻又扯动她的脚步,让她继续向下走去,离父亲越来越远;同时还在责备她,为什么还要想起很久以前就被她从记忆中驱逐出去的幽灵。

在第三十四层,技术部的主入口,她再一次考虑要不要停一下。斯科蒂的办公室中应该还有线索。总会有一些蛛丝马迹无法被清理干净。她又摇摇头。她早已从这些事情中嗅到了阴谋的臭味。但无论她多么想要进入犯罪现场,她知道,自己再也不可能被允许靠近那间办公室了。

她继续沿楼梯向下走,同时也继续着心中的思考。她想到了技术部在筒仓中的位置。这也不可能是偶然的。她还要再向下走三十二层,才能去第一个分警署报到。那座警署位于整个筒仓的正中心附近。所以,技术部正处在距离筒仓中三个警署都最远的位置上。

这个有些偏执狂的想法让朱丽叶摇了摇头。这不是诊断疾病的正经办法——她的父亲一定会这样对她说。

差不多在中午的时候,她见到了第一名副警长,同时还接受了一块面包和水果,这才让她想到应该吃些东西。她很快就走过了整个中层。经过上层公寓时,她还在想,卢卡斯会住在哪一层?他是否知道了她被逮捕的事情?

过去一个星期发生的种种事情太过沉重,将她拽下一层层楼梯,重力向下拉扯着她的靴子。作为警长的压力在她离开那间办公室的时候就烟消云散了。取而代之的是回到朋友们中间的渴望,哪怕是背负着羞耻回去。不管怎样,机械部距离她越来越近了。

她在一百二十层又停了一下,去见了那里的底层副警长汉克。她早就认识那位副警长。现在她的周围已经全都是熟悉的面孔了。许多人向她挥手问好。他们的神情都很沉重,仿佛知道她这段时间在顶层经历的每一件事。汉克想要让她留下来休息一下,但她只是出于礼貌停留了一段时间,装满自己的水壶,然后就毫不拖沓地走完剩下的二十层,到了她真正属于的地方。

她的归来让诺克斯激动坏了,那个老头子一把将她抱在怀里,又高高地举起来,用他的大胡子在她的脸上蹭来蹭去。他的身上是一股机油和汗水混合的味道——朱丽叶在底层的时候从没有注意过,因为那时她的身上也永远都是这种气味。

在返回自己旧房间的路上,不时有人拍拍她的后背,向她表示祝福,问她在上面过得如何。人们开玩笑地叫她警长,还有她从小就已经习惯的各种表达关爱的粗鲁话语。这些却比其他任何事情都更加让朱丽叶感到难过。她离开这里,想要有所作为,却失败了。但她的朋友们都很高兴她能回来。

刚下了第二班的雪莉在走廊里看见她,就陪她返回住处,一路上向朱丽叶报告了发电机的状态和新油井的输出情况,就好像朱丽叶只是去度了几天假。朱丽叶在房间门口向她道谢,走进房间,踢开许多叠好并从门缝里塞进来的纸条,把背包带子举过头顶,然后任由背包掉在地上,自己一头栽倒在床上。她太累了,又对自己失望至极,甚至哭都哭不出来。

她在深夜时忽然醒过来。床边的小显示屏上亮着绿色的块状数字:2:14 a.m.。

朱丽叶穿着不属于自己的工作服,从自己的旧床上坐起身,审视自己的处境。她相信,自己的生命还远远没有结束——现在的感觉就是这样。等到明天，哪怕他们没有期待自己马上返工，她也要回到维修站开始工作了。让筒仓保持良好的工作状态，尽自己的力量做好每一件事。她需要清醒地认识到眼前的现实，把其他想法和责任都放在一边。上面的那些事情感觉已经很遥远了。她甚至怀疑自己是否会去参加斯科蒂的葬礼，除非他们把他的尸体送到底层来埋葬——这里才是斯科蒂真正的家。

她伸手去拿插在墙边架子上的键盘。这里所有的东西都覆盖着一层污垢。她以前还从来没有注意过，就连钥匙都是脏的，因为她每次下班都会带回来一些油污。电脑显示器的玻璃上同样糊了一层油。她压抑下擦抹屏幕的冲动，那样只会将那层闪光的油污再抹匀一些。不过她还是决定要把这里弄得更干净一点。现在她看待事物的眼光变得更挑剔，更容不下脏污了。

现在想要继续睡下去就是白费力气，于是她打开显示器，查看明天的工作日志。无论做什么都好，只要能让她忘记过去一周所有的事情。但在她打开任务管理器之前，她发现收件箱里有十几条消息。她从没见过这么多消息。通常人们只是把回收纸的纸条塞在彼此的门下。不过她被逮捕的消息传下来的时候，她离家还很远，而且从那时起她一直都没有机会使用电脑。

她登入自己的邮箱账户，打开最新的消息。是诺克斯的，只有一个分号和半个括号——一看就知道他在眯起一只眼傻笑。

朱丽叶禁不住也笑了一下。她到现在还能闻到诺克斯留在她身上的气味，同时她意识到，对那个寡言少语的大汉而言，沿着楼梯传下来的各种关于她的流言蜚语根本不值一提，她能够回来才是最重要的。在诺克斯眼里，过去那个星期里最糟糕的事情也许是该如何找人接替她成为第一班工长。

朱丽叶又打开第二个消息。是第三班工长热忱地欢迎她回家——可能是因为她离开以后,第三班工人为了能确保这里一切正常,最近加了不少班。

还有更多这样令人温暖的消息。雪莉差不多花了一天的薪水给她写了一封信,祝愿她旅途顺利。许多人在得知她被逮捕以后都给她发了消息,希望她在顶层的时候就能收到,这样她下来的时候心情可以轻松一些。大家都希望她不要责怪自己,也不要感到羞愧。没有人认为她犯了什么错误。朱丽叶看着这些体贴的话,感觉到泪水涌进眼眶。她仿佛看到她的办公桌——霍斯顿的办公桌上只剩下几根被拔下来的电线。她的电脑被拿走了。她本应该在顶层时就看到这些消息,但那时她根本没有看消息的机会。她擦抹着眼睛,竭力不去想这些消息浪费了多少钱。它们是她在底层拥有的友谊,用多少钱都换不来。

她仔细读过每一个消息,努力将它们记在心里。而最后一条消息却给了她一种非常突兀的感觉。那条消息足有好几段。朱丽叶本以为它是一份官方文件,也许是她的罪行清单,一份对她的正式裁决。她只从市长办公室收到过这样的消息,那通常是每一名筒仓成员都会收到的通知,比如宣布某个假期。但她发现这是斯科蒂寄来的。

朱丽叶坐直身子,努力清理了一下思绪,然后一边咒骂自己哭花了的眼睛,一边努力透过模糊的视野,从头细读这封信:

J——

我说了谎。这东西不能删。还找到了更多。还记得我给你弄的带子?你的玩笑是真的。那个程序——不是给大屏幕用的。像素密度不对,是32768×8192!不确定是给多大尺寸。8英寸×2英寸？这才应该合适这么多像素。

正在搜集更多线索。不相信搬运工，所以发这个。别管成本，给我回消息。我要去机械部。这里不安全。

——S

朱丽叶把这几行字读了两遍，完全止不住自己的哭泣。这真的是一个幽灵在向她发出警告，只是太晚了。不管怎样，这不是一个计划杀死自己的人会发出的声音——她对此确信无疑。她检查了一下这个消息的发出时间。那时她甚至还没有从技术部回到自己的办公室。斯科蒂那时肯定没死。

他是被杀害的，朱丽叶告诉自己。他们一定是发现了他在窥探他们的秘密，或者很可能是她去找斯科蒂时惊动了他们。她开始怀疑技术部到底都能看到些什么，他们是不是能侵入她的账户？应该还没有，否则这条信息就不会在这里等着她了。

她一下子从床上跳起来，抓起门边一张叠起的纸条，又从背包里掏出一根炭条，坐回床上，将这个消息一字一句地抄下来，包括那些特别的说法，又反复检查过每一个数字，然后删除了这条消息。做完这件事，她的手臂止不住地在颤抖，好像有一个看不见的人正在拼命破解她的电脑，要在她记录下证据之前把这条消息搞到手。她不知道斯科蒂是否足够谨慎，在发出消息之后删除了原始文档。如果当时斯科蒂思路清晰，他应该会这样做。

朱丽叶坐回到床上，手中拿着那张纸条。关于明天工作的事情早就被抛到了九霄云外。她审视周围，到处都是阴险的气息，围绕着这座筒仓的核心盘旋。从顶层到底层，没有任何地方能逃避这些可怕的事情。有大量齿轮早已经发生错位。她能听到过去这个星期中响起的各种噪声，那些预示灾难的磕碰和撞击声。这台笨重的机器正逐渐脱离原位，并且让一个又一个人因此而死去。

现在只有朱丽叶听到了这些不正常的声音，只有她知道。她不知道能够信任谁，请谁帮助自己来纠正这一切。但她知道：只有再次限制某些能量，才能让这台机器重新运转正常。而且这绝不可能再被称为"假期"了。

第二十七章

朱丽叶早上五点出现在沃克尔的电子车间,她有些担心沃克尔还在小床上睡觉,不过她在走廊里就闻到了那种独特的汽化焊料的气味。她敲了敲敞开的车间门,沃克尔从一块绿色的电路板上抬起头,手中的烙铁冒着螺旋形的青烟。

"朱莉!"沃克尔高喊一声,把多层放大镜掀过花白的头发,和烙铁一起放在钢制工作台上。"我听说你回来了。我本想送个条子去,可是……"他朝一堆堆挂着工单标签的零件挥挥手,"真是超级忙。"

"没事的。"朱丽叶给了沃克尔一个拥抱,同时嗅到了他皮肤上电火花留下的气味。这让她真切地感受到了这位老人,还有斯科蒂。"我还有事情要麻烦你。"

"哦?"沃克尔直起身子,认真看着朱丽叶,浓密的白眉毛和布满皱纹的皮肤上全都是忧虑的纹路。"你有事要找我?"他上下打量这个姑娘,仿佛在寻找需要修理的地方。这是他的习惯,毕竟这位老人一辈子都在和有损伤的小装置打交道。

"我只是想借用一下你的脑子。"朱丽叶坐到工作台旁的一张凳子上。沃克尔便在她身边坐下。

"说吧。"老人用袖子背面擦了擦额头。在朱丽叶的记忆中,他似乎没有这么多白头发,皮肤上也没有这么密的皱纹和斑点。她又想起了斯科蒂在他身边当学徒时的样子。

"这件事和斯科蒂有关系。"她警告沃克尔。

沃克尔把脸转向一旁,点了点头,似乎是想要说些什么,却只是用拳头敲了几下胸口,清清喉咙,说了一声"该死的",然后就盯住了地板。

"我可以等一下再说。"朱丽叶说道,"如果你需要时间……"

"是我说服他接受那份工作的。"沃克尔摇摇头,"我还记得上面发出工作邀约的时候,我还害怕他会拒绝。你知道吗,都是因为我。我担心他不愿意离开是因为不想让我难过,担心他会永远留在这个地方,所以我一直催他上去。"他抬起头,眼睛里闪着泪光,"我只想让他明白,他拥有选择的自由。我不是要把他赶走。"

"你当然不是那样。"朱丽叶说,"没有人会这么想,你也不应该这样想。"

"我只是觉得他在那里不开心。毕竟那不是他的家。"

"的确,他太聪明了,不应该待在这里,我们不应该忘记这一点。那时我们都这么说。"

"他爱你。"沃克尔抹了一把眼睛,"该死的,你知道那个男孩是怎么看你的吗?"

朱丽叶感觉到自己的泪水也再一次涌出来了。她伸手从衣兜里拿出记录在纸上的那段文字,同时不断提醒自己为什么会来到这里,告诫自己要振作起来。

"我总觉得他不像是那种会想不开的人……"沃克尔喃喃地说道。

"是的,他不是。"朱丽叶说,"沃克,我要和你说的事情,千万不能流传到这个房间以外去。"

老人笑了。但朱丽叶觉得他只是为了避免自己会哭出来。"我什么时候离开过这个房间？"

"嗯，你不能和其他任何人提起这件事，任何人都不行，好吗？"

沃克尔点点头。

"我觉得斯科蒂不是自杀的。"

沃克尔用双手捂住了脸，向前弯下腰，颤抖着哭了出来。朱丽叶从凳子上站起身，来到他身边，搂住他抖动的脊背。

"我就知道。"老人在掌心里抽噎着，"我就知道，就知道。"他抬起头，泪水在几天没有刮过的白色胡须中流淌，"是谁干的？他们要受到惩罚，对吗？告诉我是谁干的，朱莉。"

"行凶的人应该离他不远。"朱丽叶回答。

"技术部？那帮天杀的。"

"沃克，我需要你帮忙把这件事搞清楚。斯科蒂给我发了一条消息，就在他……嗯，我觉得应该就在他遇害之前不久。"

"给你发了消息？"

"是的，听我说，他遇害那天，我和他见过面。他要我下去找他。"

"去技术部？"

朱丽叶点了一下头。"我在上一任警长的电脑里找到了一些东西……"

"霍斯顿，"沃克尔也点点头，"上一位清洁者。是的，诺克斯和我说过你的一些事。看样子像是一个程序。那时我告诉他，斯科蒂最清楚这个。所以我们把你的东西转发给了他。"

"嗯，你是对的。"

沃克尔一边点头，一边抹去面颊上的泪水。"他要比我们都聪明。"

"我知道。是他告诉了我,那是一个程序,能够制造出非常精细的画面,就好像我们看到的那些外面的世界……"

她停了一下,想看看沃克尔有什么反应。在绝大多数场合,只要提起"外部世界"就是一种禁忌。沃克尔却无动于衷。就像朱丽叶希望的那样,这位老师傅已经活得足够久,不会在意那些吓唬小孩子的东西——也可能是因为他太孤独和悲伤,已经无法顾及其他任何事了。

"他后来又给我发了一条消息,和我说些什么像素密度之类的事情。"她将自己抄下来的东西递到沃克尔面前。沃克尔重新拿起多层放大镜戴在头上。

"像素。"老人抽了抽鼻子,"他说的是那些组成图像的小点。每一个点就是一个像素。"他从朱丽叶手中接过纸条,仔细看了一遍。"他说那里不安全。"老人一边看,一边揉搓着面颊,摇着头,"那帮该死的。"

"沃克,什么样的屏幕是八英寸长,两英寸高的?"朱丽叶看向四周,这里有不少面板、显示器和散乱的电线。"你有这样的屏幕吗?"

"八英寸乘二英寸?也许是一块数字仪表,就像装在服务器上的那种,只需要显示几行文字、环境温度、时间……"他摇摇头,"但这么小的屏幕肯定不需要这么高的像素密度。就算能做到,也完全不合理。这么小的屏幕,你需要把它贴到眼前来看,而这时你根本不可能分辨出这么密集的像素点。"

他揉搓着自己的胡子茬,继续审视手中的纸条。"这个带子的玩笑是什么意思?"

朱丽叶站到他身边,和他一起看这张纸条。"我也在寻思这件事。他说的一定是不久之前他给我弄热固胶带的事。"

"那事我还记得。"

"那么,你还记不记得我们当时遇到的麻烦?我们用那些胶带缠住的排气管差一点就着火。那些东西全都是废料。我记得他还给我寄了张纸条,问我带子是否顺利到了,我回信告诉他一切顺利,谢谢他,但那些带子简直就是被设计成要自行销毁的东西。"

"那就是你的玩笑?"沃克尔在凳子上转了个身,把手肘撑在工作台上,两只眼睛一直盯着那些用炭条抄写的文字,就好像那是斯科蒂的脸,是他的小学徒最后一次回来,要告诉他一些重要的事情。

"后来我把带子的事告诉他,他说我是在开玩笑,但那是真的。"朱丽叶说,"刚才三个小时里,我一直都睡不着觉,就是在想这件事,真想找个人谈谈。"

沃克尔回过头看着朱丽叶,挑起了眉毛。

"沃克,我不是警长了。我就不是干警长的料,一开始就不应该离开这里。但我像所有人一样清楚,我现在要说的话,足以让我被送去清洁……"

沃克尔立刻滑下凳子,从朱丽叶身边走开。朱丽叶不由得在心中骂自己。她不应该来找沃克尔,不应该说这些话;她应该准时去上早班,把这一切都抛到脑后……

沃克尔关上屋门,把门锁住,又向朱丽叶竖起一根手指,在嘴唇上比了一下,然后走到空气压缩机前面,抽出一根软管,打开机器。随着马达积聚压力,气流从喷嘴里冲出来,发出稳定而响亮的嘶嘶声。做完这一切,他回到凳子旁坐下,在压缩机的震耳噪声中睁大眼睛,恳求朱丽叶继续说下去。

"外面的远处有一座山丘,在山坡上有一道沟。"朱丽叶不得不稍稍提高了声音,"我不知道你上次看到那座山丘是在什么时候,不过现在那里有两具拥抱在一起的尸体,是一对夫妻。如果你仔细看,还能看到十几具尸体散布在外面。他们全都是清洁者,全都有不同程度的腐烂。当然,大多数死者都不见了,因为时间太久,已经变成了灰尘。"

随着她的描述,沃克尔摇了摇头。

"他们用了多少年时间改进那些防护服,才让清洁者有机会完成任务?几百年?"

沃克尔点了点头。

"但还是没有人能走得更远。只要他们清洁了摄像头,就不会有足够的时间走向远处了。"

沃克尔抬起头,看着朱丽叶的眼睛。"你的玩笑是真的,"他说,"那些热固胶带,它的设计就是一段时间之后会自毁。"

朱丽叶咬住嘴唇。"我也是这么想的。而且不只是胶带。还记得前几年的那些密封材料吗?就是那些本属于技术部,却被错送到我们这里的,被我们用在水泵上了。"

"那时我们都嘲笑技术部是傻瓜和笨蛋……"

"但我们才是傻瓜。"朱丽叶说。能够把这些推测告诉另一个人,这种感觉真是太棒了。她就在这种交流中把这些新的想法组织到了一起。而且她也确定了,她是对的——通过网络传送消息的花费是故意被定得那么高。技术部的人不希望人们有太多交流。思考是好事,可以让人们被自己的各种思绪埋起来。但不能有相互的沟通,不能有团队合作,不能让人们分享彼此的想法。

"你觉得他们让我们住在下面,是因为这样更靠近石油?"她问沃克尔,"我不这么想,至少现在不这么想了。我觉得他们是要让机械部离他们越远越好。这样就会有两条供应链，两套生产部件的系统，全都是完全保密的。谁会质疑他们？谁愿意冒被送出去清洁摄像头的风险呢？"

"你觉得是他们杀死了斯科蒂？"沃克尔问。

朱丽叶点点头。"沃克，我觉得真相更可怕。"她俯过身，现在电子车间里全都是机器运转和气流喷射的噪声，"我觉得他们杀了每一个人。"

第二十八章

朱丽叶在六点钟的时候去上了早班。和沃克尔的对话在她脑海中反复播放。当她进入调度中心时，已经在那里的几名技师发出了持久不息又令人尴尬的掌声。诺克斯只是在角落里瞪着她，显然又恢复了他平时的粗鲁态度。他已经欢迎她回家了，如果他再做这种事，那就要他的老命了。

朱丽叶向昨晚没有见到的人问了好，立刻就开始查看工作安排。这些在黑板上写得很清楚，但她完全看不到心里去。在她的内心深处仍然装满了可怜的斯科蒂。当一个比他强壮很多的人——或者几个人——把他掐死时，他一定在困惑中拼命挣扎过。朱丽叶想到了他瘦小的身体，也许那上面布满了证据，但很快就会被埋进泥土农场，成为植物的养料。她想起那对一起躺在山丘上的夫妻，他们根本就没有机会走得更远，看看地平线以外又有些什么。

她从队列中选择了一份工作，一份对她来说不需要多少脑力劳动的工作，她又想起了可怜的扬斯和马恩斯，想到他们的爱情是多么悲惨——她相信自己对马恩斯的判断。现在她只想对所有人揭发技术部的阴谋。她看着梅根和里克斯，看着詹金斯和马克，他们对她就像兄弟姐妹，愿意为她赴汤蹈火。但这座筒仓已经烂透了，一个邪恶的人当上了市长，一位好警长被一个傀儡所代替，那些善良的人都不在了。

她的冲动会带来什么？想象一下就很滑稽:她召集一群机械师,冲上去,纠正错误。然后呢？这就是他们小时候学到过的暴动吗？事情就是这样开始的？一个怒火中烧的傻女人,激发起一群傻瓜的斗争意志？

她紧闭着嘴,跟随早班技师们一起向泵房走去。一路上,她思考更多的还是应该对上层做些什么,而不是下面需要修理什么。她走下一道侧楼梯井,来到工具室,查看了一下工具包,然后扛起那个沉重的背包,进入这里的诸多深坑之一,那里的许多水泵必须确保持续运转,以防止筒仓下半部完全被水充满。

卡里尔从晚班一直干到现在,修补深坑中烂掉的水泥。她向朱丽叶挥挥手中的泥铲。朱丽叶点了一下头,努力向她露出微笑。

有问题的水泵被替换下来,放在一面墙边。旁边的备用水泵正在挣扎着奋力工作。干燥开裂的密封层上不断有水喷出来。朱丽叶往坑里看了看,想估计一下水的高度。黑色的水面快要没过坑壁上油漆的数字"9"了。几乎九英尺深,朱丽叶依照坑的直径迅速心算了一下。好消息是,他们至少还能坚持一天的时间,才会把靴子弄湿。最坏的情况是,他们会用一个重新组装的水泵来替换掉坏水泵。那样亨德里克斯会对他们大发牢骚。因为他们没能修好现在的水泵。

她开始拆卸失灵的水泵。漏水的小水泵一直将水雾喷到她身上。这时她也开始用不久之前那些推测所带来的新视角思考自己的生活。她从没有多想过这座筒仓到底是什么样子。牧师说这里一直都是如此,是关怀他们的上帝充满爱的造物,能够为他们提供所需的一切。朱丽叶现在已经很难接受这个故事了。几年前,她的团队第一个钻探超过三公里,发现了新的石油储藏。她知道自己脚下世界有多么巨大和广阔。然后她亲眼看到了外面的景色。被他们称之为"云"的幻影般的烟雾在不可思议的高度翻滚。她甚至看见了一颗星星,卢卡斯认为那颗星星离她有一段无法想象的距离。上帝在下面造出这么多岩石,上面造出那么多空气,为什么在中间只造了一个可怜的筒仓?

还有腐烂的天际线和儿童书中的图画,这两者似乎都隐藏着许多线索。当然,牧师们会说那道天际线是人类不应该越界的证据。那么那些褪色的图书呢?那当然可能出自作者们丰富的想象力,但现在那些书已经不会在课堂中出现了,因为它们会引起不必要的麻烦。

朱丽叶觉得那些书中的彩色画面不是幻想。她的童年是在育婴所度过的。那时那些书还没有被封禁。她把其中每一本都看过许多遍。在她看来,那些书中的内容,还有在集市中上演的那些奇妙的戏剧,比他们所生活的这个摇摇欲坠的筒仓还要有意义。

她拧开最后一根水管,开始将水泵与马达分离。机器中的钢屑表明叶轮被咬坏了,这意味着可能要换掉主轴。她开始检查自动系统,这件事她已经做过无数次了。重复着熟悉的工作,她回想起那些儿童书中出现的许多动物,其中大多数从未有人真的看到过。她觉得那些书的作者们唯一幻想的地方只有动物们说话和做事全都像人一样。那些书里也有行为举止像人一样的老鼠和鸡。她知道它们不会说话。所有那些动物肯定存在于某个地方,或者曾经存在过。朱丽叶由衷地相信这一点,也许是因为它们看上去并不是那么奇异。每种动物似乎都遵循着同样的设计理念,就像筒仓里的那些泵机一样。你完全能看到它们身上相同的规律。一种特定而有效的设计。无论造物主是谁,只要制造出一种动物,也就制造出了其他所有动物。

筒仓反而没有那样的意义。它不是上帝创造的,很可能是技术部设计的——这个想法出现在朱丽叶的脑海中没有多久,但她越来越确信这一点。技术部控制了筒仓中所有重要的部分。清洁摄像头变成了最高的法律和最深刻的宗教信仰,这两者交织在一起,被隐藏在技术部神秘的围墙内。还有机械部偏远的位置和分警署的分布——这些都是线索。而且《法案》中还以明确的条款赋予了他们司法豁免权。她还发现技术部有自己的秘密供应链,其中的一系列部件都被设计成无法长期使用的。正因为如此,前往外部世界的人都不可能生存很长时间。技术部建造了这个地方,还要把他们一直留在这里。

朱丽叶激动得差点扯掉一个螺栓。她转身去找卡里尔,但那个年轻的女工匠已经走了,她修补的水泥颜色还很深,只有等到干燥以后才会和周围的灰色墙壁融为一体。朱丽叶抬起头,看向泵房的天花板,那里的电线和管道穿过墙壁,在她的头顶上相互交织缠绕。一排蒸汽管被集中在一处,以免它们散发的高温熔掉电线绝缘管。一条热固胶带松开来,挂在那些蒸汽管下面。必须尽快更换那根胶带,朱丽叶想,它差不多应该有十到十二年了。她想起那些偷来的胶带导致的事故——那些胶带能坚持二十分钟就不错了。

就在此刻,朱丽叶明白了自己必须做什么——要把遮在每一个人眼前的羊毛清除掉,让后来的傻瓜们敢于大声说出自己的希望,不再害怕会因此而犯错。这其实很容易。朱丽叶自己不必费力去进行任何营建——那些技术部的人会为她把一切做好。而她只需要进行一些说服工作。这正是她所擅长的。

她微微一笑,当破碎的叶轮从水泵中被取出来的时候,一串零部件也在她的脑海被排列整齐。要解决这个问题,她只需要换掉一两个零件。这是让筒仓中的一切恢复正常的完美解决方案。

朱丽叶工作了整整两个满班,直到肌肉酸痛得发麻,才归还工具并去洗澡。她用一把硬毛刷在浴室的水槽上刷指甲,决心像在顶层时一样让指甲保持清洁。然后她朝食堂走去,期待着一大盘高能量的食物,而不是顶层食堂那种没劲的炖兔肉。当她经过机械部的入口门厅,看到诺克斯正在和汉克副警长说话。他们不约而同地转过头看着朱丽叶,让她知道,他们正在谈论她。朱丽叶的心向下一沉,首先想到了自己的父亲,然后是彼得。还有哪个她在乎的人会被夺走生命?他们不可能知道卢卡斯,无论他们两个有怎样的关系。

她立刻转身朝他们走过去。而那两个人也向她走来。他们脸上的神情更加证实了她心中的恐惧。有非常可怕的事情发生了。朱丽叶几乎没有注意到汉克的目标是她的手腕。

"很抱歉,朱莉。"副警长在靠近她身边的时候说道。

"出什么事了?"朱丽叶问,"我爸爸呢?"

汉克困惑地皱起眉头。诺克斯摇着头,咀嚼着自己的胡须。他瞪着副警长的样子仿佛是要把那家伙吃掉。

"诺克斯,出什么事了?"

"朱莉,对不起。"他摇着头,似乎还想说些什么,却已经没了力气。朱丽叶感觉到汉克捉住了自己的手臂。

"你因为破坏筒仓的严重罪行被逮捕了。"

副警长依照逮捕流程说出这些话的时候,就好像在背诵一段悲伤的诗句。同时手铐落在朱丽叶的手腕上,发出清脆的金属撞击声。

"你将依照《法案》受到审判和处刑。"

朱丽叶抬头看向诺克斯。"这是怎么回事?"她问道。她真的又被逮捕了?

"如果你被确认有罪,你将得到一次光荣的机会。"

"你想要我做什么?"诺克斯悄声问道。他粗壮的肌肉在工作服下面不停地抽动着,两只大手紧握在一起,眼睛紧盯着另一半手铐扣在朱丽叶的第二只手腕上。现在朱丽叶的双手都被铐住了。而机械部的首领显然正在考虑使用暴力——或者更糟。

"镇定,诺克斯。"朱丽叶向她的主管摇摇头。不能再让别人因为她而受到伤害。

"基于人道,你要被驱逐出这个世界……"汉克继续背诵着司法条文,嗓子却哑了,眼眶里也满是羞愧的泪水。

"就这样吧。"朱丽叶对诺克斯说。她看到诺克斯身后正有更多下了中班的工人聚集过来。大家都想知道,机械部刚刚回来的女儿为什么会被戴上手铐。

"愿你在放逐中洗去自己的罪恶。"汉克终于把那些套话念完了。他向朱丽叶抬起头,一只手抓住朱丽叶两只手腕间的铁链,泪水已经流满了面颊。

"很抱歉。"他说道。

朱丽叶向他点点头,又咬紧牙关,也向诺克斯点了一下头。

"没关系的。"她说,"放心,诺克斯,就这样吧。"

第二十九章

上去的路一共走了三天,比预想中要久,不过也都是在照规矩来。第一天走到汉克的办公室,在他的牢房中度过一晚。第二天上午,马什副警长从中层下来,押送她再走上五十层,到达他的办公室。

在向上爬楼的第二天,她只是感到麻木,路人的目光就像油脂上的水滴一样从她身上滑落。她没有什么心思担忧自己的生命——她一直在想着那些死去的人,有些人是因为她才死的。

马什和汉克一样,也总是想和她说话,朱丽叶能想到的只有告诉他们,他们效忠的对象错了。邪恶正在这座筒仓中滥杀无辜。但实际上,她只是紧闭着嘴。

在中层分警署,她被关进了一间熟悉的牢房。就像底层汉克的那间牢房一样,没有墙壁屏幕,只有粗糙的煤渣砖砌成的墙壁。还没等牢门上锁,她就已经瘫倒在床上,一动不动地躺了几个小时,等待夜晚到来,然后是下一个黎明。那时彼得的新副警长就会前来押送她走完最后一段旅途。

她还会不时看一下手腕,但汉克没收了她的手表。他可能都不知道怎么给那块表上弦。那东西最终会年久失修,变成一件无用的小饰品,被翻过来戴在手腕上,因为它的表链很漂亮。

那块表让她感到了莫名的深深哀伤。她揉搓着自己赤裸的手腕,非常想知道时间。这时马什回来,告诉她有人来探监。

朱丽叶在小床上坐起身,盘起两条腿。谁会从机械部跑到中层来看她?

当卢卡斯出现在钢栅栏的另一边,朱丽叶心中那道挡住全部情绪的堤坝差一点就崩溃了。她觉得喉咙发紧,为了压抑眼泪,她紧绷的下巴都在感到酸痛,胸中的空虚感差一点穿透肋骨,彻底爆发出来。卢卡斯抓住钢栅,头顶在上面,额角紧贴着光滑的钢棍,脸上露出哀伤的微笑。

"嗨。"他说道。

朱丽叶差一点就没能认出他。他们以前都是在黑暗中相见,只有一次是在楼梯上擦身而过。他是一个很英俊的男人,眼睛看上去比面孔多了一分沧桑,浅褐色的头发被汗水黏住。朱丽叶相信那是因为他匆匆跑下楼才会出的汗。

"你不需要来看我。"朱丽叶的声音又轻又慢。她必须努力不让自己哭出来。真正让她哀伤的是有这样一个人来看她,一个她刚刚开始发现自己很在意的人。但现在哭出来实在是太丢人了。

"我们要战斗。"卢卡斯说,"你的朋友们正在收集签名,不要放弃。"

朱丽叶摇摇头。"没有用的,不要抱什么希望。"她来到栅栏前,握住了卢卡斯双手下方几寸的栏杆,"你甚至不认识我。"

"我知道你在胡说……"他转过身,泪水划过面颊,"又要清洁?"他用沙哑的声音说,"为什么?"

"他们想这样。"朱丽叶回答,"什么也无法阻止他们。"

卢卡斯的双手沿着栏杆滑下去,握住了她的手。朱丽叶没办法收回手来擦抹面颊,只能侧过头,把脸在肩膀上蹭了蹭。

"那天我上去找你……"卢卡斯摇摇头,深吸了一口气,"我想要约你……"

"不要,"朱丽叶说,"卢卡斯,不要这样说。"

"我已经和我妈妈说过你了。"

"哦,天啊,卢卡斯……"

"不能这样,"他继续摇着头,"不能这样,你不能就这么走了。"

当他抬起头时,朱丽叶看到他眼中的恐惧——他似乎比朱丽叶自己还要害怕。朱丽叶挣脱出一只手,又将卢卡斯的另一只手也掰开,把他推开。"只能这样了。"她说道,"很抱歉,去找一个人吧。不要像我这样。不要等到……"

"我觉得我已经找到了。"卢卡斯伤心地说。

朱丽叶转身藏起了自己的脸,悄声说道:"走吧。"

她一动不动地站着,感觉到卢卡斯依然站在栅栏的另一边。这个男孩知道星星,却对她一无所知。她等待着,倾听着卢卡斯的哭声,自己也在心中暗暗哭泣,直到沉重的脚步声沿着地面逐渐远去,将伤心的男孩带走。

·······••¹¹¹¹ııı·····¹¹¹¹ııı·······

那天晚上,朱丽叶又在冰冷的小床上睡了一晚。同样没有人告诉她,她为什么被捕。而她在这个夜晚只是继续回想因为自己的愚蠢受到伤害的人。第二天,他们走完最后一段路程,穿过满是陌生人的地方。关于摄像头会再次被清洁的窃窃私语不断追逐着她。她却进入了一种恍惚状态,一直在机械地迈出自己的两条腿。

攀登结束之后,她被关进自己熟悉的牢房。彼得·比林斯坐在她的旧办公桌后面,而她的押送员瘫倒在马恩斯副警长"吱吱"尖叫的椅子里,抱怨说自己累坏了。

在这漫长的三天里,朱丽叶能感觉到一层壳出现在自己的周围。那是麻木和惊诧板结成的一道屏障。人们对她说话的时候没有放低音量,但她听到的声音的确小了;他们没有远离她,但他们看起来的确更遥远了。

她坐在牢房中孤零零的小床上,听彼得·比林斯指控她密谋制造破坏。一只数据储存盘被包裹在软绵绵的塑料袋里,就像一条宠物鱼吐出体内所有的水,躺在那里死了。它是从焚化炉里掏出来的,边缘一片焦黑。一卷纸被打开,只是已经半纸浆化。她在电脑中搜索到的详细资料都在这里。她知道,他们发现的大部分数据都是霍斯顿的,不是她的。但她不知道告诉他们这些有什么意义。他们掌握的证据足够让她清洁好几次摄像头。

当彼得列出她的罪行时,一位穿黑色连体工作服的法官站在彼得旁边,好像真的是在决定她的命运。但朱丽叶知道,这个决定早就被做出了。而且她知道是谁做的决定。

斯科蒂的名字也被提到了。不过朱丽叶没有太明白他和这场诉讼有什么关系。有可能是因为他们在他的邮箱账户里发现了那封电子邮件;也有可能是他们把他的死嫁祸给了她,好把她的罪行坐实。用骨头埋葬骨头,让秘密万无一失。

朱丽叶没有再理会他们说了些什么,而是扭过头,看着一股小龙卷风在平地上形成,旋转着飘向山丘,直到撞在缓坡上,最终散落无形,就像许多清洁者一样,被抛到腐蚀性的微风中,随风消逝。

伯纳德一直没有露面。是因为害怕,还是因为对她不屑一顾,朱丽叶永远都不会知道。她低头看了看自己的手,指甲缝里还有一层薄薄的油迹。她知道,自己已经死了。不过这不重要。她的前面和后面都有一长串的尸体。她只不过是眼下的这一个。她是机器上的一只齿轮,不停地旋转、咬合、磨损,最终磨损过度,变成碎片脱落下来,造成更大的伤害。于是她就需要被拆下来丢掉,再换上另一个齿轮。

帕梅从自助餐厅端来了她最喜欢的燕麦粥和炸土豆。她没有碰它们,只是让那些美食在钢栅栏外面冒着热气。搬运工一整天都在送来机械部的纸条,交到她的手里。她很高兴没有朋友来探监。他们沉默的声音就已经足够了。

朱丽叶的眼睛一直在流泪,身体的其他部分却麻木得甚至无法在哭泣中抖动一下。她读着一张张充满关爱的字条,泪水滴在大腿上。诺克斯只写了一个简单的道歉。她能想象,他们的工头宁愿去杀人,或者做些什么类似的事情——哪怕他会因此被驱逐出筒仓——也不愿意在纸条上写下"我一辈子都会为此而悔恨"之类软弱无力的话。还有一些人在信里写了鼓励人心的话,承诺会在屏幕前看着她,引用书籍中的各种句子。也许雪莉是最了解她的,所以向她报告了发电机和精炼厂新离心机的最新情况,并告诉她,因为她的工作,这些设备的状态一直都很好。看到这段话,朱丽叶才忍不住轻声抽泣起来。她用手指揉搓着纸条上的一笔一画,把朋友用黑色文字记录的想法转移到自己身上。

最后,她的手中只剩下了沃克尔的纸条。只有这张纸条上的内容,她一时还没有看明白。这时太阳正在向那片荒芜的原野落下去。风随着夜晚的到来陷入死寂,灰尘也随之落回到地面上。她将这张纸条读了一遍又一遍,努力想要搞清楚沃克尔到底想要说什么。

朱莉——

不要害怕。现在应该是笑的时候，真相就是一个笑话，现在有好人为他们提供物资了。

——沃克

..'''''||||ııı..''||||ıı..

她不知道自己是怎样睡着的，只是在她醒来的时候，发现又有许多纸条像剥落的油漆一样掉在小床周围，夜里还不断有纸条从栅栏间被送进来。朱丽叶转过头，向黑暗中细看，发现有人在那里——一个男人正站在栅栏后面。朱丽叶身子一动，他就向后退去。一只结婚戒指撞在金属栏杆上，发出清脆而悠长的声音。朱丽叶急忙站起身，迈着依然睡意沉沉的双腿向栅栏跑去，用颤抖的双手抓住栏杆，在黑暗中凝视着那个渐渐与黑色融为一体的背影。

"爸爸……?"她高喊着把手伸过栏杆。

但那个颀长的人影没有回头，反而加快脚步，很快就消失在虚空之中，如同一片海市蜃楼，或者是久远的童年回忆。

..'''''||||ııı..''||||ıı..

第二天的日出的确很值得一看。低沉的乌云中出现了一道罕见的裂缝，让明亮的金色光柱在尘雾中滑过山丘侧面。朱丽叶躺在小床上，脸颊枕着手掌，看着昏暗的天空渐渐变亮。没碰过的燕麦粥早就冷了，但散发出的食物香气还是从栏杆外不断飘进来。她想起技术部的那些人。他们在过去的三个晚上为她量身定做一套防护服，用的是来自物资部的劣质材料，让她只有足够的时间清洁摄像头，然后就不可能有时间走出多远了。

在戴着手铐爬楼梯的辛苦旅程中，在麻木地接受现实的日日夜夜里，她从来没有认真想过出去进行清洁的事情，直到现在，要进行清洁行动的当天早上。她觉得自己绝对不会做这种事。她知道每个清洁者在出去之前都说自己不会去碰摄像头，但他们在死亡的门槛前都经历了某种神奇的、也许是精神上的转变，于是他们都一丝不苟地清洁了摄像头。但她不打算为住在上层的任何人去做这件事。她不是第一个来自机械部的清洁者，但她决定做第一个拒绝去进行清洁的人。

当彼得让她离开牢房，带她向那道黄色大门走去时，她就把自己的决定告诉了彼得。一名技术部的技师正等在气闸舱里，对她的防护服做出最后的调整。

朱丽叶听着那名技师对防护服的每一部分进行讲解，心中静如止水。她看到了设计中的所有缺陷，同时意识到——如果她不是在机械厂忙着两班倒地干活，防止洪水涌入，确保石油供应，让电力输送强大而稳定——她完全可以在睡觉时做一套更好的防护服。她仔细观察了一下防护服的衬垫和密封配件，正是泵机使用的那些材料，但她知道，这些材料经过了特殊设计，会自然分解。她知道，防护服外面闪闪发亮的隔离层，是用重叠的热固胶带做成的，只不过质量格外低劣。那名技师却向她承诺，这些都是最新最好的产品。这让她差一点就要戳穿他的谎言。技师给她拉上拉链，帮她戴好手套，穿上靴子，又向她解释那些口袋的编号。

朱丽叶只是不断在心中重复沃克尔信中的那句话：不要害怕。不要害怕。不要害怕。

现在应该是笑的时候，真相就是一个笑话，现在有好人为他们提供物资了。

技师检查了她的手套和拉链上的尼龙搭扣。朱丽叶仍然只是思考着沃克尔的信。为什么他要把"物资"这个词大写？她没有记错吧？现在她有些不确定了。一条带子将她一只脚上的靴子缠紧，然后是另一只脚。朱丽叶看到技师一丝不苟的样子，不禁笑了起来。这些都毫无意义。他们应该把她埋在泥土农场里，那样她的尸体还能有些用处。

头盔是最后被戴上的。技师在操作它的时候显然非常小心。他先让朱丽叶把头盔扶稳，然后不断调整她脖子部位的金属扣环。朱丽叶在头盔面罩的镜影中看到自己的样子。一双眼睛显得格外空洞，整个人比她记忆中要老得多，却又比自己想象中年轻得多。终于，头盔戴好了，透过深色的面罩玻璃，整个房间显得暗了许多。技师提醒她注意氩气会以爆发的形式迅速充满整个气闸舱，随后舱内会燃起消毒火焰。她必须赶快出去，否则就会惨死在这里。

技师离开了，只剩下朱丽叶一个人考虑他的叮嘱。黄色大门在她身后重重地关闭，门板中心处的轮状门把手开始旋转，仿佛有一个幽灵在转动它。

朱丽叶不知道自己是不是应该就留在这里，等待烈火把自己烧死。这样她就没有机会像其他清洁者一样经历那种神奇的精神转变了。那样的话，当她的故事沿螺旋楼梯传到机械部的时候，大家会怎样评论她？她知道，一定会有些人为她的固执感到骄傲。也会有一些人对她这样死去感到震惊——在一个火焰地狱中被烧焦骨头。有些人甚至会认为她没有足够的勇气迈出第一步，白白浪费了亲眼看到外部世界的机会。

她的衣服开始起皱，表明氩气正在被注入气闸舱，以产生足够的气压，暂时挡住外面的毒气。她发现自己拖着脚向门口走去，尽管她依然不愿意这样做。出去的闸门在她面前开启,舱里的每一根管子和矮凳子都被塑料布紧紧压住。她知道自己的末日到了。面前的闸门完全分开,筒仓如同表皮裂开一道缝的豌豆。透过一层凝结成雾的蒸汽,她看到了外面的景色。

一只靴子从裂缝中滑过,随后是另外一只。朱丽叶挪动到了外面的世界。现在她终于下定决心,要用自己的眼睛看看这个世界,哪怕是马上就会死掉,哪怕只能透过一块大约八英寸乘二英寸的玻璃板看到它——突然间,她明白了。

第三十章

伯纳德在自助餐厅观赏这次清洁行动。他的技术人员还在彼得的办公室里整理为这次行动准备的物资。在这种时候,他都习惯独自观看——他的技术人员很少会在这时来打扰他。他们把设备拖出办公室就直奔楼梯间去了。伯纳德有时甚至会感到有些不好意思——他的人似乎都被他灌输了太多盲信和畏惧。

他首先看到的是圆形头盔,然后是全身泛着银光的朱丽叶·尼科尔斯蹒跚地来到地面。她爬上斜坡的动作显得有些笨拙,僵硬而迟疑。伯纳德看了一眼墙上的钟,伸手拿起果汁,向后靠了靠,想看看这名清洁者对眼前的景象有什么反应:一个清新、明亮、干净的世界,欢快的生命在空中翱翔,青草在清新的微风中摇曳,一座闪闪发光的城市正隔着山丘发出召唤。

他已经看到过差不多十几次大扫除,每次看到清洁者踮起脚尖、旋转着观察周围的景象,他都很享受。他见到过那些把家人抛在身后的男人在摄像头前跳舞,挥手示意,好像在召唤亲人出去。他们努力用双手指点着显示在面罩上的那些虚幻美景,却毫无用处,因为亲人根本没有看到他们。他曾见过有人疯狂地伸手去抓飞翔的鸟儿,把它们误认为是更贴近自己的昆虫。有一名清洁者甚至又沿坡道走回去,不断敲击气闸舱大门,仿佛要发送什么信号,就这样敲了很久之后才去清洁了摄像头。这些截然不同的反应,除了能够让明白原因的人为自己行之有效的体系感到骄傲以外,还有什么意义呢?不管他们每个人的心理状态如何,只要看到了虚假的希望,他们都会去做本来坚决不打算做的事。

也许这就是扬斯市长不忍心看到那些清洁者的原因。她不知道他们看到了什么,感觉到了什么,是对什么做出的反应。她只会在第二天早晨,带着她那颗虚弱的心来看看日出,以自己的方式哀悼死去的人,而筒仓中其余的人这时还没有上来,于是这里变成了她一个人的空间。伯纳德则只想看到清洁者们的前后转变——都是因为他的前辈们和他将头盔目镜中的幻象打磨到了完美无瑕的程度,那些被赶出去的人才会老老实实地为筒仓服务。他微笑着喝了一口新鲜果汁,看着朱丽叶摇摇晃晃地向前行进,沉浸在那些误导的画面中。那些摄像头的镜片上只有一层非常薄的污垢,根本不值得去擦洗。但过去也有过这样的情况,很短时间之内就会安排两次清洁。所以他知道,朱丽叶·尼科尔斯同样会乖乖地去擦镜头,没有人会拒绝这样做。

他又喝了一口果汁,然后转向警长办公室,看看彼得是否会鼓起勇气来给他的前同事送行,但那个房间的门只留了一条缝。他一直都对那个男孩寄予厚望。今天是警长,也许有朝一日就会成为市长。伯纳德可能会在市长的职位上待一段时间,也许会坚持一两届,但他知道,自己属于技术部,这里不是他的岗位。或者更确切地说,很难找到人来接替他的另一份职责。

他将视线从彼得的办公室转开,再次看向外面的风景,却差一点把手中的纸杯掉在地上。

朱丽叶·尼科尔斯的银色身影已经吃力地爬上了山丘。而传感

WOOL / 235

器上的污垢半点都没有动过。

伯纳德猛地站起身,把椅子都撞翻了。他跟跟跄跄地朝墙壁屏幕走去,仿佛是要去追赶那名清洁者。

这时,他目瞪口呆地看到朱丽叶大步走在那条沟壑中,在另外两个一动不动的清洁者面前停了一会儿。伯纳德又看了一眼墙上的钟。现在朱丽叶随时都有可能倒在地上,随时都有可能,然后她会抬手去摸索头盔,会在尘土飞扬的土地上打滚,踢起一片片沙尘,滑下山坡,最终死去。

秒针"滴答"地向前走着,同样,朱丽叶也没有停下。两名清洁者的尸体已经被她甩在身后,她的两条腿还在有力地向上攀登,迈着稳健的步伐一直到达山顶。她站在那里,不知道看到了些什么,然后就消失了,不可思议地消失了。

⸺⸺

伯纳德跑下楼梯时,手上沾满了黏糊糊的果汁。他把纸杯攥在手心里,连续向下跑了三层,才追上他的技术人员,将瘪成一团的纸杯狠狠扔在他们的背上。纸团弹开,滚落到幽深的楼梯井中,要在下面某个遥远的地方才会着陆。伯纳德一边咒骂那些莫名其妙的技术人员,一边继续奔跑,差一点绊倒在台阶上。又向下跑了十几层,险些撞上第一批满怀希望上楼来的人。这些人在不到一个月的时间里第二次向上攀登,希望能再看一次清爽的日出。

当伯纳德终于跑到第三十四层的时候,已经浑身酸痛,气喘吁吁,眼镜不住地在他满是汗水的鼻梁上滑动。他冲进技术部大门,大叫着命令把安全闸门立刻打开。一名被吓坏的警卫急忙用自己的身份卡扫了一下读卡器。伯纳德随即撞过了短粗的金属臂,又全速跑过走廊,转了两个弯,来到整座筒仓中防御最严密的那扇门前。

他在门口刷了自己的身份卡,输入个人密码,快步走进这个被钢铸厚墙围起来的房间。这里室温很高,整个房间装满了服务器——一模一样的黑色箱子从瓷砖地板一直堆上去,就像一种纪念碑,展示了人类工艺和科技所能够达到的最高成就。伯纳德在这些服务器中间穿行,汗水在他的眉毛上凝聚,在他的视野里闪闪发光,他的上嘴唇也被汗水浸湿了。他用手抚摸这些机器。那些闪烁的指示灯就像许多快乐的眼睛,试图驱散他的愤怒,"嗡嗡"的电子音就像对主人的耳语,希望他可以平静下来。

这些机器的努力毫无作用。伯纳德只感到一阵恐惧。他一遍又一遍地回想可能出了什么问题。这并不代表朱丽叶·尼科尔斯能活下来。她不可能活下来。但伯纳德还有一个任务,其重要程度仅次于保存这些机器上的数据。那就是绝对不能让任何人离开他的视线。这是最高的命令。他明白其中的原因,所以早上的失职更是让他浑身发抖。

他咒骂着闷热的空气,一直走到房间最深处的服务器前。头顶上的通风口将冷空气从地下深处输送到这间服务器机房。后面的大风扇将热量吹走,通过更多管道将热量输送到筒仓各处,让原本阴冷潮湿的一百多个地下楼层能保持宜人的温暖。伯纳德瞪着那些通风口,想起了不久前的节电假期。那一周不断上升的温度威胁到了他的服务器,全都是因为下面的发电机,因为那个刚刚离开他视线的女人。这段回忆进一步激起了他的怒火。而他只能咒骂筒仓设计上的缺陷,才让机械部那些满身油泥的猴子、那些野蛮的修补匠控制了通风口。他想到下面那些丑陋嘈杂的机器,泄漏尾气和燃烧石油的怪味。他只下去过一次——去杀一个人——但只是那一次就让他受够了那个地方。将那些嘈杂的机器与这里性能卓越的服务器稍作比较，就足以让他不想离开技术部。在这里，硅芯片在处理海量数据的压力下释放出热量和强烈的气味，还有包裹电线的绝缘橡胶的味道。所有这些部件都平行排列并运转着，得到整齐的捆扎、标记和编码。每秒钟都有千兆字节的美妙数据在这里流动。在这里，他负责将上次暴动中删除的所有数据重新装入他们的数据驱动器。在这里，他可以安静地思考，周围的机器也在默默地做着同样的事情。

但是，在远离这些通风口的地底深处，却散发出一股不洁的恶臭。伯纳德用手擦擦头上的汗，又在工作服的屁股位置上擦了擦手。一想到那个女人先是偷了他的东西，然后又被扬斯授予最高执法者的职位，现在还竟敢不清洁摄像头，到处乱跑……这使他的体温升高到了危险的程度。

他走向这排服务器最末端的一台，挤进服务器和墙壁之间，拿下脖子上的钥匙，依次插进服务器箱上过油的几个锁孔里。每打开一个锁，他都会提醒自己，那个女人不可能走很远。这又能造成什么麻烦？但更重要的是，到底是什么地方出了问题？防护服损坏的时间一直都很准确，从来都是。

服务器的背面打开，露出空荡荡的内部空间。伯纳德把钥匙收回到工作服里面，将黑色的钢制背板放到一旁。这块金属板摸上去相当热。服务器里固定着一只布包。伯纳德掀开包盖，伸手从包中取出一副塑料耳机，戴在耳朵上，调整好耳机上的麦克风，松开耳机线。

他能控制住局面——他这样对自己说。他是技术部的负责人，又是市长。彼得·比林斯是他的人。人们喜欢安定，而他可以维持这种幻觉。他们害怕变化,他很擅长掩饰变化。只要他掌握这两个职位,谁会反对他?谁比他更有资格?他会解释好这件事。一切都会好起来。

尽管如此,当他找到正确的插孔,插上耳机线时,还是感到非常害怕。耳机里立刻响起一阵"哔哔"声,连接自动开始了。

他仍然可以控制技术部,确保此类事件不再发生——在报告中首先就要强调这一点——一切都在掌控之中。当"哔哔"声停止,耳机中传来"滴答"声,他再次这样告诫自己。虽然听不到任何问候的话,但他知道有人接听了,并且他感觉到这种沉默中蕴含着那名接听者气恼的情绪。

伯纳德也省去了客套,直截了当地说道:"1号筒仓?这里是18号筒仓。"他舔了舔嘴唇上的汗,调整好麦克风。他的手掌突然变得又冷又湿,而且他还想尿尿。

"我们,呃……我们可能有一个,呃……这里有点小问题……"

崩坏

第四部
PART 4

THE UNRAVELING

第三十一章

罗密欧与朱丽叶的悲情史

这段路很长,对于年幼的她,更显得没有尽头。虽然朱丽叶自己的小脚没走过几个台阶,但她觉得好像已经和父母旅行了好几个星期。对于没有耐心的孩子,所有的事情都是永无止境的,任何等待都是一种折磨。

她骑在父亲的肩膀上,抱着父亲的下巴,双腿环绕父亲的脖子。因为位置太高,她不得不低下头避开上方的台阶。陌生人的靴子踏在她头顶的钢板上,"叮当"作响,铁锈变成的灰尘飘进了她的眼睛。

朱丽叶眨眨眼,把脸在父亲的头发上蹭了蹭。虽然她很兴奋,但父亲肩膀有节律的一起一伏让她很难保持清醒。如果父亲抱怨背太痛,她就会由母亲背着,手指交叉环抱住妈妈的脖子,小脑袋耷拉着,渐渐进入梦乡。

她喜欢旅行的声音。父母谈论大人们的事情,在她听来好像是一种有节奏的歌声,还有一下一下的脚步声,都在她半梦半醒的时候忽隐忽现地飘进她的耳朵里。

这次旅行最终变成了一团模糊的回忆。那时她被一阵猪叫声惊醒。那些声音来自一道敞开的门后。她依稀记得他们参观过的一个花园,然后她在一阵香甜的气味中完全醒过来,吃了一顿饭——午餐还是晚餐,她不确定。那天晚上,她几乎纹丝不动地从爸爸的怀里滑到一张黑乎乎的床上。第二天早上,她在一个几乎和自己的公寓一模一样的公寓里醒来,旁边是一个她不认识的亲戚。那天是周末。因为大一点的孩子们都在走廊上大喊大叫地玩耍,而不是准备去上学。吃过一顿冷早餐后,她和父母回到楼梯上。她感觉他们已经旅行了一辈子,而不是刚刚一天。然后,困意又回来了,轻柔地抹去了时间。

又过了一天,他们到达了筒仓深不可测的第一百层平台。她自己走下了最后几级台阶。爸爸妈妈分别牵着她的两只手,告诉她来到这里的意义。他们告诉她,她现在到了一个被称作"底层"的地方。是这个世界三个部分中位置最深的一部分。他们扶住还有些睡眼惺忪的她,让她摇摇晃晃地从第九十九层的楼梯走到第一百层的平台上。她的爸爸指着那道人们进进出出的大门上方,一个硕大的油漆数字。那是一个不可思议的三位数:

100

那两个圆圈一下就吸引住了朱丽叶。它们就像一双睁大的眼睛,第一次注视着整个世界。她告诉爸爸,她已经能数到这么多了。

"我知道你可以。"他说,"因为你太聪明了。"

她跟着妈妈走进集市,两只手紧紧抓住爸爸强壮粗糙的手。这里到处都是人。很吵,但感觉很好。人们都提高嗓门,好让别人听到自己说的话,于是空气中充满了各种欢快的声音——就像没有了老师的教室。

朱丽叶害怕迷路,所以她一直紧紧地抓着爸爸。他们一起等待妈妈用以物易物的方式买到午餐。为了购买几样必需的东西,妈妈似乎在十几个货摊前都停下过脚步。爸爸说服了一个男人让她伸手到栅栏里去摸兔子。兔子的皮毛很柔软,就像空气一样。当那只小动物转过头来的时候,朱丽叶害怕地缩回了手。但兔子只是嚼着什么东西,看着她,好像很无聊。

集市似乎无边无际。它向四周蔓延,直到消失在她的视线之外,而她能清楚看到的只有五颜六色的大人的腿。两边弯弯曲曲的狭窄通道里还有更多的摊位和帐篷,形成一片颜色和声音的迷宫。但爸爸妈妈不允许朱丽叶进入那些通道。她必须一直跟着他们,来到了一串方形台阶前。年幼的她第一次见到这样的地方。

"别着急。"妈妈扶着她上了台阶。

"我能走。"她倔犟地说着,但还是握住了妈妈的手。

"两个大人,一个小孩。"爸爸对台阶顶上的一个人说道。朱丽叶听见钱币落进盒子里的"当啷"声。听起来,那只盒子里应该装满了钱币。爸爸随后就走过了一道门。她看见站在那只盒子旁边的人穿有许多颜色的衣服,戴一顶滑稽的软帽。那顶帽子对于他的脑袋实在是太大了。妈妈也领着她穿过了那道门,她还想要把盒子旁边的人看得更清楚些。妈妈却一只手推着她的后背,在她耳边低声催促,要她跟上爸爸。这时那位身穿彩衣的绅士向她转过头,把舌头歪在嘴边上,冲着她做了个鬼脸,那顶滑稽帽子上的铃铛也随之"叮当"作响。

朱丽叶笑了,但当他们找到一个地方坐下来吃东西时,她还是有点害怕那个陌生人。爸爸从背包里掏出一张薄薄的床单,铺在一条宽阔的长凳上。妈妈让她先脱掉鞋,然后站在床单上。她扶着爸爸的肩膀,顺着满是长凳和座位的斜坡朝下面望去。斜坡的尽头有一片很广阔的空间。爸爸告诉她,那片开阔空间被称为"舞台"。看来底层的每一样东西都有不同的名字。

"他们在做什么?"她问爸爸。舞台上有几个人,衣着和守在钱箱旁边的人一样五彩缤纷。他们把许多球抛向空中——数量多得令人难以置信——而且没有一个球落到地上。

爸爸笑了。"他们在玩杂耍。在演出正式开始前,他们都会表演这个娱乐观众。"

朱丽叶不确定自己是不是希望演出开始。她很喜欢看这些杂耍。杂耍演员们相互抛掷彩球和圆环,朱丽叶甚至觉得自己的手臂也在转动。她试着去数清楚有多少圆环,但那些环从不会在一个地方停留太久。

"先吃午饭。"妈妈一边提醒她,一边递给她水果三明治。

朱丽叶却早就被舞台上的演出迷住了。杂耍艺人把球和圆环收起来,开始相互追逐,摔倒在地,做出各种傻事。她和其他孩子一样放声大笑,还不时会看一眼妈妈和爸爸,确认他们是不是也看到了那些精彩的表演。如果他们没有,她就会拽住他们的袖子,让他们认真看舞台。但他们只是点点头,就继续聊天、吃东西、喝饮料。当另一家人坐到他们旁边,一个比她大一些的男孩也开始对着那些演员大笑个不停,朱丽叶突然觉得自己有伴了,就开始更加卖力地尖叫。那些杂耍艺人的表演是她见到过的最精彩动人的景象。她可以永远这样看着他们。

但就在这时,灯光变暗,演出开始了。和杂耍相比,所谓正式的演出要沉闷得多。一开始还不错,是一场激动人心的剑战;然后就是一大堆她听不懂的话,还有一个男人和一个女人像她的爸爸妈妈一样看着对方,又说了一些古怪的话。

朱丽叶睡着了。她梦见自己在筒仓里飞翔,周围有一百个彩色的球和圆环在和她一起飞舞。她却总是摸不到它们。那些球和环就像集市那一层大门口的两个数字一样圆——然后她在呼哨声和掌声中醒了过来。

她的爸爸妈妈都站起身，不停地大喊大叫。舞台上那些穿滑稽服装的人不停地鞠躬。朱丽叶打了个哈欠，看了看坐在旁边那张长凳上的男孩。他头枕在妈妈的膝上，张着嘴，睡得正香，他的妈妈一直在用力鼓掌，男孩的肩膀也随之不住地抖动。

他们收拾好床单，爸爸把她带到舞台前，那里的剑士和那些言谈古怪的人正在与观众们交谈、握手。朱丽叶想见到那些杂耍艺人。她想学习如何让圆环浮在空中。但她的父母却只是等在一旁，直到他们能和一位女士交谈。那位女士的头发编成了弯弯曲曲的长辫子，从肩头低垂下来。

"朱丽叶，"爸爸将她举到舞台上，"我想让你见见……朱丽叶。"他指了一下那位身穿蓬松裙子，有着奇异发型的女士。

"你真的叫这个名字？"那位女士跪下来，伸手来握朱丽叶的手。

朱丽叶把手缩回来，好像又有一只兔子要回过头来咬她，不过她还是点了点头。

"你演得真好。"妈妈对那位女士说。然后她们握了手，做了自我介绍。

"你喜欢这场演出吗？"有奇异发型的女士问朱丽叶。

朱丽叶点点头。她能感觉到现在自己应该说一点谎，不会有什么问题。

"她的父亲和我多年以前来看过这幕剧。那时我们刚开始约会。"妈妈一边说，一边揉搓着朱丽叶的头发，"我们一直打算给我们的第一个孩子起名叫罗密欧或者朱丽叶。"

"那么,很高兴你们有了一个女孩。"那位女士微笑着说。

爸爸妈妈也笑了。朱丽叶开始不那么害怕这位和她同名的女士了。

"我们能够请你签个名吗?"爸爸放开朱丽叶的肩膀,开始在背包中翻找,"我有一张节目单。"

"为什么不能送一个剧本给这位小朱丽叶呢?"那位女士冲她微笑着,"你识字吗?"

"我能数到一百。"朱丽叶骄傲地说。

女士顿了一下,又笑了。朱丽叶看着她站起身,走过舞台。她的裙子随着她的脚步摇曳,那些连体衣服根本没法与之相比。那位女士很快就从一道幕布后面回来了,手里拿着用铜钉封装的一本小书。她接过爸爸手中的炭条,在书封上用很大的花体字写下她的名字。

女士将这一摞纸放进朱丽叶的手里。"我想要把它送给你,筒仓的朱丽叶。"

妈妈却表示反对,"哦,我们不能接受这样贵重的礼物,这么多纸……"

"她刚刚五岁。"爸爸也说。

"我还有一个剧本。"女士安慰他们,"我们会自己做剧本。我希望她能保留这个剧本。"

她又伸手摸了摸朱丽叶的面颊。这一次,朱丽叶没有退缩。她正忙着翻开这些纸,端详里面那些印刷文字,还有旁边用花体字手写的注释。有许多字她都看不懂,但有一个词,被一遍又一遍地圈出来,显得格外与众不同。这个词她懂得,因为是她的名字。它出现在许多句子的开头:

朱丽叶。

这就是她。她抬起头看着台上的女士,立刻明白了爸爸妈妈为什么要带她来这里,为什么他们要用那么多时间,走那么远的路。

"谢谢你。"她想起自己应该有礼貌。

然后,她迟疑一下,又说道:"很抱歉,刚才我睡着了。"

第三十二章

清晨带来阴郁的宁静,
忧伤的太阳不肯露头。
启程吧,再谈谈那些伤心事,
有人得宽恕,有人受惩罚。

这是卢卡斯一生中感觉最可怕的一次清洁——这一次他只想去上班,不去理睬什么带薪假期,只装作这是和平常一样的一天。他坐在床脚,努力积攒着行动的勇气。他的大腿上还放着他许多星图中的一张。他的手指轻轻地在一颗用木炭标出的星星周围画着圈,一边小心地不去碰那颗星星,以免将它抹花。

它和其他星星不同。那些星星只是一片细致网格上的许多黑点,旁边标注有日期、位置和亮度等细节。这不是那种恒星——不是那种亘古不变的天体。它是五角形的,就像警长的徽章。他记得那天晚上,当她和他说话时,他画了这颗星星。那时她胸前的钢铸徽章在楼梯井的微弱光线中闪闪发光。他记得她充满魔力的声音,令人着迷的举止,她的到来就像乌云消散一样出人意料。

他还记得两天前的晚上,她在牢房里拒绝他,把他推开,用这种方式想要避免让他伤心。

卢卡斯已经没有了泪水。为了这个他几乎还不认识的女人,他整晚都在流泪。而现在,他不知道这一天该做些什么,他的一生该做些什么。一想到她去了外面,只是为了让他们能更清楚地看到那些凄凉的景象——他就感到恶心。他不知道这是不是他两天没有食欲的原因。他心里很清楚,就算是强迫自己吃东西,他也不可能把食物咽下去。

他把星象图放在一边,把脸埋在手掌里。现在的他疲惫不堪,完全无法动弹,但他还是在尝试说服自己起床去工作。如果能够去上班,至少可以分散一下注意力。他试着去回忆上周在服务器机房留下了什么工作。是八号堆栈又宕机了吗?萨米建议他换掉控制板,但卢卡斯怀疑是电缆坏了。这就是他一直以来的工作。他现在想起来了:调节以太网的运行。这就是他应该做的,就在那一天。那以后,他只是在假期中无所事事,感觉自己要为一个女人而生病了。但除了把这个女人的事告诉了他的母亲,他其实什么都没有做。

卢卡斯站起身,穿上了前一天穿过的连体服。站在原地呆了一会儿,盯着自己的光脚,纳闷自己为什么要站起来,要去哪里?他的脑子一片空白,身体也麻木了。他不知道自己会不会一动不动地站在这里,任由肠子纠结在一起,就此度过余生。总有一天会有人找到他的,不是吗?看到他僵硬地直立着,变成一具尸体的雕像。

他摇摇头,甩掉这些黑暗的想法,开始找鞋子。

找到鞋子,已经费了很大力气,总算把衣服穿好,怎么感觉这样辛苦?

他走出房间,缓慢地向楼梯平台挪过去,绕过那些又得到一天假期,可以不去上学的孩子们。家长们努力追赶着这些尖叫奔逃的孩子,让他们穿好鞋子和连体衣。这些骚动对卢卡斯来说都不过是某种毫无意义的背景噪声。一种恼人却又无足轻重的干扰,就像他为了看到她而向下走了很长一段路,然后又要向上爬更长的一段路,那时腿上的酸痛也是给他这种感觉。他走到公寓层的平台上,感到一种习惯的力量把他向上面的自助餐厅拽过去。现在他满脑子都是自己过去一个星期一直在想的事情:只要再撑过一个白天,他就有机会上楼去看她了。

卢卡斯突然想到,他还能再看到她一眼。他不是那种喜欢看日出的人。黄昏和星光才是他所喜爱的。但如果他想要看见她,他就必须到顶层的自助餐厅区,看看外面的世界。那里会有一具新的尸体。包裹尸体的防护服还在穿透了那些可恶云层的微弱阳光中闪闪发亮。

他能在脑海中清楚地看到这一幕情景:朱丽叶痛苦地倒在地上——双腿扭曲,手臂僵直,头盔转向一侧,凝视着筒仓。更令人悲伤的是,他还看到了几十年后的自己,一个孤独的老人坐在灰色的墙壁前,手中的炭条画的不是星图,而是白昼的风景。同样的风景被他画了一遍又一遍。他抬起头,只能看到一片逐渐遭到侵蚀和毁灭的"遗憾"。一边画着死寂的世界,一边哭泣,他的泪水滴落下来,把木炭变成泥浆。

他会像马恩斯一样。那个可怜的男人。想到那位死去之后也没有亲人来送葬的副警长,卢卡斯又想到了朱丽叶最后对他说的话。她求他去另找一个人,一个和她不一样的人,绝对不要孤独。

他紧紧抓住冰冷的楼梯扶手,将身子探出去,向下眺望。楼梯井一直深入到地底,他最远能看到五十六层的楼梯平台,中间还有一些楼梯平台从看不见的角度凸出来。很难估计到五十六层的距

WOOL / 251

离,但他认为应该足够了。没有必要下到八十二层去。大多数跳楼的人更喜欢八十二层,因为那里可以清楚地看到九十九层,下落的路径也很明确。

突然,他仿佛看见自己在空中飞翔,在翻滚中张开四肢。他估计自己会错过那个平台,撞在一根栏杆上,几乎被劈成两半。或者他可以跳得更远一点,如果他把头对准正下方,他就能快点结束这一切。

他直起腰,因为脑海中栩栩如生的跌落和死亡而感到一阵恐惧和肾上腺素的激增。环顾四周,他看了一下早晨的行人情况,想知道是否有人在注意他。他曾经见到过其他成年人向栏杆外面窥视,并且坚信那些人的脑子里有不好的想法。因为他知道,在筒仓里只有孩子才会从楼梯平台上扔东西下去。等到你长大了,你就会明白要抓住一切能抓住的东西。但最终还是会有一些东西从你的手心溜走,翻滚着从这座筒仓的中心向下掉落,让你开始思考要不要跳过栏杆,追下去……

一名搬运工匆忙的脚步声盘旋着逐渐向他靠近。听声音,那个人似乎没有穿鞋,一双赤脚拍打在钢制台阶上,让楼梯平台随之微微颤抖。卢卡斯离开栏杆,试图把注意力集中在今天要做的事情上。也许他应该爬回床上睡觉,在昏迷中消磨几个小时。

就在他试图为自己唤起一丝动力的时候,全速赶路的搬运工从他身边掠过——卢卡斯瞥到那个男孩的脸在惊恐中完全变形了。男孩很快就跑出了卢卡斯的视野。他的奔跑迅疾而又莽撞,但他那副惶惶不安的样子依然清晰地留在卢卡斯的脑海里。

随着男孩急促的脚步声逐渐盘旋着深入地下,卢卡斯知道,今天早晨一定发生了什么事。也许是顶层的清洁行动发生了某些重要的异常情况。

一粒希望的种子深深埋进卢卡斯的心中,迅速开始发芽。只是他还有些不愿意承认,唯恐这棵幼苗让自己中毒或者窒息。也许根本就没有什么清洁行动。是不是对她的驱逐已经被重新考虑了?机械部的人早就发出了一份请愿书。上面有几百个大胆的签名。那些人都在冒着生命危险去救她。是不是来自地底深处的疯狂态度终于逼迫法官们让步了?

希望的小种子迅速生长出根茎,如同蔓生的藤蔓在卢卡斯的胸腔延伸,让他迫不及待地想跑上去亲眼看看。他离开栏杆,离开了在悲痛中纵身一跃的想法,挤进早晨来来往往的人群。他注意到那名搬运工身后已经有不少人在窃窃私语。他不是唯一注意到搬运工表情的人。

他加入上行的人流,发觉前几天腿上的酸痛完全消失了。正当他准备从前面步履缓慢的一家人身边冲过去,忽然听到身后有无线步话机发出一阵刺耳的尖鸣。

卢卡斯转回头,看见马什副警长就在他身后几步远,正伸手去摸腰间的步话机。他的另一只手在胸前抱着一个小硬纸盒,额头上冒出了一层汗水。

卢卡斯停下脚步,攥住栏杆,等待中层的副警长上来。

"马什!"

副警长终于调低了步话机的音量,抬头看到卢卡斯,便向他点了点头。他们两个都靠在栏杆上,让一名工人带着学徒从身边经过,向上跑去。

"有什么新闻吗?"卢卡斯问。他和这名副警长很熟,知道他也许会告诉他出了什么事。

马什抹了一把额头,将纸盒子放进自己的另一个臂弯里。"今天早上,伯纳德骂了我一顿。"他抱怨道,"我这个星期可算是爬够楼梯了!"

"不是,我想问的是清洁的事?"卢卡斯又问道,"刚才有一个搬运工跑下去了,那副样子就像见到鬼一样。"

马什副警长抬头看了一眼楼梯。"我得到的命令是把她的东西用最快的速度送到三十四层。汉克把这些东西从底层送到我这里,差一点累死。"他又开始向上走去,似乎是真的没办法多做停留,"听着,如果我要保住这份工作,我就要往上走了。"

卢卡斯抓住马什的胳膊。这时他们下面的人越来越多。一些气恼的人纷纷从他们身边挤过去,还和偶尔下楼来的人撞来撞去。"清洁到底做了没有?"卢卡斯质问道。

马什又靠在栏杆上。他的步话机里传出一阵微弱的话音。

"没有。"他悄声说道。卢卡斯觉得自己要飞起来了。他能够直接从这些楼梯之间飞过去,飞过这座筒仓的混凝土核心,在那些平台上方翱翔,一下子穿过五十层……

"她出去了,但她没有做清洁。"马什的声音很低,但那些锋利的词句足以刺穿卢卡斯的梦想,"她走过了那些山丘……"

"等等,什么?"

马什点点头,汗水从这名副警长的鼻子上滴落下来。"离开了我们的视野,"他沙哑的声音倒是很像步话机里那种低沉的静电噪声,"现在,我必须把她的东西交给伯纳德……"

"我来吧。"卢卡斯伸出手,"我正要去三十四层。"

马什揉搓一下手上的盒子。这名可怜的副警长看上去一副随时都会崩溃的样子。卢卡斯开始恳求他,就像两天以前求他让自己和牢房里的朱丽叶见上一面。"让我替你把东西送上去。"他说,"你知道,伯纳德不会介意的。他和我是好朋友,就像你和我一样……"

马什副警长摸摸嘴唇,非常轻地点了一下头,开始考虑这个建议。

"听着,我肯定是要上去的。"卢卡斯发现自己正慢慢从精疲力竭的副警长手里接过盒子,尽管正在他的身体里涌动的情绪让他很难安稳下心神。楼梯上的人声喧哗变成了遥远的背景噪声。朱丽叶真的不在筒仓里了,但她没有清理摄像头,甚至翻过了山丘——这些消息让他的心里充满了异样的感觉。他胸中渴望绘制星图的那一部分被触动了。这至少意味着没有人会看到朱丽叶被有毒的风剥蚀。

"一定要小心。"马什的目光落在已经被卢卡斯抱在怀里的盒子上。

"我会用我的生命守卫它。"卢卡斯说,"相信我。"

马什点点头,表达了自己对卢卡斯的信任。卢卡斯快步向上跑去,冲在了庆祝清洁的人群前面。朱丽叶的物品在纸盒中轻轻晃动。而这只纸盒被他紧紧护在胸前。

第三十三章

旧日的呻吟依然回荡在我古老的耳边

电工沃克尔调整好放大镜,向凌乱的工作台弯下腰。硕大厚实的凸透镜固定在一只箍住他脑袋的圆环上,戴着这只圆环应该不会感到很舒服,但他六十二年的生命中大部分时间都戴着这东西。随着透镜在他眼前就位,绿色电子板上的黑色小芯片出现在透镜焦点的位置上。他可以看到芯片周围每一根银色的金属引脚,像蜘蛛腿一样伸出来,又向下弯曲,仿佛被困在凝固金属形成的银色水泥里。

沃克尔一边用脚踩住抽吸球,一边用他最细的烙铁尖戳中一个银色焊接点,那一小团金属熔化开,通过一根吸管被吸走,这块芯片十六只引脚中的一只就离开了电路板。

他正要点开下一只引脚——昨天晚上,他什么都没干,只是不停地吃着炸薯片,好让自己不去想其他事情——就在这时,他听到一阵脚步声沿着走廊飞快地跑过来。他已经认识这脚步声了——是那个新的搬运工。

沃克尔把电路板和烙铁放在工作台上,快步向门口走去。就在那个孩子从他门前经过的时候,他刚好一只手扶着门框,向外探出了身子。

"搬运工!"他喊道。男孩不情愿地停下脚步,"有什么消息吗,孩子?"

男孩满脸微笑,露出年轻人的白牙齿,"我有大新闻。不过您得掏一个子儿才行。"

沃克尔气恼地哼了一声,但还是把手伸到衣兜里,同时用另一只手向那个孩子招了招,"你是萨姆森家的孩子,对吧?"

男孩点点头。他的头发在他年轻的脸上来回晃动。

"格洛丽亚是你师傅,对吧?"

男孩又点点头,他的眼睛则盯住了沃克尔被翻得"哗啦哗啦"响的衣兜,还有从衣兜里掏出来的那枚银色钱币。

"你一定知道,格洛丽亚总是很照顾没有家人、孤苦伶仃的老人家,告诉我新闻的时候从来都不收钱。"

"格洛丽亚已经死了。"男孩抬起手掌。

"是啊。"沃克尔叹了口气,把那枚钱币扔进男孩张开的手掌里,然后又抬起他那只满是斑点的苍老手掌招了招,示意男孩赶快说话。其实他现在正急着想要知道上面发生的所有事情,哪怕要付十枚钱币也没问题。"说详细点,孩子。不要漏掉任何细节。"

"摄像头没有被清洁,沃克尔先生!"

沃克尔的心跳错了一拍。男孩转身就想跑掉。

"等等,孩子!你是什么意思?没有被清洁?她被释放了?"

搬运工摇摇头。他的头发又长又乱,仿佛就是为了能够在他沿着楼梯跑上跑下的时候放肆飘扬。"不,先生,是她没那么干!"

男孩的眼睛里仿佛闪耀着电光,脸上的笑容仿佛因为这个消息而格外灿烂。他从来都没听说过谁曾经拒绝清洁摄像头。沃克尔这一辈子也没有听说过。也许筒仓里没有任何人听说过。因为朱

WOOL / 257

丽叶,沃克尔的心中涌起一阵自豪。

男孩又等了一会儿,不过看样子他很想赶到别的地方去。

"还有什么消息?"沃克尔问。

萨姆森点点头,又向沃克尔的口袋瞥了一眼。

沃克尔厌恶地长叹一口气,心中为年青一代的堕落感到悲哀。不过他还是又把手伸进衣兜里,同时不耐烦地再次向男孩招手。

"她走了,沃克尔先生!"

他从沃克尔的手里拿走了那枚钱币。

"走了?你是说死了吗?说清楚一点,小子!"

萨姆森的牙齿闪耀了一下。那枚钱币消失在他的连体服里。"不是,先生。是走到山丘那边去了。她不但没有做清洁,还越过了山丘,去了我们看不见的地方,往城市那边去了。伯纳德先生见证了整个过程!"

年轻的搬运工拍拍沃克尔的胳膊。他显然心情激动,急需做些什么事情来发泄一下。他抬手拂开脸上的头发,带着抑制不住的微笑转身跑走了。因为刚刚分享的新闻,他的口袋更沉重,脚步却更加轻盈了。

沃克尔愣在门口,一只手像铁铸的一样紧紧抓住门框,以免摔到外边去。然后,他摇摇晃晃地低下头,看到昨天晚上被他丢到门外的一堆盘子,又回头看了一眼那张整晚都在呼唤他的、乱糟糟的小床,还有仍旧冒着烟的烙铁。他转身离开走廊,那里很快就会响起早班结束后人们下班的脚步和喧哗声。他拔掉熨斗的插头,也打算歇一歇。

他又在原地发了一会儿呆,心里想着朱莉,想着刚刚得到的消息。他不知道朱莉是否及时收到了他的字条,是否减轻了朱莉心中的恐惧？沃克尔自己甚至都能够感觉到那种恐惧有多么可怕。

沃克尔回到屋门口。现在这个位于地底深处的地方已是一片嘈杂。他感到有一股强大的力量在推动他走出去，跨过面前这道门槛，同众人一起庆祝这前所未有的事件。

雪莉也许很快就会带着早餐过来，再拿走他的盘子。他可以等她，也许他们还会说上几句话。也许这股子疯狂的冲动就会过去。

但一想到还要等待，一想到时间正在像工作指令一样不断堆积起来，一想到他还不能确定朱丽叶到底怎么样了，也不清楚其他人对这次清洁行动的失败有什么反应，沃克尔就不由自主地动了。

沃克尔抬腿迈出屋门，但他的靴子只是悬在毫无阻碍的地面上，一时又没有了更多动作。

终于，他深吸一口气，让脚落在地上，撑住身体。突然间，他觉得自己像个勇敢的探险家。四十多年之后的今天，他摇摇晃晃地走在一条熟悉的走廊上，一只手擦过钢铸的墙壁，拐过一个转角，眼前的景象忽然显得格外陌生。

沃克尔变回一个深入未知世界的普通老人。他到底会遭遇什么？这个问题让他感到一阵阵眩晕。

第三十四章

难道云层深处没有怜悯，
无法看到我心底的悲伤？
啊，亲爱的母亲，不要抛弃我！

筒仓沉重的钢门向左右分开，一团巨大的氩气云伴随着猛烈的"嘶嘶"声翻滚而出，仿佛一个凭空出现的怪物——那是被压缩的气体骤然遭遇外面更温暖、密度更小的空气时形成的泡沫。

朱丽叶·尼科尔斯将一只靴子迈出狭窄的门缝。为了阻止毒气渗入，闸门开启的缝隙很窄，朱丽叶不得不侧着身才能挤过去。笨重的防护服和铸钢闸门狠狠地摩擦着。而她只能想到净化火焰很快就会充满气闸舱。火舌仿佛正舔噬着她的后背，逼她赶快逃出去。

她拽出自己的另一只脚——突然发现自己已经在筒仓外面了。外面。

现在她的头顶上方应该只有云朵、天空和那些筒仓中看不见的星星。

她迈着笨重的步子向前走去，从依然在"嘶嘶"作响的氩气浓雾中钻出来，发现自己正站在一个向上的斜坡前。两侧墙边角落里高高堆积着被风吹来的沙土。住在筒仓顶层,人们很容易忘记自己是在地下。从她以前的办公室和自助餐厅看到的景色会给人一种站在地面、抬头就能望见天空的错觉,但那只是因为筒仓的摄像机安装在地面上。

朱丽叶低头看了看胸前的数字,想起自己的任务,便沿着坡道奋力向上走去。她低着头,双眼注视自己的靴子,却几乎不知道自己是如何移动的。她是不是已经屈服于必死的结局,因而陷入了麻木?或者她只是受到求生本能的驱使?要她远离气闸舱中的烈火。她的身体还在拖延必然到来的结局,毕竟人体只能对随后几秒钟的事情进行思考和制订计划。

朱丽叶到达斜坡顶端时,她的面前立刻显露出了一个谎言,一个宏大而华丽的谎言。绿草覆盖着山丘,如同刚刚铺好的地毯。天空湛蓝得令人陶醉,云朵洁白得仿佛簇新的亚麻布,空中到处都有小生物飞来飞去。

她原地转了一圈,欣赏这壮美的景象。就好像置身于一本她年幼时看过的书里。在这本书中,动物会说话,小孩子会飞,世界上没有半点灰色。

即使知道这不是真的,知道她只是在看一个8英寸乘2英寸屏幕上的画面,她还是感觉到一种强烈的诱惑,让她宁愿相信这是真的。她想要相信。她想忘掉那些技术部的阴谋和程序,忘掉她和沃克尔讨论过的一切,在不存在的柔软草坪上打滚,脱下可笑的防护服,快乐地尖叫,跑过这片虚伪的风景。

她低头看向自己的双手,在厚重手套允许的范围内握拳、松开。这是她的棺材。她的思绪如同一团乱麻,只能拼命回想什么是真实的,什么是技术部和她的面罩所编造的虚假希望。这个天空不是真

WOOL / 261

的,青草不是真的,她的死亡才是真实的。她一直都知道的那个丑恶的世界是真的。片刻间,她回忆起自己应该做些什么。她应该进行清洁。

她转过身,注视那些摄像机阵列。这是她第一次看见它们。那里有一座看上去坚不可摧的钢筋混凝土建筑。一架生锈的、布满凹痕的梯子被固定在它的侧面。凸出的摄像机巢就像长在那座堡垒上的肉瘤。朱丽叶伸手到胸前,抓住一块抹布,把它扯下来。沃克尔的那张纸条出现在脑海中:不要害怕。

她用粗糙的羊毛抹布在手臂上擦了擦。防护服表面的热固胶带没有剥落,和她从技术部那里偷来的劣质品不一样。那种胶带经过特殊设计,很快就会溶解。而这是朱丽叶经常会使用的热固胶带,是机械部设计的。

现在有好人为他们提供物资了,沃克尔在纸条里这样说。这里的"好人"说的应该是物资部的人。多年来,每当朱丽叶有迫切需要的时候,他们都会帮助她弄到额外的配给。现在,他们更是为她做了一些非同寻常的事——在她被押送到顶层的这段时间里,当她用整整三天进行攀登,在三个不同的牢房里度过了三个孤独的夜晚时,他们则趁这段时间用机械部的材料替换了技术部的。一定是因为沃克尔的要求,他们才以这种超乎寻常的方式完成了部件订单。技术部在不知不觉中第一次做出了一套耐用的防护服,不会在短时间解体。

朱丽叶笑了。无论她的死亡是多么无法逃避,至少它已经被大幅度推迟了。她又仔细看了一眼那些摄像机,松开手指,把羊毛抹布扔进虚假的草丛里,转向距离自己最近的一座山丘,尽量不去理会那些虚假的色彩,以及投射在真实山坡上的繁茂生命。她没有沉陷在被美丽新世界环绕的兴奋中,而是集中精神倾听自己的靴子踏在硬土路面上的声音,时刻留意强风吹在防护服上的感觉,寻找沙粒从不同方向击打在头盔上所响起的"沙沙"声。她周围是一个可怕的世界。只有足够专注,她才能隐约察觉到这个世界,一个她知道却无法看到的世界。

她开始爬上陡峭的山坡,依靠模糊的知觉朝地平线上那座闪闪发光的大都市走去。她其实没有太大期望要到达那里。她只想死在山丘的另一边,这样就没人会看到她慢慢腐烂,寻找星星的卢卡斯也就不会因为不愿意看见她的尸体而害怕在黄昏时分到顶层去。

突然间,她觉得自己有了目标,这样走起来的感觉就好多了。她要把自己藏起来。这个目标比那座虚伪的城市要实在得多。她很清楚,那只是一堆正在坍塌的废墟。

在半山腰上,她看到了两块大石头。在绕过那两块石头的时候,她意识到自己是在哪里——两座山丘在这里交会,形成一道沟壑。她正走在这道沟壑中最缓和的路线上。而这里也躺着技术部的谎言所造成的最可怕的结果。

霍斯顿和艾莉森。头盔面罩上的魔法让她看不见他们,让他们变成了两块石头。

没有言辞可以形容这种感觉。什么都看不见,同样什么都说不出来。她朝山下望去,发现草丛中还有零星的巨石,它们的位置不是随机的。它们是那些清洁者的尸体。

朱丽叶转过身,把这些哀伤的景象留在背后。她不知道自己还有多少时间,自己的尸体又能藏多久,也许那些决心要除掉她的人很快就能找到她——那么,会为她哀悼的人也就知道她已经死了。

她继续向山顶爬去,两条腿还在因为攀爬筒仓的楼梯而酸痛。

她亲眼目睹了技术部欺骗的面纱第一次被撕开。天空和遥远城市新的部分出现在视野中，这部分本来是被山丘遮住的。程序仿佛随之出现了中断——谎言到达了它的极限。虽然远方那些高大建筑的上层看上去是完整的，在虚假的阳光下熠熠生辉。而在那些耀眼的玻璃和明亮的钢铁下面，却是一个被遗弃世界的腐烂和阴暗。她看到了许多建筑物底层的真正样子，投射在它们上面的上层建筑显得格外沉重，让它们更像是随时都有可能倒塌。

旁边还有几座陌生的大楼，底部根本没有支撑和基座。它们悬浮在半空中，下面只有黑暗的天空。同样的灰暗云雾和毫无生气的山丘一直向远方延伸——两种截然不同的画面之间有一条蓝色的直线，那是面罩程序的尽头。

技术部的骗局竟然如此不完整，这让朱丽叶感到困惑。是不是因为他们自己也不知道山丘这边有什么，所以没办法改造这里的景色？还是他们认为不值得费这种力气，因为没有人能走到这里？无论出于什么原因，这种既不和谐，也不合逻辑的景象让她头晕目眩。她把注意力集中在自己的脚下，沿着被画成绿色的小山向上走了最后十几步，终于到达山顶。

在山顶上，她停下脚步，一阵阵强风狠狠地拍打她，让她在湍急的气流中弯下腰。她扫视了一下地平线，发现自己正站在两个世界的分界线上。她面前的山坡一直向下，呈现出一片她从未见过的景象——荒芜的世界尘土飞扬，干枯的土地上狂风肆虐，一个个小龙卷风四处游走，形成这些乱流的空气本身就足以杀死一切生命。这里是一片陌生的土地，但对她来说却比迄今为止见到过的任何地方都更加熟悉。

她转过身，回头望向自己刚刚爬上来的那条小路，望着在微风中轻柔摇曳的茂盛青草,望着偶尔会向她点头致意的花朵,望着头顶上明艳的蓝色和亮丽的白色。真是一种邪恶的假相,充满诱惑,却没有半点真实。

朱丽叶最后欣赏了片刻这片幻象,注意到所有这些山丘形成了一个环形洼地,而筒仓圆形的平顶轮廓就位于这个洼地的正中心。她曾经的家园绝大部分都深埋在那个中心凹坑的地下。大地在它的周围隆起,看上去就像一个饥饿的神明用勺子舀走了一大勺土地。带着沉重的心情,她意识到自己成长的世界彻底对她关闭了。她的家和她的同胞在紧锁的门后是安全的,而她只能听天由命。她被抛弃了,剩下的时间非常短暂。于是,她转身离开那色彩缤纷的诱人景致,去面对漫天的沙尘、死亡,还有真相。

朱丽叶开始下山,一路上,她都在小心翼翼地呼吸防护服中的空气。她知道沃克尔给了她更多时间。这是以往任何清洁者都不曾有过的优势,但她到底还有多少时间?这些时间又能用来做什么?她已经达到了目标,已经让自己离开了那些摄像机的视野。那么,她为什么还在向前走?还在蹒跚地走下这座陌生的山丘?是因为思想的惯性吗?还是地心引力?或者想看看那些未知的景象?

她差不多已经下了山坡,开始朝那座摇摇欲坠的城市走去。这时她停下脚步,审视眼前这片从未见过的风景。她所处的位置依然比较高,让她能够为自己选择一条道路,来完成她最后的远行。这也是一次处女远行,穿过干燥沙土形成的高大山丘。她向远处锈迹斑斑的城市望去,发现她的筒仓位于洼地中心并非偶然。这一片丘陵面积非常广阔,完全看不到边际。但它们呈现出清晰的图案,组成了一个接一个的环形盆地,被高耸的硬土丘陵分隔开,好像这些丘陵的存在就是为了保护这些被神明用勺子挖出的盆地,让它们不会受到腐蚀性的强风侵袭。

朱丽叶走进另一个盆地,一边思考这种奇异的地形,一边小心看着脚下。她踢开大一些的石块,注意控制呼吸。她曾经疏通过许多排水管,那时她要在污水泛滥的水池深处工作,在那些让强壮的男人也会畏缩不前的垃圾下面游泳,那时她必须保持身心的平静,否则她携带的氧气就会被迅速耗光。她抬头瞥了一眼,不知道防护服里的氧气还能不能支撑她走上这座盆地对面的山脊。

就在这时,她看到了盆地中心竖起的细长高塔。它裸露的金属结构映射着暗淡的阳光。这里的景物没有受到她面罩程序的影响。透过头盔,她能够看到清晰完整的现实。而现在她却看到了熟悉的摄像机巢。她不禁有些怀疑,自己是不是把方向走反了?也许她在山丘顶上的时候眼花了,实际上走了刚刚走过的路,回到了自己的筒仓前面。

一名清洁者的尸体就在不远处,似乎进一步证实她的疑虑。那具尸体已经受到了毒气和风沙的严重侵蚀,几乎只剩下一具裸露的躯壳,身上的防护服残破不堪,头盔变成了一个看不出原先模样的破球。

她停下来,用靴子前端碰了碰那顶头盔。头盔碎裂,凹陷下去。曾经被它保护的血肉骨骼早已随风飘散。

朱丽叶回头朝山坡上望去,寻找那对长眠在一起的夫妻,但她连那两座山丘挤出来的沟壑都没看见。她突然有些不知所措。她怀疑是不是有毒的空气终于穿透了防护服的热固胶带和密封层,她的大脑是不是已经被毒气所吞噬?不,还没有。现在她离那座城市更近了。她还在走向那座城市的天际线。而那些高大楼宇的上半部分也仍然是完整的,在她的眼前闪耀。它们上方是蔚蓝的天空,点缀着明亮的云彩。

这意味着,前方的这座高塔状的金属天线,还有下面的筒仓……不是她的家园。而那些山丘,那些巨大的土堆,并不是用来遮挡风和毒气的。它们是为了遮住好奇的眼睛。让筒仓里的人看不见别处的景象。

第三十五章

在你怀里的一个、两个,还有第三个。

卢卡斯把纸盒子用力抱在胸前,爬到了三十八层的楼梯口。这里是一个多功能层,包括办公室、商店、一家塑料厂和一家小型水处理厂。他推开门,快步走过刚刚打扫完的走廊,来到主控泵房。他的技术部万能钥匙让他能够进入这里。这个房间有一个高大的服务器柜,他每周二都要来此进行维修。卢卡斯把头顶的灯关了,以免灯光从门上的小窗户透出去,让外面的行人看到。然后他溜到服务器柜和墙壁之间,迅速蹲到地上,从工作服里掏出手电筒。

在柔和的红色手电光中,卢卡斯轻轻打开盒盖,露出里面的东西。

他就要发现心爱之人的秘密了,这种亲密的接触和强烈的期待让他感到兴奋,但突然生出的愧疚之意一下子破坏了他的心情。不是因为违抗老板或对马什副警长撒谎而愧疚,更不是因为耽搁了重要物品的交付。他在责备自己冒犯了朱丽叶的物品,同时他又想到了朱丽叶的命运。这些已经是那位女子的遗物了。朱丽叶就连遗体都没有留下。她的全部人生痕迹只留存在这些物品上了。

卢卡斯重重地吸了一口气,想要关上盒盖,不再去碰里面的一切。就在这时,他想到了这只盒子可能的结局。他在技术部的朋友们可能会粗暴地撕开盒子,胡乱翻动里面的东西,就像小孩子交换糖果一样把它们传来传去。这简直就是对朱丽叶的亵渎。

他把盒子彻底打开,决定以自己的方式向逝者表达敬意。

他把手电光调亮了一点,首先看到了一摞筒仓代金券,被一根电线捆扎在一起。他把它们拿出来,大概看了看,全都是度假券,大概有几十张。他将它们凑到鼻子前,闻到上面有一股从盒子里带出来的机油味。

这些度假券下面是几张过期的餐卡。一张身份卡从餐卡下探出一角。卢卡斯拿起那张身份卡——上面印着朱丽叶作为警长的金色号码。他又在散落的卡片中寻找另一张身份卡。不过看样子,朱丽叶的新机械部卡片还没有发下来。毕竟她刚刚因为违规行为被解除警长职务,就因为另一桩罪行被宣判了死刑。

他对着那张警长身份卡凝视了半晌。那上面的照片应该是最近拍的,和他记忆中的朱丽叶完全一样。她的头发被紧紧地扎在脑后。所以从正面看,发丝全都熨帖地平铺在头顶,又从脖子后面露出一些松散卷曲的发梢。卢卡斯回忆起自己第一次看到她工作的时候。那时已经是晚上,早就应该下班了。她将自己的长发编成辫子,独自坐在灯光下,一页一页地翻看案卷。

他用手指抚过这张身份卡上的照片,注意到她的表情,不由得笑了起来。照片中的人眯起眼睛,额头上显出一些皱纹,仿佛在试图确定摄影师想要做什么,或者到底为什么拍照要花这么长时间。他捂住嘴,不让笑声变成呜咽。

代金券被放回到盒子里,但身份卡却被卢卡斯塞进工作服的胸袋,好像是朱丽叶自己固执地要求他这样做。下一个引起他注意的东西是一把银色的多功能小刀，外观很新奇，和卢卡斯的标准小刀不太一样。他抓起这把小刀，向前俯下身，从后腰口袋里掏出自己的，将两把小刀比较了一下，又打开朱丽叶小刀上的一些工具附件，欣赏着每个附件锁定到位时流畅的滑动和清脆的"咔哒"声。然后，他又用了一点时间擦去自己小刀上的指纹，撕掉刀柄上烂掉的橡胶垫圈，掉包了这两把小刀。他要带着这件属于她的东西，就让他自己的小刀被遗忘在仓库里，或者被交给随便哪个不懂欣赏的陌生人吧……

突然传来的脚步声和笑声让卢卡斯一下子僵住了。他屏住呼吸，等待外面的人走进来，头顶上的灯被打开。服务器在他身边不断发出轻微的"滴答"声和"嗡嗡"声。不过走廊里的喧哗很快就变小了，那些发笑的人在逐渐走远。

他知道，下一次他的运气可能就没这么好了，但盒子里还有更多东西在等他去看。他又在盒子里翻了翻，发现了一只美丽的小木匣，看上去应该是一件珍贵的古董。它只比卢卡斯的手掌稍大一点。卢卡斯用了好一会儿工夫才搞清楚该如何打开它。他在匣子里看到的第一样东西是一枚戒指，一枚女人的结婚戒指，可能是纯金的，不过很难确认。手电筒发出的红光让他眼前的所有东西都黯淡无光，无从辨别原本的色彩。

他想在戒指上找到铭文，但什么都没有发现。这枚戒指是一件奇怪的工艺品。他敢肯定朱丽叶从没有在他面前戴过它。他怀疑这本来属于朱丽叶的某位亲戚，甚至可能是暴动前流传下来的老物件。他把戒指放回木匣，又拿起里面的另一件东西——应该是一只手镯。不，不是手镯。他把那东西拿在手里，发现是一块手表。这块表的表面非常小，和它的珠宝表链完美地融为一体。卢卡斯审视着这只表，片刻之后，他才感觉到自己可能是眼花了，要不就是手电筒的红光让他看错了。他真的看错了？他更加仔细地盯住这只表——看到表面上两根细到不可思议的指针正在走动。这块表还在工作。

还没等他想清楚藏匿这样一件物品会有怎样的风险，如果被发现又会给他带来怎样的后果，他已经将朱丽叶的表放进了胸前的口袋。他低头看着木匣中孤零零的戒指，犹豫了一下，把它也藏到了身上。然后他又从箱底收拾起一些零散的钱币，把它们放进了古董木匣里，才将木匣关好，放回到纸板盒中。

他在干什么？他能感觉到一滴汗水从头顶流下来，一直滚落到下巴上。忙碌的电脑似乎正在把更多热量透过机箱背板排出来。他低下头，耸起肩膀，想要用这种动作擦去身上让他发痒的汗水。盒子里还有不少东西，他控制不住自己，只想把这些东西都看一遍。

他找到一只小记事本，翻开看了看。本子里是一个个待办事项的清单，所有这些事情都被整齐地画掉了。他把本子放回原处，伸手去拿盒子底部的一张叠起来的纸，随后才发现那不仅仅是一张纸。被他拿出来的是厚厚一摞用黄铜扣件固定在一起的文件。最上面的一张纸有一行和那个小记事本上相似的手写字迹：

主发电机控制室操作手册

他打开这本手册，发现其中排列着许多意义不明的图表和各种说明注释。看起来，这本手册应该是朱丽叶自己制作的，可能是一本备忘录，用来提醒她各种机器运转的关键信息，或者是可以为其他人提供很大帮助的工作指南。卢卡斯还发现这些纸都被重复利用过——朱丽叶只是把字写在这些纸张的背面。翻到这些纸的另一面,他就看到了一行又一行的印刷文字。页边的空白处还有不少笔记。有一个名字被圈出了许多次:

朱丽叶。朱丽叶。朱丽叶。

他把这本手册完全转过来,看到它的封底才是原先的封面,上面印着《罗密欧与朱丽叶的悲情史》,原来是一个剧本。卢卡斯听过这部剧。这时,服务器的中心处的一台风扇启动,将硅晶片和电线周围的热空气吹到了卢卡斯的脸上。他擦去额头上的汗水,把剧本塞回到盒子里。又把其他的东西整齐地放在上面,把盒子盖起来,然后用蹲麻了的双腿撑住身体,摇摇晃晃地站起来,关掉手电筒,把它塞回口袋里,就靠在朱丽叶的多功能小刀旁边,又将纸板盒子夹在胳膊下面,另一只手拍拍胸膛,摸到朱丽叶的手表、戒指和有她的照片的身份卡,这些都紧贴着他的心口。

最后,他摇摇头,一边偷偷溜出这个又小又黑的房间,一边在心中问自己到底在想些什么。在高大的服务器面板上,许多小灯不停地闪烁,如同一只只眼睛看着他离开。

第三十六章

眼睛啊,最后一次观看吧!
手臂啊,最后一次拥抱吧!
还有,嘴唇啊,
哦,你们这两片呼吸之门,用一个正直的吻,
与占有一切的死亡签订一份永恒的契约吧!

到处都是尸体,被尘土黄沙所覆盖。被毒气侵蚀得破破烂烂的防护服随风飘摆。朱丽叶发现挡住自己双脚的尸体越来越多,最后甚至有许多尸体堆积在一起,就像是一堆堆大石块。只有少数几个人穿着和她相仿的防护服,大多数人身上只有普通衣服,而且都已经被腐蚀成了一些凌乱的布条。吹过朱丽叶靴子的风又吹过这些尸体,让这些布条就像底层鱼塘里的海藻一样来回舞动。她发现自己正不停地踩在骸骨上——她已经没办法绕过所有这些尸体了。在安装摄像机的铁塔天线附近,能看到数以百计,甚至数以千计的尸体。

她意识到这些不是和她同在一个筒仓的人。这个事实是如此显而易见,却又如此令她震惊。这个世界还有别的人。他们已经死了,但这丝毫没有减弱她的心灵所遭受的震撼——有这么多人就住

在如此靠近她的地方，她却完全不知道，直到她穿过一片没有生命的荒原，仿佛从一个宇宙到达了另一个宇宙。可能人类早已忘记了上一次有人这样做是在什么时候。这里是许多陌生人的墓地。这些人和她一样，出生在一个与她的世界如此相似、如此靠近的世界里，又死在他们的世界周围。

她穿过如同无数岩石一样堆砌在一起的尸体。这些尸体甚至已经难以区分。它们在一些地方堆得太高了，让她不得不小心地选择道路，避开那里。当她靠近另一座筒仓门口的斜坡时，她发现自己必须踩着尸体才能走过去。看上去，他们像是想要逃走，为了能到达盆地边缘的山丘，后面的人甚至会从前面的人身上爬过去，结果就是许多尸体堆叠在一起，就像远方那些山丘一样。但是当她走到坡道前，看见铸钢闸门外面挤满了尸体，才意识到这些人是想要进去。

她自己的死亡也已经逼近了，这个念头一直盘旋在她的脑海中，于是一个新的想法附着在她的皮肤上，刺入了她的每一个毛孔——她很快就会加入这些人之中。不知为何，她却并不害怕。她在山顶上的时候就克服了恐惧，现在到了新的地方，看到新的东西。这是一件可怕的赠礼，但她还是觉得应该为此而感到庆幸。好奇心驱使她继续向前走去，也有可能吸引她的是这些人死亡的形态。他们都在拼命的攀爬中静止下来，躯体相互交叠，扑向下方的闸门。

她在尸体中间穿行，在干枯的血肉里跋涉，踩穿破碎干瘪的身躯，踢开糟朽枯槁的骨骸，奋力向那两扇稍稍打开的闸门走去。一具尸体固定在两扇门交错的钢齿之间，一只手在门内，一只手伸在门外，皱缩的灰色面孔上还显示着尖叫的样子。两只眼睛大瞪着，眼窝已经空了。

朱丽叶也是他们中的一员，和所有这些人一样，是一个死人，或者快要死了。唯一的区别是他们全都静止不动，只有她还在奋力前行。他们为她指明了道路。她要把嵌在门缝中的尸体拽出来。她在头盔里大口地呼吸着，呼出的雾气凝结在鼻子前面的屏幕上。她只拽出了半个人，另外半个塌落在门里。一团骨肉化成的粉末在门缝中飘散开，向下落去。

她将一只手臂塞进门缝里，想要侧着身挤进去。她的肩膀滑了进去，然后是腿，但头盔卡住了。她转过头又试了一次，但头盔还是紧紧地卡在两扇门之间。她感到一阵恐慌，因为她能感觉到那两排钢齿咬住了她的头，卡住了头盔，让头盔底部从她的脖子上离开了一些。她不停地挥舞手臂，试图在门边上抓到些什么，把自己拉进去，但她的躯干也卡住了，一条腿在门里，一条腿在门外。没有任何东西可以让她借力，帮助她继续挪动身体。她被困住了，伸在门里的胳膊虽然拼命挥动，却毫无用处，急促的呼吸耗尽了她剩余的氧气。

朱丽叶想把另一只胳膊也伸进去。她不能转腰，但她可以弯曲手肘，让手指从腰和门之间的狭窄空间滑进去。再弯曲手指抓住门边，用力拖拽。在这个狭窄的空间中，她无法使用别的力量，只有她手指的力量，手掌收拢的力量。朱丽叶突然不想死了。她不想死在这里。她收紧手上的每一根筋，用力将它握成拳头，她的手指在那些钢齿的边缘慢慢弯曲，她的指节因为受到压迫而发出声音。她用头去撞头盔，用脸去撞那该死的屏幕，身体左右扭动，牵拉——突然间，她挣脱了。

她踉跄着冲进气闸舱，一只靴子在身后的门缝里又卡了一下。这让她匆忙地摆动双臂，努力保持平衡，同时踢开了一堆烧焦的骨头，让一团黑灰飞向半空。是净化火焰把里面的人烧成了焦炭。朱丽叶发现自己正站在一个被烈火焚烧过的舱室中,和她不久前离开的那个气闸舱非常相似,也因此让她有一种格外诡异的感觉。她疲惫而昏乱的意识中充满了各种荒唐的幻想。也许她已经死了。这些是正在等待她的幽灵。也许她是在自己筒仓中的气闸舱里被活活烧死了,这些都是她疯狂的幻梦。她想要用这种方式逃避痛苦。而现在,她将永远在这个地方游荡。

她跌跌撞撞地穿过散落的残骸,走向气闸舱内侧的大门,把头靠在厚厚的玻璃舷窗上,寻找彼得·比林斯。那名新警长应该正坐在办公桌后面。也许她还会瞥见霍斯顿在走廊里徘徊——一位幽灵在寻找他的幽灵妻子。

但这的确是另外一个气闸舱。朱丽叶努力让自己平静下来。她不知道防护服里的氧气是不是还够用,是不是如果吸入过多自己呼出的废气,就会像呼吸马达排出的废气一样,会让她的大脑窒息?

这道门是封死的。这里是真实的。成千上万的人都死了,但她没有死。现在还没有。

她尝试转动这道门正中央的轮柄。轮柄纹丝不动,可能是卡住了,也有可能是门从另一边被锁上了。朱丽叶敲打玻璃,希望这个筒仓里的警长或者自助餐厅的工作人员能听到她的声音。屋里很黑,但朱丽叶觉得有人在那里。人们应该居住在筒仓里面,而不是成群结队地死在筒仓门口。

没有人回应她,也没有灯亮起。她靠在大轮柄上,回想马恩斯对她做的说明,回想这里的机械是如何工作的,但那些说明感觉都是很久以前的事情了。她当时并不认为它们有多重要。不过她还是想起了一件事:在氩气喷发和火焰净化之后,里面的门不是会打开吗?而且应该是自动打开,这样气闸舱才可以进行后续清洗。她记得马恩斯就是这样说的。马恩斯曾经开玩笑说,就算是内侧的门打开了,也不会有人能走回来,大火会把舱里的所有东西都烧光。这是她的记忆?还是她的幻想?是不是因为氧气耗尽,她的大脑受到了影响?

不管怎样,门上的轮柄根本转不动。朱丽叶把全身的体重都压在轮柄上,却只能感觉到轮柄完全被锁死了。她后退一步,看到墙边的长凳。清洁者在接受死亡的邀请之前都会坐在这张凳子上,穿好防护服。长时间的行走和进入这里时的挣扎已经让她很疲惫了。但她为什么要进来?她茫然地在原地打转。她在做什么?

她需要空气。不知为什么,她觉得这个筒仓里应该有正常的空气。她环顾四周,看到无数尸体散落的骨头。这里死了多少人?残存的尸骸太多太散碎,已经无从统计了。不过,至少可以数一数头骨——她想道。她急忙把这种胡思乱想从脑子里赶出去。现在她能肯定自己是失去理智了。

门上的轮柄只是被卡住了而已。她脑子里有一个声音在对她说,只不过是一个螺栓发生了错位。

她当年还是学徒的时候,就以擅长拧开卡死的螺栓而闻名整个机械部,难道不是吗?

朱丽叶告诉自己,这个问题可以解决。机油、加热、杠杆。这就是撬动一块纹丝不动的金属的秘密。这三样她都没有,但她还是四处看了看。再从外门挤出去是绝不可能的。她知道自己不可能再穿过那里,第一次就已经很危险了。至少她已经进入了这个房间。那张长凳用两条铁链拴着,被固定在墙上。朱丽叶用力扭动铁链。但她知道,铁链不可能就这样断开,而且她就算拿到铁链也不知道能做些什么。

WOOL / 277

角落里有一根蛇形管,末端是一串通风口。她估计那一定是输送氩气的装置。她伸手抓住那根管子,把脚抵在墙上,用力揪扯。

管子连接通风口的地方松动了,肯定是受到了毒气的腐蚀。朱丽叶露出微笑,然后咬紧牙再次用力揪扯。

管子从根部发生弯折,脱离了通风口。朱丽叶感到一阵兴奋,就像一只野老鼠站到了一大块面包上。她抓住管子断开的一端,来回掰扯,让另一端不断弯折。只要金属能够被稍稍掰弯,再用足够长的时间反复改变它弯曲的方向,它迟早会断裂。在无数次扯动之后,她感觉到了钢铁被削弱时产生的高温,这根铁管很快就要断开了。

汗水从她的眉毛上渗出来,在面罩后面暗淡的光线中微微闪烁,又沿着她的鼻梁滴落,还给屏幕蒙上了一层雾气。她还是不停地又扯又推,前后摆动身体,心情却变得越来越狂乱和绝望……

铁管折断了,她因为没有防备,差点跌了一跤。一阵微弱的响声传进头盔,那根金属长管已经落进她的手里。管子一端被压扁,另一端还是完整的圆形。朱丽叶转向内侧舱门,手里拿着刚刚得到的工具。她把铁管插进轮柄,让尽可能长的一段管子伸出在轮柄外,刚好不至于碰到墙。然后她用戴着手套的双手握住铁管,踮起脚尖,把腰压在铁管上,头盔抵住舱门。集中全身的重量,用力去压铁管。她知道,要让卡住的螺栓脱开,应该利用突然的震动,而不是稳定发力。她握紧铁管伸出来的一端,用身体一下一下地狠狠撞击铁管,却看到铁管弯曲了一点。这让她很担心,说不定还没有撬动轮柄,这根管子就已经断了。

但为了能够达到最大的杠杆效果,她还是将发力的位置不断向铁管末端移动,用尽自己全身的力气,再加上体重,让铁管不断上下摇动。一声巨响透过防护服,变得格外沉闷。而她也随着这个突然的声音扑倒在地上,胳膊肘被狠狠撞了一下。

铁管倾斜着被她压在身下,硌到了她的肋骨。朱丽叶努力维持住呼吸,汗水滴落在面罩屏幕上,让她的视野变得模糊。她站起身,发现铁管没有断。她怀疑是铁管松开了,但铁管还插在大轮柄的辐条里。

虽然难以置信,但她还是兴奋地把管子抽出去,双手抱住轮柄辐条,又将身子靠在上面。

闸门上的轮柄。

松动了。

第三十七章

眼下这种炎热的天气,总是会让人热血沸腾。

沃克尔来到小走廊的尽头,发现自己离开舒适的狭窄空间,进入了宽敞的机械部入口大厅。这里全都是年轻人的影子。他们三三两两地聚在一起,各自悄声说着话。三个男孩蹲在一堵墙边,用丢石子的方式赌点券。沃克尔能听到十几个不同的声音交织在一起,从食堂里传出来。师傅们将这些年轻人赶开,好专心谈论大人的事情。沃克尔深吸一口气,快步走过这片该死的开阔空间,将全部注意力都集中到自己迈出的每一步上,一次抬起一条腿。这片地板需要他一小块一小块地去征服。

时间仿佛有一生那样漫长,但其实没过多久,他已经撞上了另一边的墙壁。伸手按在铸钢墙面上,他终于松了一口气。他身后的学徒们都在笑话他,但他实在太害怕了,根本没心思在乎这些。他的手滑过铆钉固定的食堂门,抓住钢制门板的边缘,把自己拽了进去,才终于感到一阵巨大的宽慰。食堂比他的车间要大好几倍,不过里面挤满了桌椅和他认识的人,还不至于让他感到恐慌。他背靠墙壁,肩膀贴在敞开的门上,几乎可以骗自己说,这个房间其实没那么大。随后,他瘫坐到地上,休息了一下。机械部的人们正在争论着什么。所有人都激动不安地提高声音,抢夺说话的权力。

"不管怎样,现在她的氧气应该用尽了。"是里克斯在说话。

"你怎么知道?"雪莉说道。她正站在一把椅子上,这样她至少和其他人一样高了。她就在这个位置上扫视整个食堂,"我们又不知道他们对防护服做过什么改进。"

"那是因为他们不告诉我们!"

"也许外面的情况已经在好转了。"

最后这句话让食堂里安静下来。也许大家都在等着看这个说话的人会不会站出来,再次开口。沃克尔仔细审视那些面冲着他的人。他们脸上既有恐惧,也有兴奋。连续两次清洁行动破除了一些压在整座筒仓上的禁忌。学徒们都被赶出去了。成年人可以随心所欲地说出平时会被禁止的想法,这让他们都有些跃跃欲试。

"什么叫情况已经在好转了?"另一个人问道。

"距离上次清洁只有两个星期,能好转多少?要我说,肯定是防护服的关系!他们设计了更好的防护服!"石油工人马克环顾四周,眼神中散发出怒意,"我敢肯定,他们已经做出了真正的防护服,现在我们有机会了!"

"有什么机会?"诺克斯怒气冲冲地说道。这位头发花白的机械部主管一边说话,一边舀着早餐碗里的食物,"继续把我们的人送出去的机会?让他们在山丘上游荡,直到氧气耗尽?"他摇摇头,又吃了一口,然后用勺子指向众人。"我们现在要讨论的。"他在咀嚼中说道,"是这场虚假的选举,那个混蛋市长,还有我们被困在这个黑暗的底层!"

"他们根本没有改进防护服。"沃克尔喘着气说道。在开阔空间遭受的磨难让他仍然无法平稳地呼吸。

"是我们让这个地方能够正常运转,"诺克斯抹了一把胡子,继续说道,"我们又得到了什么?手指都要断了,工资又低得可怜。现在呢?现在他们还要抓走我们的人,让他们去擦洗我们根本不在乎的镜头!"他将自己的大拳头砸在桌面上。他的饭碗向上蹦了一下。

沃克尔清了清嗓子。他还蹲在地上,脊背顶着墙。食堂里没有人注意到他是什么时候进来的。现在,大家都被诺克斯吓得闭住了嘴,于是他再次尝试提出自己的意见。

"他们没有改进防护服。"他说,这次声音大了一些。

站在椅子上的雪莉朝沃克尔看过来,惊讶地张大了嘴,伸手朝沃克尔一指。另外十几个人也转头看向沃克尔。

他们全都目瞪口呆地盯住了这名老电工。沃克尔还在努力稳定住呼吸。他觉得自己的样子一定很像死人。柯特妮是一个年轻的水管工,对老沃克尔一直都很好,每次路过他的车间时都会来看看他。她马上离开座位,走到沃克尔身边,惊讶地低声叫着他的名字,扶他站起来,帮他坐到桌边自己的椅子上。

诺克斯把碗推到一旁,一巴掌拍在桌面上。"好啊,现在大家都喜欢在这个该死的地方晃来晃去了,对吗?"

沃克尔有些不好意思地抬起头,看见那位老工头正透过胡子对他露出微笑。另外二十多个人也都盯住了他。沃克尔想要摆摆手,却又把抬起一半的手放下了,然后他就只是低头盯着桌子。突然间,他觉得这里人太多了。

"是不是我们的大喊大叫把你吵醒了,老头子?你也要去翻过那些山丘吗?"

雪莉从椅子上跳下来。"哦,上帝啊,真抱歉,我忘记给他送早餐了。"她急匆匆地跑向厨房去拿食物,完全没有理会连连向她摆手的沃克尔。沃克尔现在一点也不饿。

"不是这样……"他的嗓子有些哑,于是他停了一下,又重新开口道,"我来,是因为我听说,"他的声音还是非常小,"朱莉,去了筒仓看不见的地方。"他用手比画了一下,让手掌越过了想象中横亘桌面的山丘,"但技术部的人根本就没有改进防护服,"他盯住马克的眼睛,拍了拍胸脯,"是我干的。"

角落里的窃窃私语安静下来。没人喝果汁,也没人动一下。仅仅是看到沃克尔走出自己的车间,甚至来到了人群里,他们就已经相当吃惊了。他们之中没有一个能想起上一次这位老电工走出家门是在什么时候。他们只知道他是一个住在自己山洞里的老电工,有些发疯,而且拒绝再收徒弟。

"你说什么?"诺克斯问。

沃克尔深吸一口气,正要继续说话,雪莉已经将一碗热麦片粥放到他面前。粥很稠,勺子可以直接插在里面,正是沃克尔喜欢的口味。他将双手捂在粥碗两边,感觉到传进手心的热量。突然间,他觉得非常疲惫,可能是最近太缺乏睡眠了。

"沃克?"雪莉问,"你还好吗?"

他点点头,摆手示意雪莉不必担心,然后抬起头,与诺克斯四目对视。

"朱莉几天前来找过我。"他点了一下头,逐渐有了信心。他努力不去注意有多少人在看着他,还有头顶闪烁的灯光刺得他眼睛一直在流泪。"对于那些防护服,还有技术部,朱莉有一个猜测。"他用勺子搅动麦片粥,下定决心要把那些不可思议的事情说出来。他有多老了?为什么还会在乎那些禁忌?

"你还记得那些热固胶带吧?"他转向拉凯莱。那是一名早班工人,和朱丽叶很熟。拉凯莱点点头。"朱莉推测那些胶带失灵不是意外。"他自顾自地点点头,"她把一切都看清楚了。"

他又喝了一口粥,不是因为肚子饿,只是喜欢热粥烫舌头的感觉。食堂中鸦雀无声,所有人都在等待着。人们甚至能听到外面学徒游戏和低语的声音。

"许多年来,我帮过物资部不少忙。"他解释道,"那可是许多人情。所以我要他们全力帮助我这一次。告诉他们,这样我们就扯平了。"他看着这些机械部的人,同时还能听到有更多的人正在过来。那些人迟到了,但显然是察觉到食堂中冰冷的气氛,于是他们没有着急进来。"我们以前拿过技术部的物资。我知道,因为我就这么干过。所有最优质的电子元件和导线都会被送到他们那里去,用来制作防护服……"

"那些该死的杂种。"有人低声嘟囔了一句。立刻就有不止一个人在点头。

"所以我要物资部帮我一个忙。那时我刚刚听说他们抓走了她……"沃克尔停顿一下,揉了揉眼睛,"我一听说,就给物资部发了信息,要他们拿我们机械部的东西替换掉那些杂种要求的一切物资,而且要用最好的,还不能让技术部的人知道。"

"你做了什么?"诺克斯问。

沃克尔一下又一下地点着头。说出真相的感觉真好。"他们是故意让防护服失效。出去的人很快就会死亡,不是因为外面的环境有多么恶劣,我认为不是。而是因为他们不想让那些人的尸体离开他们的视线。任何人都不行。"他搅动着麦片粥,"他们要把我们全都留在他们看得见的地方。"

"所以,朱莉不会有事?"雪莉问。

沃克尔紧皱双眉,缓慢地摇摇头。

"我告诉过你们。"有人说,"她现在肯定没有氧气了。"

"她终究还是会死,"又有人在反驳沃克尔,争论的气氛又开始变得热烈,"这只能证明他们全是混蛋!"

对此,沃克尔也只能表示同意。

"所有人,保持镇定。"诺克斯吼道。但他看上去却是最没法保持镇定的一个。沉默时间显然已经结束了,越来越多的工人走进食堂,聚集在桌边,每个人都是一副忧心忡忡的样子。

"就是这样,"沃克尔自言自语地说道。他明白发生了什么,自己又挑起了什么。他看着朋友和同事们全都怒火中烧,怒吼着要求答案。他们的情绪受到了强烈的刺激。"就是这样。"他能感觉到烈火在酝酿,随时准备爆发,"就是这样,就是这样……"

柯特妮一直站在他身边,就像关照病人一样关照他,用自己纤细的手握住他的手腕。

"就是怎样?"她一边问,一边挥手示意大家安静。然后她靠近沃克尔问道:"沃克,告诉我,就是怎样?你想说什么?"

"就是这样开始的。"老电工悄声说道。食堂恢复了安静。他抬起头,看着所有人,审视他们的面孔,看到他们的义愤,所有禁忌都已粉碎,他的忧虑是正确的。

"暴动就是这样开始的……"

第三十八章

尖锐的痛苦一直深入到他的骨头：
在他的架子上，只有一些空空如也的盒子。

卢卡斯上到三十四层时，已经上气不接下气。他抱着那只纸板盒，违犯法律的压力比这种早已习惯的攀爬更让他感到疲惫。他还能尝到嘴里肾上腺素的味道，那是他躲在服务器后面，翻检朱丽叶个人物品的结果。他拍拍自己的胸口，摸到胸兜里的东西，也摸到了自己飞速跳动的心脏。

等到镇定下来以后，他才向技术部的大门伸出手——却差一点被撞碎了指节。大门被猛地向外推开。萨米——一名他认识的技师快步冲出来，从他身边一闪而过。卢卡斯在背后喊他，但这名比卢卡斯年长的技师一转眼就跑没了影。卢卡斯只看见他是向上层去了。

大门里面不断传出叫喊声，感觉更是一团混乱。卢卡斯把纸板盒紧紧抱在胸前，小心翼翼地用胳膊肘推开大门，溜了进去，疑惑到底发生了什么事。

大部分的喊声似乎都是伯纳德发出来的。这个技术部的负责人正站在安全闸外面，对着一名又一名技师不停地吼叫。不远处，技术部的安全主管西姆斯同样在冲着三个穿灰色工作服的人大骂不止。卢卡斯呆立在门口,被这两个怒不可遏的人吓住了。

伯纳德一看见他,立刻闭住了嘴,穿过哆哆嗦嗦的技师们,向他走了过来。卢卡斯张开嘴,想要说些什么,但他的老板注意的不是他,而是他手里的东西。

"就是这个?"伯纳德一把将盒子从卢卡斯怀里夺了过去。

"这个……?"

"那个全身机油的家伙所有的东西都在这个该死的小盒子里?"伯纳德把盒盖扯开,"就这么多?"

"呃……给我的就是这些。"卢卡斯有些结巴,"马什说……"

"是的,那个副警长一定又抽筋了。《法案》里真应该写清楚他们那种职业的年龄限制。西姆斯!"伯纳德转向自己的安全主管,"去会议室,马上。"

卢卡斯朝安全闸门后面的服务器机房指了一下。"我想,我应该去……"

"跟我来。"伯纳德伸胳膊搂住卢卡斯的后背,捏了一下他的肩膀,"我想让你也参加。这里我能信任的混蛋技师已经越来越少了。"

"但你……你还是应该让我去看看服务器。第十三号堆栈还有些问题……"

"那个可以等一等。这件事更重要。"伯纳德推着他向会议室走去。大块头西姆斯走在他们前面。

一名警卫拉开会议室的门,朝走进去的卢卡斯皱起了眉头。卢卡斯从那名警卫身边经过的时候打了个喷嚏。他能感觉到汗水正从胸膛上流下去,同时还在不断从他的腋窝和脖子周围渗出来,让他更觉得自己做贼心虚。在他的想象中,自己仿佛会被突然按倒在桌子上。那些他藏起来的物品都会从他身上被搜出来,在他面前被来回摇晃……

"坐下。"伯纳德说道。他把那只盒子放在桌子上。卢卡斯坐下的时候,伯纳德和西姆斯已经在把盒子里的东西一样样翻出来了。

"度假券,"西姆斯一边说,一边拿出那叠代金券。卢卡斯小心地看着那个男人手臂肌肉的抽动,即使是最轻微的动作也不会忽略。西姆斯曾经是一名技师,不过他变得越来越魁梧强壮了。现在的他显然更适合一些不太需要脑力的工作。他把那些点券举到鼻子前,嗅了嗅,一皱鼻子。"全是机油和汗臭味。"

"是伪造的吗?"伯纳德问。

西姆斯摇摇头。伯纳德开始查看那只小木匣。他把匣子晃了晃,用指节敲打两下,倾听里面钱币的撞击声,然后在匣子表面寻找铰链和锁扣。

卢卡斯差一点就要告诉他,木匣的盖子是滑动打开的。它的工艺非常精巧,几乎看不到盖子的接缝。伯纳德嘟囔了一声,把木匣放到一旁。

"我们具体要找什么?"卢卡斯问。他向前俯过身,拿起那只木匣,装作第一次看到它的样子。

"一切,要找到该死的线索。"伯纳德怒喝一声,瞪着卢卡斯说道,"那个满身机油的家伙是怎么翻过山丘的?她是不是干了什么?在我的技师里找到了内应?还是怎样?"

卢卡斯仍然无法理解他的愤怒。就算朱丽叶不清洁摄像头又能怎样——反正之前不久有人清洁过了。伯纳德发怒是因为不知道她为什么活了那么长时间?卢卡斯感觉这样推测是合理的。如果他修好了一样东西,却不知道自己是怎么做的,他也会像把东西搞坏时一样着急上火。他见过伯纳德生气,但这次不太一样。伯纳德现在脸都青了。他真的是发疯了。卢卡斯觉得,如果自己获得了如此前所未有的成功,却完全不明白其中的原因,他大概也会变成这样。

就在这时,西姆斯拿起那个笔记本,开始翻看其中的内容。"嘿,老板……"

伯纳德把笔记本从西姆斯手里抢过去,一页一页翻开,仔细查看。"一定有人在暗中动了手脚,"他把眼镜往鼻梁上推了推,"这里面也许能找到他们勾结的线索……"

"嘿,看,"卢卡斯举起手中的木匣,"它打开了。"他把匣盖滑开给他们看。

"让我看看。"伯纳德把笔记本扔在桌上,拿过木匣,同时一耸鼻子。"只有些硬币。"他厌恶地说道。

他把匣子里的硬币倒在桌面上,正要把木匣丢开。西姆斯却把匣子抓在手里。"这是古董。"这名大汉说道,"你觉得它会是线索吗?如果不是,我能不能……?"

"好的,你留着吧。"伯纳德朝着能看到入口大厅的窗户挥挥手,"你就看不见这里还有什么更重要的事情了,对不对?大粪脑子!"

西姆斯含糊地耸耸肩,把木匣收进自己的衣兜。卢卡斯现在只想躲到别的地方去,筒仓里任何一个角落都好,只要不是在这里。

"也许她只是运气好。"西姆斯说。

伯纳德开始把盒子里剩下的东西都倒在桌子上,那本手册也被他从盒子里抖了出来——卢卡斯将那本手册塞在了盒子最底部。看到手册,伯纳德停住手上的动作,越过眼镜边缘斜睨着西姆斯,重复了一遍西姆斯的话:"运气。"

西姆斯歪过头。

"这里不需要你了。"伯纳德对他说。

西姆斯点点头。"是的,你说得对。"

"不,我的意思是,你给我滚出去!"伯纳德指着门说道,"快滚!"

安全主管露出微笑,好像这很有趣,不过他还是转动笨重的身躯,向门口走去,悄悄离开房间,还"咔哒"一声,轻手轻脚地关上门。

"我的周围都是笨蛋。"伯纳德对留下来的卢卡斯说。

卢卡斯努力告诉自己,伯纳德骂的不是他。

"还留在这里的人除外。"伯纳德仿佛看穿了卢卡斯的心思。

"谢谢。"

"嘿,你至少能修好那些该死的服务器。我付钱给其他那些垃圾技师到底是为了什么?"

他又把眼镜往鼻梁上推了一下。卢卡斯试着回忆了一下,这位技术部的首脑是不是一直都会这样骂人。但他觉得不是。是因为兼职临时市长的压力吗?有些事情似乎已经和以前不同了。现在就连把伯纳德当作自己的朋友也会让卢卡斯感到怪异。伯纳德已经变成了非常重要的人物,也比以前忙碌多了。也许是额外责任所带来的压力让他崩溃了,比如他不得不送好人去进行清洁,这肯定会让他非常痛苦⋯⋯

"你知道我为什么从来不收学徒?"伯纳德问。他迅速翻阅那本手册,看到了印在背面的剧本,又将这一摞装订在一起的纸倒过来,然后抬头瞥了一眼卢卡斯。那个年轻人抬起手掌,耸耸肩。

"因为我一想到会有别人管理这个地方,我就会不寒而栗。"

卢卡斯以为他指的是技术部,不是筒仓。伯纳德成为市长还没有多长时间。

伯纳德放下剧本,看向窗外。又有一些争吵的声音从那里传过来,因为窗玻璃的阻隔而显得非常模糊。

"但总有一天,我必须把权力交出去。我的朋友,那些和我一起长大的人,他们已经开始像苍蝇一样纷纷落下、死掉了。而你还年轻,可以装作这种事情不会发生在你身上。"

他的眼睛盯住卢卡斯。这名年轻的技师却感觉单独和伯纳德在一起很不舒服——他以前从没有过这种感觉。

"曾经有一些筒仓因为一个人的狂妄自大而被彻底烧毁。"伯纳德告诉他,"只是因为错误的计划,以为自己能永远掌权,但只要手握权力的那个人一消失——"他打了个响指"——就留下了一个黑洞一样的真空。那会把一切都毁掉。"

卢卡斯很想仔细问问自己的老板,他到底在说些什么。

"我认为,今天就是这个日子。"伯纳德开始绕着长长的会议桌踱步,代表朱丽叶人生的那些物品都被他散乱地丢在身后。卢卡斯的目光扫过那些物品。刚刚私自查看它们的负罪感消失了,因为他看到了伯纳德是如何对待它们的。他只希望自己能够把它们多藏起一些来。

"我需要的是一个有能力处置服务器的人。"伯纳德说道。卢卡斯转过头,才发现那个矮胖的技术部主管就站在他身边。他把手捂在胸前的口袋上,确认了口袋没有鼓起太多,不会让伯纳德看出蹊跷。

"萨米是一名好技师。我信任他。但他差不多和我一样老了。"

"你不算老。"卢卡斯竭力想要表现得礼貌一些,同时拼命思考当前的情况。他不知道到底会发生什么事。

"能被我看作是朋友的人并不多。"伯纳德说。

"我很感谢……"

"你对我来说,也许是最接近于朋友的人了……"

"我也有同感……"

"我认识你父亲。他是一个好人。"

卢卡斯咽了一口唾沫,点点头,抬起目光,看见伯纳德向他伸出了一只手,并且意识到伯纳德做出这个动作已经有一段时间了。他也伸出自己的手,和伯纳德握了握。但他还是不知道伯纳德想要说些什么。

"我需要一名学徒,卢卡斯。"伯纳德的手比卢卡斯的要小不少。他一边握手,一边注视着卢卡斯,"我希望你成为那个人。"

第三十九章

放聪明,慢慢走;跑得快的全都摔倒了。

朱丽叶用力挤进气闸舱的内门,然后手忙脚乱地把舱门关闭。当沉重的舱门在铰链刺耳的摩擦声中重重撞在已经干燥的密封条上,黑暗立刻笼罩了她。她摸索着找到门板另一边的大轮柄,将身子靠在轮柄上,推动辐条,把门锁死。

防护服中的空气已经有了一股陈腐的味道。她能感觉到自己正慢慢陷入昏厥。她转过身,一只手按在墙上,踉跄着穿过黑暗向前走去。跟随她一起渗进来的外界空气就像一群发疯的虫子,抓挠着她的后背。朱丽叶跌跌撞撞地穿过走廊,努力拉远自己和身后那团死亡气体的距离。

这里没有灯光,也没有墙壁屏幕的荧光。朱丽叶看不到外面的世界是什么样子。她只能祈祷这座筒仓的布局和她的家乡是一样的。这样她至少能找到路。她还在祈祷防护服中的空气能坚持得久一点,祈祷这座筒仓里的空气不会像外面一样污秽有毒,也不会像她的防护服里的空气那样缺乏氧气——那样的结果也同样糟糕。

她的手擦过牢房的钢栅栏——位置和她的筒仓一样。这给了她希望,就算没有光,她也能找到路。她不确定自己希望在这一片漆黑中找到什么——她没有什么求生计划,只是磕磕绊绊地想要逃离恐怖的外部世界。她几乎无法想象自己曾经到了外面,现在却又走进了另外一座筒仓。

她摸索着穿过办公室,同时吸尽了头盔里最后一点氧气。她的脚绊到了什么东西,一下子扑倒在地,摔在一堆柔软的东西上。她伸手去摸,碰到了一条胳膊,然后是一具躯体,不止一具。朱丽叶爬过它们。这些躯体还是柔软的——比外面那些躯壳和骨骸更像人,也更实在。这让她更加难以爬过去。她的手按在一个人的下巴上,那个人脖子一转,让她差一点失去平衡。一想到自己在做什么,她的身体就下意识地往后缩,抱歉地要收起手脚,但她还是在黑暗中强迫自己向前冲过这一堆尸体,直到头盔"砰"的一下撞在办公室的门上。

因为没有防备,这一下撞得非常狠。朱丽叶眼前都是星星。她很担心自己会昏倒,急忙伸手去摸门把手。她的眼睛就像被封上了一样,在这种彻底的黑暗中什么都看不见。甚至在机械部的最深处,她也没有见过这样绝对的黑暗。

她终于找到门把手,急忙用力推了一下。门没有锁,但也没有被推动。她急忙站起身,让一双脚在尸体中间踩稳地面,用肩膀去撞门。她想要出去。

门动了,只打开了一点。她能感觉到有什么东西在门外滑动——有可能是更多的尸体堆在外面。她一下又一下地去撞门。在她的头盔里回荡着吃力的喘息和愤懑的低声尖叫。她的头发散开了,浸透汗水,黏在脸上。她看不见,也呼吸不到氧气。她自己呼出的气体在毒害她,让她感到越来越强烈的晕眩。

门终于滑开了足够大的缝隙。她努力钻了出去,先是一侧肩膀,然后是头盔、另外一只手臂和腿。她倒在地上,转过身,用身体去推门,把门重新关紧。

这里有一点微弱的光线,一开始几乎无法察觉。一道由桌椅堆成的壁垒顶住了她的身子。她用力将它们推开。那些坚硬的桌椅边缘和细长的桌椅腿仿佛还想将她困在其中。

朱丽叶听到自己的喘息声,知道自己的时间不多了。在她的想象中,被她放进来的毒气仍然像机油一样黏附在她的全身上下,等待她从这层保护壳中爬出来,就彻底将她吞噬。

她想就这样躺下来,任由防护服中的氧气耗尽。她会被保存在这套防护服里——一个做工精良的茧,沃克尔和物资部的人送给她的礼物。她的身体将永远躺在这个本不应该存在的黑暗筒仓里——但这总要好过在一座没有生命的山丘上慢慢朽烂,被风一点一点吹走。这会是一种不错的死亡。她喘息着,为自己感到骄傲。这个地方是她自己选择的,她为此还克服了不止一个障碍。她瘫软在门板上,差一点就这样躺下去,闭上眼睛——但好奇心还在纠缠着她,不肯罢休。

朱丽叶举起双手,在楼梯间昏暗的灯光下仔细端详它们。闪光的手套,用热固胶带包裹着,形成一层光亮的皮肤,让她看起来像一台机器。她用手摸了摸球形头盔,意识到自己就像一台会走路的烤面包机。当她还只是机械部的学徒时,她有一个坏习惯——喜欢把东西拆开,哪怕是已经可以正常工作的东西。沃克尔是怎么说她的?她最喜欢的就是看看烤面包机里面是什么。

她坐起身,努力集中精神。她正在失去知觉,随之一起流失的还有活下去的意志。她摇摇头,努力站起身,把一堆椅子撞倒在地。她就是这台烤面包机。她的好奇心想要把这台机器打开。只不过这一次,她是想看看外面有什么。只要吸一口气就能知道。

她挤过那些桌椅,想要尽量远离跟随自己进来的毒气。她在警长办公室爬过的那些躯体感觉上都是完整的。当然,那些人肯定都死了。他们被困在那里,可能是饿死的,也可能是窒息而死,但没有腐烂。尽管头重脚轻,急需氧气,她还是想要先找些水把防护服表面冲洗一遍,再打开头盔。在机械部的时候,应对化学品泄漏的办法就是用水稀释毒气。

她冲出挡路的桌椅,走过开阔的自助餐厅。楼梯间里的应急灯射过来一点绿光,为她照亮了前进方向。她走进厨房,试了试大水槽上面的水龙头。水龙头转开了,却一滴水都没有。厨房深处也没有传来水泵工作的声音。她走到洗碗水槽前,拽下悬挂的软管,拉动控制杆——结果一样,没有水。

她想到了步入式冰箱。也许那里能把爬满整个防护服的那种恶心感觉冻结起来。于是她蹒跚着绕过烹饪区,拉开冰箱门上的大银把手。头盔里的呼吸声越来越粗重。厨房深处的光线非常暗,她几乎又要什么都看不见了。她感觉不到冷,不过外面的寒冷很可能无法穿透她的防护服。这套防护服的功用是保护她。它的质量很好。冰箱顶灯没有因为门被打开而开启。所以她推测这台冰箱已经坏了。她朝冰箱里面望了一眼,看看有没有液体的东西。她似乎看见了一些盛汤的大桶。

什么都可以,她已经无暇挑选了。朱丽叶走进冰箱,任由冰箱门在身后缓缓关闭。她抓住一只塑料大桶———只厨房里最大号的容器,把盖打开。冰箱门"咔哒"一声关上了,让她重新陷入绝对的黑暗。她在放置那只桶的架子前跪下,让大桶倾斜,随即感觉到液体的汤汁洒落在防护服上,响起一阵湿漉漉的声音,又落在地上。

她的膝盖开始在一些油腻的东西里打滑。她又摸到另一只桶,同样打开盖子,伸手摸到里面的液体,就把桶拉下来,将里面的东西倒在自己身上。她不知道自己是不是疯了,是不是在让自己的情况变得更糟,是不是在做毫无意义的事情。她的膝盖又狠狠滑了一下,让她仰面朝天倒在地上,头盔重重地磕了一下。

朱丽叶躺在一摊不冷不热的汤里,什么也看不见,伴随着一阵阵沙哑的嗓音,呼吸着令人窒息的空气。她没有时间了。现在的她头晕目眩,想不出还有什么别的办法,不管怎样,她既没有氧气,也没有力气,必须马上把头盔摘下来。

她伸手去找固定头盔的栓扣。隔着厚厚的手套,她几乎无法摸到它们。这身防护服真的要杀死她。

她又翻过身,匍匐在地,爬过洒满汤汁的地面。她的双手和膝盖不停地打滑。终于,她找到了冰箱门,喘着气去摸门把手——找到了。她用力将门推开。案台后面有一排刀具在闪闪发光。她摇摇晃晃地站起来,抓住一把刀,隔着厚手套握紧刀柄,又瘫倒在地上,疲惫不堪,头昏眼花。

她将刀刃转向自己的脖子,将刀尖沿着脖颈的位置划过去,直到插进栓扣的缝隙。然后,她稳定住心神,用颤抖的手臂挪动刀子,用力按下去,抵抗住人类的防御本能,把刀尖推向自己的身体。

微弱的"咔哒"声响起,朱丽叶猛吸一口气,继续用刀刃划过头盔底部边缘,找到另外一个栓扣,然后重复刚才的动作。

又是"咔哒"一声响,她的头盔一下子弹开了。

朱丽叶的身体立刻强迫性地开始深呼吸。空气感觉很污浊,其中夹杂的恶臭几乎无法忍受,但她的身体只是贪婪地吸进更多空气,不允许她停下来。腐败的食物散发出让人恶心的味道,充斥在她的鼻腔里。没有什么温度的腐臭汤汁落在她的嘴巴里,舌头上。

她转过身,低头干呕,却什么都没有吐出来。她的两只手上全都是滑腻的汤汁。呼吸是痛苦的。她觉得自己的皮肤上有灼烧感,不过也可能是她在发烧。她从步入式冰箱旁边爬开,想要回到自助餐厅去,离开这团臭汤形成的雾气,再吸上一口空气。

空气。

她又深深地吸了一口气,臭味依然强烈,她的身上还洒满了汤汁。但除了恶臭之外,空气中还有一些别的东西,虽然感觉很微弱,但的确可以让她呼吸,能够帮她赶走眩晕和恐慌。是氧气——生命。

朱丽叶还活着。

她发疯般地大笑,踉踉跄跄地向楼梯井走去,目标是那里的绿色灯光。她用力呼吸,因为太过疲劳,她已经没力气再为自己还活着感到高兴——这本来应该是不可能的。

第四十章

你和我已经过了跳舞的年纪

对诺克斯而言,机械部的骚动只不过是又一个需要处理的紧急状态。就像地下室的隔水墙发生了渗漏;或者石油钻头撞上了甲烷富集区,他们不得不疏散底部八层的所有人,直到空气处理人员让下面的环境恢复安全。面对不可避免的事故,他需要做的就是确保秩序,安排工作任务,把一项巨大的任务分解成一个个独立的小单元,确保它们被分配给正确的人。只是这一次,他和他的人不是要修理什么,是正义的机械部员工们想要破坏一些东西。

"物资部才是关键。"他指着挂在墙上的大型筒仓蓝图,对他的三个班的工长们说道。他沿着楼梯井向上三十层,指向物资部的主要生产层区,"我们最大的优势是技术部不知道我们要上去。"他又转向三名工长,"雪莉、马克和柯特妮,你们跟我来。我们要准备好一切物资。把你们的学徒也都带上。沃克尔,你提前发信息,通知他们我们要过去。不过要小心。我们必须假定那里有技术部的眼线。就说我们要把你修理好的一批东西送上去。"

他转向詹金斯。詹金斯曾经跟随诺克斯做过六年学徒,直到他长出胡子,加入了晚班团队。大家都认为他是诺克斯的接班人。

"詹,我想让你接管这里。你要有一段时间没法休假了。保持这里正常运转,但也要做好最坏的打算。我要尽可能多地储存食物,还有水。确保水箱是满的。如果有必要,可以从水培区转移一些水过来,但一定要小心。找个借口,比如有什么地方发生泄漏之类的,不要引起他们的注意。派人检查每一道门的门锁和铰链是否牢固,以防万一,也许这里也会发生战斗。尽量收集一切武器,管子、锤子,尽量多搞一些。"

听到诺克斯这样说,有些人皱起了眉头,但詹金斯只是点了点头,似乎是认为诺克斯的话很有道理,应该完全照做。诺克斯又转向他的工长们。"怎么样?你知道该怎么做了,对吧?"

"但之后我们该怎么做?"柯特妮瞥了一眼他们这个地下家园高耸的蓝图,"冲进技术部,然后呢?夺取这个地方的控制权吗?"

"我们已经在控制这个地方了。"诺克斯沉着脸说道。他一巴掌拍在三十几层的地方,"但我们一直只是在其他人看不见的暗箱里这样做,就像这几层对我们来说也完全是个暗箱。现在,我要照亮他们的老鼠洞,把他们吓出来,看看他们到底还藏了些什么。"

"你明白他们一直在做些什么,对吧?"马克转向柯特妮,"他们一直在让人们出去送死。他们这样做,不是因为必须如此,而是因为他们想要这样!"

柯特妮咬住嘴唇,什么都没有说,只是盯着那张蓝图。

"我们需要上去,"诺克斯说,"沃克,发消息过去。我们去做准备。想一些高兴的歌,我们可以在爬楼的时候唱。那时可不要再嘟囔这些事。说不定会被哪个搬运工听到,再让那家伙为了一两个小钱出卖我们。"

众人纷纷点头。诺克斯拍了拍詹金斯的后背,向他曾经的学徒一点下巴。"我们需要大家的时候,我会传消息下来。到时候只留下你认为必不可少的人,让其他人都上去。时间就是一切,明白?"

"我知道该做什么。"詹金斯说道。他不是要显示自己的能力,只是想让他的长辈放心。

"好,"诺克斯说,"那我们动手吧。"

······||||···|||||···||||||···

他们已经爬了十层楼,没有人抱怨一声,但背上沉重的负担让诺克斯双腿开始生出一阵阵烧灼感。他用宽肩膀扛着一只鼓鼓囊囊的帆布袋。里面装了几套焊工服。另外还有几顶安全帽被一根绳子穿过它们的帽带,将它们捆扎成一串,"哐哐当当"地挂在他粗壮的后背上。马克吃力地抱着一捆钢管。一路上总是有单根的管子要滑出来。两名女工长走在他们后面。走在最后的是学徒们。他们脖子上沉甸甸的口袋里装满了爆破炸药。同样身负重担的专业搬运工轻快地从他们身边走过,目光里都显示出好奇和被抢了生意的愤怒。一名诺克斯认识的女搬运工停在他们身边,表示可以帮忙,却被诺克斯粗暴地打发走了。女搬运工快步上了台阶,在楼梯转弯处又看了他们一眼,就跑出了他们的视线。诺克斯有些后悔,觉得不应该把自己因为疲惫而生出的火气无端发泄在别人的身上。

"坚持下去。"他对其他人说。虽然他们只是一小群人,但也吸引了不少人的目光。而且当他们听到所有人都在议论朱丽叶那令人吃惊的失踪事件,他们自己却只能紧闭住嘴巴,这种煎熬的感觉只会让他们更感到疲惫。几乎在每一层的楼梯平台上,都有一群人——往往是年轻人——围在一起,交头接耳地讨论这件事的意义。那些以前只能想想的禁忌话题,已经出现在人们的窃窃私语之中。

平日不能讨论的观点出自人们之口,流传在筒仓之中。诺克斯不去理会腰背的疼痛,只是一个劲地向上走,每一步都在让他们更靠近物资部。现在他越来越感觉到他们必须尽快赶到那里。

他们刚刚走过第一百三十层,楼梯间里充斥着嘈杂的说话声。现在他们已经接近底层区的上半部了。这里有许多人一起工作、购物、吃饭,尽管这些人不一定愿意拥挤在这样的人群中间。汉克副警长正在第一百二十八层的楼梯井里,试图为两群争吵不休的人进行调解。诺克斯从他们旁边挤过去,希望那名警官不要转过头来,注意到他这支负载远超一般情况的队伍,更不要问他爬这么多层楼上来要做什么。诺克斯总算平安通过了那个乱哄哄的地方。他又回头瞥了一眼,看见学徒们正紧贴在楼梯内侧扶手旁,一个一个地从那群人旁边蹭过来。汉克副警长还在要求一个女人保持冷静。很快,那处楼梯平台就从他们的视野中消失了。

他们经过了第一百二十六层的泥土农场。诺克斯觉得这里也是一处关键地点。位于三十几层的技术部距离这里还很遥远,但如果他们必须撤退,他们就要牢牢守住物资部。有了物资部的制造能力,这里的食物,再加上机械部维持筒仓运转的能力,他们也许能够坚持下去。在这根链条上,他还能看到一些脆弱的环节,但技术部的弱点更多。他们在机械部能够彻底关闭整座筒仓的电源,或者停止水循环。但在迈动疲倦的双腿向物资部攀登的一路上,他都在衷心希望这样的情况不会发生。

第一百一十层到了。这里的楼梯平台上有一群人正紧皱双眉等着他们。年长的物资部女主管麦克莱恩穿着黄色连体工作服,双臂抱在胸前,光是这一个姿势,就能看出她有多么不欢迎这些机械部的访客。

"你好,乔芙。"诺克斯给了她一个大大的微笑。

"别喊我'乔芙'。"麦克莱恩说,"你到底要干什么?"

诺克斯看看上方和下方的楼梯,耸了耸扛着沉重包袱的肩膀。"你是否介意我们进去说话?"

"我不希望这里惹上任何麻烦。"麦克莱恩依旧紧皱着眉头,一双眼睛射出犀利的光芒。

"我们先进去。"诺克斯说,"我们这一路上都没有歇过。再这么站着,我们可就要累瘫在你面前了。"

麦克莱恩似乎是认真想了一下,抱在胸前的双臂也松开了。然后她朝自己身后的三名工人点点头——那三个人挡在这一层的大门前,形成了一堵无法穿越的墙。他们拉开了映射着灯光的物资部钢制大门。随后麦克莱恩又转回身,抓住诺克斯的胳膊告诫他:"别太张狂。"

走进物资部门厅,诺克斯发现这里已经聚集了一小群身穿黄色工作服的人。大家都在等他和机械部的人上来。他们之中大多数人都站在一个低矮的长柜台后面。筒仓各处的人通常会在这里领取他们所需要的部件——无论是新组装的还是刚刚修好的。柜台背后是一排排高大的货架,一直延伸到昏暗的筒仓深处。架子上摆放着各式各样的盒子与箱子。这座大厅显得格外安静。平时这里永远都充斥着制造车间的机器运转和金属敲击声,还有工人们在货架前一边把新做好的螺钉和螺母分别倒进饥饿的货箱里,一边大声聊天,但现在,所有这些声音都消失了。

在这里迎接机械部的只有寂静和不信任的瞪视。诺克斯率领他的人站在大门口。他们扛上来的货物都堆在地上,在他们的眉毛上挂着一滴滴汗水。而物资部的人们只是盯着他们,没有半点动作。

诺克斯本来以为会受到更友善的欢迎。机械部和物资部一直以来都有密切的合作,共同经营机械部下方的小规模矿坑,为筒仓提供矿石补给。

而现在,麦克莱恩跟在她的孩子们身后走进门厅,赏了诺克斯一个轻蔑的眼神——自从诺克斯的老妈妈故去之后,他就再没有见到过这种眼神了。

"这到底是怎么回事?"物资部的女长者低声问诺克斯。

诺克斯被这句话问得有些不知所措,尤其是他的人还在背后看着他。他认为自己和麦克莱恩是平级的,但现在,他觉得自己仿佛被这位老太太放出的恶犬咬了一口,气势一下子弱了许多。

麦克莱恩的目光扫过那些筋疲力尽的机械师,还有他们的学徒,然后又转回到诺克斯身上。

"无论谁要为此负责,在我们讨论如何彻底解决这个问题之前,我想先听听你是如何管理你的手下的。"她的目光仿佛能在诺克斯身上钻出一个窟窿,"我估计你和这件事没有关系,对吧?你是来道歉,并向我提供贿赂的?"

雪莉想要说些什么,但诺克斯挥手示意她闭嘴。这里有许多人显然正在等着事态发展到不可收拾的地步。

"是的,我道歉。"诺克斯咬紧牙关,低下头,"我和这件事没有关系,我也是今天早晨刚刚听说。实际上,是在我知道这次清洁的结果之后。"

"所以,这都是你的电工干的。"麦克莱恩细瘦的双臂再次交叉在自己的胸前,"就他一个人。"

"是的,但……"

"告诉你,我已经对我们的涉案人员进行了惩罚。我认为你要做的不应该只是把那个老混蛋赶回他的房间。"

柜台后面响起一阵笑声。诺克斯伸手按住雪莉的肩膀,让自己的部下不要轻举妄动,同时他的视线落在了麦克莱恩身后的那些人身上。

"他们抓走了我们的人。"诺克斯的胸口也许感到些许沉重,但他的声音依然洪亮有力,"你们知道这是怎么回事。他们想要找人去清洁,就会这么干。"他在自己的胸膛上捶了一拳,"而我任由他们这么干。我当时就站在那里,因为我相信这个体系,我也害怕它,就像你们所有人一样。"

"但是……"麦克莱恩开口道。但诺克斯打断了她,继续用那种曾经在各种机器的轰鸣中清晰下达一道道命令的冷静声音说道:"我的一个人被抓走了。而我们之中最年长、最有智慧的人为她采取了特别手段。我们的长者身体很虚弱,甚至非常害怕离开他的小家,但他还是甘愿为此冒险。你们之中是谁收到他求助的信息,是谁帮助了我们,我会用生命报答你们。"诺克斯眨了眨被泪水模糊的眼睛,继续说道,"是你们让她能够走过山丘,能离开众人的视线,平静地死去。是你们给了我睁开双眼的勇气,让我看到了覆盖在我们生活上的谎言……"

"够了。"麦克莱恩喊道,"就算是听到这种胡言乱语的人也会被送出去进行清洁,这全都是废话。"

"这不是废话。"马克在人群中喊道,"朱丽叶的死是因为——"

"她的死是因为她违反了法律!"麦克莱恩的声音高亢而尖利,"而现在,你们上来是要违反更多的法律吗?在我的这一层?"

"我们是要敲破一些人的脑袋!"雪莉说。

"别说话!"诺克斯对身后的两个人说道。他看到了麦克莱恩眼睛里的怒意,但他也看到了另外一些东西:这位女长者身后有不止一个人在点头,或者扬起了眉毛。

一名搬运工两只手拿着几只空口袋走进门厅,扫了一眼这个沉默而紧张的地方。大门旁边一名高大的物资部工人一边向他道歉,一边带他回到楼梯平台上,告诉他晚一些再过来。趁着这段时间,诺克斯仔细斟酌了要说的话。

"没有人会因为听别人说话就被赶出去进行清洁,无论说的是多么大的禁忌。"他先让这句话在众人耳中停留了一段时间。而麦克莱恩显然要打断他的发言。他对物资部的主管怒目而视,但麦克莱恩应该是下定了决心,不能让他再说下去。于是他立刻又说道:"只是凭我接下来要说的,你们完全可以把我送去清洁摄像头。如果我要说的这些事实无法让你们和我们并肩战斗,那我会心甘情愿被你们送出去。因为这是沃克尔和你们中间那些勇敢的人在今天早晨让我们看到的。所以我们应该抱有更多希望,而不只是那些胆怯的家伙丢给我们的那一点点。我们完全可以拓展我们的视野,不是只能看到那些人允许我们看到的那一小片地方。我们一直生活在一堆谎言里。他们让我们看到同胞在山丘上烂掉,让我们因此感到害怕。但现在,我们之中的一个人越过了那道山丘!看到了新的地平线!他们说,密封的防护服非常牢固,足以抵抗毒气的侵蚀,但事实又是怎样?"

他瞪视着柜台后面的人们。麦克莱恩紧抱在胸前的双臂似乎放松了。

"那些防护服一开始就被设计成不可能坚持很久的,这就是真相!全都是假的。谁能知道他们还说了多少谎言。我们能不能让清洁者回来？不要让他们去送死？清洗掉粘在他们身上的毒气？如果我们尽全力去营救,他们能不能活下来？技术部告诉我们不行,但我们不能再信任他们了！"

诺克斯看到更多的人在点头。他知道,如果有必要,他的人会以武力占领这里。他们都已经像他一样要发疯了。

"我们来这里不是为了惹麻烦。"他继续说道,"我们来这里是为了带来真正的秩序！暴动早就开始了。"他转向麦克莱恩,"你还没有看见吗？我们一直就生活在暴动中。我们的父母就是暴动的孩子。现在,我们又要把我们的孩子喂给同一台暴力的机器。这不是一件新事情的开始,而是一个旧时代的结束。如果物资部和我们同仇敌忾,我们就有机会改变这一切。否则,我们的尸体也许会一直躺在筒仓外面,占据你们的视野。现在我觉得那里远没有这个被诅咒的筒仓更加朽烂！"

诺克斯最后吼出的这句话让其他所有禁忌都变得不值一提。但他直接把这句话抛了出来——承认这道弯曲墙壁外面的东西可能要比里面的更好——他喜欢这样的说法。过去也有许多人在暗中议论过这种想法,甚至因此丢掉性命,而现在,他用自己宽阔的胸膛和粗犷的嗓音直接把它吼了出来。

这种感觉真是太好了。

麦克莱恩哆嗦了一下,后退一步,眼神中流露出某种类似于恐惧的神情。她转过身,背朝诺克斯,做出要回到自己人中间去的样子。诺克斯知道,自己失败了。面对这个沉默的人群,他的确曾经有机会鼓舞他们采取行动,无论这机会是多么渺茫。但现在,这个机会溜走了,或者就是被他吓跑了。

但麦克莱恩的行动似乎和诺克斯预料中并不一样。诺克斯看到她修长的颈部凸起了一条条青筋。她向她的人昂起头,在头顶束紧的白髻高高扬起。女长者以平静的声音说道:"你们说呢,物资部的人们?"

她是在询问,不是在命令。诺克斯后来回想起此时的情景,不由得有些怀疑麦克莱恩的声音中是否带着一点哀伤。这位物资部的主管是否在怜惜自己的人。他们一直耐心地倾听诺克斯的疯话。实际上,也许麦克莱恩更想做的是让物资部的工人们把诺克斯和他那些机械部的人全都扔出去。

但现在,诺克斯早已泪流满面,心中想的只有朱丽叶。他甚至听不到身后几名部下的呐喊,因为他们的喊声完全被淹没在机械部那些善良人的怒吼之中。

第四十一章

生得早,毁得也早。
大地吞噬了我所有的希望,只除了她。

卢卡斯跟随伯纳德穿过技术部的走廊。精神紧张的技师一看到他们两个就纷纷散开,如同黑夜里被光线惊动的虫子。伯纳德似乎没有注意到那些溜进办公室,或者从窗口向外窥探的技师。卢卡斯匆忙地跟在他身后,双眼四处乱扫。这种被所有人从暗中窥视的情形让他觉得很不自在。

"要我重新成为学徒,开始另一份工作,会不会年纪有点大了?"他问道。他非常确信,自己还没有接受这个提议,至少没有在口头上答应,但听伯纳德的语气,这件事却仿佛已经定下了。

"胡说。"技术部主管说道,"而且这也不会是传统意义上的学徒。"他向空中挥挥手,"你会像以前一样,继续履行你的职责。我需要的只是如果我有什么万一,能够有人接下我的工作。我写了遗嘱——"

他在服务器机房沉重的大门前停下脚步,转身面向卢卡斯。"如果真有什么不测,紧急之下,我的遗嘱会向下任领导解释清楚一切,但……"他的目光越过卢卡斯的肩膀,飘向走廊远处,"西姆斯现在是我的遗嘱执行人,我们必须调整一下。西姆斯一直不是很让我满意。"

伯纳德揉搓着下巴,沉浸在自己的思考中。卢卡斯等了一会儿,然后绕过伯纳德,在门旁的面板上输入了他的密码,又从衣兜里拿出他的身份卡——他小心确认了这是他的卡,而不是朱丽叶的。随着卡片在读取器前挥过,他们面前的门"咔哒"一声向旁边滑开,也将伯纳德从沉思中惊醒。

"是的,嗯,这样会好得多。当然,我要提醒你,我不是打算去其他什么地方。"他扶了扶眼镜,走过沉重的钢制大门。卢卡斯依旧跟随着他,然后将巨大的门扇重新关闭,并等待门锁启动。

"但如果你真的发生了什么事情,我就要负责监督清洁工作?"卢卡斯完全无法想象。他怀疑要真的搞懂那些防护服,他需要学习的东西会比修理服务器多很多。萨米一定能把这件事做得更好,而且他才是真的想要这份工作。还有……他是不是必须要放弃他的星图了?

"这只是所有工作的一小部分,不过,是的,你说得没错。"伯纳德引领卢卡斯穿过一排排服务器。他们径直走过了十三号堆栈。伯纳德根本没有看一眼那片黑掉的面板和一动不动的风扇,只是领着卢卡斯一直走到房间最深处的服务器堆栈前。

"这是打开这座筒仓真正核心的钥匙。"伯纳德从工作服衣兜里掏出一串叮当作响的钥匙。它们被一根皮绳串住,挂在他的脖子上。卢卡斯以前从没有注意过它们。

"这个地方还有其他一些功能,以后你自然会知道。现在你只需要知道如何到下面去。"他在这个堆栈背面的几个锁眼中插入钥匙——这些锁眼看上去就像一些螺栓孔。这是哪台服务器?第二十八号？卢卡斯环顾了一下整个房间，试着想要数清楚眼前这个服务器堆栈的位置，随后才意识到，他从没有被安排来维修过这个堆栈。

随着一阵轻微的金属磕碰声，服务器的背板被卸了下来。伯纳德把背板放到一旁。卢卡斯才看到为什么自己从来不曾维修过这台机器。它实际上是空的，只有一个外壳，就好像里面的零件在许多年以前都被拆掉了。

"等你再上来的时候，一定要把这个锁好，这很关键。"

卢卡斯看到伯纳德抓住空机箱底部的一只把手，拽了一下。附近传来一阵轻微的摩擦声。"把格栅归位以后，你只需要把这个再按下去，就能把它锁住了。"

卢卡斯正要问什么格栅？伯纳德已经走到一旁，把手指伸进了地上的金属板条里，重重地哼了一声，将沉重的地板拽起，让它滑开。卢卡斯跳到这块地板的另一边，弯腰去帮忙。

"为什么不走楼梯？"他张口问道。

"楼梯到不了三十五层的这个区域。"伯纳德朝一架穿过地板的梯子指了指，"你先下。"

这一天突然爆发的各种事情让卢卡斯感到头晕目眩。当他弯下腰去抓梯子时，他感觉到胸前口袋里的东西在移动，他急忙抬起一只手，按住那里面的手表、戒指和身份卡。他到底在想什么？现在在想什么？他沿着长长的梯子爬下去，感觉好像有人在他的大脑里启动了一个自动程序，一个固定不变的程序。这个程序接管了他的全部行动。来到梯子的底部，他向上看去，伯纳德正站在梯子顶部，把格栅移回原位，将他们俩封在了一个黑暗的空间里。在他们头顶上就是被加固到如同堡垒的服务器机房。

"你即将得到一份很大的礼物。"伯纳德在黑暗中对他说,"我也曾经得到过同样的礼物。"

他打开了一盏灯。卢卡斯看到他的老板脸上带着一种有些疯狂的笑容,之前的愤怒荡然无存。现在的伯纳德仿佛变成了一个全新的人,一个充满自信,又迫不及待的人。

"整个筒仓和其中的每一个人的生死存亡都取决于我要给你看的东西。"伯纳德说道。他招手示意卢卡斯穿过灯火通明的狭窄走廊,朝远处一个更宽敞的房间走去。服务器仿佛都在他们头顶上很遥远的地方。卢卡斯感觉自己和筒仓中其他所有人都隔绝了。他很好奇,但也很害怕。他不确定自己是不是想要担起这份责任,同时禁不住咒骂自己竟然走上了这样一条路。

但他的脚还在向前挪动。这双脚带着他穿过隐蔽的走廊,进入一个充满了陌生物品、让他感到无比好奇的房间。和这里相比,星图也显得微不足道,世界的规模——它的大小在这里呈现出一种全新的尺度。

第四十二章

我要把你葬在胜利的坟墓里,一座坟墓?

哦,不!这是一盏灯,是被杀害的青春,因为朱丽叶躺在这里,她的美丽使这座墓穴成为充满光明的美景。

朱丽叶把满是汤汁的头盔放在地板上,朝淡绿色的灯光走去。她眼前变得比刚才更亮了。这让她不由得有些好奇,原先的黑暗有多少是她的头盔导致的。她的头脑逐渐恢复冷静,才想起挡在自己眼前的头盔面罩不是一块玻璃,而是一块来自地狱的屏幕,用谎言覆盖了她看到的半个世界。也许它还会把她的视线变模糊。

这时她才注意到浸透了汤汁的防护服一直散发出的恶臭,那是腐烂蔬菜和霉菌的气味——或者有可能是来自外部世界的有毒气体。当她穿过自助餐厅走向楼梯井时,她的喉咙中生出一点烧灼感。她的皮肤开始发痒,她不知道这是由于恐惧在让她胡思乱想,还是这里的空气真的有什么毒素。她不敢冒险去确认这件事,于是她屏住呼吸,以最快的速度迈开自己疲惫的双腿,绕过一个拐角。她知道,楼梯应该就在拐角后面。

这个世界和我的世界是一样的,她一边想,一边在应急灯的光线中跌跌撞撞地走下第一段楼梯,上帝制造了不止一座筒仓。

她沉重的靴子不停地因为汤汁在打滑，踩在金属台阶上很不稳当。在第二层的楼梯平台上，她停下来，深吸了几口气。现在呼吸的痛苦比刚才减弱了很多。她开始考虑该如何脱掉身上这套可怕而臃肿的防护服。这套衣服不但让她的动作异常笨拙，还散发着腐烂食物以及外面空气的可怕味道。她低头看向自己的手臂。这套衣服在穿上的时候必须有别人的帮助。它的背后有两道拉链、多层尼龙搭扣，还有好几英里长的热固胶带。朱丽叶看到手中的刀子，突然很庆幸自己在摘下头盔之后没有把这柄刀子丢掉。

她用戴着厚手套的手抓稳刀柄，小心地把刀尖刺进另一只手臂的袖口位置，用力扎穿那里——她谨慎地让刀刃浮在手臂上面，这样就算刀尖一直刺进去，也不会伤到她。防护服的布料很难被割破。她不停地转动刀柄，将这把刀当作钻头来用，终于在防护服上戳破了一个口子。然后她将刀刃刺进这个小缺口，让刀背朝向皮肤，一直划到指节。刀尖割开她手指间的布料。她终于能够将手从这道长缺口中解放出来。然后她又将小臂上的袖子割开，让袖子连同手套从臂肘上掉落下去。

朱丽叶坐到格栅平台上，用脱出手套的手握住刀柄，开始割开另一只手套。在她解放出另一只手的时候，汤汁不断从她的肩膀和胳膊上滴下来。接着，她割开了胸前的防护服。没有了厚手套，她能更好地控制刀刃，不断割开闪烁金属光泽的防护服外层，就像剥橘子一样把自己剥出来。头盔的硬质颈环还没办法脱掉——它和碳纤维内衬以及后背的加固拉链连在一起。不过朱丽叶还是把反光的外防护服一块一块地切割了下来。这件防护服让她不停地反胃、想要呕吐，可能是因为上面腐臭的汤，也可能是因为在外面沾上的毒气。

然后是靴子。她将脚踝处的靴勒从腿外侧割开,才把脚一只再一只地从靴子里拔出来。

还来不及清理干净挂在身上的防护服碎片和背后的拉链,她已经站起身,快步走下台阶。她想要尽量拉开和顶层空气的距离。那里的空气仿佛一直在抓挠她的喉咙。她又向下走了两层,全身沐浴在楼梯井的绿光里。直到现在,她才开始高兴地意识到,自己还活着。

她还活着。

无论经过多久,朱丽叶都不可能忘记这段残酷、美丽、前所未有的经历。她花了三天的时间爬上这样一段漫长的楼梯,准备面对自己的命运。又在一间牢房中过了一天一夜。那是一间为死人准备的牢房,在那里住过的人全都倒卧在毒气弥漫的荒野中。然后——她来到了这里。这是一次令人无法相信的长途跋涉,穿越死亡荒原,闯入一个本来不可能进入的未知世界,最终活了下来。

无论最后会发生什么,在这一刻,朱丽叶赤着双脚,在这些陌生的台阶上飞奔。钢铁的冰冷刺激着她的皮肤,喉咙的灼烧感随着她每一次吸入新的空气而不断减轻。腐烂的恶臭和关于死亡的记忆也被她抛在头顶上方,离她越来越远。没过多久,她的身边只剩下了充满喜悦的脚步"啪嗒"声,飘扬在孤独空旷的黑暗里,就像一阵阵沉闷的钟声。但这钟声的敲响不是为了死人,而是为了活人。

....

她在六层停下脚步,休息了一会儿,同时继续除去防护服残余的部分。她小心地将黑色的碳纤维内衬从肩膀和锁骨处割开,再抓住内衬背部,把它扯下来——这套紧身服上面还粘着不少热固胶带。现在头盔颈环终于和内衬分离了,只有拉链还挂在它后面,就像朱丽叶背上的第二根脊椎。不管怎样,现在朱丽叶能够把这个颈环从脖子上摘下来了。她将颈环丢在地上,又剥掉身上剩下的所有碳纤维,将手臂和双腿也解放出来。那些破布全都被她堆在了通向第六层的双扇大门外面。

她觉得自己应该已经到了住宅区。也许她可以走进去呼救求援,或者在那么多的房间里找一些衣服和补给。但她现在更想继续向下走。上面感觉还是距离那些毒素太近。也许这只是她的想象,或者是因为她在自己的筒仓上层所经历的那些痛苦时光,但具体的原因不重要,她的身体就是对这个地方有着强烈的反感。底部才是安全的。她一直都有这样的感觉。

顶层厨房里的景象让她对这里充满了希望:那里有一排排为应对紧急情况而储存的罐头和其他密封食物。朱丽叶估计下面的食堂里还会有更多这种食品储备。她的呼吸也越来越顺畅。这座筒仓中的空气似乎恢复了正常。她的肺部和舌头上的刺痛感也消失了。可能是因为这座筒仓中还有大量的空气,却没有人呼吸,或者这里还存在一个产生洁净空气的源头。所有这些想法都给了她越来越多的希望。她已经在这里看到了大量的资源。所以她才丢下自己有毒和腐臭的衣服,只留下手中的一把大厨刀,赤身裸体,沿着螺旋楼梯悄然前进。每走出一步,她的身体都变得更有活力,意志也更坚定,她要一直走下去。

······

到了第十三层,她又停下来,朝楼梯口的大门里面看了看。不能只凭看到过的地方就认为这一整座筒仓的结构布局和她的筒仓是完全一样的,也许这里的某一层就会完全不同。如果不能确切知道具体结构,进行任何计划都没有意义。更何况她对于自己筒仓的上层区域也只熟悉顶层一小片地方。当然,就她所知,那里和她的筒仓完全一样。十三层是另一个在她心中有清晰模样的地方。她小时候就已经熟悉了这里,对这里的一些地方有着异常深刻的记忆,就好像落在她心绪最深处的一些小石子,在她死亡时最后腐烂的那一部分。当她身体其余的部分或者随风飘走,或者被植物的根系吸干的时候,那会是最后留给她的一点东西。在她的意识里,当她将这两扇门推开一条缝隙,她不是在另外一座筒仓中——一座被废弃的空堡里,而是走进了她的过去,推开了她年少时的门。

门里一片黑暗。没有安全灯和应急灯的灯光。这里有另外一股味道。空气如同凝滞的死水,带着一点腐朽的气息。

朱丽叶向走廊中喊道:"你好?"

她听到自己的声音在空旷的走廊里回荡。回声很远,很微弱,仿佛比她的声音更尖细。她想象九岁的自己跑过这条走廊,越过那些岁月,向年长的她呼喊。她试着去描绘自己的母亲追赶在那个女孩的身后,要把她抱起来,让她停下。但那些幽灵都在黑暗中蒸发得无影无踪。最后一点回音消失了,只剩下她一个人,赤身站在门口。

她的眼睛逐渐适应了黑暗,开始能勉强分辨出走廊末端是一张前台接待桌。一些光线映射在玻璃窗上——这些玻璃都还是完整的。这里就和她父亲的中层育婴所一样——她不但在那里诞生,还在那里长大。很难相信这里是另外一个地方,有另外一些人居住,另外一些孩子出生,在这里游戏和长大,就在和她只隔着一道土丘的地方。他们一定也曾在这里相互追逐,玩着跳房子或者他们发明出来的其他游戏。但这两座筒仓的人完全不知道对方的存在。也许是因为站在育婴所的门口,她不由自主地想到这个地方曾经存在过的所有生命。一定有许多人在这个地方长大,坠入爱河,埋葬逝者。

而所有那些人都去了外面。那些被她的靴子踩过的人。她不断踢开他们的骨头和灰烬,才走到他们逃出来的地方。朱丽叶不知道这些人是多久以前离开筒仓的,这座筒仓又被废弃了多久。这里曾经发生过什么?楼梯井里还亮着灯,这意味着储电室里还有电。她希望能有纸让她做一些计算。这样她就能估计出这些人是在多久以前死亡的。这不只是因为纯粹的好奇心,了解真相还有非常实际的原因。

朱丽叶最后一次向里面看了一眼,最后一次因为没有去看望父亲而感到后悔——最近她曾经不止一次经过父亲的育婴所,但现在,她的身体因为悔恨而止不住地颤抖,她却已经无计可施。朱丽叶关上大门,挡住那团黑暗和其中的幽灵,心中开始考虑自身所处的困境。她很可能是孤身一人待在一座即将死亡的筒仓里。还活着的喜悦很快就烟消云散,她意识到了自己有多么孤独和脆弱。她的肚子也在这时开始"咕咕"作响。她还能在自己身上闻到那股汤汁的臭味,在她的干呕中渐渐出现了胃酸的味道。她需要水,需要衣服。这些原始的需求被推到了意识的最前端,让她暂时意识不到现实的严峻。眼前需要完成的艰巨任务让她将对于过去的悔恨全部丢在了脑后。

如果这些楼层的结构是一样的,那么第一个水培农场距离她还有四层,更下面是两座上层泥土农场中比较大的那一座。朱丽叶在一阵吹上来的冷风中打了个哆嗦。楼梯井会形成热循环,她往下走得越深，温度只会更低。但她还是向下走去——越深越好。到了下一层，她又打开楼梯口的门往里看了看。里面太黑了，她只能勉强看到不是很深的地方有一个十字路口。不过看样子，这里都是办公室或者工作室。她试着回忆在自己的筒仓中第十四层有些什么，却想不起任何有用的信息。不知道这些，是不是有些不可思议？她家乡的上层环境对于她也依然是陌生的。这更让她感觉这座筒仓对于她完全是另一个世界。

她将第十四层的门彻底打开，把厨刀插进地面上的格栅缝里，用刀柄挡住门扇。这样，楼梯井中的光线就能够射进这里的黑暗走廊中，让她能够探索一下走廊前端的几个房间。

这些房间的门后都没有挂工作服。有一个房间看上去是用来开会的。罐子里的水早就蒸发光了，不过紫色的桌布看起来应该有不错的保暖效果，总要比现在这样赤裸着身子强。朱丽叶挪开桌上的杯盘和水壶，拽起桌布，把它披在肩膀上，但只要她一迈步子，桌布就会滑下去。她又试着把桌布的两个角扎在一起，很快也放弃了。她跑回楼梯口，在灯光中从身上取下桌布，拿起厨刀——楼门发出一阵怪诞的尖叫，在她身后关上了。她用刀子在桌布正中央划出一道口子，把这块布套在头上——桌布前后都垂过了她的双脚。她又用几分钟时间割掉多余的桌布，将一长条布做成腰带，又把另一块布绑在头上保暖。

制造东西的感觉非常好，而且还是用她的方式解决了一个问题。她有一件工具，有需要的话可以将它当作武器。她还有了一件衣服。她的"不可能"任务清单稍稍缩减了一点。她继续往下走，双脚踩在冰冷的楼梯上。她急需一双靴子，又非常口渴，她很清楚自己还有什么事要做。

WOOL / 319

到了第十五层,她疲惫的双腿连站直的力气都没有了,这时她想起了另一件必须做的事,但她的膝盖不住地发软。她抓住楼梯栏杆。现在肾上腺素正在离开她的血管,让她意识到自己累得要死。她在楼梯平台上停下来,双手撑在膝盖上,做了几次深呼吸。她走了多久?还能走多久?她看了看自己在刀刃上的影子,发现自己的样子非常可怕。在继续走下去之前,她必须休息一下。现在就休息。至少这里还不算太冷。她的身子还不至于抖成碎片。

在这一层找张床是一个很诱人的想法,但她还是决定不这样做。楼门洞里漆黑一片,看上去就让人无法安心。于是她蜷缩在楼梯平台的钢格栅上,把胳膊枕在头下面,调整好桌布,包裹住每一片裸露的皮肤。她还没来得及把脑海中长长的清单再检查一遍,就在疲惫中睡着了。失去意识之前,她的心中生出片刻的恐慌——她不应该这么累,也许她永远都不会从这场小睡中醒过来,也许她命中注定要和这个陌生世界的居民们一样,蜷缩着,一动不动,僵硬的躯体失去生机,渐渐腐烂、消散……

第四十三章

但那些老人——有许多都如同已经死了；
笨拙，缓慢，迟钝，皮肤像铅一样暗淡无光。

"你到底明不明白，你想要我们干什么？"

诺克斯抬头看着麦克莱恩满是皱纹的眼睛，竭尽全力表现出信心十足的样子。这位控制筒仓中全部配件和工艺制造的女士虽然身材瘦小，却有一种令人不得不仰视的慑人气势。她没有诺克斯宽厚的胸膛和浓密的胡须，纤细的手腕只比诺克斯的两根手指粗那么一点。但她充满沧桑的灰色眼睛里有着艰辛岁月所留下的沉重痕迹，让诺克斯觉得自己在她的面前就像一名学徒。

"这不是暴动。"诺克斯说道——习惯和时间就像润滑油，让这些禁忌的词汇越来越容易被说出口，"我们是要让一切重回正轨。"

麦克莱恩哼了一声。"我相信，我的曾祖父一定也是这样说的。"她将散乱的银色发丝拨到耳后，低头看着在他们之间摊开的筒仓蓝图，那种感觉就像是她明知道这样做不对，但也只能听天由命地帮助他们，而不是阻止他们胡作非为。诺克斯觉得，也许她是因为年纪太大，已经没有心气再做任何反抗了。他不由得看向这位老妇人头顶玻璃丝一样的白发。透过那些稀疏的头发，他甚至能看到麦克莱恩粉色的头皮。也许,只要在这座筒仓中生活足够长的时间,任何人都会相信一切再也不会好起来,甚至不会再有任何改变。如果一个人失去了希望,大概就不会认为世上还有什么东西值得去保卫了。

他也低下头去看蓝图,一边用手抹平这张薄纸上太过明显的折痕。这让他注意到自己的双手——这是一双多么粗硬的手啊,上面还有这么多洗也洗不掉的油污。他有些怀疑自己在麦克莱恩眼里就是一头野兽,带着关于正义的妄想一头冲了进来。并且他也意识到,和物资部主管相比,他甚至可以算是一个年轻人。年轻而且头脑发热——尽管他自认为已经足够年长,拥有足够多的智慧。

物资部养了几十条狗。其中一条在桌子底下不满地咕哝着,就好像所有这些战争计划只是为了妨碍它打瞌睡。

"我觉得应该认为技术部已经预料到会有特殊情况发生。"麦克莱恩的小手画过他们和第三十四层之间的许多楼层。

"为什么?你不觉得我们上来的时候非常谨慎吗?"

她抬头向诺克斯露出微笑。"我相信你们很谨慎,但做这样的考虑会比较安全,否则我们会冒很大的风险。"

诺克斯点点头,一边咀嚼着下唇的胡子。

"你们机械部其余的人要再过多久才能上来?"麦克莱恩问。

"他们差不多十点出发,那时候楼梯上就比较冷清了。到这里的时候应该是凌晨两点,最晚三点。他们会带很多东西上来。"

"你觉得在下面留十几个人就足以控制好一切?"

"只要没有什么严重的故障,应该就可以。"诺克斯挠了挠脖子背面,"你觉得搬运工会倒向哪一边?还有,中层的那些人呢?"

麦克莱恩耸耸肩。"中层的人绝大多数都把自己看作是上层人。

我小时候就住在那里,所以我知道。他们会竭尽全力去顶层看风景,在那里的餐厅吃饭,向上爬对他们是最正确不过的事。顶层的人就是另一回事了。我认为争取他们更有希望。"

诺克斯不确定自己是不是听错了。"你能再说清楚些吗?"

麦克莱恩再次向他抬起头。诺克斯感觉到桌子下面那条狗正在用鼻子碰他的靴子,似乎是想要找到同伴或者温暖。

"好好想一想,"麦克莱恩说,"你们为什么这样怒不可遏?因为你们失去了一位好朋友?这样的事情一直在发生。不,你们的愤怒是因为你们被欺骗了。相信我,顶层的人们只会比你们更加愤怒。他们亲眼见到了那些被欺骗致死的人。中层的人才是问题最大的,他们一心想要上去,却不知道上面正在发生什么;对我们只有高高在上的俯视,没有半点同情。他们肯定是最不愿意加入的人。"

"所以你认为我们在顶层会有盟军?"

"在那个我们无法到达的地方,是的,他们反而有可能被我们说服,就像你用那通演讲让我的人中毒一样。"

她给了诺克斯一个罕见的笑容。诺克斯感觉到自己也笑了。这让他一下子明白了为什么物资部的人会对这位老太太如此忠心耿耿。这和机械部的人对他的忠诚有些相似,却又是出于不同的原因。底层的人们害怕诺克斯,想要有安全感;而这里的人们尊敬麦克莱恩,想要感受到她的爱。

"我们的问题是,中层会把我们与技术部隔开。"麦克莱恩的手划过蓝图,"所以我们需要迅速通过那里,不引起任何战斗。"

"我本来想在黎明前冲上去。"诺克斯嘟囔道。他向后靠过去,看了一眼桌子下面的狗。那条狗正半坐在他的靴子上,抬头看着他,舌头挂在嘴外面,尾巴左右摆动着,一副蠢相。在诺克斯的眼里,这只动物就是需要吃掉食物又会排出粪便的机器,一个不允许他吃的、毛茸茸的肉球。他用靴尖把这个脏乎乎的东西推到了一旁,对它说:"滚开。"

"杰克逊,到这里来。"麦克莱恩打了个响指。

"真不明白你们为什么要养这种东西,还越养越多。"

"你当然不明白。"麦克莱恩向他转回头,"它们对我们的灵魂有好处,至少对于我们之中有灵魂的人是这样。"

诺克斯仔细看了她一眼,想要确认她是不是认真的,却发现她现在的笑容变得更轻松了一些。

"好吧,等我们整顿好这个地方,我要给它们也安排上生育彩票。让它们的数量得到控制。"诺克斯给了麦克莱恩一个嘲讽的微笑。那条名叫杰克逊的狗只是低声呜咽着,直到麦克莱恩伸手去拍了拍它。

"如果我们对彼此能够像它对我们一样忠诚,那就永远都不需要发起暴动了。"麦克莱恩抬起眼睛看着诺克斯。

诺克斯低下头。他没办法对此表示赞同。机械部在这些年里也养了几条狗。这让诺克斯能够明白一些人对这种动物的感情,尽管他自己肯定没有这种感情。每次看到有人花费辛苦挣来的点券购买食物,去养胖那些完全不会带来回报的动物,他都会不停地摇头。这时杰克逊又钻到桌子下面,开始磨蹭他的膝盖,呜咽着想要他拍拍自己。诺克斯只是将双手摊开在蓝图上,完全拒绝了狗的要求。

"我们需要转移注意力。"麦克莱恩说,"要减少中层的人数。如果我们能让更多中层的人到顶层去,情况就会好很多。毕竟要让这么多人上去,一定会闹出很大动静。"

"我们？等等，你原来不是不想上去……？"

"如果我的人要行动，那当然也要包括我。"麦克莱恩一点头，"我在仓库里爬了超过五十年的梯子。你以为几层楼梯就能难倒我？"

诺克斯的确不知道有什么事情能够难倒这位老太太。杰克逊用尾巴敲打着桌腿，抬起头看着他，脸上带着它这种笨狗的傻笑。

"把上面楼层的出入大门焊上如何？"诺克斯问，"把他们先关起来，等一切结束之后再放他们出来。"

"那以后呢？道个歉就行了？如果这件事要持续几个星期呢？"

"几个星期？"

"你不会以为这件事很容易吧？只要上去就能拿到筒仓的控制权了？"

"这件事当然不会有那么轻松。我没有这种幻想。"他抬手一指麦克莱恩的办公室门。从这道门走出去，就是摆满了各种机器，永远充斥着嘈杂噪声的车间。"我们的人正在制造战争装备。如果真的到了那一步，我会毫不犹豫地使用它们。如果能够进行和平的权力交接，我也会很高兴，只要能将伯纳德和另外几个人送出去清洁摄像头就可以。但我也不害怕弄脏双手。"

麦克莱恩点点头。"这样我们就都清楚了……"

"清楚得就像玻璃一样。"诺克斯接口道。

他一拍双手，一个主意出现在他的脑海中。杰克逊却被他这个突然的动作吓得躲到了一旁。

"我想到了一个办法，可以转移他们的注意力。"他指向蓝图上底层的机械部，"我们不如让詹金斯断开电源？我们可以从这以上的几层开始，或者从农场和食堂开始可能会更好。就说是因为最近的发电机大修……"

"你认为这样就能让中层的人彻底出局?"麦克莱恩眯起眼睛。

"如果他们想要吃上热饭,或者不想让家里一团漆黑的话。"

"我认为他们会聚到楼梯井里,议论到底出了什么事,这只会让我们更加难以上去。"

"那么我们就要告诉他们,我们要上去纠正筒仓中的问题!"诺克斯感觉自己越来越愤怒。那条该死的狗又坐到了他的靴子上。

"上去纠正问题?"麦克莱恩笑了,"这种话什么时候管用过?"

诺克斯揪扯着自己的胡子。他不知道有什么事情能这样复杂——可能有很多。毕竟他们整天只是和各种工具打交道。他本以为只需要敲打一下那些技师的脑袋,就能解决一切问题。那些技术部的人都是些和伯纳德一样的小个子,整天只知道坐在电脑前面敲键盘,就像一群秘书。他们只要上去就会成功。

"你还有什么更好的主意吗?"伯纳德问。

"我们需要考虑的是如何善后,"麦克莱恩说,"在你打死一些人之后,当血透过栅栏滴下来的时候,该怎么做?你想让人们一直生活在恐惧中,担心这种事再次发生?或者因为你的所作所为而提心吊胆?"

"我只想对付那些撒谎的人。"诺克斯说,"我们都是这样想的。现在我们每一个人都已经生活在恐惧之中。我们恐惧外面,恐惧清洁。我们甚至不敢谈论一个更好的世界。然而这些都源于谎言。这座筒仓被不怀好意的人操控着,我们却只能俯首帖耳,接受这一切……"

杰克逊向他叫了两声,又开始"呜呜"地咕哝,尾巴不停地贴着地面甩来甩去,就像喷气嘴上的软管失去控制,掉在地上。

"我觉得,等我们先把这件事干好,然后我们可以讨论如何利用我们已有的条件去探索那个原来我们只能远远看着的世界。我相信这一定会激励一些人。该死的,这已经让我有了希望。难道你就没有什么感觉吗?"

他把手伸到桌子下面,揉了揉杰克逊的头。杰克逊这才不发出那些怪声了。麦克莱恩看了他一会儿,终于点了一下头,表示同意。

"我们就从停电开始。"物资部主管最后说道,"就在今晚,在那些去看清晰风景的人失望地回来之前。我会带一个班的人,携带蜡烛和手电,装作物资部去提供停电的应急物资。你带着其余的人在一两个小时以后上来。我们可以看看,这支伪装的维修队能向上走多久才会遇到麻烦。希望能有相当数量的人留在顶层,或者是躺在他们中层的床上,因为上去吃了一顿饭而累得不想再去理会周围的骚乱。"

"凌晨时楼梯上不会有多少人。"诺克斯表示同意,"我们也许不会遇到太多麻烦。"

"我们的目标是技术部。要把那里完全控制起来。伯纳德还在兼职市长,所以他有可能不在那里。但或者是他来找我们,或者我们在占领三十几层以后继续向上推进。只要他的楼层落在我们手里,我不相信他还会继续和我们作战。"

"同意。"诺克斯说道。现在他们有了一个计划,还有了盟友,这样感觉就好多了。"还有,非常感谢你们。"

麦克莱恩微笑道:"你做了一次很好的演讲,那是让机器运转起来的润滑油。而且……"她朝那条狗点点头,"……杰克逊喜欢你,它的眼光很准,从不会看错人。"

诺克斯低下头,发现自己还在挠那只傻狗。他急忙把手缩回

WOOL / 327

来，和这只"嘶哈嘶哈"喘着气的狗四目相对。虽然有门和墙壁阻隔，诺克斯还是听到隔壁房间的一群人被笑话逗得哄堂大笑——机械部和物资部的人们似乎聊得正欢。伴随着这些笑声的还有钢筋弯曲的声音，扁平部件被锤打出锋刃的声音，制造铆钉的机器发出了制造子弹的声音。诺克斯知道麦克莱恩刚才所说的"忠诚"是什么意思。他从眼前这条哑巴狗的眼睛里就能看出来，只要他开口，这条狗会为他做任何事。有许多人对他有着同样的忠诚，而这种忠诚却化作一块巨石，沉甸甸地压在他的胸口——诺克斯认为这是一种最沉重的负担。

第四十四章

死神的白旗并没有插在那里

下面的泥土农场散发出一股浓郁而新鲜的腐殖气味,充斥在楼梯井中。朱丽叶在醒来之后又走下一层,就注意到了这股气味。她不知道自己睡了多久——感觉好像有好几天,不过也可能只有几个小时。她醒来的时候,面颊被格栅压出了一片网状纹路,感觉又红又热。她立刻继续向下走。她的胃在咬她,农场的气味加快了她的步伐。到了第二十八层,空气中的味道浓烈刺鼻,让她觉得自己仿佛是在这股味道中游泳。她相信,这就是死亡的气味。她走进了一座坟墓。肥沃的土壤被翻了一道,把这些刺激性的分子释放到空气中。

她在三十层停下脚步。这里应该是水培农场。她推开这一层入口的大门。里面完全是黑色的。走廊深处有一点声音。是风扇或马达的"嗡嗡"声。这给了她一种怪异的感觉。一天多以来,除了自己发出的声音,她什么都听不到。应急灯的绿色光芒只会让她感到更加孤单,就像垂死的身体散发的热量,像枯竭的电池漏出的最后一点能量。但现在,她遇到了会动的东西,那不是她的呼吸和脚步声。它潜伏在水培农场黑暗的走廊深处。

她再一次将自己唯一的工具插在格栅地板上，挡住门扇，好让一点光线射进门中，然后悄悄走了进去。这里的植物气味反而不像楼梯间里那样浓重了。她一只手扶着墙壁，两只光脚板轻轻拍打在走廊的地面上。这里的接待前台和办公室都陷在黑暗里，没有任何生命的迹象。空气很干燥。入口闸门上的指示灯全都灭了。她也没有卡片或者点券可以让这些闸门识别。她将双手撑在闸门的柱子上，抬腿跳了过去。这个带着挑衅意味的小动作具有某种力量，仿佛她已经接受了这个死亡之地没有法律，更不存在什么文明和规则。

从楼梯井里透进来的光线勉强照到了第一间生长室。她先等待片刻，让眼睛适应。底层机械部的很多机器都位于无光环境里，她的眼睛也就因为长期对这些机器进行维修而习惯了黑暗。当她终于能看清这个地方的时候，呈现在视野中的模糊景象并没有给她带来任何喜悦。这座水培花园完全烂掉了。天花板上密布着管道网络，粗大的藤蔓像绳子一样从那上面悬挂下来。这让她知道了这些农场已经毁坏了多久。没有几百年，却也肯定不止几天。这只是一个很小的窗口，却已经为她提供了宝贵的信息，是她真正了解这个神秘地方的第一条线索。

她用指节敲了敲身边的一根管子，听到饱满坚实的"笃笃"声。

这里没有可食用的植物，但是有水！一想到此，朱丽叶的嘴似乎更干了。她将身子探过水培田的栏杆，用嘴唇含住管子上面的一个小孔，这里本应该是生长植物茎秆的位置。她用力一吸，舌头立刻感觉到带着咸味和臭味的液体——但这的确是水，而且它的味道中没有化学和有毒成分，只是不新鲜的有机物。是泥土，味道只不过比她这二十年里从没有离开过的机油和石油更糟糕一点而已。

于是她痛饮了一番。现在她有水了。也就是说,她能够活得更久一些,在这里收集到更多的物资和信息。

在离开以前,朱丽叶折下一根管子。这根管子的一端是封闭的,直径只有不到三厘米,长度不过两尺,不过还是可以把它当作容器使用。她又轻轻将末端被折断的管道掰弯,让里面的水流出来,在她掰下来的管子里灌满水,又在她的手臂上浇了一些水。她还是担心自己的身上沾有外面的污染物。

管子灌满以后,朱丽叶借助楼梯井的灯光一直走到隧道尽头。这里一共有三座水培农场。每座农场中都有好几条通道。通道两侧全都是弯弯曲曲的闭环水培管路。朱丽叶试着在脑子里做了一下估算,但她能得到的结果只是这里的水可以让她喝很长时间。这种水的回味比刚入嘴时更加糟糕。她的肚子已经痛了起来,对此她一点也不感到惊讶。但只要她能够生起火,再找到足够的纤维或者纸张作为燃料,把这些水烧开,一定就会好得多。

回到楼梯井,她又进入到那股浓烈的气味中。她拿起刀子,快步走下去,几乎是一步两阶地到达下一个平台,打开那里的门。

楼梯井中的气味肯定是来自泥土农场的。朱丽叶又一次听到了那种马达转动的声音。这次声音更响。她将水管靠在栏杆旁,先朝门里看了看。

这里的植物气味立刻就充满了她的鼻孔。前方是一片昏暗的绿色阴影。她能看到郁郁葱葱的枝叶越过围栏,一直蔓延到通道中。她跳过安全闸,一只手扶在墙上,再次等待双眼适应环境。这里肯定还有一个水泵在运转。她还能听到滴水的声音,要么是管道有渗漏,要么就是有还能出水的龙头。几片树叶拂过朱丽叶的手臂,让她打了个冷战。那股腐殖气味现在可以清晰地分辨出来:是水果和蔬菜在土壤里腐烂和在藤蔓上枯萎之后散发出来的。她听到了苍蝇的"嗡嗡"声,是生命的声音。

她把手伸进一片茂密的绿色中,四处摸索,碰到了一个光滑的东西,便将那东西拽下来,举到灯光里——是一颗圆滚滚的西红柿。她发现筒仓被废弃的时间没她刚估计的那么久。泥土农场能自行运转多久?西红柿需要人工培育吗?还是可以像野草一样自然生长?这些知识她都不记得了。她咬了一口手中的西红柿——这颗果子还没有完全成熟。这时她听到身后有声音。又一个水泵启动了?

她转过身,刚好看见通向楼梯井的门"砰"的一声关上了,整个泥土农场一下子陷入一片漆黑。

朱丽叶吓得呆住了。她等着听到她的刀子穿过地板格栅,掉落到下方阶梯上的声音。她猜,一定是刀子自己从格栅滑落下去发出的声音。在伸手不见五指的环境中,她的耳朵似乎掌控了本来供眼睛使用的那一部分大脑。她能听到自己微弱的呼吸,甚至是脉搏的跳动,水泵涡轮的声音变得更加响亮。她一只手拿着西红柿,伏低身子移动到墙边,伸手摸索通路,悄然无声地朝出口移动,努力让自己镇定下来,小心地避开一路上的枝叶。这里没有幽灵,没有神出鬼没的东西。她不停地这样对自己说着,慢慢向前蹭过去。

就在这时,一只手臂挡住了她,按在她的肩膀上。朱丽叶惊叫一声,手里的西红柿也掉了。这只手臂死死地按住她,让她无法站起身。她用力拍打那个敌人,努力摆脱对方的控制,结果却被那个人拽住她身上的桌布,一把扯了下去——直到这时,她才察觉到那是安全闸门的钢制旋臂。她觉得自己真是蠢透了。

"你差点让我犯了心脏病。"她一边对那台机器说着,一边按住闸门柱子，跳了过去。她要先把门打开，让楼梯井的光透进来。过了安全闸以后，她一只手扶墙，另一只手向前探出，继续朝门口走去。她不知道自己是不是在认真和机器说话，是不是真的发了疯。在这片绝对的黑暗中，她意识到自己的心态每时每刻都在发生变化。前一天，她已经认定自己必死无疑，放弃了一切希望，而现在，她却开始担心自己的精神有问题。

这也是一种进步。

她的手终于按在了门板上，便用力把门推开。现在刀子丢了，她不由得骂了一声。那把刀肯定是从格栅缝里落下去了。她不知道刀子向下掉了多远，还能不能再找回来，或者能不能再另外找一把刀子。她转身去拿水管……

水管也不见了。

朱丽叶感觉到自己的视野变窄，心跳加快。她不知道是不是大门在关闭时碰倒了水管。但她知道，格栅缝隙比刀柄窄。随着额角处脉搏跳动的声音减弱，她听到了另外一种声音。

脚步声。

就在下面的楼梯井中。

正在奔跑。

第四十五章

这些狂暴的欢乐都有着狂暴的结局。

物资部的工作台面上堆满了武器。刚刚制造完成的枪支如同整齐排列的钢棍——它们在筒仓中从来都是违禁物品。诺克斯拿起一杆枪——枪管上还能感觉到旋出膛线时留下的热量。他掰开用铰链连接的枪托,露出弹仓,又把手伸进一个装满闪亮子弹的桶里。这些子弹的弹壳是用细金属管切出来的,里面都灌满了火药。他将一颗子弹插进崭新的枪里。如果把枪看作一台机器,那么这台机器的操作很简单:按进子弹,拉动拉杆。

"注意点,别用枪口乱指。"物资部的一个人一边说着,一边闪到了一旁。

诺克斯抬手让枪口指向天花板,试着去想象这样的武器能做出什么事来。他在此之前只见过一次枪——一把挂在一位年老的副警长屁股后面的小枪。他一直觉得那把枪只是为了表明副警长的身份。他往口袋里塞了一把致命的子弹,同时思考着一颗子弹怎么就能结束一个人的生命。这种思考让他理解了,为什么这些东西是被禁止的。随便朝一个人挥舞一根钢管就能把他杀死,死亡不应该这么简单,至少应该用更长的时间,好让杀人者的良心有机会审视这种行为。

一名物资部的工人从货架中走出来,双手端着一只盆。他弯腰弓背的样子让诺克斯知道,那东西非常重。"现在只找到了两打。"那个人将手中的大盆放到工作台上。

诺克斯伸手到盆里,拿出一只沉重的筒状物。机械部的人和一些穿黄色工作服的人都紧张地盯着那只盆。

"在硬东西上狠狠磕一下它的底端。"工作台对面的那个人说道。他平静得就好像是在将一部继电器交给客户,并最后提供给客户一些安装建议。"比如墙壁,或者地面,或者你的枪托——都可以,然后把它扔出去。"

"我们带着它安全吗?"雪莉一边问诺克斯,一边将一只圆筒塞进腰间的口袋里。

"哦,可以,引爆它需要相当大的力道。"

又有几个人伸手到盆里,各自拿走了一只圆筒。诺克斯看到麦克莱恩也拿了一只,装进胸前的口袋里,不由得盯住了这位女士的眼睛。麦克莱恩的神情中带着一种冷静的轻蔑。她一定能看出来,诺克斯是多么不希望她带上这种东西。而诺克斯也是一眼就能看出,现在和这位女士讲道理是不可能的。

"好了。"麦克莱恩将一双灰蓝色的眼睛转向聚在工作台周围的人们,"听我说,我们对外宣称的是要去工作。所以,如果你们带上了枪和弹药,那里有一些帆布,尽量把武器包裹好,不要让别人看出来。我的队伍五分钟之后出发,明白?第二队先等在后面。注意行动的时候不要被发现。"

诺克斯点点头,又回头瞥了一眼马克和雪莉。他们两个都在他率领的第二队里。爬楼比较慢的人先走,表现出随意的样子。腿脚

WOOL / 335

强壮的在后面,快速向上推进。他们的计划是两队人同时到达三十四层。这两支队伍就算分别行动也相当显眼了,如果合在一起,他们相当于在行军时就已经大声喊出了自己的意图。

"你还好吧,头儿?"雪莉把她的枪扛在肩上,向诺克斯皱起眉。诺克斯则揉了揉胡子,不知道自己流露出了多少压力和畏惧的情绪。

"没事。"他嘟囔道,"没事。"

马克抓起一颗圆筒炸弹,收进衣兜里,一只手搭在妻子的肩膀上。诺克斯被一丝犹豫在心头刺了一下。他希望女人们不要被卷进这种事情里——至少已经是妻子的不应该参与这次行动。他还在希望他们所准备的暴力手段不是必需的,但是当一双双充满热情的手抓起武器的时候,要装作一切都会安然无恙就变得越来越难。他们,他们所有人,现在都能轻易摧毁生命,而且诺克斯觉得他们已经足够愤怒,完全会这样做。

麦克莱恩走过工作台的缺口,上下打量诺克斯。"那么,就这样了。"她伸出一只手。

诺克斯握住了这只手,心中钦佩这位女士的力量。"我们在三十五层会合,一起走上最后一层。"他说道,"不要不等我们就把乐子找光了。"

麦克莱恩微微一笑。"不会的。"

"一路顺风。"诺克斯看着聚集在麦克莱恩身后的人们,"祝大家好运,我们很快就会再见。"

众人纷纷咬紧牙关,用力点头。这支身穿黄色工作服的小军队向门口走去。但诺克斯拽住了麦克莱恩。

"嘿,"他叮嘱道,"在我们追上来之前,不要惹任何麻烦,好吗?"

麦克莱恩拍拍他的肩膀,给了他一个微笑。

"真正开始的时候,"诺克斯又说道,"你应该在最后面,在……"

麦克莱恩向诺克斯靠近一步,一只手攥住他的袖子,满是皱纹的脸突然变得严肃起来。

"告诉我,当那些炸弹被扔出去的时候,你会在哪里,机械部的诺克斯?当这些追随我们的人要面对他们最严峻的考验时,你会在哪里?"

突然的质问让诺克斯愣住了。麦克莱恩的声音不大,却如同一声怒吼震撼着诺克斯。

"你知道我会在哪里……"诺克斯开口回答道。

"不用拐弯抹角的。"麦克莱恩放开他的胳膊,"你最好搞清楚,你在哪里,我就会在哪里与你会合。"

第四十六章

> 我梦到我的女神到来,发现我死了

朱丽叶一动不动地站在原地,听着楼下渐渐远去的脚步声。她能感觉到栏杆的震动。她的腿上和胳膊上已经生满了鸡皮疙瘩。她想要大声叫喊,要那个人停下来,但突然激增的肾上腺素让她的胸口感觉冰冷又空虚,就好像一股冷风深深地扎进她的肺里,挤走了她的声音。这座筒仓中还有活人。而他们都逃走了。

她将身子从栏杆上推起,冲过平台,以最快的速度迈动双腿跑下楼梯。下了一层之后,随着肾上腺素的消退,她感觉到自己的肺在冲她大喊:"停下!"但她的脚底板撞击金属台阶的声音似乎淹没了肺叶的喊声。下面的奔跑声已经听不见了。她不敢停下来仔细倾听,害怕那样只会让逃跑的人把她甩得更远。但是当她经过第三十二层的门口,她又害怕那些人可能会溜进某一层,让她无从追赶。如果这座巨大的筒仓中只藏了几个人,她有可能永远也找不到他们——只要他们不想被找到。

不知为什么,这种感觉比其他任何事情都更加让她感到害怕:她的下半生可能会一直在荒废的筒仓里四处觅食、苦苦求生、和各种死东西说话;同时又有另一群人在做着同样的事情,并且一直躲着她。但是当她考虑到一种相反的可能时,也感到了巨大的压力:也许有一群人正打算把她找出来,而且对她不怀好意。

不但不怀好意,而且他们还有她的刀。

她在三十二层停下脚步,双手握住栏杆,仔细倾听,同时屏住呼吸,不让自己出一点声音——这几乎是不可能的,她的肺正拼命想要多吸进一些空气。但她依然没有动。掌心的脉搏在用力击打冰冷的栏杆。脚步声还在她下方远处,而且现在更响了。她正在缩短他们的距离!她再次开始追赶,大胆地一步迈下三个台阶,一只手抓住弧形栏杆,另一只手伸在前方保持平衡,侧着身子向下方的楼梯跳跃,就像她年少时一样。每次都是前脚掌刚刚碰到台阶,就向下一个台阶跳去,一路上只是集中精神,不要让自己打滑。在这样的速度下跌上一跤可能会要了她的命。她的脑海中浮现出跌断手脚的画面,还有那些不幸跌断了腰的老人们的故事。但她依然在不顾一切地加速,根本就是在向下飞。三十三层一闪而过。又在楼梯上转了半个圈,她在自己的脚步声中听到门扇关闭的撞击。她停下来,向上看去,又俯身在栏杆上朝下张望。逃跑的脚步声消失了,只剩下她粗重的喘息声。

朱丽叶快步跑过又一段楼梯,伸手去推第三十四层的大门,没能推开。不过门没有锁。门把手能够转动,门扇也可以移动一点,只是被什么东西卡住了。朱丽叶用尽全力去拉门把手,还是没有用。她将门放松一些,用全身体重的惯性把门向后拽。这一次,她听到硬物裂开的声音。她用一只脚踩住另一扇门,第三次狠命地去拽门,头向后仰,双手努力向胸口收回,一只脚死死地蹬住门扇……

有什么东西断开了。门一下子被打开。她的双手也松开了门把手。门里爆出一团亮光,晃得让人睁不开眼睛,随后门扇又弹回

WOOL / 339

到门框里。

　　朱丽叶从地上爬起来,再次抓住门把手,一边竭力站稳身子,一边把门拉开。门里面有一把折断的扫帚,另外半截扫帚杆还挂在旁边门扇的把手上。在刺眼的灯光中,包括这两截扫帚在内的所有东西都清清楚楚显示在她的眼前。朱丽叶头顶上方所有的灯都亮着——一块块明亮的长方形排列在走廊天花板上,一直延伸了进去。朱丽叶用耳朵去寻找脚步声,却只听到了那些灯泡发出的静电噪声。前方的安全闸一下又一下地眨动着它的红色信号灯,仿佛知道某些秘密,却不肯告诉朱丽叶。

　　朱丽叶向安全闸走去,同时转头看向自己的右侧——那里应该有一座玻璃墙的会议室。果然,那里的灯也全都亮着。她跳过安全闸——对于这个动作,她已经习惯了——然后又问了一声"你好?"走廊里仍旧只有她的回音。不过在明亮的环境里,回音似乎也不太一样了。这里有生命,有电力,还有其他人能听到她的声音。这些都让她这次的回音变得微弱了许多。

　　她走过一间间办公室,在每一个房间门前都探头进去看看有没有生命的迹象。这个地方显得异常混乱。许多抽屉被扔在地上。金属文件柜东倒西歪。珍贵的纸张被扔得到处都是。朱丽叶看到一张写字台上的电脑打开着,屏幕上布满了绿色文字。感觉上,她好像进入了一个梦中世界。仅仅两天时间——假设她的确睡了那么久——她以为这座筒仓中唯一与电有关的只剩下了那一点应急灯的绿光。她的大脑也已经渐渐适应了这种几乎没有电力供应的原始生活。她的舌头上还留有那种苦咸水的味道。现在她却走在一片正常的工作区域——只是有一点凌乱而已。在这里,她能想象一些人可能刚刚下班,下一批轮班的人马上就要过来。(这样的办公室也会实行轮班制吗?)他们会有说有笑地从楼梯井进来,收拾好地上的纸张,扶起翻倒的家具,然后继续工作。

一想到工作,朱丽叶不由得有些好奇他们在这里会做些什么。她以前从没来过这种地方。在这里东看西看的时候,她几乎忘记了自己为什么要飞奔下来。这些房间和这里的电力就像那些带她下来的脚步声一样让她感到好奇。绕过一个转角,她遇到一扇宽大的金属门。和其他屋门不同,这扇门紧紧地关着。朱丽叶推了它一下,感觉到这扇门稍微动了一点。她用肩膀抵住门,用力去推,一次只能推开几厘米。不过她最后终于还是推开了一道可以挤进去的门缝。门后有一只高大的金属文件柜倒在地上,挡住了这道沉重的门,显然是想要阻止外面的人进来。

这个房间非常巨大,至少有发电机房那么大,要比自助餐厅大得多。这里面摆满了似乎是金属文件柜的家具,又比文件柜高大得多,而且全都没有抽屉。在它们的正面有许多闪烁着红色、绿色和琥珀色光亮的小指示灯。

朱丽叶捡起一些从门口文件柜中掉出来的纸张看了看,又突然意识到,这个房间里不会只有她一个人。有人拉倒文件柜挡住了门。那些人一定就在房间里。

"你好?"

她走过一排又一排高高矗立的机器——她觉得它们应该是某种机器。这些机器都在发出"嗡嗡"的静电噪声,不时还会响起风扇旋转声或者轻微的机械"咔哒"声。似乎它们都在全速运转。朱丽叶有些怀疑这是某种奇特的发电机组——也许这里的电能就是它们供应的?或者这些机器里面都是一摞摞电池组?她看到这些机器背后连接着许多导线,这让她更倾向于认为这些是电池。怪不得这里的灯光这么亮。这个地方的电池足有机械部电池室的二十倍。

"有人吗?"她又喊道,"我没有恶意。"

她在这个房间里四处走动,倾听这里的一切动静,直到她走过一部门板打开的机器。她朝里面看了看,没有发现电池,却看到了许多老沃克尔一直在焊来焊去的那种电路板。实际上,这种机器内部看上去和调度室那台电脑内部惊人地相似……

朱丽叶后退一步,意识到了这些是什么。"服务器。"她悄声说道。她是在筒仓的技术部,第三十四层,当然。

远处墙壁附近传来一阵刮擦声——是金属相互摩擦的声音。朱丽叶朝那个方向跑去,一边冲过一组组服务器之间的空隙,一边急切地想要知道是谁在逃避她,那些人又打算藏到什么地方去。

她绕过最后一排服务器,看到一块地板被挪开——那块金属格栅下面竟然是一个地洞。朱丽叶朝那里冲过去,她的桌布缠住了她的腿,但她还是及时用双手抓住了那片格栅,没有让它被拉回到洞口上。还有一双男人的手也抓住了这片格栅。朱丽叶能清楚地看到他露在格栅上面的指节。那个男人发出一声惊叫,然后是用力的哼哧声。朱丽叶想要把格栅拽开,却没有可以借力的地方。男人的两只手中有一只消失了。转眼间就有一把刀子伸出来,贴着格栅切向朱丽叶的手指。

朱丽叶调整了双脚的位置,坐起身,好让自己更容易用力。就在她要把格栅拽起来的时候,却感觉到刀刃切进了自己的手指。

她叫了一声。下面的那个男人也发出一声尖叫,从地洞里钻出半个身子,将刀子举在面前,握刀的手不停地打着哆嗦。刀刃反射着头顶的灯光。朱丽叶将金属格栅扔到一旁,抓住受伤的手。鲜血正在从那只手上滴下来。

"冷静!"她一边说,一边退到刀子碰不到的地方。

那个人低下头,然后又猛地把头抬起来,目光越过朱丽叶,仿佛有其他人出现在朱丽叶身后。朱丽叶抑制住回头查看的冲动——她没有听到其他声音,所以这个人有可能是想要耍个花招,引开她的注意力。

"你是谁?"朱丽叶问道。她用自己的衣服裹住受伤的手指,一边仔细打量这个人。这个人的胡子浓密蓬乱,身穿灰色连体工作服——和朱丽叶的筒仓工作服一样,只是在细微的地方略有不同。他盯着朱丽叶,一头散乱的黑发披散在脸上。然后,他哼了一声,用手捂住嘴,开始咳嗽,仿佛是想要躲到地板下面,就此消失不见。

"不要跑,"朱丽叶说,"我不会伤害你。"

那个人看到她受伤的手,又看看自己手中的刀子。朱丽叶低头瞥了一眼,发现一道细细的血痕一直蜿蜒流向自己的臂肘。伤口很痛,但她当机械师的时候受过更重的伤。

"抱……抱歉。"那个人喃喃地说着,舔了一下嘴唇,清了清喉咙。那把刀还在不受控制地抖动着。

"我叫朱莉。"朱丽叶意识到这个人要比自己更害怕,"你叫什么?"

男人探头到他们之间的这把刀子侧面,认真看了看刀刃,仿佛是在照镜子,然后摇摇头。

"没有名字。"他悄声说道。他的声音又干又哑,"不需要。"

"你是一个人?"朱丽叶又问道。

他耸耸肩。"叫我梭罗[①]吧,一个人好多年了。"他抬起头看向朱

[①] 原文为 Solo,就是"孤身一人"的意思。——译者注

丽叶,"你是从哪里……"他又舔了一下嘴唇,清清嗓子。他的眼睛里闪动着泪水的光泽,"……你是从哪里来的?从哪一层?"

"你自己一个人活了好多年?"朱丽叶惊诧地说道。她完全无法想象这种事情,"我不是从这里的任何一层来的。"她告诉这个人,"我来自另一座筒仓。"她将这句话说得又轻又慢,唯恐这个消息会对这个看上去羸弱不堪的人造成什么打击。

但梭罗只是点点头,仿佛朱丽叶的话很合理。这种反应是朱丽叶完全没有预料到的。

"外面……"梭罗又看了一眼手中的刀,然后将它放在地洞旁边的格栅上,又向远处推了推,"外面安全吗?"

朱丽叶摇摇头。"不安全。我原先穿着防护服,而且没有走很远。还有,我是不应该活下来的。"

梭罗点点头,又抬头看着朱丽叶,眼角滑出一颗泪珠,消失在他的胡须里,"我们都不应该活下来,"他说,"没有人应该活下来。"

第四十七章

请出去一下,

我们必须在私下里谈一谈。

"这是什么地方?"卢卡斯问伯纳德。他们两个正站在一张大图表前。这张图表挂在墙上,就像一条挂毯,上面以精确的图形和华美的字体展示出一幅由许多圆环组成的网格。这些圆环分布相当均匀,并且被一些线条隔开。每一个圆环内部都有错综复杂的结构。有几个圆环被粗重的红色墨水画掉了。卢卡斯的理想就是自己有朝一日能够画出像这张图表一样壮丽而精确的星图。

"这就是我们的遗产。"伯纳德回答道。

卢卡斯经常听他用类似的口气提起楼上的大型主机。

"这些是服务器吗?"卢卡斯鼓了鼓勇气,才伸出双手轻轻抚摸这张像小床单一样大的纸,"它们的布局和服务器很像。"

伯纳德来到他身旁,揉搓着下巴。"嗯,很有趣,的确如此,我还从没有注意到这一点。"

"它们是什么?"卢卡斯更加仔细地查看这张图纸,发现每一个圆环都有编号。在这张图的一角还有许多正方形和长方形,一些平行线将这些方块分隔开。这些方块里面都是空白的,不过它们下方用很大的字写着:亚特兰大。

"这个我们以后会说。来,我先让你看些东西。"

这个房间最深处有一道门。伯纳德带他走进门中,一边打开了更多的灯。

"还有谁会到这里来?"卢卡斯跟在他身后问道。

伯纳德回头瞥了一眼。"没有人了。"

卢卡斯不喜欢这个答案。他又转头向身后看去,感觉自己好像是在进入一个有去无回的地方。

"我知道,这一定会让你觉得很突然。"伯纳德等待卢卡斯跟上来,伸开他短小的胳膊,搂住卢卡斯的肩膀,"但今天上午,有些情况发生了改变。这个世界正在变化,而且它的变化很少会让人感到愉快。"

"这是……和清洁有关?"卢卡斯差一点说出朱丽叶的名字。朱丽叶的照片就贴在他的胸骨上,感觉滚烫。

伯纳德的面色变得严肃起来。"没有什么清洁了。"他突然说道,"现在一切都将分崩离析,会有许多人死掉。你一定能看出来,这些筒仓被设计成位于地下就是要防止这种事发生。"

"被设计成。"卢卡斯重复了一遍。他的心脏跳了一下、两下。他的脑回路飞快地转动着,得到的计算结果是:伯纳德刚刚说了一些完全不合理的话。

"很抱歉。"他问道,"你刚才说:'这些'筒仓?"

"你会习惯这些事的。"伯纳德朝一张小桌子指了指,那张桌子后面放着一把看上去不是很结实的木椅子,桌上有一本书,和卢卡斯以前见过的书都不一样。卢卡斯甚至从没有听说过这样的书。它非常厚——厚度几乎和它的宽度一样。伯纳德拍了拍书的封面,然后看看自己的手掌上有没有灰尘。"我会把备用钥匙给你。你要一直把它们戴在脖子上,永远不要拿下来。等你有空读书的时候就下来。我们的历史都在这里。你在紧急状况中需要采取的每一步行动也都写在这里。"

卢卡斯来到这部书前面。他就算是工作一辈子也买不起这么多纸。他打开书的封面。书中纯黑色的文字是机器印刷的。他翻了十几页目录,终于找到正文的第一页。让他感到奇怪的是,他立刻认出了开头的这段文字。

"是《法案》。"他抬起头看向伯纳德,"我已经知道……"

"这一部分是《法案》。"伯纳德捏住最上面大约一厘米厚的书页,"下面的是《指令》。"

然后伯纳德后退了一步。

卢卡斯犹豫了一下,努力消化这些信息,同时伸出手,将那本大书翻到中间。

・地震发生时:

・关于窗口开裂和外部泄漏,参阅气闸舱破裂(第2180页)

・关于一个或多个楼层坍塌,参阅遭受蓄意破坏的支撑柱(第751页)

・关于火灾,参阅……

"蓄意破坏?"卢卡斯又翻了几页,看到了一段关于空气处理和窒息的内容,"谁会做这种事?"

"经历过很多坏事的人。"

"比如……?"他不确定自己是否被允许这样说,但感觉上,任何禁忌在这个地方都可以被打破,"比如以前那些暴动的人?"

WOOL / 347

"还有更以前的人。"伯纳德说,"都是同一种人。"

卢卡斯合上书,摇摇头,有些怀疑这是一个恶作剧,甚至可能只是一场恶作剧的开始。就算是那些牧师的话和那些儿童书也比这种事更合理。

"我不是真的要知道所有这些内容吧,对吗?"

伯纳德笑了。现在他的表情和以前任何时候都不一样。"你只需要知道里面有什么,这样你就可以在需要的时候来查阅它。"

"它有什么内容会与今天上午的事情有关?"他转向伯纳德,突然意识到,现在还没有人知道他对朱丽叶的迷恋和痴情。眼泪早已从他的脸颊上蒸发干净。他曾经因为如此深地爱上一个自己几乎还不了解的人而感到羞愧,但现在,他心中更多是因为未经许可就占有了那个人的物品而生出的负罪感。这是一个只属于他的秘密。他感觉到自己的双颊有些发热——只有他自己才有可能泄露这个秘密。而伯纳德正盯着他,思考着他的问题。

"第七十二页。"伯纳德脸上的笑容消失了,面色又恢复了先前的阴沉。

卢卡斯转向那本书。这是一次测试。一个学徒仪式。他已经有很长时间不曾在师傅的监督下做过事了。他依照指示翻动书页,立刻看到了他要找的内容,就在《法案》后面,《指令》最开始的地方。

他找到那一页。在页面顶部用黑体字写着一句话:

·**如果清洁失败:**

这句话下面写了一些相当可怕的词句,连缀成一种令人胆寒的意思。卢卡斯将这段指示读了几遍才敢相信。他瞥了一眼伯纳德,看到伯纳德哀伤地点了点头。于是他又重新看了一遍那些印刷文字。

·如果清洁失败；

·准备战争。

第四十八章

可怜的活尸体,被关在一个死人的坟墓里!

朱丽叶跟随梭罗进入了服务器机房的地洞。爬下一道长长的梯子,再经过一条通道,进入了第三十五层。朱丽叶怀疑三十五层的这个区域没办法通过公共楼梯进来,并从梭罗那里得到了证实。他们走过狭窄的通道,然后是一条灯火通明的蜿蜒走廊。这时的梭罗仿佛拔掉了喉咙里的一只塞子,一股被孤独堵塞很久的激流涌了出来。他不停地谈论他们头顶上的服务器,说了一些朱丽叶听不明白的话,直到他们走进一个杂乱的房间。

"我的家。"梭罗摊开双手。这里地上的一角有一块毯子,上面杂乱地堆着被单和枕头。再过去两个架子是一个很凑合的厨房,里面有几罐水、一些罐头食品、空瓶子和空盒子。这个地方又脏又乱,味道也很糟糕。不过朱丽叶估计梭罗早就不在乎了。房间深处的墙壁前有一排架子,上面放着许多尺寸和大号工具箱差不多的金属罐,其中一些被打开了。

"你一个人住在这里?"朱丽叶问,"没有别人了?"她听到自己的声音中还抱着一点点希望。

梭罗摇摇头。

"再往下呢?"朱丽叶审视自己的伤口。出血几乎停止了。

"我觉得也没人了。"梭罗回答,"有时候我下去查看,会发现少了一颗西红柿,那应该是老鼠干的。"他盯着房间一角,"我总是没办法把它们抓光,现在它们越来越多了……"

"但有时候,你会觉得这里还有别人?还有更多幸存者?"朱丽叶希望梭罗不要是这种精神涣散的样子。

"是的。"梭罗揉搓着胡须,四处乱看,仿佛他应该为朱丽叶做些什么,对于客人,总需要有一些招待,"有时候我会发现一些东西被移动了,一些东西被丢下,一些灯亮着没有关,然后我又会想起来,是我自己做的。"

他自顾自地笑了两声。这是朱丽叶在他身上看到的第一个自然反应。朱丽叶猜测他在这些年里经常对自己笑。有人用笑保持理智,有人用笑放纵疯狂,不管怎样,人都会笑。

"我本以为那把挡住门的刀是我留下的,然后我又找到了那根管子。我当时就怀疑留下这些的是不是一只非常非常大的老鼠。"

朱丽叶微微一笑。"我不是老鼠。"她整了整身上的桌布,又拢了一下头顶的乱发,心中有些好奇自己丢下的那些衣服怎么样了。

梭罗似乎也在考虑这件事。

"那么,你一个人多少年了?"朱丽叶又问道。

"三十四年。"梭罗毫不迟疑地回答。

"三十四年?你一个人这么久了?"

他点点头。朱丽叶觉得自己脚下的地面都陷了下去。这么长时间,身边没有一个人——稍微想象一下这种生活就让朱丽叶感到头晕腿软。

"你多大了?"朱丽叶问道。这个男人看上去似乎没有那么老。

"五十岁。"梭罗说,"下个月生日,这个我很清楚。"他露出微笑,朝周围一指,"谈话真是有趣的事。有时候我会和东西说话,还会吹口哨。"他直视着朱丽叶,"我很会吹口哨。"

朱丽叶意识到,对于现在的新环境,她可能就像新生儿一样懵懂无知。"你这么多年到底是怎样生存下来的?"她问道。

"其实没什么,我已经很多年都不需要费力气让自己活着了。我只是一个小时又一个小时地熬着,任由时间堆积起来。我吃东西、睡觉,还有……"他的视线转向墙边的架子,盯住那些金属罐,其中许多已经空了。他找到一只盖子打开的,举到朱丽叶面前。那只罐子上没有标签。"吃豆子么?"他问朱丽叶。

朱丽叶的第一个反应是拒绝。但看到梭罗那张憔悴的脸上充满渴望的眼神,她又没办法把拒绝的话说出口。"当然。"这时,她才忽然意识到自己有多饿。她的嘴里还留着那种苦咸水的味道,再加上胃酸的刺激,还有那颗生西红柿。她向梭罗靠近一些,伸手到那只罐子里,从汁水中拿出一颗绿色的生豌豆,塞进嘴里,咀嚼起来。

"我还会排泄。"梭罗在朱丽叶咽下豌豆的时候有些害羞地说道,"当然,这不是什么好事。"他摇摇头,也拣起一颗豌豆,"我只有一个人,所以我会去随便找一间公寓厕所,直到我受不了那里的气味。"

"在公寓里?"朱丽叶问。

梭罗想要找一个地方放下豆子。终于,他在地面上的一堆垃圾和单身汉的废物中找了一个空隙,把罐子放在那里。

"没有冲水马桶,没有水,我只能自己想办法解决。"他看上去很有些困窘。

"从你十六岁的时候就是这样?"朱丽叶做了一下简单的加减

法,"三十四年以前,这里发生了什么?"

梭罗举起双臂。"最后一定会发生的事。人们都疯了。这种事只需要发生一次。"他的脸上露出微笑,"我们不会因为保持理智而得到赞扬,对么?我不会因此而感到光荣,甚至没法让自己夸自己几句。我努力让自己不崩溃,让精神保持完整,熬过一天,熬过一年,但这不会给我任何奖励。做一个正常人不是什么好事,不发疯不是什么好事。"他皱起眉头,"然后,你就会遇到那可怕的一天。在那一天,你只能为自己担心。知道吗?一切只需要一天。"

他突然坐到地上,盘起双腿,揪扯着工装裤膝盖位置的布料。"我们的筒仓就遇到了糟糕的一天。就是这样。"他抬起头看着朱丽叶,"在那以前的那么多年,也没有任何奖励,没有。你想要坐下吗?"

他朝地上指了指。朱丽叶同样无法拒绝。她坐下去,尽量远离那张散发着臭气的床,将背靠在墙上。现在她有太多信息需要消化了。

"你是怎么活下来的?"朱丽叶问,"我是说,在那糟糕的一天里,还有在那之后。"

她立刻就开始后悔这样问。这些并不重要,但她感觉自己有必要知道,也许这能让她知道前面有什么在等着她,也许是因为她害怕在这个地方生存要比死在外面更可怕。

"一直胆战心惊。"梭罗回答,"我父亲的师傅是技术部主管。这个地方的技术部。他知道这些房间。这里可能只有两三个人知道。战斗刚刚开始几分钟,他就把这里告诉了我,还给了我钥匙。他把那些人引开了,于是我突然就变成了唯一知道这里的人。"他低头盯着自己的膝盖,又突然抬起头。朱丽叶这才意识到是什么让他看上

WOOL / 353

去如此年轻。不是他的恐惧和羞赧,而是他的眼睛。他永远被封闭在了充满恐惧的青春期。一具不断变老的身体里面是一个被吓坏了的男孩。惊恐冻结成一层苦难的外壳,隔开了这个男孩和他的身体。

梭罗舔舔嘴唇。"他们都没能活下来,对不对?那些出去的人呢?"他在朱丽叶的脸上寻找答案。朱丽叶能感觉到他全身的每一个毛孔中都散发出迫切的希望。

"没有。"朱丽叶哀伤地说道。她还记得从那些死人中间走过和爬过的时候是怎样的感觉。那仿佛已经是几个星期以前的事情,而不是刚刚过去了一天多。

"你在外面看见他们了?他们都死了?"

朱丽叶点点头。

梭罗的下巴也向下沉了沉。"从外面传进来的图像没有再坚持多久。那段时间,我只偷偷上去过一次。那里还有很多人在战斗。时间越久,我溜出去的次数就越多,也走得越远。我发现了他们造成的很多破坏。但我已经有……"他仔细想了想,"……大概二十年没见到过一个人了?"

"也就是说,在暴动之后的一段时间里,这地方还有其他人?"

梭罗朝天花板指了指。"有时候,他们也会到这里来,就在那些服务器中间,继续战斗。他们在所有地方作战。知道吗?战争拖得越久,情形就越可怕。为了食物而战,为了女人而战,为了战斗而战。"他转过身,指着另一扇门,"这些房间就像筒仓里的筒仓。不过如果你只有一个人,你就能坚持得更久一点。"他的脸上又露出了微笑。

"你是什么意思?筒仓里的筒仓?"

他点点头。"当然。抱歉,我原先聊天的对象总是知道我知道的一切。"他向朱丽叶眨眨眼,朱丽叶意识到他指的是他自己,"你不知道什么是筒仓。"

"我当然知道。"朱丽叶说,"我就是在一个和这里一样的地方出生长大的。只不过如果按照你的说法,我猜我们那里还在过着好日子,而我们却完全没想到这是值得赞美和感恩的。"

梭罗微笑着问:"那么,什么是筒仓?"那种少年人的好胜心浮现在他的脸上。

"是……"朱丽叶寻找着恰当的词,"是我们的家。就像山丘对面那些高楼,不过是建在地下。在这个世界上,筒仓是可以供你居住生活的地方,你只能住在它的内部。"她发现,清楚地定义筒仓比她想象中更困难。

梭罗笑了。

"这就是这个词对你的意义。我们一直都在随口说着这个词,却并不真的明白它意味着什么。"他朝一些摆满了金属匣子的架子指了指,"全部真相都在那里,一切发生过的事情。"他注视着朱丽叶,"你一定听过'愤怒的公牛'这种说法吧?或者'犟牛头'?"

朱丽叶点点头。"当然。"

"但牛是什么?"梭罗又问道。

"说一个人很莽撞,或者是非常凶横,比如牛脾气。"

梭罗又笑了。"我们不知道的实在是太多了,"他低头端详起自己的手指甲,"筒仓不是整个世界。它什么都不是。这个术语,这个词,来自很久以前。那时候庄稼还生长在外面,在你看不见的远方……"他朝地面摆摆手,仿佛这是一片非常巨大的区域,"……那时候世界上的人还多得你数也数不清,大家都有许多孩子。"他抬头瞥了朱丽叶一眼。他的两只手相互揉搓着,仿佛他觉得向一位女士提起生孩子是很令人困窘的事情。

"他们培育出那么多食物。"他继续说道,"就算是有那么多人也吃不完。于是他们将食物储存起来,以备发生糟糕的情况。他们将你无法想象的海量谷物倾注在那些矗立于地面之上的巨大筒仓里……"

"地面以上。"朱丽叶说,"筒仓。"她觉得梭罗的这些话一定是编出来的,一定是他在这几十年的孤独生活中产生出的幻想。

"我可以给你看一些图片。"梭罗似乎在因为她的怀疑而感到不安,语气也变得执拗起来。他站起身,快步走到放金属匣子的架子前,用手指扫过一些金属匣,查看它们底部的白色标签。

"哈!"他抓起一只匣子,递到朱丽叶面前。这只匣子看上去很有分量。他将匣子侧面的扣环打开,掀起盖子,露出里面同样厚重的东西。

"让我来。"他抢着说道——实际上朱丽叶连动都没动。梭罗将匣子歪过来,让里面的重东西稳稳地落在手掌上。那样东西长和宽和儿童书差不多,却要比朱丽叶见过的书厚了十或二十倍。不过它的确是一本书。朱丽叶能够看到它的边缘被切割得极为齐整,简直可以说是奇迹。

"我马上就给你找出来。"梭罗翻开这本大书。他翻动一摞又一摞贵重的纸张,那简直是在将一笔财富压在更多的财富上。很快,他翻动的页数就减少了,每次只有几页,最后一次只有一页。

"这里。"他指着书中说。

朱丽叶靠近过去细看。那很像是一幅手绘的画,却又和真实的景物几乎一样,就像在自助餐厅里看到的外界风景,或者是身份卡上的人脸照片。只不过这幅画有很多色彩。她有些怀疑这本书里是不是安装了电池。

"这可真像是真的。"她用手指摩挲着那幅画,悄声说道。

"它就是真的。"梭罗说,"它是一张照片,是对着真实世界拍摄出来的。"

这张画上丰富的色彩让朱丽叶感到惊叹。它有绿色的原野和蓝色的天空,让朱丽叶想起自己在面罩里看到的那些假相。她有些怀疑这也是假的。这张画看上去和她见过的那些粗糙污损的照片完全不同。

"这些建筑……"梭罗指着一些矗立在地面上的白色大罐子说,"……这些就是筒仓。它们里面储存着种子,以应对糟糕的时候,帮助人类坚持到好时候。"

他抬起头看着朱丽叶。他们之间只有不到一米的距离。朱丽叶和他。朱丽叶能看到他眼睛周围的皱纹,能看出他的胡须掩饰了他多少年纪。

"我不确定你想要说什么。"朱丽叶对他说。

他指了一下朱丽叶,又指了指自己的胸口。"我们是种子。他们把我们放在这里,是为了应对糟糕的时候。"

"谁?谁把我们放在这里?'糟糕的时候'是什么意思?"

梭罗耸耸肩。"但这样也没有用。"他一边摇头,一边坐回到地上,看着手中这本大书上的图片,"种子不能被保存这么长时间。不能一直保存在这个黑暗的地方。没用了。"

他从书上抬起眼睛,咬住嘴唇。他的眼睛里闪烁起了莹莹泪光。"种子不是在发疯。"他对朱丽叶说,"他们不是。他们会有糟糕的日子和许多好日子,但这不是重点。埋下种子的人离开了它们,无论那些人埋下了多少种子,如果种子被留在地下,孤单了太长时间……"

他沉默下去,合上书,把书本抱在胸前。朱丽叶看到他的身体在非常轻微地前后摇晃。

"如果种子孤单了太长时间,会怎样?"朱丽叶问。

梭罗皱起眉头。

"我们会腐烂。"他说,"我们所有人。我们在地下变坏,彻底烂掉,直到再也生长不出任何东西。"他眨眨眼睛,抬起头盯住朱丽叶,"我们再也不会生长了。"

第四十九章

如果你有二十个人的力量,
那力量就会直接杀死你。

在物资部货架旁边的等待是一段最难熬的时间。人们都知道应该趁这段时间打个盹,好好休息。但大多数人只是在紧张地开着玩笑。诺克斯不停地看墙上的时钟,在心中推演各种因素,会导致筒仓里的情况有什么变化。现在他的人武装起来了,他所能期望的就是顺利而不流血的权力交接。他还希望他们能得到答案,查出技术部到底在搞什么——那帮鬼鬼祟祟的混蛋——也许还能为朱莉正名。但他知道,不好的事情依然有可能发生。

他在马克的脸上看到了同样的想法——尤其是马克不断去看雪莉的样子。那个男人鼻梁上方的皱纹越来越深,紧皱的眉宇间流露出明显的忧虑。诺克斯的工长没有能隐藏住对妻子的担心。诺克斯觉得自己现在的表情一定也很难看。

诺克斯掏出自己的多功能小刀,掰出刀刃看了看,又用刀刃当作镜子,查看自己牙齿上有没有食物残渣。他收起小刀的时候,物资部的一个学徒突然从货架后面冒出来,说有人要见他们。

"穿什么颜色的衣服?"雪莉在众人纷纷拿着枪跳起来的时

候问。

那个年轻女孩指了一下诺克斯。"蓝色衣服的,和你们一样。"

诺克斯揉了揉那个女孩的头发,随后就从两个货架间走了出去。这是一个好迹象。他的人从机械部提前过来了。他一直来到物资部的门厅柜台。马克则负责让大家集合,把几个睡着的人叫起来。多余的步枪被收集起来,发出一阵"叮叮咣咣"的声音。

诺克斯绕过柜台,看见皮耶特从前门走进来。两名看守楼梯平台的物资部工人为他让开了路。

皮耶特满脸笑容地和诺克斯四手交握。他的身后跟着炼油厂的工人。他们的黑色工作服被换成了不那么惹眼的蓝色。

"情况如何?"诺克斯问。

"楼梯上的人不少。那声音就好像整个楼梯都在唱歌。"皮耶特说道。他深吸一口气,胸膛隆起,扫视了一眼周围,才将这口气呼出来。诺克斯能够想象他们为了赶时间,是如何飞奔上来的。

"所有人都上来了?"他和皮耶特让到一旁。他们率领的两队人立刻聚在一起。物资部的人们有的在做自我介绍,有的直接和他们认识的人拥抱在一起。

"是的。"皮耶特点点头,"我会再给最后一批人半个小时。不过我担心搬运工传递消息的速度会比我们更快。"他看向天花板,"我打赌,现在各种消息正在我们头顶上乱飞呢。"

"有人对我们产生怀疑了?"诺克斯问。

"哦,是的。我们在下面的市集发生了点冲突。人们都想知道我们要干什么。乔吉向他们发了脾气,我还以为他们会打上一架。"

"上帝啊,可不要在中层也发生这种事。"

"是啊,我现在都禁不住会想,如果是一场规模更小的行动,也许成功的机会反而可能更大。"

诺克斯皱起眉头。不过他理解皮耶特为什么会这样想。这个人经常只带几个强壮的帮手就去解决很严重的问题。但现在讨论已经开始实行的计划已经太晚了。"嗯,停电可能已经开始了。"诺克斯说,"一些人正在向上进发,现在我们必须去追赶他们。"

皮耶特严肃地点点头,扫了一眼大厅里的其他人。现在这些男男女女正在将自己武装起来,为了再次向上急行军重新整理好装备。"我估计,我们是要用武力恫吓闯出一条向上的路来。"

"我们计划要让人们注意到我们。"诺克斯说,"所以我们要搞出一些动静来。"

皮耶特拍了拍自己老板的胳膊。"如果是那样,我们已经成功了。"

他转身去拿了一杆枪,又给水壶加满水。诺克斯走到站在大门口的马克和雪莉身边。那些没有枪的人都用可怕的扁平铁柄来武装自己,磨石给这些铁铲磨出了银光闪闪的锋刃。让诺克斯感到惊奇的是,他们都知道如何打造可以带来痛苦的工具——也许这是人类的本能吧。就连年轻的学徒们也对此毫不陌生。

"其他人都在后面?"马克问诺克斯。

"情况还不错,"诺克斯说,"除了他们,还有不少人也在加紧赶上来。他们会追上的。你们准备好了吗?"

雪莉点点头说道:"我们行动吧。"

"好,一直向上,就像他们说的那样。"诺克斯扫视整个大厅,看到机械部和物资部的人们已经合并在一起。不少人都在看着他,等待一个信号,或者可能是又一场演讲。但诺克斯不知道还能说些什么。现在他只是在害怕自己会让这些好人遭到屠杀。所有禁忌都在顷刻间土崩瓦解,这一切发生得太快了。一旦枪被制造出来,又有谁能让它们消失?枪管竖在人群中,就像一块大针垫上插着的许多根针。很多事情,比如说出去的话,都几乎不可能被收回。他觉得他的人还会制造出多得多的枪。

"跟着我。"他高喝一声。周围各种嘈杂的声音立刻消失了。背包在微弱的"窸窣"声中被捆好。口袋里装满了危险品。"跟着我。"他对着安静的大厅又说了一声。他的士兵们开始组成队列。诺克斯转向前门,心中想着现在一切都要看他的了。他先确保自己的步枪被遮掩好、夹在胳膊下面,然后捏了一下雪莉的肩膀。这时雪莉正为他把大门拉开。

门外,两名物资部的工人站在栏杆旁。他们用捏造的停电事故赶走了楼梯上所剩不多的行人。随着物资部前门洞开,明亮的灯光和机器运转的声音洒进楼梯井。诺克斯看到了皮耶特所说的消息比腿脚走得更快是什么意思。他调整了一下自己的背包——里面有工具、蜡烛和手电筒。这些是为了让他们看上去更像去帮忙,而不是开战。但这些援助物资只是在袋口铺了薄薄一层,下面全都是子弹和炸弹,还有绷带和止痛药。缠裹帆布条的步枪被夹在他的胳膊下面。但他自己却觉得这种遮掩实在很可笑。他看了看跟随在自己身边的其他人。他们有的穿着电焊服,有的顶着施工头盔。他发现他们的意图实在是太明显了。

他们离开了楼梯平台和物资部的灯光,开始向上攀登。有几个机械部的人换上了黄色工作服,这样就能更好地混杂在中层的人群中。在夜晚昏暗的灯光中,他们登上楼梯,发出了不小的响动。诺克斯能感觉到每一级台阶都有来自深远下方传来的震动,这让他燃起希望,觉得他的人马很快就会追上来。那些人必须辛苦赶路,这让他感到有些抱歉,不过他也提醒自己,最后那批人都可以轻装前进。

他努力想象第二天早晨的美好景象。也许这场冲突在其余人赶到之前就能得到解决。也许那些人会直接参加庆祝会,要做的只是为他们壮壮声势。等那些人赶上来的时候,诺克斯和麦克莱恩应该已经进入了技术部的禁区,掀开了那台神秘机器的盖子,彻底暴露出那些在里面转动的邪恶齿轮。

就在诺克斯梦想着顺利推翻技术部的暴政时,他们已经向上走了很长一段路。他们经过一个楼梯口,一群女人正在金属栏杆上晾衣服。她们看到诺克斯和他的人穿着蓝色工作服,就纷纷抱怨停电的事。诺克斯的几个工人停下来分发物资,并散布谎言。直到他们离开那里,沿着螺旋楼梯走到上一层,诺克斯才看到马克步枪上缠的布条松了。他提醒了马克。马克急忙在到达下一个楼梯平台前做好了补救。

人们在向上攀登的过程中逐渐沉默下来,忍受着疲劳感的折磨。诺克斯让其他人领头,他在队伍中查看大家的状态。即使是对于物资部的人,他也认为自己有责任照顾好他们。现在这些人生死全系于他做出的每一个决定——这简直和沃克尔说得一模一样,那个疯狂的老傻瓜。但现实就是如此,一场暴动,就像他们年轻时听说的那样。诺克斯突然感觉到自己和那些古老的幽灵、那些神话传说中的祖先之间有着一种可怕的亲缘关系。这样的事情以前有人做过——也许是出于不同的原因,也许是另一种怒火卡在他们祖先的喉咙里,也许不会像现在他们的动机这样高尚,但在那时的某一层,一定也发生过这样的进军。相似的靴子踏在相同的台阶上。也许有一些靴子也是相同的,只是靴底换了。而且他们的手中全都拿着恐怖的机械,也不惮于使用它们。

想到和神秘过去之间的联系,诺克斯被吓到了。上一次暴动说不定并不是很久远,有没有这种可能?不超过两百年?要是人们都像扬斯和麦克莱恩那样长寿,两百年不过才有三代人。三代人的时间,就发生两次暴动。那么,中间这些年算什么?夹在两场战争中间的一段长久的和平?

诺克斯抬起靴子,登上一个又一个台阶,心中思考这些事情。他是不是变成自己年轻时所知道的那些坏人了?还是他年轻时学到的那些都是谎言?这让他想得头痛,但他已经到了这里,成为了一场革命的首领,而且他坚信自己是正确的,自己的行动是必要的。上一次掀起暴乱的人会不会也有同样的想法?在参与那场战争的人们心中也有同样的感觉吗?

第五十章

我觉得我看到了你的样子,现在的你是如此的低沉,
就像一个墓穴底部的死人。

"要读完这些书,一定得花上十辈子的时间。"

朱丽叶从散落了一地的金属匣子和一摞摞厚重的书本中抬起头。这里每一本书中的文字都要比她小时候看过的儿童书多得多。

梭罗从炉子旁边转过身,他正在那里热汤和烧开水。他朝被朱丽叶翻得乱七八糟的这堆东西挥了挥手中滴着汤水的金属勺子,对朱丽叶说:"我不认为它们是用来读的。至少不需要从头到尾一字一句读。"他用舌头碰了一下勺子,又用它去搅动锅里的汤。"这里的一切都乱套了。它们更像是为备份制作的备份。"

"我不知道你说的是什么意思。"朱丽叶承认。她又低下头。她的腿上正摊开着一本书,书页中的图片描绘了许多被称作"蝴蝶"的动物。它们的翅膀上布满了非常夸张的明亮色彩。她很好奇这些蝴蝶是和她的手掌一样大,还是有一个人那么大?她现在还没有找到关于这些生物体形的比例尺。

"是那些服务器的备份,"梭罗说,"否则你觉得我说的是什么?"

梭罗显得有些激动。朱丽叶看着他在炉子旁边忙碌。他的每

一个动作都显得那么慌乱紧张。朱丽意识到,自己才是那个闭塞无知的人。梭罗一直都拥有这些书。几十年以来,他一直在看它们,通过它们得到了祖先的陪伴——而所有这些,朱丽叶只能想象。她又有什么人生经验?一辈子待在黑暗的洞穴里,和成千上万同样无知的野蛮人在一起?

朱丽叶一边努力回忆,一边看着梭罗用一根手指掏了掏耳朵,又端详了指甲一番。

"具体是什么的备份?"朱丽叶终于又问道。其实她有些害怕梭罗会说出口的答案。

梭罗找到两只碗,从工作服肚子上的兜里掏出一块布擦了擦。"一切的备份。我们知道的所有东西,这个世界曾经的样子。"他把碗放好,调节了炉子上的一个旋钮,"跟我来。"他向朱丽叶招招手,"我带你去看。"

朱丽叶合上书本,把书放进原先的金属匣里,站起身跟随梭罗走到旁边的一个房间里。

"有些乱,别在意。"梭罗指了指小山一样堆在墙边的垃圾。那些差不多是上千个空罐头盒。它们正散发出上万罐食物的气味。朱丽叶皱起鼻子,压抑住呕吐的冲动。梭罗却似乎已经对此习以为常。他站在一张小木桌旁边,翻开了挂在墙上的一摞大图表。

"我想要的在哪里来着?"他喃喃地说道。

"这些是什么?"朱丽叶立刻被这些宽大的纸张吸引住了。她似乎看到了一张筒仓的结构图,却又和她在机械部看到的不太一样。

梭罗转过身。有几张纸从他的肩膀上搭下来,几乎遮住了他的全身。"地图。"他说道,"我可以让你看到这外面还有多么大的世界。你一定会被吓成白痴。"

然后他又摇摇头,对自己嘟囔了些什么。"抱歉,我不是那个意思。"

朱丽叶告诉他没关系,同时继续阻止自己伸手捂住鼻子。这里食物腐烂的气味实在是太让人难以忍受了。

"这个,抓住这头。"梭罗捏住半打图表的一角递给朱丽叶,然后抓住这些图表的另外一边。他们一起将这些图表从墙上掀起来。朱丽叶很想指出,这些地图的底边上都有金属扣眼,看样子它们应该可以被挂起来。不过她没有开口。张开嘴只会让这里腐败食物的气味变得更可怕。

"我们就在这里。"梭罗指着纸上的一个点说道。这张地图上到处都是弯弯曲曲的深色线条,却几乎没有一根直线,和朱丽叶看过的地图和结构图都不一样。看上去,它更像是小孩子随手乱画的。

"这些都是什么?"朱丽叶问。

"边界,土地!"梭罗用双手比画着这幅图上一大片完整的轮廓——它占据了整个地图将近三分之一的面积,"这全都是水。"

"这是哪里?"朱丽叶的手臂已经因为举起这些大纸而感到疲惫。这里的气味和这些谜题让她感到一阵阵头晕。她越来越真切地感觉到自己远离了家乡。生存下来的喜悦正在被危险的绝望所取代——她已经能看到,等待自己的将是年复一年悲苦的生活。

"就是那边!覆盖了这一整片土地。"梭罗朝墙壁指了指。看到朱丽叶困惑的神情,他眯起眼睛思考了一下,"这个筒仓,这一整个筒仓,在这张地图上就和你头顶上的一根头发丝差不多。"他拍拍地图,"就在这里,它们全都在这里。也许就是我们剩下的所有人了,也只有我的拇指那么大。"他将手指按在一团线条上。朱丽叶觉得他不像是在开玩笑。于是她也靠近过去想看得更清楚些,却被梭罗

WOOL / 367

推开了。

"放下，"梭罗拍了拍她掀起地图一角的手，让地图重新贴墙挂好，"这就是我们，"他又指着最上面一张地图中的一个圆圈说。这张地图上画着许多同样的圆圈。朱丽叶的双眼在地图上横竖扫了一遍，估计它们一共有将近五十个。"十七号筒仓。"梭罗一边说，一边将手向上一划，"十二号筒仓，这是八号，一号筒仓在这里。"

"不。"

朱丽叶摇摇头，伸手去扶桌子。她感觉到两条腿有些无力。

"是的，一号筒仓。你可能是来自十六或者十八号。你还记得自己走了多远吗？"

朱丽叶拖出桌边的小椅子，重重地坐了下去。

"你越过了多少道山丘？"

朱丽叶没有回答。她在想另外那一张地图，在脑子里把这两张图的比例尺对比了一下。如果梭罗是对的呢？难道这里真的有五十个左右的筒仓，而所有这些筒仓在一张地图上只占了一个大拇指的面积？卢卡斯曾经说过，天上的星星距离筒仓非常非常遥远。如果他也是对的呢？朱丽叶觉得自己需要有一个小一些的地方，可以爬进去，得到庇护，好好睡一觉。

"我曾经得到过一号筒仓的消息。"梭罗说，"那是在很久以前了。不过我现在不知道其他筒仓的情况怎样了……"

"等等，"朱丽叶从椅子上挺直身子，"你是什么意思？你得到过他们的消息？"

梭罗依然盯着地图，没有转过身。他的手从一个圆圈画向另一个圆圈，脸上呈现出孩子气的表情。"他们在呼叫，我收到了。"他终于转向了远远坐在房间一角的朱丽叶，"我们没有谈多久。我不知道具体该怎样操作。他们也不是很高兴和我说话。"

"好吧,但你是怎么做到的?我们现在能呼叫别人吗?你是用步话机进行呼叫的?是不是那种有一个黑色小天线的机器,就是上面有一根黑色的小东西……"朱丽叶站起来走过去,抓住梭罗的肩膀,把他转过来。这个人知道多少对她有帮助的东西,她却没办法挖出来?"梭罗,你是怎么和他们说话的?"

"通过网线,"梭罗将双手比画成杯子的形状,盖在耳朵上,"你只要冲着它说话就行了。"

"你要让我看看。"朱丽叶说。

梭罗耸耸肩,又翻了几张地图,终于找到了他想要的那张,便将其他地图按在墙上。那是朱丽叶早先看到的筒仓结构图。在这个侧面图里,筒仓被分成三截,并排陈列。朱丽叶帮他掀起了地图的另一边。

"网线就在这里,它们通向四面八方。"他向朱丽叶指出那些穿过筒仓外墙,一直延伸到纸张边缘的一束束线条。它们上面都印着字体极小的说明标签。朱丽叶靠得更近了一些,从那些标签上认出了许多工程学的标志。

"这些是输电线。"朱丽叶指着那些线条上的锯齿状符号说。

"是的。"梭罗点点头,"我们早就不发电了。我觉得这里的电来自其他筒仓,都是自动化的。"

"你从其他筒仓那里得到供电?"朱丽叶火气上涌。这个人的脑子里到底有多少被他认为是废物的宝贝?"你还有什么可以告诉我的?"她问梭罗,"你有没有一套飞行防护服,可以让我穿上,飞回到我的筒仓里?或者这个筒仓地下是不是有秘密通道,让我们可以轻松地走到别的筒仓去?"

梭罗一边笑一边看着朱丽叶,就好像朱丽叶是个疯子。"没有。"他说,"那样的话,一切的毁灭就只需要一颗种子,而不必是很多种子。只需要一个糟糕的日子,我们就都会死。而且,挖掘者们早就死了。他们把自己埋葬在了这里。"他指向一个角落,那里有一个长方形的房间,突出在机械部的边缘之外。朱丽叶仔细审视那个地方。她只要瞥一眼就能认出底部的每一层,但那个房间理应是不存在的。

"你是什么意思?挖掘者?"

"实际上,是把这里的土石挖走的机器,应该说是它们建造了这个地方。"他的手扫过整幅筒仓图,"我猜它们太沉重了,不可能被搬走,所以筒仓浇筑墙壁的时候,它们就直接被压在了下面。"

"它们还能工作吗?"朱丽叶问。一个念头出现在她的脑海中。她想到了那些矿洞。有许多岩石是她亲手挖掘的。既然这些机器能够挖出一整个筒仓,那么它们能不能在筒仓之间挖掘隧道?

梭罗一喷舌。"没门。那里找不到任何可用的东西,全都坏了。而且……"他用手掌边缘砍在筒仓底层的中间部分,"这里全都被洪水淹没了,直到……"他忽然转向朱丽叶,"等等,你想要出去?去别的地方?"他难以置信地摇摇头。

"我想要回家。"朱丽叶说。

梭罗瞪大了眼睛。"你为什么要回去?是他们赶你出来的,不是吗?你要留在这里。我们不想离开。"他挠挠胡子,又摇了摇头。

"必须让人们知道这里的事情。"朱丽叶对他说,"外面还有这么多人,有这么大的世界。我的筒仓里的人需要知道。"

"你的筒仓里的人已经知道了。"梭罗说。

他看向朱丽叶的眼神中充满了疑惑,这让朱丽叶明白——他是对的。朱丽叶知道他们在这个筒仓里的位置——这里是技术部的核心，在神秘的服务器堡垒房间下面，需要通过一条隐藏通道才能到达这里。很可能那些在服务器机房工作的人都不知道这条通道的存在。

但是在她的筒仓里，的确有人知道。就是那个人隐瞒着已经被隐瞒了许多个世代的秘密。那个人单独决定了其他人应该和不应该知道什么。对此他不需要任何人的指示。同样是那个人判处了朱丽叶死刑，谋杀了不知道多少人……

"仔细和我说说这些网线的事，"朱丽叶说，"你是怎样和其他筒仓对话的？把每一个细节都告诉我。"

"为什么？"梭罗显得有点胆怯。他的眼睛里闪动起了畏惧的泪光。

"因为，"朱丽叶说，"我非常想要和一些人说话。"

第五十一章

今天这场命运的不幸,恐怕不会就此完结,
日后还要引来更多的不幸。

等待是漫长的。那是长时间的沉默、头皮发痒、汗水滴落、脊背弯曲、不舒服的重量压在臂肘上、腹部贴着坚硬的会议桌。卢卡斯的视线沿着手中可怕的步枪,穿过会议室破碎的玻璃窗。细小的玻璃碎片还留在窗框边缘,像一些透明的牙齿。在一阵阵耳鸣中,卢卡斯仿佛还能听到西姆斯的枪打碎玻璃时发出的不可思议的巨响,还能闻到空气中刺鼻的火药味,看到其他技师脸上忧惧的表情。破坏显得如此没有必要。所有这些准备工作:从仓库里拿出巨大的黑色枪支、打断他和伯纳德的谈话、有人正从底层上来的消息,这一切都让他无法理解。

他检查了一下步枪侧面的滑盖,试图回忆自己在几个小时前接受的五分钟教学——枪膛里有一发子弹。枪上膛了。弹夹里还有更多子弹,在耐心地等待进入枪膛。

安全部门的人向他的脑子里狠狠塞了一堆技术术语。卢卡斯的词汇量发生了爆炸式的增加。他想到服务器下面的那些房间,一页又一页的《指令》,还有他只看了一眼的那一排排书籍。他的精神有些支撑不住这么多沉重的东西了。

他又花了一分钟时间练习瞄准,沿着枪管,将小十字和小圆圈的中心对齐。他瞄准了堵在大门后面的那堆横七竖八的会议椅。在他看来,他们会像这样等上几天,结果什么事也不会发生。搬运工已经有一段时间没有再报告过下面有什么变故发生。

作为练习,他轻轻地将手指插入扳机护环,扣住扳机,试着适应扣下这个小杠杆的想法,适应对抗随之而来的后坐力——西姆斯告诉过他,这个力道会非常强。

博比·米尔纳是一个还不到十六岁的学徒。他在卢卡斯身边开了个玩笑。西姆斯让他们两个都把嘴闭紧。卢卡斯没有因为自己被无端责备而表示抗议。他瞥了一眼安全闸。几支黑色的枪管正靠在那里的钢制立柱和旁边的金属执勤台上。新任筒仓警长彼得·比林斯在那里玩弄着他的手枪。伯纳德站在警长身后,不时向部下发出一些命令。博比·米尔纳在卢卡斯身边哼哧着改变了一下姿势,想要让自己更舒服一些。

等待,还是等待。他们全都在等待。

当然,如果卢卡斯知道随后会发生什么,他就不会介意这么一点不舒服了。

他会宁愿这样永远等待下去。

⋯⋯‖‖‖⋯⋯‖‖‖⋯⋯‖‖‖⋯⋯

诺克斯率领他的部队经过六十几层的时候,只是稍微停顿了一下,补充饮水、整理背包、系紧鞋带。几个连夜送货的搬运工好奇地经过他们身边,向他们询问要一直上到多少层,还有停电的事情。他们离开的时候全都显得闷闷不乐。诺克斯希望他们的脑子里不要想太多东西。

皮耶特是对的:楼梯间里很热闹。太多双行军的靴子踏在上面,让它一直震动个不停。住在上面的人应该都在向上走,离开停电的区域,去电力充沛、有热食和能洗热水澡的地方。而诺克斯和他的人就紧跟在后面,要去摧毁另外一种力量。

到了第五十六层,他们终于遇到了第一个麻烦。一群农夫站在水培农场外面,将几根电缆从栏杆上垂下来,也许是想要连接到下面一层去——诺克斯在上来的时候看到那一层的楼梯平台上有一小群人。一看到机械部穿蓝色工作服的人,一名农夫立刻高喊道:"嗨,我们喂饱了你们,你们为什么不能一直给我们供电呢?"

"这个要和技术部谈谈。"走在最前面的马克回答道,"他们把保险丝烧了。我们正在尽力补救。"

"好吧,那就快一点。"那名农夫说,"我还以为我们刚刚搞的那个什么节电假日就是为了防止发生这种破事。"

"我们会在明天午餐前解决问题。"雪莉告诉他们。

诺克斯和其他人这时都已经涌了上来,让楼梯平台变得相当拥挤。

"我们越早上去,你们就能越早得到供电。"诺克斯解释道。他拿着被裹住的步枪,尽量装出一副轻松的样子,就好像那不过是一件工具。

"那么,帮我们连一下线怎么样?第五十七层今天早上还有电。只要连上电缆,我们就应该有足够的电力让水泵动起来了。"那名农夫指着盘绕在栏杆上的电缆说道。

诺克斯想了想。私拉电线在理论上是非法的。如果要阻止这些农夫,肯定会耽搁他们的行程;而放任农夫们这样做很可能会引起他们的怀疑。他能感觉到麦克莱恩就在上面几层远,正在等待他们。现在,行动的节奏和时机意味着一切。

"我可以留下我的两个人帮你们。这样你们可就欠我们一个人情了。我们机械部根本不应该管这档子事。"

"就好像我喜欢这么做一样。"那名农夫说,"我只是想让水流动起来。"

"雪莉,你和柯特妮帮他们一把。等做好了以后来追我们。"

雪莉张大了嘴巴,用眼神乞求诺克斯重新考虑。

"快干活吧。"诺克斯对她说。

马克来到雪莉身边,拿起了妻子的背包,又将自己的多功能小刀递给她。雪莉不情不愿地接过小刀,又瞪了诺克斯一眼,才转身走开,连一句话都没有留给诺克斯和她的丈夫。

农夫放开电缆,朝诺克斯迈出一步。"嘿,我还以为你是要借给我们……"

诺克斯用严厉的目光挡住了那个人。"你是不是想要我最优秀的两个人?"他问道,"你已经得到她们了。"

农夫向诺克斯举起双手,一边向后退去。楼梯井中响起柯特妮和雪莉响亮的脚步声。她们正跑下去,准备和五十七层的人进行协调。

"我们走。"诺克斯拿起了背包。

机械部和物资部的人再一次开始前进。五十六层的农夫们看着这支长长的队伍一直向上走去。

随着电缆被一点点放下去,农夫中间不期然地响起了窃窃私语的声音。强大的力量正在这些人的头顶上方聚集。一同凝聚起来的还有种种恶意,正在指向一个真正可怕的目标。

任何有眼睛和耳朵的人都知道：某种清算即将开始。

.....''''''|||''...'''|||''...''''''....

卢卡斯没有得到警告，也没有倒数计时。几个小时安静的等待，令人难以忍受的空虚，一下子就变成了狂风骤雨般的暴力行动。尽管早就得到警告，要为最糟糕的情况做好准备，卢卡斯还是觉得，事情真正发生的时候，漫长的等待反而对他的精神造成了更猛烈的冲击。

三十四层的双扇大门被猛然轰开。牢固的钢铸门板向内卷曲，仿佛被撕开的纸张。震耳的轰鸣声把卢卡斯吓了一跳，让他的手从枪托上滑了下来。枪声骤然响起。博比·米尔纳发出毫无意义、只让人感到恐惧的尖叫——或者他是觉得兴奋？西姆斯的叫喊竟然盖过了这些狂暴的咆哮。等到声音暂时消失，有什么东西从烟雾中飞出来——一只圆筒蹦蹦跳跳地滚向安全闸。

随后是一阵恐怖的停顿——然后又是一声震耳欲聋的爆炸。卢卡斯差一点丢掉了手里的枪。安全闸那里腾起了浓重的烟雾，但也无法完全掩盖死伤狼藉的场面。卢卡斯认识的人变成碎片，飞散到技术部门厅的角落里。卢卡斯来不及反应，甚至来不及为发生在自己面前的又一次爆炸感到害怕，扔炸弹的人就已经冲进了技术部。

步枪又开始在他耳边吼叫。这一次，西姆斯的喊声没了。步枪的吼声却越来越多。那些人想要推开椅子，却倒在了杂乱的椅子中。他们的身体颤抖着，仿佛被无形的丝线牵引着，仿佛有一股股红色颜料从他们身上喷射出来，在空气中划出一道道弧线。

又有更多人冲了进来。一名大汉发出洪亮的喊声。一切运动都变得极为缓慢。卢卡斯能看到这个人的嘴分开，声音从浓密的胡须中喷出，还有比普通人宽阔一倍的胸膛。他把一杆步枪握在腰间，向被炸毁的安全闸开火。卢卡斯看到彼得·比林斯旋转着倒在地上，一只手捂住肩头。玻璃碎片在卢卡斯面前的窗框中抖动。会议桌后面一根又一根枪管响起爆破的震音。现在这扇破碎的窗户显得如此无足轻重。而且必须承认，提前把它打碎实在是明智之举。

一阵弹雨击中了那名毫无防备的大汉。这间会议室是技术部的埋伏阵地，可以袭击入侵敌人的侧翼。大汉在子弹的冲击中不住地抖动。他的嘴大张着，让胡须也耷拉下来。他的步枪被折成两截，一颗闪闪发光的子弹出现在他的手指间。他还想要装弹。

技术部的枪口射出了数不清的子弹。只要手指扣下扳机，剩下的全都可以交给机簧和火药。那个身材格外高大的人摸索着他的步枪，却再也无法装上子弹了。他倒在椅子堆中。那些椅子也随之塌落在地上。又一个人出现在门口。这次是一名身材瘦小的女性。卢卡斯沿着自己的枪管看着她，看到她转过身，盯住了自己。爆炸的硝烟飘向那名女子，随她肩膀上的白发一同摇曳，仿佛是她头发的一部分。

卢卡斯能看到那个女人的眼睛。他到现在都没有开枪，只是张着嘴，看着这场战斗。

女人将手臂向后弯曲，看样子是要朝他投掷东西。

卢卡斯扣下扳机。他的步枪喷出一道火光，向后一歪。子弹穿过大厅的这段时间显得漫长而可怕。在这段时间里，他终于意识到那是一位老妇人，手中拿着什么东西。

一颗炸弹。

WOOL / 377

老妇人身子一跳,胸前绽开一片殷红,手中的东西掉落下去。又是一阵可怕的等待,更多进攻者冲进来,发出愤怒的喊嚷,直到一阵爆炸崩飞了门前的椅子,还有那些冲进椅子中间的人。

当敌人的第二次攻势失败时,卢卡斯哭了。他一边哭,一边打空了弹夹,一边哭一边摸索着拆下空弹夹,插上备用弹夹。咸涩的盐刺痛了他的嘴唇。他拉开枪栓,释放出又一阵死亡铁雨——钢铁要比它们撞击到的肉体坚硬得多,也快得多。

第五十二章

我有过那样的日子

戴上面具

说上一段情悄话

伯纳德在叫喊声中醒过来。他的眼睛被硝烟灼痛,耳朵里面还在因为刚才的爆炸而响起一阵阵尖鸣。

彼得·比林斯正在摇晃他的肩膀,不停地向他喊叫,一双瞪大的眼睛里全是恐惧,被烟灰染黑的额头上堆满了皱纹。鲜血在他的工作服上染出了一大片铁锈色。

"嗯?"

"长官!能听到我说话吗?"

伯纳德推开彼得的手,想要坐起来。他摸索自己的身体,寻找出血和受伤的地方。他的头在一阵阵抽痛。他抹了一把鼻子,手上全都是血。

"发生了什么?"他呻吟着问。

彼得蹲伏在他身边。他又看到卢卡斯站在警长身后一段距离以外,步枪抵在肩头,正在向楼梯井中窥望。远方有人在叫喊,还有一连串的枪声。

"我们死了三个人。"彼得说,"有几个受伤了。西姆斯率领六个人进入了楼梯井。他们的伤亡要比我们严重得多,严重得多。"

伯纳德点点头。他检查了一下自己的耳朵,惊讶地发现它们没有出血。他用袖子擦掉鼻血,拍了拍彼得的胳膊,又向彼得身后点点头。"让卢卡斯过来。"

彼得皱起眉,但还是点了头,走过去和卢卡斯说了几句话。那个年轻人便过来跪到伯纳德身边。

"你还好吗?"卢卡斯问。

伯纳德点点头。"真是愚蠢。我不知道他们会有枪。但我至少应该能猜到他们有炸药。"

"没事的。"

伯纳德摇摇头。"我不应该让你待在这里。太愚蠢了。我们两个可能会一起……"

"好了,长官,我们都没事。我们已经把他们赶下了楼梯井。我认为这件事结束了。"

伯纳德拍拍他的手臂。"带我去服务器那里。我们要报告这件事。"

卢卡斯点点头。他知道伯纳德说的是哪一台服务器。他扶伯纳德站起身,用一只手臂撑住伯纳德的脊背。彼得·比林斯皱着眉,看这两个人蹒跚地走进了硝烟弥漫的走廊。

"情况很不好。"远离其他人之后,伯纳德对卢卡斯说。

"但我们赢了,对吧?"

"还没有。筒仓受到的破坏不会仅限于这里,战斗也不会在今天就结束。你必须在下面待一段时间。"伯纳德想要自己走路,他的脸色非常难看,"不能冒险让我们两个都出事。"

卢卡斯似乎很不喜欢他的这个决定。他在服务器机房的大门旁输入他的密码,拿出身份卡,抹掉卡片和自己手上的血——那是其他人的血——在读卡器下面扫了一下。

"我明白。"他最后说道。

伯纳德知道自己选对人了。他让卢卡斯关上沉重的大门,自己向最后面的服务器走去。半路上,他踉跄一下,摔倒在八号服务器上。他急忙稳住身子,休息了一会儿,让晕眩感过去。卢卡斯追上来,掏出了他的备份钥匙。

伯纳德来到房间最深处,靠在墙边,等待卢卡斯将服务器打开。他的头依然晕得厉害,甚至没有注意到这台服务器面板上闪烁的数码。严重的耳鸣让他也听不见其他声音。

"这是什么意思?"卢卡斯问,"这个声音?"

伯纳德疑惑地看着他。

"火警?"卢卡斯指着天花板。伯纳德终于听到了。他摇摇晃晃地向服务器背部走过来。卢卡斯正在打开最后一只锁。伯纳德将那个年轻人一把推开。

他们会不会已经知道了?可能性有多大?伯纳德的生活在短短两天时间内就彻底脱轨了。他伸手到服务器的布口袋里,抓起耳机,戴在自己依旧尖鸣不止的耳朵上,将耳机插头插进标着"1"的插孔里。让他惊讶的是,他听到了一阵"哔哔"声。是对方发出的通话信号。

他急忙把耳机插头拔出来,取消了通话。这时他才看到,1号插孔上的灯并没有闪烁,闪烁的是17号插孔上的灯。

伯纳德感觉有些天旋地转。一个已经死掉的筒仓在呼叫他。一个幸存者?活了这么多年?终于能够使用服务器了?他的手颤抖着,将插头向那个插孔杵过去。卢卡斯在他身后问着什么,但伯纳德的耳朵被耳机捂着,什么都听不见。

"喂?"他用沙哑的嗓音问道,"喂? 有人吗?"

"喂。"一个声音回答道。

伯纳德调整了一下耳机,一边挥手示意卢卡斯闭嘴。他的耳鸣依然很厉害,鼻血一直流进了他的嘴里。

"你是谁?"他问道,"能听见我说话吗?"

"能听见。"那个声音说,"你是我想的那个人吗?"

"这是什么鬼话?"伯纳德气急败坏地说道,"你是怎么进入……?"

"是你把我送出来的。"那个声音说,"你让我出去送死。"

伯纳德瘫倒下去,两腿发麻。耳机线被拽直,差一点把耳机从他头上扯下来。他抓住耳机,努力回忆这个声音。卢卡斯撑住他的腋窝,不让他倒在地上。

"你还在吗?"那个声音问,"你知道我是谁吗?"

"不。"伯纳德说道。但他知道。这不可能,但他知道。

"你让我去死,你这个混蛋。"

"你知道规矩!"伯纳德向一个幽灵吼道,"你知道!"

"闭嘴给我听着,伯纳德。把你该死的嘴闭上,仔仔细细听我说。"

伯纳德等待着。他能尝到自己嘴里的血———一股铜锈味。

"我会来找你。我会回家来,我会把家里的一切清洁干净。"

这个世界不是你的朋友,这世界的法律同样不是。

无论如何,他绝非恶人。

在我们的未来,所有这些苦难都将成为甜蜜的话语。

盲眼的人不能忘记失去的视力,

那曾是他的宝贵财富。

一团火能将另一团火烧尽

一个人的痛能被另一人的痛减轻。

——《罗密欧与朱丽叶的悲情史》

困境

第五部

PART 5

THE STRANDED

第五十三章

18号筒仓

马克跌跌撞撞地走下楼梯,他的胳膊下面夹着一支步枪,手心擦过冰冷的栏杆,靴子在血泊中打滑。他几乎听不到周围的各种声音:被半拖着一级级下楼梯的伤员在哭号;楼梯平台上好奇的人群发出惊恐的尖叫;那些人嘴里赌咒着要干掉他们,追着他和机械部剩下的人下了一层又一层。

他的耳鸣遮蔽了绝大部分声音。是因为那次爆炸,那次该死的爆炸。不是炸开技术部大门的那一次——那次他已经做好了准备,和其他人都好好地蹲着。也不是第二次爆炸,那次诺克斯将炸弹扔进了敌人巢穴的心脏。是最后那一次。他没有察觉到的那一次。那颗炸弹从物资部那位白发老太太的手里掉了下来。

麦克莱恩的炸弹。它就在马克面前爆炸了,夺走了马克的听力,还有那位老太太的生命。

诺克斯,机械部坚不可摧的首领,他的老板,他的好朋友,也走了。

马克受了伤,心中充满恐惧,他匆忙地跑下楼梯。从这里到安全的底层还有很远。他现在只想找到他的妻子——他把注意力集中在这件事上,不再想过去的事,不再想那场夺走他朋友的爆炸。他们的计划就毁在那场爆炸里,一切实现正义的机会都被吞噬了。

上方又传来沉闷的枪声,紧接着是子弹打在钢材上的尖啸——感谢上帝,只击中了钢材。马克尽量躲开外侧的栏杆,躲开枪手的瞄准。他们在上面的平台上,不断向他们开火,用子弹猎杀他们。机械部和物资部的人在奔跑和战斗中已经下了十几层。马克在心中乞求上面的人能够停下,给他们一个休息的机会。但靴子和子弹的声音一直在向他们逼近。

又逃了半层楼,他追上了物资部的三个人。他们中间的那一个受了伤,被两名同伴抬着,胳膊搭在两个人的肩膀上,黄色工作服背后是斑驳的血渍。他高喊让他们赶快走,却听不到自己的声音。只有胸口的震动让他知道自己在说话。他同样也在流血。

他将受伤的胳膊紧贴在胸前,把步枪抱在臂弯里,另一只手抓住栏杆,以免自己一头栽下去。他的身后已经没有了同伴,一个活的都没有了。最近一次枪战之后,他让其他人都走在前面,自己也总算是脱身了。但上面的人还在追赶,丝毫不知疲惫。马克不时会停下来,胡乱摸出一颗子弹,塞进枪膛,盲目地朝上面开一枪。必须做些什么,让他们慢下来。

他停下来喘了一口气,靠在栏杆上,将步枪指向上方。又是一颗哑弹。但掠过他身边的子弹可是真的。

他蜷缩在螺旋楼梯的中心立柱旁,用了点时间重新装弹。他的步枪和技术部的不一样,一次只能发射一颗子弹,而且很难瞄准。技术部的人有他们从没有听说过的新式武器,发射子弹的速度快得吓人。他向外侧栏杆移动,看了看下面的楼梯平台。那里有不少人正用手指扒住钢制门框,透过门缝用好奇的目光窥看外面的情况。

就是这里,第五十六层。他和妻子分别的地方。

"雪莉!"

他呼唤妻子的名字,踉踉跄跄地下了四分之一段楼梯,来到楼梯平台前。但他没有着急跑上楼梯平台,而是躲在中心立柱旁边,在门缝后的那些面孔中仔细寻找。

"我妻子!"他用一只手遮在嘴旁边,冲门里的人大喊,"她在哪里?"他忘记了那种遮蔽一切的声音只是他自己的耳鸣,那些人的听力应该是正常的。

一张嘴在门缝后的阴影中翕动,但传来的声音却那样模糊而遥远。

另一个人朝下面指了指。门缝后面的人全都向阴影中缩去。楼层大门猛地被关死,随后又是一阵子弹击中钢铁的尖啸声。下面的人在奔逃,上面的人在追赶,楼梯因为他们急促的脚步声而颤抖。马克看到那些挂在栏杆上的非法电缆,想起这里的农夫还在从下层偷电。他急忙跑下楼梯,循着这些粗重的缆索,一心只想找到雪莉。

又下了一层,他确信自己的妻子一定在这里。马克发疯般地冲过空旷的楼梯平台,撞在楼层大门上。枪声再次响起。马克抓住门把手,用力向外拽,一边高喊着雪莉的名字,就好像世界上所有人都像他一样聋了。楼门被拽开了一点,但门里也有人在拼命拽着门。他拍打门上的玻璃,留下一只粉红色的手掌印。他呼喊着要他们打开门,放他进去。嗜血的子弹从他脚边掠过,其中一颗在门板上留下一道伤疤。他只能伏低身子,用手捂住头,跑回到楼梯井中。

马克强迫自己继续向下移动。如果雪莉在那扇门后,那要比暴露在外面更好。她还可以丢掉那些犯罪的装备,混在人群中,直到一切安定下来。如果雪莉在下面,他就需要赶快下去找她。不管怎样,他都必须向下。

在下一个楼梯平台,他又看到了物资部的那三个人。受伤的人坐在平台上,大睁着双眼。另外两个人在照料他——他们身子各有一边沾满了这名伤员的血。马克依稀记得其中一名女工人。他在向上行军时见过她。他走过去想看看他们是不是需要帮忙。这时他才看清,那名女子的眼睛里燃烧着冰冷的火焰。

"我可以背他。"马克一边喊,一边跪在那个受伤的男人面前。

女工人说了些什么。马克摇摇头,指了一下自己的耳朵。

她又把话重复了一遍,双唇夸张地一开一合。但马克还是听不见她在说些什么。她放弃了,只能抓住马克的手臂,将他推开。伤员捂着自己的肚子,一片红色从他的腹部一直延伸到裆部。他的双手紧握着一根钢棍,钢棍末端还有一个球形的小轮子,是一只椅子腿。

女工人从背包中掏出一颗炸弹,表情肃穆地将这件极端暴力的工具递给伤员。受伤的人接过它,指节发白,双手不停地颤抖。

物资部的两个人将马克拽开。他们离那个流血的肚子上插着一块家具残片的人越来越远。马克听到非常遥远的地方有喊声传来。但他知道,他们已经追得很近了,所以他接近失聪的耳朵才能听到他们的声音。他感觉到自己被用力向后拽,但他却只能盯着那个难逃一死的伤员空洞的眼神。那双眼睛也盯住了马克。那个人举起炸弹,手指紧勒住可怕的钢制圆柱体,咬紧牙关,绷紧了下颌线。

马克抬头瞥了一眼上方的楼梯。他看到了那些人的靴子。光亮干净的黑靴子,没有一滴血。占尽优势的敌人丝毫不知道疲惫。他们踩踏的台阶上有马克和其他人留下的血迹。那些都是他们绝不会哑火的子弹造成的。

他被其他人半拖着，踉跄地跑下楼梯井，一只手扶着栏杆，眼睛还看着那名伤员身后被打开的门。

一张充满稚气的脸出现在门口。是一个好奇的男孩，跑出来看热闹。几只成年人的手立刻把他拉了回去。

马克被拽下去很长一段路，已经看不到随后发生了什么。但尽管他的耳朵不灵，还是听见了"哒哒"的枪声，子弹撞击钢铁的声音，然后是响亮的爆炸声。炸弹的怒吼震撼着整座螺旋楼梯，让他和两名同伴倒在台阶上。马克的身子撞到楼梯扶手，步枪飞了出去。马克急忙伸手去抓，终于在枪跌进深渊之前把它捞了回来。

马克摇摇头，却还是无法摆脱晕眩的感觉。他用双手和膝盖将自己撑起来，缓缓站起身，无意识地沿着抖动的阶梯蹒跚而下。他脚下的台阶不断在震动中发出鸣响。整座筒仓，都沿着螺旋形的路线，陷入黑暗的疯狂。

第五十四章

18号筒仓

数小时后,在物资部,这个位于筒仓底部最高一层的地方,他们终于得到了第一次休息。有人说要守在这里,设置某种屏障,但他们不知道该如何堵住整个楼梯井,把栏杆和混凝土环形墙壁之间的空间也封死。子弹会从那个缺口射下来。人从那里掉下去必死无疑,而敌人一定能想办法穿过那个缺口攻下来。

马克的听觉在他逃跑的最后一段路上恢复了不少。现在他已经开始厌倦了自己的靴子踏在台阶钢板上的声音,自己疼痛时的哼哼,还有自己疲惫的喘息声。他听到有人说,最后一次爆炸破坏了楼梯,阻滞了敌人的追击,但又能维持多久?对筒仓造成了怎样的损坏?没有人知道。

楼梯平台上的气氛异常紧张。麦克莱恩战死的消息让物资部的人心神不宁。穿黄色工作服的伤员被送了进去。但物资部的人们用不太友善的口气建议机械部的伤员最好还是到更底层去接受治疗——回到他们自己的地方去。

马克吃力地听着这些争论。人们说话的声音在他耳中依然显得含混又遥远。他向每一个人询问雪莉的下落。有几个穿黄衣服的人耸耸肩,似乎是不知道雪莉是谁。有一个人说雪莉已经跟着伤员下去了。他又用更大的声音将这句话重复了一遍,马克才确信自己听得没有错。

这是个好消息——马克能想到的只有这个。他正要离开这里,他的妻子却突然从焦虑不安的人群中走了出来,把他吓了一跳。

雪莉睁大了眼睛,显然也是刚刚看见他。然后,她的视线落在马克受伤的手臂上。

"哦,上帝!"

她伸开双臂抱住马克,将脸靠在马克的脖子上。马克用一只手臂拥抱妻子。他的步枪还夹在他们两个中间,冰冷的枪管靠在他不断颤抖的面颊上。

"你还好吗?"他问。

雪莉紧贴着他的脖子,额头抵在他的肩膀上,对他说了些什么。他听不清,但是能用自己的皮肤感觉到妻子。这时雪莉查看起了他的胳膊。

"我听不见。"他对雪莉说。

"我没事。"雪莉提高了声音,然后摇摇头,一双大眼睛里全是泪水,"我不在那里。我什么都不知道。诺克斯的事情是真的吗?到底发生了什么?情况有多糟?"

她将注意力集中在马克的伤口上。她的两只手握住马克的手臂,让马克感觉非常好——那双强壮的手给了他信心。随着机械部的人撤退到楼梯井深处,这里的人群开始变得稀疏了。几个物资部穿黄色工作服的人向马克投来冰冷的目光。他们都在盯着马克的伤口,仿佛是在担心他们很快也会有同样的下场。

"诺克斯死了。"马克对妻子说,"麦克莱恩也死了。一起牺牲的还有另外几个人。那颗炸弹爆炸的时候,我正好在附近。"

他低头看向自己的手臂。雪莉已经撕开了他破烂的工作服和满是血污的内衣。

"你中枪了?"雪莉问。

他摇摇头。"我不知道。当时一切发生得太快了。"然后他回头看了一眼,"大家要去哪里?为什么我们不在这里防守?"

雪莉咬住牙,朝楼层大门一摆头。穿黄色工作服的人在那里排成了前后两列。"我觉得这里不再需要我们了。"她依然提高了声音,好让丈夫听到,"我必须给你清理伤口。我觉得炸弹在你的伤口里留下了碎片。"

"我没事。"马克坚持说,"我一直在找你。我担心得要死。"

他看到自己的妻子在哭。一串串泪珠在汗水中格外显眼。

"我还以为你不在了。"雪莉说。马克需要看妻子的唇形才能知道她说了什么,"我以为他们……你也……"

她咬住嘴唇,带着害怕的神情盯住丈夫。马克从没有见过妻子这样忐忑不安,哪怕是弹簧舱门发生泄漏,他们亲密的朋友被困在矿井中,甚至是朱丽叶被送出去进行清洁,雪莉都没有过现在这样的表情。现在她的表情中累积了山一样的恐惧。这吓坏了马克。即使面对炸弹和子弹的时候,马克也没有被吓得这么厉害。

"我们赶快去找其他人吧。"马克拉住妻子的手。他当然能感觉到这座平台上显而易见的紧张情绪。那些人全都在用眼神乞求他们赶快离开。

当叫嚷声再一次从上方传来,物资部的人们全都撤退到了他们安全的大门后,马克知道,短暂的休息时刻结束了。但没有关系,他找到了妻子。雪莉安然无恙。现在其他人无论做什么,他都不

WOOL / 393

怕了。

．．．．．．．．．．．．．．．．．．．．．．．．．．

他们一同到达一百三十九层的时候,马克知道他们安全了。他的两条腿竟然坚持了下来。持续的失血没有让他倒下。有了妻子的帮助,他们一同通过了机械部上面最后一个平台。现在马克一心只想着守住机械部,把那些从上面向他们开枪的杂种击退。到了机械部,他们就拥有了强大的能量,足够多的人数,还有主场优势。更重要的是,他们能够包扎伤口,好好休息一下。这是他现在所急需的:休息。

走下最后几个台阶时,他差一点倒在地上。他的两条腿已经习惯了不断踏在下一级台阶上。当一块平地出现在脚下,他的膝盖一下子没能撑稳身体。雪莉扶住了他。他也终于注意到了聚集在安检处的人们。

当他们上去战斗的时候,留下来的人也没有闲着。宽阔的安检入口焊满了钢板——带有菱形花纹的钢板从地面一直顶到天花板,向两侧一直贴到墙壁。钢板一侧的边缘还在"嘶嘶"地冒出火花,有人正在里面完成收尾工作。突然涌下来的逃亡者和伤员挤成一群,都拼命想要进去。机械师们相互推搡着,不断撞在钢板上、尖叫着拍打钢板,所有人都害怕得仿佛要发疯了。

"这到底是怎么回事?"马克喊道。他跟随雪莉来到人群背后。在人群的最前面,有人正匍匐在地,要从钢板和地面之间的缝隙中爬进去——在安全闸那里只留下了这样一个长方形的开口,能够让人钻进去,非常容易防御。

"安静!按顺序进来。"他们前面有人在喊。

人群中还混有一些穿黄色工作服的,其中有一些是穿着物资部衣服的机械师,有些似乎就是物资部的人。他们扶着伤员,被裹挟到了这里,或者是不相信物资部能够守住。

马克试着将雪莉向前推。就在这时,一阵枪响,一颗灼热的子弹击中了他们附近的地面。马克立刻改变了方向,将雪莉向台阶拽过去。在那个小入口附近,人群的冲突变得愈发疯狂。入口内外都有人在叫喊。外面的人说他们被枪打中了,里面的人只是喊着:"一次一个人!"

已经有不止一个人趴下来,要钻进那个入口。一个人伸出双手,里面有人拽住他,他就擦着格栅地板消失在那个黑色的开口中。立刻又有两个人开始争抢他的位置。敌人已经到了上方的阶梯。现在所有人都暴露在他们的枪口下。又是一阵枪响。有人倒在地上,捂住肩头喊道:"我被击中了!"人群开始向四周逃散。有几个人跑上楼梯,躲在台阶下面。还有一些人陷入混乱,全都想要从那个只能容一个人通过的入口挤进去。

雪莉尖叫着攥紧了马克的手臂。这时他们身边又有一个人被击中了。那名机械师倒在地上,身子几乎因为剧痛而对折起来。雪莉向她的丈夫叫喊着,问马克他们该怎么做。

马克扔下背包,亲吻了妻子的面颊,随后就拿着步枪冲上楼梯。他努力想要一次迈上两个台阶。但他的腿实在是太酸了。又是一阵枪声,不过没有打中他。马克感觉到身体不可思议地沉重,动作慢得就像身处在一场噩梦里。他端着枪,靠近了一百三十九层的平台,但敌人还在更上面,占据有利位置,向他们泼洒子弹。

马克确认了他的土枪里装好了一发子弹,他把枪高举起来,一点点来到楼梯平台上。几个穿灰色安保服的人正从上方的栏杆后

WOOL / 395

面探出身子,枪口指向机械部的地面。一个人拍了拍身边的同伙,朝马克指了一下。马克沿着自己的枪管看到了他们的动作。

他开枪了。一杆黑色步枪从上面掉落下来。使用那杆枪的人胳膊垂过栏杆,然后又滑倒下去,消失不见了。

枪声大作。但马克已经退回到了楼梯下面。他的上方和下方都响起狂躁的喊声。马克到了楼梯的另一边,远离自己刚才的位置,然后才向下看去。下面的人群变得稀疏了。越来越多的人被拖进了机械部。他能看见雪莉一只手遮住楼梯井上方的灯光,正在抬头张望。

他身后响起了靴子声。马克又朝枪膛里插进一颗子弹,转身朝自己视野中最高处的台阶瞄准。无论有什么出现在那里,他都已经做好了准备。

当第一只靴子冒出来的时候,他稳住身子,等那个人再出来一些,然后扣动扳机。

又一杆黑色的步枪掉落在台阶上,穿过栏杆滑下去,又一个人跪倒在地。

马克转身就逃。他没能抓住自己的枪,只感觉到那根钢管撞在自己小腿上,又弹了出去。他没有停下来捡起那杆枪,而是失足滑下台阶,一屁股坐在地上,又急忙站起来。他尽量一次迈两个台阶,仿佛是在梦中奔跑,但他还不够快,他的两条腿就像生锈的铁……

金属爆破的声音在他背后响起,如同低沉的咆哮。有人追上他,朝他背上打了一拳。

马克向前扑倒,跌跌撞撞地滑下阶梯,下巴不停地撞在钢板台阶上。血从他的嘴里涌出来。他想要爬起来,用双脚支撑住身子,却又一头向前跌倒。

又是一声咆哮,他的后背再次被击中。他觉得自己被咬了,又像是被靴子踢了。

这就是中枪的感觉,他麻木地想。他滚落下最后几级台阶,撞在格栅地面上。他感觉不到自己的两条腿了。

机械部的平台上已经快空了。还有一个人站在那个小入口的旁边,另一个人只剩一半身子露在地缝外面,两只脚用力踢蹬着。

马克看到被拽进去的人是雪莉。她正回头看着他。他们全都趴在地上。这样趴着真舒服啊!钢铁贴住他的面颊,触感冰凉。他不需要再跑下台阶、不需要再装填子弹、不需要再开枪了。

雪莉在尖叫,完全不像他这样高兴。

她的一只手臂从黑色的长方形入口中退出来,越过粗糙的钢栅地板,伸向他。她的身体在向前滑动。有人在钢板墙后面用力拽她。留在外面的那个穿黄色衣服的好人在推她。现在这道钢板墙牢牢地封住了他们的家园。

"进去,"马克对妻子说。他希望雪莉不要再叫了。鲜血随着他说出的每一个字滴落在他面前的地板上,"我爱你……"

仿佛是得到了命令。雪莉的双脚滑入黑暗中。她的叫声也被那张充满阴影的长方形大嘴吞没了。

穿黄衣服的人转过身。这个善良的人瞪大了眼睛,张着嘴。就在这时,他的身体突然开始在猛烈的弹雨中抽搐。

这是马克最后见到的情景,这个人的死亡之舞。

他只有一个遥远模糊,却又令人胆寒的感觉——下一个走到终点的就是他。

第五十五章

三个星期以后
18号筒仓

沃克尔一直躺在他的小床上,听着远方传来各种暴力的声音。门外的走廊里,先是回荡着机械部门口传来的喊声,然后是他熟悉的枪声:好人的"砰、砰"和坏人的"哒哒、哒哒、哒哒"。

一声令人难以置信的巨响,那是火药撞击钢铁的轰鸣,好人和坏人之间你来我往的枪声停顿了一段时间。然后是更多的喊叫。靴子"咚咚"地跑过他的走廊和门口。这种脚步声是这个新世界永恒的节拍。他可以在他的小床上听到这种音乐,即使用毯子和枕头把脑袋蒙住,即使他一遍又一遍地大声恳求这音乐停下来,他的耳朵里仍然只有这种音乐。

伴随着脚步声的,是那些人的叫喊声。沃克尔将身子紧紧地蜷缩成一个球,膝盖抵住胸口,心中思忖着现在的时间。他很担心已经到了早晨,是要起床的时候了。

终于,一阵短暂的平静降临,让他松了一口气。人们应该是在照顾伤员。那些人的呻吟声太微弱了,无法穿透他紧闭着的屋门。

沃克尔想要在音乐重新响起之前睡一会儿。但就像以往一样,这种平静给他的感觉更加糟糕。他在平静中只会越来越焦虑地等待下一阵枪声的爆发。他急着想要睡着,却常常会将睡眠吓跑。而且他还越来越害怕他们的抵抗终于结束了,坏人赢得胜利,正要来抓他……

有人在敲他的门——那只愤怒的小拳头,他老练的耳朵绝不会听错。用力敲了四下,然后她就走了。

雪莉。她会把沃克尔的早餐配给留在门外,拿走被挑拣过一番,却大部分都没有动过的晚餐。沃克尔哼了一声,把自己的老骨头翻转了一下。又是一阵靴子落地的声音,永远都是那样匆忙、焦急、充满战争的意味。他曾经平静的走廊,远离那些真正需要照管的机器和水泵,现在却成了忙碌的通道。人们的注意力都集中在楼层门厅。所有恨意都被倾泻在那里。这个筒仓完蛋了,上面的人和下面的机器都完蛋了,所有人都在为了这一小片毫无价值的地方而战斗,在战线两侧堆积尸体,直到一方认输。人们只是为了昨天的血仇而战斗下去,因为没有人想要回忆更早一些的事情。

但沃克尔还记得……

他的车间的门被猛地撞开。透过自己肮脏茧壳的一道缝隙,沃克尔看到了詹金斯,一个二十多岁的男孩——蓬乱的胡须让这个男孩看上去老了很多。从诺克斯死亡的那一刻开始,这个男孩就继承了这个烂摊子。现在这个小伙子冲过迷宫般的工作台和四处散落的零件,直奔沃克尔的小床。

"我起来了。"沃克尔呻吟着,希望詹金斯赶快走开。

"不,你没有。"詹金斯走到床边,用枪管捅了捅沃克尔的肋骨。"快点,老头,起床了!"

沃克尔紧张地躲开他,抽出一只手臂,挥手想把这个男孩赶走。

詹金斯严肃地低头看着他,眉毛几乎要皱到了胡子里,一双年轻的眼睛周围全是忧虑的皱纹。"我们需要修好那台步话机,沃克。我们在外面被打得很惨。我想,只有听到他们的通话,我才能保卫这个地方。"

沃克尔想要把身体撑起来。詹金斯抓住他工装裤的裤带,很粗鲁地帮了他一把。

"我一晚上都没睡着。"沃克尔一边揉搓面颊,一边对他说。他觉得自己快喘不过气了。

"步话机修好了吗?我们需要那台步话机,沃克。你知道那东西是汉克冒着生命危险给我们搞到的,对吧?"

"嗯,他应该再多冒一点险,送一份说明书来。"沃克尔抱怨道。他将双手按在膝盖上,在关节一连串的抱怨中站起来,摇摇晃晃地走向工作台,他的毯子落在地板上,堆成一团。他的腿还酸软无力,双手隐隐作痛,虚弱得甚至无法握紧成拳头。

"我检查过电池。"他对詹金斯说,"但问题不在那里。"沃克尔朝打开的门瞥了一眼,看见哈珀站在走廊里——他已经从炼油工人变成了一名士兵。皮耶特被杀之后,哈珀就成了詹金斯的副手。现在他正低头看着沃克尔的早餐,看上去对这些食物垂涎欲滴。

"想吃就吃吧!"沃克尔向他喊道,同时不屑地朝那只还冒着热气的碗摆了摆手。

哈珀抬头看向沃克尔,眼睛睁得老大。不过他只犹豫了一会儿,就把步枪靠在墙上,坐到车间门口,着急地把食物送进了嘴里。

詹金斯不以为然地哼了一声,但什么都没有说。

"所以,看到了吗?"沃克尔指了指工作台,在那里,一台小型步话机被拆解成不同的部件,用电线连接在一起,"我能确保它的供电。"他拍拍自己做的代替电池的变压器,"扬声器也可以用。"他按下发信按钮,扬声器中响起一声静电噪声,然后是持续不断的"嗞嗞"声,"但什么信号都没有。没有人在这里面说任何东西。"他转向詹金斯,"我鼓捣了一整晚,而且我本来睡眠就不好。"

詹金斯眼睛眨也不眨地盯着他。

"我一直在听,"沃克尔坚持说,"但他们在步话机里什么都没说过。"

詹金斯揉搓面颊,又把一只手攥成拳头,闭起眼睛,用手掌抵住额头。他的声音中充满了疲惫,"你觉得,会不会是你在把它掰开的时候弄坏了什么东西?"

"是拆开,"沃克尔叹了口气,"我没有掰开它。"

詹金斯看向天花板,松开了拳头。"所以你认为,他们根本就没有使用步话机,对吗?你认为他们知道我们得到了一台步话机?我发誓,我相信他们派来的那个牧师是个间谍。自从我们放他进来做临终祷告以后,一切就都变得不可收拾了。"

"我不知道他们在干什么。"沃克尔承认,"不过我认为他们还在使用步话机,只是将这一台排除在他们的系统以外了。看,我又做了一根天线,它的接收能力更强。"

他抬手指向一根从工作台蜿蜒而上,盘绕在他们头顶钢梁上的导线。

詹金斯顺着他的手指看了一眼,然后猛然将头转向门口——走廊里又传来了叫喊声。哈珀也停止咀嚼,专心去听远处的动静。但只是片刻之后,他就又开始用勺子去刨碗里的麦片粥了。

"我只需要知道,什么时候能听到它里面的信号。"詹金斯用一根手指敲着工作台,然后拿起他的步枪,"几乎一整个星期,我们只

WOOL / 401

是在盲目地乱开枪。我需要知道结果,而不是听你上课,讲这些……"他向沃克尔的工作成果挥挥手,"……这些巫术。"

沃克尔坐到他最喜欢的凳子上,看着工作台上数不清的电路——它们曾经都被塞在一个小步话机的外壳里。"这不是巫术。"他说道,"这是电子元件。"他指向两块电路板。连接这两块板子的导线被他延长了,这样他就能更详细地分析它们,"我大概知道这些东西能做什么,但你必须记住,所有这些部件对于技术部以外的人都是严格保密的。我只能一边修理,一边进行推测。"

詹金斯捏了两下鼻梁。"只需要让我知道你搞出了什么成果。你的其他工作都可以先放一放。这是现在唯一重要的。明白?"

沃克尔点点头。詹金斯转身向哈珀吼了一声,让他赶快从地上站起来。

很快,他们就丢下坐在凳子上的沃克尔。他们的靴子再次赶上了那种可怕的音乐节拍。

只剩下自己一个人,沃克尔低头盯住工作台上那台被拆解开的机器。在它神秘的面板上,那些绿色的小灯不住地亮起来,仿佛是对他的嘲弄。可能是出于数十年的习惯,他的手仿佛有自己的意识一样伸向了放大镜。而他自己却只想爬回到小床上去,重新缩进被单的茧里,就此消失不见。

他觉得自己需要帮助。他向周围看了一眼,想知道自己要做些什么,就像以往一样,他想到了斯科蒂,他的小学徒。但斯科蒂去了技术部。在那里,他们没能保护好他。有过那么一段时光,沃克尔曾经是个快乐的人。但那样的日子已经从他身边溜走,消失在摸不到看不着的过去。他的生命本应该结束在那段时光里,那样他就不必再承受任何痛苦。但他毕竟已经度过了那段短暂的幸福时光,现在他甚至快要想不起那时的情景——早上满怀期待地起床、一天结束时心满意足地入睡是什么感觉,他已经无法想象了。

剩给他的只有恐惧,以及悔恨。

是他造成了这一切,所有这些噪声和暴力。沃克尔对此深信不疑。这里每一位死者的血都会洒在他这双满是皱纹的手上,每一滴落下的泪水都是因为他的所作所为。没有人这样说,但他能感觉到他们在这样想。传给物资部的一条信息,给朱丽叶帮的一个忙。他本来只想让朱丽叶有一个赢得尊严的机会——死在人们的视野之外,能够测试一下她那个疯狂而恐怖的理论。但现在,这个愿望引发了一连串事件,引爆了人们的怒火,让无意义的暴力在人们之间肆虐。

这样不值得——这就是他现在的想法。无论怎样做加减法,结论都是如此:不值得。无论为了什么,都不值得有这样的结果。

他俯身在工作台上,继续用自己的一双老手去摆弄那些电子元件。他就是做这个的,一直都是。他不应该逃避自己的生活,不应该阻止这些被纸一样干薄的皮肤包裹的手指、这双皱纹如同深深沟壑一样的手掌。它们还不想停下,就让它们动起来吧。他沿着掌心的沟壑,一直看到自己柴棒一样的手腕,在那里,细小的血管如同包裹蓝色绝缘外皮的导线,埋在他的皮肤下面。

只要剪一下,他就能见到斯科蒂,见到朱丽叶了。

这对他很有诱惑。

更何况,沃克尔觉得,无论他们在哪里,不管那些牧师说的是真的有点道理,或者只不过是一堆发疯的胡话,他的两位老朋友所在的地方一定要比他这里好得多……

第五十六章

17号筒仓

一小股铜丝从螺旋形绞缠的导线中垂直伸出来,就像筒仓螺旋楼梯旁边的一个平台。朱丽叶用指尖把那些铜丝拧起来,将两个线头接在一起,却被金属毛刺扎进手指。就像一只愤怒的虫子咬了她一口。

朱丽叶咒骂着一甩手,差一点拽掉了导线的另一端。那样的话,这根线可能就要掉到好几层下面去了。

她将指甲上涌出的血点抹到灰色工作服上,把导线接好,固定在栏杆上,以免它会掉下去。她依然不知道这根导线是如何松开的,不过在这个被诅咒的破败筒仓里,一切仿佛都在分崩离析。她的意识应该算是这里最完整的东西了。

她把身子探出到栏杆外面,伸手去摸固定在楼梯间混凝土墙上的那一大堆管子。在筒仓下层吹来的冷风中,她竭力用双手去感受管道中水流的震动。

"有效果吗?"她向下面的梭罗喊道。塑料管中仿佛有一点轻微的抖动,不过那可能只是她的脉搏。

"我觉得有!"

梭罗微弱的声音从下方很远处回荡过来。

朱丽叶皱起眉头，向下方钢制台阶和厚重混凝土之间的昏黑空间里望过去。如果真的有什么效果，她很想要亲眼看到。

她将小工具袋留在台阶上——在这里，不需要担心这东西会把什么人绊倒——然后她就一步两阶地朝筒仓深处跑去。随着她一圈圈地旋转向下，那些电线和蛇一样的管子不断出现在她的视野中，上面紫色的黏合胶带标示出了她费尽力气亲手进行固定的每一个点。

这一路上还有其他导线。它们从上方遥远的技术部一直延伸下来，为底层农场的培育灯供电。朱丽叶很想知道这是谁设计和改装的。不是梭罗，在十七号筒仓崩溃的最初一段日子里，这些电线就被布置好了。梭罗只是幸运地从别人辛苦和绝望的工作中享受到了恩惠。现在培育灯依旧在按照它们的计时装置工作；绿色植物也本能地生长着，繁盛茂密。于是在石油和汽油的刺鼻气味以外，在积水和凝滞的空气之上，她隔着好几个平台就能闻到植物失控生长的腐败气息。

朱丽叶停在一百三十六层的楼梯平台上。这是最靠下的一个干燥平台，再向下就是泛滥的洪水。梭罗早就警告过她，试图告诉她，尽管墙上图纸中的巨大挖掘机充满了诱惑，但她不可能找到它们。该死，就算梭罗不说，她也应该知道这下面早就被水淹了。在她自己的筒仓里，地下水同样一直不停地渗进来。低于地下水位的楼层一直会受到这种渗水的危害。如果没有水泵，水就会自然流入并不断积聚。

她靠在楼梯平台的钢制栏杆上，平复了一下呼吸。十几步以下，梭罗站在他们转移了一部分积水才露出来的台阶上——费了那么大力气,只露出了一级台阶。将近三个星期的连线和铺设管道,让底层水培农场很大一部分都报废了,他们终于找到一台水泵,把积水引到水处理设施的水箱里,这才让水位下降了一个台阶。

梭罗转过身,面带微笑地抬起头看向她。"起作用了,对吧?"他挠挠头,蓬乱的头发向四面八方支棱着。他的胡子里已经有了斑驳的灰色,和他那种年轻人的喜悦神情很不相称。这个充满希望的问题悬浮在空气中,仿佛一朵飘在寒冷底层的、能够用肉眼看到的云。

"还不够。"朱丽叶告诉他。现在的进度让朱丽叶非常恼火。她朝栏杆外面望去。在她脚上这双借来的靴子下面,是表面泛着彩色油光的积水。汽油和石油的混合物在凝滞的水面上形成了一层光滑的镜影。在这层油膜下面,楼梯间里的应急灯还亮着,透出怪诞的绿光,让这座空荡荡的筒仓深处呈现出一种幽灵出没的景象,倒是和这里的情况很相配。

在一片寂静中,朱丽叶听到身边的管道里响起一阵微弱的流水声。她甚至觉得自己能听到油膜以下三四米的地方有泵机在"嗡嗡"作响。她只能祈祷积水顺利流进管子,向上输送二十层,经过几百个接口,进入巨大而空旷的水处理罐。

梭罗用拳头挡住嘴,咳了两声。"如果我们能再安装一台……?"
朱丽叶抬手示意梭罗不要说话。她正在心算。

一共八层的机械部里面可以积多少水,这个很难统计。有那么多走廊可能进了水,也可能没有进水。不过她能大概估算出从梭罗脚下到机械部安检入口这段筒仓的高度——差不多有三十米深。而单独一台水泵在两个星期的时间里抽掉了大约三十厘米深的水。如果再加上一台水泵,他们一年以后差不多就能到达机械部的入口。这还要看每一层内部积水的多少,那些地方的积水情况可能更严重。而且就算到了机械部顶上,他们还需要再抽干三到四倍的水,才能把机械部清理干净。

"再加一台泵如何?"梭罗又问道。

朱丽叶感觉有一点恶心。就算这种水培农场的小水泵再多上三台,他们拉下三倍的管道和电线,她还是需要至少一年才能让这个筒仓恢复干燥,有可能是两年。她不确定自己是不是能有一年时间。只是在这个被遗弃的地方待了几个星期,身边只有一个半疯子,她就已经开始听到各种呓语,忘记自己把东西丢在了什么地方,发现一些灯开着——她清楚地记得自己明明已经把它们关上了。或者是她疯了,或者是梭罗觉得这样逗弄她很好玩。这样的日子过上两年,她的家离她那样近,却又像是远在天边……

她靠着栏杆俯下身,感觉自己真的有可能要吐了。她向下凝视水面,眼睛盯着自己在油膜上的倒影。突然间,她想到了一些冒险的计划,甚至比两年与世隔绝的生活还要疯狂。

"两年。"她对梭罗说道,那种语气就像是在宣布死刑,"两年,如果我们再加三台水泵,我们还要用这么长时间。至少要六个月才能离开楼梯井,进入层区内部,那以后的进展又要慢很多。"

"两年!"梭罗惊叹一声,"两年,两年!"他用靴子尖拍了拍没过下一层台阶的水面,让朱丽叶的倒影变成一阵令人恶心的扭曲波纹。然后他原地转过身,抬起头看向朱丽叶,"这也没多久嘛!"

朱丽叶努力控制住自己的情绪。两年时间感觉就像是一辈子。而且,他们在下面又能找到什么? 这里的主发电机已经变成什么样子了? 那些挖掘机呢? 一台机器如果完全没在水里,只要不接触空气,就能够一直保存下去。但当水泵把水抽走,它们被暴露出来的时候,氧化就开始了。氧气对潮湿金属的可怕作用将毁掉一切有用的东西。机器和工具在离开水以后都需要立刻干燥上油。而他们只有两个人……

朱丽叶惊恐地看到梭罗弯下腰,用手拨开水面的油膜,捧起了一把油膜下的脏水,高高兴兴地喝了起来。

……好吧,他们两个之中大概只有一个人会认真去抢救那些机器,这肯定不够。

也许她能够抢救出备用发电机。那样工作量会小一些,而且也能提供足够的电能。

"这两年都要做些什么?"梭罗用手背抹抹胡子,抬起头看着朱丽叶。

朱丽叶一摇头,"我们不能等两年。"在十七号筒仓待的这三个星期已经快让她受不了了。不过她没有把这话说出口。

"好吧,"梭罗耸耸肩,踩着他那双过大的靴子"噔噔"地走上台阶。他的灰色连体工作服就像一个口袋裹住了他的身子,看上去就好像他还是个大男孩,身上穿着父亲的旧衣服。他登上平台,来到朱丽叶旁边,透过闪着水光的胡子向朱丽叶露出微笑,快活地说,"你看上去就像有好多项目要干。"

朱丽叶无言地点点头。他们两个做的所有事情,无论是修缮那些早已死去的人们草率布置的电线、改善农场条件还是修理灯管整流器,梭罗把这些都说成是"项目"。他还说他非常喜欢项目。朱丽叶觉得这可能和他年轻时的经历有关,也许这是他在这些年采用的一种生存机制——用微笑对待需要做的一切事情,不让自己陷入恐惧和孤独感之中。

"是啊,我们眼前就有一个大项目。"朱丽叶对梭罗说。她已经有些害怕这项工作了。她开始在心里列出他们上去的时候需要搜罗到的全部工具和配件的清单。

梭罗笑着拍了拍手。"很好,我们回车间去!"说完他就用手指在头顶画圈,模拟着漫长的螺旋楼梯。

"还不行。"朱丽叶说,"我们先在农场吃午饭。然后我们需要去一趟物资部,多找一些东西。再然后我需要在服务器机房单独待一段时间。"朱丽叶从栏杆前转过身,不再去看脚下银绿色的积水,"在我们开始车间的工作之前,我想要进行一次呼叫……"

"呼叫!"梭罗气哼哼地说,"不要呼叫了,你把时间都用在了那种傻事上。"

朱丽叶没有理他,转身就上了楼梯,开始了返回技术部的漫长旅程——在这三个星期里,她已经是第五次走这条路了。她知道,梭罗是对的:她的确用了太多时间在呼叫上,太多时间把那对耳机扣在耳朵上,倾听里面的"哔哔"声。她知道这是在发疯。她正在这个地方慢慢变成疯子。但坐在那台空服务器的背面,把麦克风拉到唇边,让整个世界在耳机里面变得安静,只有一根电线将身处一个死亡世界的她和另外一个充满生命的世界联系在一起——只有这时候,在十七号筒仓里,她才能感到自己仍有理智。

第五十七章

18号筒仓

……这一年,内战的战火吞噬了三十四个州。在这场冲突中丧生的美国人比随后所有战争中死亡的人数加起来还要多。这些死亡全部来自于亲人同胞之间的自相残杀。四年来,这片土地满目疮痍。当硝烟散尽,战场废墟上堆在一起的是兄弟的尸体。超过五十万人丧生。还有一些人估计真实的死亡人数可能是这个数字的两倍。疾病、饥饿和绝望统治着人们的生活……

这些书页闪着红光,就像卢卡斯见过的战场。他停止阅读,抬头看了看头顶的电灯。稳定的白色灯光已经被一种悸动的红色所取代,这意味有人进入了他头顶上方的服务器机房。他收起松散盘卷在工装裤膝盖上的银线,将它小心地放进书页中。合上这本古老的典籍,同样小心翼翼地把它放回到锡制的匣子里,然后将匣子放回到书架上的缺口中,让这堵银色的墙壁恢复完美。然后他才赤着脚悄悄走过房间,俯身在电脑前,晃晃鼠标,让屏幕亮起。

一个窗口弹出,是服务器机房的实时图像,不过因为摄像头太小,导致广角画面变得很是扭曲。能看到远方各处的情况——这只是这个充满了秘密的房间里的又一个秘密而已。卢卡斯在整个画面中来回搜索,心中猜测进来的可能是萨米,或者是前来维修的某位技师。这时卢卡斯的肚子"咕咕"叫了起来。他希望是有人给他送来了午餐。

终于,他在四号摄像头的画面里发现了来访者:一个穿银灰色工作服的矮个子,留着髭须、戴着眼镜、稍稍有些驼背,双手捧着一只大盘子。他凸起的肚子也帮助双手一起撑着这只托盘。托盘上摆着银餐具、一只被盖住的餐盘,还有摇摇晃晃的一玻璃杯水。随着他的脚步,那些餐具不时会撞在一起。是伯纳德。他在走过摄像头的时候抬头瞥了一眼,目光一下子就刺穿了身在另一个楼层的卢卡斯。一个僵硬的微笑出现在他的髭须下面。

卢卡斯离开电脑,急忙跑过走廊,去为伯纳德开门。一双赤脚跑过冰冷的钢制格栅地板,熟练地登上梯子,把他送到暗门前。他伸手将陈旧的红色锁闩拨到一旁,刚刚推开格栅,伯纳德的影子就投进了暗门下面的黑暗之中。随着卢卡斯将地板推到一旁,托盘也在银餐具最后一次轻微撞击的声音中停下了。

"今天我可是把你宠坏了。"伯纳德在掀开餐盘的时候吸了吸鼻子。一团蒸汽从餐盘中腾起,随即露出了两大块猪肋排。

"喔,"卢卡斯一看见肉,就感觉到肠胃的蠕动加剧了。他从暗门中钻出来,坐到地板上,双脚踩着梯子,将托盘放在大腿上,拿起银餐具,"我还以为筒仓已经实行了严格的配给制,要一直持续到抵抗结束。"

他切下一大块软嫩的肉,送进嘴里。"当然,我不是在抱怨。"他用力咀嚼,享受着蛋白质的冲击,提醒自己要向这只做出牺牲的动物心存感激。

WOOL / 411

"配给制还没有结束,"伯纳德说,"我们在集市区遭遇了一场小规模的反抗。这头可怜的猪撞进了交火的战场。我可不打算把它浪费掉。当然,大部分肉都给了我们失去丈夫的妻子们。"

"嗯?"卢卡斯咽下嘴里的肉,"有多少?"

"五个,包括我们初次遭到攻击时牺牲的三个。"

卢卡斯摇摇头。

"冷静考虑一下,实际情况不算糟。"伯纳德用手揉了揉胡子,看着卢卡斯吃饭。卢卡斯一边咀嚼,一边用叉子比画着,要伯纳德也吃一些。但伯纳德摆摆手表示拒绝,然后仰身靠在只有通信设备和暗门锁柄的空服务器上。卢卡斯努力不让自己的表情显示出异样。

"那么,我还要在这里待多久?"他尽量表现出平静的样子,就好像无论伯纳德怎样回答,他都能接受,"已经三个星期了,对吧?"他又切下一块肉,完全没有理睬旁边的蔬菜,"你觉得,是不是再过几天我就能出去了?"

伯纳德揉搓着面颊,又用手指梳理了一下稀疏的头发。"希望如此,不过,我不知道。我把这件事交给西姆斯决定。他相信威胁还没有被解除。机械部的防御搞得很不错。他们还威胁要切断供电。不过我觉得他们不会。我认为他们最终会明白,他们无法控制我们这几层的电力供应。之前他们可能就试过给这里断电。但是当他们冲进来的时候,却惊讶地发现我们这里的灯全都亮着。"

"你觉得他们不会切断农场的供电,对吧?"卢卡斯想到了现在的食物配给。他很担心筒仓里的人会挨饿。

伯纳德皱起眉头。"到最后,他们有可能这样干,如果他们变得足够绝望和疯狂。但这只会削弱那些满身机油的家伙在上面得到的支持。别担心,等他们足够饥饿的时候,就会屈服了。现在一切发展都和书里说的一样。"

卢卡斯点点头,喝了一口水。这些猪肉是他这段时间以来吃的最好的东西。

"说到书,"伯纳德问道,"你的学习进度还好吗?"

"是的。"卢卡斯点点头。实际上他撒了谎,他几乎没有去碰那本《指令》。他在其他地方找到了更多有趣的细节。

"很好。等到这些烦人的事情结束了,我们会给你安排在这间服务器机房的额外轮班。你可以用这段时间进行学习。等我们重新安排好选举以后——我不认为还有其他人会参选,尤其是在发生过这种事以后——我会用更多时间待在顶层。技术部就要由你来管理了。"

卢卡斯放下水杯,拿起布质餐巾抹了抹嘴唇,开始思考这件事。"嗯,希望这不会是几个星期以后的事情。我觉得我还需要几年时间……"

一阵蜂鸣器的噪声打断了他。卢卡斯身子一僵,餐巾从他手中掉落,飘到了托盘里。

伯纳德一下子从服务器的空壳上跳了起来,仿佛被服务器电了一下,或者是被服务器的金属外壳烫了。

"该死的!"他一拳捶在服务器上,一边到自己的工作服里去摸万能钥匙。

卢卡斯强迫自己吃下一口食物,装出一副镇定自若的样子。现在服务器经常发出这种声音,而伯纳德也因此变得越来越容易激动,有时甚至会做出不合理性的反应。卢卡斯觉得自己好像又和父亲在一起生活了——他的父亲喝了太多私酿的杜松子酒,结果让自己早早就被埋在了土豆下面。

WOOL / 413

"真该死。"伯纳德嘟囔着,一边鼓捣那一连串锁眼,一边转头瞥了卢卡斯一眼。那个年轻人正缓慢地咀嚼着肉块,只是突然间完全尝不出嘴里食物的味道了。

"我有一个项目要交给你。"伯纳德在最后一个锁孔中来回拧着。卢卡斯能看出来,那只锁有一点卡住了,"我想要你在这个背面增加一块面板,只需要一个简单的发光二极管序列,能够表示一定的代码,这样我们就能看出是谁在呼叫我们。我想要知道那是不是重要的呼叫,还是我们根本就不用理它。"

他拆下服务器的背板,把它用力向身后扔去。结果那块铁板重重地撞到了四十号服务器的正面。卢卡斯又喝了一口水。而伯纳德已经向假服务器宽大阴暗的内部望进去,仔细审视着那些小通信插孔上面不断闪烁的灯光。黑色的服务器堆栈内部和那种疯狂的机械"哔哔"声淹没了伯纳德低声的咒骂。

伯纳德把脑袋退出来,面孔已经因为愤怒而变得又红又亮。他转向正在将水杯放在托盘上的卢卡斯。"实际上,我只想要这里有两个灯,"他朝堆栈侧面一指,"如果是十七号筒仓的呼叫,就会亮起红灯;如果是其他筒仓,就亮绿灯。明白?"

卢卡斯点点头,又低头看向自己的盘子,开始将一只土豆切成两半,心中忽然又想起自己的父亲。伯纳德转过身,拿起服务器的背板。

"我可以把这个装回去。"卢卡斯含着一嘴热土豆含混地说道。他被烫得不住哈着热气,费力地把土豆咽下去,又急忙给自己灌了一口水。

伯纳德于是放下了背板,转回身,怒不可遏地瞪着还在响个不停的机器。他们头顶的灯光开始闪烁,就好像某种警报。"这是个好主意。"他说道,"也许你可以先完成这个项目。"

终于,发狂的服务器安静下来。房间恢复了安静,只有卢卡斯的餐叉偶尔碰到碟子上,会发出一点声音,就像他小时候那种充满了黑麦酒精臭味的宁静时刻——他的父亲那时会晕倒在厨房或者浴室的地板上,就如同伯纳德也会离开服务器机房。

仿佛是要顺应他的心意,他的导师和老板站起来,身子挡住了头顶的灯光,再一次把卢卡斯压在黑影里。

"享受你的晚餐吧。"技术部的主管说道,"我会让彼得来收拾盘子。"

卢卡斯用叉子戳了一排青豆。"你是认真的?我还以为这是午餐。"他把豆子塞进嘴里。

"已经过了八点了。"伯纳德整理了一下自己的工作服,"哦,我今天和你的母亲聊了一下。"

卢卡斯放下餐叉。"聊什么?"

"我提醒她,你正在为筒仓做着很重要的工作。但她真的很想见你。我已经和西姆斯谈过,允许她来这里……"

"进入这个服务器机房?"

"不会进入密室,只是让她在这里看你一眼,知道你一切都好。我本想让你们在别的地方见面。但西姆斯认为这不是个好主意。他不确定其他技师到底有多忠诚。眼下他还在努力查找信息泄露的源头……"

卢卡斯不以为然地说:"西姆斯就是个偏执狂。我们的技师根本不会去和那些满身机油的家伙串通。他们不会背叛筒仓,更不会背叛你。"他拿起一根猪骨头,啃着残留在上面的肉。

"不过,他至少让我相信,应该尽可能保证你的安全。如果我安排好了让她来见你,我会通知你的。"伯纳德俯身捏了一下卢卡斯的肩膀,"感谢你的耐心。很高兴我的一位下属能够理解这份工作有多么重要。"

"哦,我完全理解。"卢卡斯说,"一切都为了筒仓。"

"很好。"伯纳德又捏了捏他的手,站起身,"好好读《指令》,尤其是关于叛乱和暴动的章节。我希望你充分学习这些知识,以防万一。但愿上帝不要让你主事的时候再发生这种事了。"

"我会的。"卢卡斯一边答应着,一边放下啃得干干净净的骨头,用餐巾把手指擦干净。伯纳德也转身要走了。

"哦……"伯纳德忽然停下来,又转向卢卡斯,"我知道你不需要我提醒,不过无论发生什么情况,你都不能回应那里的呼叫。"他伸手指着那台空服务器,"我还没有把你的事情通知其他技术部主管,所以,如果你在我进行介绍之前就贸然和他们说话,你可能会遇到……嗯,严重的危险。"

"你开玩笑?"卢卡斯摇摇头,"难道我会想要和那些让你紧张的人说话?该死的,不了,谢谢。"

伯纳德微笑着擦了擦额头。"你是个好小伙子,卢卡斯,我很高兴能得到你。"

"我也很高兴为您效劳。"卢卡斯说着,又伸手拿起一根猪肋骨,微笑着仰视同样满脸笑意的伯纳德。终于,这位长者转身向门口走去。他的靴子敲击在钢制格栅上,声音直到那道沉重的大门外面才消失。正是那道门将卢卡斯封锁在了这些机器和他们的秘密中间。

卢卡斯一边吃,一边听伯纳德将新密码输入到门锁里。一连串让他感到熟悉却又无从知晓的"滴滴"声——卢卡斯已经不知道现在的密码了。

这是为了你好,伯纳德曾经这样告诉他。卢卡斯在嚼一块肥肉的时候,大门重重地关上了。他脚下的红灯也随之闪烁了一阵。

卢卡斯把骨头放进盘子里,将土豆推到一边,努力抑制住看到它们的时候就产生的呕吐感。土豆总让他想到父亲埋骨的地方。然后他把盘子放在格栅上,从暗门中抽出双脚,起身来到那台早就安静下去的空服务器背面。

他轻轻将耳机从袋子里倒出来,戴在头上,一边用掌心揉搓着在这三个星期里长出来的胡子,一边拿起插头,插进标着"17"的插孔中。

一连串的"哔哔"声之后,信号接通了。他想象着另一端的服务器发出的警报声,还有那些闪烁的小灯。

卢卡斯在等待着,连呼吸都屏住了。

"嗨?"

那个声音如同歌声在耳机中响起。卢卡斯露出微笑。

"嗨。"他说道。

他坐下来,靠在四十号服务器上,让自己舒服一些。

"你那边情况如何?"

第五十八章

18号筒仓

沃克尔将双臂在头顶上方挥舞,努力想要解释自己关于这台步话机运作方式的新理论。"这里面的声音,这些信号,它们就像空气中的波动,明白吗?"他用手指比画着那些看不见的声音。在他的头顶上方,他用两天时间制作的第三根大天线悬挂在房梁上,"这些波动会沿着电线传下来,一直传下来——"他又伸出手,慢慢将天线从上到下指了一遍,"——所以天线越长就越好,就能从空气中拦截到更多信号。"

但如果那些波动无所不在,那为什么我们什么都捕捉不到?

沃克尔点点头,带着欣赏的表情晃了晃一根手指。这是一个好问题,一个该死的好问题。"我们这次一定能抓住它们,"他说,"我们离成功已经很近了。"他调整了一下自己制作的新放大器。和汉克老腰上挂着的步话机里的放大器相比,这个东西的功能要强大很多。"听。"他最后说道。

一阵静电爆裂的"嗞嗞"声充满了房间,就好像有人在用力拧紧一大把塑料布。

我什么都听不见。

"那是因为你不够安静,仔细听。"

一阵微弱的声音响起,肯定不是静电的"嗞嗞"声。

我听到了!

沃克尔骄傲地点点头。让他感到骄傲的不是自己制作的东西,而是他这个聪明的学徒。他向门口瞥了一眼,确认了门紧关着。只有在门被关上的时候,他才会和斯科蒂说话。

"我不明白的是,为什么我们没办法让这声音更清楚一些。"他挠着自己的下巴,"可能是因为我们太过深入地下了。"

我们一直都在这么深的地方。斯科蒂说,但我们多年以前就认识那位警长了,他使用步话机的时候没有任何问题。

沃克尔挠了挠面颊上的胡子茬。他的小学徒无论什么时候都有很犀利的见解。

"嗯,现在我搞不清楚的只有这块小电路板了。我觉得它的作用应该是让信号更清晰。似乎一切信号都会通过它。"沃克尔在凳子上转过身,面对着工作台。现在工作台上堆满了绿色的电路板和纠缠在一起的各色导线,全都是这一个项目所需的部件。他放下放大镜,端详着那块小电路板,神情中充满疑问。他能想象斯科蒂也俯下身,仔细观察这块板子。

这个标签是什么意思?斯科蒂指着一个白色的小标签,上面印着数字"18"。沃克尔一直教导斯科蒂,承认自己不知道的东西不是坏事。如果做不到这一点,你就永远不可能得到任何真正的知识。

"我不确定。"他承认,"但你不是也看到了这块小板子是如何连着带状导线被插在步话机里的?"

斯科蒂点点头。

"以此来判断,它是一个可以更换的配件。也许它很容易被烧掉。我认为就是这个部件阻碍了我们,就像是一根被烧掉的保险丝。"

我们能绕过它吗?

"绕过它?"沃克尔不确定他是什么意思。

让信号不必通过它。万一它已经被烧掉了呢?让它短路。

"我们也许会烧掉别的东西。我的意思是,如果它不是真的被需要,那它也不会被安装在这里了。"沃克尔思考了一会儿。他其实也想告诉斯科蒂,他的出现十分必要。他非常需要那个男孩平静的声音。但他从来都不善于向他的学徒倾诉自己的心情。他只会说出他知道的知识。

嗯,我会这样试试……

一阵敲门声响起,随后是铰链的长声尖叫。斯科蒂融化在工作台下面的影子里。他的声音躲进了步话机发出的静电噪声中。

"沃克,你到底是怎么回事?"

沃克尔在凳子上转过身。只有雪莉能够将这样可爱的声音和这么严厉的话语焊接在一起。她拿着一只盖住的托盘走进沃克尔的车间,薄薄的嘴唇嘟在一起,映衬着脸上的失望。

沃克尔调低了静电噪声。"我正在修理这个……"

"不,我听说你不吃东西?你在搞什么?"她把托盘放到沃克尔面前,掀起盖子,露出冒着热气的玉米粒,"你今天早上吃早餐了吗?还是给别人吃了?"

"这也太多了。"沃克尔低头看着托盘里足有三四倍配给量的食物。

"不多,你已经把太多食物都给了别人。"雪莉将一支叉子塞进沃克尔的手里,"吃吧,再不吃你就要从自己的工作服里掉出来了。"

沃克尔盯着这盘玉米,用叉子拨弄这些食物。但他的胃早就缩成一团,感觉不到饿了。他意识到自己已经很久没吃过东西,但他从没有感到过饥饿。他的胃在痉挛中越缩越紧,变成了一只小拳头,然后他就会永远都不会难过了……

"快吃,该死的。"

他用叉子舀起一点,吹了吹。虽然很不想吃,但他还是将食物送进了嘴里,好让雪莉高兴。

"我不想再听说我的人跑到你的屋门口,油嘴滑舌地骗你的东西吃,好吗?你不应该把自己的配给给他们。明白?再吃一口。"

沃克尔咽下玉米粒。不得不承认,食物落进肚子里的烧灼感实在很不错。他又舀起一点玉米粒。"我要是把这些都吃了,一定会生病的。"他说。

"如果你不吃,我就杀了你。"

他向雪莉瞥了一眼,以为会看到雪莉在微笑。但雪莉已经不会再笑了。现在没有人会笑。

"这是什么该死的声音?"雪莉转身看向工作台,寻找声音的来源。

沃克尔放下叉子,又调整了一下步话机的音量。音量旋钮本身是个电位器,被焊接在一系列电阻上。他突然有一种冲动,想要向雪莉解释关于这台步话机的一切,只要能够不用再吃东西。他能解释自己是如何搞清楚了放大器的原理;电位器其实只是一个可调节的电阻;这只刻度盘的每一次小幅转动能把音量调节到什么程度……

沃克尔停住了。他拿起餐叉,搅动着玉米粒。他能听到斯科蒂在影子里悄声说话。

"这样好多了。"雪莉指的是变小的静电噪声,"这声音比那台老发电机以前叫唤得更难听。天哪,如果你能调小这声音,为什么刚才要让它那么大?"

沃克尔又吃了一口玉米,一边咀嚼,一边放下叉子,拿起架子上的烙铁,开始在小零件箱里翻找一只报废的电位器。

"拿着这个。"他含着食物,把电位器的导线递给雪莉,然后将它们和万用电表上那根纤细的银针连在一起。

"希望这样能让你继续吃东西。"雪莉捏住了电线和万用表电极。

沃克尔又舀起一点玉米粒,却忘记了把它们吹凉,结果舌头被烫了一下。他没有咀嚼就把玉米粒咽下去。火热的感觉逐渐在他的胸口融化。雪莉要他别着急,吃慢一点。他没有理睬雪莉,只是不停地拧着电位器按钮。万用表的指针来回跳动,让他知道这个报废的电位器还可以用。

"这儿有我盯着呢,你为什么不先专心把饭吃完?"雪莉从工作台下面抽出一只凳子,坐了上去。

"因为太烫了。"沃克尔向嘴里扇了一点凉风,又把焊锡拿过来,用已经热起来的烙铁尖在上面蘸了一下。烙铁尖上立刻裹了一层明亮的银色。"我需要你把黑线按在这个地方。"他用烙铁轻轻碰了一下那块标有"18"号码的电路板上的小引脚。雪莉俯过身,仔细端详沃克尔所指的那个地方。

"然后你就能把晚饭吃完了?"

"我发誓。"

雪莉向沃克尔眯起眼睛,仿佛在说自己可是认真接受了他的这个誓言,然后就按照他的指点做了。

雪莉的手不像斯科蒂的那样稳定。不过沃克尔拉低放大镜,迅速完成了连接工作。他又向雪莉指点了红线的焊接位置——电路板上的另一根引脚——然后同样顺利地接好了这条线。这样,电位器和这块小电路板就连在了一起。如果这样做不行,他还可以摘掉它,另想办法。

"好了,饭都要放凉了。"雪莉对他说,"我知道你不吃凉东西。我可不会回食堂去给你热吃的。"

沃克尔盯着这块有数字标签的小电路板,不情愿地拿起叉子,舀了不算小的一口玉米粒。

"外面情况如何?"他一边问,一边把食物吹凉。

"不怎么样。"雪莉回答,"詹金斯和哈珀正在为是不是应该切断整个筒仓的供电而吵个不停。但是当时上去的一些人,你知道的,就是在诺克斯和……"

她将目光转开,没能把这句话说完。

沃克尔点点头,咀嚼着食物。

"他们说那天上午技术部的供电完全没受影响,尽管我们早就切断了对那里的供电。"

"也许他们改了电路。"沃克尔说,"或者有电池储备。你知道,他们有这样的设备。"他又吃了一口玉米粒,但他心里只想着能去调一下那个电位器。现在他非常确定,在他连好线以后,静电噪声已经变了。

"我一直对他们说,把筒仓搞得一团乱对我们来说肯定弊大于利,这只会让其他人都转而反对我们。"

"是的。嘿,你能调整一下这个吗?我好好吃东西,你帮我一下就好。"

他把音量调大,电位器挂在他接好的两根线上,他需要两只手来操作这个小东西。雪莉似乎很害怕从他自制的扬声器里传出的爆裂声,立刻向音量旋钮伸出手,想要把它调低。

"不,我想让你转动我们刚刚装好的那个旋钮。"

"这到底是怎么回事,沃克?你还是专心把那些该死的食物吃光吧。"

沃克尔又吃了一口,尽管雪莉满嘴脏话地表示抗议,不过她还是转动了那个旋钮。

"慢慢来。"沃克尔含着满嘴的食物说。

果然,扬声器中的静电噪声不一样了。现在那种揉捏塑料布的声音仿佛开始在这个房间里移动和蹦跳。

"我到底在干什么?"

"帮助一位老人……"

"……是的,我需要你上来看看这个……"

沃克尔放下叉子,抬手示意雪莉停住。但雪莉还是把旋钮转过了那个位置。静电噪声再一次爆发出来。雪莉似乎也明白要做什么,于是她咬住嘴唇,将旋钮朝反方向转动,直到说话声重新传出扬声器。

"好的。反正这边应该没什么问题了。需要我带上工具箱吗?"

"你做到了。"雪莉在沃克尔耳边悄声说道,就好像步话机里的人能够听见她说话一样,"你修好了……"

沃克尔抬手制止了雪莉。步话机里的人还在交谈。

"不必,你的工具箱就不用动了。罗伯茨副警长已经把她的拿过来了。我说话的时候,她正在搜寻线索……"

"我在这儿辛苦工作,他却什么都不干!"一个微弱的声音出现在背景中。

沃克尔的目光转向雪莉。这时扬声器中传出一阵笑声。看样子,不止一个人被副警长的话逗笑了。沃克尔很久没有听到过有人笑了。但在步话机中说话的人没有笑。沃克尔感觉到他反而困惑地皱紧了眉头。

"有什么问题?"雪莉问,"我们做到了!我们把它修好了!"她从凳子上跳起来,似乎是要跑去告诉詹金斯。

"等等!"沃克尔抬手揉着胡子,用叉子指向散落在工作台上的步话机组件。已经跑出一步的雪莉回过头看着他,脸上还带着笑意。

"罗伯茨副警长?"沃克尔问,"哪一层的副警长叫这个名字?"

第五十九章

17号筒仓

朱丽叶打开防护服实验室的灯,将一批从物资部拿来的新货搬进去。和梭罗不同,她没有将这里持续不断的供电看作理所当然。不知道电来自何方,这让她总是很紧张,害怕这样的能量不会持久。所以,梭罗的习惯是把所有的灯都打开,让它们一直亮着——对此他甚至可以说是有些强迫症了。而朱丽叶则总是尽量节约这些神秘的能量。

她把刚刚搜罗来的东西扔在自己的小床上,心中却想起了沃克尔。那个老头子就是这样生活在自己的工作中的吗?这算不算是一种执念?沃克尔是不是把这个当成了生活的动力?不断解决各种各样没完没了的问题,直到自己一离开这些问题几步远就睡不着觉?

对那位老者越是理解,朱丽叶却仿佛离他越远,越是感到孤独。她坐下来,揉搓双腿。她的大腿和小腿都因为最近的长途跋涉而变得紧实起来。最近这几个星期里,她也许有了两条搬运工的腿,但它们还是一直酸痛得要命,而且这种疼痛仿佛从不会慢慢消退或者让她感到习惯。揉捏腿上的肌肉,只会让痛感更加剧烈,但她喜欢这样。充满挑衅意味的锐利痛楚也要好过这个枯燥而不可名状的环境。她喜欢自己能够理解的感觉。

朱丽叶把门踢上，又站起身——想到她找来的这些东西全都是属于她的，她又觉得有些奇怪。不管怎样，她已经休息够了，或者说她能允许自己休息的时间只有这么多。她将一些帆布袋堆到一个工作台上。防护服实验室中的每一样东西都要比她在机械部所拥有的好很多。即使是那些被设计成会迅速失效的部件，也是用复杂的化学和工程技术制造出来的。虽然明白它们的邪恶目的，但她还是禁不住要羡慕这样的技术水平。她收集了成堆的垫片和密封条，好的来自物资部，坏的来自实验室。它们让她看清了这个系统的工作方式。现在这些配件都堆放在她的主工作台的后面。每次看到它们，她都会想起送自己出筒仓的那些人心中暗藏的狠毒杀意。

她放下从物资部拿来的配件，审视着眼前这幅怪异的情景——生活在另一个筒仓中心。对于她这样的普通人，这里本应该是不得踏足的禁区。更奇怪的是这些令人艳羡的工作台，这些完美的工具，所有这些都是为了让她这样的人去送死。

环顾周围，墙壁上挂着十几件防护服。它们被修复的程度各有不同。这让朱丽叶觉得自己就像是在一个充满幽灵的房间里生活和工作。如果其中一件衣服跳下来，走来走去，她也不会感到惊讶。每件防护服的四肢都很饱满，好像里面真的有手臂和腿，镜子般的面罩很容易让人觉得里面有一张面孔正在向外窥视。它们被悬挂成直立的样子，也让朱丽叶会在无意之中把它们当作同伴。就在这些"同伴"面无表情的注视下，朱丽叶将她找到的东西分成两堆：一堆是她下一个大项目所需要的，另一堆是些看似有用的小玩意。朱丽叶随手带上它们，却还没想好能用它们做些什么。

在第二堆物品中有一台宝贵的可充电电池,上面还留着她没能擦掉的血迹。这些血迹伴随着她收集物资时看到的一些情景。比如两个人在物资部的主管办公室自杀。他们的手交握在一起,另外两只手腕被割开,他们身子下面是一大片铁锈的颜色。这是朱丽叶看到的最可怕的景象之一,现在已经变成她无法摆脱的一段记忆。这座筒仓到处都有暴力的痕迹,满目疮痍之间常常隐藏着一些令人胆寒的东西。现在朱丽叶完全理解了为什么梭罗的活动范围最多也只到那些能够提供食物的花园;为什么每天晚上他都会用文件柜挡住服务器机房的大门,尽管这么多年里,整个筒仓只有他一个人。朱丽叶不觉得梭罗有什么不对。她自己每天晚上睡觉前也都会把防护服实验室的门锁死。她并不真的相信有鬼,但她的信心正受到持续不断的严峻考验——她在这里会真切地感觉自己受到了监视,监视她的可能不是某个人,而是这座筒仓本身。

她的工作从修理空气压缩机开始,和往常一样,用双手做些实事,让她感觉很好,尤其是修理机器。让自己的心思落在具体的事情上。刚开始的几个晚上,熬过了被送出筒仓的可怕磨难,又在这个死亡的筒仓里挣扎求生,她花了很长时间努力寻找一个可以睡觉的地方。那绝对不会是服务器下方的密室。梭罗早就把那里变成了恶臭扑鼻的垃圾堆。她曾经试过技术部主管的公寓,可是一想到伯纳德,她就连安静地坐一下都不可能。她在不同的办公室里找到了一些沙发,但它们都不够长。她试着在温暖的服务器机房地板上打了个地铺。睡在那里感觉还不错,但那些高高的铁柜子不断发出的"滴答"声和"嗡嗡"声几乎要把她吵疯了。

而防护服实验室虽然氛围诡异,仿佛总有幽灵鬼魂出没,却是唯一能让她睡个好觉的地方。也许因为这里到处都是工具,有许多焊枪和扳手,有排满抽屉的墙壁,里面装着你能想到的各种插座和传动装置。如果她要修好什么东西,甚至是修好她自己,那么这个房间就是最合适的地方。在十七号筒仓,除了这里以外,只有她在上下往返途中会偶尔居住的那两间牢房让她感到自在一些。另外还有那台空服务器的背面。她可以在那里和卢卡斯说话。

她一边想着卢卡斯,一边走过房间,从宽大的金属工具箱里拿出一只大小合适的阀门,放进口袋,把一套完整的防护服从墙上摘下来,在欣赏这套厚重衣服的同时,她回想起了自己穿上这样一件衣服的笨重感觉。将防护服放到工作台上,取下头盔的颈环部分,固定在钻床上,她开始在上面小心地钻出一个孔,又用老虎钳夹住颈环,把那只阀门装在钻出来的孔中,准备给它接上空气软管。就在她鼓捣着手头的工作,心中想着最后一次和卢卡斯的对话时,新鲜面包的香气飘进实验室,梭罗紧跟着走了进来。

"嗨!"他在门口说道。朱丽叶抬起头,一扬下巴,示意他进来。把阀门在颈环上拧紧需要很大的力气。阀门的金属棱角戳进她的手心里。她的额头上已经全都是汗珠了。

"我又烤了些面包。"

"闻起来很不错。"她嘟囔道。

自从她教会了梭罗如何烤面包之后,就没办法让梭罗再停下来了。存放在梭罗食品架子上的大罐面粉被一罐一罐地搬了下来。梭罗开始自己尝试各种配方。朱丽叶提醒自己,应该多教他一些烹饪方法,这样可以让他的勤奋被好好利用起来。

"我还切了黄瓜。"听梭罗自豪的口气,仿佛他准备了一场无与伦比的筵席。在很多方面,梭罗都还停留在少年时期——包括烹饪习惯。

"我马上就吃。"朱丽叶告诉梭罗。然后她又费了一番力气,终于将阀门完全插进了颈环上的孔里,制造出一个连接口,就像物资部的作品一样整齐漂亮。而且阀门也很容易被摘下来,就像一只合适的螺栓。

梭罗把装有面包和蔬菜的盘子放在工作台上,抓过一只凳子,盯着那台硕大的轮式空气压缩机和挂在上面的软管,问朱丽叶:"你在做什么?水泵?"

"不,那样会耗费太长时间。我正想办法在水下呼吸。"

梭罗笑着拿起一片面包,大嚼起来。不过他很快就意识到朱丽叶没有开玩笑。

"你是认真的。"

"是的。我们真正需要的水泵在筒仓底部的积水中。我只需要把电从技术部引下去,输给它们。这样我们才可以在几周或几个月的时间里让这个地方变干,而不是几年。"

"在水下呼吸。"梭罗看着朱丽叶,就好像她失去了理智。

"就像我从我的筒仓来到这里时一样,没有什么区别。"朱丽叶用硅酮胶布缠住空气软管的公端接头,把它穿进颈环。"这些防护服是不透气的,所以也不会漏水。我所需要的只是源源不断的空气。这样,我想在下面工作多久就工作多久,久到足够让水泵运转起来。"

"你认为它们还能工作?"

"它们应该可以。"朱丽叶抓起扳手,小心地把接口尽量拧紧,"它们本身就被设计成可以在水下工作。这很简单,它们只是需要电力,而这里有充足的电力。"

"我能做些什么?"梭罗拍了拍双手,将面包屑洒在朱丽叶的工作台上,又伸手拿起一片面包。

"你要看着压缩机。我会告诉你该如何操作它,如何给它灌满燃料。我会在头盔里安装一台便携的副警长步话机,这样我们就能即时通话了。到时候你要处理一大堆乱七八糟的软管和电线。"她向梭罗笑了一下,"别担心,我会让你忙起来的。"

"我不担心。"梭罗挺起胸膛,"嘎吱嘎吱"地嚼着黄瓜,目光转向了压缩机。

朱丽叶看得出来——就像一个没有多少实际经验却急于表现的少年一样——梭罗还没有掌握令人信服的说谎艺术。

第六十章

18号筒仓

……这些男孩来自营地另一边。假扮成夏令营辅导员的实验者们密切观察着实验结果。当暴力失控时,实验还没完成就被中止了。在罗伯斯洞,两组有着几乎相同的背景和价值观的男孩,形成了心理学领域众所周知的内群体——外群体情境。任何细微的差别——戴帽子的方式,说话的语调变化——一旦被察觉到,就会变成不可原谅的罪过。当石头开始乱飞,对彼此营地的袭击中出现了流血事件,实验人员没有办法,只能结束……[①]

看到这里,卢卡斯就没办法再读下去了。他合上书本,背靠在高高的书架上。这时他闻到了一股臭味,便把那本旧书的书脊凑到鼻子前嗅了嗅。是他自己的气味。他已经快想不起自己最后一次洗澡是什么时候了。现在他的日常生活完全陷入了混乱。早上没有玩闹的孩子用尖叫声将他唤醒;晚上也无法去寻找星星;更没有昏暗的楼梯引领他回到床上,让他能够在第二天重复有规律的生

[①] 这是心理学上著名的"罗伯斯洞"实验。——译注

活。取而代之的是在三十五层的密室中辗转反侧,睡不了一个囫囵觉。这里有十几个床位,却只有他一个人。只有在红灯闪烁的时候,才会有人来看他。他只能在伯纳德和彼得·比林斯给他送饭过来的时候和他们说说话。当然,他还可以和朱丽叶用无线电聊很久的天,不过必须是朱丽叶呼叫过来,而他又能够接听的时候。除此之外,他就只剩下看书了。混乱无序的历史、数十亿人的世界、更多的星星,这些都被记录在书中。书中还有暴力的故事、疯狂的人群、生命漫长的演化、许多运行轨道各不相同的太阳——它们终有一日都会燃尽,还有可以终结一切的武器、曾经几乎灭绝人类的疾病。

他这样还能坚持多久?只是读书、睡觉和吃饭?这几周感觉像是过了几个月。没有办法记录日期,没有办法知道这件工作服被他穿了多久。他是不是应该换上烘干机里的那件工作服了?有时他觉得自己一天换洗了三次衣服。有时候他可能一周只换过两次。而现在这身衣服闻起来肯定穿了更长的时间。

他把头靠在那些装在锡盒中的书本上,闭起眼睛。他读到的东西不可能都是真的。怎么会有一个那样拥挤和陌生的世界。这完全不合道理。当他仔细回想那个世界的规模,然后是在地下挖洞求生的想法,让人们出去清洁摄像头,进而激起人们的怒火,让人们开始追究到底是谁从谁那里偷走了什么——这一切让他有时会感到一种精神上的眩晕。他仿佛正站在深渊之上,双眼注视着藏在遥远下方黑暗中的真相,因此而战栗不已,却始终看不清那到底是什么,直到他恢复理智,让现实将他从深渊边缘拉回来。

他不确定自己在这里坐了多久。他梦到自己去了另一个时间和空间。但闪烁的红灯让他回到了现实。

卢卡斯将书插回到锡盒里,挣扎着站起身。电脑屏幕上显示出彼得·比林斯正在服务器机房的门口——他不被允许再往里走了。门内文件柜的顶上放着卢卡斯的晚餐。

卢卡斯从电脑前转过身，快步走过通道，爬上梯子，挪开格栅暗门钻出去，又小心翼翼地把格栅放回原位，故意绕了一圈，穿过那些"嗡嗡"作响的、高大的服务器堆栈。

"啊，我们的小门徒。"彼得面带微笑，但他一看见卢卡斯就眯起了眼睛。

卢卡斯点了一下下巴说道："警长。"他一直都有一种感觉，彼得总是在暗暗地嘲讽他，藐视他，尽管他们的年龄差不多。每当彼得待在伯纳德身边，尤其是在伯纳德解释过需要保护卢卡斯的安全之后，他们这两个后辈之间似乎就出现了某种紧张的竞争关系——卢卡斯意识到了这种紧张，尽管他自己完全没有这样的心态。私下里，伯纳德告诉过卢卡斯，他正在培养彼得，会让彼得最终当上市长，有一天和卢卡斯携手管理这座筒仓。不过他叮嘱卢卡斯一定要对这件事保密。卢卡斯将托盘从文件柜上取下来时，努力提醒自己这一点。彼得注视着他，眉头低垂，仿佛若有所思。

卢卡斯转身向里面走去。

"你为什么不坐下来在这里吃？"彼得靠在服务器机房厚重的大门上，丝毫没有要离开的样子。

卢卡斯定住脚步。

"我见过你坐在这里，一边吃饭一边和伯纳德说话。但我过来的时候，你总是马上就拿起托盘走掉。"彼得向前探出身子，朝服务器堆栈之间望过去，"说实话，你整天在这里干什么？"

卢卡斯感觉到自己被困住了。实际上，他并没有那么饿。他本想把食物留到以后再吃。但现在把食物吃完才是能够结束这段谈话最快的办法。他耸了耸肩,在地板上坐下来,靠在木头柜子上,伸直双腿。打开托盘的盖子,里面是一碗内容不明的汤、两块西红柿,还有一片玉米面包。

"大部分时间是对付服务器,就像以前一样。"他先咬了一口面包,有点淡而无味,"唯一不同的是,我不用在一天结束时步行回家了。"他嚼着干面包冲彼得笑了笑。

"没错,你住在中层,是吗?"彼得交叉双臂,似乎在厚实的门框上靠得更舒服了。卢卡斯把身子向旁边歪了歪,目光越过他望向走廊。如果有人在走廊转角,就能听见他们的说话声。他突然有一种冲动,想站起来奔跑,只是为了跑一跑。

"差不多吧。"他回答,"我的公寓实际上已经属于顶层了。"

"所有住在中层的人都会这么说。"彼得笑了。

卢卡斯嚼着玉米面包,让自己的嘴不要空闲下来,同时用警惕的眼光看着那碗汤。

"伯纳德有没有告诉你,我们正在计划进行一场大规模袭击?我想要下去参加。"

卢卡斯摇摇头,把勺子探进汤里。

"你知道机械部建的那堵墙。那些白痴根本就是把自己关起来了!西姆斯和他的手下打算把那堵墙炸成碎片。反正时间站在他们这一边,他们完全可以从容不迫地在墙外做好准备。那场无聊的小叛乱至多再过几天就要结束了。"

卢卡斯慢慢喝着热汤。现在他能想到的只有机械部被困在那堵钢墙后面的人们,还有他太能体会被关着的滋味了。

"这个意思是不是,我马上就要从这里出去了?"他没有使用刀叉,而是用勺子切开了还不够熟的西红柿,"我的生命不会再受到威胁了,对吧？甚至没有人知道我是谁。"

"这要由伯纳德决定,他最近的行为都很奇怪。我觉得他是承受了太大的压力。"彼得沿着门框蹲了下来。这很不错,因为卢卡斯不必再仰着头看他了。"他还说要让你妈妈上来看你。我觉得这意味着你也许至少还要在这里待上一个星期。"

"太棒了。"卢卡斯又往嘴里送了一些食物。当房间最深处的服务器开始发出蜂鸣声时,他的身子下意识地动了一下,仿佛被某种线绳拽住了。头顶的灯光也开始微弱地闪烁,向知道秘密的人发出警示。

"那是什么？"彼得稍稍踮起脚尖,朝服务器机房里面望过去。

"那意味着我需要回去工作了。"卢卡斯把托盘递给彼得,"感谢给我送来食物。"说完他转身就走。

"嘿,市长说,要确保你吃完所有……"

卢卡斯挥挥手,绕到了第一台服务器堆栈后面。随后他就开始朝房间深处小跑过去,一边还在用手抹着嘴。他知道彼得没办法跟过来。

"卢卡斯……!"

但卢卡斯已经跑出了很长一段路。他一边快步向房间尽头跑去,一边拉出挂在胸前的钥匙。

就在他开锁的时候,他看到头顶上的灯光停止了闪烁。彼得已经关上了门。他将服务器背板摘下来,从口袋里拿出耳机,戴在头上。

"嗨？"他调整了麦克风,让它不会离自己的嘴很近。

"嗨。"朱丽叶的声音让他感到充实,那是食物无法做到的,"你是着急赶过来的吗？"

卢卡斯深吸了一口气。生活在这种封闭的地方,没有每天步行上下班的运动,他的体能明显变差了。"没有。"他撒了谎,"不过,也许你在呼叫的时候不用太坚持,至少白天的时候不要那么着急。那个人白天总会在这里。昨天,你让铃声响了那么久,我们当时就坐在服务器旁边,听着铃声一直不停地响。那真的很让他生气。"

"你觉得我会在乎他是不是被气得发疯吗?"朱丽叶笑了,"而且我很希望他和我说几句话。你觉得我还能怎样?我想要和你说话。我需要找人说说话。而你一直都在。你又不可能呼叫我。因为我没办法在这里等你。天哪,我要在这个该死的地方到处跑。你知道我上个星期从三十几层去过几次物资部?你猜。"

"我不想猜。"卢卡斯揉了揉眼皮。

"可能有五六次。如果那个家伙一直都在你那里,你能不能帮我个忙,把他杀了?这样我也省得麻烦……"

"杀了他?"卢卡斯挥挥手臂,"怎么做,用棒子敲死吗?"

"你还真的想要我提建议?我可是梦到过不少办法……"

"不,我不想要什么建议,我也不想杀死任何人!我从没有干过……"

卢卡斯把食指抵在太阳穴上,不停地用力画着小圈。现在头痛总是会不时冒出来,自从……

"别想这种事了。"朱丽叶声音中的厌恶以光速从信号线中传了过来。

"听着……"卢卡斯调整了一下麦克风。他不喜欢这样的谈话。与之相比,他更喜欢说些无聊的闲话,"很抱歉,只是……这边的情况有些让人发疯。我不知道那些人都在做什么。我只能待在这个铁盒子里,从步话机里听到各种人们相互争斗的声音。但和其他人知道的事情相比,我几乎就是个睁眼瞎。"

"但你知道,你能信任我,对吧?你知道我是好人,虽然我被赶了出去,却没有做过任何坏事。卢卡斯,我需要你知道这一点。"

他听到朱丽叶深吸一口气,又长叹一声。他想象朱丽叶坐在另一台服务器后面,孤身待在一座空旷的筒仓里,只有一个疯子做伴。麦克风被朱丽叶按在嘴唇边。朱丽叶的胸口因为愤怒而剧烈起伏,心中充满了对他的各种期望。

"卢卡斯,你知道我是对的,对吧?你是在为一个疯子工作。"

"一切都疯了,"卢卡斯说,"每一个人都疯了。我只知道,我们待在技术部里,希望不会有坏事发生,而我们能想到的最可怕的事情却主动找了上来。"

朱丽叶又重重地叹了一口气。卢卡斯想到他告诉朱丽叶的那些关于暴动的事情,还有那些被他省略的事情。

"我知道你认为是我的人有错。但你是否理解他们为什么要上去?你理解吗?卢克,有些事终究还是要有人做,无论怎样。"

卢卡斯耸耸肩——他忘记了朱丽叶看不见自己。虽然他们已经聊过很久,但他还是不习惯和一个人这样说话。

"你处在可以帮忙的位置。"朱丽叶对他说。

"又不是我想来这里的。"卢卡斯觉得自己的火气越来越盛。为什么他们总会谈到这些令人郁闷的话题?为什么他们不能谈谈吃过的最好的东西、小时候最喜欢的书,还有他们共同的喜好和烦恼?

"我还不想待在这里呢。"朱丽叶冷冷地提醒他。

这让卢卡斯愣了一下。他想到了朱丽叶正在何处,又是经历了什么才到了那里。

"我们能做的,"朱丽叶说,"是命运将我们推到这种境地之后,选择采取什么样的行动。"

"我也许需要先下线了。"卢卡斯吃力地喘了口气。他不想去思考什么行为和命运,也不想进行这样的谈话,"彼得要给我送晚餐来了。"他撒了谎。

随后是一阵沉默。他能听到朱丽叶的呼吸声。那几乎就像是在倾听一个人思考。

"好吧。"朱丽叶说,"我明白,我也需要去测试防护服了。还有,嗨,如果情况顺利,我也许会离开一段时间。所以,如果你一两天之内没有听到我呼叫……"

"一切小心。"卢卡斯说。

"我会的。记住我说的,卢克。我们自己做的事情才能定义我们。你和他们不是一伙的。你不属于那里。请不要忘记这一点。"

卢卡斯咕哝着应了一声。朱丽叶和他说了再见。当他伸手拔掉插头的时候,朱丽叶的声音还留在他的耳朵里。

他没有将耳机放回到口袋里,只是仰身靠在服务器上,手指拨弄着耳机线,心中思考自己做过的事情,还有自己到底是什么人。

他想蜷成一团大哭一场,闭上眼睛,让世界消失。但他知道,如果他把眼睛闭上,让自己陷入黑暗,他就只会看到她——那个满头白发的小个子女人,瘦小身体在子弹的冲击下跳动。那是卢卡斯射出的子弹。他会感觉到自己的手指扣在扳机上,面颊被枪托上的盐渍刺痛,鼻腔里全是火药的恶臭,桌子上响起了空弹壳落下的"叮当"声,还有那些与他同一阵营的人们庆祝胜利的欢呼。

第六十一章

18号筒仓

"……你周四说过,我可以过两天再给你。"

"是啊,该死的,现在已经两天了,卡尔。你真的知道清洁要在明天早晨开始,对吧?"

"你也知道,今天还是今天,对吧?"

"别和我耍花腔。立刻上来,把文件给我。我发誓,如果因为你的关系,这件事出了什么岔子……"

"我会给你送过去的,好了,伙计。我在逗你呢,放轻松。"

"放轻松?你去死吧。我明天就能放轻松了。我要下线了。干事认真点。"

"我马上就上来……"

雪莉一只手撑着下巴,另一只手的手指不停地卷着自己的头发,两只胳膊肘都撑在沃克尔的工作台上。"这到底是怎么回事?"她问沃克尔,"这是什么?这些是什么人?"

沃克尔透过放大镜聚精会神地看着眼前的零件,把一根从清洁刷上拔下来的硬毛浸入油漆罐盖子上的白色油漆中,又小心翼翼地用另一只手稳住手腕,将这根刷毛划过电位器外侧,画出细细的一条白线，正对着他在旋钮上已经画好的那个标记。然后，他满意地数了一下自己到现在为止画上的细线。它们每一根都对应着一个清晰的信号。

"十一个。"他转向雪莉。雪莉刚才和他说了一些什么，不过他没注意听，"而且我觉得我们还没有找到我们这个筒仓的频道。"

"我们这个筒仓？沃克，你吓到我了。这些声音是从哪里来的？"

沃克尔耸耸肩。"远处那座城市？山丘对面？我怎么知道？"他开始缓慢地转动旋钮，寻找下一个频道，"除了我们以外，还有十一个频道。会不会还有更多？一定有的，对吧？还是我们已经把它们全部找出来了？"

"刚才那个人在说清洁的事情。你认为他们的意思会不会……？就像……？"

沃克尔点点头，从头顶拿下放大镜，做了一些调整，又开始去转动旋钮。

"所以他们也是在筒仓里，就像我们一样。"

他指着雪莉帮他连接起来的小电路板和电位器。"这个回路一定就是做这个的，调节接收频率，也许吧。"雪莉早就被这些声音吓坏了。沃克尔却一心只想着破解更多谜团。他又发现了一处不太寻常的静电噪声，便停止转动旋钮，又稍稍转回去一点。来回反复几次以后，他什么都没发现，才继续把旋钮向前转。

"你是不是也觉得，这块标着'18'的小板子，和筒仓的数量有关？"

沃克尔停住手指，一言不发地看着她，点点头。

"所以，这里至少有十八个筒仓。"雪莉的脑子比沃克尔以为的要更聪明,"我要去找詹金斯。我们必须把这件事告诉他。"雪莉从凳子上站起身,向门口走去。沃克尔点着头。所有这些可能性让他感到头晕目眩。屁股下面的凳子和身边的墙壁仿佛都在向远处滑走。在这座筒仓的水泥墙壁外面还有许多人……

一阵狂暴的巨响震得他牙齿撞在一起,一切思绪都变成了碎片。地面颤动,让他的双脚打滑,摔了下去。积累了几十年的灰尘从头顶上纵横交错的管道和电线上成片洒落。

沃克尔侧过身子,被空气中浓重的霉味刺激得不住咳嗽。他的耳朵因为爆炸而"嗡嗡"作响。他拍了拍脑袋,摸索着想找到放大镜,这时他看到了躺在面前钢制桌面上的镜框,上面的多层镜片已经变成了一堆石子大小的碎片。

"哦,不,我需要……"他试着把手探到身子下面,感觉到腰部一阵剧痛——是骨头撞到了钢铁上,才会有这样的痛楚。他无法思考,只能挥舞一只手,乞求斯科蒂从影子里出来,帮帮他。

一只沉重的靴子踩到放大镜的残片上。一双年轻强壮的手抓住他的工作服,把他拽起来。到处都是喊声,还有"砰砰"和"哒哒"的枪声。

"沃克!你还好吗?"

是詹金斯在揪着他的工作服。沃克尔很确定,如果这孩子松开手,他一定会倒在地上。

"我的放大……"

"先生!我们要走了!他们杀进来了!"

沃克尔转向门口,看见哈珀正在帮雪莉站起来。雪莉瞪大了眼睛。眼神却显得异常木讷。她的肩膀和深褐色的头发上铺了一层灰色的尘土。她看向沃克尔。沃克尔觉得她一定就像自己一样搞不清眼前的状况。

"拿好你们的东西,"詹金斯说,"我们已经落后了。"他扫了一眼房间,目光落在工作台上。

"我修好它了。"沃克尔用拳头抵住嘴唇,咳嗽了两下,"它能用了。"

"我觉得,有点太晚了。"

詹金斯放开沃克尔。沃克尔不得不扶住凳子,才没有一头栽倒。门外的枪声越来越近,还有震耳的靴子声、更多叫喊、又一阵足以让地板抖动的爆炸。詹金斯和哈珀奔到门口,高声呼喊着命令,向跑过的人群挥手。雪莉来到沃克尔身边,眼睛盯着拆散的步话机。

"我们需要这个。"她喘着粗气说。

沃克尔低头看着地板上闪闪发光的玻璃碎片。这个多层放大镜值他两个月的薪水……

"沃克!我该拿什么?帮帮我。"

他转过身,看见雪莉正在收拾步话机的零件,电路板之间的电线被缠在一起。门外有工人开了一枪,发出巨响,吓得他打了个哆嗦,心思一下子又乱了。

"沃克!"

"天线。"他指着仍然在不断落下灰尘的房梁,悄声说道。雪莉点点头,纵身跳到工作台上。沃克尔又向周围看了一圈。他曾经向自己承诺,绝不会再离开这个房间,这一次,他是认真打算坚守这个承诺。要拿上什么?愚蠢的纪念品、废旧材料、脏衣服、一堆图纸。他抓起自己的零件盒子,朝地板俯下身。步话机的零件都被扫进了盒子,变压器从插座上被拔下来,也放了进去。雪莉正在把天线拽下来——那些导线和捆在导线上的金属棒都落到了她胸前。沃克尔又抓起自己的烙铁,还有另外几件工具。哈珀高声警告他们,再不走就要永远留下了。

雪莉抓住沃克尔的胳膊,拽着他向门口跑去。

沃克尔这才意识到,现在他还没办法永远留在这里。

第六十二章

17号筒仓

穿上这套防护服,她感到了出乎意料的恐慌。

朱丽叶预料到进入水中会使她产生某种程度的恐惧,但只是穿上防护服这个简单的行为却已经让她感到不寒而栗,让她的胃感到一种冰冷而空虚的疼痛。她知道,这种情绪毫无意义,但她依然无法让自己平静下来。梭罗拉上她后背的拉链,把一层层尼龙搭扣扣好。她只是一直在努力控制自己的呼吸。

"我的刀在哪里?"她问梭罗,一边拍打身前的口袋,在各种工具中寻找。

"这里。"梭罗弯腰从她脚边的行李袋中拿出那把小刀。它被压在了一条毛巾和更换的衣服下面。梭罗让刀柄向前,把刀递给朱丽叶。朱丽叶将刀子插进她在腹部添加的厚实口袋里。有了这把刀子,她才感觉到呼吸轻松了一些。这件来自顶层餐厅的工具对于她就像是某种安全毯。她发现自己查看这把刀的心境就和她过去看自己手腕上那块老手表的时候一样。

"头盔可以先等一下。"她告诉刚刚将头盔从楼梯平台上捧起来的梭罗。"先拿绳子。"她用戴上了厚手套的手指了指。厚重的材料和两层紧身衣让她感到有些热。她希望这些装备能够让她不会在深水中冻死。

梭罗提起连在一起又打成卷的绳子,绳子末端系着一根足有他手臂那么长的可调节扳手。

"哪一边?"他问道。

朱丽叶指向逐级沉入绿莹莹的水面的螺旋形台阶。"慢慢把它放下去,让绳子离扶手远一些,别让扳手被卡在下面的台阶里。"

梭罗点点头,让扳手落入水中。沉重的大扳手将绳子一直带到大螺旋楼梯的最低端。朱丽叶这时又查看了一遍自己的工具。在一个口袋里装着各种传动装置。每一个都用一米左右的绳子和口袋系在一起。她的另一只口袋里有一把扳手。四号口袋里面是切割器。朱丽叶低头看着自己,更多筒仓外的记忆涌上她的心头。她仿佛又听见了飞舞的沙砾撞击头盔的声音、感觉到氧气即将耗尽、沉重的靴子踏在沙土路面上……

她抓住面前的栏杆,竭力将精神集中在别的事情上。无论什么事情都可以——电线和空气软管——集中精神,这两者她都需要。她深吸一口气,仔细检查铺在甲板上的一圈又一圈软管和电线。她把它们摆成"8"字形,这样它们就不会缠在一起。很好。压缩机准备就绪。梭罗要做的就是确保空气和电力都能源源不断地输送给她,不要被卡住……

"已经到底了。"梭罗说。她看着梭罗把绳子系到楼梯井的栏杆上。今天梭罗的精神很不错,无论做什么都显得活力充沛。趁现在做好这件事应该是一个好主意。把积水转移到水处理厂只是一个没办法的权宜之计。现在首先要让那些被淹在水下的大水泵露出来,可以恢复工作,才能把积水排到筒仓的水泥墙壁外面去。

朱丽叶迈着沉重的步子来到楼梯平台的边缘，低头看向映射暗淡灯光的脏污水面。她的这个计划到底有多疯狂？她难道不应该害怕吗？还是说，她更害怕年复一年的等待，所以宁可冒险也要采取行动？是的，现在对她而言最大的危险就是自己一点一点发疯。她提醒自己，她曾经走出过筒仓，并且活了下来，现在她要做的事情和那时很像……而且只会更加安全。她拥有无限的空气，而且下面也没有剧毒，没有什么东西会把她腐蚀成尘土。

她凝视平静水面上自己的倒影，这身笨重的防护服让她看上去显得很高大。如果卢卡斯站在她身边，看到她要干什么，会不会劝她不要下去？她觉得有可能。他们真正对彼此的了解又有多少？他们见过几次面？两次？三次？

但他们后来又有过几十次交谈。她只能听到卢卡斯的声音。这样也能了解对方吗？卢卡斯和她讲过自己童年的故事，在她耳边留下了醉人的笑声——除了这些，现在她生活中的一切都只是让她想哭。也许这就是信息和邮件会这么昂贵的原因？为了阻止这样的生活，切断这种联系？她怎么会忽然去想一个自己几乎还不认识的人？现在她要关心的难道不应该是眼前这个疯狂的任务？

也许卢卡斯已经成为了她的生命线——连接她和家的一线希望。或者，他更像是一颗在乌云的缝隙中偶尔出现的光点，一个指引她回家的信标？

"要戴头盔吗？"梭罗站在她身边，看着她，双手捧着透明的塑料头盔。头盔顶上还绑着一支手电筒。

朱丽叶伸手接过头盔，确认过手电筒绑得足够结实，同时却在心中努力清除掉那些毫无意义的思绪。

"先把我的呼吸管接好，"她说，"把步话机打开。"

梭罗点了点头。朱丽叶抱着头盔,等待梭罗把空气软管插到她颈环的接口上。在一阵"嘶嘶"的喷气声中,软管被固定就位。梭罗又将手伸过朱丽叶的后颈,打开步话机。朱丽叶低垂下巴,捏了捏缝在内衣里的开关——这是她手工制作的。"喂,喂。"她试了试步话机。挂在梭罗臀部的装置发出一声奇怪的尖叫,随后她的声音从那里传出来。

"有一点吵。"梭罗调整了一下音量。

朱丽叶把头盔戴好。现在这顶头盔的屏幕和全部塑料内衬都已经被拆掉了。她还刮掉了上面的油漆,让半个头盔只剩下几乎完全透明的一层塑料硬壳。把这样一顶头盔扣在颈环上的感觉很好。她能够确信,自己看到的一切都是真实的。

"你好了吗?"

梭罗的声音很小。朱丽叶知道这是因为头盔和防护服已经紧密地嵌合在了一起。她抬起戴着厚手套的手,向梭罗竖起大拇指,又指了指空气压缩机。

梭罗点点头,跪在那台机器旁边,又挠挠自己的胡子。朱丽叶看到他打开那台可移动设备的主电源,握住燃料管路上的橡胶球阀,挤了五下,向发动机的化油器里充入燃料,然后用力一扯启动绳。那台小机器喷出一股浓烟,开始有了动静。虽然底部是橡胶轮胎,它还是"嘎吱嘎吱"地在楼梯平台上不停蹦跳着。就连穿着厚底靴的朱丽叶也能感觉到它的震动。机械声波穿过头盔,撞击着她的耳膜。朱丽叶完全能够想象,这种狂暴的喧嚣一定正在这座废弃的筒仓中四处回荡。

梭罗按照她的指点,把节流阀多握了一秒钟,让汽化燃油和空气充分混合,然后把节流阀一直推下去。在机器的轰鸣声中,他抬头看向朱丽叶,浓密的胡子里透出笑容,看上去就像物资部养的狗抬起头,忠诚地望着自己的主人。

朱丽叶指了一下红色的备用燃料罐,另一只手向梭罗竖起大拇指。梭罗也竖起拇指。朱丽叶有些吃力地迈开双腿,走向台阶,用戴着厚手套的手抓住栏杆,保持平衡。梭罗从她身边挤过去,走到栏杆和打结的绳子旁,同时伸出一只手扶住她,以免她那双笨重的防护服靴子在湿漉漉的台阶上打滑。

在朱丽叶的预期中,下水后她的行动能更轻松些。不过这只是她根据物理常识,直觉上做出的判断,并没有实践过。就像她原先通过仔细观察机器,来判断机器会做些什么。她走下水面上的最后一级台阶,靴子破开浮着一层油的水面,找到下方的台阶。又向下走了两级台阶,她以为会有刺骨的寒意穿透防护服,但防护服内的温度似乎没什么变化。这套防护服和里面的紧身衣让她觉得很暖和。实际上,可能有些太暖和了——她看到头盔里面出现了一层薄雾。她用下巴压住步话机开关,让梭罗打开阀门,把空气送进来。

梭罗摸索她的颈环,转动操纵杆,让空气开始流动。气流在朱丽叶的耳边发出响亮的"嘶嘶"声。她感觉到防护服被撑起来。她拧开颈环另一边的溢流阀。随着另一阵"嘶嘶"声,多余的气体被释放出去。这样可以防止她的防护服因为压力过高而爆裂——而且她怀疑自己的头可能会先被涌进来的空气压碎。

"配重。"她用下巴按着步话机说道。

梭罗跑回楼梯平台,搬起圆盘健身杠铃片走下来,跪在紧贴水面的台阶上,用强力尼龙搭扣把杠铃片绑在她的膝盖下面,然后抬起头,想知道下一步要做什么。

朱丽叶用力抬起一只脚,然后是另一只脚,确保杠铃片绑得足够牢。

"电线。"她一边说,一边想找一个更方便的姿势操作步话机。

现在是最重要的部分:来自技术部的电力将驱动水下那些死气沉沉的水泵重新开始工作。24伏的电压。她在楼梯平台上安装了一个开关。这样,等到她在水下把电线安装好,梭罗就能在上面进行测试。她可不想带着通电的电线在水里行动。

梭罗解开十几英尺长的双头接线,在手腕上绕了一圈,又打了个结。他很会打绳结,无论是绳子还是电线,都系得很牢。朱丽叶的信心在不断增长。这身防护服给她带来的不适也一直在减轻。

梭罗站在比她高两级台阶的地方。透过干干净净的塑料头盔,朱丽叶看到他脸上的微笑——那片蓬乱的胡须中露出了闪闪发光的黄色牙齿。朱丽叶也向他报以微笑,同时站在原地,没有继续向下走。梭罗摸索着绑在她头盔上的手电筒,"咔哒"一声将手电打开。电池刚刚充好电,可以坚持一整天。朱丽叶不会下去那么久。

"好吧。"朱丽叶说,"帮我下去"。

她让下巴松开步话机,转过身靠在栏杆上,用肚子撑住栏杆,头向外面探出去。现在她要翻到栏杆外面去,这实在有些让她难以置信,感觉像是在自杀。这是主楼梯井,这里是她的筒仓。她的位置比机械部还要高四层。下面是一段可怕的深渊,只有疯子才会跳下去,而现在这条路是她给自己选的。

梭罗帮她抬起带着负重的双脚。为了更好地帮助朱丽叶,他的一只脚踏进水里,溅起很大一片水花。借着他向上托举的力量,朱丽叶的一条腿翻上了栏杆。突然间,她已经跨坐在这根光滑的细长钢棍上,不知道这个深渊中的积水是否能提供足够的支撑力,减缓她下落的速度。有那么一眨眼的工夫,她的心中充满了恐慌,嘴里涌上一股金属的味道,胃在拼命往下沉,小便也憋不住了。这时梭罗抬起她的另一条腿,让她的两只脚都翻过了栏杆。朱丽叶用戴着手套的双手拼命抓住梭罗系在栏杆上的绳子,两只靴子落进带闪光油膜的水里,胡乱踢蹬了一番,发出响亮的溅水声。

"该死!"

朱丽叶向头盔中呼出一口气。这个落水的过程实在是太突然了,惊骇过后,她猛喘了几口。现在她的手和膝盖上都缠着绳子,她的身体在胀满空气的防护服里不停地扭动,仿佛这套防护服是一层太大的表皮。她要从这层皮里蜕出来。

"你还好吗?"梭罗将手掌捂在胡子两边,向她喊道。

朱丽叶点点头,不过她的头盔完全没有动一下。她能感觉到小腿上重量的牵扯。那两个杠铃片正在把她往深渊里拽。她还有十几件事要提醒梭罗,还没有最后祝梭罗好运。但现在她的脑子里飞快地旋转着许多其他事情,完全没想到还可以用步话机。她松开了双手和膝盖,感觉到绳子贴着自己的身体滑动,发出的"吱吱"声却仿佛距离她很遥远。她开始了漫长的下坠。

第六十三章

18号筒仓

卢卡斯坐在一张小木桌前,低头盯着一本厚厚的大书——这么多纸张,完全能算得上一笔财富。而这张桌子和他屁股下面的椅子更加让他感到尴尬。他一辈子的工资可能都买不起这样一把椅子,他现在就坐在上面。如果他动一下,这件精美的家具就会发生扭动,接榫处"咯吱"作响,仿佛随时都有可能散架。

他将两只脚撑在地面上,脚趾都用上了力气,唯恐自己把椅子坐塌,一屁股跌下去。

保持着这种姿势,他又翻了一页,假装在阅读书中的文字。他不是不想看书,只是不想看这一本。整个书架上那些更有趣的作品似乎都在它们的锡盒里逗弄他,向他呼喊,要他丢掉这本《指令》,去看看它们。在这本《指令》里,卢卡斯只找到了死板的文字和无穷无尽的项目列表,一项又一项的说明索引让他仿佛掉进了一个文字迷宫,在注释中又找到新的注释。他在这本书里转的圈子简直比在主楼梯井里转的还要多。

《指令》中的每个条目都会指向另一页的新内容,每一页又会有新的条目。卢卡斯翻了几页,心中却寻思着伯纳德是不是正在盯着他。那位技术部的负责人就坐在这个小书房的另一边,在服务器机房下面的这个秘密空间里,实际上藏着许多房间,他们所在的书房只是其中的一间。卢卡斯装出一副为新工作做准备的样子,伯纳德则在另一张桌子上摆弄着一台小电脑,不时会走到挂在墙上的对讲机前,向底层深处的安全部队发出指令。

卢卡斯捏住一厚摞书页,把它们全部翻了过去。他跳过了所有筒仓灾难的防止办法,向后查看更具学术性的参考材料。但这部分内容甚至更加令人胆寒:关于群体诱导,关于精神控制,关于暴动过程中恐惧的作用;还有处置人口增长的图表……

他受不了了。他调整一下椅子,又看了一眼伯纳德。那位技术部主管兼代理市长正在转动鼠标滚轮,拉开一屏又一屏的文本,同时不断上下摆头,扫视屏幕上的文字。

过了一会儿,卢卡斯大着胆子打破沉默。"嘿,伯纳德?"

"嗯?"

"嘿,为什么这里完全没有提到这个地方是怎么出现的?"

随着一阵尖利的摩擦声,伯纳德转过椅子,面对卢卡斯。"抱歉,你在说什么?"

"建造这一切的人,写这些书的人。为什么《指令》里没有任何关于他们的内容? 比如他们最初是怎样把这里建起来的。"

"为什么要有这些内容?"伯纳德又朝自己的电脑半转过身。

"让我们能知道那时的事情? 我有些说不清楚,但就像其他书里的那些内容——"

"我不想让你看其他那些书。至少现在你还用不着看它们。"伯纳德指了指卢卡斯面前的木桌,"先好好学《指令》。如果你不能确保筒仓平安无事,那些留存下来的典籍就都是垃圾。如果没有人能够再阅读它们,那它们无非就是一堆加工过的木头。"

"如果这些书一直被锁在这里,除了我们两个以外,也没有人能读到它们……"

"活着的人们读不到,至少现在还不能让他们读到。但总有一天,会有很多人读到它们。只要你继续努力学习。"伯纳德朝卢卡斯面前那本可怕的大书点点头,又回身趴在了他的键盘和鼠标上。

卢卡斯继续愣了一会儿,盯着伯纳德的脊背。透过他的导师的汗衫,能清楚地看到挂在导师脖子上的钥匙绳。

"我觉得建造这里的那些人一定知道会有今天这样的情况。"卢卡斯说。他没办法让自己闭住嘴。他总是对各种事情感到好奇,却又要一直压抑自己的好奇心。于是他开始描摹遥远的星星,以此来释放自己的情绪,让自己不要去想那片禁忌的山丘。而现在,他生活在这片真空里,这个无人知晓的筒仓黑洞中,在这里,被禁止的话题可以被说出口,而且坐在他对面的人很可能知道许多宝贵的真相。

"你没有在学习。"伯纳德说。他的头仍然低垂在键盘上,但他似乎知道卢卡斯在看着他。

"他们真的是早就预见到了,对吧?"卢卡斯抬起椅子,稍稍转过来一点,"我的意思是,他们必须在外面的情况变得不可收拾之前就建起这么多的筒仓……"

伯纳德转过头。卢卡斯能看到他腮边的肌肉不断绷紧又松开。他的手离开鼠标,捋了捋胡子,"你就想知道这些?这一切是怎么发生的?"

"是的。"卢卡斯点点头。他身体前倾,胳膊肘撑在膝盖上,"我想知道。"

"你认为这些事很重要？外面发生的事和我们有很大关系？"伯纳德转过身，抬头看看墙上的示意图，又看向卢卡斯，"你怎么会这么想？"

"因为那些事发生过。而现在的情况就是那些事的后果。所以我非常想知道。以前的那些人知道那些事会发生，对吧？建造这些筒仓，一定需要很多年……"

"几十年。"伯纳德说。

"然后还要放进来这么多东西，所有这些人……"

"那个需要的时间就少多了。"

"所以你知道？"

伯纳德点点头。"这些信息就储存在这里，但并不在这些书中。不过你错了。它们并不重要。那些事已经过去了。而过去的事情并非都是珍贵的遗产，有的过去毫无用处，你会明白两者的区别。"

卢卡斯开始思考有什么区别。不知为什么，他忽然想起了自己和朱丽叶的对话，想起了朱丽叶一直在向他讲述的事情。

"我想，我知道。"他说。

"哦？"伯纳德将眼镜在鼻梁上推了推，盯住了他，"和我说说，你认为你知道什么？"

"先辈的成就，这个世界可以是那个样子的，这些带给了我们希望，就是我们的珍贵遗产。"

伯纳德的嘴角露出一丝微笑。他向卢卡斯挥挥手，示意他继续说下去。

"而有些过去的事情，是那些无法挽回的不好的事，促使我们来到筒仓的错误。这些就不能算是留给我们的遗产。"

"那么，其中的区别意味着什么？你觉得意味着什么？"

"意味着我们无法改变已经发生的事情,但我们能够影响随后会发生的事情。"

伯纳德拍了拍自己的小手。"非常好。"

"而这个,"卢卡斯伸手按在桌上那本厚重的书上,自顾自地继续说了下去,"这本《指令》。它是一张路线图,能够带领我们穿过所有那些堆积在我们的过去和未来希望之间的坏事,让我们可以预防灾难,修正错误。"

听到卢卡斯最后这句话,伯纳德扬了扬眉毛,仿佛没想到这些事也可以另一种方式来解释。终于,他笑得连嘴角的髭须都翘了起来,眼镜也被堆起皱纹的鼻梁抬高了一些。

"我相信你差不多已经准备好了,"他说道,"快了。"他又转回到自己的电脑前面,一只手落在鼠标上,"就快了。"

第六十四章

17号筒仓

向机械部降落的过程出奇地平静,几乎有一种催眠的效果。朱丽叶在绿色的积水中穿行,每次楼梯在她脚下转弯时,她都要用力推开螺旋向下的栏杆。现在她只能听见空气涌进头盔的"嘶嘶"声和多余气体从另一个阀门冒出去的"汩汩"声。一串连绵不绝的气泡像焊锡珠一样在她面前漂起来,向上升起,完全不受重力的影响。

朱丽叶看着这些银色的小球一个追一个,就像在金属楼梯上玩耍的孩子。它们碰到栏杆的时候会碎裂开,只留下一些微小的气体颗粒,附着在栏杆表面,不住地滚动和碰撞。另一些气泡排列成不断晃动的队伍,飞入楼梯之间,或者聚集在台阶下面,融合在一起,形成一团又一团来回晃动的空气泡,映射着她头盔顶上手电筒的光线。

她很容易忘记自己身在何处,正在做什么事情。她所熟悉的一切在这里变得扭曲和陌生。球形的塑料头盔似乎把一切都放大了。眼前的情景很容易让她以为不是自己在下降,而是巨大的楼梯在上升,穿过深深的泥土,一直冲向云霄。她能感觉到绳子从她戴着手套的双手间滑过,摩擦着她被衬垫保护住的腹部。但这种感觉也更像是一股力量正从上面一刻不停地将绳子抽走，而不是她在沿这根绳索下落。

直到她用力仰起身子，抬头向上看的时候，才意识到现在有多少水堆积在她的头顶上方。应急灯的绿色灯光距离她应该已经有一两个楼层，现在变成了一种诡异的黑色。她的手电筒也几乎无法穿透这么厚的积水。朱丽叶猛吸一口气，提醒自己——筒仓中的空气她想要多少就有多少。她试着不去理会堆积在头顶上方的那么多液体，不去想象自己被水活埋了。如果有必要，如果她真的慌了神，她可以直接把杠铃片割掉。只要用她的厨刀轻轻来一下，她就能立刻浮回水面。她一边这样告诉自己，一边继续下沉，同时一只手放开绳子，拍了拍那把刀，确定它还在身上。

"慢！"步话机里突然传出一声叫喊。

朱丽叶双手抓住绳子，用力攥紧，好让自己能停下来。她提醒自己，梭罗就在上面，在为她看守空气软管和电线，而且它们都被整齐地盘卷好了，没有任何问题。她想象梭罗被绳子缠住，正用一只脚跳来跳去。气泡继续从颈部的溢流阀中冒出去，在灰绿色的水里晃动着漂向水面。她仰起头，看着那一个个空气小球绕着绷紧的绳子打转，纳闷梭罗怎么拖了这么久都没有再说话。在一级级螺旋形排列的台阶下面，一颗颗更大的气泡像水银一样随着她搅起的湍流摆动……

"好了。"她脖子后面的步话机扬声器传出带着静电噪声的话语，"我这边好了。"

朱丽叶被梭罗过于响亮的声音吓了一跳，她有些后悔没有在戴上头盔前检查一下音量。但现在已经没办法补救了。

她忽然开始耳鸣，下降过程中的寂静和庄严被打破了。她又向下滑落了一个层楼,保持着动作的稳定平缓,同时注意观察电线和通气管是否一直保持松弛,是否有什么地方出现绷紧的迹象。当她靠近一百三十九层的楼梯平台时,她发现这里少了一扇门,另一扇门的铰链也被狠狠地扯断了。这一整个楼层肯定都被灌满了水,也就意味着有更多水需要泵出去。就在楼梯平台快要上升到她的视野以外时,她看见走廊深处有一些黑色的人影——一些漂在水里的黑色东西。她头盔上的手电筒勉强照亮了一张苍白浮肿的面孔。那张死气沉沉的脸从她的视线边缘一掠而过,一转眼已经留在了上面她看不见的地方。

朱丽叶没有想到自己还会看到更多的尸体。这些人当然不是淹死的——积水是缓慢上升的,任何人都不可能来不及逃离。现在只不过是发生在地底深处的暴力被这些冰冷的水保存了下来。她周围这些积水中所凝结的寒意似乎终于穿透了厚重的防护服。也有可能这只是她的幻想。

她的靴子撞上了楼梯井的最底层。她还在抬头向上看,注意着管线保持在松弛状态。出乎意料的停止让她的膝盖狠狠震了一下。这可要比走下来用的时间少多了。

朱丽叶抓住绳子,维持住身体平衡,然后才松开一只握住绳子的手,在厚重的绿色积水中挥动了几下,同时用下巴抵住步话机开关,对梭罗说:"我下来了。"

她试探地迈出几步,不断挥舞双臂,半游半走地向机械部门口靠近。楼梯井里的微弱光线几乎无法延伸到安全闸的另一侧。再往前一小段路,一个充满机油的、陌生却又熟悉的家正在等着她。

"收到。"梭罗过了一会儿才做出回答。

随着梭罗的声音在头盔中响起,朱丽叶感觉到自己全身的肌肉都紧绷起来。如果步话机的音量还没办法调节,那她简直要被逼疯了。

走出十几步之后,她终于掌握了这种迟缓的涉水动作,知道该如何拖着沉重的靴子走过钢板地面。她的手臂和双腿不断带动充气的防护服,就像是在用自己的身体撞击一个气泡的内壁,引导它在水中移动。她停了一下,回头看看自己的空气软管,确保它没有挂在楼梯上,又最后看了一眼帮助她滑下来的绳子。虽然距离那根绳子还不算远,它看上去已经像是一根细得不可思议的线,而这个楼梯井在她看来有些像是插进积水深渊中的一根稻草管。那绳子就像悬在稻草管里的一根细丝,在离开她的双手之后依然微微颤动着,仿佛是在对她说"再见"。

朱丽叶尽量不去做太多的联想,转身朝机械部的入口走去。你没有必要这么做,她提醒自己。她可以再安装两台小水泵,或者是三台,再从水培工厂拖几根管道下来。这项工作可能需要几个月的时间,然后等待水位下降还需要几年,但最终积水一定能抽干,那时她就可以放心大胆地去调查梭罗和她说的那些被埋在下面的挖掘机。这样做的风险最小——只是不知道她的理智能不能坚持到那个时候。

如果她回家只是为了复仇,如果报复是她唯一的动机,她可能会选择耐心等待,选择那个安全的办法。甚至就在这个时候,她能够清晰地感觉到离开这个积水深渊的诱惑——把腿上的重物扯下来,浮上楼梯井,像自己曾经做过的梦一样,飞过一个又一个楼层,张开双臂,飘逸而自由……

但卢卡斯在通话中不断地告诉她,她的朋友们陷入了可怕的困境,她的离开造成了怎样的混乱。卢卡斯的房间墙壁上安装了一台步话机,就在那些服务器下面——各种关于暴动的消息日夜不停地从那些服务器中传进卢卡斯的步话机里。梭罗的秘密公寓里也有一部完全一样的步话机,但那部步话机只能与17号筒仓的其他便携步话机联系。朱丽叶已经不再摆弄它了。

她心里有一点庆幸自己不必亲耳听到那些关于暴动的消息。但她也不想再听卢卡斯将人们相互残杀的消息转述给她,所以她希望快一点赶回家去,让这一切停止。回到她的筒仓——这种冲动在她的心中变得越来越急迫。想到自己和家的距离是那样近,这只会让她更感到发疯。但每一座筒仓的大门都只为了杀人才会敞开,她就算是回去了,又能做些什么?难道她能逃过技术部的清剿,向所有人揭露伯纳德和技术部的罪行?

其实,她还有另一个不那么理智的计划。可能这只是一个幻想,但这个幻想给了她希望。她梦想着修好一台被深埋在这座巨型坑洞底部的挖掘机,开着那台曾经被用于建造这座筒仓的机器,穿过地底,一直到达18号筒仓的深处,打破这两座筒仓之间的封锁,带领她的人回到这座已经被排干积水的筒仓,让这个死亡的地方重新开始工作。到那时,他们就能自己运营一个没有谎言与欺诈的筒仓。

朱丽叶顶着沉重的积水走向安全闸,怀揣着这些孩子气的梦。她发现,不知不觉间,这些梦想坚定了她的决心。她逐步靠近安全闸的旋转栅栏。现在这道无人看守、死气沉沉的安全闸将成为她降落到这里的第一个真正障碍。要克服它不会很容易。她转过身,背对着安全闸,双手撑在两侧的闸门立柱上,用力推起身子,不停地扭腰,用沉重的双脚踢蹬安全闸的矮墙,终于让自己勉强坐到了闸门上。

她的腿太重了,抬不起来……至少她要把腿抬到闸门顶上,才能迈过去。看样子,这两个杠铃片的配重过分了,就算是充气防护服的浮力也不足以抵消它们的重量。她向后摆动身体,让屁股坐得更稳一些,然后尝试着转身,同时将戴着厚手套的手探到膝盖下面,身体用力向后靠,尽量让靴子蹭到墙头上。做到这一步,她休息了一会儿,吃力地喘息着。她的头盔里充满了沉闷的笑声。这真是有些太可笑了,花了这么大的力气,只完成了这么简单的动作,她现在几乎还什么都没有做呢。一只靴子迈到了墙头上,另一只就容易多了。她感觉到自己腹部和大腿的肌肉在用力。这几个星期,她一直在干搬运工的工作。所以肌肉酸痛从来没有减轻过。不过它们还是忠实地帮助她抬起了那只该死的脚。

她松了一口气,摇摇头。汗水沿着脖颈子一滴滴滚落下去。一想到自己在回来的时候还要重复一遍这个过程,她不由得感到有些害怕了。不过下到另一边还算容易:杠铃片就帮她把这件事做好了。她又用了一些时间,确保手腕上的电线和颈环上的空气软管没有被弄乱,然后才沿着主走廊继续前进。头盔上的手电筒成了她现在唯一的照明。

"你还好吗?"梭罗声音又让她吃了一惊。

"我很好。"她一边回答,一边将下巴抵在胸前,打开步话机,"如果有需要,我会告诉你的。我这边的音量有点高。你一说话总是会吓到我。"

她放开步话机,转头查看自己的输气管。在天花板上,从防护服中喷出的气泡在她的手电光中翩翩起舞,就像无数浮动的小宝石,一直漂到天花板上……

"好吧。明白了。"

她的靴子几乎没有离开过地板。向前走的时候，她只能逐次将脚向前推过去。她慢慢地穿过主十字路口，走过食堂。如果现在她向左转，沿着走廊再转两个弯，她就能到达沃克尔的车间。那个地方在任何一座筒仓里都是车间吗？她不知道。在这座筒仓，那里可能是一间储藏室，或者是一间宿舍。

她的小公寓在与之相反的另一个方向。她转过身，朝那边的走廊望过去。头顶的手电光穿透黑暗，照亮了一具漂在天花板上的尸体。许多管线像触手一样缠绕住它。朱丽叶立刻将视线转开。她觉得漂在那里的很像是乔治、斯科蒂，或者其他已经永远离开的朋友，或者就是她自己。

她拖着脚步走到楼梯口。这里的水虽然让人感觉沉重，却异常清澈。她的身体在积水中晃动，腿部的重量和躯干的浮力保持了她直立的姿势。不过她还是感觉自己随时都有可能一头倒在地上。在台阶前，她停下了脚步。

"我要下去了。"她用下巴抵着步话机说，"一定要确保供气和通信。除非有问题，否则请不要回复。我在上次通话的耳鸣到现在还没结束呢。"

朱丽叶从步话机上抬起下巴，走下几级台阶，一边提防着梭罗在她耳边大声说些什么。不过最终什么声音都没有传过来。她握牢电线和软管，拖着它们绕过方形楼梯井的尖锐拐角，逐渐深入到黑暗中。周围全都是黑色的积水。只有上浮的气泡和微弱的锥形手电光在这片黑暗中稍稍挤出了一点缝隙。

下了六层楼，通气管和电线开始不那么好拉动了。她拐的弯太多，管线在墙角上的摩擦力越来越大。她停住脚步，先把更多管线拽下来，让松散的管线在水中浮动。通气管和电线都是用多根管线连在一起做成的。她小心制作出的一个个接头正不断地擦过那些墙角。所以她必须停下来，检查一下那些接头处的胶带和黏胶，尤其是通气管的。她看到一个接头处有细小的气泡漏出来，在黑暗的水中延伸出一线摇曳不断的小亮点。不算什么大问题。

终于，她在楼梯底部拽下足够多的管线，可以让她从容走到集水池了。她转过身，目标明确地朝预定的工作场所走去。现在最难的部分已经过去了。空气不断吹进头盔，凉爽而清新的微风在她耳边"嘶嘶"作响。多余的气体从另一边的阀门流出去，每当她转头时，气泡就会喷涌到她面前，仿佛一道闪光的帘子。她有足够长的电线和软管，让她能一直走到目的地，她所有的工具都完好无损。她终于可以松一口气，这里已经是筒仓最底层，她不用继续向下了。她要做的就是接好电线，两头连上，非常简单的操作，然后她就回到上面去。

在如此接近于成功的地方，她才敢认真去想下一步的事情——摆脱这里的桎梏，激活这个筒仓的机械部，让一台发电机恢复工作，然后启动一台被深深掩埋的挖掘机。他们取得了实质性的进展。如果说，援救自己的朋友是朱丽叶的目标，那么她就正在接近这个目标。这几个星期里，她遭遇了许多令人沮丧的挫折。而现在，这一切似乎都能够实现，都在她的掌握之中。

朱丽叶很容易就找到了集水池——和18号筒仓的位置完全一样。她拖着双脚走到中央集水池的边缘，身体前倾，用手电照亮了池壁上的一串数字——那是显示积水深度的标识。在几百英尺深的水下，它们看起来很滑稽——滑稽得令人伤心。这座筒仓辜负了它的人民。

但朱丽叶立刻纠正了自己的想法：是这里的人们辜负了他们的

筒仓。

"梭罗,我到水泵这里了。很快我就会接通电源。"

她低头看了一下集水池底,确认泵机的吸水口中没有杂物。下面的水非常清澈。在18号筒仓她工作的地方,机油和污垢差不多总是能没到她的腰。而这些东西在这里都扩散到了渗透进来的海量地下水中。这么清的水,她也许能直接喝进嘴里。

她打了个冷战,突然意识到深水的寒冷已经穿透了她的一层层防护,正在吸走她身体的热量。她告诉自己,任务已经完成一半了。她走向安装在墙上的巨大水泵。和她的腰一样粗的管子从那里弯折到地上,再延伸到集水池边缘。尺寸相仿的排水管沿墙壁一直向上,与上方密集的机械管道混合在一起。朱丽叶来到这台大型水泵旁边,解开系在手腕上的电线。这让她想起自己作为机械师的最后一件工作。那时,她曾经将一台同样的水泵主轴拽出来,发现叶轮因为过度磨损而出现断裂。她从口袋中拿出一把十字螺丝刀,开始将水泵上的火线一端拧开,同时在心中祈祷,希望这台水泵在电源坏掉的时候内部一切结构还都还是完好的。她不想再下来修理这东西了。下一次回到这里的时候,她希望自己的靴子是干的。

拧开火线一端要比她希望的更容易。朱丽叶把自己带来的电线缠上去。头盔里她自己粗重的呼吸声成为了她唯一的伙伴。就在她将电线和接头紧紧拧到一起的时候,她突然意识到她能听见自己的呼吸声——原先一直在她耳边"嘶嘶"作响的送气声不见了。

朱丽叶僵立在原地。她轻轻敲了敲耳边头盔的塑料外壳,看到排气阀的气泡还在往外溢出,但速度明显变慢了。防护服内部还有压力,只是没有空气继续涌进来。

她用下巴抵住步话机开关。一颗颗汗珠沿着脖子滚落下去,或者经过下巴，流淌在步话机上。不知为什么，她的脚已经冻僵了，脖子以上却在冒汗。

"梭罗？我是朱丽叶。你能听到我说话吗？上面发生了什么？"

她等待着梭罗的回答，同时转头用手电对准导气管，寻找软管缠结的地方。她还有空气，防护服还有压力。梭罗为什么没有回应？

"喂？梭罗？说点什么，求你。"

她需要调整一下头盔上的手电筒，但她已经能感觉到脑海中有一个时钟在无声地"滴答"运转。她现在还有多少空气？她大概花了一个小时才到达这里。梭罗会在她的空气耗尽前修好空气压缩机。也许他是在给压缩机加注燃料。她会有足够的时间。她告诉自己：时间是足够的，而她手中的螺丝刀从地线接头上滑了下来。这个该死的接头卡住了。

她没有时间处理这种事，现在她容不得这台机器出现任何问题。火线已经接牢。她试着调整头盔上的手电筒。手电光照得太高了，这有利于她在黑暗的环境中行走，却很不利于工作。她可以把电筒稍微扭一下，让它对准这台大型泵机。

地线可以随便连到主机壳的任何地方，对吧？她努力回忆这种泵机原先的样子。这部机器是整体接地的，不是吗？到底是不是？为什么她不记得了？为什么思考突然变得这么困难？

她把黑色电线的末端捋直，努力用她戴厚手套的手指将松散的铜丝拧在一起。然后她把这一股铜丝戳进机器背后整流罩的一个通风孔里。这块铁皮应该和整部机器都是连在一起的。电线被绕在一根小螺栓上，打好结，确保不会脱落。她试着说服自己，这样就好了，这台该死的东西可以正常运转了。沃克尔一定知道该怎办。当她需要他的时候,那家伙到底在什么地方?

她的下巴下面传出一声沙哑的尖叫,像是一阵静电的爆破音,又像是有人在非常遥远的地方叫嚷她的名字,却又戛然而止,一阵死亡的"嘶嘶"声,然后就什么都没有了。

朱丽叶在黑暗、冰冷的水中晃动。刚才爆发出的声音又引起了她的耳鸣。她用下巴抵住步话机,想要让梭罗说话的时候离步话机远一点。这时,她透过头盔的玻璃面罩注意到,泄气阀中已经没有气泡冒出来,没有气泡再向上方漂浮。她的防护服没有气压了。

另一种不同的压力很快就取代了气压。

第六十五章

18号筒仓

在方形的回旋楼梯上,沃克尔发现自己被一群人裹挟着,不停地往下跑。他在半路上经过了一群机械师。那些人正在将另一组钢板焊接在狭窄的通道上。他的两只手拼命抓着一只备件桶。桶里放着他们那部自制步话机的主要部件。在他周围,更多的机械师在逃避从上方攻打过来的敌人。他被挤在人群中,只能小心看护着备件桶中的那些电子设备。在他前面,雪莉把其余的步话机配件抱在胸前。步话机的信号线拖在她身后的地上。沃克尔的两条老腿只能不停地来回蹦跳,以免被那些电线缠住。

"快走!快走!快走!"有人在叫嚷。所有人都相互推搡个不停。他们身后的枪声越来越响。一阵金色的火花带着"嗞嗞"声,像雨点一样划过空气,溅落在沃克尔的脸上。沃克尔眯起眼睛,冲过这一片灼热的光点。一队穿条纹工作服的矿工正扛着又一块大钢板,从下面的楼梯平台奋力攀登上来。

"这边!"雪莉高喊着,拽着他继续向下跑。到了下一层,她把沃克尔拽到一边。沃克尔只能挣扎着不断迈动那双可怜的老腿。一只行李袋掉在地上。一名拿枪的年轻人急忙转回身,跑过来捡起那只袋子。

"去发电机房。"雪莉抬手向远处一指。

已经有一队人正在进入发电机房的双扇大门。詹金斯也在那里,正在指挥人们的行动。一些拿步枪的人在一个油泵附近布置好阵型。油泵的配重头完全静止不动,仿佛已经预见到了即将到来的战斗,以及这里的命运。

"那是什么?"詹金斯向刚刚跑过来的这两个人问道。他的下巴朝雪莉怀里的一捆电线指了指,"那是……?"

"步话机,先生。"雪莉点点头。

"现在这东西对我们一定能有很大用处。"詹金斯用嘲讽的口气说着,一边挥手示意另外两个人进入发电机房。雪莉和沃克尔让到了一旁。

"长官……"雪莉说道。

"带他进去。"詹金斯指着沃克尔吼道,"我不想让他挡道。"

"可是,长官,我觉得你应该想要听听……"

"好了,快走!"詹金斯向后面脚步迟缓的人喝令着,一边挥动手臂,示意人们加快脚步。只有那些放下扳手,拿起步枪的机械师留了下来。他们都将手臂撑在栏杆上,长长的钢制枪管指着同一个方向,就像是早已习惯了这场游戏。

"要不就进去,要不就出去。"詹金斯对雪莉说着,开始关闭发电机房的大门。

"走,"雪莉深吸一口气,对沃克尔说,"我们进去。"

沃克尔麻木地服从了命令。他的脑子里一直想着应该带上些什么零件和工具。现在那些宝贝都被丢在了上面几层楼远的地方,他可能再也找不到它们了。

"嘿,让那些人离开控制室!"

他们刚进发电机房,雪莉就向房间深处的控制室跑去。电线拖在她身后,挂在上面的几根硬质铝天线在地上不停地蹦跳,"你们出来!"

一群人胆怯地从小控制室里鱼贯而出。他们大多是机械师,还有几个穿黄色物资部工作服的人。这些人很快就融入到栏杆周围的人群中。在这道栏杆的另一侧,就是那台在这里占据统治地位的强大机器,也是这间巨型厂房被叫做"发电机房"的原因。现在,至少这里的噪声已经变得可以忍受了。雪莉想起原先发电机的主轴和松动的支架发出的那种震耳欲聋的噪声。不知道如果是那样的情形,被困在这里的人们还要受多少罪。

"你们都离开我的控制室。"她挥手示意最后几个人赶快从控制室出来。雪莉知道詹金斯为什么要封锁这个楼层。电能是他们仅剩的力量。她不住地挥手,将最后一个人赶出了这个布满敏感旋钮、刻度盘和数据屏幕的小房间,并立即开始检查燃料水平。

两个油箱都加满了油,所以至少他们的计划是正确的。如果不出意外,他们将有几周的电力。她又查看了一番其他的旋钮和表盘,那些乱七八糟的电线还被她一直紧紧抱在胸前。

"我该把这个放在哪儿……?"

沃克尔举起怀里的塑料桶。这个房间里仅有的平坦的地方也全都是各种开关和不能轻易触碰的东西。沃克尔显然很清楚这一点。

"我看看,放地上吧。"雪莉也放下抱着的东西,走过去把门关上。被她赶出去的人们都透过窗户,用渴望的眼神望向这个空调房间里的几张高脚凳。雪莉没有理睬那些人。

"该拿的东西我们都拿了?都在这里了?"

沃克尔从桶里拿出步话机的配件,看着那些缠在一起的电线和杂乱无章的部件,咂了咂嘴。"我们有电源吗?"他举起变压器的插头问道。

雪莉笑了。"沃克,你知道自己在哪里,对吧?我们当然有电源。"她拿起电线,把插头插到主面板上,"一切都准备好了吗?我们能不能让它再有些声音?沃克,我们得让詹金斯听听我们听到的东西。"

"我知道。"沃克尔摇摇头,整理了一下这些配件,把一些松散的电线拧在一起,又冲雪莉抱过来的那些电线点点头,"我们需要把它串联好。"

雪莉抬起头。这个房间没有房梁。

"把它挂在那边的栏杆上。"沃克尔告诉她,"要笔直地顺过去,确保这一端延伸到这里。"

雪莉拖着电线朝门口走去。

"哦,还有,别让任何金属的部分碰到栏杆!"沃克尔在她身后喊道。

雪莉从她的下属中叫了几个机械师来帮忙。那些机械师知道需要做些什么,就立刻接管了这份工作,以娴熟的团队协作解开电线上乱糟糟的死结。雪莉则回到了沃克尔的身边。

"马上就好。"她对沃克尔说着,随手关上门,电线被夹在门板和门框衬垫之间,看上去没有任何问题。

"我觉得我们能成功。"沃克尔抬起头来看向雪莉。他的眼皮耷拉着,头发蓬乱,白胡子上闪着汗水的光泽,"该死,"他忽然拍了一下额头,"我们没有扬声器。"

听到沃克尔的咒骂,雪莉的心往下一沉。她一直觉得他们忘记了什么重要的东西。"在这儿等着。"她对沃克尔说了一声,就跑出控制室,到了耳罩站那里,挑出一副连着电线的耳罩。这种耳罩本来是控制室和主、副发电机的工作人员之间用来通话的。她穿过人们好奇和惊恐的目光,回到控制室。这时她忽然想到,自己难道不应该像其他人一样,因为一场真正的战争正在逼近而心怀恐惧?但现在她满脑子想的都是她和沃克尔刚才听到的说话声。只是因为这场战争,他们的试验才被迫中断了。此刻她的好奇心要远比恐惧感强得多。其实她一直都是如此。

"这个行吗?"

雪莉随手关上门,另一只手把耳机递了出去。

"完美。"沃克尔惊讶地睁大了眼睛。还没等雪莉说话,这位老工匠已经拿出他的多功能钳子,撬掉了耳罩的外壳,又开始剥电线。"还好这里很安静。"他一边干,一边笑着说。

雪莉也笑了,虽然沃克尔的一举一动对她来说完全是个谜。说实话,他们到底在干什么?坐在这里摆弄电线,等技术部派来的警察和保安把他们拖走?

沃克尔给耳机重新接上线,一股微弱的静电噪声从耳机里传出来。雪莉急忙坐到他身边,握住沃克尔的手腕,把他的手稳住。耳机在那双手中不住地颤抖。

"你可能要……"沃克尔把那个被他涂上白色标记的旋钮指给雪莉。

雪莉点点头,又意识到他们忘了拿颜料。她拿着那个旋钮表盘,开始仔细聆听耳机中传出的"滴答"声,同时问道:"哪一个?"

正当雪莉转动旋钮,想要定位在他们找到过的一个声音上时,沃克尔阻止了她,"先不用。继续朝前拨。我要看看一共有多少……"老人将拳头抵在嘴唇上,咳嗽了一声,"我们需要看看一共有多少。"

雪莉又点了一下头,慢慢把旋钮转向表盘上没有涂过白漆的黑色部分。他们俩屏住呼吸,有厚重的门板和双层窗玻璃阻隔,主发电机工作的声音在这个小控制室里几乎完全听不到。

雪莉一边转动旋钮,一边打量沃克尔。她不禁有些好奇,等到他们被抓住的时候,这位老工匠又会是什么样子?他们会不会都被判处去外面进行清洁?沃克尔和另外几个人能不能幸免于难?毕竟这些人什么都没做。想到他们复仇的怒火和渴望最终带来了怎样的结果,雪莉现在只是觉得很伤心。她的丈夫永远离开了她,是为了什么?还有许多人都会死在这里,又是为了什么?她不知道一切为什么会变成今天这种样子。他们怎么会有那样的梦想?以为能够轻而易举地实现权力变更,解决那些不可能被解决的难题?为什么他们就没有想过,这样的梦想也许根本就不切实际?她原先遭受的待遇确实不公正,但至少她是安全的。这里的确有违背道义的事情,只是那时还有人爱她。现在他们做的这一切让事情变好了吗?到底什么样的牺牲才能更有一些意义?

"再快一点。"沃克尔说。他对步话机中的沉默越来越不耐烦了。他们听到了几次轻微的静电噪声,但没有说话声。雪莉稍稍加快了转动旋钮的速度。

"你觉得是不是天线——?"她开口问道。

沃克尔抬起手。被他放在大腿上的小扬声器一下子发出了声音。老工匠用大拇指朝旁边戳了一下,示意雪莉后退。雪莉照做了,心中却不由得开始回想自己上一次听到这个声音已经是多久以前的事情——正是这个说话的人曾经运用她在这个小房间里学到的技巧,调整了那台能把耳朵震聋的发电机……

"……梭罗?我是朱丽叶。你能听到我说话吗?上面发生了什么?"

旋钮从雪莉的手中落下。她看到那个旋钮被焊在上面的电线拽住,开始摆动,随后才猛地砸在地板上。

她的双手感到麻木,指尖上传来一阵阵刺痛。她转过身,目瞪口呆地盯着沃克尔的大腿,那个幽灵般的声音就是从那里发出来的。而此刻沃克尔只是一言不发地低垂着头,看着自己的双手。

他们谁也没动一下。那个声音,那个名字,他们绝不会听错。

喜悦的泪水从沃克尔的胡须上滑落,滴在他的膝上。

第六十六章

朱丽叶双手抓住软绵绵的空气软管,用力挤压。她得到的回报只是几个微小的气泡向上泛起,漂过她的面罩——管子里的压力消失了。

她低声骂了一句,把下巴抵在步话机上,继续呼叫梭罗。一定是压缩机出了问题。他一定是正在修理,也许正在加注燃料。她告诉过梭罗,加燃料的时候不用关掉机器。一定是梭罗仍然不知道该怎么做,没办法重启机器。是她自己没有把这件事彻底考虑清楚。现在可以呼吸的空气已经遥不可及,她正在失去活下去的希望。

她试探性地吸了一口气。防护服和软管里还有空气。仅凭肺叶的力量,她还能从导气管里吸到多少空气?应该不会很多。

她最后看了一眼那台大水泵,迅速把线接好。松散的电线在水中摇曳。她本来希望还能有时间把电线固定一下,防止电线因为震动而脱落,或者发生意外的拖拽。但现在这些对她而言可能都不重要了。她踢着脚从水泵旁边挪开,在水中挥动双臂,挤过黏稠的液体。这种液体在阻碍她的每一个动作,又没有给她任何可以用手抓住,可以借力推拉自己的东西。

配重拖住了她的两条腿。朱丽叶弯下腰,想把它们解下来,却发现自己做不到。水浮起了她的手臂,厚实的防护服又让她很难弯腰……她想要摸到小腿上的尼龙搭扣,水和头盔放大了她的视角,让她看到自己的手指在离这些该死的搭扣几英寸远的地方摆动,却难以再靠近过去。

她深吸一口气,感觉到汗水从鼻尖上滴下来,溅到她的头盔里面。她又试了一次,这次情况要好一些,她的指尖几乎擦过了那些黑色的扣带。她伸出两只手,哼哧着用力收缩肩膀,只为了能碰到自己的小腿……

但她做不到。最终她放弃了,只能拖着脚,在走廊里沿着电线和软管又走了几步。头顶手电筒发出的微弱白光让她能够看到这两根管线。她尽量不撞到电线,唯恐自己不小心拽上一下,会造成不可挽回的后果。她给水泵接的地线太不结实了。就在她挣扎着深呼吸的时候,她的大脑还在一直不停地想象着那种灾难。现在她只能咒骂自己没有多花些时间进行准备。

她的刀!她想起自己的刀,立刻停下了脚步。很快,刀刃就从缝在防护服腹部的自制刀鞘里滑出来,在手电筒的照耀下闪闪发光。

朱丽叶弯下腰。从手中延伸出去的刀刃很快就碰到了尼龙搭扣。她将刀尖插进防护服和扣带之间。包围她的水黑暗而且厚重。头盔顶上的光线异常暗淡。她站在机械部的最底层,几乎所有积水都压在她的头顶上,让她心中生出了一辈子都没有过的孤寂、恐惧和被世界抛弃的感觉。

她紧紧抓住厨刀,唯恐自己失手把刀丢掉。所以她只是利用腹肌的力量,让上半身带动刀刃上下运动,就像站着做仰卧起坐一样,尝试把搭扣锯开。疲惫和紧张让她不由得在头盔中开始咒骂。在一次一次的弯腰用力中,疼痛从腹部产生,不断向外蔓延……终于,那份折磨人的重量离开了她。圆形的铁块落在钢板地面上，撞击引发了沉闷的震动。她的小腿一下子摆脱了束缚，变得无比轻盈。

朱丽叶的身体开始向一旁倾斜。她的一条腿依旧被配重压着，另一条腿则拼命要浮起来。她小心地将刀刃插到第二根扣带下面，生怕自己会看到一串珍贵的气泡漏出来——那就意味着她把防护服划破了。像刚才那样，她拼命用力，用刀刃狠狠拉扯那根黑色的带子。在她被头盔放大的视角中，尼龙丝线突然弹开。汗水溅落在她的头盔里。刀刃终于割开纤维，配重铁块向下掉落。

朱丽叶尖叫一声——她的靴子猛然在她的身后浮起，甚至比她的头还要高。她扭动身体，用力挥舞手臂，但她的头盔还是撞到了走廊顶部的水管上。

"砰"的一声，她周围的水一下子变得一团漆黑。她摸索着寻找手电筒，想把它再打开，但手电筒不见了。黑暗中有什么东西撞到了她的胳膊。她伸出一只手去摸那东西，另一只手拿住刀。她感觉到那东西从手指间滑过去，再也摸不到了。她只能努力先把刀收起来。而她唯一的光源已经掉在地上，不可能再找得到。

除了急促的呼吸声，朱丽叶什么都听不见。她将会这样死去，被水压顶在天花板上，就像走廊里其他那些臃肿的尸体一样。她似乎注定要穿着防护服死掉，无论真正杀死她的是什么。她踢蹬身边的水管，想要离开这里。她应该朝哪个方向走？眼前只有一片黑暗，伸手不见五指。这比失明还要糟糕，明知道眼睛还能工作，但就是什么都看不见。这只让她更加恐慌，甚至让她无暇去在意防护服中越来越不新鲜的空气。

空气。

她伸手去摸颈环，找到导气管。因为手套的阻隔，她只能勉强感觉到那根管子。朱丽叶开始用手把它拽过来,就像把一个采矿桶从深井中拽出来。

她仿佛拽过了好几英里的管子。松弛的软管就像纠缠在一起的面条一样聚集在她周围,撞上她的身体,又向旁边滑开。朱丽叶感觉自己的呼吸声越来越紧迫。她真的有些慌了。现在她的呼吸又浅又快,在多大程度上是因为肾上腺素和恐惧?又在多大程度上是因为她耗尽了宝贵的空气?她的心中突然生出另一股惊恐——这根软管会不会已经断了?是不是在某个楼梯拐角被磨断了?她开始害怕自己下一次伸出手的时候,软管断开的一头就会从她的指缝间溜走;害怕当她疯狂地伸出手,再去寻找这根生命线的时候,只会抓到一把黑水,再无其他……

不过她紧张的双手随后又抓住一段软管,意味着生命的软管。没有了空气,这根管子变得有些僵死,但它依然能够指引出去的道路。

朱丽叶在头盔中大声喊叫,伸手向前,想要再抓住下一段管子。在挣扎中,她的头盔撞到天花板上的管道,被反弹出去。她不停地伸出手,要找到黑暗中的那根管子,抓住它,用力拽向自己,好让自己能穿过这种没有氧气,只有死人的浓汤。她不知道自己还能走多远,或者说,再过多久她就会咽下最后一口气,也变成浓汤中的一具死尸。

第六十七章

18号筒仓

卢卡斯和母亲一起坐在服务器机房宽大的门槛上。服务器机房的门敞开着。他低头看着母亲的手。母亲的双手分别握着自己的一只手。这时母亲放开他的一只手,从他的肩膀上摘下一个线头,不让这个讨厌的线结继续粘在她宝贝儿子的身上。

"你说你会升职?"她一边问,一边抚平儿子肩膀处的衬衫。

卢卡斯点点头。"是的,而且是很高的职位。"他越过母亲,看向伯纳德和比林斯警长。那两个人正站在走廊上低声交谈。伯纳德把双手插在连体工作服里,正好捂住他凸出的肚子。比林斯则低着头,正在检查他的枪。

"那太好了,亲爱的。这样就算是你不在,我也能好受一些了。"

"我估计这种情况不会持续太久。"

"那你还能投票吗?真不敢相信,我的儿子要成为大人物了!"

卢卡斯转头看着母亲。"投票?我还以为选举被推迟了。"

母亲摇摇头。她的脸上似乎比一个月前有了更多皱纹,头发也更白了。卢卡斯不知道是不是自己看错了。这么短的时间里,一个人会有这么大的变化吗?

"原来说是推迟了,不过现在还是要举行。"母亲回答,"因为那些暴乱分子而发生的可怕事情应该很快会结束吧。"

卢卡斯向伯纳德和治安官瞥了一眼,对母亲说:"我相信他们会想办法让我投票的。"

"是吗,那真的很好。想到我把你养育成一个优秀的人,我就会很高兴。"她用拳头轻轻抵住嘴唇,咳嗽两声,又按住儿子的手背,"你在那里的三餐还好吗?我是说,他们给你的配给怎么样?"

"我总是吃不了。"

母亲睁大了眼睛。"所以,我猜,我们的物资供应应该会有增加……"

卢卡斯耸耸肩。"我不确定。应该是。不管怎样,你会得到照料……"

"我?"母亲把手放在胸前,高声说道,"不用担心我。"

"你知道我肯定放心不下你。嘿,听我说,妈……我想我们的时间到了。"他朝走廊的方向点点头。伯纳德和比林斯警长正走向他们。"看样子,我得回去工作了。"

"哦,嗯,当然。"母亲把自己红色工作服的前襟抚平一些,让卢卡斯扶她站起来,又噘起嘴唇。卢卡斯把脸颊凑了过去。

"我的小男孩。"母亲响亮地吻了他一下,又捏了捏他的手臂,后退一步,骄傲地看着他,"照顾好自己。"

"我会的,妈。"

"记得锻炼身体。"

"会的,妈。"

伯纳德站在他们身边,面带微笑地看着这对母子。卢卡斯的母亲转过身,上下打量这位筒仓的代理市长,伸出手,拍拍伯纳德的胸腔,用有些沙哑的声音说:"谢谢你。"

"很高兴见到你,凯尔太太。"伯纳德握住她的手,又向比林斯招招手,"这位治安官会送您出去。"

"好的。"她最后一次转回身,向卢卡斯挥挥手。卢卡斯觉得有点尴尬,不过也向母亲挥了挥手。

"真是一位好女士。"伯纳德看着两个人渐渐走远,"她让我想起了我自己的母亲。"他又转向卢卡斯,"你准备好了吗?"

卢卡斯很想表达出自己的抗拒和犹豫,很想说:我觉得……但他只是挺直了脊背,将手心有些冒汗的双手握在一起揉搓着,点了一下下巴,努力说道:"当然。"同时装出一副有信心的样子。

"很好。我们去把这件事正经做起来。"技术部主管捏了一下卢卡斯的肩膀,走进服务器机房。卢卡斯绕过厚重的大门,俯身缓缓将门关闭,在粗大铰链的呻吟声中把自己封闭在这个堡垒里。电子锁自动开启,锁舌狠狠撞进插槽里。电子锁面板发出"哔哔"的声音,欢快闪烁的绿灯变成了凶恶哨兵的红色眼睛。

卢卡斯深吸一口气,穿过一排排服务器。他试着不跟随伯纳德,不走重复的道路。所以他选择了一条更长的路线来打破这里的单调,让这座监狱少一点一成不变的东西。

他走到服务器机房最深处时,伯纳德已经打开了服务器的背板,将那副卢卡斯已经熟悉的耳机递给他。

卢卡斯接过耳机,戴在脖子上,再将麦克风从脖子后面拽过来。

"就像这样?"

伯纳德笑了一声,用手指画了个圈。"另一边。"他说话的时候提高了声音,让戴着耳机的卢卡斯能够听清。

卢卡斯摸索着耳机。结果胳膊被耳机线缠住了。伯纳德只是耐心地等着。

"准备好了吗?"伯纳德问。这时他们都已经就位。技术部主管一只手拿着插头。卢卡斯点点头。他想象着伯纳德的手会忽然向右侧一转,将插头插进17号插座,然后转身质问他在这段时间里都进行过怎样的秘密通话,迷恋着怎样的错误……

但他老板的那只小手没有丝毫犹豫,干脆利索地插好了插头。卢卡斯非常清楚那"咔哒"一下伴随着怎样的手感。配合完美的插孔会紧紧抱住插头,仿佛是在欢迎它的进入。用弹簧固定的塑料底座会让手指感到一下震颤……

插孔上方的指示灯开始闪烁。熟悉的蜂鸣声也开始在卢卡斯的耳朵里跳动。他等待着她的声音,等待着朱丽叶的回应。

一阵微弱的静电声响。

"名字。"

恐惧的寒意掠过卢卡斯的脊背,让他的手臂上冒起一片鸡皮疙瘩。那声音低沉、空洞、冷漠而且急躁,就像星光的一次闪现,转瞬即逝。卢卡斯不由得舔了舔嘴唇。

"卢卡斯·凯尔。"他尽量不让自己磕巴。

随后是一阵沉默。他想象着某个人在某个地方把他的回答写下来,或者在翻看文件,再不然就是正以某种糟糕的方式处理他的信息。服务器背后的温度在迅速上升。伯纳德对他露出微笑,完全没有注意另外一头的沉寂。

"你在技术部当学徒。"

这听起来像是简单的表述,但卢卡斯还是点头回应:"是的,长官。"

卢卡斯用手掌抹了一下额头,又在工作服的臀部擦了擦手掌心。他非常想坐下来,背靠在40号服务器上,放松一下。可是伯纳德正对他微笑,胡子翘起在嘴角,镜片后面的一双眼睛睁得老大。

"你在筒仓里的主要职责是什么?"

伯纳德已经帮他为这些可能的问题做了准备。

"维持《指令》的有效性。"

沉默。没有回应。卢卡斯不知道自己回答得是对是错。

"最重要的保护对象?"

那声音刻板而且严肃,充满压迫感,在平静中让人胆寒。卢卡斯觉得自己的嘴有些发干。

"生命与遗产。"他背出答案。但这种死记硬背的表面知识感觉并不正确。他想要说得仔细一些,让这个如同老父亲一样强硬冰冷的人知道,他充分理解为什么这很重要;知道他不是蠢货,除了背下来的东西,他还知道更多……

"既然它们是我们珍视的,那怎样才能保护它们?"

卢卡斯停了一下。

"这需要牺牲。"他低声说道。他想起了朱丽叶——这让他在伯纳德面前伪装出来的镇定自若差一点分崩离析。有些事情他无法确定,也不能理解。这是其中之一。他感觉自己的回答像是在撒谎。他不知道这种牺牲是否值得。难道真的有那么大的危险,所以他们才不得不让人们——让善良的人们去……

"你在防护服实验室待了多久?"

那声音变了,似乎放松了一些。卢卡斯猜想是不是仪式已经结束了?他通过了吗?一直都屏住呼吸的他吁了一口气,试着让自己松弛下来,同时希望对面的人没有听到自己的呼气声。

"没有多久,长官。伯纳德——呃,我的老板,他想要我以后安排好在实验室的时间,不过现在,你知道……"

他看向伯纳德,伯纳德正用一只手捏着眼镜,看着他。

"是的。我知道。你们下面的问题怎么样了?"

"嗯,我只知道整体情况,大致而言还不错。"他清了清嗓子,心中却想起了从步话机中听到的枪声和战斗的声音,那是在下面的房间里真实发生的事情。"应该说,我们正在不断取得进展。这件事不会持续太久了。"

一阵长时间的停顿。卢卡斯强迫自己深呼吸,向伯纳德微笑。

"如果是你,卢卡斯,你会从一开始就采取不同的措施吗?"

卢卡斯感觉到自己的身体在晃动。他的膝盖有一点发麻。他仿佛回到了那张会议桌后面,黑色的钢制枪托就贴在他的脸颊上,一道视线从他的眼睛一直向前延伸,穿过一个小十字架,又穿过一个小孔,如同一束激光指向一位身材瘦小的白发女士。那位女士的手中握着一颗炸弹。子弹沿他的视线飞出去。他的子弹。

"不会,长官。"他终于开了口,"一切都在按照《指令》进行,长官。一切都在掌握之中。"

他等待着。他觉得,在某个地方,对于他的评审正在进行中。

"你是下一个控制和操作18号筒仓的人。"那个声音郑重地说道。

"谢谢,长官。"

卢卡斯伸手想要把耳机摘下来,递给伯纳德。既然得到了正式的任命,伯纳德可能会想要说些什么。

"你知道我的工作中最糟糕的部分是什么吗?"那个空洞的声音问道。

卢卡斯放下伸向耳机的双手。

"是什么,长官?"

"站在这里,看着地图上的一个筒仓,在上面画一个红色的叉。你能想象那是什么感觉吗?"

卢卡斯摇摇头。"我不能,长官。"

"那种感觉就像父母在一瞬间失去了数千个孩子。"

停顿。

"你必须对你的孩子残酷一点,为了不失去他们。"

卢卡斯想起了自己的父亲。

"是,长官。"

"欢迎加入世界秩序第五十操作组行动,卢卡斯·凯尔。现在,如果你有一个或两个问题,我有时间回答,但要简短。"

卢卡斯想说自己没有问题,想结束通话,想联系朱丽叶,想和她说话,想在这个疯狂又令人窒息的房间里感受到一股理智而清新的气息。但他记得伯纳德教过他,要承认自己的无知——这是获得知识的关键。

"只有一个问题,长官。我已经被告知,这个问题并不重要,而且我明白它为什么不重要。但我相信,如果我知道它的答案,我在这里的工作就会容易一些。"

他停顿片刻,等待回应,但那个声音似乎只是在等他提出问题。

卢卡斯清了清嗓子:"这……?"他捏住麦克风,将它移到嘴边,同时瞥了伯纳德一眼,"这一切是怎么开始的?"

他不太确定自己听到的是什么——可能只是服务器的风扇声——但他觉得自己听到那个声音低沉的人在叹息。

"你有多想知道这件事?"

卢卡斯不敢诚实回答这个问题。"这不重要。"他说,"我只是希望了解我们的成就,我们保存了怎样的遗产。如果能知道这些,我会感激不已。这就像是给了我——给了我们一个目标,对吧?"

"原因就是目的。"那人也没有直接给出答案,"在我告诉你之前,我想听听你的想法。"

卢卡斯哽喉咙:"我的什么想法?"

"每个人都有自己的想法。你是说你不会思考?"

那个空洞的声音中流露出一丝幽默。

"我认为我们曾经预料到这一情况的发生,"卢卡斯说。他看向伯纳德,伯纳德只是紧皱眉头,移开了目光。

"这是一种可能性。"

伯纳德摘下眼镜,开始用衬衫的袖子擦拭镜片,双眼盯住了脚趾。

"想想看……"那个低沉的声音又停顿了一下,"如果我告诉你,全世界只有五十个筒仓,而且都聚集在这个狭小的角落里,你会怎么想?"

卢卡斯想过这个问题。这感觉像是又一次考验。

"我会说,我们是唯一……"他差一点要说,他们是唯一有资源建造筒仓的人,但他看过足够多的遗产典籍,知道实情并非如此。这个世界上许多地方都有高度超过外面那些山丘的宏伟建筑。也就是说,那里的人们也有建造筒仓的能力和资源。本来会有多得多的人为今天的状况做好准备。"我要说,我们是唯一知道某些事将要发生了的人。"卢卡斯说道。

"很好。但为什么会这样呢?"

卢卡斯不喜欢听到这种问题。他不愿去细想,只希望能得到答案。

就在这时,如同电线被接通,电流第一次通过连接点,真相击中了他。

"那是因为……"他试着在脑海中理清这个答案的意义,试着去想象这个思路才有可能接近真相,"不是因为我们知道会发生什么。"他吸了一口气,"而是因为那些事就是我们做的。"

"是的,"那个声音回应了他,"现在你知道了。"

那个声音还说了些什么。卢卡斯几乎一个字都听不清。似乎他是在对别人说话。"我们的时间到了,卢卡斯·凯尔。祝贺你得到任命。"

耳机贴在他的头上,有些发黏,他的脸都被汗水浸湿了。

"谢谢。"他努力说道。

"哦,还有,卢卡斯?"

"长官?"

"好好做事,我建议你专注于自己脚下的事情。别再跟星星打交道了,好吗,孩子?那些星星在什么位置,我们差不多都知道。"

第六十八章

"喂？梭罗？说点什么，求你。"

虽然用的只是从耳机里拆出来的小扬声器，但那个声音他们绝对不会听错。它如同幽灵一般在控制室回荡。这么多年了，这个声音曾经一直在这间控制室中响起。所以雪莉对此更是确定无疑。她盯着连接在这台魔法通信器上的小扬声器，知道那绝不会是另一个人。

她和沃克都不敢呼吸。就这样一直等待了很久。她才终于打破了沉默。

"那就是朱丽叶。"她低声说，"我们怎么可能……？是她的声音被困在这里了吗？就在这里的空气中？她离开有多久了？"

雪莉不明白科学的运作原理。这一切都超出了她的能力范围。沃克尔继续盯着耳机扬声器，纹丝不动，一语不发，眼泪在他的胡子上闪闪发光。

"这些是……我们用天线捕捉到的波动，只是在这里不断反弹的波动吗？"

雪莉想知道，是不是他们听到的全部声音都是如此。也许他们只是收集到了过去的对话。这可能吗？就像某种电波回声？不管怎样，另外一种可能性似乎比这种猜想更令人震惊。

沃克尔向她转过头，脸上露出一种奇怪的表情。他的嘴半张着，嘴唇的边缘翘起一个弧度，一个逐渐上升的弧度。

"电波可不是你想的那样。"老人翘起的嘴角显现出真正的笑容，"它属于现在，是正在发生的事情。"他抓住雪莉的胳膊，"你也听到了，是不是？我没有发疯。那真的是她，对吧？她还活着。她做到了。"

"不……"雪莉摇着头，"沃克，你在说什么？朱丽叶还活着？那她在哪里？"

"你听到了。"沃克尔指着步话机说，"就是刚才。她在和别人对话。她出去了，被判处去进行清洁。所以外面还有其他人。这里不只有我们。她和那些人在一起，雪莉。这声音是属于现在的。"

"还活着。"

雪莉盯着收音机，思考眼前这一切。她的朋友还在某个地方。还在呼吸。原先她的脑海中只有一幅仿佛烙印一般的画面：朱丽叶的尸体就在山丘那边，静静地躺着，一丝一缕地被风吹走。现在她却能够想象朱丽叶在活动，在呼吸，在某个地方对着步话机说话。

"我们能和她说话吗？"她问道。

她知道这是个愚蠢的问题。但沃克尔却仿佛大梦初醒般吃了一惊，苍老的手脚猛地动了起来。

"哦，上帝，上帝，是的。"老人把乱七八糟的配件在地板摆好，双手不住地颤抖着。但雪莉看得出来，这全都是因为沃克尔无比兴奋的心情。他们两个心中都已经没有了恐惧，这个小房间充满了希望，外面那个纷乱的世界此时对他们而言已经变得毫无意义。

沃克尔翻捡着备件桶，把一些工具倒出来，双手在桶底部来回扒拉。

"不,"他转过身,又来回扫视地上的零件,"不,不,不。"

"怎么了?"雪莉从那堆零件旁边让开一些,好让沃克尔看得更清楚,"我们少了什么?那上面有麦克风。"她指着被拆散的耳机说。

"信号发送器。那是一块小板子。我应该是把它落在工作台上了。"

"我把台子上的所有的东西都划拉到这只桶里了。"雪莉因为紧张,声音都变尖了。她又向这只塑料桶探过了身。

"我的另一个工作台。本来那上面的东西都是不需要的。毕竟詹金斯只是想听听我们收到的信号。"他朝那台步话机挥挥手,"我做了他想要我做的事。我怎么知道我们还要发信号……?"

"那时我们的确想不到这种事。"雪莉伸手按在沃克尔的胳膊上。她看得出,沃克尔正在做着不应该的打算。她太熟悉沃克尔了,知道这位老工匠知道一些捷径,能够迅速到达他的车间。"现在我们手头有什么可用的?好好想一想,沃克。"

老工匠摇摇头,又冲那副耳机摆了摆手指。"发出声音的不是麦克风。它只是让声音通过。借助薄膜的震动……"他转过身,看着雪莉,"等等——的确有东西可用。"

"就在这儿?是什么?"

"在采矿仓库。信号发射器。"沃克尔比画出一只盒子的样子,凭空拧了一下,仿佛那只盒子上还有一个旋钮,"用来做雷管的。我一个月前刚刚修理过一个。我知道怎么用它们。"

雪莉站起身。"我去拿。你留在这里。"

"但是楼梯井——"

"我不会有事的。我是要下去,而不是上去。"

老工匠点点头。

"别再动这东西了。"雪莉指着那台步话机说,"也不要再找别的声音,就留在她的位置上。"

"当然。"

雪莉俯身捏了一下沃克尔的肩膀。"我马上回来。"

走出控制室,她看到几十双眼睛转向她。那些睁大的眼睛里流露出的是惊恐和疑问。看着这些目瞪口呆的人,听着发电机的"嗡嗡"声,雪莉只想用最大的喊声告诉他们:朱丽叶还活着,他们并不孤单,在筒仓外面充满毒气的世界里,还有其他人活着,正在呼吸。她想这样喊,但她没有时间。于是她快步跑到栏杆旁边,找到柯特妮。

"嗨——"

"一切都好吗?"柯特妮抢先问道。

"是的,很好。帮我个忙好吗?帮我照看一下沃克。"

柯特妮点点头。"你要去哪儿……?"

但雪莉已经跑远了。她一直跑到大门口,挤过簇拥在门口的一群人。詹金斯和哈珀一起站在大门外。雪莉跑过去的时候,正在说话的两个人都停了下来。

"嘿!"詹金斯抓住了雪莉的胳膊,"你要去哪里?"

"采矿仓库。"雪莉甩掉他的手,"我马上就会回来……"

"你不能去。我们正要把楼梯炸掉。让那些白痴直接掉进我们的手里。"

"你们要干什么?"

"楼梯,"哈珀重复了一遍,"要被炸掉,炸弹已经安装好了。只要他们下来,经过那里……"他将双手摆成一只球,然后张开手掌,模拟出爆炸的样子。

"你不明白。"雪莉转身面对詹金斯,"我们要把那台步话机装好。"

詹金斯皱起眉头。"我们已经给沃克机会了。"

"我们找到了许多外面的通话。"雪莉告诉他,"他还需要一个部件,我马上就回来,我发誓。"

詹金斯转向哈珀。"我们还要多久准备好?"

"五分钟,长官。"哈珀的下巴以几乎无法察觉的幅度前后动了一下。

"你有四分钟。"詹金斯回头对雪莉说,"不过一定要……"

雪莉没有听到剩下的话。她的靴子已经在钢板地面上发出"咚咚"的响声,带着她向楼梯井飞奔而去。她跑过梁式抽油机,抽油机只是悲哀地低垂着头,周围是困惑和颤抖的人们,手中举着枪,枪口全部指向楼梯井。

她冲进楼梯井,绕过转角。半层楼上有人发出警戒的喊声。她瞥见两个拿TNT炸药棒的矿工,随后她就跳下了楼梯。

到了下一层,她转身朝矿井跑去。走廊里一片寂静,只有她的喘息声和靴子发出的"哐哐"声。

朱丽叶,还活着。

一个被赶出去进行清洁的人,还活着。

她拐进另一条走廊,跑过底层工人、矿工和石油工人的公寓——现在这些人手里都拿着枪,而不是工具;在杀人,而不是在地下挖洞。

而这个新的情报,这个让人无法相信的消息,这个秘密——它让这场战争变得如此不真实,如此无足轻重。如果这堵厚墙之外还有其他地方可以去,那谁还需要战争?如果她的朋友出去了,难道他们不也应该出去?

她跑到仓库,差不多用了两分钟。她的心脏在狂跳。詹金斯会等她回去的,不会那么着急就把楼梯炸掉。她扫了一眼仓库的架子,又在箱子和抽屉里翻了翻。她知道那东西长什么样。应该有好几个就放在外面。它们到底在哪里?

她检查了储物柜,把挂在里面的脏工作服扔到地上,又把防护头盔扔到一边。还是没找到。她还有多少时间?

紧接着她又去了旁边小工长的办公室,推开门,急吼吼地跑到办公桌前。抽屉里什么都没有。墙上的架子也是空的。底下的一个大抽屉拉不开——被锁住了。

雪莉后退几步,抬起靴子狠狠踩向金属抽屉。钢制的挂锁被踩了一下、两下,弯了下去。她伸手抓住坏掉的锁,把锁舌彻底拽开。随着一声金属的呻吟,变形的抽屉终于被打开了。

抽屉里是炸药——炸药棒。还看到几个用来引爆的小继电器。在这些东西下面,她找到了沃克要找的信号发射器,一共有三个。

雪莉抓起两个,又拿了几个继电器,把它们全都放进自己的口袋里。她又拿起了两根炸药棒——有备无患,说不定它们能派上用场——然后她跑出办公室,穿过仓库,朝楼梯冲去。

她已经浪费了太多的时间。她吃力地呼吸着,声音嘶哑,胸口感觉空荡荡的,一阵阵发冷。她以最快的速度奔跑,全部精神都集中在双脚上,不断跃过一块块地板,把这些钢板抛在身后。

到了走廊尽头,她绕过转角,再一次想起这场战争是多么可笑。她已经很难想起这一切是怎么开始的。诺克斯不在了,还有麦克莱恩。如果这些伟大的领袖还在,他们还会继续战斗吗?他们会不会在很久以前就开始做一些不同的事情?一些更理智的事情?

她来到楼梯前面，心中咒骂所有这些愚蠢的事情。现在肯定有五分钟了。她等待着一场爆炸在头顶上方响起，等待猛烈的声波震聋她的耳朵。她一步两阶地冲上楼梯，在这段楼梯的顶部又转了个弯，看见那两个矿工已经不见了。许多双充满焦虑的眼睛正在那些自制的枪管后面看着她。

"快！"有人一边高声喊喝，一边挥动手臂，催她赶快过去。

雪莉只是盯住了詹金斯。詹金斯正拿着自己的步枪蹲在地上，哈珀在他身边。她跑向那两个人，却差一点被伸向楼梯井的电线绊倒。

"现在！"詹金斯喊道。

有人按了开关。

雪莉脚下的地面开始倾斜、弯曲。她重重地栽倒在钢制地板上，下巴擦到了菱形地板花纹。炸药棒差一点从手里飞出去。

她跪起来，耳朵还在"嗡嗡"作响。人们在栏杆后面移动，"砰砰"地向上开枪。他们的枪口指向上方——那里充斥着滚滚的浓烟，但还是能看到一些扭曲变形的断裂钢架，就像一头怪兽张开巨口，露出锋利的獠牙。从烟雾中传出了受伤者的哀嚎。

当人们开始战斗时，雪莉拍了拍自己的口袋，确认信号发射器还在。

战争的声音似乎又一次远离了她，变得微不足道。她快步走过发电机房的大门，现在唯一要紧的事情就是回到沃克尔身边。她的嘴唇在流血，但她的心思在更重要的事情上。

第六十九章

17号筒仓

朱丽叶在冰冷黑暗的水中挣扎,只能感觉到身体在一下下撞击天花板,或者是墙壁——她已经无法分辨方位了。她盲目地揪扯着绵软的导气管,为此拼尽了全力,却根本不知道自己的速度有多快……终于,她撞在楼梯上。她的鼻子也在头盔内壁上撞了一下。仿佛有一道闪光让黑暗散开了一瞬间。她晕眩地漂浮着。导气管从她的手中溜走了。

她慢慢恢复了知觉,又开始摸索那根宝贵的管子。她的手套撞到了一样东西,便将那东西抓紧。就在她要继续把自己向前拉过去的时候,她意识到那是更细的电线。她放开手,在一团漆黑中挥动双臂。而她的靴子却在这时碰到了什么东西。她分不清上下左右,只感到头晕目眩、一片茫然。

一片坚硬的表面压在她身上。她判断自己一定是在浮上去,离开了导气管。

她用脚去蹬那片坚硬的表面,那应该是天花板,她可以凭借这一蹬的力量向下游动。她的手臂被什么东西缠住了。她感觉到那东西横在她的胸前——也许是电线。她用手找到那东西,高兴地发现那是软掉的导气管。它早已不再为她提供空气,但确实在把她带出去。

她拽住一个方向的软管,却没有感觉到半点力量。于是她转而去拉另一个方向。软管绷紧了。她再次把自己拽向楼梯,再一次被弹开。她哼了一声,继续揪扯软管。软管向上延伸,绕过墙角——她发现自己一边拉扯软管,一边伸出一只手,想要抵挡来自墙壁、天花板或者台阶的撞击。她什么都看不见,必须在不断的碰撞中向上漂六层楼,而每漂一英寸都是一场战斗。一场仿佛永远不会结束的战斗。

当她到达楼梯尽头的时候,已经上气不接下气。这时她才意识到,自己不是因为疲惫喘不过气,而是没有空气了。防护服中残留的空气已经耗尽。她身后还有几百英尺的软管,但那里面也没有空气了。

她穿过走廊时又试了一次步话机。这时防护服还在缓缓漂向天花板,只是浮力不再像刚才那样强了。

"梭罗!你能听到我说话吗?"

一想到头顶上还有那么多水——几百英尺高的积水在压迫着她。这种现实本身就令人窒息。她衣服里还剩下多少氧气?几分钟?游泳或漂浮过这段主楼梯井需要多长时间?应该是很长一段时间,比刚才她用的时间还要多。和楼梯井衔接的那些黑暗走廊里可能有氧气瓶,但她要怎样才能找到它们?这里不是她的家。她没有时间去仔细搜寻。她能做的只有拼命冲上楼梯井,冲向水面。

她一下一下拽着软管,终于绕过最后一个拐角,进入主走廊。她以前没有这样使用过肌肉,为了对抗僵硬笨重的衣服,她的肌肉已经酸痛不堪,缺氧让肌肉的疼痛变得更加严重。这时,她意识到墨黑的水色稍稍变淡了一点,有一点接近于炭灰了。她的眼睛也终于看到了一点绿色的痕迹。

朱丽叶让两条腿像剪刀一样不停地上下摆动,双手继续揪扯软管,沿着天花板一路撞上去。她感觉前面就是安检站和楼梯井了。像这样的走廊,她走过成千上万次,而且有两次因为主断路器失灵,她是在完全黑暗的环境中走过这些通道。她记得自己那时就是这样跌跌跄跄地在走廊中摸索,一边要同事们别担心,不要动,她会把一切处理好。

现在她试着用同样的话安慰自己,骗自己一切都会好起来,只需要继续前进,不必惊慌。

走到安检站门口时,她开始头晕。前面的水面闪烁着灰绿色的光,看起来很诱人。她终于不必在黑暗中盲目前行,她的头盔也不会撞到看不见的东西上了。

她的手臂再次短暂地与电线纠缠在一起。她甩脱电线,拽着软管拼命向前方那根巨大的水柱移动,一步步接近那口深井,那段被洪水淹没的螺旋楼梯。

不等她到达那里,她的身体开始了第一次痉挛,就像打嗝一样,身体在猛烈地寻求空气,不再服从她的控制。她无法抓紧软管,感觉到自己的胸腔为了呼吸而几乎要炸裂。脱下头盔,深吸一口周围的水——这个诱惑压倒了她的一切想法。她脑子里有个念头,坚持告诉她可以呼吸这些水。它对她说,哪怕只是试一下,吸一口水。无论吸什么都可以,只要不再吸她呼到防护服里的毒素,她的防护服被设计出来本是为了将这些毒素挡在外面。

这时,她将自己拽进楼梯井,她的喉咙又是一阵痉挛,让她在头盔中一阵咳嗽。她看见绳子了,还在被扳钳压着。她向绳子游过去,却知道已经太晚了。她抓住绳子用力向下拉,却感觉到一阵松弛——松开的绳结转着圈向她沉下来。

她缓慢地向水面漂上去,防护服里面几乎没有什么气压了,所以她向上浮起的速度也不是很快。又一阵喉咙痉挛,她必须摘下头盔。她的神志越来越不清醒,大概很快就会陷入昏迷。

朱丽叶摸索着她头盔颈环上的锁扣。心中涌起一种强烈的熟悉感。只是这一次,她的意识远没有上次那样清晰。她还记得那些变质的汤水,那股恶臭的味道,爬出那个黑暗的步入式冰箱。她想起了那把刀。

她拍打胸口,摸到从鞘中伸出来的刀柄。另一些工具从防护服的口袋里漂出来,挂在固定它们的绳索上来回晃动。现在它们全都变成了可恶的累赘,用多余的重量不断把她往下拉。

她在楼梯井中轻缓地上升,身体因为寒冷而颤抖,因为缺乏氧气而抽搐。她忘记了一切理智,忘记了自己身在何处,只是奇怪地想象着自己正被有毒的浓雾笼罩,被头盔困住,这些都在杀死她。她把刀尖对准颈环上的第一个插销,用力一刺。

"咔哒"一声,一股冷水喷在她的脖子上。一个小气泡从她的防护服中冒了出去,沿着她的面罩往上翻滚。她摸索着找到另一个插销,把刀刺过去,头盔猛然掉落,水一下子漫过她的脸,灌满她的衣服,寒冷让她变得麻木,拖住她,让她向下沉,回到她上来前的地方。

......

刺骨的寒意让朱丽叶恢复了知觉。她眨了眨被绿水刺痛的眼睛。然后她看到手中的刀,球形头盔在黑暗中旋转,就像一个朝错误方向旋转的气泡。她在跟着头盔一起缓慢下沉,肺里没有空气,几百英尺的水压在她身上。

她把刀子插进胸前的另一只口袋,同时看见了和她一同穿过黑暗的螺丝刀和扳手——它们依然挂在她身上。她开始踢水,向挂在一旁的软管游去。现在水面距离她还有四层楼。

气泡从颈环中冒出来,漂过她的脖子和头发。朱丽叶抓住水管,停止了下降,转而把自己向上拉。她的喉咙发出嘶嘶声,想要吸入空气,吸入水,或无论什么东西。吞咽的冲动变得无法抑制。但她只是拼命地揪扯软管。她看到台阶下面闪烁起了希望的光。

那是一些被楼梯挡住的气泡。也许是她下降时就留在那里的。它们像液体焊料一样,在螺旋楼梯下面的空间中晃动。

朱丽叶从喉咙中发出一点声音,那是一种原始本能在绝望中用最后一丝力气发出的吼叫。她在水中挣扎,不让自己被防护服拖下去。终于,她抓住了楼梯栏杆。一边踢水,一边让自己沿着栏杆移动,直到距离自己最近的闪光气泡那里,再抓住台阶边缘,让嘴靠近到台阶钢板下面。

她拼命吸了一口气,也吸进了很多水。她在台阶下低着头,在水中咳嗽,被水呛到鼻子里,引起一阵火辣的刺痛。她几乎吸了满肺的水,感到心跳在不断加速,几乎要跳出胸膛。她又把脸贴在锈迹斑斑的台阶下面,噘起嘴唇,颤抖着,终于吃力地吸到了一小口空气。

微弱的闪光从她的视野中消退了。她低下头,离开台阶,呼出一口气,看到自己呼出的气泡一直升上去,然后她又把脸凑近台阶,又尝到了一口空气。

空气。

她在水中眨动眼睛,不让泪水流出来,这是经过一次次挫折、一次次努力奋战,终于得到一点安慰的泪水。她凝视迷宫般连续扭转的金属台阶,许多台阶下面都挂着像灵动的镜子一样摇曳的气泡。那些都是被困在这里的空气,正在被她疯狂的旋转所搅动。她看到了一条前所未有的出路。她踢水向上游去,双手拽住这些台阶把自己向上送,一次几级,啜吸台阶踏板下面那几英寸空间中的小气泡。心中赞美数百年前的建筑工人们,将这些带菱形花纹的踏板焊接得如此紧密牢固、没有一丝缝隙。为了增强支撑力,这些台阶钢板被焊成密封的箱型结构,为的是能够承受人们数百万次的踩踏。现在,这种结构为她挡住了不久之前从防护服中排出的气体。她的嘴唇扫过每一个气泡,品尝金属和铁锈的味道,亲吻她的救赎。

·········||||··············||||···············

她周围的绿色应急灯光稳定下来。它们来自朱丽叶经过的楼梯平台。但朱丽叶并没有注意它们。她只是将精力集中在每一次呼吸上,现在一次可能要越过五六个台阶才能找到气泡,甚至很长一段距离都一无所获。有些地方,气泡实在太小,让她吸进了一嘴的水。灌满水的防护服和沉重的工具一直在让她向下坠,这段爬升仿佛永远都不会结束。她来不及去想是不是要停下来,把这些负累割掉,只是又踢又拽,一下接一下地让自己沿阶梯上升,在有气泡的台阶下面深深吸气,将那一点空气都吸干,同时不要向上面的台阶呼气。现在这些对她而言已经很简单了。一次上五个台阶。这是一个游戏,就像跳格子,一次跳五个方格,不要作弊,注意粉笔画出的界线。她很擅长这种游戏,而且玩得越来越好。

就在这时,她的嘴唇感觉到一股恶心的灼烧感,水的味道显示出毒性物质的存在,她的头伸进一道台阶下面,冲破了一层黏稠的油脂和恶臭的气体。

朱丽叶呼出自己在水下吸进的最后一口气,一边咳嗽,一边擦抹面孔。她的头还被困在台阶下面,但她喘息着发出大笑,推开楼梯,结果头撞到了锋利的钢板边缘。她自由了。她又把头埋到水面以下,游泳绕过栏杆。她的眼睛在油脂和臭气中感到灼痛。她用力打着水,呼喊梭罗,同时在栏杆上攀爬,终于用包裹在防护服中不断颤抖的膝盖找到了台阶。

她活下来了。她用力抓紧上方干燥的台阶,低垂着头,喘着粗气,双腿麻木僵硬,她想大喊一声,宣告自己的成功,但她发出的只是一声呜咽。她很冷,全身都动弹不得。她把自己拽到安静的台阶上,手臂还在不停地颤抖。这里听不到压缩机的噪声,也没有人伸出手臂来帮她。

"梭罗……?"

她爬过六级台阶,来到楼梯平台,翻身躺下。她的一些工具被下面的台阶卡住了,扯住了防护服的口袋,让她无法再移动。水从防护服里流出来,顺着她的脖子,汇聚在她的头下面,流进她的耳朵。她转过头——她需要把这身冰冷的防护服脱下来——这时她发现了梭罗。

梭罗侧卧在地上,闭着眼睛,血从脸上流了下来,有些已经凝固了。

"梭罗?"

她伸出手,想要晃晃梭罗,但她的手一直在颤抖。梭罗对自己做了什么?

"嘿。出什么事了?"

她的牙齿在打颤。不过她终于把梭罗狠狠晃了几下。"梭罗!

我需要帮助!"

他微微睁开一只眼,眨了几下眼,然后弯下腰咳嗽起来,他脸旁边的地面上也都是血。

"帮帮我。"朱丽叶开始摸索着背后的拉链。她还没有意识到是梭罗需要她的帮助。

梭罗用手捂住嘴,又咳嗽了几声,然后翻过身仰卧在地上。他的头上还在流血,新鲜的血迹覆盖了已经干掉的血痂。

"梭罗?"

梭罗呻吟了一声。朱丽叶把自己向梭罗拽过去——寒冷让她几乎感觉不到自己的身体。梭罗低声说了些什么,那声音徘徊在寂静的边缘,显得沙哑刺耳。

"嘿——"朱丽叶把脸凑过去,她能感觉到自己的嘴唇又肿又麻,还能尝到汽油的味道。

"那不是我的名字……"

他咳出一团红雾。一只手从平台上抬起几英寸,好像要把嘴捂住,但他连做这个动作的一点力气也没有了。

"那不是我的名字。"他又说了一遍。他的头无力地左右晃动着,朱丽叶终于意识到梭罗的伤有多么重。她的意识也终于摆脱了寒冷,逐渐变得清醒,让她能够看清梭罗的状况。

"别动,"她伤心地说道,"梭罗,别再动了。"

她努力撑起自己的身子,用意志强迫自己移动。梭罗眨眨眼,看着她,眼神呆滞。鲜血把他花白的胡须染成了红色。

"不是梭罗。"他的嗓音紧绷着,"我叫吉米……"

他咳嗽得更厉害了,眼白完全翻了出来。

"……我觉得我……"

他垂下眼皮,在痛苦中眯起眼睛。

"……我觉得我……"

"陪着我。"朱丽叶的泪水滚落在她冻僵的面颊上。

"……我觉得我不会再孤独了。"他悄声说着,脸上的皱纹松弛下来,头垂向冰冷的钢铁地面。

第七十章

18号筒仓

水壶在炉子上"咕嘟咕嘟"地冒着泡,喷出一股蒸汽,小水滴不断从壶口边缘溅出来。卢卡斯从密封的锡罐中磕出一小撮茶叶,放进小过滤器里。当他把这只铁丝织成的滤网放进杯子的时候,他的手一直在颤抖。他提起水壶,一些水洒在了炉子上,发出"咝咝"的声音,伴随着一点烧焦的气味。他一边把沸水倒在茶叶上,一边用眼角注视着伯纳德。

"我就是不明白,"他用双手捧起杯子,让热气穿透手掌,"怎么会有人——?你们怎么能故意做这种事?"他摇摇头,朝杯子里看了一眼,几片勇敢的叶子已经挣脱出滤网,游到了杯子里。他抬头看向伯纳德。"你知道这件事吗?你是……?你是怎么知道的?"

伯纳德皱起眉头,一只手摩挲着胡子,另一只手放在工作服的肚子上。"我只希望不知道这些。"他对卢卡斯说,"现在你应该明白,为什么有些事实、有些知识,必须在出现的时候就被抹掉。而好奇会在这些灰烬中重新吹出火焰,把这个筒仓烧成空地。"他低头看着自己的靴子,"像你一样,我把一些信息拼在了一起。我也只是知道我们为了完成工作而必须知道的。这就是我选择你的原因,卢卡斯。你和其他几个人对于这些服务器上存储了什么稍有些了解。而且你已经为学习更多知识做好了准备。如果你把这些告诉一个每天穿红色或绿色衣服上班的人,会发生些什么?你能想象吗?"

卢卡斯摇摇头。

"这样的事以前发生过。你应该知道了。10号筒仓就是这样崩溃。那时我就坐在那里……"他指了指那间有书、电脑和"嗞嗞"响的步话机的小书房,"……我亲耳听到了那里发生的一切。我听到一位同事的学徒疯狂地向一切愿意听的人发出呼叫。"

卢卡斯端详着泡好的茶。几片叶子在颜色越来越深的热水中游动。其余的仍被囚禁在滤网里。"这就是无线电被封锁的原因。"他说。

"这就是你被关起来的原因。"

卢卡斯点点头。他早就猜到了。

"你在这里被关了多久?"他抬头看向伯纳德,脑海中忽然闪过一个画面——比林斯警长在他母亲来看他时检查配枪。母亲每次来看他的时候,比林斯都在低头端详他的枪。他们是在偷听吗?如果他说错了什么,会不会和他母亲一起被枪毙?

"我在这里待了两个多月,直到我的导师知道我准备好了,已经接受并理解了我所学到的一切。"他把双手交握在肚子上,"我真希望你没有问这个问题,没有这么快把一切想清楚。最好是等你年纪大一些以后再发现这些。"

卢卡斯噘起嘴唇,点点头。和一位长辈,一个远比他更加博学和聪明的人这样交谈,这种感觉真是奇怪。他觉得这更像是一个男人和他父亲的对话——只不过,如果对话的内容不是关于毁灭整个世界的计划和行动就好了。

卢卡斯低下头，呼吸着茶叶沁人心脾的芬芳。薄荷的一线清新径直穿过令人颤抖的压力，击中他大脑深处平静的快乐中枢。他吸了一口气，屏息片刻，才把气呼出来。伯纳德走到储藏室角落里的小炉子旁边，也用自己的马克杯泡了一杯茶。

"他们是怎么做到的？"卢卡斯问，"怎么能杀死这么多人？你知道他们是怎么做到的吗？"

伯纳德耸耸肩，用一根手指轻敲茶罐，将数量精确的茶叶抖落在他的过滤器里，"据我所知，他们可能还在这么做。没人会谈论这种情况应该持续多久。他们担心可能有一小部分幸存者躲藏在全球其他地方。如果还有其他人活下来，五十号行动就毫无意义了。地球上只能剩下一个人种——"

"和我通话的那个人说我们就是这次行动的结果。只有五十个筒仓——"

"四十七个，"伯纳德纠正了他，"我们就是行动的结果。很难想象还有谁能准备得如此充分。但意外总是难免的。毕竟到现在刚过去几百年。"

"几百年？"卢卡斯向后靠在柜子上，举起茶杯，但薄荷的气味已经没有那么强烈，无法触及他了，"所以几百年前，我们决定……"

"是他们。"伯纳德在马克杯里注满冒热气的水，"他们做出了决定。不要把你算进去。当然，也和我无关。"

"好吧，他们决定毁灭世界。消灭一切。为什么？"

伯纳德把马克杯放在炉子上，让茶叶得到充分浸泡，然后摘下眼镜，擦去上面的水汽，又用眼镜指了指书房，指向那堵排满了大书架的墙。"为了避免遗产中最坏的那些事情再度发生，这就是为什么。至少，如果'他们'还活着，我相信他们就会这样说。"他又压低声音嘀咕了一句,"感谢上帝,他们早就死了。"

卢卡斯打了个哆嗦。他仍然无法相信会有人做出这样的决定,无论那些人处在怎样的环境里,都不可能干下这种事。他想象着几百年前,有数十亿人生活在这片星空之下。没人能杀死那么多人。怎么会有人把那么多生命的毁灭视作理所当然呢?

"现在我们就是在为'他们'工作。"卢卡斯有些怒气冲冲地说道。他走到水槽边,从马克杯里拿出铁丝滤网,放在不锈钢水斗里沥干,小心翼翼地喝了一小口杯子里的茶,以免自己被烫到,"你说我们和他们不一样,但我们现在是他们的一部分了。"

"不是。"伯纳德离开火炉,站到小餐厅墙上挂着的小世界地图前,"我们和那些该死的疯子干的事一点关系都没有。如果那些人落在我手里,那些干了这件事的人,如果他们和我共处一室,我一定把那些混蛋都杀光。"伯纳德伸出手掌拍在地图上,"就算只有两只空手,我也会杀光他们。"

卢卡斯什么都没说,也没有动一下。

"当然,他们没有给我们机会。但这不是问题所在。"他朝自己周围比画了一下,"这就是监狱,是笼子,不是家。这些不是为了保护我们,而是为了逼迫我们,逼迫我们实现'他们'的目标,如果不服从,就只有死亡。"

"他们的什么目标?"

"打造一个所有人都非常相似的世界,所有人的关系都异常紧密的世界。这样我们就无法浪费时间去战斗。我们的全部资源都变得十分有限,这样为了保护这一点资源我们就不可能再浪费任何资源。"他举起马克杯,带着响声吸了一口热茶,"至少这是我的推测。几十年阅读的结果。做这件事的人,他们当时掌控着一个正在分崩离析的强大国家。结局已经清楚地摆在他们眼前——他们的结局。因为害怕,他们采取了自我毁灭的手段。记住,他们崩溃的过程持续了几十年,随着时间的流逝,他们坚信只剩下了最后一个自我保全的机会,保存他们所认同的生活方式。因此,在失去这个唯一的机会之前,他们实施了一个计划。"

"其他全部的人类都不知道?他们怎么做到的?"

伯纳德又呷了一口茶,咂咂嘴唇,抹了抹胡子,"谁知道呢?也许没人相信他们的计划。也许他们的保密工作非常成功,知道这个计划的人都成为了他们的同党。他们在你无法想象的巨型工厂中制造各种东西,而那时的普通人完全不知道。他们在这样的工厂里制造炸弹,我怀疑那就是他们进行大规模灭绝的工具。整个世界都被他们欺骗了。《遗产典籍》记载了很久以前的人类故事,那时有伟大的国王,就像现在的市长,不过他们统治的人要多得多。这些国王死后,人们在地下为他们建造了华美的房间,里面装满财宝。这需要成百上千人的劳作。你知道那些国王如何确保其他人不知道他们地下密室的位置?"

卢卡斯耸耸肩。"他们付给工人很多钱?"

伯纳德笑了。他从舌头上捏下一片散落的茶叶。"他们没有账单。不,他们采用了最可靠的方式确保这些人保持沉默。他们杀了所有建造密室的工人。"

"那些都是他们的人民?"卢卡斯朝放书的房间瞥了一眼,想知道这个故事被保留在哪一只书匣里。

"为了保守秘密,我们也可以杀人。"伯纳德的脸色变得严肃起来,"总有一天,当你接管这里的时候,这会成为你工作的一部分。"

理解了这句话的真实含义,卢卡斯感到心中一阵剧痛。他第一次隐约看到了自己真正的使命。和这个使命相比,用步枪杀人至少还是一件诚实的事。

"这个世界不是我们创造的,卢卡斯,但让它存续下去是我们的职责。你需要明白这一点。"

"我们不能控制我们现在的处境。"卢卡斯喃喃地说道,"只能决定我们今后要做什么。"

"这话很有智慧。"伯纳德又喝了一口茶。

"是的。我才刚刚开始理解这一点。"

伯纳德把杯子放在水槽里,一只手插到工装裤和圆滚滚的肚子之间,盯着卢卡斯看了一会儿,又将视线转向那张小小的世界地图。

"做出这种事的人很邪恶,但他们已经不在了。忘了他们吧。你只需要知道:他们把自己的孩子关起来,是为了让他们自己的混账人生能够继续下去。是他们把我们放进这个游戏。在这个游戏里面,违反规则就意味着我们都会死,无一例外。但按照这些规则生活,遵守规则,就意味着我们都要受苦。"

他调整一下眼镜,从卢卡斯身边走过去,拍了拍卢卡斯的肩膀。"我为你骄傲,孩子。你的领悟能力比我强多了。现在休息一下。给自己的头脑和心灵留点空间。明天还会有更多东西需要学习。"他走过书房,进入走廊,向远处的梯子走去。

卢卡斯点点头,没有再说话。一直等到伯纳德消失,远处传来低沉的金属撞击声,告诉他栅栏已经复位,他才走到书房,抬头看向那幅高大的筒仓示意图,上面有不止一个筒仓被画掉。他盯着1号筒仓顶部,非常好奇到底是谁在掌管这一切。那些人是否也会把自己的行为合理化,认为现在这一切都是以前的人强加给他们的,想象自己并非真的有罪,只是在遵循他们继承的生活——一个扭曲的游戏，充满了狗屎规则，要让几乎每一个人都对自己的世界一无所知，都被囚禁在地下。

这些人到底是什么货色？他能把自己想象成他们中的一员吗？

伯纳德怎么会看不出，他自己不正是他们中的一员？

第七十一章

18号筒仓

发电机房的大门在她身后"砰"的一声被关上，枪声弱了下去，仿佛只是一些遥远的敲击声。雪莉迈着酸痛的双腿跑向控制室。朋友和同事纷纷向她询问外面的情况，但她没空理睬他们。经过刚才那场猛烈的爆炸，他们都蜷缩在墙边和栏杆后面，听着外面零星的枪声。就在雪莉即将到达控制室的时候，她注意到一些第二班的工人正在"隆隆"作响的主发电机上摆弄那里庞大的排气系统。

"我拿到了。"雪莉"砰"的一声关上控制室的屋门，气喘吁吁地说道。坐在地上的柯特妮和沃克尔同时抬起了头。柯特妮瞪圆了双眼，下巴耷拉着——这让雪莉立刻想到，她一定是错过了什么。

"怎么了？"雪莉把两个信号发射器递给沃克尔，"你也听到了？沃克，她知道了？"

"这怎么可能？"柯特妮劈头就问，"她是怎么活下来的？你的脸怎么了？"

雪莉摸摸嘴唇，这才感觉到下巴也痛得要命。看到手指上沾满了鲜血。她就用汗衫的袖子在嘴上轻轻摁了摁。

"如果这个有用。"沃克尔一边摆弄起一部发射器，一边嘟囔，

"我们可以问问朱莉本人。"

雪莉放下擦嘴的手臂,转过身,透过控制室的观察窗往外看了一眼。"卡尔他们在排气阀那里做什么呢?"

"他们计划改变路线。"柯特妮一边回答,一边从地板上站起身。这时沃克尔开始了焊接,焊料的气味让雪莉想起了这位老工匠的车间。沃克尔低声抱怨自己看不清,柯特妮拿着放大镜凑了过去。

"把路线改到哪里?"

"技术部。反正赫兰是这么说的。服务器机房的冷却管道从这里的天花板上面穿过,进入机械部的竖井。有人在结构图上发现这个关键部位,想到了从这里进行反击的方法。"

"那么,我们要用烟雾把他们呛死?"这个计划让雪莉感到不安。她想知道,如果诺克斯还活着,还在管理机械部,会如何看待这件事。那些坐在办公室里面的人不是真正的威胁。"沃克,我们还要多久能通话?能够试着联系她?"

"差不多了。该死的放大镜……"

柯特妮伸手按住雪莉的胳膊。"你还好吗?现在感觉怎么样?"

"我?"雪莉笑着摇摇头,看一眼袖子上的血迹。这时她感觉到了顺着胸口向下流淌的汗水,"我差点被震傻了。外面到底发生了什么,我根本不知道。他们在楼梯间做的事让我的耳鸣到现在都没有停止。我想我还扭伤了脚踝。而且我饿了。哦,我有没有提起过,我的朋友并没有像我以为的那样死了?"

她深吸了一口气。

柯特妮只是忧心忡忡地盯着她。雪莉知道,她的朋友问的不是这些。

"是的,我想念马克。"她平静地说。

柯特妮搂住雪莉,把她的朋友拉进怀里。"对不起。"她说,"我不是要……"

雪莉推开她。她们两个人在沉默中站了一会儿,看着窗外第二班的一小队人在发电机上工作,试图把这部房子大小的机器排出的有毒气体引到上面的三十几层去。

"不过,你知道吗?有时候我很庆幸他不在这里。有时候,我知道我也活不了多久。等到他们杀进来,一切都完了。我很高兴他不在这里,不用担心那些人会对我们做什么。我也很高兴不用看到他打那么多仗,不用靠配给食物熬日子,不用发这样的疯。"她用下巴指了指在外面工作的人。她知道,如果马克还活着,要么会在那边指挥那项可怕的工作,要么就在外面把脸贴在枪托上。

"喂。测试。喂,喂。"

两个女人转过身,看到沃克尔按下了红色的引爆开关,从耳机里拆出来的麦克风被他用下巴夹住,他的眉毛因为集中精神而紧皱在一起。

"朱丽叶?"他问道,"你能听到我吗?喂?"

雪莉来到沃克尔身边,蹲下来,一只手搭在他的肩膀上。三个人全都盯着耳机,等待回答。

"喂?"

一个微弱的声音从小扬声器里传出来。雪莉一巴掌拍在自己的胸口上。这个奇迹般的回答让她一下子屏住了呼吸。强烈的希望猛然涌动起来,但随后不到一秒钟,她就意识到这不是朱丽叶。声音不一样了。

"那不是她。"柯特妮沮丧地低声说道。沃克尔挥手让她闭嘴。红色开关"咔哒"响了一声,老工匠又要说话了。

"喂,我的名字是沃克尔。我们从一位朋友那里收到了一个信号。你那里还有别人吗?"

"问问他们是谁。"柯特妮悄声说。

"你们具体在什么地方?"沃克尔又加了一句,松开开关。

小扬声器发出一点"噗噗"声。

"我们不在任何地方。你们永远也找不到我们。别来碍事。"

随后是一阵停顿,一点静电噪声。

"你们的朋友死了。我们杀了他。"

第七十二章

17号筒仓

防护服里的水冷得令人战栗,空气同样很冷,这种组合会杀死她。朱丽叶将刀插进防护服浸透水的皮革中,同时牙齿不停地打战,发出一连串"咯咯"声。她以前就这样做过,她熟悉这个地方,这种感觉现在变得异常清晰。

先割掉手套,然后是衣服,每一个切口都在向外涌水。朱丽叶将双手握在一起揉搓,却几乎感觉不到自己的手指。她把胸前的防护服割开,扔掉,目光又落在梭罗身上。梭罗已经一动不动,像是死了。她发现梭罗的大扳手不见了,还有他们的补给袋也没有了。压缩机侧倒在一旁,软管在下面纠缠成一团,燃料从松开的加油口盖子下面漏出来,又在格栅地面上漏下去,流得干干净净。

朱丽叶快要冻僵了,就连呼吸也变得非常困难。防护服的前胸被割开以后,她就能让膝盖和脚从这个洞里退出来,然后旋转防护服,尝试把尼龙搭扣撬开。

她的手指麻木得连这样的动作都做不了。她只能用刀沿着防护服一直到搭扣连接的地方,把尼龙搭扣锯开,好摸到拉链。

终于,她捏住了拉链头——一直捏到手指发白——将拉链从领口拽下去，彻底脱下了防护服。这东西里面积了那么多水，重量增加了一倍。她只穿着两层黑色紧身服，浑身湿透，瑟瑟发抖，一只不住颤抖的手里握着刀。在她身边有一具好人的尸体。这个人在这个肮脏的世界里历经磨难活了下来，战胜了这个世界丢给他的一切障碍，却因为她的到来而失去了生命。

朱丽叶挪动到梭罗身边，伸手摸到梭罗的脖子。她感觉不到脉搏，也不确定自己是否真的能摸到脉搏——她的手指像冰一样又冷又硬，几乎连梭罗的脖子都感觉不到。

她挣扎着站了起来，又差一点瘫倒在地上。但她还是抱住楼梯平台的栏杆。她摇摇晃晃地走向压缩机。她知道，自己需要热量。她感到一种强烈的困意，但她很清楚，如果现在睡着了，她将永远不会醒来。

备用油罐仍然是满的。她想把加油口的盖子拧掉，但她的手完全派不上用场。它们冻得浑身麻木，不停地颤抖。她的呼吸变成一团团白雾，这让她知道，自己的身体正在失去热量——她仅剩的一点热量。

她抓起刀，用双手握住，把刀尖插进加油口盖子的缝隙。扁平的刀柄比塑料盖子更容易握住。她旋转厨刀，撬动盖子。盖子一松，她就把刀拔出来，放在膝头，再用两只手掌夹住盖子，完成剩下的工作。

她把罐子斜放在压缩机上，在大橡胶轮、机箱和整个马达上倒满了油。反正她再也不想使用这台压缩机——她再也不想依靠它或其他任何东西来维持呼吸了。她把大半罐油放下，用脚推动油罐，让它从压缩机旁滑开。燃料又从金属格栅中滴落下去，在下方的水面上发出音乐般的"叮咚"声音，在楼梯间的混凝土墙壁上引起一阵阵回声,积水中有毒的、五颜六色的浮油又增加了。

她用刀刃的背面在热交换器的金属叶片上猛敲。每次击中叶片都用力向后一拽,希望用这个方法来打火,但一点火星都没有。她打得更加用力,心中又很不愿意这样使用她宝贵的工具、她唯一的自卫武器。旁边寂静无声的梭罗在提醒她,如果她能在眼下致命的寒冷中活下来,她就很可能需要这把刀……

刀子磕在叶片的一道裂痕上,溅起几星光点,热气立刻扑上她的手臂,一直涌到她的脸上。

朱丽叶放下刀,挥了挥手臂。她的手臂没有着火。着火的是压缩机。还有栅栏地板的一部分。

当火势开始减弱时,她抓住油罐,又往火上泼了一些燃料,橙色的大火球就是她得到的回报,火舌炽烈地在空气中跳跃。车轮燃烧时发出"噼啪"的响声。朱丽叶瘫倒在火旁,感受着舞动的火焰燃烧金属机器所释放的热量。她开始脱衣服,视线仍然会不时回到梭罗身上。她向自己保证,绝不会把梭罗的尸体丢在这里。她会回来找他。

她的四肢又恢复了知觉——一开始恢复速度很慢,但不久之后,她就感觉到了复苏的刺痛。她一丝不挂地蜷缩成一团,蹲坐在微弱的篝火旁,揉搓双手,向掌心呵着白色的热气。她不得不两次将燃料喂给那饥饿又吝啬的火苗。只有橡胶轮胎能够稳定地燃烧,不过它们至少让她不必再击打火花。金属格栅地面也在传导热气,让她接触地面的裸露皮肤暖和起来。

她的牙齿还在剧烈相互撞击。她一直在注视楼梯。一种新的恐惧涌过她的全身。她害怕楼梯上会传来靴子撞击地面的轰鸣,害怕另外一些幸存者和冰冷的积水把她夹在中间。她拿起刀,双手举

WOOL / 517

在面前,努力让自己不要哆嗦得那么厉害。

她在刀刃上瞥见了自己的脸,这让她更加感到担忧。她脸色苍白得像个鬼魂。紫色的嘴唇,黑色的眼圈,眼窝深深凹陷下去,仿佛里面什么都没有。她看到自己的嘴唇在颤抖,牙齿颤抖着"咯咯"作响,这却让她差一点笑出声来。她又向火堆靠近了一些。橙色的火光在热交换器的叶片上跳动,没有燃烧干净的油料滴落下来,形成一道道光亮的细线。

随着最后一点汽油燃烧殆尽,火焰逐渐熄灭了,朱丽叶决定离开这里。她还在瑟瑟发抖,不过这只是因为她处在寒冷的筒仓深处,远离技术部的电能。她摸了一下自己脱掉的黑色紧身衣。其中有一件被揉成一团,仍然湿透了。另一件好歹还算被她平摊在了地上。如果当时她的脑子能够更清楚一些,她就会把这些衣服挂起来。这件衣服也还很潮,但与其让冷空气吸走她的体温,还不如穿上它,让身体把它慢慢烤干。她把腿伸进裤腿,又努力把胳膊伸进袖子,拉上前面的拉链。

她驱动着衣衫单薄、麻木僵硬的身体,摇摇晃晃地回到梭罗身边。至少这次她能感觉到梭罗的脖子了。梭罗的触感依旧是温暖的。她不记得一具尸体要过多久才会凉透。慢慢地,她感觉到梭罗的脖子上有了一点微弱而缓慢的脉动。一次心跳?

"梭罗!"她晃了晃梭罗的肩膀,"嗨……"梭罗刚才低声说个什么名字?她想起来了,"吉米!"

随着她的推搡,梭罗的头开始左右晃动。她拨开梭罗乱糟糟的头发,查看了一下他的头皮——有很多血,不过大部分都凝固了。她再次环顾四周,寻找她的背包——他们带来了食物、水和干衣服——但背包的确是不见了。她拿起另一件紧身衣。她不确定浸透这件衣服的水有多少毒性,但也只能暂时凑合了。她把衣服拧成一团,让滴出来的水落在梭罗的嘴唇上,又往梭罗头上挤了一些,用手把梭罗的头发梳到后面,仔细检查伤势,又用手指探了探那道可怕的伤口。水一碰到敞开的伤口,就像按了一个按钮,梭罗猛地闪到一旁,躲开了她的手和紧身衣的水滴,嘴里发出痛苦的尖叫,牙齿在胡子的缝隙中闪动黄光,两只手从楼梯平台上举起来,悬在那里,胳膊紧绷着,但他的样子看上去似乎还没有恢复清醒。

"梭罗,嗨,没事了。"

他真正苏醒过来的时候,正被朱丽叶抱在怀里。他转了转眼睛,眼皮眨动了两下。

"没事了。"朱丽叶对他说,"你不会有事的。"

她用揉成一团的紧身衣轻拍梭罗的伤口。梭罗咕哝了一声,抓住她的手腕,但没有把她的手拽开。

"很痛,像针刺一样。"梭罗又眨了眨眼,向周围看去,"我在哪儿?"

"筒仓深处。"朱丽叶提醒他。能够听到梭罗说话,她有一种如释重负的感觉,甚至高兴得想要哭出来,"我觉得你是被袭击了……"

梭罗试着坐起来,紧咬的牙关里发出"咝咝"的吸气声,抓住朱丽叶手腕的手还相当有力量。

"放松。"朱丽叶试着按住他,"你头上有一个严重的伤口,肿得很厉害。"

他的身体放松下去。

"那些人在哪儿?"梭罗问道。

"我不知道。"朱丽叶回答,"你还记得什么?当时有多少人?"

梭罗闭上眼睛。朱丽叶继续轻轻拍拭他的伤口。

"我觉得,只有一个。"他一下子睁大眼睛,仿佛被那次袭击的记忆吓到了,"年岁应该和我差不多。"

"我们要回到上面去。"朱丽叶对他说,"我们需要一个温暖的地方,让你洗干净伤口,也把我身体弄干。你觉得你还能动吗?"

"我原来没有发疯。"梭罗说。

"我知道你没有。"

"真的是那些东西在动,还有那些光,不是我看错了。我没有疯。"

"是的,你没疯。"朱丽叶告诉梭罗。她一直都记得自己也曾经有过同样的念头——就是在这个地方的最深处,当她在物资部寻找补给时,常常会这样想。"你没有疯。"她不停地安慰梭罗,"一点也没有。"

第七十三章

18号筒仓

卢卡斯没办法强迫自己学下去。这是他应该学习的东西,但他就是学不下去。《指令》摊开在木桌上,那盏可能有上千个活动关节的小灯弯垂下来,向书页洒下一团温暖的光亮。而他却站在墙边的示意图前,盯着那一排排筒仓,这些筒仓整齐分布的样子就像他头顶上方的那些服务器。步话机里除了静电噪声以外,还在不断传出远处交战的声音。

他们正在进行最后的清剿行动。西姆斯的队伍在一次可怕的爆炸中损失了一些人,爆炸发生在一个楼梯井里,不过不是主楼梯井。现在他们进行的战斗有望成为平息这次暴乱的最后一战。此刻步话机旁的小喇叭除了静电噪声以外,还有筒仓深处部队重整的嘈杂声响,以及伯纳德在楼上办公室里发号施令的喊喝,这些声音之后,就会是爆裂的枪声。

卢卡斯知道自己不应该听,但他没法走开。朱丽叶现在随时都有可能联系他,向他询问最新情况。她一定想知道这里都发生了什么,最终的结局又是怎样。如果将事实告诉她,结果一定会很糟,但唯一更糟的选择是承认自己不知道,告诉她自己不忍心去听下面发生的事情。

他伸手摸到了示意图上17号筒仓的圆顶。

他仿佛是一位从高处俯瞰这些建筑的神。他想象自己的手穿过朱丽叶头顶的乌云，随意就越过了庇护数千人的堡垒顶部。他的指尖沿一座筒仓上画的红×比画了一下。那两道斜杠意味着惨重的损失。那个红色的符号摸上去像是一层蜡，可能是用蜡笔或类似的东西画的。他试着想象有一天自己听到这样的消息；一整个筒仓的人都消失了，被彻底抹去。到那时，他将不得不在伯纳德的书桌里——那时就是他的书桌——找到那根红色的蜡笔，画掉遗产留给他们的又一个机会，又一个被埋藏的希望。

卢卡斯抬眼看看头顶上的灯光，灯光稳定而持续，连半点闪烁也没有。为什么她还没有联系自己？

他的指甲蹭到一枚红色印记，把它刮掉了一块。蜡油卡在他的指甲里。印记下面的纸也被染成了血红色。但破损已经无法补救，这个印记不可能再恢复完整了——

步话机中响起枪声。卢卡斯走到那个小装置所在的架子前，听到发令的吼声，听着有人们被杀死。汗水浸湿了他的额头。他知道那种感觉——扣动扳机，结束一条生命。他感觉胸口空荡荡的，双膝绵软无力。卢卡斯扶住架子，感觉到掌心都是黏滑的汗水。他看着被锁在笼子里的信号发射器。他是多么想打电话给那些人，让他们住手，停止一切疯狂、暴力和毫无意义的杀戮。他们应该害怕的不是彼此。所有这些筒仓上面都可能被画上红色的×。这才是他们应该害怕的。

他摸了摸把步话机锁起来的金属笼子，感受着其中的真实，以及将这一切广播给每一个人的愚蠢冲动。这只是单纯的天真，改变不了任何事情。人们太容易陷入暂时的愤怒，甚至无惧于用枪来满足自己的渴望。要避免人类的灭绝，还需要别的东西——过人的远见，以及超乎寻常的耐心。

他的手抚过那片金属格栅，眼睛盯着笼子里的一个表盘，表盘上面的箭头指向数字"18"。50个数字密集地围绕成一个环，每个数字代表一座筒仓。卢卡斯徒劳地拽了一下笼子，希望能听点别的东西。在这座筒仓以外又有什么事情在发生？可能是一些正常的事情，一些无伤大雅的笑话和闲聊，生活中的一点八卦。他可以想象，如果他打断其中一场谈话，向那些不知道其他筒仓存在的人做自我介绍，那情景会有多么令人激动。"我是18号筒仓的卢卡斯。"他可能会这样说。那些人一定很想知道为什么筒仓会有数字编号。卢卡斯会告诉他们，要善待彼此，这个世界上只剩他们这些人了，如果没有人去阅读，没有人透过云层去眺望，宇宙中所有的书籍和所有星星都不会再有意义。

他不再去理会步话机，听任它不断传递战争的声音。他走过书桌，也没有看一眼那片明亮的灯光和灯光下那本沉闷的书。他来到书架前，逐一端详那些装书的锡盒，寻找可能引起他兴趣的东西。他感到坐立不安，就像一头被困在圈里的猪一样来回兜圈子。他知道自己应该在服务器中间再慢跑一阵，但那样的话他还要洗澡，不知为什么，他开始觉得洗澡是一件令人难以忍受的苦差事。

他一直走到书架的另一头，蹲下身，开始给那里的一摞摞没有装在锡盒中的纸张分类。这些是多年以来的手稿笔记，是对《遗产典籍》的补充，全都堆在这里，可以作为筒仓未来的领导的行动提示，也可以看作是一种说明、执行手册或者纪念品。他从里面拿出朱丽叶写的发电机控制室手册。几个星期前，他就关照伯纳德把这份文件收好,当时他说,如果筒仓底层的问题进一步恶化,这份文件也许能派上用场。

而步话机中的确在不断传出越来越可怕的声音。

卢卡斯走到他的书桌前,把灯头拽低,好看清手册上的字迹。有时他会害怕收到朱丽叶的呼叫,害怕自己被抓住,害怕收到呼叫的是伯纳德,更害怕她会让他做一些他做不了的事情——那种他再也不会去做的事。现在,灯光从头顶上稳定地照下来,他的周围忽然变得寂静无声。现在他非常想听到朱丽叶的声音,想得胸口生疼。在内心深处,他知道朱丽叶做的事非常危险,可能会造成可怕的结果。朱丽叶正在一个红色的×下面,而那个标记意味着任何在它下面的人都会死。

这本手册上全都是朱丽叶用尖细的铅笔做的注释。他摩挲着其中一页,指尖抚过铅笔画下的凹痕。其实这些文字所表达的内容,他看得不是很懂。大概是每一个指令的表盘设置、阀门位置、电气图表之类的内容。他一页一页地翻阅着,觉得这很像是另一个和他很像的人为自己创造的一份精神作品,就像他为自己制作的星图。这个念头让他更加痛恨自己和朱丽叶之间的距离。他们为什么不能回到过去?回到她出去进行清洁之前,回到现在这一连串葬礼之前。那时,每天晚上工作结束之后,她都会过来,坐在他身边,和他一起凝视黑暗、思考、观察、交谈、等待。

他把手册翻过来,读了一些印刷在另一面的剧本,这些文字几乎同样让他难以理解。印刷文字的空白处有另一个人留下的笔迹。卢卡斯猜测写下这些字的是朱丽叶的母亲,或者是某位演员。其中几页上有图形,还有表示运动的小箭头。他相信,这应该是一个演员的笔记。是关于舞台演出的各种提示。这出戏一定是为了纪念朱丽叶而编排的,那位让他念念不忘的女子名字就在这个剧本的标题中。

他快速浏览这些台词,想找到一些诗意的内容来应和自己忧郁的心情。随着一行行文字在眼前流淌,一段熟悉而潦草的字迹忽然一闪而过——不是那位演员写下的。他又一页一页地翻回去,终于找到了那一段。

没有错,正是朱丽叶的笔迹。他把剧本凑近台灯,好能看清这些褪色的文字:

乔治:

你躺在那里,如此安详。你额头眼角的皱纹已经看不到了。当别人将目光转向别处,去寻找线索,我才能轻轻抚摸到你。只有我知道你发生了什么。等着我,等着我,请在那里等待,亲爱的。让这些温柔的恳求留在你的耳中,把它们埋葬在那里,让这个偷来的吻在无人知晓的宁静爱意中生长。

卢卡斯觉得仿佛有一根冰冷的棍子刺穿了他的胸膛。他的渴望被一阵怒意所取代。这个乔治是谁?青梅竹马吗?朱丽叶从未有过任何被许可的恋情。他们见面的第二天,他就查看了官方记录。能够随意访问服务器实际上提供了一种犯罪的权力。或许是她单相思?这个乔治可能是机械部的一个男人?一个已经爱上另一个女孩的男人?对卢卡斯来说,这种情况可能更糟。朱丽叶有了一个她渴望的男人,那么就很可能对卢卡斯没有任何感觉。还是说,她因为这件事才跑到离家那么远的地方去找工作?为了远离这个无法拥有的乔治,并且将这段感情隐藏在一部关于禁忌之爱的剧本空白处。

他转过身,一屁股坐到伯纳德的电脑前。操纵鼠标,远程登录了楼上的服务器。他的脸颊因为这种病态的心情而变得通红,他知道,这种前所未有的情绪被称作"嫉妒",但他不是很理解随之而来的兴奋和冲动。他浏览了人事档案,在筒仓底层寻找"乔治"。一共找到四个。他复制了每个人的身份号码,将它们放在一个文本文件里,再以此为线索检索档案库。随着每一个人的照片弹出,他一边浏览他们的记录,一边对滥用权力感到些许内疚,也对这种发现有点担心,不过现在他至少找到了愿意做的事情,远没有刚才那样无聊了。

这四个乔治中只有一个人在机械部工作,而且年纪很大了。这时,他身后的步话机又响了起来,卢卡斯不由得在心中想,如果这个乔治还在下面,他现在会是什么样子?很可能他已经不在人世了,这些记录在这几个星期里都没有更新过,战争成为了他寻求真相的障碍。

有两个人太小了。其中一个甚至还不到一岁。另一个是搬运工的学徒。最后一个是32岁的男性,在集市工作,职业是"其他",已婚,有两个孩子。卢卡斯仔细审视这个人模糊的证件照——留胡子,发际线后退,侧脸带着傻笑。在卢卡斯看来,这个人的双眼分得太开,眉毛又太黑、太浓密。

卢卡斯拿起朱丽叶的手册,重新读了一遍。

他断定那人已经死了。埋葬这些恳求。

他又做了一次检索,这次是全域检索,包括那些已经封存的记录。整个筒仓冒出了几百个搜索结果,甚至包括上一次暴动发生时的人。不过这没有把他难倒。他知道朱丽叶的年龄是34岁,所以他只需要向前追溯18年。如果朱丽叶是在16岁之前爱上那个人,那就不是任何问题了,他内心的嫉妒和因此而生出的羞愧都只会是一场笑话。

在这张"乔治"的清单上,在这18年的时间里只有3人死于筒仓底层。一个五十多岁,另一个六十多岁。两个人都是自然死亡。卢卡斯还想到要把他们和朱丽叶进行交叉比对,看看他们是否有工作上的联系,或者可能有亲属关系。

这时他看到了第三份文件。这就是他要找的乔治。她的乔治。卢卡斯只看一眼就知道了。稍加计算,卢卡斯就知道,如果这个人还活着,今年应该是38岁。他三年前刚刚去世,在机械部工作,一直未婚。

他做了身份检索,找到的照片证实了他的担忧。这个男人的相貌很英俊,方下巴,大鼻子,黑眼睛。他在对着镜头微笑,显得平静又放松。卢卡斯很难去恨这个人,毕竟他已经死了。

卢卡斯查看了死因,发现这件事经过了调查,登记结果是工业事故。经过调查的事故。朱丽叶来到顶层成为警长的时候,卢卡斯就听说过一些关于她的事情。朱丽叶的任职资格一直备受争议,引发了不少敌意和暗中的议论。尤其是在技术部。不过也有人提起过,她很久以前曾经在一起案件的侦查中帮过忙。而这就是她被选中的原因。

就是这个案子。朱丽叶在这个男人死前就爱上他了?还是在他去世以后陷入了对他的回忆?卢卡斯认为一定是前一种情况。卢卡斯在桌子上找到一根炭芯笔,随手记下那个人的身份号码和案件编号。他可以用这个消磨一下时间,进一步了解朱丽叶。至少这样能分散一下他的注意力,不必那样急躁地等待朱丽叶的呼叫。他放松下来,把键盘拉到膝盖上,开始挖掘真相。

第七十四章

17号筒仓

朱丽叶一边在寒冷中打着哆嗦,一边扶起梭罗。梭罗差点又倒在地上,直到用双手抓紧栏杆,才稳住了身子。

"你觉得你能走吗?"朱丽叶问他。她一直盯着空荡荡的螺旋楼梯,提防那个不见踪影的袭击者。她和梭罗都差一点死在那个人的手里。

"我觉得可以。"梭罗用手掌轻轻擦了一下额头,端详着手心处被抹下来的血迹。"就是不知道能走多远。"

朱丽叶领着他走向楼梯,被烧化的橡胶和挥发汽油的臭气刺痛了她的鼻子。潮湿的黑色紧身衣仍然紧贴在她的皮肤上,她呼出的白汽在面前翻滚。只要她不说话,她的牙齿就会不受控制地相互撞击。她弯腰拿起丢在地上的刀。梭罗抓着楼梯外侧弯曲的栏杆。她抬起头,考虑眼前的任务。想要直接回到技术部似乎不太可能。她的肺在游泳中遭到了过度消耗,肌肉因为寒冷和颤抖而不断痉挛。梭罗的情况看起来更糟。他的下巴耷拉着,眼神飘忽不定。看上去,他可能都不知道自己身在何处。

"你能走到分警署吗?"她问梭罗。朱丽叶被押送到顶层的时候,曾经在那里过夜。拘留室是睡觉的好地方。那里的牢门钥匙还在箱子里——如果他们把自己锁在里面,把钥匙带在身上,也许就可以安心休息了。

"有多少层?"梭罗问。

对于自己的筒仓下层,梭罗的了解还不如朱丽叶。他很少会冒险来到这么深的地方。

"十来层吧。你可以吗?"

梭罗抬起腿,踩到第一级台阶上,身子靠在上面。"我可以试一试。"

他们出发了,随身只带了一把刀,这还是因为朱丽叶的好运气才留住的。朱丽叶甚至想不起自己是如何在黑暗的机械部把它带出来的。她紧紧地握着这把刀,刀柄冷得像冰,她的手更冷。这件简单的厨房用具现在成为了她的保护图腾。或者可以说,取代了她的手表,成为她必须随身携带的平安符。他们上楼的时候,每当她伸手稳住身子,刀柄就会碰到楼梯内侧的栏杆,发出"叮当"的响声。她用另一只手搂住梭罗。梭罗每走一步都会发出吃力的呻吟和咕哝。

"你认为他们有多少人?"她又问道。现在她要注意梭罗的脚步,不时还会紧张地向上瞥一眼。

梭罗低声嘀咕着。"不应该有人。"他晃了一下。朱丽叶急忙把他扶稳。"都死了。每一个人都死了。"

他们在楼梯平台停下来休息。"但你活下来了。"朱丽叶对他说,"这么多年,你都坚持下来了。"

梭罗皱起眉头,用手背擦擦胡子,吃力地喘着气。"但我是孤独的梭罗。"他伤心地摇着头,"他们都不在了。所有的人。"

朱丽叶朝楼梯井上方望去。在金属台阶和水泥之间。泛着暗淡绿光的筒仓核心空间一直向上延伸到一片漆黑之中。她咬住牙，不让嘴里再发出"咯咯"的声音，然后仔细倾听，寻找一切声音和生命的迹象。梭罗则摇摇晃晃地向前面一道阶梯走去。朱丽叶急忙追上了他。

"那个袭击你的人，你有没有看到他的什么特征？你还记得些什么？"

"我记得……我记得当时我感觉他非常像我。"

朱丽叶觉得梭罗似乎是在啜泣，不过这也可能是因为他走得太辛苦了。朱丽叶又回头看了一眼他们刚刚经过的那道门。门里黑洞洞的。技术部的电力没有一丁点流到这里。袭击梭罗的人是不是已经在他们身后了？那个活着的幽灵被他们甩掉了？

她强烈地希望如此。现在距离分警署还有很长一段路，更不要说可以被他们称为"家"的技术部了。

他们又在沉默中爬了一层半，朱丽叶不停地打着哆嗦，梭罗咕哝着，偶尔会轻声呼痛。朱丽叶开始揉搓起自己的胳膊——她能感觉到因为爬楼和搀扶梭罗而流出的汗水。如果不是紧身服还很湿，她几乎能暖和起来了。他们刚走上三层楼，她已经饿得不行，感觉自己的身体就要垮了。她的身体需要燃料，需要热量来保持体温。

"再走一层，我得停一下。"她对梭罗说。梭罗咕哝着表示同意。把休息作为奖励和目标是一个好办法。如果在达到目标以前需要攀登的台阶可以数清楚、是有限的，那么爬起来就更容易。在132层的楼梯平台上，梭罗靠着栏杆坐在地上——他的两只手交替抓住更靠下的栏杆，就像在向下爬梯子，把身体一点点放下去。屁股一撞到地板上，他立刻仰面卧倒，双手捂在脸上。

朱丽叶希望梭罗只是有些脑震荡。她曾见过不少态度强硬的工人连头盔都不戴,但如果工具或钢梁击中他们的脑袋,他们也就不那么硬了。现在梭罗必须休息。

但休息的问题是会让人感到更加寒冷。为了保持血液循环,朱丽叶不停地跺脚。刚才爬楼时出的一点汗对她也很不利。她能感觉到楼梯井中的循环气流。下面的冷水就像一台巨大的天然空调,不断将空气冷却。她的肩膀在抖动,手里的刀在抖动——她在刀刃上的倒影都变成了一团模糊的银光。这种攀登很困难,而停留在一个地方会杀死她。她仍然不知道袭击者身在何处,只能希望已经把那家伙甩在了后面。

"我们该走了。"她对梭罗说。她的视线移到梭罗身后的大门上,门旁的窗户一片漆黑。如果这时有人突然冲出来袭击他们,她该怎么做?她还能进行什么样的抗争?

梭罗举起手,朝她摆了摆。"你走吧,我再待一会儿。"

"不,你和我一起走。"朱丽叶揉搓着双手,向手指呵气,凝聚起身体里的力量,走到梭罗身边,想抓住他的手,但梭罗把手缩回去了。

"只要再休息一下。"他说,"我会赶上你的。"

"我不会干这种事⋯⋯"朱丽叶的牙齿不受控制地"咯咯"作响。她打了个寒颤,索性就趁着身体发抖的时候活动了一下胳膊,让血液流进四肢。"我不会干这种事,不会把你丢下。"她说道。

"好渴。"梭罗说。

朱丽叶刚刚见识过自己一辈子也喝不完的水,但她现在也很渴。她抬起头。"再上一层,我们就到下层的农场了。来吧,今天到那里就行。那里有食物和水,还能找到干衣服。我们走,梭罗。即使要花一个星期才能回家,我也不在乎,我们不会半途而废。"

她抓住梭罗的手腕。这次梭罗没有把手抽走。

下一段楼梯,他们爬了很长时间。梭罗在中途停了好几次,经常会一动不动地靠在栏杆上,神情痴呆地盯着下一个台阶。新鲜的血液又开始顺着他的脖子往下流。朱丽叶又跺了跺冻僵的脚,自言自语地咒骂着。这太愚蠢了。她真是该死的蠢透了。

在距离下一个楼梯平台几步远的地方,她先留下梭罗,一个人去查看通往农场的门。从技术部临时拉过来的电缆蜿蜒而下,一直延伸到农场内部。这其实也是几十年前的遗产,当时这里的幸存者像梭罗一样,竭尽全力拼凑他们能找到的一切资源,试图避免自己的死亡。朱丽叶向农场里面望进去,看到种植灯都还关着。

"梭罗?我去打开计时器。你在这里休息一下。"

梭罗没有回答。朱丽叶扶住门,试着把刀插进脚边的金属格栅,让刀柄撑住门。她的胳膊抖动得太厉害,让她费了好大劲才把刀子对准一道缝隙。这时她注意到,她的紧身衣散发出一股橡胶燃烧的气味,就像刚才篝火中冒出来的烟。

"我来吧。"梭罗说。他用手抵住门,一屁股坐在门前,把门顶在栏杆上。

朱丽叶把刀紧紧地攥在胸前。"谢谢。"

梭罗点点头,又挥了挥手,眼皮耷拉下来,完全遮住了眼睛。"水。"他舔着嘴唇说。

朱丽叶拍拍他的肩膀。"我马上回来。"

....

楼梯间的应急灯光仿佛被农场的入口大厅彻底吞噬了,幽暗的绿色萤火很快就被一片漆黑所取代。朱丽叶能听到远处有一台循环水泵还在"呼呼"地运转着,和这几个星期前她在上层农场听到的声音一样。不过现在她知道了那是什么声音,也知道那里能找到水。水和食物,也许还有可以更换的衣服。她只要把灯打开,看到这里的样子。她骂自己没有带一支备用手电筒,又责备自己怎么能把包和装备都丢了。

她翻过安全闸,就完全陷入了黑暗里。不过她知道该怎么走。这几个星期里,她和梭罗一直在这些可怜的水培泵和管道上动手脚,同时从这些农场中获取食物。朱丽叶想到刚刚被她连好电线的底层水泵。她体内的机械师灵魂不禁开始对这些机械之间的联系感到好奇。不知道现在那台机器能不能工作了。她应该在他们上楼之前把开关打开的——这个念头简直就是在发疯,但即使她没能活着看到最后的结果,她也还是希望彻底排干那些积水,能够让这座筒仓恢复干燥。不知为什么,她在下面经历的那些磨难,现在感觉已经很遥远了,就如同自己在梦中看到的景象——她甚至觉得自己根本没有真正地进入过其中。但她不希望自己的努力毫无意义,不希望梭罗受到的伤害毫无意义。

随着她迈步前行,紧身衣上的水不断制造出各种声音——两条腿相互摩擦的声音,脚底离开地面时挤水的尖细声音。她一只手扶着墙,另一只手上从刀柄中寻求安慰。她已经能感觉这里空气中残存的暖意——这是种植灯熄灭之后留下的热量。她非常庆幸能离开寒冷的楼梯井。在这里,她的感觉好多了。她的眼睛开始适应黑暗。她会得到一些食物,一些水,为自己和梭罗找到一个安全的地方过夜。明天,他们的目标将是中层的分警署。他们可以在那里武装自己,恢复体力。梭罗的情况一定能好转。她需要他。

WOOL / 533

在走廊尽头,朱丽叶用双手找到控制室的门,她的手习惯性地去按门后的开关,但开关其实是打开的。这里的灯在过去三十年里都没再亮过。

她伸出双臂,盲目地在房间中摸索。过了很久,她才摸到屋门对面的墙。刀尖刮到了一个控制盒。朱丽叶伸出手,找到从天花板上挂下来的电线——这根线是很久以前被人钉在这里的。她又顺着电线找到延时调节器,摸到上面的操纵旋钮,慢慢转动旋钮,直到调节器发出"滴答"的响声。

外面的继电器发出一连串响亮的静电爆音,传遍了整片种植大厅。一道微弱的亮光出现。这里再过几分钟就会完全暖和起来了。

朱丽叶离开控制室,走进一条植被繁茂的步道。她的两侧是长长的土壤带。距离控制室最近的植株上,果实都已经被摘光了。她拨开步道两侧不断摇曳的枝桠,穿过浓密的绿植,向循环泵走去。

梭罗需要水,她需要温暖。她不断重复这句咒语,祈求灯光快一点把这里烤热。她周围的空间依然显得昏暗模糊,就像外面厚重云层下的早晨。

她在早已无人打理的豌豆丛中穿行。顺手从豆藤上摘下几个豆荚。她的胃除了一阵阵犯疼之外,应该还有别的事可以做。水泵开始把水挤出滴灌管。机器运转的声音更响了。朱丽叶嚼碎一颗豌豆,咽进肚里,钻过环绕水泵的栏杆,来到水泵旁边的小空地上。

这几个星期,她和梭罗一直在这里取水灌满他们的容器,所以水泵下面的土壤因为吸收了不少水分而颜色变深了许多,并且被踩得很实。有几只杯子就摆在这里的地上。朱丽叶跪到水泵旁边,选了一只高玻璃杯。她头顶上的种植灯慢慢亮了起来。她已经能想象自己感受到了灯光的温暖。

她费了一点力气,才把水泵底部的排水塞拧松了几圈。水在压力作用下变成细雾,从塞子的缝隙中喷出来。她把杯子紧紧按在排水口上,尽量不让水被浪费掉。杯子快被灌满时发出了"汩汩"的声音。

她用一只杯子喝水,同时又用另一只杯子接水。一些混杂在水中的泥土在她的牙缝中"嘎吱"作响。

两只杯子都灌满之后,她把杯身拧进湿土里,以免它们翻倒。然后她拧上排水塞,确保再没有一滴水流出来。接着就把刀夹在腋下,抓起两只杯子,走到栏杆边,先把所有东西都放出去,再抬起一条腿,跨到栏杆上。

现在她需要温暖。她没有去拿杯子,只是抓起了刀。步道拐角有几间办公室,还有一间餐厅。她还记得自己在17号筒仓找到的第一套衣服:一块中间被割开的桌布。经过拐角时,她不由得笑了,现在的她似乎回到了那个时候——她在这里辛苦工作了几个星期,看样子却没有半点实际的进展。

两个种植站之间的长步道里又是漆黑一片。几根电线从头顶上的管道挂下来,在它们简陋的连接点上耷拉着,以这种乱糟糟的样子为远处"嗡嗡"低响的种植灯送去电力。

朱丽叶对那些办公室进行了一番搜索,没有发现任何可以保暖的东西。没有工作服,也没有窗帘。她正要转个弯走进餐厅,却好像听到前方一片草木丛的对面有什么声音。一点轻微的撞击声,或者是爆裂声?又有种植灯的继电器通电了?也许是电路出了问题?

她沿步道朝远处的种植站望过去。那里的灯光正变得更加明亮,开始提供热量。她有些没想到那些灯会亮得这么快。她蹑手蹑脚地进入步道,向那些灯走去,就如同一只被灯火吸引、打着哆嗦的

WOOL / 535

小飞虫。一想到自己可以晒干身子,真正暖和起来,她的胳膊都兴奋得起了一层鸡皮疙瘩。

在种植站边上,她听到了另一种声音。一声尖叫,也许是金属之间的摩擦,可能是另一台循环泵在启动。她和梭罗没有检查过这一层的其他水泵。只是最外面的几片田地就足够他们两个人吃喝了。

朱丽叶停住脚步,又转头向身后看了一眼。

如果要在这个地方生存下去,她应该在哪里宿营?在技术部,确保那里的电力供应?还是更重视这里的食物和水?她想象着另一个像梭罗一样的男人在暴动的缝隙中保住性命,潜伏下来,活过漫长的岁月。也许那个人之前是听到了空气压缩机的声音,才下去查看情况,结果被吓了一跳,打伤梭罗的头之后逃走了。也许他只是随手抓起了他们的补给袋,或者是不小心把那只袋子踢到平台外面,让它沉到水下的机械部去了。

她回过身,把刀举在身前,悄悄走过草木丛生的走廊,推开一丛丛枝叶藤蔓。面前的绿色墙壁伴随着"窸窸窣窣"的声音不断被她分开。这里的植被更加茂密,难以通行,而且如果有其他人,很容易就能躲藏在这里,让她无法发现。现在她心中的情绪很复杂。她可能错了,可能只是听到了一些无意义的声音。这种事在过去几周经常发生。但她内心深处希望自己是对的。她想要找到这个很像梭罗的人,想把情况搞清楚。这肯定要比生活在恐惧中更好。谁也不希望时刻担心有人潜伏在每一片阴影里、每一个拐角后面。

但如果他们不止一个人呢?一群人能坚持这么久吗?而且他们有多大的机会能够一直不被她和梭罗发现?筒仓是个很大的地方,但她和梭罗已经在下层跑了几个星期,进出这片农场也有很多次了。至多两个人,一对老夫妻,不可能再多了。梭罗说过,袭击他的人和他同龄。这一点不会有错。

经过一番思考,她相信自己没有什么好害怕的。而且她有武器。她还在发抖,不过现在是因为体内的肾上腺素的飙升。穿过浓密植被形成的屏障,拨开拂过面孔的纷乱叶片,朱丽叶发现了一重新天地。

这一边的农场完全不同。显然是有人在经营打理,而且最新的劳作痕迹还是不久之前留下的。朱丽叶在感到恐惧之余,似乎又松了一口气。刚才的杂乱无章和这里的井然有序相互对立又交织在一起,就好像螺旋楼梯和栏杆。朱丽叶不喜欢孤独,不想看到这个筒仓如此荒凉和空虚,但她也不想被攻击。她的心有一半生出强烈的冲动,想大声叫嚷,告诉这里人,她没有恶意;而另一半则让她更用力地抓住刀子,咬紧不断相互撞击的牙齿,还求她转身逃跑。

在经过妥善维护的种植站尽头,步道拐了个弯。朱丽叶探头到转角的另一边,窥看那片没有探索过的领域。漫长的黑暗一直延伸到筒仓的另一边。远处又有光亮,可能是另一个从技术部汲取电力的收割站。

有人住在这里。这一点不容怀疑。这几周里,朱丽叶总是觉得有其他人的眼睛在盯着她,有其他人的气息掠过她的皮肤。现在她又有这种感觉了,而且这一次不是她的想象。她不需要再警告自己别发疯,只需要将手中的刀握紧。她感到有些庆幸。毕竟现在有她挡在那些陌生人和毫无自卫能力的梭罗之间。她勇敢地缓步迈进黑暗的走廊,经过屋门洞开的办公室和测试间,一只手扶墙,以免自己走错方向,一步一步向前……

朱丽叶停下脚步,有问题。她是不是听到什么了?一个人在

WOOL / 537

哭？她退到刚刚经过的屋门前。她几乎看不见那道门。片刻之后，她才意识到门是关着的。她在这条走廊里唯一发现被关上的门。

她从这道门前退开，跪下来。门里面有声音——对此她非常确定。很像是一点微弱的哭号。她抬头向上看。在微弱的光线中，她能看到头顶上的一些电线被拉下来，蜿蜒穿过门上方的墙壁。

朱丽叶慢慢凑过去，把耳朵贴在门上，却什么都没听到。她握住门把手试了试，似乎锁住了。门怎么可能被锁上？除非……

门猛然被拉开——朱丽叶还握着门把手——她一下子被拽进黑暗的房间。一道光从她眼前闪过，然后就是一个男人扑上来，挥起一样东西砸向她的头。

朱丽叶向后坐倒，一团银光从她面前掠过——一把扳手重重地砸在她的肩膀上，把她击倒在地。

房间深处传出一声尖叫，盖过了朱丽叶呼痛的声音。她挥刀向前，感觉击中了面前男人的腿。扳手"哐当"一声掉在地上，引起更多的尖叫——有许多人在叫喊。朱丽叶一只脚蹬门，让自己滑到一旁，站起身，捂着被砸伤的肩膀，准备好迎接那个男人的进攻，但攻击她的人却开始后退。他的一条腿明显瘸了。这时朱丽叶稍稍看清了他的样子——一个不过十四岁的男孩，至多十五岁。

"别动！"朱丽叶把刀对准了那个男孩。男孩吓得睁大了眼睛。一群孩子挤在房间最里面的一堆床垫和毯子上，紧紧抱在一起。一双双圆圆的眼睛都在盯着朱丽叶。

朱丽叶的思绪和这个房间一样乱。一种犯下大错的感觉牢牢抓住了她的心。其他人呢？成年人到哪里去了？她仿佛能感觉到心怀杀意的人们正从她身后黑暗的走廊中悄然逼近，准备给她致命一击。那些人的孩子都在这里，被锁在安全的房间中。很快，母鼠就会回来,惩罚入侵巢穴的敌人。

"其他人呢?"她问道。她的手因为寒冷、困惑和恐惧而不住地颤抖。她将整个房间扫视一遍,确认面前这个曾经袭击她的男孩是这些人里年纪最大的。另外有一个十几岁的女孩,一动不动地坐在乱糟糟的毯子上,两个小男孩和一个小女孩紧紧抱着她。

最年长的男孩低头看了一眼自己的腿。一摊血渍正在他的绿色连体服上扩散开来。

"这里有多少人?"朱丽叶向前迈出一步。这些孩子显然要比她更害怕。

"你别过来!"那个大一些的女孩尖叫道。她将一样东西紧紧抱在胸前。她身边的小女孩把脸埋进她的大腿里,仿佛在竭尽全力想要从朱丽叶眼前消失。两个小男孩像是被逼进角落里的狗,不错眼珠地瞪着朱丽叶,但也没有动一下。

"你们怎么到这里的?"朱丽叶问他们。她手里的刀依然对准了那名高个子男孩,但她觉得自己就这样挥舞刀子真是很蠢。男孩困惑地看着她,似乎不理解她的问题。朱丽叶明白,当然,就算是这座筒仓中的战争持续了几十年,又怎么能彻底抹煞人类的激情?

"你们出生在这里,对不对?"

没有人回答。男孩依然是一脸困惑,仿佛这些问题都是在发疯。朱丽叶不由得又回头看了一眼。

"你们的父母在哪里?他们什么时候回来?再过多久他们就会回来?"

"回不来了!"女孩尖叫道。她的脖子因为用力过度而绷得笔直。"他们都死了!"

她张着嘴,下巴不停地抖动。一根根青筋凸起在她的细脖子上。

年长的男孩转过身,瞪了那个女孩一眼,看样子是想让女孩闭嘴。朱丽叶还在思考为什么这里只剩下了这些孩子。她知道,这些小孩不可能只有他们自己。刚刚有人袭击了梭罗。

但现实立刻回答了她的疑问——她的视线落在掉落的扳手上。那是梭罗的扳手。她清楚地记得上面的锈迹。这怎么可能?梭罗曾经说过……

朱丽叶回想起了梭罗的话。这时她才明白,梭罗一直把自己看做是一个年轻男孩——他就是在这个年纪变成孤身一人的。那些在战争中幸存下来的下层人,他们会不会在最近这几年才全部去世,会不会留下了后代?

"你的名字叫什么?"朱丽叶问那个男孩。她放下刀,又把另一只手也摊开在男孩面前,"我叫朱丽叶。"她还想告诉男孩,她来自另一个筒仓,一个比这里更像样的地方。但她不想让这些孩子更困惑,或者再受到什么惊吓。

"里克森,"那个男孩挺起胸膛,高声喊道,"我父亲是水管工里克。"

"水管工里克。"朱丽叶点点头。她的目光转向房间一侧的墙壁。那里有高高的一堆补给品和从各处收集来的其他物品,最里面就是他们偷来的补给袋。朱丽叶准备更换的衣服从袋口里冒出来。她的毛巾应该也在里面。她一边盯住大男孩和挤在地铺上的孩子们,一边向那只袋子走过去。

"那么好的,里克森,我要你们收拾好你们的东西。"她跪在背包旁边,找到毛巾,拽出来,擦干潮湿的头发。这真是一种难以形容的奢侈。她不可能把孩子们留在这里。她将毛巾搭在脖子上,转身面对其他孩子。所有孩子的眼睛都在盯着她。

"动起来。"她说,"把东西收拾好。你不能这样生活下去——"

"别管我们。"年长的女孩说。但两个小男孩已经下了地铺,开始翻检起房间里的东西。听到那个女孩的话,他们看看女孩,又看看朱丽叶,不知道该怎么做才好。

"你从哪里来的,就回哪里去。"里克森说。两个最大的孩子似乎在给彼此鼓劲,"带上你那些吵闹的机器,赶快走。"

原来就是因为这个。朱丽叶记得那台被推倒的空气压缩机。它受到的攻击可能比梭罗还要严重。她朝两个小一些的男孩点点头——他们的年龄估计是十到十一岁。"别停下。"她对他们说,"你们要帮我和我的朋友回家。我们那里有很好的食物、充足的电力、热水。收拾好你们的东西——"

最小的女孩一听就哭了起来,声音响得直震耳朵。朱丽叶在黑暗的走廊里听到的就是这个声音。里克森来回踱步,看着朱丽叶和地板上的扳手。朱丽叶没有理他,径直走到地铺旁边,想要安慰小女孩,这才发现哭号的不是这个小女孩。

大女孩怀里有什么东西在动。

朱丽叶愣在了地铺旁边。

"不。"她悄声说道。

里克森向她靠近一步。

"不要动!"她立刻把刀尖对准里克森。男孩低头看着腿上的伤口,似乎也觉得还是停下比较好。正在往袋子里塞东西的两个男孩都吓呆了。房间里所有的人都僵住了,只有那个婴儿还在女孩怀里哭闹个不停。

"那是个孩子?"

女孩侧过肩膀，护住婴儿。这是母亲的举动，但这个女孩不可能超过15岁。朱丽叶不知道这样的事情是不是有可能。不过她也想到，会不会这正是避孕器要那么早就被植入的原因。她的手滑向自己的腰部，仿佛是要摸一摸那个地方——那个皮肤下面的肿块。

"你走吧。"少女呜咽着说，"没有你我们也过得很好。"

朱丽叶放下刀。离开这把刀让她感觉有些不自在。但她不可能拿着刀走向那个女孩。"我可以帮你，"她一边说话，一边转过身，确保男孩也能清楚地听到她在说什么，"我曾经在一个照顾新生儿的地方工作。让我……"她伸出双手。女孩只是继续转向墙壁，挡住婴儿。

"好吧。"朱丽叶举起双手，亮出掌心，"但你们不能再这样生活了。"她向两个小男孩点点头，又转向里克森。那个男孩一直都没有动。"你们都不应该继续待在这里。任何人都不应该这样过日子，哪怕是这里的最后几个人。"

她点点头，打定了主意。"里克森？把你们的东西收拾好。只带上必需品。其他的我们以后再回来拿。"她又低头看向两个年纪较小的男孩——他们的连体服膝盖以下都被截掉了。短粗的裤腿上沾满了农场的泥土。看样子，他们认为现在的情形是允许他们继续打包了。这两个人似乎很想换个人来指挥他们，只要不是他们的哥哥就行。

"告诉我你们的名字。"朱丽叶和两个女孩一起坐在地铺上，让男孩们继续鼓捣他们的东西。她努力保持冷静，不再去想这么小的孩子就已经生了孩子，不让这件事所带来的不安充满自己的内心。

婴儿发出饥饿的哭声。

"我是来帮你们的。"朱丽叶对女孩说，"我可以看看他吗？是男孩还是女孩?"

年轻的母亲放松双臂。一张毯子落下一角,露出一个不到几个月大的婴儿。小小的生命眯着眼睛,噘着红嘴唇,向母亲挥舞着一只小胳膊。

"女孩。"她轻声说。

小女孩紧紧依偎在母亲肋骨上,隔着母亲偷看朱丽叶。

"你给她起名字了吗?"

她摇摇头。"还没有。"

在朱丽叶身后,里克森对两个男孩说了些什么,似乎是在让他们不要争抢什么东西。

"我叫伊莉斯。"那个小一些的女孩从年长女孩的身后探出头。伊莉斯指了指自己的嘴。"我有颗牙齿松动了。"

朱丽叶笑了。"如果你愿意,我可以帮你。"她趁这个机会伸出手,捏了一下年少女孩的胳膊。记忆如同洪水般涌来,她仿佛回到了父亲的育婴室,回忆起在那里度过的童年。那些惴惴不安的父母,那些备受珍视的孩子,那些围绕着生育彩票而产生和破灭的所有希望与梦想。朱丽叶的思绪飘向她的弟弟,那个注定不属于她的弟弟,她感到泪水涌入眼眶。这些孩子经历了什么?梭罗至少还有战争以前的正常经历,知道生活在一个安全的世界意味着什么。而这五个——不,是六个孩子——他们是在什么样的环境中长大的?他们都见到过什么?她对这几个孩子感到无比同情。这种怜悯几乎让她生出一种病态、错误和悲哀的渴望——希望这些孩子根本就不曾出生……

这股情绪很快就被负罪感冲刷得干干净净,朱丽叶知道,这种事就算是想一下都不应该。

"我们会带你们离开这里。"她对两个女孩说,"收拾好你们的东西。"

一个小男孩走过来,把朱丽叶的包放到她身边。他已经把包里的东西都放了回去,并向朱丽叶道了歉。这时朱丽叶听到一阵奇怪又细小的声音。

这次又是怎么回事?

她用毛巾轻轻擦拭着嘴唇,看两个女孩不情愿地执行她这个成年人的命令,寻找自己的东西,用眼神相互确认这样做是对的。朱丽叶听到自己的装备袋里传出些细碎的声音。她捡起刀,捏着刀刃,用刀柄把背包拉链划开,唯恐有什么奇怪的东西从这些孩子的老鼠窝里窜出来,然后她听到了一点点说话声。

那声音在叫她的名字。

她的另一只手松开毛巾,探到包里来回翻找。翻过工具和水瓶,在她的备用工作服和宽松袜子下面,她找到了步话机。她不知道梭罗怎么能呼叫她。另一只步话机已经在她的防护服里,被水泡坏了……

"……请说点什么。"步话机发出嘶嘶声,"朱丽叶,你在吗?我是沃克尔。看在上帝的分上,请回答我——"

第七十五章

18号筒仓

"发生了什么事?为什么他们没有回应?"柯特妮看看沃克尔,又看看雪莉,好像他们俩比她知道得更多。

"这是不是坏了?"雪莉拿起那个被涂上一道道油漆痕迹的小表盘,想看看旋钮有没有错位,"沃克,我们把它摔坏了吗?"

"不,它还在工作。"老工匠把耳机贴在头侧,同时还在逐一查看每个部件。

"伙计们,我不知道我们还有多少时间。"柯特妮在透过观察窗查看发电机房的情况。雪莉站起身,越过控制台,向大门口望去。詹金斯和他的一些手下正站在那道门后,将步枪抵在肩头,对其他人大喊大叫。控制室的隔音装置让他们听不到外面正在发生什么。

"喂?"

一个声音从沃克尔手中传出来,仿佛是翻滚过他的手指,砸在控制室的地板上。

"你是谁?"沃克尔按下通话开关喊道,"是谁?"

雪莉冲到沃克尔身边,双手抱住他的胳膊,难以置信地喊道:"朱丽叶!"

沃克尔抬起一只手,示意她和柯特妮保持安静,然后用颤抖的手摸索到引爆器,再次按下上面的红色开关。

"朱莉?"他年老的声音变得异常沙哑。雪莉依然攥着他的胳膊。"是你吗?"

片刻的沉默之后,扬声器中传出带着哭音的喊声:"沃克?沃克,是你吗?你还好吗?你在哪里?我还以为……"

"她在哪儿?"雪莉悄声问。

柯特妮看着他们俩,双手捂住脸颊,张大了嘴。

沃克按下发送器按钮。"朱莉,你在哪儿?"

小小的扬声器里响起一声沉重的叹息。朱丽叶的声音又小又远,"沃克,我在另一个筒仓里。这里还有一些人。你不可能相信……"

她的声音越来越弱,最终变成了一片静电噪声。雪莉靠在沃克尔身上,柯特妮在他们前面蹀步,视线在步话机和窗户之间来回移动。

"我们知道还有其他筒仓,"沃克尔把麦克风举到胡子下面,"我们能听见那些筒仓的人说话,朱莉。我们能听到所有那些筒仓的声音。"

他松开按钮。朱丽叶的声音又回来了。

"你们怎么样——机械部还好吗?我听说了交战的事。你们也被卷进去了吗?"在结束呼叫之前,朱丽叶又对另一个人说了些什么,但她的声音小得几乎无法听到。

听朱丽叶提起这里的战斗,沃克尔扬了扬眉毛。

"她怎么会听说的?"雪莉问。

"真希望她在这里。"柯特妮说,"朱莉一定知道该怎么做。"

"告诉她改变排气管道的事。我们的反攻计划。"雪莉向麦克风挥挥手,"给我,让我来说。"

沃克尔点点头。他把耳机和雷管递给雪莉。

雪莉按下按钮——它比雪莉想象中更僵硬。"朱莉?你能听到我说话吗?我是雪莉。"

"雪莉……"朱丽叶的声音有些发颤,"嗨,你……你还好吧?"

朋友声音中的情谊让雪莉热泪盈眶。"是……"她一甩头,哽咽了一下,"嘿,听着,有些人正打算把废气输送到IT部的风冷管道里。但还记得我们失去回压的那次吗?我担心他们这样干,发动机可能……"

"不行。"朱丽叶说,"你必须阻止他们。雪莉,你能听清我说话吗?你必须阻止他们。这样不会有任何结果。风冷系统只连接到服务器机房。只有在那里的人——"她清了清嗓子,"听我说。让他们停下来——"

雪莉有些笨拙地按下红色开关。沃克伸出手想要帮忙。不过雪莉还是控制住了这套装置。"等等。"她说,"你怎么知道通风口通向哪里?"

"我就是知道。这个筒仓的布局和我们那里是一样的。该死,让我跟他们谈谈。你不能让他们——"

雪莉又按下按钮。柯特妮推开门跑出去,发电机房的机器轰鸣从敞开的门口传进来。"柯特妮去找他们了,"雪莉说,"她刚过去。朱莉……你是怎么……?你和谁在一起?他们能帮助我们吗?我们这里的情况不太好。"

小扬声器又发出一阵"噼啪"声。雪莉能听到朱丽叶深吸了一口气,还有背景中的其他声音,似乎朱丽叶正在对其他人发号施令。

雪莉觉得她朋友的声音很疲惫——虚弱又哀伤。

"我无能为力。"朱丽叶说,"这里没有什么人。一个男人都没有,只有一些孩子。这里的人都死了。住在这里的人,他们甚至自己都救不了。"通话沉默了,然后朱丽叶又打开传送器,"你们必须停止战斗,"她说,"无论要付出什么代价。求你了……别让一切因为我被毁掉。请停止——"

屋门再次被打开,柯特妮回来了。雪莉听到发电机房里传来喊叫声,还有枪声。

"出什么事了?"朱丽叶问,"你们在哪儿?"

"在控制室。"雪莉抬头向柯特妮。而柯特妮只是惊恐地瞪大了眼睛。"朱莉,我想我们的时间不多了。我——"她有那么多话想说。她想把马克的事告诉朱丽叶。她还需要一些时间。"他们冲进来了,"这是她唯一能说出口的,"我很高兴你没事。"

步话机中的音量一下子提高了,"哦,上帝,让他们停下来。不要再战斗了!雪莉,听我说!"

"没用的。"雪莉按下按钮,用手背擦抹着面颊,"他们不会停手的。"枪声越来越近,一连串的"砰砰"声穿过厚实的屋门。她的同伴正在死去,而她却蜷缩在控制室里,和鬼魂说话。她的同伴正在死去。

"你照顾好自己。"雪莉又说道。

"等一下!"

雪莉已经把耳机递给沃克尔。她和柯特妮一起站在窗前,看着躲在发电机另一边的人们,还有那些架在栏杆上、不断震动和冒出火光的枪管。一个穿着机械部蓝色工作服的人一动不动地躺在地上。"砰砰"声持续不断,只是被控制室的门窗阻隔,显得更加遥远和沉闷。

"朱莉!"沃克笨手笨脚地摆弄步话机,叫喊朱丽叶的名字,尝试和她通话。

"让我和他们谈谈!"朱丽叶喊道,她的声音显得那样遥不可及。"沃克,为什么我能听到你,却听不到他们?我要和副警长们谈谈,需要和彼得还有汉克谈谈。沃克,你是怎么联络到我的?我要和他们谈谈!"

沃克尔只能为他的烙铁和放大镜哭泣。这位老人真的在哭,他抱着他的电路板、电线和电子元件,好像它们是一个粉身碎骨的孩子。他对它们耳语,身体不住地前后摇晃,一颗颗咸涩的水滴危险地落在他辛苦拼凑出来的作品上。

就在他对朱丽叶胡言乱语的时候,更多穿蓝色工作服的人倒下了。他们的胳膊还搭在栏杆上,工艺简陋的步枪从他们的手中掉落在地,却没有半点声音能传进控制室。那些一个月以来都在让他们心惊胆战的人冲进来了。一切都结束了。雪莉向柯特妮伸出手,她们的手臂勾在一起,同时她们只能看着窗外的劫难,无能为力。在她们身后,老沃克尔的抽噎声和疯狂的胡言乱语与最后的枪声混合在一起,"砰砰"的杂乱声音就像失去平衡的机器,随着肚子里的金属配件相互撞击而逐渐失去控制……

第七十六章

18号筒仓

卢卡斯站在倒扣的垃圾桶上,一副摇摇欲坠的样子。他的靴子尖把柔软的塑料桶底压得凹陷下去。他觉得这只桶随时都有可能从他的脚底飞走,或者碎成几片。他扶住12号服务器的顶部,稳住身体。服务器顶上积了厚厚的一层灰尘,显然已经很多年没有人用梯子和抹布来打扫了。他把鼻子凑到空调通风口上,又吸了一口气。

不远处的屋门发出"哔哔"的声音,门锁"哐当"一声退到锁槽里。然后是一声轻微尖细的摩擦声,粗大的铰链开始弯折,带动沉重的屋门向房间内旋转。

伯纳德一下子冲了进来。卢卡斯差一点没抓住满是灰尘的服务器顶部。技术部的负责人抬起头,疑惑地看着他。

"你总是闲不下来。"伯纳德说。他笑着转身把门关上。锁舌在和刚才一样的撞击声中伸进插槽,门锁面板再次发出"哔哔"声,一盏红灯重新开始监视整个房间。

卢卡斯把自己从满是灰尘的服务器上推开,跳下垃圾桶。塑料桶从他脚下弹出去,沿着地板打了好几个滚。他将两只手合在一起揉搓几下,又在自己的屁股上蹭了蹭,也勉强笑了两声。

"我觉得我好像闻到了什么气味。"他向伯纳德解释,"你觉得这里有烟吗?"

伯纳德眯起眼端详周围的空气。"我觉得这里总是雾气蒙蒙的样子。不过我什么也没闻到。应该只是服务器把空气烤热了。"他伸手到胸前的口袋里,拿出几张叠得整整齐齐的纸,"给。你母亲的信。我和她说过,可以把信直接交给我,我会转交给你。"

卢卡斯尴尬地笑笑,接过信纸。"我还是觉得你应该问问⋯⋯"他抬头瞥了一眼空调通风口,意识到现在他们找不到机械部的人可以问这种事了。步话机中传来的最新消息是西姆斯正在率领人马在底层进行扫荡。有数十人死亡。被关押的人数是这个数字的三到四倍。为此,中层的一部分宿舍区已经准备好容纳这些人。听起来,这次他们得到了足够的人手,可以满足很多年的清洁需求了。

"我会找一个替补机械师调查一下。"伯纳德向他保证,"这倒提醒了我,我还想和你再讨论一下。我们要让农夫去机械部,会有大量穿绿色工作服的人换成蓝色工作服。我想知道,如果让萨米领导整个部门,你会有什么看法?"

卢卡斯点着头,目光迅速扫过母亲寄来的一封信。"让萨米当机械部的主管?我认为这对他是大材小用了,不过应该不会有任何问题。我从他身上学到过很多东西。"伯纳德打开门边的文件柜,开始翻看里面的工作指令。卢卡斯抬起头看了他一眼。"他是一位非常优秀的老师,不过这个任命会是永久性的吗?"

"没什么是永久性的。"伯纳德找到了他要的东西,把那份文件塞进胸前的口袋,"你还有什么需要?"他把眼镜朝鼻梁上按了按。卢卡斯觉得他看上去比上个月老了些,而且显得很疲惫,"晚饭再过一两个小时就送过来⋯⋯"

卢卡斯确实有想要的。他想说自己已经准备好了,他已经充分领会了自己未来工作有多么恐怖,并学会了他所需要的知识,而且没有发疯。所以现在他能回家了吗?

但想凭这样几句话就离开这里,显然不太可能。卢卡斯也在这段时期的学习中明白了这一点。

"嗯,"他说,"如果有更多一点阅读材料,应该不错……"

他在第18号服务器中发现的东西深深烙印在了他的脑子里。同时他又很担心伯纳德会发现他知道了什么。卢卡斯相信,伯纳德知道那个文件夹的存在,不过他不一定看过那里面的东西。而且无论如何,他都想要问一问。

伯纳德微笑着说:"给你读的东西还不够多吗?"

卢卡斯把母亲的信在手中捻开成扇形的样子。"这些吗?我还没走到梯子那里,就把它们读完了——"

"我是说下面的那些。《指令》,你的学业。"伯纳德歪过头。

卢卡斯叹了口气。"是的,我是需要学习,但别指望我一天会把它读上12个小时。我也想要些信息密度没那么大的东西。"他摇摇头,"嘿,算了吧。如果你不能——"

"你需要什么?"伯纳德说,"读那个确实是很辛苦。"他靠在文件柜上,手指交叉,扣住肚子,从眼镜底部望着卢卡斯。

"好吧,这听起来可能很奇怪,不过我想看看一个案子。一个旧案子。服务器说它已经结案,和其他结案的调查卷宗一起放在你的办公室里——"

"案子?"伯纳德的声音提高了,其中流露出疑惑的意味。

卢卡斯点点头。"是的。一个朋友的朋友的事。我只是好奇它是怎么解决的。服务器上没有任何电子版的内容——"

"和霍斯顿无关,是吗?"

"谁?哦,那个原来的警长?不,不。我为什么要关心他?"

伯纳德挥挥手,似乎是打消了某个念头。

"是威尔金斯的档案。"卢卡斯一边说,一边仔细观察伯纳德,"乔治·威尔金斯。"

伯纳德的面色严厉起来,嘴唇上的胡子像低垂的窗帘,遮住了嘴唇。

卢卡斯清清嗓子。只是伯纳德的表情对他来说就已经足够了。他开口道:"乔治几年前死在机械部——"

"我知道他是怎么死的。"伯纳德的下巴点了一下,"你为什么要看那份档案?"

"只是好奇。我有个朋友——"

"你的朋友叫什么名字?"伯纳德的小手从肚子上滑下来,插进他的工作服里。他离开档案柜,向卢卡斯走近了一步。

"什么?"

"你的这个朋友,他和乔治有什么关系吗?关系有多亲密?"

"没有。据我所知没有。"卢卡斯非常想问问他,为什么要这样做,"听着,如果这是件大事,那就不必——"

"这是件大事。"伯纳德说,"乔治·威尔金斯是一个危险人物。一个有主意的人。是我们会抓捕的那种谣言传播者,会毒害他周围的人——"

"什么?你是什么意思?"

"《指令》第13条。好好学习。所有的暴动都从这一点开始,从像他这样的人开始,所以我们不能听之任之。"

伯纳德的下巴低垂在胸前,目光越过眼镜的上缘盯住了卢卡斯。卢卡斯曾经设想过各种套话的办法,但真相就这样简单而自然地出现了。

卢卡斯根本不需要那个文件夹。他已经发现了乔治死亡时的履行日志,还有几十条要求霍斯顿把事情了结的信息。伯纳德丝毫没有为此感到羞耻。乔治·威尔金斯的死亡不是意外。他是被谋杀的。而且伯纳德很愿意告诉他原因。

"他做了什么?"卢卡斯低声问。

"让我告诉你他做了什么。他是个机械师,工作是负责加注润滑油。我们最开始从搬运工那里知道了那些四处传播的计划——扩大采矿区域,进行横向挖掘。你知道,向外侧挖掘是禁止的——"

"是的,当然。"卢卡斯在脑海中想象着18号筒仓的矿工们穿过地底,与19号筒仓的矿工见面的情景。至少那样会非常尴尬。

"他与机械部的老主管进行过长时间的交谈。老主管结束了他的胡闹。然后乔治·威尔金斯又提出了向下扩展的想法,还和其他一些人绘制了150层的蓝图,然后又拓展到160层。"

"多了16层?"

"这还只是开始。不管怎样,这就是我们听到的消息。还都只有窃窃私语和草图。直到这样的一些议论传到了一个搬运工的耳朵里,我们的耳朵才竖起来。"

"所以你杀了他?"

"是的,有人杀了他。不过,是谁干的并不重要。"伯纳德抬手调整了一下眼镜,还有一只手仍然留在他的工作服和肚子之间。"孩子,总有一天,这些事要由你来做。你知道的,对吧?"

"是的,但是——"

"不要再啰嗦了。"伯纳德缓慢地摇摇头,"有些人就像病毒。除非你想看到瘟疫暴发,否则你就必须给筒仓打预防针,并且把病毒清除掉。"

卢卡斯没有说话。

"卢卡斯,我们今年已经清除了十四个威胁。如果我们采取积极手段应对这种事,你知道我们的平均预期寿命会是多少?"

"可是清洁镜头——"

"那个法子对付想出去的人很有用。他们都在梦想一个更好的世界。眼下这场暴动中就有很多这样的人,但那只是我们需要对付的一种疾病。清洁镜头是一种效用有限的治疗方法。我不确定如果我们把患上另一种疾病的人送出去,他们是否会清洁那些镜头。适合被送出去的人必须真心想要看到我们所展示的东西。"

这让卢卡斯想起了那些头盔和面罩。他还以为这是唯一的一种疾病。他开始希望自己多读读《指令》,少看一些《遗产典籍》。

"你一定在步话机里听到了最近这场暴动的情况。如果我们能早点发现疾病,这一切本来都可以避免。难道你不认为,提前预防会让一切变得更好?"

卢卡斯低头看着自己的靴子。垃圾桶倒在旁边,样子显得很悲伤,就好像再也装不进任何东西了。

"思想会传染,卢卡斯。这是《指令》的基本内容。你是知道的。"

卢卡斯点点头,心中想起了朱丽叶。他很想知道为什么朱丽叶不呼叫他。朱丽叶正是伯纳德所说的病毒,她的话悄悄潜入他的脑海,用一些古怪的梦想感染了他。当他意识到自己也遭到了感染,便觉得自己全身都红得发烫。他想摸摸自己胸前的口袋,那里有朱丽叶的私人物品——手表、戒指、身份卡。他私自留下它们,是为了纪念已经死亡的她,而一旦知道她还活着,它们就变得更加珍贵了。

"这次暴动远没有上次那么糟糕。"伯纳德告诉他,"而且就算是那一次,叛乱最终也得到了平息,遭受破坏的地方被重新焊接在一起,发动叛乱的人都被遗忘了。这次不会有什么差别。我们都很清楚,对吗?"

"是的,长官。"

"很好。你想从那个文件夹里知道的就是这些?"

卢卡斯点点头。

"好。看样子,你需要读点别的东西了。"他让胡子随着笑容抖动了一下,便转身要走了。

"是你干的,对吗?"

伯纳德停下脚步,但没有转身面对他。

"谁杀了乔治·威尔金斯?是你,对吧?"

"这有什么关系吗?"

"是的。它……对我很重要……这意味着——"

"还是因为你的朋友?"伯纳德转过身,直视着他。卢卡斯感到房间的温度又上升了一个等级。"你有别的念头了,孩子?对这份工作有看法?我看错你了吗?毕竟我以前也犯过错。"

卢卡斯咽了一口唾沫。"我只是想知道,我是否有必要做这种事……我的意思是,既然我是你的学徒……"

伯纳德朝他走了几步。卢卡斯感觉到自己向后退了半步。

"我不认为我看错你了。但我确实是错了,对不对?"伯纳德摇摇头,似乎由衷地感到恶心。"该死的。"他啐了一口。

"不,长官。你没有错。我觉得我只是在这里待得太久了。"卢卡斯拨开落在前额上的头发。他的头皮很痒,还很想上厕所。"也许我只是需要透口气,回家待上一段时间?在我的床上睡一觉。我在这里多久了,一个月?我还需要多久——?"

"你想离开这里?"

卢卡斯点点头。

伯纳德低头盯着自己的靴子,似乎是思考了片刻。当他抬起头来的时候,胡须低垂,眼睛里充满了悲伤,依稀有泪光在闪烁。

"这就是你想要的?离开这里?"

他插在工作服里的手动了动。

"是,长官。"卢卡斯点头。

"说出来。"

"我想离开这里。"卢卡斯瞥了一眼伯纳德身后那扇沉重的铁门。"求你。我希望你放我出去。"

"出去。"

卢卡斯一点头,神情愈发显得急切。汗珠沿着他颌骨的曲线滚落下去。他突然非常害怕面前这个人。突然间,这个人让他想起了更多关于父亲的事。

"求你,"卢卡斯说,"我只是……我开始觉得自己是被关起来了。请放我出去。"

伯纳德点点头。他的脸颊在抽搐,看上去好像要哭泣的样子。卢卡斯还从来没有在这个人的脸上见过这样的表情。

"比林斯警长,你在吗?"

他的小手从工作服里退出来,把步话机举到他因为悲哀而不住颤抖的胡子旁。

彼得的回应夹杂着一阵阵静电噪声。"我在,长官。"

伯纳德按住呼叫按钮。"你听到他在说什么,"他的眼里含满了泪水,"卢卡斯·凯尔,技术部一级工程师,说他想要出去……"

第七十七章

17号筒仓

"喂？沃克？雪莉？"

朱丽叶对着步话机叫喊。孤儿们和梭罗在下面的几级台阶上看着她。她带着孩子们迅速穿过农场，匆匆将梭罗和孩子们介绍给对方，然后就一直在鼓捣步话机。他们就这样向上爬了几层楼，其他人都在她身后吃力地攀登一级又一级台阶。但自从上一次断开联系之后，沃克尔和雪莉再没有过半点音讯。朱丽叶在最后一次通话时听到了夹杂在老工匠话语中的枪声。现在她只想着向上爬高一些，再呼叫一次……她不止一次查看电源按钮旁边的指示灯，确定电池有电。步话机的音量被她调到最大，里面传出的静电杂音清晰刺耳。这至少让她知道，这东西还能工作。

她按下呼叫按钮。静电噪声消失了，步话机在等待她说话。"说点什么，求你们了，伙计们。我是朱丽叶。能听到我说话吗？说点什么吧！"

她看向梭罗。梭罗正被那个砸晕了他的男孩扶着。"我认为我们需要走得更高。"她说道，"来吧！加快速度。"

不止一个人发出了呻吟声。17号筒仓这些可怜的难民似乎都觉得朱丽叶失去了理智。但他们还是跟着她在楼梯上快步攀登。梭罗有些拖慢了他们的步伐。他吃了些水果,也喝了水,似乎恢复了一部分体力。但这点力气很快就在楼梯上被消耗光了。

"和你说话的那些朋友在什么地方?"里克森问道,"他们能来帮忙吗?"这时梭罗向旁边踉跄了一下,拽得他哼了一声。"他可真重。"

"他们不会来帮我们。"朱丽叶说,"从他们那里到不了这里。"我们也过不去,她告诉自己。

焦虑沉重地压在她的胃上。她必须去技术部联系卢卡斯,弄清楚到底发生了什么。她需要告诉他,她的计划严重偏离了轨道,她在每一个关键点上都失败了。她明白,自己没有回头路可以走。但她现在既救不了朋友,也没办法拯救这个筒仓。她回头看了一眼。现在她将成为这些孤儿的母亲,这些孩子之所以能活下来,仅仅是因为那些曾经在暴动中相互残杀的幸存者没有勇气杀死他们。也有可能是他们的良心不允许他们这样做——她想道。

现在,这份责任落到了她的肩上,还有梭罗。但梭罗可能也只是她要照顾的一个孩子。

他们慢慢爬上了另一段楼梯,梭罗似乎恢复了一点神志,也在用力迈步。他们还有很长的路要走。

他们中途停下来上厕所,填满了更多无法冲水的空坑位。朱丽叶教那些年轻人上厕所的方式。他们都不喜欢这样。和厕所相比,他们更喜欢泥土。她告诉他们,这才是对的,在楼层间长途跋涉的时候就需要这样。她没有告诉他们,梭罗花了多少年污染了整层公寓;也没有告诉他们,她曾经看到的大群苍蝇。

他们吃光了全部食物,不过他们还有充足的水。朱丽叶想赶到56层的水培农场,在那里过夜。那里有足够的食物和水,能够支持他们走完剩下的旅程。她反复用步话机呼叫,直到电池快要耗尽。始终没有人回应。她从一开始就不明白,他们怎么能相互通话?肯定有什么办法,让所有筒仓之间听不到彼此的声音。肯定是沃克尔,是那位老工匠又做了某种设计。等她回到技术部以后,能在那里弄清楚吗?她还能联系上沃克尔或者雪莉吗?她不确定,卢卡斯也没办法联系到机械部,不可能帮她传递消息。这件事,她已经问过卢卡斯十几次了。

卢卡斯……

朱丽叶想起来了。

梭罗小屋里的步话机。有一天晚上,卢卡斯和她提到过一件事。那天他们一直聊到很晚,卢卡斯说他希望他们能在下面聊天,那里更舒服些。所有关于暴动的消息,他不都是从34层下面的密室中得到的?从那里的步话机上,就像梭罗住的地方一样。就在那些服务器下面,锁在一个钢制笼子里。而梭罗从来没有找到过那个笼子的钥匙。海伦娜——那个甚至不知道自己年龄的年轻母亲哄着自己的孩子。她还没有名字的小婴儿一直都很安静,现在忽然开始尖声哭泣。看样子,她很喜欢攀登楼梯时有规律的晃动。

"我得到更上层去。"她告诉大家,然后她又问梭罗,"你感觉如何?"

"我?我很好。"

他看起来不太好。

"你能把他们带上去吗?"她又问里克森,"没问题吧?"

男孩点了一下下巴。在这一路的攀爬中,他的抗拒态度逐渐软化,尤其是在上过厕所之后。那些小孩子看到了筒仓中从没有见过的地方,都无比兴奋,尤其是现在他们还可以提高声音说话,不用再害怕有什么可怕的东西会突然冒出来。现在筒仓里除了他们以外，只剩下了两个成年人，而且这两个人看上去都不坏。

"56层有食物。"她对所有人说。

"这个数……"里克森摇摇头，"我数不来……"

当然。为什么他要搞清楚那些他有生之年都不可能见到的数字呢？又没有什么东西需要他计数。

"梭罗会给你们带路。"她告诉他，"我们以前在那里住过。那里有不错的食物，还有罐头。梭罗？"她等待片刻，直到梭罗向她抬起头，脸上呆滞的神情渐渐消失。"我得去一趟你家里，呼叫一下其他人，好吗？那些是我的朋友。我需要知道他们是否平安。"

梭罗点点头。

"你们不会有事吧？"她不愿意离开他们，但又没办法这样耽误时间。"我尽量明天下来找你们。不用走太快，好吗？回家的时候也不用着急。"

家。她已经真的听天由命，把这里当作家了？

有的孩子在点头。一个小男孩从另一个男孩的背包里拿出水瓶，拧开瓶盖。朱丽叶转过身，开始不顾双腿的哀求，一步两级地迈上台阶。

·············

到了四十几层，朱丽叶脑子里突然冒出一个念头——她可能再也爬不动了。黏在皮肤上的汗水已经变冷，让她瑟瑟发抖。她的腿感觉不到疼痛，应该是因为疲惫而彻底麻木了。现在她更多要依靠自己的双手——用满是汗水的手掌抓住楼梯栏杆，一次把自己拽上两个台阶。

她的呼吸变得异常急促——在六层以前就是这样了。她有些怀疑自己的肺是不是因为那段严酷的水下经历而遭到了损伤。这有可能吗？她的父亲一定知道。但她在随后的人生里都无法再找到医生，而且牙齿会和梭罗一样发黄，还要照顾一个刚出生没多久的孩子。而真正的挑战是，不必等到这些孩子长大，就又会有更多的孩子生出来。

到了下一个楼梯平台，她又摸了一下自己的腰，她的避孕器就在那里。来到17号筒仓以后，她才弄明白为什么要植入避孕器。她也弄清楚了她过去人生中的许多事的道理。以前看上去非常没道理的安排，现在都有了清晰的线索和逻辑——发送信息的昂贵费用、楼层的间隔、狭窄的单人楼梯、区分特定工种的鲜艳服色、将筒仓分为几个部分、一切产生不信任的种子……这些全都是有意设计的。以前她就觉得这些问题不太寻常，却完全不知道是为什么。现在这个空旷的筒仓告诉了她，这些孩子的存在告诉了她。事实证明，一些看似不合情理的事情在被分析清楚以后只是变得更加可怕。当你解开绳结的时候，才能明白绳子为什么会打结。

在一步步的攀爬中，她的心思却游走到了其他地方，至少这样可以让她暂时忘记肌肉的疼痛，还有这一天所遭受的种种折磨。当她终于来到三十多层的时候，虽然痛苦并未离去，但她至少已经接近了自己的目标。她早已不再用便携步话机进行频繁呼叫。从那里面，她能听到的只有一阵阵静电杂音。现在她要用别的办法联系沃克尔。她早就该想到这个办法，只有这样才能绕过服务器，让她联络到其他筒仓。那东西一直都在她面前，盯着她和梭罗。她的心中曾经产生过一丝犹疑，但如果那台步话机就像普通步话机一样无法与外界沟通，为什么又要费力气将它锁住？一定是因为它极度危险——这正是朱丽叶现在所期望的。

她终于把三十五层的楼梯平台踩在了自己脚下。她的身体从来没有被这样严重地消耗过。即使是在把一根根水管越过楼层安装在小水泵上的时候，还有在筒仓外面的毒气中穿行的时候，都没办法和现在相比。现在她只能凭自己的意志一次又一次地抬起脚、放到上一个台阶上、踩稳、把腿伸直、手臂发力把自己往上拽，然后再次向上伸出手。现在她一次只能登上一个台阶。她的脚指头撞上了下一个台阶。她已经快要抬不起自己的脚了。绿色的应急灯光始终不曾有过变化，让她无从感知时间的流逝，不知道夜晚是否已经到来，也不知道什么时候会是明天的早晨。她非常想念自己的手表。这些日子里，她所拥有的只剩下了一把刀。这种转变让她不由得想要笑话自己。她以前数着分秒过日子，现在却必须靠着刀，才能争分夺秒地过下去。

三十四层到了。现在她只想瘫倒在钢制格栅上，沉睡过去，就像她来到这里的第一个晚上那样。但她还是拉开技术部的大门——让她吃惊的是，这个简单的动作竟然就耗费了她那么多力气。她转过身，退回到这个文明的地方。这里有光，有电，有热量。

她在走廊中蹒跚而行。不知为何，她的视野缩小到了一个非常小的范围里。现在她就好像正从一根吸管中看向前方，周围的一切都是模糊的，还不停地旋转。

她的肩膀蹭到墙壁。走路需要很大的力气。现在她只想呼叫卢卡斯，听到他的声音。她想象自己倒在那台服务器后面睡着了，机箱风扇中涌出的热风不断吹拂她的身体。耳机紧贴在她的耳朵上。卢卡斯可以悄声告诉她关于那些遥远星星的故事。而她可以睡上一天又一天……

但卢卡斯只能再等等她了。卢卡斯被关在服务器机房,非常安全。她有的是时间可以和他说话,现在还有更紧急的事情。

她转身进了防护服实验室,拖着脚步来到挂工具的墙壁前。她不敢转头去看她的小床。只要朝那里瞥上一眼,她可能就要到明天才会醒过来。或者不知道哪一天。

她抓起断线钳,正要走开,又回身去拿下了大手锤。这些工具都很重,但能够拿到它们,让她的心情好了一些。她一只手拿着一件工具。拖着手臂,努力调动全身的肌肉,让自己站稳。

在走廊尽头,她用肩膀抵住服务器机房那扇沉重的铁门,把体重压上去,直到门"嘎吱"一声被推开一道缝隙,刚好够她钻进去。在麻木的肌肉允许范围内,朱丽叶尽可能快地向梯子跑去——不算是跑,她的两只脚根本离不开地面,不过她还是拿出了自己最快的速度。

密室入口被格栅封着。她将格栅拽开,把工具都扔下去,引来很大的金属撞击声。她不在乎——那些东西摔不坏。她沿着梯子往下爬,满是汗水的手掌太滑了,握不住梯子,让她的下巴撞在梯子横档上。幸好梯子没有她想象的那样高。

朱丽叶瘫倒在地板上,小腿撞上了手锤,却没办法再动一下。现在大概只有上帝才能让她站起来。不过,她还是凭自己的意志撑起了身子。

穿过走廊,经过那张小桌子,她找到了那只钢笼子。那里面是一台步话机,很大。朱丽叶记得自己当警长的那些日子。在她的办公室里也有一台一模一样的步话机。她曾在马恩斯巡逻时用那台机器呼叫过那位副警长,也呼叫过汉克和马什副警长。但这一台和她用过的那台肯定不一样。

她放下手锤,用断线钳夹住笼子的一根铰链。但这把钳子实在太难操作了。她的手臂一直在摇晃,还在不停地颤抖。

朱丽叶调整了一下身体,把断线钳的一侧握柄抵在脖子上,用锁骨和肩膀夹住它,然后双手抓住另一侧握柄,把这一侧握柄向自己拽过来,同时用力压上面的手柄,就这样收紧断线钳。她感觉到钳子在动了。

"铿"的一声震响,钢铁断开了。她夹住第二根铰链,把刚才的过程重复一遍。钳子握柄将她的锁骨顶得生疼。她觉得断开的可能是这根锁骨,而不是铰链。

又一次猛烈的金属震响。

朱丽叶抓住钢笼,用力去拽。铰链离开了固定钢板。她不顾一切地撕扯这只笼子,想要拿到里面的东西。现在她心里只有沃克尔和她所有的家人、所有的朋友。最后一次通话的时候,她听到了远处人们的尖叫。她必须让战争停止,让所有人停止争斗。

在变形的笼子和墙壁之间弄出足够的缝隙以后,她将手指探进缝隙中,抓住笼子边缘,集中力量撕扯固定笼子的几个焊点。终于,她让笼子离开墙壁,让后面的步话机完全暴露出来。谁会需要钥匙?让钥匙见鬼去吧。她继续把笼子向下拽,直到笼子与地面平行,然后把体重压到笼子上面,让它彻底掉下去。

步话机正面的表盘看上去很眼熟。她打开电源,却只是听到"咔哒"一声轻响,表盘依然没有任何动静。朱丽叶跪下去,喘着粗气,汗水在脖颈上滚落,全身没有半分力气。这台机器上还有另一个电源开关,她又转动了那个按钮,扬声器中传出静电噪声,"嗡嗡"声充满了整个房间。

她盯上了一个旋钮。这就是她想要的。她本以为那可能是某

WOOL / 565

种跳线,就像服务器背面的那种布置;或者是指拨开关,就像水泵控制开关一样。不过她看到的是一个旋钮和环绕旋钮的一串小数字。虽然疲惫已极,但朱丽叶还是露出了微笑。她将旋钮指针转到"18"。那里才是家。她抓起麦克风,按下那个旋钮。

"沃克尔?你在么?"

朱丽叶瘫坐在地上,背靠这桌子,闭起眼睛,麦克风放在她的脸上,她完全可以就这样睡过去。现在她明白了卢卡斯的意思。这里可真舒服。

她又按了一下按钮。"沃克?雪莉?请回答。"

步话机发出"噼啪"的响声。

朱丽叶睁开眼,抬头盯着这台机器,双手又开始颤抖。

一个声音响起:"你就是我想的那个人吗?"

这声音太过尖细,不可能是沃克尔。实际上,朱丽叶认得这个声音。她在哪里听到过?现在她又累又迷糊,什么都想不起来。她按下麦克风上的按钮。

"我是朱丽叶。你是谁?"

会是汉克吗?她觉得可能是汉克。汉克也有一台步话机。或者,也许她完全搞错了筒仓,那就真是大错特错了。

"我需要无线电静默。"那个声音在发出命令,"把他们都赶走。马上。"

这是在对她说话吗?朱丽叶的思绪在飞速转动。紧接着又有几个人在说话,明显是在附和发号施令的人。随后扬声器里就只剩下了静电噪声。她应该说些什么吗?一时间,朱丽叶有些不知道该如何是好。

"你不应该呼叫这个频率。"那个声音又说道,"这会让你被判处去进行清洁。"

朱丽叶的手落在膝头,身子无力地靠在木桌上。她终于认出了这个声音。

伯纳德。

几个星期以来,她一直希望能和这个人通话,一直在心中祈祷能够听到他的回应。但不是现在。现在她无话可说。她只想和她的朋友们说话,确保他们一切平安。

她按下通话按钮。

"不要再打了。"她说道。她的意志力已经被彻底耗尽,一切复仇的欲望也都烟消云散。她只希望世界能安定下来,让人们可以活下去,变老,有一天回归到植物的根茎中……

"说到清洁。"那个尖细的声音说,"我们这里将有很多清洁的工作,明天就将是完成这些工作的第一天。你的朋友们已经排好队,准备出发了。我相信你知道谁是第一个出去的幸运儿。"

随着"咔哒"一声响,扬声器里只剩下了静电的"嘶嘶"声。朱丽叶一动不动。她觉得自己死了,身心都已陷入麻木,连意志力也彻底没有了。

"想象一下我有多惊讶。"那个声音忽然又响了起来,"想象一下,当我发现一个正直的人,一个我信任的人,竟然受到了你的毒害。"

她用拳头按下通话按钮,却没有把麦克风举到嘴边,只是提高了自己的嗓音。

"你会在地狱里被火烧。"她对那个声音说。

"毫无疑问。"伯纳德说,"不过在那以前,我的手里还有一些小东西。我觉得它们应该属于你。一张有你的照片的身份卡、一只漂亮的小手镯，还有一枚看起来很不正式的结婚戒指。我想知道……"

朱丽叶呻吟了一声。她感觉不到自己身体的任何一部分，也几乎听不到自己的想法。她努力按下通话按钮，这已经迫使她使用了自己的全部力量。

"你到底在说什么？你这个变态的混蛋！"

她啐了一口，结果反而让自己的头甩到一旁。她的身体太渴望睡觉了。

"我说的是卢卡斯，他背叛了我。我们刚刚在他身上发现了一些你的东西。他跟你勾结有多久了？在他进入服务器机房之前，对吧？好吧，你猜猜现在他会怎样？我要派他出去。而且我也终于搞清楚了你上次是怎么干的。那些物资部的白痴帮了你。我可以向你保证，你的朋友不会得到同样的帮助。我将亲自制作他的防护服——我，如果有必要，我会整晚不睡看着他。所以等到他早上出去的时候，我可以肯定他不可能靠近那些该死的山丘。"

第七十八章

18号筒仓

一群孩子从楼梯上冲下来,迎头撞上了出去送死的卢卡斯和押解他的人。一个孩子发出兴奋的尖叫,好像后面有人在追他们似的。他们沿着螺旋楼梯下来,让卢卡斯和彼得不得不缩到楼梯一侧,给他们让路。

彼得尽职地扮演着警长的角色,大声向孩子们吆喝,警告他们放慢速度,小心脚下。孩子们只是"咯咯"地笑着,继续发了疯似的往下跑。今天学校放假。他们不必听大人的话。

当卢卡斯紧贴在外侧栏杆上时,他考虑了一下跳下去的诱惑。只要纵身一跃,他就将得到自由——这是他自己选择的死亡。过去当他心情灰暗的时候,也曾经想到过这样的死亡。

还没等卢卡斯行动,彼得已经抓住他的臂肘,拽着他继续向上走去。卢卡斯只能继续欣赏钢制楼梯扶手优美的曲线,看着它一路盘旋上去,没有任何波折,仿佛也永远不会有尽头。他在心中描绘出这根圆柱体螺旋穿过大地的情景,就如同能够感觉到它的振动,就如同它是一根延伸到宇宙中的丝线,一根单独的DNA螺旋,悬挂在筒仓中心,而筒仓中的全部生命全都依附在它上面。

这样的想象同样在他的心中不断盘旋。随着他们在这场死亡之旅中登上又一层楼梯平台,他将注意力放到了楼梯扶手的焊缝上——其中一些比另一些更整齐;有几道焊缝就像褶皱的伤疤;也有几道被摩擦得异常光滑,他差一点就没看见。每一道焊缝都是这根扶手的创造者的签名:可能饱含着对工作的自豪;也可能是在漫长而劳累的一天快要结束时匆匆完成的一份活计;可能是一个学徒第一次学着独立完成任务;或者一位有几十年经验的师傅轻松自如的手艺。

　　他用戴着手铐的手抚摸钢制扶手粗糙的涂漆。那些凹凸不平、皱纹堆累的地方。涂漆表面的缺损暴露出几个世纪的变化——随着时代更替、补刷的颜料不同或质量差异产生了一层层渐变的色彩。这种层次感让他想起了自己盯了几乎有一个月的木头书桌——桌面上的每一个小凹槽都标志着时间的流逝,就好像每一个被刻在这根扶手表面上的名字都代表着一个人想要得到更多时间的疯狂愿望,无论是谁,都不愿意让自己可怜的灵魂被时间洪流冲走。

　　他们又在沉默中走了很长一段时间。一名搬运工扛着一大堆东西从他们身边走过。一对年轻夫妇看着他们,露出轻蔑的神情。卢卡斯走出了服务器机房的密室,但这不是他过去几周所渴望的自由之旅。他遭到了陷害,只能在耻辱中走完人生最后的一段路。站在每一层出入口的人、楼梯平台上的人、楼梯上的人。大多数人的面孔都是那样苍白呆板。那些人曾经是他的朋友,此刻却在怀疑他是不是敌人。

　　也许他真的是。

　　他们会说他情绪崩溃了,所以才会说出那个致命的禁忌,但卢卡斯现在才知道,为什么有些人会被赶出去。他就是病毒。如果他说出那些错误的话,就是在向周围打喷嚏,那样会杀死所有他认识的人。这就是朱丽叶走过的路。朱丽叶同样被看作是病毒,同样没有理由。他相信朱丽叶,一直都相信,也一直都知道她没有做错任何事,但直到现在,他才真正明白这一切。朱丽叶在很多方面都非常像他。只不过他这次不可能活下来——他一样清楚地明白这一点。是伯纳德告诉他的。

他们离开技术部,向上走了十层楼时,彼得的步话机发出蜂鸣声。他松开抓住卢卡斯臂肘的手,把步话机音量调大,看看是不是在呼叫他。

"我是朱丽叶,你是谁?"

那个声音。

卢卡斯的心脏跳得稍稍高了一点,又重重地坠落下去。他只能紧盯着楼梯扶手,仔细倾听步话机中的声音。

伯纳德做出了回应。技术部主管首先要求所有人安静。彼得调小了步话机的音量,但没有把它关掉。随着他们一步步向上攀登,伯纳德和朱丽叶的对话也在一直持续。他们说的每一个字随着卢卡斯迈出的每一步落在他的心里,又从他的耳边流走。卢卡斯审视着楼梯栏杆,再一次开始考虑真正的自由。

只要抓住栏杆,向外一跳,然后就是漫长的飞翔。

他能感觉到自己在心中不断重复这些动作,弯曲膝盖,用力跳起。

步话机中的声音在争吵,提起各种被禁止的事情。他们毫不在意保密的问题,大概是以为不会再有其他人听见了。

卢卡斯在脑海中一遍又一遍地观察自己的死亡。他的命运正在栏杆外面等待他。这幅景象是如此强烈,甚至影响了他的双腿,破坏了他的步伐。

他放慢脚步。彼得也随他一起放慢脚步。他们都有些步态不稳。听着朱丽叶和伯纳德的争吵,他们的信念都发生了动摇。卢卡斯感觉自己没有力气了。他决定不跳下去。

这两个人都有了别的心思。

第七十九章

17号筒仓

朱丽叶在地板上醒过来。有人在摇晃他。一个留胡子的男人,是梭罗。她在梭罗的房间里昏了过去,就躺在梭罗的书桌旁边。

"我们上来了。"梭罗露出他的两排黄牙齿。他看上去要比朱丽叶印象中好了一些,显得更有生气了。而朱丽叶却觉得自己已经死了。

死了。

"现在是什么时间?"她问道,"哪一天?"

她想要坐起身,但她觉得自己全身每一块肌肉都已断开,离开骨头,软绵绵地飘在她的皮肤下面。

梭罗走到电脑前,打开显示器。"其他人正在挑选房间,随后会去上层农场。"他转过头看着朱丽叶。朱丽叶正在揉搓着自己的额角。"现在这里有其他人了。"他郑重地说道,就好像这是新闻一样。

朱丽叶点点头。现在她只能想到一个人。做过的梦回到了她的脑海里——关于卢卡斯的梦,还有她全部的朋友。他们都被关在牢房里。一个房间里摆放着为他们所有人准备的防护服,不管他们会不会出去进行清洁。这将是一场大屠杀,一个向所有还活着的人发出的信号。

朱丽叶想到了这座筒仓外面的那些尸体。17号筒仓。随后会发生什么，太容易想象了。

"星期五，"梭罗看着电脑说道，"或者是周四晚上，这要看你怎么想。凌晨两点了。"他挠着胡子，"还以为我们睡了更长时间。"

"昨天是哪一天？"朱丽叶摇摇头，这不合理，"我是在哪一天下水的？穿防护服潜水。"她的大脑还是有些转不动。

梭罗看着朱丽叶，就好像他也觉得朱丽叶的脑子不大灵光。"潜水是在星期四。今天是星期五。"他挠了挠头，"我们再从头开始吧……"

"没时间了。"朱丽叶呻吟一声，想要站起来。梭罗急忙跑过来，扶住她的胳膊，帮她撑起上半身。"防护服实验室。"她说道。梭罗点点头。她能看得出来，梭罗也累坏了，身体状况可能还没有她好，但还是愿意为她做任何事。这让朱丽叶感到一阵伤心。现在还有人对她如此忠诚。

她领着梭罗走过狭窄的通道，爬上梯子——这又给她带来了数不清的疼痛。朱丽叶爬进服务器机房。梭罗跟在她身后，在梯子上还不停地帮她把脚推上去。他们一起向防护服实验室走去。

"我需要我们的所有热固胶带。"她一边对梭罗说话，一边蹒跚地走过服务器阵列，却撞到了一台服务器上。"必须是黄色卷的，物资部里的那种，不是那种红色的。"

梭罗点点头。"那种好的，就像我们在潜水时用的那种。"

"没错。"

他们走出服务器机房，摇摇晃晃地穿过走廊。朱丽叶能听到拐角另一边孩子们兴奋的喊声，还有他们奔跑的脚步声。那真是一种奇怪的声音,就像幽灵引起的回声。但那才是真正正常的声音。17号筒仓终于有了一些正常的人。

在防护服实验室,她让梭罗去处理胶带。梭罗将胶带一根根在工作台上铺开,让它们边缘重叠,再用喷枪对它们进行灼烧接合。

"至少要有一英寸的重叠。"看到梭罗似乎有些不知道该如何操作,朱丽叶便如此叮嘱他。梭罗点点头。朱丽叶朝自己的小床瞥了一眼,心中冒出了瘫倒在上面的冲动。但她没有时间。她将这里最小号的防护服取下。她知道,这件防护服的颈环对她来说只是刚刚好。她还记得自己在钻进17号筒仓的时候所遭遇的艰难。她不想再重复那样的经历了。

"我没时间给这件防护服再安装开关,所以我这次不会有步话机。"她一件接一件地整理清洁组件,剔除掉那些被设计成会迅速失效的东西,换上物资部的优质零件。有一些难以更换的部件,只能用优质胶带紧紧包裹住。这件防护服不像沃克尔帮忙安排的那件那么整齐漂亮,但肯定比卢卡斯要穿的好上无数倍。现在她的面前有许多零件。这几个星期里,她一有时间就在逐一检查它们。让她惊叹的是,这样高超的工程技术,竟然只是为了制造出比表面上看起来更脆弱的东西。她从一堆还没有确认过的垫片中拿起一个,用指甲一掐,那个垫片就裂开了。她只好又拿起另一个。

"你要出去多久?"梭罗一边问,一边用力抻开一段胶带,"一天?一个星期?"

朱丽叶从工作台上抬起头,看着正在忙碌的梭罗。她不想告诉梭罗,自己可能没办法活着回来。她只会将这个黑暗的想法留在自己心里。"我们会想办法和你们会合。"她说,"不过,我首先要去救人。"这种感觉像是在说谎。朱丽叶真的很想告诉他,自己很可能会

WOOL / 575

一去不返。

"怎么样?"梭罗把热固胶带做成的毯子抖开来。

朱丽叶点点头,告诉梭罗:"我家的大门一直都是关闭的,除非他们派人出来进行清洁。"

梭罗也点了点头。"这里也是一样,当这里还很疯狂的时候。"

朱丽叶疑惑地抬起头看向他,发现他正在微笑。梭罗刚刚是说了个笑话。尽管朱丽叶不喜欢这个笑话,但还是笑了两声——结果她发现这样对她的心情的确有帮助。

"距离那边大门打开还有六到七个小时。"朱丽叶继续说道,"我要在他们开门的时候赶到那里。"

"然后你要怎么做?"梭罗关闭喷枪,检查自己的工作成果,又抬起头来看着她。

"然后我想要看看,他们该如何向筒仓里的人解释我还活着。我相信……"她替换掉防护服上的一段密封条,又将防护服转过来,开始处理另一只袖子,"我相信我的朋友们正在那里面作战。他们躲在一道掩体的后面,那些把我赶出来的人正在攻击那道掩体。其他绝大多数人都在旁观。他们太害怕了,不敢帮助任何一个阵营,也就是说,他们都在置身事外。"

她停顿了一下,用一把小改刀撬掉连接手腕和手套的封条,又伸手去拿优质的封条。

"你认为你这么做能改变现状?拯救你的朋友?"

朱丽叶抬起头,认真看着梭罗。梭罗这时已经快把胶带处理完了。

"我当然要救我的朋友,但和我这样做没关系。"她说,"我认为——当正在盯着那场战争的所有人看到一名清洁者回家了,我相信这会让他们站在正确的一边。有了那么多人的支持,枪和战斗就没有意义了。"

梭罗点点头。不等朱丽叶再说什么,他已经开始把连接好的热固胶带叠起来。他知道随后会发生什么,并且在主动为此做着准备。看到他尽心工作的身影,朱丽叶的心中忽然充满了希望。也许梭罗也需要这些孩子,需要能照顾别人。现在的梭罗比以前仿佛一下子年长了十几岁。

"我会回来找你和孩子们。"朱丽叶对他说。

梭罗点了一下头,审视着朱丽叶,大脑似乎在飞速运转。然后他来到朱丽叶的工作台前,把整齐叠好的热固胶带放到工作台上,又在上面拍了两下。一抹笑容从他的胡须中闪过,然后,他似乎是不得不转过身,挠了挠面颊,仿佛那里很痒。

朱丽叶看得出来,他仍然是那个少年,仍然会在哭泣时感到害羞。

在卢卡斯最后的四个小时里,朱丽叶差不多全都在扛着沉重的装备爬上第三层。孩子帮了她不少忙,不过她在四楼就让他们停了下来——她担心再向上走,空气中的毒素会伤害他们。梭罗在两天内第二次帮她穿上防护服。这一次,他满脸严肃地审视着朱丽叶。

"你确定要这么做?"

朱丽叶点点头,接过热固胶带做成的毯子。下面一层传来里克森的声音,他在命令一个男孩安静下来。

"不要担心。"朱丽叶对他说,"该来的总要来。我必须试一试。"

梭罗皱起眉头,挠了挠下巴,然后向朱丽叶点点头。"毕竟你更习惯和你的人在一起。"他说,"也许你在那里才会更快乐。"

朱丽叶伸出手,隔着厚手套捏了一下梭罗的胳膊。"我在这里并不痛苦,但如果我任由他去送死,却什么都没有做,那样我才会非常痛苦。"

"我刚开始习惯有你在这里。"梭罗把头转向一旁,弯下腰,从地上拿起她的头盔。

朱丽叶检查了自己的手套,确认所有东西都包裹得足够严实,然后抬头向上看去。穿着这身防护服爬到顶楼,一定会是一场艰苦的旅程,想一想就让人感到害怕。然后她还要进入警长办公室,迈过那些尸体,再钻出气闸门。她接过头盔,尽管决心没有丝毫动摇,但即将要克服的困难依然让她忐忑不安。

"谢谢你所做的一切。"她对梭罗说道。就连她自己也听得出来,她的口气非常不像是一次普通的道别。她知道,伯纳德几个星期以前安排她去做的事情,这次自己很可能会主动去做。上一次,她把清洁镜头的任务抛在一旁,但这次她要回去完成这个任务,让她的家园的人们看到真相。

梭罗点点头,绕到她背后进行检查,拍了拍尼龙搭扣,又拽拽颈环。"很不错。"他的声音有些沙哑。

"照顾好自己,梭罗。"朱丽叶转过身,拍拍他的肩膀。为了保存更多空气,她决定在戴上头盔之前先带着头盔再向上走一层。

"叫我吉米。"他说,"我还是用'吉米'这个名字好了。"

他朝朱丽叶笑了笑,又悲伤地摇摇头,但嘴角的笑意并未退去。

"我不再孤单了。"他对朱丽叶说。

第八十章

朱丽叶钻出气闸门，走上斜坡。不去理会周围的死人，只专注于自己脚下的每一步，就这样走过了最困难的部分。剩下的至少都是开阔空间。她真希望能够将那些散落的残骸当作是大块的石头。确定方向还算是容易。她只需要一步步远离那座破败不堪的大都市。她曾经向那里行进，现在却把它抛到了身后。

当她在这片土地上寻找适合行走的路径时，随处可见的尸体比上一次她来到这里的时候更显得悲哀凄凉——这可能是因为她已经在他们的家园中居住过一段时间。朱丽叶小心翼翼地不去打扰他们，带着应有的敬重从他们身旁走过，心中希望自己能做的不只是哀悼他们的死亡。

终于，散布在地上的尸体没有那么密集了。她的周围渐渐只剩下了自然风景。她吃力地爬上那座风蚀严重的小山。风中细碎的泥沙再一次不断敲打她的头盔，给她带来了一种怪异的熟悉感，甚至还有一种更加怪异的舒适感。这就是她生存的世界，是所有人类生存的世界。透过毫无修饰的头盔面罩，她能够清楚地看到这个世界的一切景象。灰暗的云层在天空中狂暴疾驰；大团灰尘沿着地面随风飞舞；参差不齐的石块就像是经过某种力量的切削，只剩下一些残破的碎片——也许就是制造这些山丘的机器干的。

登上山顶之后,她停下脚步,看了一眼周围的景色。现在的风很猛,她甚至有一种没有穿防护服,身体直接暴露在风沙中的感觉。她将双腿叉开,用这种站姿防止自己被风吹倒,同时向山对面的圆形大坑望去。在那座大坑中心,就是她的家。激动和恐惧在她的心中交织到一起。现在还是凌晨,太阳才刚刚升起,只照亮了远方的山丘。下面架着摄像机的铁塔还在黑影中。她会成功的。但在下山之前,她又望向一直延伸到地平线的那一座座大坑,眼神中流露出惊愕。它们就和那张筒仓示意图中描绘的一模一样,排列得整整齐齐。她知道,这样的大坑一共是五十座。

突然之间,她明白了:有数不清的人生活在这里。都是活生生的人。这个想法带给了她巨大的冲击。这里并非只有她的和梭罗的筒仓。还有许多他们不知道的筒仓,住在里面的人都会在这个清晨去上班或者上学,甚至会被赶出筒仓进行清洁。

她转过身,目光扫过周围的所有大坑,心中好奇,会不会有另外一个人,穿着和她一样的防护服,正在这片土地上踟蹰,心中充满了和她完全不同的恐惧。如果她现在能大声呼喊,一定会用尽自己的力气向他们发出呼唤,她还会向所有隐藏的摄像机挥手——如果她能做到的话。

从这个高度看,世界的样貌和尺度都变得不同了。几周以前,她被丢弃在这里,她的生命很可能结束在这里——就在她的家园前方的山坡上,或者是在17号筒仓深深的积水中。但事情并没有这样结束。她的人生终点可能是在今天早上,和卢卡斯在一起。如果她的预感错了,他们也许会一同在气闸舱中被烧死。或者躺在山麓中,在毒气中慢慢腐朽,就像一对夫妻一样。他们互相倾诉着心声,直到深夜,从而建立起了亲密关系。这两个被困住的灵魂之间,存在着他们从未说出口,更从没有被人承认过的炽烈感情。

朱丽叶向自己保证,再也不会偷偷地去爱。她再也不会去爱了。这一次的爱情比上次更糟糕:她甚至对他也没有坦白,甚至没有对自己坦白。

而现在,死神正在用沙子和毒气击打她这顶能看见一切的头盔,仿佛在她的耳边低声絮语。在这样的时刻,即使看到了这片广阔并且充满生命的世界又有什么意义?她的筒仓依然会像以前那样继续下去。其他的筒仓也会那样继续下去。

一阵狂风吹过,几乎夺走了她手中折叠起来的热固胶带毯。朱丽叶稳住双脚,打起精神,踏上回家的路。下山总要比上山更容易。她不必再向上攀爬那令人痛苦的高度,山顶为她挡住了腐蚀性的凛冽强风,还有那个令人震惊和心寒的世界。沿着两座小山交会所形成的蜿蜒沟壑,她一直走到一对夫妻身边。现在这对夫妻成了她的路标,为她指明了那条疲惫、绝望和致命的回家之路。

．．．．．．．．．．．．．．．．．．．．．．．．．．．．

她回到通向气闸门的坡道上时,时间还早。这里还看不见一个人影。太阳仍然躲在山丘后面。当她快步走下坡道时,心中不由得想道,如果有人通过摄像机看到她跌跌撞撞地走向筒仓,那些人会想些什么?

在坡道底部,她靠在沉重的铁门上,开始等待。她检查了热固胶带毯子,在脑海中演练整个行动过程。每一种可能的情景都已经被她一遍又一遍地思考过。在她攀爬楼梯的时候,在那些疯狂的梦里,直到她刚才走过毒气旷野的时候,她都在反复想着它们。会成功的——她告诉自己。整个设想都是可靠的。没有人能够在清洁时活下来，只是因为他们不曾得到过帮助，没有适当的工具和资源。这些她都有。

时间似乎停住了，就好像她那只精致又宝贵的手表忘记上发条一样。吹进入口的风卷起坡道两侧的尘土，在她眼前形成一个又一个焦急的旋涡。朱丽叶甚至有些怀疑，是不是这次清洁被取消了？那样将只有她一个人会死在这里。她告诉自己，那样会更好。她深吸一口气，希望自己带的空气能够再多一些，足够她回去——也许她真的需要那样。但她原先只是担心卢卡斯会被赶出来，来不及考虑得更多。

等待仿佛没有尽头，她的心跳却在不断加速，让血液涌进大脑，冲刷着她不断膨胀的神经。突然，她听到门里有声音——是金属齿轮的摩擦声。

朱丽叶感觉到手臂颤抖，喉咙发紧，她有些太紧张了。但这正是她等待的时刻。她在原地挪动一下身子，听到沉重的大门发出"吱吱嘎嘎"的声音——他们准备把可怜的卢卡斯赶出来了。她将热固胶带做成的毯子打开一部分，继续等待。很快，一切都将结束。她清楚地知道这一点。但这次，掌控一切的会是她。没人能进来阻止她。

随着一声令人心颤的凄厉尖鸣，18号筒仓的门打开了。氩气伴随着激烈的"嘶嘶"声向她喷涌而来。朱丽叶迎着气流向前冲去，完全被浓雾所笼罩。她盲目地向前迈步，伸出双手摸索，毯子被气流吹动，拍在她的胸口上。她以为自己会撞到卢卡斯身上，不得不和惊慌失措的卢卡斯搏斗一番。她已经准备好，把卢卡斯按倒在地，把他紧紧裹在毯子里……

但门口没有人，没人慌乱地想要冲出来，想要逃离即将吞噬整个气闸舱的烈火。

朱丽叶差一点一头栽倒在气闸舱里。她本以为自己的身体会被挡住,但就好像她在黑暗中的楼梯上向下落脚,却一脚踩空。

随着氩气散去,气闸门开始"吱吱嘎嘎"地关上,她的心中掠过一丝希望、一个小小的幻想——这次没有人被赶出去进行清洁。大门打开只是为了她,为了欢迎她回来。也许有人看到她从山丘上下来,便给了她这个机会,原谅了她,现在一切都会好起来……

但当她的视线终于能够穿透滚滚浓雾,她发现幻想终究是幻想。一个穿着清洁防护服的男人跪在气闸舱中央,双手放在大腿上,正面对着内侧的气闸门。

卢卡斯。

朱丽叶向他跑去,这时舱室中出现了一道弧光。那是喷嘴中的火舌映在透明塑料上的闪光。她身后的闸门"砰"的一声关闭了,把他们俩都封锁在舱室里。

朱丽叶抖开毯子,绕到卢卡斯面前,让卢卡斯能看到自己,知道他在这里并不孤单。

防护服的头盔遮住了卢卡斯的脸,但遮不住他惊讶的神态——他一下子举起了双手,火焰也在同一时刻喷涌而出。

她点点头,知道虽然自己看不见卢卡斯,但卢卡斯能够看到她——她戴的头盔是透明的。她已经在脑海中将这一刻的动作练习过上千遍——把毯子展开,盖住卢卡斯的头,然后迅速跪下去,把自己也盖在毯子下面。

热固胶带毯里面很黑。外面的温度陡然上升。她想要用喊声告诉卢卡斯,一切都会好起来,但就连她也觉得自己的声音非常沉闷,更不可能穿透到头盔外面去。她把毯子边缘塞到膝盖和脚下面，进行了一番调整，直到自己能把毯子牢牢压住。然后她伸出手，努力把卢卡斯那边的毯子也塞到他的身子下面，确保他的背部得到充分保护。

卢卡斯似乎知道她要做什么。他戴着手套的手落在她的怀里，没有再动一下。她能感觉到他是多么平静，没有一丝挣扎。但她还是无法相信，他竟然会这样等待死亡，选择被火焰焚烧，而不是出去清理摄像头。她不记得曾经有人做过这样的选择。这让她很担心。但他们暂时只能在黑暗中抱成一团，感受不断升高的温度。

火焰舔噬着热固胶带，热风凶猛地撞击隔热毯，让他们感受到了实实在在的击打。舱室中的温度上升极快。朱丽叶的嘴唇和额头上也都挂满了汗水。她的防护服衬里用的是质量最好的材料，隔热毯也很厚实，但这些可能还不够。卢卡斯的防护服质量还不如她的。在一阵阵热浪的炙烤中，她只是在担心卢卡斯。

她的不安似乎也感染了卢卡斯，或者是因为他的防护服的确更不耐热。他的手在她的怀中颤抖。朱丽叶真的感觉到卢卡斯在失去理智，感觉他改变了主意，宁肯被烧死，或是做出其他什么疯狂的事情。

卢卡斯把她从身边推开。挣扎着要从隔热毯下面爬出去。毯子下面的缝隙中透进了火光。

朱丽叶呼喊着命令他停下，爬过去追上他，抓住他的胳膊、腿、靴子，但卢卡斯踢开了她，用拳头打她，发疯地只想要逃走。

毯子从朱丽叶的头顶掉落。强烈的光线几乎使她失明。她能感觉到可怕的热量，能听到她的头盔发出爆裂声和其他糟糕的声音，看到透明头盔塌陷、变形。她看不见卢卡斯，也摸不到他，周围只有刺眼的光和炽烈的热。防护服凡是碰到她皮肤的地方都像烙铁一样烧灼她。她在剧痛中尖叫,用力把隔热毯拉回到头上,盖住透明的塑料头盔。

火焰还在燃烧。

她感觉不到卢卡斯,看不见卢卡斯。要找到卢卡斯已经不可能了。她的身上肯定有一千处烧伤,就像无数把尖刀在割她的肉。朱丽叶独自坐在那层薄薄的毯子下面,忍受熊熊烈火,痛苦的烧伤,眼睛里止不住地流下热泪,身体却在因为抽泣和愤怒而颤抖。她开始咒骂,咒骂这烈火,咒骂这种痛苦,咒骂这座筒仓和整个世界。

终于,她再也流不出眼泪了。而焚烧气闸舱的燃料似乎也已经耗尽。外面恐怖的温度降到了只是有些灼烫的程度。朱丽叶可以安全地放下还在冒着白烟的毯子。她的皮肤仍然像是着了火一样,只要接触到防护服就会感到一阵灼痛。她再次寻找卢卡斯。这一次,她没有费多大力气就找到了。

卢卡斯就躺在向外的闸门前,他的防护服完全被烧焦了,没有彻底变黑的几块残片挂在他的身上。他的头盔还在,让朱丽叶不必担心自己会看到他年轻的面孔。但那顶头盔熔化变形的情况要比她的头盔严重得多。她向卢卡斯爬近了一些,同时察觉到身后的门被打开,筒仓里的人来抓她了。一切都结束了。她失败了。

他身上有大片防护服和碳素纤维的紧身衣被烧掉,让他的一部分身体暴露出来。看到这些地方,朱丽叶又哭了。那双手臂变成了焦黑的枯柴,胃奇怪地膨胀出来。他的一双手变得那样小,又那样干瘪,仿佛火焰把它们……

不。

她不明白。她哭泣着,拽下手套,用冒着热气的双手抱住自己半熔化的头盔,惊骇地哭泣着。她的哭声中有愤怒,也有巨大的欣喜和宽慰。

死在她面前的不是卢卡斯。

她本来绝不会为这个男人流泪。

第八十一章

18号筒仓

清醒——就像烧伤带给她的一阵阵疼痛——来了又去。

朱丽叶记得当时翻腾的浓雾。许多靴子在她的周围跑动。她侧躺在仿佛烤箱一样的气闸舱里,看着这个世界扭曲变形的样子。她的头盔变得越发柔软、黏稠,不断熔化,向她滴落。一颗明亮的银星在她的视野中盘旋,一直来到头盔前面,还在微微摆动。彼得·比林斯正透过头盔盯着她,摇晃她被烫伤的肩膀,向周围的人们大声喊叫,要他们来帮忙。

他们把她抬起来,离开了那个充满白烟的地方。汗水从她的脸上滴落,熔化的衣服从她身上被剪下来。

朱丽叶像幽灵一样飘过自己以前的办公室。又被平放下来。她听见自己身体下面传来轮子转动发出的"吱吱"声。她看到一根根钢制栅栏从自己的身边经过,栅栏里面是一间空牢房和一张空床。

他们开始带着她转圈。

是在沿着螺旋楼梯向下走。

她被自己心脏处的一阵蜂鸣声惊醒了。是一些机器正在对她进行检查。她的身边站着一个人,衣着和她的父亲一样。

这个人首先注意到朱丽叶的苏醒。他眼眉一挑,眼睛里露出笑意,朝朱丽叶另一侧的某个人点了点头。

卢卡斯也在这里。他的脸是那样熟悉,又是那样陌生,在她的视野中依旧显得模糊。她感觉到他在握着自己的手。她知道他们的手握在一起已经很久了,知道卢卡斯在她身边已经很久了。他又哭又笑,抚摸她的脸颊。朱丽叶想知道有什么事会这样好笑,又有什么事这样让人伤心。而他只是摇摇头。慢慢地,她又睡着了。

这些烧伤不仅严重,而且无处不在。

恢复的日子一直被笼罩在止痛药的迷雾之中,只是偶尔才会离开那团迷雾,醒过来一会儿。

每次看见卢卡斯,她都会向他道歉。每个人都是一惊一乍的。彼得来了。从底层送来了成堆的纸条。但任何人都不被允许上来看她。她身边只有那个穿得像她父亲的男人和那些让她想起母亲的女人。

逐渐停用止痛药之后,她的头脑很快就清醒了。

朱丽叶感觉自己仿佛从一个深深的梦中走出来。几个星期的阴霾,深水和烈火中的噩梦,在外面世界行走的经历,数十座和这里一样的筒仓。药物替她挡住疼痛,也模糊了她的意识。如果能够清晰地思考,她不会介意忍受刺骨的疼痛。孰重孰轻很容易判断。

"嗨。"

她转过头——卢卡斯就在身边。他是不是一直都没有离开过?他向前一探身,握住她的手。盖在他胸前的毯子掉下来。他的脸上露出了微笑。

"你看上去好多了。"

朱丽叶舔舔嘴唇。她的嘴很干。

"我在哪儿?"

"33层的医院。别着急。要我给你拿些什么东西过来吗?"

朱丽叶摇摇头。她的身体能动,能够和别人说话,这种感觉太好了。她努力握紧了他的手。

"我很痛。"她虚弱地说。

卢卡斯笑了。听到朱丽叶这样说,他明显是松了一口气。"肯定会很痛的。"

朱丽叶眨眨眼,继续看着他。"33层有医院?"一时间,卢卡斯没有回应她的问题。

片刻之后,他严肃地点点头。"抱歉,但这是全筒仓最好的医院。我们可以保证你的安全。不要想这些事了,好好休息。我去叫护士。"

他站起身,一本厚重的书从他的膝盖上掉下来,滚落到椅子上的毯子和枕头里。

"你觉得你能吃东西吗?"

她点了一下头,又转头去看天花板上明亮的灯光,一切都回到了她的脑海中,记忆就像皮肤上的刺痛一样涌现出来。

⸻

那些纸条她看了好几天,一边看一边哭。卢卡斯坐在她身边,收集好那些像纸飞机一样落在地上的纸条,同时还在一遍又一遍语无伦次地向她道歉,就好像坏事都是他干的一样。朱丽叶把所有纸条都读了十几遍,想要弄清楚谁已经走了,谁还能给她写信。她无法相信诺克斯的噩耗。有些人,有些事,让人觉得一直都会在,从不会改变,就像那道主楼梯。她为诺克斯和马克哭泣,还非常想见到雪莉,却被告知现在还不行。

熄灯时,幽灵们会来看她。那时朱丽叶会醒过来,眼睛却睁不开,只能感觉到枕头都湿了。卢卡斯会为她按摩额头,告诉她一切都会好起来。

·""'''lll···"'''''lll···

彼得也会经常过来。朱丽叶无数次地感谢他。能有今天,是因为彼得,全都是因为彼得。他做出了自己的选择。卢卡斯将楼梯上发生的事情告诉了朱丽叶。那时他被押送去顶楼,他们在彼得的步话机里听到她的声音,知道她还活着——这让他们明白了自己到底生活在一个什么样的世界里。

彼得冒险听完了朱丽叶和伯纳德的全部对话。然后他和卢卡斯进行了一次交谈。卢卡斯将很多禁忌的事情都告诉了他。毕竟,对卢卡斯的惩罚不可能再加重了。其中包括朱丽叶被看作是一种坏病毒,一种筒仓中的风寒,朱丽叶一时还不太能理解这是什么意思。随后步话机中传来机械部的人投降的报告。而伯纳德依旧判了他们死刑。

于是彼得必须做出一个决定。他是要按照法律做事,还是服从把他推到这个位置上的人?是应该做正确的事,还是听从上司的命令?后者很容易做到,但彼得·比林斯是个好人。

卢卡斯在楼梯上对他说，今天的生活，是命运为他们做的安排。但他们的所作所为将会决定他们未来的命运。这就是他们所处的位置。

他还告诉彼得，伯纳德谋杀了一个人。他有证据。而卢卡斯自己并没有做过任何应该被判处死刑的事情。

彼得那时告诉卢卡斯，技术部的保安部队全都在一百层以下。现在上面只有一把枪，一种法律。

他是执法者。

第八十二章

数个星期后
18号筒仓

三个人围坐在会议桌旁。朱丽叶调整着手上的纱布绷带,想要遮住露出来的疤痕。他们给她的工作服都很宽松,以免摩擦到她的皮肤。但被汗衫接触到的地方还是很痒。她坐在一张绒毛软椅上,用脚尖蹬着地面,不耐烦地在椅子里前后晃动,想赶快离开这里。但卢卡斯和彼得有事要和她谈。他们和她一起坐在离门口和主楼梯这么近的房间里,说是为了有一个私密空间。他们脸上的神情让她有些紧张。

一时间,三个人都没有说话。彼得借口找人去取些水过来,出去了一趟。但是当水罐被端上来,杯子被倒满以后,也没有人伸手去拿杯子。卢卡斯和彼得交换了一个同样紧张的眼神。朱丽叶终于不耐烦了。

"这算怎么回事?"她问道,"我可以走了吗?我觉得你已经拖延好几天了。"她扭动一下手臂,让手表从手腕上的绷带上落下来,瞥了一眼小表盘,然后盯住桌子对面的卢卡斯,却被卢卡斯那副忧心忡忡的神情逗笑了。"你们想把我永远关在这里?我已经告诉底层的大伙儿,今晚我会去找他们。"

卢卡斯转向彼得。

"好了,伙计们。想说什么就说吧。你们到底有什么问题?医生说我已经没事了,可以下去。而且我也告诉过你们,如果我遇到什么问题,会去找马什和汉克。如果我不快点的话,可就要迟到了。"

"好吧。"卢卡斯叹了口气,似乎是放弃了让彼得开口的期望,"你回来已经有几个星期——"

"你们俩让我感觉好像过了好几个月。"她拧了拧手表侧面的小旋钮,那种古老的"滴答"节律回到了她的手腕上,仿佛从没有离开过。

"只是……"卢卡斯用拳头抵住嘴唇,咳嗽两声,清了清嗓子,"我们不能把所有纸条都给你。"他又皱皱眉,似乎很是内疚。

朱丽叶的心向下一沉。她向前探出身子,等待着可怕的消息。难道还有其他人去世……

卢卡斯看到朱丽叶脸上的忧虑,急忙举起双手说道:"不是那样。天哪,抱歉,不是那样的——"

"是好消息。"彼得说。"是祝贺信。"

卢卡斯瞪了他一眼,这让朱丽叶觉得事情没有那么简单。

"其实……这应该算是一个新闻。"他望着桌子对面的朱丽叶。双手交叠在身前满是伤痕的木头桌面上,姿势和朱丽叶一样。似乎他们两个都觉得应该把手再向前伸几英寸,握在一起。这几周里,他们一直都是这样,早已觉得这样非常自然了。但那是在医院里,为了朋友的安危而担心,对吧?朱丽叶心中这样思量着。而卢卡斯和彼得忽然提起了选举。

WOOL / 593

"等等,怎么回事?"朱丽叶眨眨眼睛,注意力离开卢卡斯的双手。她仿佛听到他们说的最后几句话和她有关系。

"现在正是时机。"卢卡斯向她解释。

"大家都在谈论你。"彼得也说道。

"你们刚才,"她说,"刚才你们在说什么?"

卢卡斯深吸一口气。"伯纳德没有竞选对手。当我们把他送去清洁时,选举被取消了。但后来你奇迹般地回来,消息很快就传开了,人们都来投票……"

"有很多人。"彼得补了一句。

卢卡斯点点头。"当时来的人非常多,超过了半个筒仓的人都来了。"

"好吧,但是……市长?"她笑了起来,扫了一眼被刮花的会议桌。现在桌面上除了几杯没碰过的水以外,什么都没有,"我没有什么要签的吗?比如一份官方文件,可以直接把这种闹剧结束掉。"

两个人又交换了一个眼神。

"事情差不多就是这样。"彼得说。

卢卡斯摇摇头。"我告诉过你——"

"我们希望你能接受。"

"我?市长?"朱丽叶双手交叉,靠回到椅子里,感到一阵疼痛。不过她还是笑着说:"你一定是在开玩笑。我根本不知道——"

"你不必知道什么。"彼得把身子向前一探,"你会有一间办公室。你只需要和一些人握手,签一些东西,让人们感觉更好——"

卢卡斯拍拍彼得的胳膊,摇摇头。朱丽叶感到一股热气在皮肤上涌过,让她的疤痕和伤口更痒了。

"事情是这样的。"卢卡斯在彼得坐回到椅子里的时候说道,"我们需要你。现在顶层出现了权力真空。彼得是我们之中任职时间最长的人，而你也知道他当了多久的警长。"

她在听。

"还记得我们那些晚上聊的事情吗？你告诉过我，另一座筒仓变成了什么样子。你知道我们曾经有多接近那种情况吗？"

朱丽叶咬住嘴唇，伸手拿起一只玻璃杯，喝了一大口水，目光越过玻璃杯，盯住卢卡斯，等待他继续说下去。

"现在我们有一个机会，朱莉，让这个地方团结起来，让它回到——"

朱丽叶放下水杯，抬手阻止他继续说下去。

"如果我们要这样做的话，"她冷静地看着满脸期待的两个人，对他们说道，"如果要做，就要按照我的方式做。"

彼得皱起眉头。

"不要再有谎言。"她说，"我们给真相一个机会。"

卢卡斯紧张地笑了。彼得摇了摇头。

"现在，听我说。"她说道，"这不是在发疯，也不是我第一次认真思考这个问题。见鬼，这几个星期里，我能做的只有思考。"

"真相？"彼得问。

朱丽叶点点头。"我知道你们两个在想什么。你们认为我们需要谎言。你们害怕——"

彼得点点头。

"但我们还能发明出什么比外面的事实更可怕的东西呢？"她指着屋顶，等待两个人完全理解她的意思，"当这些筒仓被建造起来的时候，当时人们设想让每座筒仓都成为一个整体。人们居住在一起，又各自独立，完全不知道彼此的存在。这样安排，如果我们中有一座筒仓生病了，也不会传染给其他人。但我不想再遵从那些人的意愿。我不同意他们的理由。我拒绝。"

卢卡斯歪着头。"是的,但是——"

"所以这是我们对他们的反抗。我们要与之战斗的不是筒仓中的人,不是那些每天工作、对真相一无所知的人,而是那些从一开始就知道一切的顶层的人。18号筒仓将有所不同。这里的人们将知道我们生活在一个什么样的世界里,也知道我们为什么要活下去。想想看,与其操纵人们,为什么不给予他们力量?让他们知道我们的敌人是谁。这样才会让我们拥有共同的意志。"

卢卡斯扬起眉毛。彼得用手梳理了一下头发。

"你们应该认真考虑一下。"朱丽叶把自己从桌边推开,"不必着急,好好想一想。我现在要去看望我的家人和朋友们了。或者和我一起干,或者和我对着干。无论如何,我都会让人们知道真相。"

她朝卢卡斯微微一笑。这是一种挑衅,让卢卡斯知道她不是在开玩笑。

彼得站起身,向朱丽叶举起双手。"我们能不能至少先达成协议,在下次见面之前不要做任何鲁莽的事?"

朱丽叶将双臂交叉在胸前,点了一下下巴。

"很好。"彼得放下双手,似乎是大大松了一口气。

朱丽叶又转向卢卡斯。卢卡斯噘起嘴唇,端详着她。朱丽叶看得出,卢卡斯明白——这件事只有一条出路,而这已经把他吓坏了。

彼得转身打开门,又回头看向卢卡斯。

"能让我们单独谈谈吗?"卢卡斯问彼得,同时起身去关门。

彼得点点头,走过来和朱丽叶握手。朱丽叶第一百万次感谢了他。他低头看了一眼歪挂在胸前的星星,离开了会议室。

卢卡斯走到从窗户外面看不见的地方,抓住朱丽叶的手,把她拉到门前。

"你在开玩笑吗?"朱丽叶问,"你真的以为我会接受那份工作,然后——"

卢卡斯一只手按在门上,用力把门关紧。朱丽叶面对着他,不知道他要做什么。然后感觉到他的双臂轻轻地搂住了自己的腰,小心翼翼地避开她的伤口。

"你是对的。"他悄声说着,贴近她,把头靠在她的肩膀上,"我只是在拖延时间。我不想让你走。"

他的呼吸让朱丽叶的脖子感到温暖。朱丽叶放松下来,忘记了自己要说什么。她用一只胳膊环抱住他的脊背,另一只手按住他的脖子。"这样很好。"听到卢卡斯的话,听到他亲口承认对自己的感情,她终于松了一口气。她能感觉到他的颤抖,能听到他仓促而吃力的喘息声。

"这样很好。"她又小声说了一遍,把自己的脸颊贴在他的脸颊上,试着安慰他,"我哪儿也不去——"

卢卡斯退开一点,看着她。她感觉到他在端详自己的脸,眼睛里涌出泪水。他的身体在颤抖,他的手臂、他的脊背都在颤抖。

然后,当他把她拉近,将嘴唇印在她的嘴唇上时,她才明白,她在他身上感觉到的不是恐惧或慌乱,而是勇气。

她在他们的热吻中呜咽,随之涌起的热浪比医生的药还有效。他的手紧紧按住她的背,她却一点也不觉得痛。她已经记不起上一次自己的嘴唇碰到嘴唇是什么感觉了——毕竟那只是她的嘴唇抿在一起而已。她热烈地回应他,但这一切结束得太快了。他向后推开,握紧她的手,又紧张地向窗户瞥了一眼。

"这个……嗯……"

"这很好。"她捏着他的手说。

"我们也许应该……"他用下巴朝门口指了指。

朱丽叶笑了。"是的。也许吧。"

他带着她穿过技术部的门厅,来到楼梯口。一个技师正拿着朱丽叶的背包等在那里。朱丽叶看到卢卡斯给背带加了软垫,肯定是担心她的伤口受到摩擦。

"你确定不需要人送你下去?"

"我没事。"朱丽叶把头发拢到耳后,一耸肩,把背包挂到脖子侧面。"差不多一个星期,我来找你。"

"你可以用步话机。"卢卡斯对她说。

朱丽叶笑了。"我知道。"

她抓住卢卡斯的手,又捏了一下,转身向主楼梯走去。过往的行人中有人向她点头。她相信自己不认识那个人,但还是点头回应。其他人也都在看着她。她走过他们,抓住主楼梯的钢制扶手,这根螺旋形的铁柱穿过一切的中心,将那些已经开始磨损、变形的钢板连接在一起,让一代又一代人踏过它们。朱丽叶抬起脚,踏上了漫长旅程的第一步……

"嘿!"

卢卡斯在她身后叫喊着,跑过楼梯平台,困惑地皱起眉毛。"我还以为你要下楼去看你的朋友呢。"

朱丽叶朝卢卡斯笑笑。一名搬运工人扛着沉重的担子从她身边经过。朱丽叶想起自己的朋友中有多少已经在这么短的时间里永远地离开了。

"家人第一。"她告诉卢卡斯。她抬头看了一眼这座繁忙的筒仓中央的大竖井,抬脚踏上下一个阶梯。"我要先去看我父亲。"

尾声

17号筒仓

"三十二!"

伊莉斯蹦蹦跳跳地登上底层筒仓的台阶,她的呼吸在身后拖出一缕缕卷曲的白汽。年轻人穿着沉重的靴子,有些笨拙地在潮湿的钢铁上踏出一连串"叮叮咚咚"的声音。

"一共32个台阶,梭罗先生!"

她回到楼梯平台上,在最后一个台阶上绊了一跤,不得不用双手和膝盖撑住身子。然后,她保持那样的姿势待了一会儿,低垂着头,可能在考虑是应该哭出来还是不要把这个当一回事。

梭罗在等着她哭。

但女孩向他抬起了头,露出灿烂的微笑,让他知道自己没事。她的牙齿上还有一个缺口。最近她刚掉了牙,新牙齿还没有长出来。

"水位在下降。"她在新工作服上擦擦手,跑向梭罗,"水在往下流!"

女孩扑上来,抱住梭罗的腰,撞得梭罗咕哝了一声。他伸手拍了拍女孩的后背。女孩把他抱得更紧了。

"一切都会好起来的!"

梭罗一只手握住栏杆,低头向下看去。他的脚下还是那片铁锈色的旧血迹。他的目光越过那段记忆,落在正在下降的水面上。他的手伸向了腰间的步话机。朱丽叶听到这个消息,一定会很高兴。

"你说得对。"他一边对小伊莉斯说,一边抽出步话机,"一切都会好起来的……"

最黑暗的一缕历史脉络

这个世界到底是不是一个好地方？它是安全的还是危险？在地平线的另一边，会有更多奇迹还是更多恐怖的事情？

这些问题总是在困扰我们，无论我们是否有意去想它们。它们决定了我们是喜欢去异域旅行，还是更喜欢待在家里。它们影响了我们对移民的看法，还有我们对其他国家、其他州甚至其他社区的看法。有些人对未来感到恐惧，另一些人却觉得未来来得太慢。有些人怀念过去的日子，另一些人的眼中看到的只有进步。

我们中的许多人实际上是在两个极端之间摇摆不定，希望和恐惧交替涨落，就像潮水一样。有时我们喜欢冒险，有时我们只想在床上躺平，还要用被子把头蒙住。在不同的时候，我们有可能处于这两者之间的任何一个位置。

我永远不会忘记第一次坐船去古巴时的情景。那时候我25岁，是一艘拖网渔船风格的钢制游艇的船长。雇用我们的是一位澳大利亚客户。他要驶往香港。在距离古巴北部海岸十几英里的地方，我们开始探测到古巴船只的雷达信号。在甚高频通信中，总是有人在用西班牙语喋喋不休地说话。我们逐渐接近哈瓦那，却几乎不知道在那里会遇到什么。

在那以前，我的整个人生中关于古巴的宣传都是反面的。最有效的宣传就是如此,第一批病菌需要建立在真相的碎片上。我们两国之间确实有历史冲突。而且这里可能是我们曾经最接近核战争的地方。在我小时候最喜欢的动作片中,那边都是敌人。那些人想要我死。我一直都以为会有人在我们的船头前鸣枪示警。我等待着敌人的出现。这次旅行无疑是个错误。

古巴是一个复杂的地方,是一座充满矛盾的岛屿,但它绝对没有危险。那里的人也从没有排斥和厌恶过美国人。我们接触到的古巴人都会张开双臂欢迎我们。随后的许多年里,我在古巴度过了不少愉快的时光。我小时候对古巴的印象可能会阻止我去古巴。幸运的是,我终于决定去亲眼看看那里。

真相需要用自己的眼睛去看——这个念头就是《羊毛战记》和接下来的故事的基础。筒仓墙上的屏幕就是我们的电视、网络浏览器、搜索引擎、报纸、新闻和手机。它们用连续不断的信息轰炸我们的大脑,向我们灌输这个世界的样子。而它们大肆宣传的都是车祸、交通堵塞、谋杀、战争、飓风,以及可能杀死你的孩子的各种事情,这些就是我们在11点新闻里告诉你的事。

把一切责任推给媒体可能是一个简单的办法,但我们都是同样的人,即使交通事故发生在马路的另一边,我们也会减慢车速想看看热闹。我们必须要看一眼才行。可怕的东西总会把我们迷住。因为我们想知道,那些是否值得我们关注。这种关注当然很有道理。我们是人类、猿、鼩鼱和蜥蜴进化了上百万代的产物。它们都需要安全,而不是后悔。在自然界中,乐观主义者吃起来总是很香。

而现代社会的挑战是需要我们克服这个最基本的本能,用理性的眼光看待世界。或者,我们的责任可能更具挑战性——要敢于带着希望去看这个世界。

写这篇文章时,我正在葡萄牙,美国正在实施旅行限制和隔离措施。我们的邻国西班牙关闭了国境。意大利停止了商业活动。世界正在应对一场大流行病,这场流行病已经夺走了比"9·11"更多的生命。不用说,现在人们都陷入了恐惧。

在这样的时候还抱有希望,也许应该被看作是发疯。但我们中的一些人的确还在坚持着希望。我们之中的一些人正在让各个国家团结起来抗击疫情。到处都有护士和医生成为超级英雄。意大利人在阳台上唱歌,相互陪伴,为彼此打气。19岁的NBA新秀锡安·威廉姆森承诺,在职业赛停赛期间,在他的球馆工作的人将得到他的工资补偿。虽然球赛和很多活动都暂停了,但这正表明我们有勇气赢得这场斗争。所有这些行动都是充满希望的行动。在中国、新加坡和韩国,我们已经可以看到,这种希望并非毫无道理。

对我来说,《羊毛战记》从来不是一个关于人类末日的故事。它是一个关于人类战胜一切困难的故事。这个故事中的英雄是那些将悲观、恐惧、怀疑和绝望抛到脑后的人。这故事的主角是艾莉森,她不相信一块屏幕能告诉她外面有什么。还有朱丽叶,她相信任何被损坏的东西都可以修复。

《羊毛战记》的第一个在线出版的版本就是要献给那些敢于抱有希望的人。直到今天,我通常会在这些书中签上我的名字和一句简单的"敢于抱有希望!"以此来提醒我们,这个故事到底是在写什么。我并不总是像我希望的那样勇敢。我会畏缩不前,会放弃,会向生活中的屏幕屈服。然而,在浩瀚的海洋中航行,驶入未知的港口——这些经历教给了我一些至关重要的东西:没有什么比我们心中的怀疑更黑暗,也没有什么比我们的无动于衷更危险。我们应该走出去,用自己的眼睛去看。如果你发现哪里有问题,就要相信,我

WOOL / 603

们只要齐心协力就能够解决它。

………ıllıı··ıllıı··ıllıı………

尽管怀有希望的理由很多,但我们似乎反而更痴迷于末日故事。于是,世界末日之后的故事和灾难片主导了我们的流行文化。

在我写《羊毛战记》的时候,好莱坞正在用洪水、大群怪物和塞满鲨鱼的龙卷风席卷我们的娱乐生活。我们习惯于看到的是地震和小行星摧毁地球;毒蛇爬满飞机;外星人向我们发动袭击,就像降下了地狱的火雨;僵尸在世界各地干着只有僵尸才会干的事情。帝国大厦在过去的几年里一直受到了特别的照顾,UFO、流星、火山和超人都要毁掉它。这是一个对地球和非常高的建筑都很不友好的时代。

在这种氛围中,《羊毛战记》成了一笔大生意。这本书的出版权进行了拍卖,雷德利·斯科特取得了它的电影改编权。我找到了一位文学经纪人(克里斯廷·尼尔森,他是业内最优秀的经纪人)。我们开始在世界各地做交易。我被要求到处接受采访和做演讲,外国出版商带我飞到遥远的地方去开签售会,然后是更多的采访和签售会。

无论我去哪里开巡回签售会,我都不断从粉丝和媒体那里听到同样的问题:我们为什么对这些故事如此着迷?这股潮流算是怎么回事?它会在什么时候结束?

我没有太好的答案。但随着这样的问题一次又一次被提出来,每一个人似乎都在这样问,我意识到我需要对此有一些认真的表述。于是我仔细思考了一下。我想知道,我为什么要讲一个关于世界末日的故事。那对于我有什么意义?还是我的确喜欢读这样的故事,喜欢看帝国大厦变成一堆碎片的电影?我是一个乐观豁达的人。那么这又是怎么回事?我们生活的这个世界到底有什么独特之处,才让这种风潮出现,还主导了流行文化?

最后一个问题格外需要考虑地点和时间的独特性,这帮助我找到了答案。多年以来,我学会了不要接受任何涉及特定地点和时间的问题。这种带有自我中心偏见的问题几乎总是会把我们引入歧途。人们花了很长时间才接受这个事实:地球不是宇宙的中心,我们的太阳系只是众多星系中的一个,星空中那些模糊的斑点其实是整个星系,其中包含了亿万个太阳系。我们的宇宙还很有可能只是多元宇宙的一部分,或者这一切都是由一些非常蹩脚的程序员写出来的模拟程序。

我们对自己生活的时代有着更加强烈的偏见。这一部分也是因为自我中心主义,不过最主要的原因是,我们对当下的了解远超过我们的历史知识——对于后者,我们几乎没有怎么去研究过。比如,我们相信现在的创新步伐是有史以来最快的。但实际上,我们有充分的理由认为,一个世纪前的世界比今天变化得更快。我们认为现在政治中的派系争斗和种种龌龊勾当是不得了的严重情况,却不知道政客们还曾经在街头拔枪互射,在国会里挥拳互殴。

每一代人都相信只有自己生活的时代是独特的。只不过这种偏见几乎一直都是错误的。

不过,后启示录小说在我们这个时代的爆发性流行是难以否认的,这的确需要某种解释。从《饥饿游戏》《移动迷宫》到《僵尸世界大战》和《世界末日》,它真的无处不在。在这么多世界末日题材的故事冲击我们视野的当下,我怎么还能说历史上没有哪一个时代是独一无二的呢?

在我的《羊毛战记》西海岸大型新书巡回签售活动中,我一直在思考这个问题。飞机越过落基山脉时,我望着窗外绵延起伏的山脉,思索着美国殖民者来到这里时所面对的难以置信的挑战。那时我才意识到,我们曾经痴迷于西部片文化,和现在对后启示录故事的追求非常相似。在20世纪上半叶,低俗的西部片被以疯狂的速度不断推出。那时西部片的数量远远超过了21世纪的反乌托邦和世界末日题材。从1930年到1954年,我们一共制作了将近3000部西部片!

将对于这两种文化的痴迷放在一起对比,我们似乎能看清楚一些了。西部片讲述的也是在文明边缘生存的故事。在这些故事中,人们来到新的土地,要拼尽全力生存下去,那时的西部,法律不可靠,陌生人很危险,艰苦的环境激发了故事中英雄最好的一面,也激发了其他人最坏的一面。

在那架飞机上,我忽然想到,这里面可能存在某种更加宏观的东西,一些普遍存在的、跨越了时间的东西,可以让我洞察人类真实的样貌。这种文化模式会不会比西部片还要久远?

作为一个20多岁时曾住在帆船上的人,我一直很喜欢在大海中迷航的故事。我们当地的图书馆里有许多这样的书籍,甚至相关的经典著作也不在少数。当人类开始跨越海洋时,我们就对海盗、海底宝藏、沉船、未知的无人岛屿着了迷。许多在陆地上习以为常的事情,到了大海中都变了样,这自然勾起了我们的好奇。海洋是当时最大的边疆,是文明结束、荒蛮开始的地方。

在那以前呢?这种文化当然不会缺失!那时它呈现的是迷失在森林中的恐怖故事——《韩塞尔与格蕾特》,关于女巫和恶魔、阴间的游魂,还有神明的愤怒。它还曾经是但丁的《神曲》《格列佛游记》《奥德赛》《高文爵士与绿衣骑士》。

纵观人类历史,我们讲故事既是为了娱乐,也是为了警示。不要远离安全的地方,因为那样可能会发生不好的事情。灾难故事表达了我们内心的恐惧和来自外部的劝诫,成为人类文化中的一种固定模式。我们有理由推测,这就是讲故事的起源。我们总会感觉自己的生活是脆弱的。于是我们需要相互依赖,需要我们的技术。但我们也会利用我们的聪慧和诡计。在灾难故事中,我们因为失去了可以依靠的东西而感到恐惧;又因为运用了我们非凡的能力而获得拯救。我们其实都想知道,如果我们被遗弃在荒野,只剩下自己的勇气和想象力,我们能生存下来吗?这就好像我们确实喜欢看演员在电视里赤身裸体地被丢在渺无人烟的地方,在恐惧中挣扎求生;或者是一些陌生人在荒岛上被迫上演大逃杀真人秀。

既然我们一直痴迷于荒野求生的故事,为什么现在却突然喜欢上了世界末日和后启示录的故事?

我相信,这只是因为地球上已经没有荒野可供我们探索和畏惧。这颗行星的每一寸表面都被卫星测绘和拍摄过了。而一些例外又证明了这个规律:《迷失》中的岛屿因为神秘原因,完全不在海图上;《火星救援》说明,如果我们在这颗行星上找不到一片文明以外的土地,那还可以去邻居家看看。现在,如果我们想要讲述一个荒野故事,往往不能将目光局限在空间的地平线上,还要想一想时间的地平线。我们需要把想象投射到未来,进入一个可以探索其他世界的时代,或者是一个文明退回到让我们恐惧的荒蛮世界的时代。

从这个角度看,后启示录小说的流行就合情合理了。我们仍然是在这样的故事里除去我们赖以生存的社会纽带和工具,为自己设定一个只能依靠自己的智慧生存下去的环境,探讨这样一场冒险能否成功。这的确是一个值得探索的奇妙问题。而这种文化模式已经为我们这个物种服务了几千年。它训练我们的思维,帮助我们保持敏锐和警觉。我们最古老和最喜爱的故事往往属于这一类。

在《奥德赛》里面,我们的英雄被抛弃在荒野和大海之中,远离所有人类需要的物质和情感,还要承受神明的怒火,但英雄最终还是生存下来并赢得了胜利。这是一个和人类历史一样古老的故事。它被写于几千年前,由不同文化世界的人用不同的语言讲述,但它直到今天还能引起我们的共鸣。这正是因为没有哪个时代和哪个民族是独一无二的。这是一件了不起的事情。

这是我自己在乘船环游世界的奥德赛之旅中学到的一课。我到过数百座岛屿上,见过那些岛上各种各样的人,但我发现我们之间的共同点远远多于差异。我们并不特别……只有这一点是特别的。我们有同样的恐惧,同样的希望,同样对战胜困难的热爱,同样对同胞和工具的依赖,所以失去他们才是我们最大的恐惧。正是这样的文化让我们所以为人。这是我们的故事。这个故事同样和我们的历史一样古老。

所以,我会写出一个关于人类濒临绝境的故事并不奇怪。这些故事一直都很受欢迎。唯一令人惊讶的是,它竟然变成了你拿在手里的小说。说实话,我没想到这本书会真正被做出来。当我看到它时,我还在惊叹,它是如何出现在我面前的。

这不是因为在这20年里,我一直在徒劳地尝试写出第一部小说,但每次只写出几章就放弃了;也不是因为在想到这故事的时候,我正是三十多岁,在北卡罗来纳的一家书店工作,利用业余时间写作,在网上发表自己写的科幻小说。

不，这本书不应该出现的原因是我从来没有把它当做小说。

这很奇怪，因为每件事对我来说都可能成为一部小说。每个新闻故事，每个古怪的念头，每个清晨醒来之前的梦。我自觉可以用来写书的点子多得我都不知道该怎么处理。无论什么时候，都至少有十来本完整的小说在我脑海里翻江倒海，就像一群喝了咖啡的杰克罗素梗犬。

但这本书中的故事并非来自这些点子。当我坐下来写《羊毛战记》时，我的脑海中已经将下一部小说构思到了最后阶段——那将是我发表的第六部作品。《羊毛战记》最初只是一个短篇小说，是我在爱犬朱莉去世后的一种自我治疗。我想写一些阴暗的东西，想沉湎在自己的痛苦里面，让它有一个看似美好幸福的结局。但在我们这个文化中充满扭曲快乐的时代，在所有这些扭曲中，这个扭曲故事里的全部扭曲就变得一点也不扭曲了。

情况很可怕，好人死了，世界末日。

我永远都不会忘记想到故事的第一句话时的感觉。那种感觉是对的。它抓住了我的意识。我在上班的午休时间把这句话写在一封发给自己的电子邮件里："当霍斯顿爬上楼梯，一步步接近他的死亡时，看到一群正在玩耍的孩子。"一名自杀者拖着脚步走过天真和快乐的孩子。生命的开始和生命的结束。波函数的种种可能和最终的坍缩。孩子们在跳绳，而一个男人在思考关于坟墓的事情。

我一直是一个积极的人。即使在它的死亡之后（只有不养狗的人才会认为它的离去只是失去了一只宠物），我仍然保持着乐观的态度，明白生活还会继续，前方还会有精彩。但是我最好的朋友缺席了，这一点无论如何也不可能被掩饰。每次回家，我都能感觉到它不在了。在我写字的时候，我的脚边就有一团空白——和它的身体一样大。它永远回不来了,这个事实一直在折磨我。这就是这个故事的起源。这也是它的结局。

至少我是这么想的。

关于故事的起源,我们倒是可以聊一聊。我用了很长时间才逐渐认识和理解了这一课。我曾经认为讲故事的作家们都躲在远离尘嚣的小木屋里,孤独地从脑海中挑拣出好故事,将它们打好包,用盘子端着呈献给读者。实际上,讲故事几乎一直是一种口耳相传的传统。讲故事的人需要有观众的倾听,观众的能量会影响故事的叙述,甚至故事本身。

异端!许多作者一定会这样喊,艺术必须是独立的!任何人都不能影响我们的努力!

这让我很好奇,那些人创作的是怎样可怕的艺术。艺术就是影响力,它是双向的。观众倒吸一口冷气,讲故事的人就知道自己说对了。观众笑了,讲故事的人就知道自己的小聪明被抓住了尾巴。观众睡着了,讲故事的人就必须重新调整自己的故事。观众们对艺术接受、吸收、强化、传递和转化,为艺术赋能,这正是剧院和现场音乐会的乐趣。任何现场表演者都会这样告诉你。而任何现场观众都会对此表示同意。

《羊毛战记》最初只是你手里这本书的前七章。严格来说,它是一部短中篇小说,作为短篇小说太长;作为真正的中篇小说又太短。我当时没有把它当一回事,真的,只是一次自我治疗,直到我发现自己并不孤独。

我把这个故事放到网上,定价为 99 美分,这是当时最低的定价。如果可以的话,我会很乐意免费发放它。把它在网上发出去以后,我就把它忘了,只是继续写我的小说。我没有做任何宣传。它的封面是我在5分钟内完成的。如果有人觉得那个用3分钟就能做好，我完全没有异议。

几周后，我注意到了奇怪的事情。我的在线小说销售报表通常显示的日销量差不多是1到5份（足够买杯咖啡，让我的故事可以继续下去）。突然有一天，上面显示我的小说卖了十来份。第二天，又是十来份。然后是每天几十份。

在一个月里，原始《羊毛战记》版本就卖出了1000份，这个数字对我来说绝对是惊人的（任何一个了解书籍销售的人都知道这个数字的意义）。在接下来的一个月里，虚拟书架上售出了3000本初版《羊毛战记》。每卖出一本我大概能赚35美分——哪怕是一个专门在网上卖书的人，如果每周能赚到税前300美元，那也是一笔实实在在的收入。

我不明白发生了什么。据我所知，我认识的人里没有一个谈论这个故事。所以买书的不是我的朋友和家人。我当然也没有向任何人推荐过这本书。然后我注意到了读者评论。上帝啊，是它们让我真正大吃了一惊。

几乎所有评论都打了五星，而且都在抱怨：“后面的故事呢？在哪里能找到后面的故事？”

没有后面的故事了。剧透警告：霍斯顿死了！艾莉森死了！没什么可以再说了。我的狗死了，我的内心也崩溃了，我需要一句话一句话地把自己重新拼凑起来。当时我并不知道，还有一些人在和我一起进行这次治疗。我创造的这个世界和我宣泄的情感与一些不知名的读者产生了共鸣。这些读者会将这个故事告诉其他人，写一篇评论，邀请更多的人去阅读这个该死的故事。"它只需要99美分""你可以用一个午休的时间看完它"等等。

是的,故事的转折让大多数读者产生了自我怀疑。是的,在一个所有故事都必须有曲折结局的世界里,直截了当的结果让大多数人猝不及防。(大家不要忘了,我第一句就剧透了!)是的,我已经没什么可说的了。但读者还是要求我把后面的故事讲给他们。

那是2011年10月。我为即将到来的"NaNoWriMo①"活动写了一篇小说大纲,"NaNoWriMo"有一个一年一度的传统,需要在一个月内写一部5万字的小说。我参与了最近的几次活动,写了《莫莉·费德与光明之地》(Molly Fyde and the Land of Light)《异星记》(Half Way Home)和《飓风》(The Hurricane)。那一年,我正准备写《莫莉·费德》的第四部,也是最后一部小说。但随着小说销量在10月31日突破1000,我决定听从评论者的要求,续写这个故事。我匆匆写了一个大纲,从几个还活着的有名字的人物(马恩斯和扬斯)开始,但我的脑海里有了一个新的人物,一个生活在我内心深处的人。她一直都在那里,能够修好哪怕是最残破的东西。她是一个拥有希望和勇气的人,能够将我的世界和她的世界中错误的事情纠正过来。

朱丽叶就是在那个月出世的。在我悲伤的灰烬中,在我与读者们的互动中,艺术和故事在讲述者和倾听者之间来回跳跃,最终形成了这部小说。在整个11月里,我写了这本书的第二、第三和第四部分。12月,我开始写第五部分。到了1月,这个故事的所有内容都在网上发表,并迅速登上了畅销书排行榜。我后面做的就只是把这些故事合并成一本小说,因为有一些读者抱怨说,要点击五次才能看到全部故事。

这是一个简单的事实——如果没有你们,我的读者们,我不可

---

① 加利福尼亚州伯克利一家非营利组织,一个在线作家平台,以方便他们就小说写作项目展开协作。——译注

能写出这个故事的其余部分。而且我永远不会知道我们有相似的经历,曾经感受过相同遭遇,也在渴望相似的故事。第二年,我开始更好地理解口耳相传是如何让我成为一名全职作家的,因为我参加了巡回售书活动,与我的读者见了面,亲耳听到人们说自己是如何爱上这个连载故事的,还要他们所有的朋友和家人去读它。我遇到过一些人,他们买了几十本《羊毛战记》,把它们寄给能想到的每一个人。我见到了那些写书评的人,他们在不断恳求别人去发现这个世界——朱丽叶的世界。我这才明白,这些书的成功来自我在书中运用的技巧,也同样来自读者的反应。

我的生活被永远地改变了,不仅是因为我能够做更多自己喜欢的事,讲更多更疯狂的故事,还因为我能够理解和欣赏我们所有人身上讲故事和爱故事的基因。我们渴望人与人之间的联系。我们渴望让故事带我们走过痛苦,给我们一线希望。我们喜欢读关于灾难的故事,因为那些故事在教我们如何生存。最重要的是,我们与我们最喜欢的虚构人物建立起关系。创造这些人物的作者和像作者一样喜爱他们的读者建立起了关系。

这个故事能够以现在的形式存在,是因为你们没有停下来。因为你们,这本书会年复一年地不断找到新读者。因为你们,它可能会不断延续下去。也许会成为一部剧集。对敢于拥有希望的人,也许还会有另一个走出筒仓的人生三部曲,或者更多关于在其他筒仓里生活的短篇故事。这不由我来决定。一切都取决于你。

对于那些留下评论或向朋友推荐这部书的人,谢谢你们。对于那些即将留下评论或向朋友推荐这部书的人,我很期待看到我们的旅程又会将我们带去何方。那可能是一段穿越破碎世界的旅程,但我们每个人心中都有一个朱丽叶,准备将一切修理好。

休·豪伊
被隔离在06号筒仓
葡萄牙,地球
公元02020年

作者问答

问:这个故事真的结束了?!

答:引用我最喜欢的功夫电影中的一句话:"每个结局都是一个新的开始。"我还有更多的故事要讲。不仅是18号筒仓的故事,还有17号筒仓的未来,那里即将发生改变。然后还有它们周围其他的筒仓。你肯定不会相信40号筒仓里发生了什么!

问:为什么没有电梯?

答:就和通信费用被提到很高的原因一样。当权者害怕大家聚在一起,交流想法、思考和梦想。

另外还有一个原因:搬运工联合会。

问:为什么在你的书中会死那么多人?

答:为了给新人让出位置!

问:能不能允许我告诉你,我觉得这些故事非常棒?

答:当然!感谢你的夸奖!如果你能把这件事告诉别人,或者写一篇评论就更好了。我阅读了亚马逊上的每一条评论,尽管其中一些让我很不舒服。如果你想帮助其他读者发现你喜爱的故事,请用几分钟时间写一篇评论。

请为你喜欢的书都写上几句话。作为作者,我们的灵魂需要你的反馈。这对我们有着非凡的意义!

问:这本书什么时候能拍成电影?

答:不如我们做一个史诗级的剧集怎么样?

问:接下来是什么?

答:我正在写《潜沙记》的续集[①]。可能你还没读过这本书。它是一个关于潜沙员家庭的故事。他们生活在沙山和无人区之间一片狭窄而荒凉的沙漠上。那里才是个可怕的地方。17号筒仓和那里相比,都可以算是香格里拉了。那些试图离开沙漠的人不是死了就是杳无音讯。

但突然间,一个年轻的女孩从远方带回来了另一个故事……

问:我要怎样才能知道你的写作的最新进展?

答:这真是个非常好回答的问题!也谢谢你的关心。

你可以在Twitter上关注我:@hughhowey

你也可以定期访问我的网站:hughhowey.com

[①]该续集名为《离沙记》,已于2022年出版。

你还可以给我发邮件：hughhowey@gmail.com

问：说实话：这些问题都是你自己想出来的吗？
答：是的。